EXCALIBUR

Herausgegeben von
Melissa Andersson
und
Gerd Rottenecker

Laura Resnicks *Chronik von Sirkara* bei Excalibur:

Die Chronik von Sirkara 1
Feuerbringer
(70216)

Laura Resnick

FLAMMENHERZ

Die Chronik von Sirkara 2

Ins Deutsche übertragen von
Regina Winter

Knaur

Die amerikanische Originalausgabe erschien 1998
unter dem Titel »In Legend Born, Part 2« bei Tor Books,
New York

Besuchen Sie uns im Internet:
www.droemer-weltbild.de

Taschenbuchausgabe 2001

Umschlagkonzept: Melissa Andersson
Umschlaggestaltung: ZERO Werbeagentur, München
Umschlagillustration: David Bergen, »The Waterborn«
Lektorat: Ralf Reiter
Satz: Pinkuin Satz und Datentechnik, Berlin
Druck und Bindung: Clausen & Bosse, Leck
Printed in Germany
ISBN 3-426-70217-7

2 4 5 3 1

»Mit meinen Feinden werde ich fertig,
aber Dar schütze mich vor meinen Freunden.«

KAPITEL 1

Koroll war noch nie zuvor im Sommer in Shaljir gewesen. Jetzt, da er Kommandant von Silerias exotischer Hauptstadt war, konnte er sich nicht aufs Land zurückziehen, wie es alle anderen wohlhabenden Leute während dieser wahnwitzigen Tage gnadenloser Hitze, erstickenden Staubs und glühender Sonne taten. Shaljir war für den Rest des Jahres ein recht erträglicher, wenn auch etwas zu bevölkerter Ort, aber im Sommer wurde es zu einem Kessel voller siedender Hitze und ekelhaftem Gestank, der unter Silerias intensiv blauem Himmel vor sich hin brodelte. Die Folter war erst zu Ende, wenn schließlich die ersten Nordwinde das Ende der heißen Jahreszeit ankündigten und Erleichterung und – worum jedermann betete – Regen brachten.

Die Zahl der Gewaltverbrechen innerhalb der Stadtmauern stieg während dieser Sommertage, in denen jedermanns Hirn gebacken wurde, heftig an. Launen wechselten rasch, Leidenschaften glühten, und die Geduld welkte in dieser irrsinnigen Hitze so hilflos dahin wie die üppigen Blüten des Frühlings. Die Valdani folgten den Sitten der vorangegangenen Eroberer und verhängten für Gewaltverbrechen, die während des Sommers von Sileriern – gegen andere Silerier – verübt worden waren, mildere Strafen als sonst. Sämtliche Verbrechen gegen die Valdani wurden selbstverständlich weiterhin mit dem Tod oder mit Zwangsarbeit in den Minen von Alizar bestraft.

Diebstahl – immer ein Problem in Shaljir – blühte im Sommer geradezu. Die Reichen und Privilegierten verließen ihre Häuser und Paläste hier jeden Sommer und ließen nur eine Handvoll Dienstboten zurück, um diese zu bewachen. Wenn die zahlreichen Verbrecher Shaljirs also einmal gerade nicht damit beschäftigt waren, einander zu bekämpfen, brachen sie in die Stadthäuser von Valdani-Adligen, *toreni*, reichen Kaufleuten, ausländischen Handelsherren und wichtigen Regierungsbeamten ein, um alles zu stehlen, was sich davonschleppen ließ. Der Kaiser ermutigte die reichsten Einwohner Silerias und die wichtigsten ausländischen Besucher der Stadt, in Shaljir ihren Wohlstand zu zeigen, indem er ihnen versprach, sie zu schützen. Und nun war es Korolls Aufgabe, dafür zu sorgen, daß dieser Teil der Übereinkunft auch eingehalten wurde. Daraus folgte, daß er zu Zeiten, wo er seine Leute am dringendsten in den Bergen gebraucht hätte, um gegen Josarian zu kämpfen, fünfhundert weitere Späher nach Shaljir bringen mußte, um dort den »Frieden« aufrechtzuerhalten.

Zum Glück und im Gegensatz zu allen Erwartungen gab es in diesem Jahr genug Wasser, um die Bedürfnisse der Bevölkerung der großen Stadt zu befriedigen. Der Sommer wäre eine Zeit des Sterbens gewesen, wenn die Stadt kein Wasser gehabt hätte. Aber Kiloran schien endlich seine Probleme mit Baran gelöst zu haben, denn der Idalar floß nun wieder gleichmäßig nach Shaljir hinein. Wie immer verdoppelte Kiloran seine Tributforderungen, um die Stadt auch in dieser Jahreszeit weiterzubeliefern. Obwohl die Valdani geplant hatten, die alten

Tunnel unterhalb der Stadt zu benutzen, um von einer neuen Quelle aus Wasser nach Shaljir zu leiten, waren sie derzeit immer noch der Macht des Wasserherrn ausgeliefert. Die offiziellen Anweisungen des Kaisers lauteten, diesem Banditen keinen Tribut mehr zu zahlen – die Silerier mochten dieser barbarischen Art der Erpressung Folge leisten, aber das Kaiserreich nicht. Jedoch war Borell, der kaiserliche Berater, ein realistischer Mann, der beide Augen zudrückte, wenn Koroll genug Gold aus verschiedenen Kassen abzweigte, um den Anteil der Späher zu den Beiträgen der Stadt für die Verehrungswürdige Gesellschaft ein weiteres Jahr zu zahlen.

Berater Borell war außerdem ein vom Glück begünstigter Hundesohn, der den Sommer in einer wunderbaren Villa auf einer Klippe an der Ostküste Silerias verbringen durfte, gekühlt von der Seeluft und unbehelligt von der sich ausbreitenden Rebellion im Westen. Der neue Kommandant von Cavasar, den der Kaiserliche Hof geschickt hatte, war bereits aus dem Mutterland eingetroffen – es hatte niemanden überrascht, daß er ein Neffe Borells war. Koroll war inzwischen klargeworden, daß Borell nicht versessener darauf war als er selbst, das Ausmaß ihrer Probleme hier in Sileria zu enthüllen. Es würde nicht gut aussehen, die erste Provinzregierung in zweihundert Jahren zu sein, die diese Leute nicht unter Kontrolle halten konnte. Koroll hatte bereits nach wenigen Minuten gewußt, daß Kommandant Cyrill loyal zu Borell stehen und tun würde, was sein Onkel ihm sagte.

Also sind wir sicher. Jedenfalls fürs erste.

Selbstverständlich war es nicht möglich gewesen, den

Tod so vieler Späher geheimzuhalten. Familien hatten benachrichtigt werden müssen, ebenso wie Kaiser Jarell, und zudem mußte man neue Rekruten anfordern. Außerdem hatte der Tod von Kommandant Daroll, dem Sohn einer der mächtigsten Familien von Valdania, im Mutterland zu unangenehmer Unruhe geführt. Daroll war nicht die Art Offizier, von dem man erwartet hätte, daß er bei der Erfüllung seiner Pflicht umkam, besonders nicht in einer Hinterwäldlerprovinz wie Sileria. Jedermann hatte erwartet, er werde dort nur Befehle geben und auf die unvermeidliche Beförderung auf einen besseren Posten warten. Die offizielle Geschichte, auf die man sich im Santorellpalast geeinigt hatte, lautete nun, Daroll habe tapfer sein Leben aufs Spiel gesetzt – und verloren –, als er versuchte, mit Banditen in den Bergen über die Wahrung des Friedens zu verhandeln.

Das entspricht immerhin zur Hälfte der Wahrheit. Warum sollte man noch erwähnen, wie dumm er sich dabei angestellt hat?

Koroll selbst war eher Soldat als Diplomat, und er hatte den größten Teil des Redens Borell überlassen, als ein Kaiserlicher Ratsherr nach Shaljir kam und eine ausführliche Erklärung der in ihren Depeschen beschriebenen Ereignisse verlangte. Nach drei Tagen verbalen Spitzentanzes und üppiger Gastfreundschaft war es Borell gelungen, den Mann davon zu überzeugen, daß es in Sileria zwar tatsächlich ein Problem gab, sie die Situation aber gut im Griff hatten und die Banditen bald unschädlich machen würden. *Torena* Elelar hatte sich ausnahmsweise einmal als nützlich erwiesen und damit lobenswerte Loyalität gegenüber Borell gezeigt. Auch sie hatte dem Ratsherrn, der von ihr vollkommen bezaubert war, versichert, daß die anderen Bevölkerungsgruppen dieses gespaltenen Landes die *shallah*-Gesetzlosen zutiefst mißbilligten und diese keinesfalls noch mehr Unterstützung von der Bevölkerung erhalten würden, als sie bereits bekamen. Ja, die *torena* hatte sich als sehr hilfreich erwiesen, das mußte Koroll zugeben. Vielleicht hatte er sie doch falsch eingeschätzt.

Der Ratsherr war mit optimistischen Berichten nach Valda zurückgekehrt. Der Kaiserliche Rat hatte mehr Geld geschickt, um die Niederschlagung dieser Provinzbanditen zu finanzieren, und zweitausend Späher wurden aus einer kintischen Provinz, die sich schon seit drei Jahrhunderten im Besitz des Kaiserreichs befand, nach Sileria versetzt. Aus den Moorlanden konnten keine Truppen abgezogen werden. Der Kaiser trieb seine Soldaten nach Süden, um das Territorium des Reiches in den Moorlanden zu vergrößern, und es blieben nur wenige Späher, um die nördlichen Stämme niederzuhalten.

Tatsächlich war es auch nicht einfach gewesen, Männer aus dieser kintischen Provinz zu bekommen, ganz gleich, wie friedlich sie sein mochte. Der kintische Hochkönig war inzwischen so alt, daß es an ein Wunder grenzte, daß er überhaupt noch lebte, und seine einzige Erbin war eine verrückte Prinzessin, die sich offenbar nicht davon überzeugen ließ, daß es ihre Pflicht war, zu heiraten und Söhne zu bekommen. Obwohl das Kaiserreich bereits unter der Last seiner gewaltigen Größe ächzte und es sich als ungemein schwierig erwies, so viele unterworfene Völker weiterhin unterworfen zu halten – von den immensen Kosten für weitere Eroberungskriege gar nicht zu reden –, hatte der Kaiserliche Rat gerade entschieden, dies sei der geeignete Zeitpunkt, um gegen die Kint zu ziehen. Die Kintischen Königreiche, eine lockere Vereinigung kleiner Staaten, die auf eine Geschichte von über dreitausend Jahren zurückblickten, hatten in den vergangenen Jahrhunderten schon viele ihrer abgelegeneren Territorien geopfert, um einen offenen Krieg gegen Valdania zu vermeiden. Da aber die Feindschaft gegen die Valdani das einzige war, das die verbliebenen kintischen Länder noch zusammenhielt, hatte sich Kaiser Jarell schon lange dafür entschieden, seine Aufmerksamkeit und seine Mittel wahrscheinlicheren Eroberungen zuzuwenden: Immerhin schien nichts in der Lage, die Stämme der Moorlande zu vereinen.

Plötzlich allerdings hatten der Kaiser und der Rat diese Politik der vergangenen fünfzig Jahre über den Haufen geworfen – vielleicht, weil auch Jarell inzwischen alt geworden war und die Eroberung der Kintischen Königreiche noch vor seinem Tod abschließen wollte. Ah, den Himmelspalast nach dreitausend Jahren kintischer Herrschaft als sein neuer Herrscher zu betreten, auf dem Himmelsthron zu sitzen, dem begehrtesten Thron in allen drei Ecken der Welt ... Es war ein Ehrgeiz, der dem mächtigsten Herrscher der Welt wohl anstand, und Koroll konnte es Jarell nicht übelnehmen, daß er diese Gelegenheit endlich nutzte. Jetzt, da es keine anderen Anwärter auf den Himmelsthron gab als einen sterbenden alten Mann und ein verrücktes Mädchen, würde die kintische Einheit unter dem Druck der Valdani zusammenbrechen. Diesmal würden die verbliebenen Kintischen Königreiche fallen.

Diesmal wird Kinto uns gehören.

Es war ein erregender Augenblick, eine wunderbare Zeit, Valdan zu sein, und Koroll hätte alles dafür gegeben, an diesem Ruhm teilhaben zu können. Aber er hatte nicht die geringste Hoffnung auf eine Beförderung und eine Versetzung ins Mutterland, solange Banditen dieses provinzielle Bergland verwüsteten. Daher war die Vernichtung Josarians nun noch wichtiger geworden als je zuvor.

Und daher war er alles andere als erfreut, als Hauptmann Myrell staub- und schweißbedeckt in Shaljir erschien, um ihn davon in Kenntnis zu setzen, daß Josarian immer noch frei und sogar noch mächtiger und beliebter geworden war. Es hieß, die Anzahl seiner Anhänger habe sich seit Anfang des Sommers bereits verzehnfacht, und Dutzende von Männern schlugen sich täglich auf seine Seite. Seine Angriffe gegen die Späher wurden immer unverschämter und teurer. Die Störungen auf den Handelsstraßen begannen sich ernsthaft auf die wirtschaftliche Situation der Valdani auszuwirken. Und nun, so berichtete Myrell, hatte Josarian eine neue Möglichkeit entdeckt, genug Geld zu verdienen, um seine rasch wachsende Bande zu ernähren und sich in den Bergen weiterhin Schweigen zu erkaufen.

»Entführung?« sagte Koroll verblüfft. »Er hat angefangen, Leute zu *entführen?*«

»Ja, Herr«, bestätigte Myrell. »Vor kurzem hat er *toren* Porsalls Frau zurückgegeben, nachdem man ihm ein Lösegeld von zweihunderttausend in Gold gezahlt hatte. Die *torena* sagt, man habe sie gut behandelt, aber sie war so verängstigt, daß sie uns keine nützlichen Hinweise auf die Identität ihrer Entführer oder den Ort geben konnte, wo man sie siebenundzwanzig Tage gefangengehalten hatte.«

»Was erwartest du auch von einer Frau?« meinte Koroll geringschätzig.

»*Toren* Emmeran kehrte nicht nur sicher zurück, nachdem seine Familie das Lösegeld bezahlt hatte«, fuhr Myrell fort, »sondern er hat sich während der siebzehn Tage, die er als Gefangener verbrachte, offenbar derart mit Josarian angefreundet, daß er nicht gegen ihn aussagen will.«

»Wie bitte?«

»Nun ja, er ist Silerier, das darf man nicht vergessen, und sie neigen dazu, sich irrational ...«

»Was heißt, er will nicht aussagen?«

»Emmeran behauptet nun, daß er die siebzehn Tage meditierend in einer Zuflucht verbrachte, Josarian nie begegnet ist und keine Ahnung hatte, daß der Gesetzlose während seiner Abwesenheit Lösegeld für ihn forderte.«

»Ein *toren,* der einen *shallah* schützt?« Koroll starrte Myrell ungläubig an.

»Ich fürchte, es kommt noch schlimmer.«

»Mach weiter«, sagte Koroll hölzern.

»Ich beschloß, Emmeran verhaften zu lassen, weil ich glaubte, das werde ihn zur Vernunft bringen. Die acht Männer, die ich schickte, wurden auf dem Weg zu seinem Anwesen umgebracht.«

»Dann schick fünfzig Männer, Dummkopf! So etwas können wir nicht zulassen.«

»Ich habe nicht genug Leute, Herr. Sie sind alle damit beschäftigt, die Gegend nach zwei Valdani-Adligen zu durchkämmen, die vor vier Tagen entführt wurden. Die Gesetzlosen fordern eine Million Lösegeld, in Gold.«

»Josarian ist vollkommen verrückt. Die Gesellschaft wird das nie zulassen.«

»Offensichtlich, Kommandant ...«

»Ja?«

»Offensichtlich arbeitet die Gesellschaft mit Josarian zusammen.«

»Sie würden *niemals* mit Jo...« Er brach ab und starrte Myrell an. »Woher weißt du das?«

»Das ist die gute Nachricht, Herr. Ich habe endlich einen Informanten.«

»Einen Informanten? Den Dreien sei gedankt! Was kann er uns sagen? Weiß er, wo Josarians Männer ihr Lager haben?«

»Irgendwo in den Bergen, an einem Ort namens Dalishar. Ich glaube, es ist eine heilige Stätte oder so etwas.«

»Endlich!«

»Aber um ehrlich zu sein, Herr, es hört sich nicht so an, als könnten wir sie dort angreifen. Es liegt sehr hoch in den Bergen, ist also zu Pferd nicht zugänglich. Man kann nur über ein paar schmale Bergpfade hingelangen, und ...«

»Und?«

»Na ja, es heißt, es gäbe dort oben silerische Feuermagie.«

Koroll runzelte die Stirn. »Die – wie nennt man sie noch? –, die Wächter?«

»Ich glaube, ja.« Myrell zuckte die Achseln. »Das ist selbstverständlich nur abergläubisches Gerede, aber viele meiner Leute sind ...«

»... solchem Gerede zugänglich«, schloß Koroll.

»Genau.« Myrell zögerte, dann sagte er: »Ihr seid schon länger hier als ich, Kommandant. Ist etwas dran an dieser Magie?«

»Ich habe nie einen dieser Feuerzauberer gesehen, von denen die Silerier munkeln. Sie sind schon seit Jahrhunderten vogelfrei.«

»Genau wie die Wasserherren, aber auch sie ... haben noch viel Macht in diesem Land.«

Koroll nickte. »Ich nehme an, daß, ähnlich wie bei den Wasserherren, einiges von dem, was die Leute über diese Wächter sagen, der Wahrheit entspricht, aber das meiste gewaltig übertrieben ist.«

»Mein Informant behauptet, Josarian werde nun auch von den Wächtern unterstützt.«

Koroll warf ihm einen forschenden Blick zu. »Die Gesellschaft *und* die Wächter? Bist du sicher?«

»Absolut. Er war vollkommen davon überzeugt.«

Koroll runzelte die Stirn. »Dann hat er dir vielleicht

Lügen erzählt, die Josarian uns glauben machen will. Wenn du dir die Mühe gäbest, etwas über diese Menschen zu lernen …«

»Ich glaube, Ihr wollt mir jetzt sagen, daß die Wächter und die Gesellschaft schon seit Jahrhunderten verfeindet sind«, warf Myrell beleidigt ein.

Koroll nickte. »Genau. Schon lange, bevor das Kaiserreich diese Insel eroberte.«

»Aber meinem Informanten zufolge haben sie ihre Feindseligkeit begraben, um Josarian zu helfen.«

»Die Gesellschaft und die Wächter?«

»Jawohl, Kommandant.«

Koroll lehnte sich in seinem massiven hölzernen Lehnstuhl zurück. Kälte ergriff von ihm Besitz. Er wußte wenig über die geheime und für vogelfrei erklärte Feuermagie-Sekte Silerias, aber selbst er wußte, daß sie einst, vor Hunderten von Jahren, in der Blütezeit Silerias, diese Insel regiert hatte. Vor über tausend Jahren schon hatten in Shaljir dreihundert Türme in den Himmel geragt, zu einer Zeit, als Valda wenig mehr als eine Ansammlung strohgedeckter Hütten gewesen war, die sich im Schlamm zusammendrängten. Das war selbstverständlich lange her, aber die Wächter … Sie hatten irgendwie die Jahrhunderte überlebt, vogelfrei und gejagt, Feinde sowohl der Verehrungswürdigen Gesellschaft als auch der Valdani. Und nun hatten sie sich, wenn man Myrells Informanten glauben durfte, nicht nur mit Josarian zusammengetan, sondern auch mit ihren alten Erzfeinden, den Wasserherren.

Die Gesellschaft, die Wächter und die *shallaheen* …

Jene drei Gruppen in Sileria, die am wenigsten zu verlieren hatten: zwei, weil sie ohnehin Gesetzlose waren, und die dritte wegen ihrer erdrückenden Armut. Die Gesellschaft, deren Macht selbst der Kaiser fürchtete; die Wächter, deren Magie in diesen Tagen ein Geheimnis war, über das man nur flüsterte, und deren Kraft Koroll daher kaum einschätzen konnte, und die *shallaheen,* die größte Bevölkerungsgruppe in Sileria – gewalttätig, rachedurstig und immer mehr jener Blutfehde ergeben, die Josarian gegen die Valdani geschworen hatte.

»Wir brauchen mehr Leute«, murmelte Koroll schließlich, und Grauen beschlich ihn.

»Ganz Eurer Meinung, Kommandant.« Myrell räusperte sich. »Es gab Vergeltungsschläge ...«

»Vergeltungsschläge?«

»Jedesmal, wenn wir versucht haben, die Bewohner eines Dorfes zu zwingen, uns etwas über Josarian zu verraten ... hat er mit doppelter Grausamkeit zurückgeschlagen.« Es fiel Myrell sichtlich schwer, diese Niederlagen einzugestehen. »Ihr wißt, daß ich in diesem Sommer schon viele Männer verloren habe, Kommandant. Zu viele. Mehr als in unseren schlimmsten Schätzungen.«

»Wir brauchen mehr Leute«, wiederholte Koroll, und er spürte, wie trocken sein Mund geworden war. Wie hatte es soweit kommen können? Ein vereinzelter Schmuggler, den sie dummerweise hatten entkommen lassen; nur ein einzelner Bergbauer, der Rache suchte. Wie hatte sich sein Kampf gegen die Valdani zu einer

Rebellion ausweiten können, die schon Hunderte von Spähern das Leben gekostet hatte?

Nach langem Schweigen fuhr Myrell fort: »Mein Informant weiß nicht, was Josarian als nächstes plant, aber er hat mir die Namen einiger Männer gegeben, denen Josarian am meisten vertraut.«

»Wir werden sie auf die Liste derer setzen, für deren Ergreifung wir eine Belohnung zahlen.« Koroll griff nach der Liste von Namen, die Myrell ihm reichte, und überflog sie rasch. Plötzlich hielt er bei einem Namen inne, der ihn ansprang wie eine zustoßende Schlange. »Tansen shah Gamalani?« Er sah Myrell an. Nein, es konnte sicher nicht derselbe Tansen sein; es mußte ein anderer sein, der denselben Namen hatte.

»Ein Mann aus dem Osten.« Myrell nickte. »Aus dem Bezirk Liron.«

»Was weißt du noch über ihn?«

»Es ist interessant, daß Ihr ausgerechnet nach ihm fragt, Herr. Anscheinend spricht man in den Bergen viel über ihn.« Myrell schüttelte den Kopf. »Selbstverständlich ist das alles übertrieben. Es heißt, er sei ein kintischer Schwertmeister, ein ...«

»Shatai.« Es gelang Koroll kaum, das Wort hervorzubringen, so sehr hatte sich ihm die Kehle zugeschnürt.

»Ja, genau. Ist das zu glauben? Ein *shallah,* der behauptet, ein *shatai* zu sein!« Myrell gestattete sich ein spöttisches Lächeln. »Offensichtlich hat er zwei kintische Schwerter, aber ich ... Kommandant? Geht es Euch nicht gut?«

»Nein ... es ist nur ... diese verdammte Hitze.« Er

schluckte und kämpfte gegen einen Übelkeitsanfall an. »Fahr fort, Hauptmann.«

»Heute ist es wirklich so heiß wie alle Feuer, wie die Silerier sagen«, meinte Myrell. »Jedenfalls, dieser Tansen muß wohl tatsächlich ein recht guter Kämpfer sein. Wer weiß? Vielleicht hat er tatsächlich einen echten *shatai* töten und ihm die Schwerter abnehmen können.«

»Sie sagen, er sei ein guter Kämpfer?«

Myrell rutschte unbehaglich hin und her und senkte die Stimme. »Sie sagen, er habe Josarian geholfen, die Festung bei Britar anzugreifen. Offenbar war er der Mann, den ich für Josarian gehalten habe.« Er wurde rot. »Sie haben mich hereingelegt. Die ganze Sache ist in den Dörfern schon eine beliebte Geschichte geworden.«

Koroll sprang auf. »Wieso hast du mir denn damals nicht gesagt, daß er zwei Schwerter benutzte?«

Myrell riß erstaunt die Augen auf. »Aber ... aber ich habe sie nicht *gesehen*, Kommandant«, stammelte er. »Es ging alles so schnell. Er ... er stand draußen vor der Festung und ... ehe ich mich versah, waren zwei Männer tot, und er saß auf einem gestohlenen Pferd und war schon auf halbem Weg zum Wald. Zwei Männer folgten ihm. Einer wurde von einem fehlgegangenen Pfeil getötet. Der *shallah* brachte auch den dritten Reiter um, aber es war zu weit weg, um zu sehen, was geschehen war. Und außerdem war er wieder zu Fuß, weil sein Pferd ...«

»Guter Gott!« Koroll wischte sich mit einer Leinenserviette den Mund ab. Er spürte, wie ihm Schweißtropfen übers Gesicht liefen, über seinen Rücken und seine Brust. »Der *shatai* hat sich mit Josarian verbündet!«

»Kommandant?«

»Raus!« Er zeigte auf die Tür und schrie: »Raus hier! Wasch dich gefälligst! Sieh zu, daß du eine frische Uniform findest! Und dann ...« Er versuchte, sich zusammenzunehmen, versuchte nachzudenken. »Komm heute abend zurück«, sagte er schließlich ein wenig ruhiger. »Wir müssen eine Menge Pläne machen.«

Er sank auf seinen Stuhl zurück, schlug die Hände vors Gesicht und flüsterte wieder und wieder: »Was ist geschehen? Was ist da draußen nur geschehen?«

Hatte Josarian den *shatai* auf seine Seite gebracht? War er so überzeugend, so zwingend, daß er die Loyalität eines Söldners gewinnen konnte? Oder hatte der *shatai* noch mehr von einem *shallah* an sich, als Koroll bemerkt hatte? Er hatte überhaupt nicht silerisch gewirkt. Er hatte so verächtlich von den *shallaheen* gesprochen. Er hatte einen so vernünftigen Eindruck gemacht.

»Die Drei mögen uns schützen!« flüsterte Koroll gegen seine klebrigen, verschwitzten Handflächen.

Hatte der *shatai* Koroll einfach betrogen, bis er wieder frei gewesen war? Oder hatte Josarian sich vielleicht sogar der Magie bedient? Wenn sie zusammen die Gefangenen aus der Festung befreit hatten, dann mußte der *shatai* sich schon, kurz nachdem er Cavasar verlassen hatte, mit Josarian zusammengetan haben. Die beiden Männer hatten die ganze Zeit schon Seite an Seite gekämpft, und jetzt war der *shatai* einer von Josarians Vertrauten.

Drei in Einem! Es war eine Katastrophe! Indem er einen *shallah* mit den Fähigkeiten eines *shatai* freigelassen hatte, hatte Koroll selbst dazu beigetragen, daß es zu dem Gemetzel bei Britar gekommen war – und zu wer weiß wie vielen Morden an Spähern seitdem! Er hatte einen der besten Krieger der Welt in die Berge geschickt, um sich mit dem gefährlichsten *shallah* aller Zeiten zusammenzutun!

Er betete inbrünstig, daß keiner der Späher in Cavasar je die Verbindung zwischen dem *shatai* zog, den Koroll mehrere Tage in der Festung dort beherbergt hatte, und dem *shatai,* der jetzt gemeinsam mit Josarian die Berge unsicher machte. Erst als er sich noch einmal daran erinnerte, daß Myrell Tansen für Josarian gehalten hatte, beruhigte er sich wieder ein wenig. Selbst ein Dummkopf wie Myrell hätte einen *shatai* nicht mit einem einfachen *shallah* verwechseln können.

Der Schluß aus dieser Überlegung war eindeutig: Tansen hatte sein Äußeres verändert, nachdem er in die Berge gegangen war. Also würde vermutlich nur ein Valdan, der einmal mit ihm gesprochen und einige Zeit mit ihm verbracht hatte – also nur Koroll selbst –, ihn als denselben Mann erkennen können, der das Haar wie ein Kint trug, wie ein Moorländer angezogen war und sich vor ein paar Monaten in Cavasar aufgehalten hatte. Wenn Tansen jetzt wie jeder andere schmutzige silerische Bergbauer wirkte ... Mögen die Drei dafür sorgen! Vielleicht würde Korolls Geheimnis doch gewahrt bleiben.

Er tauchte ein Stück Spinnwebstoff in Duftwasser und wusch sich damit das Gesicht. Tansens *shir* ... Die Gesellschaft. Worin bestand die Verbindung? Hatte *er* die Gesellschaft dazu gebracht, sich Josarians Kampf anzuschließen?

Koroll fühlte sich krank und elend. Die Gesellschaft, die Wächter, die *shallaheen,* Josarian und der *shatai.*

Wieviel größer würde dieser Aufstand noch werden? Wieviel schlimmer? Wer würde sich ihm als nächstes anschließen?

Als Elelar in Begleitung von Faradar und zwei Vertrauten im Sommerhaus des Botschafters des kintischen Hochkönigs in Sileria eintraf, war sie ziemlich erschöpft. Sie hatte sich nach zehn Tagen in Borells luxuriöser Villa auf den Klippen nördlich von hier mit einer Ausrede entschuldigt und war abgereist. Sie war Landbesitzerin und die Ehefrau eines anderen Mannes, also war es kaum problematisch, von Borell wegzukommen. Er war zwar nicht erfreut, wenn der andere Forderungen an sie stellte, aber er gab sich verständnisvoll.

Botschafter Shirajs Sommervilla lag in einer von Silerias dramatischsten und überwältigend schönsten Landschaften, nämlich direkt an der bergigen Küste nördlich von Liron, wo sich ein phantastischer Ausblick aufs Meer hinaus bot. Die nach hinten, nach Westen gelegenen Zimmer der Villa hingegen boten Aussicht auf den Darshon, dessen Abhänge sich hoch in den Himmel reckten und dessen schneeverkrusteter Gipfel beinahe zum Berühren nahe schien.

Elelar wußte, daß Tansen ursprünglich aus diesem Teil des Landes stammte, aus einem verarmten Dorf, das die

Valdani neun Jahre zuvor bei ihrer Suche nach Armian zerstört hatten. Jetzt, nach neun Jahren Exil, verbrachte er den größten Teil des Sommers damit, wieder diese Berge des Ostens zu durchstreifen und dort bei den Bergklans um Liron und den Darshon um Unterstützung für Josarian zu werben. Er wurde begleitet von Josarians Schwager und einem Wächter namens Cheylan. Einer von Barans Attentätern vervollständigte die Gruppe.

Cheylan war nicht nur ein Wächter, wie man Elelar erzählt hatte, er war auch ein *toren* aus diesem Bezirk, obwohl seine Familie ihn jahrelang versteckt hatte, bevor sie ihn schließlich den Wächtern übergab. Angeblich sah er zwar nicht ganz so verblüffend aus wie Mirabar, aber man behauptete, er hätte zweifellos Anzeichen eines Dämons.

Dämonen. Solche Ängste waren bei den unteren Schichten weit verbreitet, aber Elelar war erschüttert, wie viele Angehörige ihrer eigenen Klasse trotz ihres Zugangs zu Bildung und Kultur immer noch solch barbarischem Aberglauben anhingen. Sie selbst wußte auch relativ wenig über die Wächter, die sich schon vor Jahrhunderten in die abgelegensten Berggegenden Silerias zurückgezogen hatten, aber immerhin wußte sie, daß sie vor der Eroberung dieses Land durch Jahrhunderte des Wohlstands weise regiert hatten. Wenn die Wächter behaupteten, daß sogenannte Dämonen wie Mirabar und Cheylan von Dar mit besonderen Gaben gesegnet und gesandt seien, ihrem Volk zu dienen, dann wollte Elelar ihnen gerne glauben.

Und genau das verkündeten die Wächter mit großem

Nachdruck. Derlen, der jetzt als Verbindungsmann zwischen den Wächtern im Westen und der Allianz in Shaljir fungierte, bestand auf diesem Punkt – obwohl er Mirabar offensichtlich nicht sonderlich gut leiden konnte.

Nun, das konnte Elelar ihm wirklich nicht übelnehmen. Sie hatte nicht viel mit dem Mädchen zu tun gehabt, aber das hatte genügt, um eine herzliche Abneigung gegen sie zu entwickeln. Niemand konnte leugnen, daß Mirabar Mut hatte und ihrer Sache ergeben war: Einen Attentäter zu entführen und sich zu Kilorans Versteck bringen zu lassen, um der Anderwelt zu dienen, verwies auf ein geradezu selbstmörderisches Ausmaß an Mut. Aber dieses Mädchen hatte den Charme, den Takt und die Geduld einer hungrigen Bergkatze. Andererseits mußte Elelar zugeben, daß ständige quälende Visionen vermutlich jeden ein wenig schwierig werden ließen.

Nach jenem verstörenden Abend in Kilorans Wasserpalast hatten sie noch für einen weiteren Tag ihr Lager am Kandahar aufgeschlagen. Wie schon einmal zuvor, hatte sich Armian als der Botschafter erwiesen, dem Kiloran traute, und so hatte sich auch der verschlagene alte Wasserherr ihnen angeschlossen und mit ihnen zusammen Pläne geschmiedet. Von Kandahar aus hatten sie sich aufgemacht, ihre Verbündeten zu benachrichtigen und sich mit ihren diversen Feinden zu versöhnen.

Elelar hatte bisher den größten Teil des Sommers damit verbracht, ein verläßliches Netz zwischen den alten Feinden herzustellen und die richtigen Botschafter zwischen den Fraktionen auszuwählen. Mirabar verband die

Gesellschaft mit den Wächtern, da sie vermutlich die einzige war, die tapfer und verrückt genug war, um sich freiwillig in die Schattenwelt der Wasserherren zu begeben; außerdem war sie imstande, Armian aus der Anderwelt zu rufen, was sehr dazu beigetragen hatte, auch jene Mitglieder der Verehrungswürdigen Gesellschaft zu beeindrucken, denen ihre persönlichen Fehden wichtiger waren als jeder Traum von der Freiheit. Tansen war mit Emelen und Cheylan nach Osten gegangen, wo sie sich unter anderem auch mit den Führern der Allianz in Liron treffen sollten. Der Attentäter, der mit ihnen reiste, würde der Rebellion nicht nur die Unterstützung von Verlon, dem mächtigen Wasserherrn Lirons, verschaffen, sondern ihn auch noch davon überzeugen müssen, seinen Blutfluch gegen Cheylan zurückzunehmen. Niemand schien genau zu wissen, wieso Verlon Cheylan töten wollte, aber Elelar hatte von Derlen erfahren, daß die Gesellschaft jeden fürchtete, der von der Macht gezeichnet war wie Cheylan und Mirabar.

Obwohl die tausend Jahre alte Fehde zwischen der Gesellschaft und den Wächtern im Augenblick außer Kraft gesetzt war, mußten die Wächter immer befürchten, daß die Valdani sie umbrachten, falls sie sich aus ihren entlegenen Verstecken wagten, um die Neuigkeiten unter den *shallaheen* zu verbreiten. Wie Elelar selbst gesehen hatte, trugen Botschaften aus der Anderwelt mitunter auf eine Weise dazu bei, Menschen von etwas zu überzeugen, mit der sich kein Vernunftargument messen konnte. Inzwischen half die Gesellschaft Josarians Leuten, die wachsende Rebellion zu finanzieren, indem sie den Gesetzlosen die hohe Kunst der Entführung beibrachten. Die Allianz mit ihren vielen Verbindungen war imstande, ihnen verläßliche Informationen über den Aufenthaltsort, die Gewohnheiten und die finanzielle Lage von Dutzenden reicher Valdani, unpatriotischen silerischen Kaufleuten und *toreni* zu liefern.

Selbstverständlich gab es auch Probleme. Anders als Josarian unternahm die Gesellschaft nichts, ohne den Profit zu bedenken, den sie damit machen konnte. Sie verlangte einen beträchtlichen Anteil von jedem Lösegeld, das Josarian kassierte. Die neue Partnerschaft war deshalb schon mehrere Male beinahe zerbrochen. Darüber hinaus hatte sich die Rebellion über Josarians Geburtsregion hinweg verbreitet, und dadurch war die Gefahr, verraten zu werden, größer. Elelar hatte versucht, Josarian zu erklären, wie teuer Loyalität sein konnte; es war – wie so oft mit ihm – ein sinnloses Gespräch gewesen, das sie schon bald aufgegeben hatte.

Dennoch, der Sommer hatte auch seine vergnüglichen Seiten gehabt. *Toren* Porsall hatte das Lösegeld für seine Frau innerhalb weniger Tage nach ihrer Entführung gezahlt, aber es waren dennoch mehr als zwanzig Tage vergangen, ohne daß sie wieder aufgetaucht war. Als sich Tansen zu einer Besprechung nach Zilar geschlichen hatte, hatte er Elelar grinsend berichtet, man habe sich für die erste Entführung ein einfaches Ziel gesucht: Porsalls Frau war die Geliebte von Josarians Vetter und hatte gern zugestimmt, als Zimran sie gebeten hatte, ihm zu helfen, ihrem Mann ein Lösegeld abzuringen. Zimran hatte sie in das komfortable Haus eines Attentäters in den Bergen gebracht, und die Frau hatte das Entführtsein mit ihm so sehr genossen, daß die Rebellen erhebliche Schwierigkeiten hatten, sie davon zu überzeugen, daß sie wieder nach Hause gehen müsse.

Jetzt hatte sich *toren* Emmeran, einer von Ronalls trägen, ziellos dahinlebenden Freunden, offenbar nach siebzehn Tagen in Josarians Gesellschaft zum Patrioten entwickelt und diesen sogar vor kurzem vom Eintreffen eines valdanischen Tributeinnehmers auf seinem Anwesen informiert.

Aber das beste war, daß Josarian der Moral der Valdani einen Tiefschlag versetzt hatte, indem er das Späherbordell in Adalian angriff! Als Borell diese Nachricht vor zwei Tagen erhielt, hatte er gestammelt, als stünde er kurz vor einem Anfall. Es hatte Elelar ihre gesamte Selbstbeherrschung gekostet, nicht in Lachen auszubrechen, als er ihr mit zornrotem Gesicht von dieser Niederlage berichtet hatte. Sie konnte Josarian zwar nicht leiden, aber sie mußte zugeben, daß er ein hervorragender Rebellenführer war. Das Bordell war ein leichtes Ziel gewesen, aber es hatte die Späher vollkommen in Aufruhr versetzt. Und darüber hinaus hatte Josarian die versklavten Frauen aus dem Bordell auf einem Schiff, das ihm die Allianz insgeheim zur Verfügung gestellt hatte, in die Moorlande zurückgeschickt. Elelar war realistisch genug, um sich zu fragen, ob die Frauen dort etwas anderes als Schande und Armut erwartete. Dennoch, die Moorländer würden die Geste zu schätzen wissen, und das war wichtig. Denn selbst wenn diese unwahrscheinliche Allianz aller Bevölkerungsgruppen Silerias tatsächlich halten sollte, würde das Land doch Verbündete brauchen, die ihre eigenen Aktionen mit denen der Silerier abstimmten.

Daher auch Elelars unerwarteter Besuch bei Botschafter Shiraj. Borell hatte ihr unbeabsichtigt verraten, wie Kinto derzeit am besten dem Interesse Silerias dienen könnte. Das Schicksal hatte ihr die Karten in die Hand gespielt. Nun würden sich vielleicht all die Monate, in denen sie diskret Shirajs Bekanntschaft kultiviert hatte, über alle Maßen hinaus auszahlen.

Die Sonne hing schon tief über dem Darshon, als sie vor Shirajs Villa aus dem Sattel stieg. Selbst wenn sie uneingeladen erschien, ließ man doch eine *torena* niemals draußen warten: Ein Diener führte Elelar in ein geräumiges, von einer Brise gekühltes Zimmer, das auf kintische Art möbliert war; dann machte er sich auf, den Botschafter zu holen. Shirajs Frau war nie nach Sileria gekommen; sie hatte es vorgezogen, im Himmelspalast zu bleiben und dort die Interessen ihres Mannes zu wahren. Seine Mätresse, eine kintische Kurtisane ersten Grades, war zweifellos jetzt hier bei ihm, aber diese Frau war viel zu professionell, um eine Szene zu machen, nur weil eine von Shirajs zeitweiligen Bettgefährtinnen gerade ins Haus spaziert war.

Wie erwartet erschien Shiraj beinahe sofort, um sie zu begrüßen. Ein kintischer Adliger, der zwanzig Jahre der Intrigen am Himmelsthron überlebt hatte, neigte nicht dazu, seine Emotionen spontan zu zeigen, aber Elelar zweifelte nicht daran, daß er überrascht war, sie zu sehen. Sich hin und wieder in sein Haus in Shaljir zu schleichen, war eine Sache, aber Borells Seite zu verlassen, um Shiraj in seinem Sommerhaus zu besuchen, war ziemlich gefährlich; es würde ihr schwerfallen, eine harmlose Erklärung zu finden, sollte Borell je von dieser Begegnung erfahren. Was Shiraj nicht wußte, war allerdings, daß Untreue für Elelar eine ideale Erklärung sein würde, um die wahren Absichten hinter diesem Besuch zu verbergen, sollte dies je notwendig werden.

»Torena«, sagte Shiraj. »Was für ein unerwartetes Vergnügen.«

Er lächelte und kam auf sie zu, um sie zu begrüßen. Seine dunklen, mandelförmigen Augen glitzerten vor Freude und Neugier, als sie sich erhob, um ihn zu küssen. Seine bräunliche Haut war dunkel von der Sommersonne, glänzte vor Gesundheit. Er hatte sein blauschwarzes Haar heute nicht mit einem Turban bedeckt, also strich sie sanft darüber. Sie konnte nicht behaupten, ihn gern zu haben, dazu kannte sie ihn nicht gut genug. Aber er war intelligent, rücksichtsvoll, und er sah sogar gut aus. Sie nahm an, wenn sie genügend darüber nachdenken würde, würde sie ihn mögen.

Er erwiderte ihren Kuß sanft, ganz anders als Borell, der sie nach nur wenigen Tagen Abwesenheit schon mit verschlingender Gier begrüßte. Und *sehr* anders als Tansen, der sie vielleicht mehr begehrte als die beiden anderen, der sie aber auf der Reise zu Kilorans Versteck abgewiesen hatte. Aber diese Männer hier waren auch von Wohlstand, Privilegien und Macht geprägt, während Tansen ein Produkt von bitterer Armut, Trauer, Scham, Stolz, Rache und Mut war – derselben Kräfte, die auch

Sileria geprägt hatten. Wie das Land selbst war auch er durch sein Leben hart, wild und trotzig geworden, auf eine Weise, die Shiraj und Borell nie verstehen und erst recht nicht nachahmen könnten.

Shiraj griff nach ihrer Hand und sagte taktvoll: »Ich fühle mich geehrt von Eurem Besuch, *torena,* aber ich bin hier leider nicht allein.« Womit er andeutete, daß seine kintische Mätresse sich ebenfalls hier aufhielt, wie sie bereits angenommen hatte.

»Ich verstehe.« Sie lächelte und setzte sich wieder hin, was ihn dazu veranlaßte, sich neben ihr niederzulassen. »Ich bin heute auch aus einem anderen Grund gekommen.«

Er zog interessiert die Brauen hoch, denn bisher hatte es zwischen ihnen nichts als Sex gegeben. »Oh?«

»Es ist an der Zeit, Euch ein wenig mehr über mich zu verraten, als ich ursprünglich vorgehabt hatte«, begann sie. Ohne die Sicherheit eines ihrer Verbündeten aufs Spiel zu setzen, berichtete sie ihm von der Allianz und ihrer Rolle darin, erläuterte kühl die Gründe für ihre Ehe mit Ronall und ihre Liaison mit Borell.

Shiraj beobachtete sie mit sorgsam ungerührter Miene, die nichts von seinen Gedanken oder Reaktionen verriet. Damit erinnerte er sie plötzlich an Tansen, der diese sehr unsilerische Angewohnheit offenbar während seiner Jahre in Kinto erworben hatte.

Schließlich sagte Shiraj: »Ich fühle mich geehrt von soviel Vertrauen, *torena,* und bin fasziniert von dieser Information. Selbstverständlich war mir als dem Botschafter des Hochkönigs die Existenz von Untergrundaktivitäten in Sileria, die sich gegen die Valdani richten, bekannt, aber ...« Er zuckte die Schultern; er war zu höflich, um deutlicher zu sagen, daß die Aktivitäten von ein paar silerischen Missetätern den Himmelspalast nicht sonderlich kümmerten. »Da Ihr so offen zu mir wart, werde ich ganz ehrlich erwidern, daß wir diese wachsende Rebellion in den Bergen mit Interesse beobachtet haben.« Er hielt einen Augenblick lang inne. »Dennoch, meine Liebe – wenn Ihr hier seid, weil Ihr um meine Unterstützung werben wollt ...«

»Nein«, sagte sie ruhig. »Ich kam, um Euch unsere Freundschaft anzubieten.«

Ein gewisses Mißtrauen glomm in seinen Augen auf. »Im Austausch für was?«

Sie lächelte. »Im Austausch für Eure Freundschaft.«

»Ist das alles?«

»Als Beweis unserer Freundschaft bringe ich Euch Informationen, die Berater Borell direkt vom Kaiserlichen Rat in Valda erhalten hat.«

Er gab sich nicht die Mühe, seine Überraschung zu verbergen. »Fahrt fort.«

Sie gab ihm die Waffe und betete, daß dies wirklich klug war. »Der Kaiser und der Kaiserliche Rat sind zu dem Schluß gekommen, daß es nun für Valdania an der Zeit ist, gegen den Himmelspalast in den Krieg zu ziehen und die verbliebenen Kintischen Königreiche zu vernichten, um sie schließlich dem Kaiserreich einzugliedern. Zu diesem Zweck konzentrieren sie den größten Teil ihrer Armeen im Osten der Moorlande.«

Er schüttelte den Kopf. »Das können sie nicht. Sie

müssen Territorien halten, eroberte Länder befrieden, Grenzen ...«

»Das tun sie«, erwiderte sie unbeeindruckt. »Die Späher werden die eroberten Länder halten und die Grenzen des Kaiserreiches bewachen, während die Armeen in die Kintischen Königreiche einfallen.«

»Späher?« sagte er verächtlich. »Die können ja nicht einmal mehr Sileria halten.«

»Das weiß der Kaiserliche Rat aber nicht. Borell und Kommandant Koroll haben in all ihren Depeschen nach Valda das Ausmaß der Rebellion verheimlicht. Der Kaiser glaubt, daß die Situation hier unter Kontrolle ist.«

Er beugte sich vor. »Warum sagt Ihr mir all das? Was habt Ihr davon?«

Wie angenehm, es mit einem Mann zu tun zu haben, der bereits voraussetzte, daß sie mehr als nur das Privileg wünschte, ihm dienen zu dürfen. »Wenn Kinto fällt, gehen wir alle unter. Die freien Moorlande werden kein weiteres Jahrzehnt mehr überstehen. Die Rebellion in Sileria wird mit Josarian sterben. Der Himmelspalast und all seine uralte Macht werden von den Valdani benutzt werden, um die gesamte Welt zu unterjochen.« Sie erkannte sein Zögern und fügte hinzu: »Borell hat vor mir damit geprahlt! Er und der Oberkommandant von Sileria haben sich direkt vor meiner Nase darüber unterhalten, Shiraj.«

»Aber dabei geht es immer noch um Sileria. Woher könnt *Ihr* so viel wissen, bevor unsere eigenen Spione in Valda es erfahren?« Er gab sich immer noch widerstrebend, aber sie konnte sehen, daß er am Haken hing.

»Borell hat vor mir keine Geheimnisse – auch dann nicht, wenn er es wollte. Er wird über jede Entscheidung in Valda informiert, die sich gegebenenfalls auf Sileria auswirken könnte. Den ganzen Sommer über gingen Depeschen ein, die erklärten, wieso nicht mehr Männer herübergeschickt werden, um gegen die Banditen zu kämpfen, warum Borell die Steuern erhöhen und Koroll bei der Eintreibung schärfer vorgehen muß.«

»Um den kommenden Krieg gegen Kinto zu finanzieren.« Shirajs Stimme war beinahe ein Flüstern.

»Die Valdani glauben, daß die Königreiche unter dem Druck zusammenbrechen werden, weil der Hochkönig alt und krank ist, und selbst wenn die Kint eine Frau als seine Erbin akzeptieren würden ...«

»Die Prinzessin ist ...« Er räusperte sich.

»Es heißt, sie sei verrückt.« Elelar sah ihn forschend an. »Ihr müßt es doch gewußt haben, ihr müßt *alle* gewußt haben, wie zerbrechlich die Einigkeit der Königreiche ist, wenn die Zukunft des Himmelsthrons sich so unsicher darstellt.«

»Valdanias Armeen sind in den Moorlanden zu sehr auseinandergezogen und müssen dort schwere Verluste hinnehmen. Wir hielten uns für sicher, solange die Moorlande aushielten.«

»Die Valdani sind ein Volk, das von seiner eigenen Gier verschlungen wird. Sie werden niemals genug Land, genug Menschen, genug Reichtum und genug Kriege haben, um zufrieden zu sein«, sagte Elelar leidenschaftlich. »Sie haben eine Schwäche gefunden und werden kommen, um euch zu verschlingen.«

Shiraj sah plötzlich älter aus; die Last der Verantwortung lag schwer auf seinen Schultern. »Krieg«, sagte er nachdenklich. »Mit Valdania.« Er seufzte, und als hätte er ihre Anwesenheit ganz vergessen, gab er zu: »Ich glaube nicht, daß wir das überleben werden.«

Sie mußte sich zusammennehmen, damit ihr Eifer nicht zu offensichtlich wurde. »Aber ihr werdet kämpfen?«

»O ja. Die Bedrohung durch die Valdani wird die Königreiche miteinander vereinen wie sonst nichts auf der Welt. Wir werden kämpfen.« Er nickte. »Wir haben immer gewußt, daß wir irgendwann gegen Valdania antreten müssen. Wir haben nur …«

»Was?«

»Wir haben nur alle gehofft, daß wir längst an Altersschwäche gestorben sein würden, bevor dieser Fall einträte.«

KAPITEL 2

Als sich der Sommer dem Ende zuneigte, hatte Tansen sich an Cheylans Dämonenaugen gewöhnt, aber er glaubte nicht, in der Nähe dieses Mannes je wirklich ruhig sein zu können. Nicht wegen dieser feuerglühenden Augen, obwohl sie ziemlich beunruhigend sein konnten, sondern wegen Cheylan selbst. Die Stimmungen und Taten des Wächters waren ebenso unvorhersehbar wie unerklärlich. Er hatte außergewöhnliche Kräfte, die anderen Wächter trauten ihm und achteten ihn, und es war unbestreitbar mutig von ihm, sich Verlon stellen zu wollen, damit der Wasserherr den Blutfluch zurücknahm ... aber Tansen mochte ihn nicht. Zu viele von Cheylans Bemerkungen schienen vage zwiespältig, als lache er seine eigenen Verbündeten aus, noch während er ihnen half. Seine Miene wies zu häufig auf geheime Belustigung oder Verachtung hin. Er hatte etwas an sich, das Tansen nicht vollkommen vertrauenswürdig schien, trotz der Gefahren, die Cheylan für die Rebellion auf sich nahm, trotz des Feuers und der Kraft, die er ihrer Sache verschworen hatte.

Niemand wußte, wieso Verlon Cheylan töten wollte, und Cheylan weigerte sich, darüber zu sprechen. Da dies so deutlich Tansens eigener Situation gegenüber Kiloran entsprach, konnte er Cheylans Bedürfnis nach Schweigen verstehen. Dennoch, er fragte sich unwillkürlich, was zu dem Blutfluch geführt hatte. Als Verlon zu den Rebellen gestoßen war und den Blutfluch zurückgenommen hatte, hatte Tansen – ohne sagen zu können, wieso – das Gefühl gehabt, daß Cheylan und Verlon einander erheblich besser kannten, als alle anderen glaubten.

Er hielt sich jedoch zurück und sprach über seine Zweifel mit niemandem. Immerhin war es durchaus möglich, daß sein Urteilsvermögen von alten Vorurteilen getrübt wurde. Cheylan war schließlich ein *toren*. Auch Elelar hatte für jeden Satz mindestens zwei Bedeutungen, drei Pläne für jede Situation und fünf Gründe für jede Handlung. Vielleicht war es den *toreni* ja angezüchtet, subtil, aalglatt und nicht zuletzt arrogant zu sein.

Auch der Aberglaube seiner Kindheit machte Tansen mehr zu schaffen, als er selbst geglaubt hätte. Manchmal, wenn er plötzlich aufwachte oder in Gedanken versunken war und dann aus dem Augenwinkel das Aufblitzen dieser flammenden Augen sah, lagen seine Hände schon auf den Schwertgriffen, noch ehe ihm klar war, was er tat. Cheylan hatte das selbstverständlich bemerkt, und Tan hatte das Gefühl, daß der Wächter ihn dafür verachtete. Tansen hatte einmal versucht, sich für die instinktive Reaktion zu entschuldigen, aber das hatte alles nur noch schlimmer gemacht. Cheylan schien auch jeden zu verachten, der einen Fehler zugab.

Sie waren den ganzen Sommer in den östlichen Bergen unterwegs gewesen, hatten um Unterstützung für die Rebellion geworben, alte Allianzen bekräftigt, neue gesucht und alte Feindseligkeiten beendet. Die vereinte

Überzeugungskraft der Gesellschaft, der Wächter und der *shallaheen,* zusammen mit der sich verbreitenden Legende um Josarian, diente ihrer Sache gut. Die Blutfehde eines einzelnen Bauern war inzwischen zu einer echten Rebellion geworden, und sie verfügten über eine – wenn auch weit verstreute – Armee, deren Stärke in die Tausende ging. Mehrere erfolgreiche Angriffe auf Späher im Bezirk von Liron hatten noch mehr *shallaheen,* Wasserherren, Attentäter und Wächter in ihre Reihen gezogen. Tansen hatte schließlich Emelen, Cheylan und einen hochrangigen Attentäter Barans zurückgelassen, um diese Arbeit fortzusetzen. Er selbst befand sich auf dem Rückweg nach Dalishar, um Josarian Bericht zu erstatten.

Zwei Tage zuvor, bevor der sich auf den Weg nach Westen gemacht hatte, hatte er sich mit Elelar getroffen. Sie hatte den größten Teil des Sommers ganz offen mit Berater Borell zusammengelebt, dem wichtigsten Valdan in Sileria. Tansen fragte nicht, aber er wunderte sich trotzdem, was für ein Mensch ihr Mann sein mußte, wenn er ein solches Verhalten einfach hinnahm. Selbstverständlich wußte Tansen inzwischen, wieso Elelar mit Borell schlief. Da sie für den Berater die Beine breit machte, gab es nichts, was Borell wußte, von dem sie nicht ebenfalls erfuhr. Jetzt hatte sie Neuigkeiten, die die Visionen bestätigten, von denen das Dämonenmädchen in Kandahar gesprochen hatte und die der Prophezeiung von Armians Schatten entsprach: Valdania und Kinto standen kurz vor dem Krieg, und die Kintischen Königreiche würden sich dem Versuch des Kaiserreichs widersetzen, das sich nach Jahrhunderten endlich aufgemacht hatte, sie zu zerschlagen, weil es eine günstige Gelegenheit sah.

»Die Armeen Valdanias werden vollkommen mit den Kriegen in Kinto und den Moorlanden beschäftigt sein, und es wird den Spähern überlassen werden, den Rest des Reichs zu hüten.« Elelar war ganz aufgeregt gewesen von dieser Aussicht. »Die Valdani werden nicht genug Waffen, Männer und Geld haben, um eine Rebellion zu unterdrücken, die sich über ganz Sileria ausbreitet.«

In ihrer Aufregung hatte sie seinen Unterarm gepackt; die weiche, unvernarbte Handfläche der *torena* hatte sich gegen seine Haut gedrückt. Wie eine Geliebte hatte sie ihm zugeflüstert: »Wir werden nie wieder einen besseren Zeitpunkt finden.«

Und so kehrte er nun am Ende des Sommers an Josarians Seite zurück, um diese Informationen mit ihm zu teilen und neue Pläne zu schmieden. Elelar war zu einem unmodisch frühen Zeitpunkt nach Shaljir zurückbefohlen worden, noch bevor die Nordwinde begonnen hatten, die in der Hitze ächzende Stadt abzukühlen. Sie wurde dringend gebraucht, um die Verbindung zwischen Josarian und der Allianz aufrechtzuerhalten, während sie weiter Unterstützung und Informationen für den bisher mutigsten Schlag der Rebellen sammelten. Tansen war mit dem neuen Plan der Allianz einverstanden, und er glaubte, daß auch Josarian, die Gesellschaft und selbst die Wächter ihre Zustimmung geben würden. Wenn sich das Kaiserreich in die ersten gewalttätigen Auseinandersetzungen mit den Kintischen Königreichen verwikkelt und der Krieg dort unwiderruflich begonnen hatte, würden die silerischen Rebellen auf eine Art zuschlagen, die man bis nach Valda spüren würde.

Tief in den Bergen südlich von Britar löste Zimran Lann bei der Wache ab, während alle anderen schliefen. So ungeschickt die Späher auch sein mochten, es war ihnen dennoch vor vier Tagen gelungen, ein Rebellenlager zu überfallen, und sie hatten neun Menschen – darunter zwei Wächter – getötet. Soviel für die Anderwelt, dachte Zimran; er hielt es für ziemlich sinnlos, mit den Schatten der Toten zu kommunizieren, wenn sie einem nicht einmal sagten, daß man kurz davor war, einer der ihren zu werden.

Mirabar hatte an diesem Abend einen Ring schützenden Feuers um das Lager legen wollen. Zimran war der Ansicht, daß man wohl kaum etwas finden könne, was die Aufmerksamkeit der Späher sicherer anlocken würde als ein großer Kreis magischen Feuers, das die ganze Nacht über flackerte, aber es war eigentlich Najdan gewesen, der es ihr ausgeredet und sie überzeugt hatte, daß Wachsamkeit genügen werde. Zimran wußte von Amitan, wie der Attentäter und das Dämonenmädchen einander kennengelernt hatten, aber er konnte es sich wirklich nicht vorstellen; als Zimran zu ihnen gestoßen war, war Najdan bereits – auf Kilorans Befehl – zu Mirabars Schatten geworden.

Mirabar ... na ja, sie war kein übles Mädchen, wirklich nicht, wenn man sich erst einmal an sie gewöhnt hatte. Es gab sicher Frauen, mit denen Zimran seine Tage und Nächte lieber verbracht hätte – eine kurze Erinnerung an die »Entführung« von Porsalls Frau ließ ihn lächeln –, aber er hatte nichts gegen Mirabar. Die Tage in Cheylans Lager nach seiner Verwundung hatten ihn gelehrt, daß der Aberglaube über Dämonen, wie jeder andere Aberglaube auch, nur dummes Zeug für Kinder war. Zugegeben, Mirabar sah noch seltsamer aus als Cheylan. Dieses *Haar* ... Lann war beinahe auf die Knie gefallen und hatte angefangen zu beten, als Josarian sie zum erstenmal nach Dalishar zurückgebracht hatte, um die anderen Männer kennenzulernen.

Josarian hatte ihnen allen unglaubliche Geschichten über seine Reise nach Shaljir erzählt, über die Begegnung mit einer *torena,* die ihnen von einer sogenannten Allianz erzählt hatte, über ihre Weiterreise nach Zilar, wo sie Kilorans Sohn Srijan getroffen hatten, und schließlich darüber, wie sie Kiloran selbst begegnet waren. Die Geschichte dieser Nacht strapazierte Zimrans Gutgläubigkeit gewaltig: ein Palast unter dem Wasser im See Kandahar, ein Feuerball, der durchs Wasser in diesen Palast eindrang und sich in ein Mädchen verwandelte, der Schatten Armians, der sie aus der Anderwelt grüßte, Prophezeiungen von Schicksal und Freiheit ... Die anderen Männer in Dalishar hatten allerdings alles so glatt geschluckt, als wären es Stücke reifer Sommermelonen.

Als er jetzt an diese Tage dachte, zuckte Zimran nur die Achseln. Die Geschichte war vermutlich übertrieben, aber tatsächlich das Verblüffendste, was er je gehört hatte, und es brachte die Männer in Scharen zu Josarian. Und das war nur gut so, denn da die Späher ihre Anstrengungen verstärkten, die Rebellion zu unterdrücken, starben die Leute auch schneller.

Wann wird das ein Ende haben? Wann wird Josarian zufrieden sein?

Die Valdani zu vertreiben, war ein schöner Traum, aber Zimran glaubte nicht so recht, daß sie das tatsächlich erreichen könnten. Die Valdani regierten die Welt. Sie hatten Sileria jetzt seit zweihundert Jahren beherrscht. So war es nun einmal. Konnten denn die wilden Moorländerstämme sie aus den Moorlanden vertreiben? Nein; und es gab erheblich mehr Moorländer als Silerier. Konnten die eroberten kintischen Staaten sie wieder loswerden? Nein; und die Kint waren viel reicher als die Silerier.

Auch Zimran haßte die Valdani; selbstverständlich tat er das! Er hatte jahrelang sein Leben immer wieder aufs Spiel gesetzt, indem er Ware an den Spähern vorbeigeschmuggelt hatte, während Josarian mit seiner Frau zu Hause saß und seine Nachbarn drängte, den »Frieden« zu bewahren. Und Zimran war schon zweimal erwischt worden. Beim erstenmal waren ihm die Minen erspart geblieben, weil er die richtigen Leute bestochen hatte. Beim zweitenmal ... hatte Josarian zwei Späher getötet.

Eine impulsive Wahnsinnstat, und dann war Josarian vollkommen verrückt geworden. Jetzt konnte Zimran nie wieder nach Hause zurückkehren. Selbst wenn die Späher ihn lassen würden, war immer noch der Brunnen in Emeldar vergiftet. Daher lebten er und die anderen jetzt als Banditen in den Bergen, setzten jeden Tag ihr Leben aufs Spiel, kämpften gegen die Valdani, töteten, plünderten, brandschatzten und stahlen ... und dann verschenkten sie alles, was sie gestohlen hatten.

Den ganzen Frühling lang bis weit in den Sommer hinein hatte Zimran um Frieden gebetet. Selbst nach seiner Befreiung aus der Festung bei Britar hatte er die Hoffnung noch nicht aufgegeben. Die Valdani waren zweifellos sehr darauf erpicht, diesen kostspieligen Wahnsinn zu Ende zu bringen. Die Bergklans würden es rasch müde werden, in Josarians Namen zu leiden. Die Kaufleute und *toreni* würden schließlich genug davon haben, daß in ihren Hinterhöfen eine Rebellion stattfand. Die Gesellschaft würde etwas dagegen haben, daß immer mehr Späher in die Berge kamen. *Irgendwer* würde schließlich so vernünftig sein, einen Waffenstillstand vorzuschlagen, und dann würde auch Josarian zur Vernunft kommen und einverstanden sein. Blutfehden begannen im Zorn und endeten im kühlen Licht der Vernunft. Selbst Josarian beklagte, wie die Sirdari sich selbst mit ihren endlosen Blutfehden vernichtet hatten! Zimran wußte, daß die Gewalttätigkeit nicht lange andauern würde, und er hatte sich an diesen Glauben geklammert und treu an der Seite seines Vetters weitergekämpft.

Zu Beginn des Sommers hatte Josarian sie verlassen, um seinen Blutpakt mit Tansen einzulösen, und sosehr Zimran den *roshah* auch haßte, er mußte zugeben, daß sein Vetter sich verhalten hatte, wie es einem Mann anstand. Gedemütigt von Josarian – er hatte *Emelen* die

Führung des Lagers übergeben –, war er dennoch auch während der Abwesenheit seines Vetters loyal geblieben. Er und Emelen hatten mehrere Vergeltungsschläge gegen die Späher durchgeführt, für die Massaker in Malthenar, Morven und Garabar. Sie standen zu jenen, die zu Josarian standen, und bestraften alle aufs grausamste, die sich gegen ihn wandten. Zim wurde immer noch übel, wenn er daran dachte, wie er und Emelen Arlen getötet hatten; aber sie hatten dafür sorgen müssen, daß niemand der Versuchung des Valdanigolds erlag und in Arlens Fußstapfen trat.

Zimran gab Josarian die Schuld an allem, weil dieser die beiden ersten Späher auf dem Schmuggelpfad getötet hatte, aber damals hatte Josarian *ihn* vor der Gefangennahme gerettet. Zimran gab Josarian die Schuld, daß er und zwanzig andere Männer ins Gefängnis geworfen worden waren, aber Josarian hatte sein Leben aufs Spiel gesetzt, um sie alle aus der Festung bei Britar zu befreien. Zimran war ein Schmuggler, dem es nicht sonderlich gefiel, Rebell und Gesetzloser zu sein. Aber er würde zu Josarian stehen, wie Josarian zu ihm stand, denn so gehörte es sich für einen Mann.

Der neue Mond hing am samtschwarzen Himmel und beendete so die Zeit vollkommener Dunkelheit. Zimran dachte kurz an die Witwe, die er früher in der Dunkelmondzeit besucht hatte. Auch sie war, wie alle anderen, aus ihrem Heim vertrieben worden, ihr Leben zerstört. Die ersten Nordwinde erhoben sich heute nacht in den Bergen, um die von der Hitze rissige Erde zu kühlen. Die Nächte wurden kühler, die Tage erträglicher. Der Sommer ging zu Ende, und Zimran wußte, daß die Zeit zum Friedensschluß knapp wurde. Die Späher, deren Haut die silerische Sonne nicht vertrug, würden jetzt wieder aktiver werden. Sie würden nicht mehr so schnell müde werden wie in der Sommerhitze. Sie würden jetzt nicht mehr so schnell aufgeben. Die Nordwinde würden ihnen Mut machen, und die Kämpfe würden noch schlimmer werden.

Zimran war nicht sonderlich überrascht gewesen, als die Wächter sich Josarian anschlossen, denn sein Vetter war ein überzeugender Mann, und wer erwartete schon, daß sich ein Haufen feueratmender Zauberer, die mit Geistern redeten, vernünftig verhielt? Aber die Gesellschaft ... das hätte er nie erwartet. Und jetzt diese sogenannte Allianz, die aus Kaufleuten und Städtern und *toreni* bestand!

Jetzt sprachen alle von Krieg statt von Blutfehde. Jetzt sprachen alle davon, die Valdani für immer aus Sileria zu vertreiben und nicht nur aus diesen Bergen. Jetzt sprachen sie von Freiheit und Ruhm und ... jetzt war für keinen von ihnen mehr ein Ende in Sicht. Würde Josarians wahnwitziger Traum weitergehen, bis sie alle tot waren, niedergemetzelt von den Valdani?

Zimran, der sein Leben geliebt hatte, hätte am liebsten geweint.

Ein aufgeregter *zanar* kam kurz nach Einbruch der Dämmerung auf die Höhlen von Dalishar zugetaumelt. Die Wachen hatten Josarian bereits berichtet, daß er auf dem Weg sei, ebenso, wie sie ihn vor den Spähern warnten, die auf allen Zugangswegen zu den Höhlen Patrouillen aufgestellt hatten. Wie zu erwarten gewesen war, hatte jemand schließlich den Valdani verraten, wo sich Josarians Hauptlager befand. Seit beinahe einem Zwillingsmond versuchten sie nun herauszufinden, wer dieser Verräter war.

Josarian, der sich fragte, was einen *zanar* hierher brachte, lud den Mann in eine der heiligen Höhlen ein. Seine Schwester Jalilar, die im Sommer zu ihnen gekommen war, weil sie genug davon hatte, ohne ihren Mann schlafen zu müssen, bot dem Fremden Speise und Trank an. Selbst ein *zanar* würde sich wahrscheinlich nach dem langen Aufstieg erschöpft fühlen und eine Erfrischung zu schätzen wissen.

Der *zanar,* ein knochiger, ungepflegter Mann, der vor Erschöpfung zitterte, trank gierig, lehnte aber das Essen ab. Dann starrte er Josarian lange und forschend an, und schließlich fragte er: »Bist du der Feuerbringer?«

Jalilar brach in Lachen aus. Josarian räusperte sich. Der *zanar* schien nichts anderes erwartet zu haben.

»Du weißt, daß sie behaupten, du seist es«, meinte er.

»Sie behaupten auch, ich sei tot, ich sei ein enterbter Valdanifürst, der auf Rache aus ist, ich sei der Geist Daurions ...« Josarian schüttelte den Kopf. »Die Leute erzählen eine Menge dummes Zeug.«

»Was willst du dagegen unternehmen?«

Josarian zuckte die Achseln. »Nichts.«

»Nichts?« Der *zanar* sprang auf. »Du könntest der Erwählte sein! Der Erwartete! Du könntest derjenige sein,

der uns aus der Gefangenschaft führt, der die Eroberer vertreibt ...«

»Die Kint haben die Eroberer vertrieben«, stellte Josarian freundlich richtig. Diese Geschichten waren uralt.

»Und er wird unser Volk zum Ruhm führen, er wird es wieder zu einem Volk von Kriegern machen und die Fremden vertreiben, die *roshaheen* aus dem Land jagen ... Du kennst doch sicher die Heiligen Schriften!«

»Ich kann nicht lesen.«

»Dann werde ich sie für dich rezitieren.«

Jalilar erhob sich ebenfalls. »Wenn ihr mich entschuldigen wollt, ich habe noch zu tun.«

Josarian warf ihr einen erheiterten Blick zu, als sie rasch aus der Höhle verschwand. Bevor der *zanar* seine Drohung wahr machen konnte, fragte er rasch: »Wie heißt du?«

»Jalan.«

»Jalan, ich habe nie behauptet, der Feuerbringer zu sein, und ...«

»Er wird seinen Ruhm nicht beanspruchen! Das wird Dar für ihn tun. Er wird sich in Ekstase mit der Göttin vereinigen und ...«

»Ja, ich verstehe. Aber ich bin es nicht.«

»Aber du *bist* ... wenn ich dich ansehe, kann ich erkennen, daß die Göttin dir beisteht.«

Was sagte Tansen immer? Die Menschen sahen nur, was sie sehen wollten. Josarian änderte seine Taktik: »Ich fühle mich sehr geehrt, daß die Göttin mich schützt, denn ich bin mein ganzes Leben lang fromm und ehrlich gewesen ...«

»Du mußt mit mir zum Darshon kommen.«

»Das kann ich nicht«, erklärte Josarian entschieden. »Wir stehen mitten in einem Aufstand.«

»Ja!« rief Jalan. »Ja! Und wenn du der Feuerbringer bist, den wir schon so lange – *so lange!* – erwarteten, wird ganz Sileria sich unter deiner Fahne sammeln, und wir werden endlich frei sein.«

»Und wenn ich nicht der Feuerbringer bin, werde ich im Vulkan sterben«, wandte Josarian ein. »Wäre es nicht besser, wenn ich einfach hierbliebe und weiterkämpfte, bis ...«

»Dein Licht ist deutlich zu erkennen! Hat dich denn niemand zuvor aufgefordert, zum Darshon zu kommen und die Vereinigung zu vollziehen?«

»Na ja, schon, aber ...« Die *zanareen* suchten *ununterbrochen* nach Menschen, die sich ihnen anschlossen.

»Ich wußte es! Warum bist du nicht gegangen?«

Er hätte beinahe gelacht. »Meine Mutter hat mich nicht gehen lassen. Ich war erst dreizehn, und ...«

»Ja! Man konnte es bestimmt damals schon sehen! Das Licht der von der Göttin Gesegneten! Ja, du magst noch jung gewesen sein, aber bereits ein Mann ... Es war immer dein Schicksal, dich mit ihr zu vereinigen. Du hättest gehen sollen!«

Vielleicht würde sich ein anderes Argument als wirkungsvoller erweisen. »Aber sicher ist doch Armian der Feuerbringer?«

»Er ist tot! Überall in den Bergen erzählt man sich, daß sein Schatten erschienen ist, um dir den Sieg zu prophezeien.«

Bei der Verbreitung dieser Geschichte hatten sie Tansens Beziehung zu Armian und seinen Mord an ihm geheimgehalten, und sie hatten nur einige Aspekte der außerordentlichen Ereignisse in Kandahar weitererzählt. Selbst Kiloran hatte sich diesem Schweigen angeschlossen, denn er war nicht begierig darauf, daß die Welt erfahren sollte, wie vor neun Jahren ein Junge seine Pläne vereitelt hatte.

»Dann weißt du auch«, sagte Josarian, »daß Armian die Gesellschaft und die Wächter davon überzeugt hat, sich den *shallaheen* anzuschließen. Unsere Allianz entstand durch Armians ...«

»Der Feuerbringer kann nicht tot sein, bevor die Schlacht überhaupt begonnen hat, du Dummkopf! Der Feuerbringer wird uns gegen die ausländischen Eindringlinge führen! Und nicht irgendeine Prophezeiung aus der Anderwelt!«

Die *zanareen* konnten so verdammt störrisch sein. »Dennoch, er ...«

»Und er war ein Attentäter! Glaubst du wirklich, die Göttin würde einen *Attentäter* umarmen?«

Josarian hob abwehrend die Hände. »Woher soll ich wissen, was die Göttin ...« Er hielt abrupt inne, als Jalan nach seiner rechten Hand griff.

»Ein Hochzeitsschnitt.« Jalan studierte die Narbe, die Calidar Josarian vor Jahren zugefügt hatte. »Du hast eine Frau?«

»Ich *hatte* eine Frau. Sie ist tot.«

»Ah.« Jalans Augen glitzerten zufrieden. »Selbstverständlich. Die Göttin hat sie genommen.«

Josarian hatte genug. Es gefiel ihm gar nicht, daß so von Calidars Tod gesprochen wurde. »Sie ist im Kindbett gestorben.«

»Die Göttin hat dich von ihr befreit...«

»Nein.«

»... damit du frei bist, sie im Darshon zu umarmen, ihrem Willen zu folgen, ebenso wie deinem Schicksal.«

»Nein.«

»Erkennst du es denn nicht?«

»Viele Männer verlieren ihre Frauen, und meine...«

»Es war das *Schicksal* deiner Frau zu sterben, damit du frei für deine Aufgabe bist.«

»Es *gab* keine andere Aufgabe, als Calidar zu lieben«, zischte er, kochend vor Wut über die Unterstellungen dieses Verrückten.

»Siehst du?« setzte Jalan nach. »Dar wußte, daß du dein Weib nicht freiwillig verlassen würdest. Dar wußte, daß du deine Frau verlieren mußtest, damit du dein Leben den Feuern opfern kannst!«

Angewidert entzog Josarian Jalan seine Hand. »Du irrst dich.«

»Du weißt, daß ich die Wahrheit spreche! Das *spürst* du in deinem Herzen. Du hörst den Ruf der Göttin.«

»Ich höre einen Verrückten, der den Tod meiner Frau verhöhnt!«

»Wenn es Zeit ist, wirst du zu ihr gehen. Selbst *ich* verspüre in deiner Nähe, wie sie dich zu sich ziehen will.«

»Dann kannst du ja zu ihr gehen.«

»Sie ruft dich zu den Feuern, nicht mich.«

»Wie praktisch.«

»Auch du wirst ihren Ruf spüren. Wenn deine Zeit gekommen ist, wirst du zu ihr gehen, wie es deinem Schicksal entspricht.«

»Wenn meine Zeit gekommen ist, werde ich durch ein Valdanischwert sterben«, sagte Josarian und stand auf, begierig, diesem Mann zu entkommen. »Und wenn du mich jetzt entschuldigen würdest ...«

»Und er wird sich in Ekstase mit ihr vereinen, wird sein Fleisch den Feuern darbieten, wie ein Mann sein Fleisch einer Frau darbietet ...«

Josarian flüchtete nach draußen ins Sonnenlicht und lief weiter, bis er diese Stimme nicht mehr hörte, dieses beleidigende, bebende, ununterbrochene Predigen.

Falian, der jetzt eine Narbe von Tansens Klinge im Gesicht hatte, von jenem ersten Abend in Dalishar, war ebenfalls draußen. Er hielt bei seinen Schwertübungen inne, sah über die Schulter und sagte mitfühlend: »Keiner mag die *zanareen.*«

Josarian nickte und zwang sich zu einem Lächeln, denn er wollte nicht, daß Falian und die anderen Männer bemerkten, wie sehr ihn diese Begegnung verstört hatte. Dar wußte, wie oft er sich an Calidars Tod die Schuld gegeben hatte. Wenn er sie nicht geschwängert hätte ... Er wollte sie wiederhaben, wollte, daß sie wieder bei ihm war, viel mehr, als er sich wünschte, die Valdani zu vertreiben oder frei zu sein. Ohne nachzudenken, holte er ihren Schal aus dem Hemd und drückte ihn sich ans Gesicht. Kummer und Trauer überfielen ihn, denn zum erstenmal wurde ihm klar, daß die Seide nicht mehr nach ihr roch. Sie roch jetzt nach *ihm,* von den vielen

Monaten, in denen er das Tuch an seinem Herzen getragen hatte.

Calidar ... Für sich genommen war es nur eine Kleinigkeit, daß der Schal nicht mehr nach ihr roch, daß er vermutlich schon seit Monaten nicht mehr nach ihr gerochen hatte. Aber es zerriß ihm dennoch beinahe das Herz. Er sehnte sich nach ihr, und er rief Hunderte von quälenden Erinnerungen wach, ließ sie im Geist wieder zum Leben erwachen.

Sie hatte ein aufbrausendes Wesen gehabt, seine Frau, und ein tiefes, klingendes Lachen. Ihre Taille war schmal gewesen, aber der Rest üppig, und es hatte ihr nichts ausgemacht, ihre schlanke Taille in der Schwangerschaft zu verlieren. Und wie *stark* sie gewesen war! Nicht so stark wie er, aber sie hatte ebensoviel heben können wie Zimran. Das ganze Jahr über war sie barfuß gegangen, bis es zu kalt wurde, und sie hatte die schönen Schuhe, die er ihr einmal aus Cavasar mitgebracht hatte, nicht gemocht. Ihre typische Haltung hatte darin bestanden, die rechte Hand auf die Hüfte zu stützen und mit der linken zu gestikulieren, und am Ende eines Tages hatte ihr das Haar immer wirr über den Rücken gehangen. Der Hochzeitsschnitt an ihrer rechten Hand hatte sich nach der Vermählung entzündet und eine dicke, unregelmäßige Narbe hinterlassen, als er endlich geheilt war. Ein schlechtes Zeichen, sagten viele, aber sie hatte ihren Mann leidenschaftlich geliebt und über diesen Aberglauben nur gelacht ...

Calidar ... Josarian wandte sich ab, damit seine Männer nicht die Tränen in seinen Augen sahen.

Bei den Feuern, wenn er wirklich glauben sollte, daß er sie, indem er sie heiratete, zum Tode verurteilt hatte, würde er sich mit Freuden in den Darshon werfen – oder von einer Klippe stürzen. Aber das war nur die Idee eines Verrückten, und er selbst mußte mehr als halb verrückt gewesen sein, sich das auch nur anzuhören.

Calidar ...

Krank vor Sehnsucht, erfüllt von einer Trauer, die er seit Monaten nicht mehr so heftig gespürt hatte, verließ er das Lager, um in der Einsamkeit der Berge Trost zu suchen. Es gab Erinnerungen, vor denen ein Mann davonlief, so wie Tansen; und es gab solche, an die man sich fest klammerte. Und diese Erinnerungen sollten nicht von dem wahnwitzigen Gestammel eines verrückten Fanatikers beschmutzt werden.

Der Sommer neigte sich dem Ende zu, und die brutale Hitze war einer sanften Wärme gewichen. Das Land war immer noch wie erschlagen, welk und braun von der glühenden Sonne und der Trockenheit dieser grausamsten aller Jahreszeiten. Selbst hier in Dalishar, weit von der Welt entfernt, konnte man oft die Buschfeuer im Wind riechen.

Tansen wurde nun jeden Tag zurückerwartet, mit seinem Bericht darüber, wie es im Osten weiterging. Josarian wartete nur noch auf seinen Blutsbruder, dann würde er sich zum nächsten Angriff aufmachen, zu einer weiteren Kampagne, die ihm neue Anhänger gewinnen sollte, und zu neuen Treffen mit Wächtern, Attentätern, Wasserherren und der Allianz. Mirabar hatte weiter im Süden zu tun. Mächtige Männer wie Kiloran und Baran verstanden, was auf dem Spiel stand, und hatten einen Waffenstillstand ausgerufen, aber einige der unbedeutenderen Wasserherren waren schwerer zu überzeugen. Ein paar taten einfach, was man ihnen sagte, aber andere, das hatte sich schnell gezeigt, brauchten jene Art überzeugenden Spektakels, das nur Mirabar ihnen liefern konnte. Zum Erstaunen der anderen Wächter hatte sie eine solch enge Verbindung zu Armian hergestellt, daß sie ihn sogar ohne den *shir* herbeirufen konnte. Und das war gut so, denn Kiloran hätte ihn ihr niemals überlassen.

Schließlich kehrte Josarian ins Lager zurück, weil er hoffte, daß Jalan inzwischen verschwunden war. Er hatte einen Hirsch erlegt, den er nun seiner Schwester bringen wollte. Jalilar war nach Dalishar gekommen, um bei Emelen zu sein, der zu ihrem Ärger nicht einmal im Lager war. Nachdem sie ihren Bruder dafür ausgeschimpft hatte, daß er sie zur Witwe machte, obwohl ihr Mann immer noch lebte, hatte sie beschlossen, bei den Aufständischen zu bleiben – und Jalilar wußte genau, wie man Fleisch zubereitete. Sie würde allen fehlen, wenn sie das Lager wieder verlassen hätte – und das würde sie zweifellos bald tun, denn sie hatte genug davon, allein zu schlafen, und wollte mit dem nächsten Boten, der von Dalishar zu Emelen geschickt wurde, weiterziehen. Inzwischen genossen Josarian und seine Männer ihre Kochkunst.

Als er näher kam, erkannte er eine vertraute Gestalt. Tansen war zurück, schlank, schnell und tödlich; er unterrichtete gerade ein halbes Dutzend Männer im

Schwertkampf. Josarian grinste, denn er freute sich, ihn zu sehen. Tansen war, wie immer, reservierter, aber auch er war froh, wieder bei seinem Blutsbruder zu sein.

Sie gingen in Josarians Höhle und setzten sich über einer Flasche geschmuggelten kintischen Branntweins zusammen, den Tan aus Liron mitgebracht hatte, um Neuigkeiten und Informationen auszutauschen. Die Rebellion verbreitete sich auch im Osten, und im Verlauf des Sommers hatten sie den Spähern etliche schwere Schläge zugefügt. Josarian hatte einiges davon gehört, aber längst noch nicht alles.

»Die Späher hatten im Osten keinen Ärger erwartet«, sagte Tansen, nahm seinen Waffengurt ab und lehnte sich in Kissen zurück, die die Männer aus einem Valdani-Landhaus gestohlen hatten. »Sie glaubten, der Aufstand bliebe auf den Westen beschränkt.«

»In Shaljir sieht es ähnlich aus. Sie waren am Anfang vollkommen unvorbereitet und mußten schwere Verluste hinnehmen.«

»Ich weiß. Als ich auf dem Weg hierher dort vorbeikam, sprachen die Leute kaum von etwas anderem.« Er sah Josarian an und fügte hinzu: »Es gibt noch etwas anderes, wovon sie reden.«

»Und was ist das?«

»Der Feuerbringer.«

Josarian verdrehte die Augen. »Fang du nicht auch noch an!«

»Ich bin Jalan begegnet, als ich herkam.« Tansen verzog spöttisch die Lippen. »Seine Gesprächsthemen sind zwar beschränkt, aber nicht uninteressant.«

»Ich dachte, du glaubtest, der Feuerbringer sei tot.«

»Nun ... die Valdani sind immer noch hier, also muß ich mich wohl geirrt haben.«

Josarian seufzte. »Wenn du dich auf Jalans Seite schlagen willst, wird das eine lange Nacht werden.«

Tansen erwiderte seinen Blick überrascht. »Ich dachte nicht, daß dich das so sehr belasten würde.«

»Dann hat er dir nicht all seine Theorien unterbreitet.«

Tansen zog das Hemd aus. »Du kannst es mir ja erzählen, während ich mich wasche. An mir klebt die Hälfte allen Drecks von Sileria.«

Also erzählte Josarian ihm alles. Tansen hatte immerhin erheblich schrecklichere Dinge mit ihm geteilt als die Beleidigungen eines Wahnsinnigen.

Triefend naß und ein wenig bibbernd von dem kalten Wasser, wickelte Tansen sich in eine Decke und setzte sich ans holzlose Feuer. Er schwieg lange Zeit, was Josarian unruhig machte; er war an Tansens skeptische Haltung gewöhnt, und das nachdenkliche Gesicht seines Blutsbruders wollte ihm gar nicht gefallen.

»Du glaubst doch nicht etwa, daß es wahr sein könnte?« fragte er schließlich herausfordernd.

»Nein.« Tansen starrte in die Flammen. »Aber ich weiß, wie man sich fühlt, wenn man den Tod eines Menschen verursacht hat, den man liebt.« Endlich begegnete er Josarians Blick. »Sind die Leute in Gamalan gestorben, weil ich Armian gefunden und versteckt habe? Wären sie noch am Leben, wenn ich ihm nicht geholfen hätte? Wäre ich auch tot, wenn ich dort gewesen wäre, statt in jener Nacht an der Küste zu sein? Selbst wenn ich ihn nie gesehen hätte? Welchen Anteil hatte ich an dem, was mit meiner Mutter, meiner Schwester, meinem Großvater geschah?«

»Tan...«

»Ich werde es nie erfahren.« Er beugte sich vor. »Und du auch nicht.«

»Ich ...« Josarian wandte sich ab. »Jalan hatte in einer Hinsicht recht. Ich wäre nicht hier, wenn Calidar noch am Leben wäre. Ich hätte nicht angefangen, mich an Zims Schmuggeltouren zu beteiligen. Ich hätte nie ...« Er rutschte unruhig hin und her. »Und wenn ich es nicht getan hätte ... hätte die Rebellion trotzdem begonnen?«

Tansen zuckte die Achseln und runzelte nachdenklich die Stirn. »Das Dämonenmädchen hat in seinen Visionen mich gesehen, nicht dich.«

»Mirabar?« Als Tansen nickte, fragte er: »Dann hättest du den Aufstand der *shallaheen* angeführt?«

»Ich weiß nicht, was ich tun würde, wenn du jetzt sicher in deinem Bett in Emeldar liegen würdest«, gab Tansen zu. »Ich wollte Rache, als ich zurückkam. Ich wollte Valdaniblut sehen. Aber ... ich hatte keinen Plan, kein Ziel. Und ich hatte deine Vision nicht.« Er legte Josarian die Hand auf die Schulter und tröstete zur Abwechslung einmal seinen Bruder, statt sich selbst trösten zu lassen. »Du hast in die Zukunft geblickt und Rebellion gesehen, Krieg, vielleicht sogar Freiheit. Du hast etwas gesehen, das uns beide überleben wird, etwas viel Größeres als persönliche Rache oder Haß. Ich habe das nie entdecken können, ehe du es mir gezeigt hast.

Ich kann nicht einmal sicher sein, ob ich es ohne dich je gesehen hätte.«

Josarian starrte in die Flammen. »Wenn ich also hier sein mußte, damit all das geschehen konnte ...« Er seufzte und wünschte, der Schmerz würde nachlassen. »Ich wäre lieber hundertmal gestorben, als Ursache für Calidars Tod zu sein, aber ...«

»Aber?«

»Sie wäre lieber für ein Ziel gestorben als für nichts. Aus einem bestimmten Grund und nicht nur zufällig.«

Tansen holte tief Luft und lehnte sich zurück. Er starrte in die heiligen Flammen. »Um zu sehen, wie *shallaheen* Steuereintreiber der Valdani aus den Dörfern jagen«, sagte er bedächtig, »statt sich zu ducken und sie nehmen zu lassen, was sie wollen. Um zu sehen, wie Silerier ihre Blutfehden beiseite stellen, um nach den Waffen zu greifen und Seite an Seite gegen die Späher zu kämpfen. Um den Staub zu sehen, den gepanzerte Reiter hinterlassen, die voller Angst vor uns fliehen, um davon zu träumen, daß sie einmal Sileria ganz verlassen werden, und zwar für immer. Um unser Land, unsere Städte, unseren Stolz nach tausend Jahren der Unterdrückung wieder zu beanspruchen ...« Er nickte, und seine Stimme hatte einen wärmeren Klang angenommen als sonst. »Josarian, ich wünsche mir erheblich mehr als du weiterzuleben, und dennoch ist das etwas, wofür es sich lohnen würde zu sterben. Vielleicht hätte sie ebenso gedacht.«

»Vielleicht«, wiederholte Josarian leise. »Ich wünschte nur, ich hätte sie fragen können.«

KAPITEL 3

Najdan hatte nur zwei Dinge im Leben gefürchtet: Hunger und Kiloran. Dann war sie aufgetaucht und hatte diese Angst mit der Wut ihres Feuers überwältigt. Jung, klein und zierlich, aber unermüdlich und von Dar mit Visionen gesegnet und verflucht, ungeschützt von Rang, Familie, Klan oder Gefährten: Sie war ganz allein in Kilorans Versteck eingedrungen, war dem mächtigsten Wasserherrn der Welt entgegengetreten und hatte ihn irgendwie erobert. Allein tief auf dem Grund des Kandahar-Sees mit einem gnadenlosen Zauberer, seinen mörderischen Attentätern, diesen gefährlichen Rebellen aus den Bergen und einer arroganten *torena,* hatte sie sie alle ihrem Willen unterworfen, und jetzt dienten sie den Schatten, die sie aus der Anderwelt rief, und den Visionen, die sie heimsuchten.

Und Najdan diente ihr, wie Kiloran es ihm befohlen hatte. Um seines Herren willen hatte er versucht, soviel wie möglich über sie zu erfahren. Um ihretwillen schützte er sie vor Gefahren. Nun, da sie keine Feinde mehr waren, achtete er ihren Mut und ihre Macht, und er respektierte sie, wie er zuvor nur Kiloran respektiert hatte.

Najdan hatte keine Angst mehr vor Mirabar wie zu Anfang. Er wußte jetzt, daß sie keine Dämonin war – und was sie auch sonst sein mochte –; sie war nicht einmal eine Mörderin. Sie hatte ihn gefangengenommen, hätte ihn jederzeit töten können, und wahrscheinlich hätte sie das auch tun sollen; aber sie hatte ihn am Leben gelassen, selbst nachdem er seinerseits versucht hatte, sie zu ermorden.

Am Kandahar hatte er schließlich ihre wahre Größe erkannt. Die anderen dort taten, was sie ihnen sagte. Selbst Kiloran, obwohl es ihm eindeutig nicht gefiel, beugte sich ihrem Urteil, und die Attentäter in Kandahar hatten Angst vor ihr. Searlon war nicht dort gewesen, aber Najdan nahm an, daß selbst Searlon hätte anerkennen müssen, daß Mirabar von Kräften geleitet wurde, die er sich nicht einmal auszumalen wagte, ebenso wie Kräfte durch sie handelten, die Najdan nicht einmal im Traum erleben mochte.

Und daher diente Najdan ihr mit all dem Mut und der Loyalität, die er zwanzig Jahre lang Kiloran gegeben hatte. Najdan war kein großer Mann, aber er war hervorragend dafür geeignet, großen Männern zu dienen – oder großen Frauen. Er hatte sich selbst vor der hoffnungslosesten Armut gerettet, in die ein Mann hineingeboren werden konnte, und sein Leben erfolgreich gemeistert, weil er wußte, was er besser konnte als andere und wer ihn am besten dafür belohnen würde. Zwanzig Jahre lang hatte Kiloran ihn zu einem der wohlhabendsten Attentäter in Sileria gemacht. Najdan wußte, daß dieses Mädchen ihm im Austausch für seine Dienste keinen Reichtum bieten konnte – sie war selbst arm, sogar für eine Wächterin. Er wußte nur, wenn ein Mann eine Prophetin sah, eine Visionärin, eine Zauberin, die selbst Kiloran fürchtete, wäre er dumm, ihren Wert in Silber und Gold ermessen zu wollen.

Er brachte Mirabar nun von Britar aus nach Norden, nachdem sie ihren Auftrag dort erfolgreich erledigt hatte: Ein widerspenstiger Wasserherr war dazu gebracht worden, sich gemäß dem Willen der Gesellschaft und der Anderwelt der Rebellion anzuschließen. Jetzt diskutierten sie darüber, welchen Weg sie nehmen sollten. Wie gewöhnlich brachten die beiden Rebellen, Lann und Zimran, Mirabar nicht den Respekt entgegen, der ihr nach Najdans Ansicht zustand. Und wie immer wetzte Mirabar ihre Zunge, wie ein Attentäter seinen *shir* benutzen würde.

»Dalishar«, wiederholte Zimran. »Wir sollen nach Dalishar zurückkehren, und es ist mir gleich, was für seltsame Botschaften du in deinen Visionen erhältst, ich ...«

»Und mir ist es gleich, wer in Dalishar auf dich wartet, um die Beine breit zu machen«, fauchte Mirabar. Sie hatte nicht lange gebraucht, um zu verstehen, was Zimran antrieb. »Wir können nicht dorthin gehen!«

»Sirana«, warf Lann ein, »wenn du vielleicht erklären könntest, wieso wir nicht nach Dalishar zurückkehren sollten ...«

Najdan brauchte keine Erklärungen. Wenn Mirabar sagte, daß sie jetzt nicht nach Dalishar gehen sollten, genügte ihm das. Sie war eine mächtige Zauberin, und die anderen waren nur *shallaheen.* Das sagte er schließlich auch, mit einem kühlen Blick auf Lann und Zimran.

»Einige von uns sind daran gewöhnt, ihren eigenen Wünschen nachzugehen«, entgegnete Zimran verächtlich, »statt den Befehlen eines Wasserherrn und ...«

»Auch *shallaheen* tun, was die Gesellschaft will«,

meinte Najdan. »Von den Befehlen der Valdani, der *toreni*, der Kaufleute und der Wächter gar nicht zu reden. In der Natur erfüllen die Geringsten immer die Befehle der Mächtigen.«

Lanns Miene verfinsterte sich, und er griff nach seinem Schwert. Mirabar, die diese Bewegung bemerkt hatte, schlug ihn – fest – mit ihrer kleinen Hand vor die Brust und sprang buchstäblich mitten in den Streit, fixierte die Männer mit blitzenden Augen.

»Das reicht jetzt«, sagte sie wütend. »Sollen wir einander umbringen, damit die Späher nicht mehr soviel zu tun haben?«

»Keine Frau wartet auf mich in Dalishar«, sagte Zimran mürrisch. »Nur mein Vetter. Darf ich die *sirana* respektvoll daran erinnern, wer die Rebellion anführt?«

»Und wer führt Josarian?« versetzte Najdan. »Er hört der *sirana* aufmerksamer zu als du weibischer...«

»Lassen wir doch die Beleidigungen sein.« Mirabar warf einen Blick auf Zimrans Hand, die nach dem *yahr* zuckte. »Ich sage euch, wir werden Dalishar nicht lebend erreichen, wenn wir jetzt versuchen, dorthin zu gehen.«

Zimran warf ihr einen scharfen Blick zu. »Die Anderwelt hat dich gewarnt?«

Sie sagte nur: »In meinen Visionen blockiert das Zeichen der Drei den Weg nach Dalishar. Wir müssen nach Zilar gehen.«

»Zilar?« Lanns massiger Unterkiefer sackte abwärts. »Süße Dar, *sirana*, warum so weit weg?«

Mirabar seufzte. »Das weiß ich nicht. Der Rufer will,

daß wir es tun.« Sie zuckte die Achseln. »Wir werden in Zilar gebraucht.«

»Das ist ein weiter Weg«, erklärte Najdan bedächtig. Sie hatten fast kein Geld mehr. »Wir müssen vorher noch einen Valdan überfallen.«

Zu seiner Überraschung lachte Lann. »Ich hätte nie geglaubt, daß das Ausrauben von Valdani einmal so alltäglich werden würde.«

Zimran dachte einen Augenblick lang nach, dann breitete sich ein Lächeln auf seinem Gesicht aus. »Soviel ich weiß, hat der Kaiserliche Berater auf dem Weg von hier nach Zilar einen Landsitz.«

Nachdem dies geklärt war, konnte auch Najdan erleichtert lächeln.

»Das ist eine schmutzige Angelegenheit.« Josarian klang bedrückt, seine Miene war angespannt, als er, gefolgt von einer schweigenden, grimmigen Menge, durch die Straßen von Zilar ging.

»Eine Angelegenheit für einen Attentäter«, stimmte Tansen, der neben ihm schritt, zu. Srijan, der sie ebenfalls begleitete, warf ihnen einen wütenden Blick zu. »Wäre es euch lieber, wenn wir ihn nicht entdeckt hätten?«

Der *sriliah,* den sie seit über einem Zwillingsmond gesucht hatten, hatte den Spähern genug Informationen gegeben, um die Rebellen Geld, Leben, Sicherheit und Zeit zu kosten. Ihm war es zu verdanken, daß nun die Namen von fast dreißig von Josarians Männern bekannt und beträchtliche Belohnungen auf ihre Köpfe ausgesetzt waren. Selbstverständlich stand Josarian ganz oben auf dieser Liste; die Valdani waren inzwischen bereit, genug für seinen Kopf zu zahlen, um aus einem *shallah* einen kleinen *toren* zu machen. Eine kaum geringere Belohnung war auf Tansen shah Gamalani ausgesetzt, einen »flüchtigen Schwerverbrecher«, der die wertvollen Schwerter eines *shatai* gestohlen hatte und der Anfang des Jahres ein Gast von Kommandant Koroll in Cavasar gewesen war.

Also hatte Koroll nicht nur herausgefunden, was geschehen war, dachte Tansen, er hatte sich auch noch eine glaubwürdige Geschichte einfallen lassen, um seinen eigenen Anteil an Tansens Entlassung aus der Gefangenschaft zu verheimlichen – es war schließlich der Kommandant persönlich gewesen, der Tansen hatte gehen lassen, vollständig bewaffnet und insgeheim versessen darauf, Josarian beim Kampf gegen die Valdani zu helfen. Nun, dieser Einfallsreichtum hatte sicher auch dazu beigetragen, Koroll dorthin zu bringen, wo er heute war: auf den Posten des Oberkommandierenden von ganz Sileria.

Aber schlimmer als die geringfügige – und auf Dauer unvermeidliche – Unbequemlichkeit, daß viele der Rebellenanführer den Valdani nun namentlich bekannt waren, war die Verletzung des *lirtahar*. Rund um Dalishar lauerten jetzt so viele Späher, daß es beinahe unmöglich war, das Lager aufzusuchen oder zu verlassen, ohne in einen Kampf verstrickt zu werden, für gewöhnlich mit dem eindeutigen Nachteil, selbst der Angegriffene zu sein und nicht der Angreifer. Josarian hatte genug Männer zurückgelassen, um die Höhlen (und seine Schwester) zu verteidigen, und dann verbreiten lassen, daß niemand mehr nach Dalishar kommen sollte, ehe die Region nicht vollständig in den Händen der Rebellen war. Derzeit waren so viele Späher in Chandar, dem den Höhlen am nächsten gelegenen Dorf, stationiert, daß sich der verführerische Gedanke aufdrängte, auch dort das Wasser zu vergiften, wie sie es in Emeldar getan hatten. Aber die Späher zwangen inzwischen jedesmal, wenn sie aus einem silerischen Brunnen, einer Quelle, einem Fluß oder einem See Wasser holten, einen gefangenen *shallah* zum Vorkosten.

Zusätzlich war vor kurzem ein Rebellenlager angegriffen worden, und neun Personen, darunter zwei Wächter, waren umgekommen. Ein Überfall der Rebellen auf eine Karawane mit Steuergeldern war vor ein paar Tagen fehlgeschlagen, weil die Späher sie offensichtlich erwartet hatten; es war klar, daß jemand sie gewarnt haben mußte.

Endlich war es der Gesellschaft gelungen, den *sriliah* in Zilar zu entdecken, aber sie hatten lediglich die Informationen über seine Identität an Josarian weitergegeben. Der Mann, der von seiner Entlarvung nichts ahnte, war klug und vorsichtig gewesen – aber am Ende hatte das nicht genügt.

Vor zwei Tagen hatte Josarian seine Leute angewiesen, in Zilar das Gerücht zu verbreiten, er wolle *toren* Ronall, Elelars Mann, entführen. Gestern war ein Schneider namens Harjan, der ein behaglicheres Leben führte als die meisten *shallaheen*, diskret aus der Stadt verschwunden, während seine Frau behauptete, er läge mit Fieber im Bett. Josarian und Tansen waren ihm zu einem Treffen mit einem Späher gefolgt, den Tan sofort erkannt hatte: Myrell. Es war verführerisch gewesen, diesen aufgeschwemmten, kindermordenden Valdan sofort zu töten, aber sie wären zu zweit gegen zwanzig Späher gewesen, und sie hatten Wichtigeres zu tun. Sie waren am vergangenen Abend Myrells Boten gefolgt, um sicherzugehen, daß sie auch keinen Fehler machten, und tatsächlich war dieser Bote zu Ronalls Landsitz geeilt, um den *toren* zu warnen. Im Morgengrauen hatten sie beobachtet, wie Späher zum Landsitz ritten und sich auf einen Angriff vorbereiteten.

Tansen und Josarian, nun sicher, daß sie tatsächlich den Mann identifiziert hatten, der sie an die Valdani verriet, waren jetzt auf dem Weg zu Harjans gemütlichem Haus.

»Was werdet ihr tun?« fragte Srijan begierig, aber er flüsterte, damit die Dorfbewohner, die ihnen folgten, ihn nicht hören konnten.

Die Leute hier wußten, daß etwas bevorstand, beinahe so wie bei der Vollstreckung eines Blutfluchs der Gesellschaft. Josarian und Tansen würden nicht einfach unangekündigt in eine kleine Stadt kommen und mit grimmigen Mienen durch die Straßen gehen, nur weil sie nichts Besseres zu tun hatten. Alle wußten, daß sie nach einem Verräter in ihrer Mitte gesucht hatten. Tansen war in seiner Jugend Zeuge vieler ähnlicher Szenen gewesen. O ja, die Leute wußten, wieso er und Josarian heute hier waren und wieso Srijan sie begleitete, um die

Unterstützung der Rebellion durch die Gesellschaft zu demonstrieren. Die Leute hier hatten bereits erraten, was sie in Zilar wollten. Und nun beobachteten sie Hunderte dunkler Augenpaare erwartungsvoll oder gequält. Denn noch wußte niemand, wen die Rebellen bestrafen wollten, und alle fürchteten, es könnte jemand sein, den sie liebten, ein Freund oder ein Verwandter.

»Was werdet ihr tun?« wiederholte Srijan.

Tansen warf einen Blick auf Josarians angespanntes Gesicht, dann brachte er Srijan mit einem Blick zum Schweigen. Der Attentäter hatte seinen *shir* aus der *tirshah* geholt, wo Tansen ihn zu Beginn des Sommers liegengelassen hatte, aber Tan konnte ihn ihm jederzeit wieder abnehmen. Elelar hatte ihm allerdings einen ausführlichen Vortrag darüber gehalten, daß er es unbedingt vermeiden sollte, Kiloran zu erzürnen – als ob Tansen vergessen hätte, wozu das führen konnte –, und er hatte versprochen, Srijan um der gemeinsamen Sache willen zu ertragen.

»Wir tun, was nötig ist«, erklärte er knapp.

Josarian atmete unregelmäßig, und er war bleich geworden. »Ich habe viele getötet«, sagte er leise. »Viel zu viele, obwohl ich weiß, daß es noch mehr sein werden. Aber ... darunter war kein Silerier. Kein anderer *shallah*. Keiner von uns.«

»Oh, du wirst feststellen, daß sie ebenso leicht sterben wie die Valdani«, meinte Srijan höhnisch.

Josarian achtete nicht auf ihn. »Ich wünschte ...« Er seufzte. »Nun gut. Es geht nicht anders. Ich werde mir hier heute Feinde machen. Jedermann achtet das *lirta*-

har, jedermann versteht, wenn ein Attentat notwendig wird. Jeder weiß, wieso ich den *sriliah* umbringen werde ... Aber es gibt hier bestimmt auch Menschen, die ihn gern haben, und das wird mir Feinde verschaffen.«

Das entsprach der Wahrheit. Tansen wußte, daß sie jetzt mitten in einem Paradox der silerischen Kultur gefangen waren. Wenn Josarian den Verräter Harjan heute nicht umbrachte, würde er über Nacht Respekt und Einfluß verlieren. Frauen würden an ihm zweifeln, Männer würden ihn verachten. Es würde noch mehr Verräter geben, denn plötzlich würde nicht nur die Gefahr des Verrats vernachlässigbar erscheinen, die Leute würden es auch nicht mehr für ein so großes Verbrechen halten, einen Mann zu verraten, der als schwach galt. Und die Valdani boten so viel Gold dafür, daß einer das Schweigen brach ... Dennoch, wenn Josarian Harjan heute tötete, würde er sich tatsächlich Feinde machen. Alle waren gegen Verräter, aber selbst unter denen, die den *sriliah* verachteten und Josarians Handeln verstanden, würden *shallaheen* sein, die – vielleicht wegen einer Blutsverbindung zu Harjan – danach Josarians Feinde werden mußten. Von hier aus würde sich die Unzufriedenheit ausbreiten. Vielleicht keine allzu ernsthafte Unzufriedenheit, aber die Rebellion war noch zu neu, um eine Bedrohung der Einigkeit der *shallaheen* leichtfertig abzutun. Ebenso, wie sie es sich nicht leisten konnten, daß Josarian sich als schwach erwies, konnten sie es auch nicht verkraften, wenn auch nur ein einzelner *shallah* nicht auf ihrer Seite stand oder gar Josarian persönliche Rache schwor.

Tansen wußte, was er zu tun hatte.

Ich bin nicht zurückgekommen, um shallaheen *zu töten* ... War dies Dars Rache, daß er heute etwas so Scheußliches tun mußte, daß er zu einem Attentäter werden mußte, wie es der Mann – sein Blutsvater – gewesen war, den er auf jener dunklen, windumtosten Klippe vor neun Jahren umgebracht hatte?

Es muß doch einen anderen Weg, eine andere Antwort geben. Ich will keinen aus meinem eigenen Volk töten!

Selbst während er still um eine Möglichkeit flehte, seiner Pflicht entgehen zu können, konzentrierte sich der *shatai* in ihm auf die Aufgabe, die vor ihm stand.

»Du wirst dir hier heute keine Feinde machen«, sagte er zu seinem Blutsbruder. »Du bist ... nur der Geschädigte. Ich werde mich um den Rest kümmern.«

Srijan blickte überrascht auf. Josarian schüttelte den Kopf. »Nein, Tan, das ist meine Sache.«

Tansen sprach leise. »Du kannst es nicht selbst tun«, sagte er. »Du kannst dir keine Fehde leisten, und du weißt auch, daß wir nicht einfach wieder umdrehen können.«

»Ich bin derjenige ...«

»... der die anderen anführen muß.«

»Ein Mann muß sich seinen ...«

»Ich hab es dir schon öfter gesagt: Laß dich nie von deinem Stolz zu einem Kampf verleiten.«

»Was ist mit meiner Ehre?«

»Du mußt deiner Ehre auf andere Weise dienen.« Er blieb stehen und sah Josarian in die Augen. »Denk wie ein Anführer und nicht wie ein *shallah,* und du wirst sehen, daß ich recht habe. Wenn es um Arlen ginge und das Gemetzel von Malthenar gerade erst hinter uns läge, könntest du nichts falsch machen, denn Arlen hatte niemanden mehr, der sich für ihn interessierte, und damals dürsteten alle nach Rache. Aber das hier ...« Er schüttelte den Kopf. »Hier geht es um einen respektablen Einwohner eines ruhigen Dorfes an einem schönen Tag. Niemand hier hat das Blutvergießen gesehen, das Harjan bewirkt hat. Niemand hier hat seinetwegen leiden müssen.«

Josarian senkte den Blick, schaute zur Seite, tat alles, um Tansens Blick auszuweichen. »So sollte es nicht sein.«

»Ganz deiner Meinung. Aber so ist es nun einmal.«

Srijan schnaubte höhnisch. »Tansen ist ohnehin ein käuflicher Mörder, Josarian. Wo liegt das Problem?«

Sie ignorierten ihn. Schließlich nickte Josarian, obwohl sich auf seiner Miene immer noch widerstrebende Gefühle abzeichneten. »Also gut, Tan«, sagte er bekümmert. »Du hast recht.«

Tansen drehte sich wieder um und ging weiter auf Harjans Haus zu. »Halte dich zurück. Du bist hier nur der Geschädigte.« Solche Leute suchten für gewöhnlich die Hilfe eines Attentäters. Der Brauch sah vor, daß ein Geschädigter in den meisten Fällen den Tod dessen, der ihm etwas angetan hatte, anstreben konnte, ohne damit eine Blutfehde auszulösen.

»Du bist kein Attentäter«, murmelte Srijan verächtlich.

»Nein«, stimmte Tansen ihm zu. »Ich bin ein *shatai*, ein Sohn der größten Kriegerkaste der Welt, geschliffen an Stein und Stahl, geehrt von den Göttern Kintos und den Zauberern des Steinernen Waldes, geachtet von allen und von vielen gefürchtet. Und du«, fuhr er bitter fort, »bist nur ein Mörder mit einer verzauberten Klinge.« Er ging weiter auf Harjans Haus zu und ließ einen vor Wut zitternden Srijan zurück.

Josarian nahm seinen Platz ein, für alle deutlich zu sehen, und blieb schweigend stehen, während Tansen Harjan aus dem Haus rief. Harjan kam heraus, strich sich das Hemd aus Spinnwebstoff glatt und bedachte Tansen mit einem fragenden, nervösen Lächeln. Seine Frau blieb in der Tür stehen, eine rundliche Person mit Falten auf der Stirn und dicklichen Fingern. Tansen fragte sich erst gar nicht, ob sie ihren Mann liebte, ob es Kinder im Haus gab oder ob vielleicht ein Bruder Harjans irgendwo hinter ihm in der Menge stand. Er konzentrierte sich auf das, was er zu tun hatte.

»Harjan«, sagte er. »Hier steht Josarian mar Gershon, dem du Schaden zugefügt hast, indem du ihn an die Valdani verrietst.«

Obwohl sie die Anklage zweifellos erwartet hatten, keuchten doch alle in der Menge entsetzt auf und begannen dann, laut aufeinander einzureden. Harjans Frau drückte die Hände auf den Mund und riß ängstlich die Augen auf. Harjan schüttelte den Kopf und begann sofort, alles abzustreiten.

Ungerührt berichtete Tansen mit lauter Stimme über die Ereignisse des Vortags und erzählte, wie er Zeuge des Treffens zwischen dem angeblich bettlägerigen Harjan und Myrell, dem Schlächter von Malthenar, Morven und Garabar, geworden war. Als er fertig war, betrachteten die Dorfbewohner Harjan mit zornigen Blicken und warteten auf eine Erklärung.

»Der Späherhauptmann hatte – er hatte Kleidung bei mir bestellt, *siran!*« entgegnete Harjan. »Es war ... es war eine geschäftliche Unterredung. Ja, ich weiß, daß wir die Valdani jetzt als Feinde betrachten müssen, aber ich bitte dich, *siran!* Ein Mann muß doch praktisch denken! Ich habe eine Frau und Kinder zu ernähren. Ich habe ...«

»Zilar war das einzige Dorf, in dem wir die Gerüchte über die geplante Entführung eines *toren* namens Ronall verbreitet haben«, unterbrach Tansen ihn. »Du bist der einzige aus Zilar, der sich gestern mit Myrell getroffen hat. Myrell hat einen Boten ausgeschickt, um Ronall zu warnen. Heute früh sind Myrells Männer zu Ronalls Landsitz geritten, um einen Hinterhalt für Josarian zu legen.«

»Das – das hatte nichts mit mir zu tun!« rief Harjan, der jetzt heftig schwitzte.

»Woher sonst sollte Myrell erfahren haben ...«

»Wie soll ich wissen, woher die Späher ihre Informationen erhalten?«

»Warum hat Myrell dir gestern Gold gegeben?«

Harjan atmete schwer, er hechelte beinahe. »Welches Gold?«

»Wir haben gesehen, wie du es genommen hast, Harjan. Wir haben gesehen, wie du es gezählt hast.«

»Er hat mich für ... für meine Arbeit bezahlt.«

»Welche Arbeit?«

»Ich bin Schneider. Er hat meine Arbeit bewundert ... als die Späher im Frühjahr hier waren, und eine Bestellung ...«

»Du hast ihm keine Kleider gebracht«, sagte Tansen. »Du hast nur mit ihm gesprochen.«

»Er hat mich für Sachen bezahlt, die ich bereits geliefert hatte.«

»Wann?«

»Ich – ich ...«

»Srijan«, sagte Tansen und versicherte sich vor dem gesamten Dorf der Unterstützung der Gesellschaft, »hat Harjan, als er sich das letztemal mit dem Späherhauptmann traf, Kleider abgeliefert?«

»Nein«, sagte Srijan. »Er hat mit ihm gesprochen und Gold erhalten; ich habe gesehen, wie er es zählte. Am nächsten Tag starben sechzehn *shallaheen* und vier Attentäter, als sie einen Steuertransport in den Bergen von Amalidar überfielen. Es war offensichtlich, daß die Späher den Angriff erwartet hatten.«

»Ihr habt viele Transporte überfallen«, warf Harjan hektisch ein. »Selbstverständlich haben die Späher ...«

»Wie oft hat Myrell dich für diese Kleider bezahlt, die du ihm angeblich geliefert hast?« fauchte Tansen. »Du mußt seit dem Tag, als ich geboren wurde, Tag und Nacht ununterbrochen gearbeitet haben, um so viel Gold zu verdienen, daß du es nicht auf einmal heimtragen kannst.«

Eine Frau in der Menge schob ihren Sohn vor und überraschte damit alle. Wie es sich gehörte, erwies Tansen der Mutter seinen Respekt und gestattete ihr zu sprechen.

»Mein Sohn ist Harjans Lehrling, *siran*«, sagte sie zu Tansen.

»Aha.« Er sah den Jungen an. »Dann sprich. Hat dein Meister tatsächlich einen Auftrag des Späherhauptmanns ausgeführt?«

»Nein, *siran*«, erwiderte der Junge bebend. »Einen solchen Auftrag hat es nie gegeben. Wir hatten nie einen *roshah*-Kunden.«

Harjan unternahm einen letzten Versuch, seinen Verrat zu leugnen. »Ein dummer Junge, *siran*. Er weiß nicht, wer meine Kunden sind!«

Angewidert von dieser Vorstellung und unwillig, das Unvermeidliche noch weiter hinauszuschieben, schlug Tansen ihm ins Gesicht. Harjans Frau schrie auf. Harjan fiel auf die Knie und fing an zu weinen.

»Stell dich der Anklage gegen die Ehre, *sriliah*«, sagte Tansen ruhig. »Steh auf und kämpfe.«

Harjan hatte Mühe zu sprechen und zwang die Worte zwischen heftigem Keuchen heraus. »Das ... das kann ich nicht, Tansen. Du hast zwanzig Moorländer in einer einzigen Nacht umgebracht. Du hast eine ganze Schiffsbesatzung kintischer Piraten getötet.«

Tansen erkannte die lächerlichen Prahlereien, die er verbreitet hatte, als er noch auf der Suche nach Josarian gewesen war. Nun, da er den Blutfluch Kilorans überlebt hatte, da er an Josarians Seite kämpfte, glaubten die Leute diese absurden Geschichten offenbar und verbreiteten sie weiter.

Harjan sah ihn an; seine Augen waren glasig vor Angst. »Wenn ich auf deine Herausforderung eingehe, wirst du mich töten, bevor ich auch nur den *yahr* in der Hand habe. Und was wird mir ein *yahr* gegen deine Schwerter helfen?«

»Dann werde ich dich schnell töten«, versprach Tansen ruhig, »und morgen werden wir deine Leiche mit Feuer läutern, damit du in die Anderwelt reisen kannst.« Heute würden sie die Leiche lassen, wo jedermann sie sehen und erkennen konnte, worin der Preis dafür bestand, wenn man Josarian für das Gold der Valdani verriet.

Harjan brach schluchzend zusammen, als Tansen das rechte Schwert zog und es im Sonnenlicht aufblitzen ließ.

»Dar sei meiner Seele gnädig!« jammerte Harjan. »Sie haben mir soviel Geld geboten. So viel! Und ihr werdet sowieso alle sterben! Wieviel länger soll das noch gehen? Wieviel länger können sich Bergbauern gegen das mächtigste Reich der Welt wehren?«

»Nimm Abschied von deiner Frau«, befahl Tansen und hob das Schwert, »und mach deinen Frieden mit Dar.«

Harjans Frau lehnte schlaff in der Tür und weinte leise; Tränen liefen ihr über die Wangen, und immer noch hatte sie eine dickliche Hand auf den Mund gedrückt.

»Geh nach Liron«, riet ihr Harjan in seinem letzten Augenblick. »Dort gibt es keine Rebellen.«

»Doch«, sagte Tansen. »Du bist ein erbärmlicher Spion, Harjan. Siebzehn Klans im Osten haben sich bereits Josarians Sache verschworen, darunter auch die Lironi selbst. Bald werden sie auch ihre Vettern in der Stadt überzeugen, sich uns anzuschließen.«

Entsetzen spiegelte sich auf Harjans Miene. »Du lügst«, flüsterte er.

»Du hast dich für die falsche Seite entschieden, als du dein eigenes Volk verraten hast«, antwortete Tansen und sprach laut genug, daß alle ihn hören konnten. »Wir werden siegen. Und jeder, der nicht für uns ist, ist gegen uns und wird den Preis zahlen müssen!«

Das Schwert blitzte auf, als er zuschlug; die scharfe Klinge durchtrennte Haut und Muskeln und Wirbel und setzte einen Strom von Blut frei, als sie Harjans Kopf von seinen Schultern trennte. Der Körper fiel seitlich um und lag in einer sich rasch ausbreitenden Pfütze auf dem Pflaster. Der Kopf rollte ein Stück und blieb dann ebenfalls liegen, und weit aufgerissene Augen starrten zu einem immer noch blauen Himmel.

Tansen schaute einen Augenblick lang auf den Kopf hinab, mit klopfendem Herzen, aber ausdrucksloser Miene. Dann schnickte er das Blut von seinem Schwert, wischte es schnell an Harjans Spinnwebstoffhemd ab und versuchte, nicht auf die Schreie der Witwe zu hören.

Er hatte nie mit jemandem darüber gesprochen – nicht mit seinem *kaj,* nicht mit Josarian, mit niemandem –, denn es wäre für einen *shatai* eine seltsame Äußerung gewesen, aber die Wahrheit war, daß ihm vom Töten immer übel wurde.

Die Leiche des *sriliah* lag dort, wo sie hingefallen war, als Mirabar und ihre Eskorte bei Sonnenuntergang nach

Zilar kamen. Inzwischen hatten auch hier die Menschen von ihr gehört, denn das Dämonenmädchen, das die Gesellschaft und die Wächter überzeugt hatte, sich Josarian und Tansen anzuschließen, war bereits überall in den Bergen berühmt – und berüchtigt. Dennoch, obwohl sie von ihr gehört hatten, neigten die Leute immer noch dazu, entsetzt vor ihr zurückzuweichen, wenn sie sie zum erstenmal sahen. Mit Najdan an ihrer Seite, der die Hand an seinem *shir* hatte und alle Respektlosigkeit mit dem kalten Blick eines Attentäters erstickte, bemerkte Mirabar die Zilari jedoch kaum, als sie Zimran beobachtete, der sich vorbeugte, um die Leiche zu untersuchen.

Sie erkannte sofort den Strang geknotete Schnüre, die Zimran hochhob und die mit den groben Steingutperlen eines *shallah* durchzogen waren: *So sterben alle, die ihr eigenes Volk verraten. So sterben alle, die Josarian verraten.*

Mirabar blickte auf, sah die Dorfbewohner an und fragte den ersten, auf den ihr Blick fiel: »Wer hat das getan?«

Der Mann wich erschrocken vor ihren glühenden Augen zurück und bekam kein Wort heraus. Najdan trat zu ihm, schlug ihn ins Gesicht und fauchte: »Antworte der *sirana!*«

»T... Tansen, *sirana.*« Der Mann schluckte. »Es war Tansen. Heute erst.«

»Er war heute hier?« wiederholte sie.

»J... ja.«

»Allein?« fragte Lann.

»Nein.« Die Miene des Mannes hellte sich auf. »Josarian war bei ihm. Und, äh, Srijan, der Attentäter. Nachdem ... nachdem es getan war, gab Josarian der Witwe Geld und erklärte, er werde dafür sorgen, daß ihre Kinder nicht hungern müssen, jetzt, wo ihr Vater ...«

Zimran richtete sich wieder auf. »Wohin sind Josarian und die anderen danach gegangen?«

Nervös sahen die Dorfbewohner einander an. Najdan schüttelte einen von ihnen ungeduldig. »Wir sind auf ihrer Seite, du Idiot! Jetzt sag uns schon, wo wir sie finden können.«

»In der *tirshah* am Dorfrand. Der mit dem schönen Garten.«

Najdan sah ihn forschend an. »Die, in der die *toreni* immer wohnen?«

Sein Informant nickte und flüsterte heiser: »Eine *torena* ist ebenfalls dort, *siran*.«

»Ah.« Najdan warf Mirabar über die Schulter einen Blick zu. »Du hattest offenbar recht, *sirana*. Wir werden heute tatsächlich in Zilar gebraucht.«

Zimran grinste. »War es nicht gut, daß ich euch alle davon überzeugt habe, den Vorschlägen der *sirana* zu folgen?«

Mirabar verdrehte die Augen und bat Najdan, sie zu führen, da er offenbar wußte, nach welcher *tirshah* sie suchen mußten.

Selbst die Entdeckung der Leiche des Verräters und die Neuigkeiten von der Anwesenheit ihrer Verbündeten waren nicht verblüffend genug, um Mirabar von der Schönheit des Dorfes abzulenken, als sie weitergingen. Sie hatte schon oft vom Reichtum Zilars gehört, von der wunderbaren Aussicht, den berühmten Bäumen und selbstverständlich dem großen, mit Goldziegeln gedeckten Tempel. Als sie jetzt Najdan an dem gewaltigen kintischen Gebäude vorbei folgte, war sie der Ansicht, dies sei bei weitem das Beeindruckendste, was sie je gesehen hatte. Schon durch seine Größe wäre es außergewöhnlich gewesen, aber auch nach Jahrhunderten des Verfalls erfreute die hervorragende Arbeit längst verstorbener kintischer Handwerker noch das Auge. Nichts, weder die Tatsache, daß dringend Reparaturen notwendig gewesen wären, noch das grelle Zeichen der Drei, das die Valdani vor mehr als einem Jahrhundert vor dem Tempel errichtet hatten, konnte dieser Schönheit Abbruch tun.

Die *tirshah* am Dorfrand schien zu großartig, um nur ein Dorfgasthaus zu sein; sie war soviel eleganter als die wenigen anderen Gebäude, die Mirabar bisher betreten hatte. Besorgt darüber, welche Reaktionen ihr Erscheinen hier wohl hervorrufen würde, begann sie, einen langen, halbdurchsichtigen Schal über ihr flammendrotes Haar zu ziehen, aber Najdan hinderte sie daran.

»Die *tirshah* gehört Kiloran«, sagte er ihr, so leise, daß Lann und Zimran es nicht hören konnten, »und der Wirt steht loyal zu uns.«

»Kiloran?« flüsterte sie.

»Niemand weiß das.« Und er fügte hinzu: »Vermutlich nicht einmal die *torena*.«

»Es ist Elelar, nicht wahr?«

»Wahrscheinlich. Sie kommt hierher, um sich mit Srijan zu treffen, wenn sie Kiloran sprechen will. Das tut sie schon seit ...« Er zuckte die Achseln. »Jedenfalls seit mehreren Jahren.«

»Und die anderen sind ebenfalls hier.« Begierig zu erfahren, wieso sie hier alle wieder zusammentrafen – von Kiloran einmal abgesehen –, ging sie vor den Männern in die *tirshah.*

Ihr Erscheinen in der Eingangshalle bewirkte beträchtliche Verwirrung, aber Najdans Befehle wurden rasch und ohne weitere Fragen befolgt. Man führte die vier in ein privates Gastzimmer, wo Tansen, Josarian, Srijan und Elelar im Gespräch versunken waren.

Josarian begrüßte sie überrascht und erfreut und voller Zuneigung, besonders seinen glattzüngigen Vetter. Tansen war recht freundlich zu Lann und zeigte den anderen gegenüber distanzierte Höflichkeit. Srijan nickte Najdan kurz zu und ignorierte alle anderen. Trotz der Umstände legte Elelar einiges von der rituellen Höflichkeit einer *torena* an den Tag. Zimran, der Elelar nie zuvor gesehen hatte, war sofort fasziniert. Nachdem sie ihn nun schon länger kannte, fand Mirabar seine heftige Reaktion auf die schöne *torena* nicht ungewöhnlicher als Hitze im Sommer. Sie kürzte die Begrüßungen ab, indem sie Elelar direkt fragte, was sie hier tat.

»Die Valdani haben eine Festung an der Nordgrenze der Kintischen Königreiche angegriffen«, antwortete Elelar. »Sie sind auf überraschend starken Widerstand gestoßen. Die Kint hatten den Angriff offenbar erwartet und waren darauf vorbereitet, ihn zurückzuschlagen.« Elelar lächelte zufrieden. »Der Himmelspalast betrachtet den Angriff als kriegerischen Akt und zieht seine Botschafter aus Valdania und allen Provinzen des Kaiserreichs zurück.«

»Krieg«, sagte Josarian. »Und heftiger, als ihn die Valdani erwartet haben.«

»Ja. Inzwischen sind die westlichen Armeen des Kaiserreichs immer noch in den Moorlanden beschäftigt«, fügte Elelar hinzu.

»Die Valdani haben ihre Streitkräfte zu sehr ausgedehnt«, meinte Najdan.

Josarian nickte. »Es wird bald nicht mehr genug Männer geben, die sie nach Sileria schicken können.«

Mirabar nickte bedächtig und starrte Elelar an. »Du wolltest dich mit den anderen besprechen.«

»Ich frage erst gar nicht, woher du das weißt«, erwiderte Elelar trocken.

»Du hast einen Plan.«

»Die Allianz hat einen Plan.«

»Und?« Mirabar sah sie fragend an.

Josarian grinste. Er war eindeutig erfreut über das, was er ihr zu sagen hatte. »Nun, *sirana,* was ist das einzige Ziel hier in Sileria, dessen Eroberung die Valdani über Nacht bis zur Unfähigkeit schwächen würde? Wie müßte ein Schlag sein, den selbst der Kaiser noch spüren kann? Der Sieg, der alle Silerier endgültig dazu bringen würde, sich uns anzuschließen?«

»Das weiß ich nicht.« Mirabar zuckte die Achseln. »Ich bin Wächterin und kein ...«

Sie hielt inne, weil ihr plötzlich klar wurde, was er vorhatte. Mit weit aufgerissenen Augen schaute sie von Josarian zu Elelar und dann zu Srijan. Schließlich blieb ihr Blick an Tansen hängen, und sie versuchte zu interpretieren, was sie in seiner ungerührten Miene lesen konnte. Wenn er glaubte, daß das möglich war, dann würde sie es ebenfalls glauben.

»Bei den Feuern!« flüsterte sie. »Ihr wollt die Minen von Alizar angreifen!«

KAPITEL 4

Es war ein kühler Abend in Shaljir, und der Nordwind blies mit ungewöhnlicher Kraft. Bald würde der Regen folgen, und wenn es Elelar nicht gelang, die Stadt vorher zu verlassen, würde sie hier festsitzen, bis die Straßen wieder trocken waren. Sie konnte nur mühsam ihre Ungeduld beherrschen, als sie in Borells breitem Bett lag. Es war seine Schuld, daß sie noch immer hier war, wo sie doch anderswo so viel für den Angriff auf Alizar vorzubereiten hatte.

Aber morgen war irgendein wichtiger Feiertag der Valdani, und Borell wollte sie hier im Santorell-Palast haben. Er hatte darauf bestanden. Sie biß die Zähne zusammen und erinnerte sich daran, daß Borell im Austausch dafür, daß er ihr unfreiwillig so viele Informationen für die Allianz lieferte, hin und wieder damit rechnen durfte, daß Elelar sich tatsächlich wie seine Mätresse benahm.

Borell spürte ihre Unruhe und wandte sich ihr zu, zog sie an sich. »Woran denkst du, meine Liebe?«

Ihr war nicht danach, sich mit ihm zu unterhalten, also antwortete sie: »Ronall.« Für gewöhnlich brachte ihn das zum Schweigen. Er mochte es nicht, wenn sie ihren Mann erwähnte.

Leider war auch Borell in dieser Nacht in einer ungewöhnlichen Stimmung. »Was ist mit ihm?«

Eigentlich hatte sie kaum etwas über ihren Mann zu

sagen, und im allgemeinen schenkte sie ihm weniger Aufmerksamkeit als den Stallkatzen. Sie überlegte.

»Er ist so unruhig, seit er erfahren hat, daß dieser Bandit Josarian ihn entführen wollte.«

Offiziell taten die Valdani in Shaljir immer noch so, als seien die Rebellen nur eine Bande von Strauchdieben, die ein wenig zu unverschämt und zu stark geworden waren. Selbstverständlich wußten Koroll und Borell es besser, aber sie versuchten, ihr Gesicht und ihren Ruf zu wahren.

Und das wird unsere Waffe sein, dachte Elelar zufrieden. Sie werden von ihrem eigenen Stolz besiegt und von ihrer Prahlerei beherrscht.

»Ronall jammert deshalb immer noch?« Borell runzelte die Stirn. »Das war am Ende des Sommers! Er soll sich gefälligst zusammenreißen.«

Zunächst war es Elelar, die sich zusammennehmen mußte. Borell beschwerte sich immer noch über einen kleinen Überfall, den einige von Josarians Leuten (es waren Najdan, Lann und Zimran gewesen) auf seinen Landsitz verübt hatten, etwa zur selben Zeit, als Ronall die Gerüchte über seine geplante Entführung gehört hatte. Sie fragte sich, was Ronall oder Borell wohl tun würden, wenn sie je erfahren sollten, wie eng sie mit diesen Leuten zusammenarbeitete.

»Die Späher haben Josarian immer noch nicht gefangen«, meinte sie und rieb damit ein bißchen Salz in die offenen Wunden des Kaiserlichen Beraters. »Daher hat Ronall Angst, Shaljir zu verlassen. Er hat keinen Fuß mehr aus der Stadt gesetzt, seit er sich hierher geflüchtet hat.«

Borell regte sich nicht. Sie nahm an, daß er über Josarian nachdachte, aber seine nächste Bemerkung überraschte sie. »Ronall ist seitdem hier gewesen? Die ganze Zeit?«

»Ja.«

»Das war mir nicht klar.« Angespanntes Schweigen folgte, und dann: »Hat er dich besessen, seit er nach Shaljir zurückgekehrt ist?«

Besessen. Sie haßte diesen Begriff. Sie haßte den Gedanken dahinter. Manchmal haßte sie die Männer wirklich.

Borell umarmte sie fester. »Sag es mir.«

»Ich bin seine Frau.« Ein Besitz, dachte sie verbittert; Eigentum, das keiner von ihnen mit einem anderen teilen will.

»Wie oft?«

Nicht: Hat er dir weh getan? Nicht: Sträuben sich dir die Haare, wenn er dich auch nur berührt? Nicht: Möchtest du darüber sprechen?

Nur: Wie oft hat er mit meinem Spielzeug gespielt?

Ihr Widerstreben war nicht gekünstelt, als sie antwortete: »Borell, ich möchte darüber nicht ...«

»Wie oft hat er es getan, verdammt noch mal?«

Sie seufzte. »Ich weiß es nicht. Mehrmals.«

»Wie oft?«

»Ich weiß es nicht.« Dieses Gespräch gefiel ihr überhaupt nicht. Mätresse oder nicht, ihre ehelichen Pflichten gingen Borell nichts an. »Seit er wieder da ist, etwa alle fünf oder sechs Tage.«

Zu ihrer Überraschung war Ronall beim erstenmal

nüchtern und relativ höflich gewesen, war in ihr Zimmer gekommen, hatte Faradar ruhig gebeten zu gehen und dann sehr sachlich vorgeschlagen, sie sollten versuchen, einen Erben zu bekommen. Es war zu viel Bitterkeit zwischen ihnen, als daß Elelar es hätte genießen können, aber zumindest hatte er ihr diesmal nicht weh getan oder sie gedemütigt. Tatsächlich war ihr quälend bewußt, daß er seitdem sogar mehrmals versucht hatte, es ihr erfreulicher zu machen; manchmal war er die ganze Nacht geblieben und hatte sie im Arm gehalten. Sie widersetzte sich ihm nicht, aber ihr Körper reagierte nicht auf seine Berührungen, und im Geist war sie woanders. Es überraschte sie, daß sie sogar ein- oder zweimal daran gedacht hatte, so zu tun, als ob sie es genösse. Seit Ronalls Rückkehr nach Shaljir hatte er etwas Bedrücktes, Trauriges an sich. Eines Nachts hatte er zugegeben, daß ihn Josarians Plan, ihn zu entführen, dazu gebracht hatte, über seine eigene Sterblichkeit nachzudenken. Das hatte offenbar eine ernüchternde Wirkung auf ihn gehabt, aber Elelar wußte, daß es nicht anhalten würde.

»Alle fünf oder sechs Tage?« Borell war verärgert. Er hob den Kopf und starrte sie zornig an. »Er versucht wohl, einen Erben zu zeugen?«

»Das nehme ich an«, erwiderte sie, weil sie wußte, daß eine deutlichere Antwort ihn nur noch mehr aufbringen würde.

»Er glaubt, daß ich dich aufgeben werde, wenn er dich schwängert.«

»Würdest du das tun?«

Wieder überraschte er sie damit, daß er sie am Arm packte und aus den weichen Laken hochriß. »Ich werde dich niemals aufgeben!«

»Eine Mätresse, die im achten Monat von ihrem Ehemann schwanger ist, wäre eine ausgesprochen beschwerliche Gefährtin«, meinte sie. Da sie bezweifelte, jemals schwanger werden zu können, machte sie sich deshalb allerdings keine allzu großen Sorgen.

»Und wenn meine Frau mein Kind trüge?« fragte er. »Das wäre doch wohl etwas anderes.«

Ihr Geist war in dieser Nacht ungewöhnlich träge. »Hast du vor, wieder zu heiraten?« fragte sie verwirrt. Sie wußte, daß Borells erste Frau gestorben war, bevor er nach Sileria kam. Er hatte bisher nie neue Ehepläne erwähnt, da war sie ganz sicher.

»Vielleicht.« Er sah sie aus seinen ungewöhnlich blauen Augen an. »Heirate mich, Elelar.«

Sie hätte nicht erschrockener sein können, wenn er ihr einen Eimer kalten Wassers über den Kopf gegossen hätte. »Heiraten? Dich?«

Er lachte über ihre schrille Stimme und die verdutzte Miene. »Ja! Warum nicht?«

»Warum nicht?« Er mußte den Verstand verloren haben. »Weil ich schon verheiratet bin.«

Borell zuckte nur abfällig die Achseln. »Laß dich scheiden.«

»Ich ...« Sie bewegte lautlos die Lippen, in ihrem Kopf drehte sich alles. »Das kann ich nicht.«

Er grinste. »Warum nicht?«

»Wir ... Scheidungen sind hier nicht üblich«, meinte

sie kläglich. Niemals hätte sie diese Gefahr vorausgesehen, als sie versucht hatte, Borell in ihren Bann zu ziehen. Er wollte sie heiraten!

Er grinste noch breiter. »Nicht üblich?« neckte er. »Sileria gehört jetzt zu Valdania. Unsere Sitten sind eure Sitten.« Elelar mußte sich zusammennehmen, nicht zu schaudern, als er fortfuhr: »Du lebst unter Valdani-Gesetzen, nicht mehr nach diesen barbarischen silerischen Traditionen.«

»Mein Mann ist Halbsilerier«, klammerte sie sich an Formalitäten.

»Seine Familie stammt aus Valdania.«

»Aber meine Familie!«

»Elelar, vertrau mir. Ich werde dafür sorgen, daß Ronall es nicht bereuen wird, dich gehen zu lassen. Er mag sich vielleicht zunächst widersetzen, aber sein Vater würde ihm schon Vernunft beibringen – es wäre nicht das erstemal. Und was deine Verwandten angeht ...« Er zuckte die Achseln. »Du hast immer gesagt, daß du ohnehin nur ein paar entfernte Verwandte hast, was soll das also? Außerdem kannst du, wenn sie sich zu heftig widersetzen, immer noch dein Erbe aufgeben. Überlaß es ihnen; das wird ihnen die Mäuler schon schließen.«

»Aber ich will mein Erbe nicht auf...«

»Ich lege keinen Wert auf dein Land und deine Häuser. Ich will dich.« Er küßte sie leidenschaftlich. »Und ich bin ein sehr reicher Mann, meine Liebe. Es wird dir an nichts fehlen.«

»Aber ... es ... es gehört sich nicht für eine *torena*,

derart von ihrem Mann abhängig zu sein. Die ... die Ehre meiner Familie verlangt ...«

»Glaubst du denn, ich würde dir jemals etwas verweigern, was du dir wünschst? Glaubst du, das könnte ich?« Seine Hände waren zärtlich, streichelten sie, versuchten, sie zu überzeugen. »Wenn es unbedingt nötig ist, wenn du dich anders nicht zufrieden gibst, werde ich dir etwas von meinem Land und Geld überschreiben, damit es dir allein gehört.«

»Borell ...« Sie versuchte, gegen ihre Angst anzukämpfen, weil sie fürchtete, es könnte ihr plötzlich übel werden. Wie war das alles nur möglich?

»Meine Liebste ...« Er nahm ihre Sprachlosigkeit als Zeichen tiefster Rührung und umarmte sie. Sie versuchte es ein letztes Mal. »Ronall wird niemals damit einverstanden sein.« Darum betete sie jedenfalls. »Ganz gleich, was sein Vater sagt, er wird diese Demütigung niemals hinnehmen.«

»Still jetzt.« Er küßte sie sanft. »Überlaß das mir, ich werde mich schon um ihn kümmern. Ich kümmere mich um alles.«

»Aber er wird nicht ...«

»Scht, mach dir keine Sorgen. Auf die eine oder andere Art werden wir ihn bis zum Ende des Jahres los sein, das verspreche ich dir.«

Süße Dar, hatte er etwa vor, Ronall umbringen zu lassen, um sie ganz für sich zu haben?

»Ich bin der Kaiserliche Berater«, erinnerte er sie. »Ich kann tun, was ich will.«

Josarian hilf! Die Arroganz ihres Valdani-Herrschers

vereinte sie so eng mit dem Bergrebellen, als wären sie Bruder und Schwester. Sie mochte Josarian nicht, aber in diesem Augenblick, als Borell sie im Fieber der Leidenschaft in die Kissen drückte, fühlte sie sich plötzlich mit Josarian verwandt. Er und sie waren eins mit diesem Land, in ihren Zielen und in ihrer jeweiligen Hölle. Er schlief allein, vermißte seine verstorbene Frau, lebte auf der Flucht, in ständiger Gefahr. Sie machte die Beine breit für die suchende Hand des Valdan, der ihr Zärtlichkeiten ins Ohr murmelte, und sie kannte in dieser Nacht all die Einsamkeit, die auch der *shallah* empfand, die leidenschaftliche Sehnsucht nach Freiheit, das Bedürfnis, alles im Kampf für Sileria aufs Spiel zu setzen.

Borells Mund an ihrer Brust war feucht. »Laß uns gleich anfangen.«

»Hmm?« Sie riß ihre Gedanken aus diesen wilden Bergen zurück, von diesem Verbündeten, der sie nicht lieber mochte als sie ihn, aber von dem sie hoffte, daß er die Willenskraft verstand und respektierte, die sie brauchte, um Borell jetzt anzulächeln und ihre Beine um seine dicke Taille zu schlingen.

»Fangen wir gleich heute nacht damit an.« Er strich zärtlich über ihren Bauch. »Ich will, daß du mir einen Sohn schenkst.«

Keine Tochter, kein Kind. Einen Sohn.

Keinen Silerier. Keinen *toren*. Einen Valdan. Sie verbarg ihren Ekel hinter einem langsamen, feuchten Kuß.

»Ein Sohn ...« Sie nahm seinen erigierten Penis in die Hand. Jetzt würde er keinen Schutz mehr benutzen, nie wieder, wenn er mit ihr zusammen war. »Ja. Deinen Sohn, Borell. Heute nacht.«

Als sie ihm die Hüften entgegenhob, flehte sie lautlos zu Dar, die Göttin möge ihren Leib so unfruchtbar machen wie die felsigen Regenbogenklippen von Liron.

Hitze und Ekstase verschmolzen in seinen Träumen miteinander. Feuer umschlang ihn, zerschmolz ihn, nahm seine Seele gefangen, ließ seine Knochen zu flüssiger Lava werden. Qualvolle Freude. Ruhmreicher Schmerz. Hinreißende Folter. Das erotische Brennen und Kochen der Lava rief nach ihm, lockte ihn in die Tiefe. Die Umarmung explodierender Flammen ließ ihn aufschreien; Angst und Leidenschaft verbanden sich zu einem einzigen gewaltigen Ausbruch von Gefühlen. Begeisterung. Hingabe. Delirium. Unerträgliche Freude.

Feuer durchflutete ihn, sammelte sich in seinen Lenden, raste durch seine Adern, drang aus Mund und Augen und Ohren.

Feuer in ihm, er selbst war Feuer, eins mit ihm, und er würde es ihnen bringen. Er würde ihnen das Feuer bringen. Feuerbringer.

»Josarian!«

Wasser, die Kälte einer anderen Macht, einer anderen Domäne, erstickte seine wahnsinnige Leidenschaft, zerstörte die heilige Vereinigung ... und weckte ihn auf.

Spuckend und hustend blinzelte er rasch, strich sich das Haar aus der Stirn, schüttelte sich. Verwirrt blickte er auf. Tansen hatte sich über ihn gebeugt, seine schlanke Silhouette zeichnete sich im Licht der Monde ab.

»Alles in Ordnung?« Tansens Stimme klang angespannt, besorgt.

Er hielt den Wasserschlauch wie eine Waffe in den Händen und war eindeutig bereit, noch mehr Wasser über seinen Bruder zu kippen, falls sich das als nötig erweisen sollte.

»Was machst du denn da?« wollte Josarian wissen.

»Du hast im Schlaf geschrien.«

»Und du meinst, mich mitten in der Nacht mit Wasser zu begießen, wäre die angemessene Reaktion?«

Als er hörte, wie normal Josarian klang, ließ Tansen den Schlauch fallen und setzte sich wieder hin, ganz plötzlich und ohne seine übliche Anmut. Josarian stellte entsetzt fest, daß Tans Hand zitterte, als er sich damit durch sein schwarzes Haar fuhr.

»Als du angefangen hast zu schreien ...« Tansen war immer noch ein wenig atemlos, »habe ich dich angesprochen. Deine Schulter gepackt. Ich habe dich geschüttelt. Geschlagen ...«

»Du hast mich geschlagen? Und ich bin nicht aufgewacht?«

»Fünf- oder sechsmal, Josarian.« Er schüttelte den Kopf. »Ich ... ich dachte schon, du stirbst. Es waren schreckliche Schreie. Ich dachte, du hättest Hirnfieber. Oder du würdest angegriffen.«

»Angegriffen?«

»In anderen Ländern gibt es Zauberer, die in den Geist eines Menschen greifen können.« Tansen zuckte die Achseln. »Ich weiß selbst nicht genau, was ich dachte.«

»Ich habe geträumt.« Stirnrunzelnd stand Josarian

auf. Er griff nach dem nun klatschnassen Hemd, das unter seinem Kopf gelegen hatte, und hängte es zum Trocknen in einen Baum. Langsam kehrte sein Gefühl zurück, Erinnerungen, so seltsam wie erregend. »Feuer, Lava, Hitze, Flammen ...«

»Ein Vulkan?«

Er nickte. »Und ich war mittendrin.«

»Hast du ... darüber nachgedacht, was die Leute über dich sagen?« Jalan war nicht der einzige *zanar* geblieben, der verlangte, daß sich Josarian bewies, indem er in den Krater des Darshon sprang. Und die *shallaheen* hörten ihnen zu. Sie hörten zu, und sie redeten darüber.

»Es war ... ein Schmerz, wie man ihn sich nicht vorstellen kann, nicht einmal du mit deinem Brandmal. Schmerz, für den es keine Worte gibt.«

»Ja, das nehme ich an.«

»Aber es war auch Ekstase.«

»Josarian ...«

»Ekstase, wie ... sie einem eine Frau verschaffen kann. Nur viel, viel gewaltiger.«

»Es war ein Traum!«

Er hörte den Zorn in Tansens Stimme und sah ihn überrascht an. Er kam von den Höhen der Erinnerung zurück und erkannte, daß Tansen ... Angst hatte. Um ihn.

»Ich bin nicht dabei, den Verstand zu verlieren«, versicherte Josarian ihm. Vielleicht sollte er seine Träume in Zukunft für sich behalten.

»Hattest du ...« Tansen räusperte sich. »Hattest du solche Träume schon öfter?«

»Ich bin nicht sicher.« Er zuckte die Achseln. »Wahrscheinlich nicht. Du hättest es ja wohl bemerkt, oder?«

»Vielleicht schreist du nicht immer.« Tansen sprach so leise, daß Josarian ihn kaum verstehen konnte.

»Und vielleicht hätte ich heute abend nicht soviel Mandelwein trinken sollen.« Bevor sie schlafen gegangen waren, hatten sie eine Flasche von dem Zeug getrunken, das ihnen gestern ein Mann aus dem Dorf gegeben hatte. Tansen hatte, wie immer, sehr wenig getrunken, was bedeutete, daß Josarians Anteil zu groß gewesen war. Er schlug Tansen auf den Rücken. »Schlafen wir weiter! Wir haben einen weiten Weg vor uns, wenn wir Baran vor Sonnenuntergang erreichen wollen.« Bedauernd fügte er hinzu: »Es gibt Tage, da fehlen mir die Pferde der *torena* direkt.«

Tansen saß ruhig in der Nachmittagssonne, wartete und beobachtete und dachte über Josarians Träume nach. Seit jener Nacht, in der er Josarian zum erstenmal mit kaltem Wasser geweckt hatte, hatte er bisher noch viermal ähnliche Träume gehabt. Zum Glück nicht in jener Nacht, die sie in Barans Versteck verbracht hatten, einem verfallenen alten Schloß, das von einem tödlichen, verzauberten Graben umgeben war, der nur mit dem Segen des Wasserherrn überquert werden konnte. Baran hatte ihren Plänen für den Angriff auf Alizar zugestimmt, ihnen seine Unterstützung zugesichert und geschworen, seinen Teil des Plans pflichtgetreu auszuführen.

Aber nachdem sie Barans Versteck verlassen hatten, hatten die Träume Josarian wieder und wieder gequält, alle paar Nächte. Josarian, der normalerweise ein so ruhiger und bodenständiger Mensch war, wirkte gereizt und zerstreut, als hätte er Visionen wie das Dämonenmädchen. Tansen behielt ihn im Auge, besorgt und verstört. War das Zauberei? Wahnsinn? War es sein Schicksal?

Der Feuerbringer.

Wenn Tansen überhaupt an den Feuerbringer glaubte, dann auch daran, daß er ihn selbst umgebracht hatte. Er war bereit, Dars Rache hinzunehmen, ebenso wie die Strafe dafür, seinen eigenen Blutsvater ermordet zu haben. Seit Marjan hatte niemand mehr die Götter so beleidigt. Und Tansen hatte sich bereits Armians Schatten gestellt, ebenso, wie er sich auch Dar stellen würde, wenn sie ihn holen kam. Nach dem, was er in Mirabars prophetischem Feuer gesehen hatte, konnte er es mit allem aufnehmen.

Sollte es möglich sein, daß er sich geirrt hatte, was Armian anging? Für einen dummen Jungen war es leicht gewesen zu glauben, daß die gottgleiche Gestalt des gefeierten Attentäters der Feuerbringer war. Einem Krieger, der in der Welt herumgekommen war, fiel es viel schwerer, das wahnsinnige Geschwätz der *zanareen* und das hektische Flüstern der *shallaheen* zu glauben, wenn sie von Josarian sprachen.

Kein Zweifel, Josarian war ein großer Mann, wo Armian nur ein privilegierter gewesen war, und Josarian verfügte anstelle von Armians Gewalttätigkeit über echten Mut. Josarian war würdig, von Dar auserwählt zu werden, um Sileria in die Freiheit zu führen, während Tansen ein entsetzliches Verbrechen gegen Dar und gegen alle Gesetze begangen hatte, weil er überzeugt gewesen war, daß Armian kurz davor stand, Sileria in die schlimmste Sklaverei zu führen, die das Land je gekannt hatte.

Ja, wenn es tatsächlich einen Feuerbringer gab, dann würde Dar recht daran tun, Josarian zu erwählen. Aber für einen erfahrenen Mann war es viel schwerer als für einen Jungen, an geheimnisvolle Helden wie den Feuerbringer zu glauben. Darüber hinaus fiel es ihm absurderweise schwer, auch nur einen Teil der Schuld aufzugeben, die er seit Jahren mit sich herumgetragen hatte, weil er glaubte, den Feuerbringer getötet zu haben – als ob die Tatsache, daß er seinen Blutsvater ermordet hatte, nicht den meisten Menschen genügend Grund zu abgrundtiefer Scham liefern würde.

Ach, aber ein *shatai* war eben nicht wie die meisten. Sein Ruhm mochte größer sein, aber seine Bürden waren es auch, um des Gleichgewichts und der Harmonie willen ... Nicht, daß Tan von dem einen oder anderen je viel erlebt hätte.

Konnte sich jemand tatsächlich in den Krater des Darshon werfen und überleben? Seit Jahrhunderten waren Männer in den Vulkan gesprungen, und einer nach dem anderen war gestorben. Die Legende vom Feuerbringer war von Menschen geschrieben worden, hier in den Bergen. Einige sagten, die Göttin selbst habe sie dazu angeleitet ... aber die Leute erzählten so vieles. Wer konnte bei den Sileriern, den größten Märchenerzählern, Schwindlern und Lügnern in allen drei Ecken der Welt, schon wissen, was Wahrheit war und was nicht?

Immerhin wußte Tansen, daß sich die Leute auch über ihn bereits die unglaublichsten Geschichten erzählten. Wer wußte denn, ob nicht auch die Geschichte vom Feuerbringer, ebenso wie Tansens geringere Legende, aus den Prahlereien eines einzigen Nachmittags entstanden war? Wer konnte denn mit Sicherheit sagen, ob die kostbaren Schriften der *zanareen* auf mehr beruhten als auf dem betrunkenen Klatsch aus einer *tirshah*, die schon vor Jahrhunderten zu Staub zerfallen war? Wer sollte wissen, ob in den unglaubwürdigen Prophezeiungen, mit denen diese wildäugigen Fanatiker und abergläubischen Bauern Josarian jetzt behelligten, auch nur ein einziges Wort wahr war? Und diese Träume, die Josarian mehr und mehr vereinnahmten ... War es nicht möglich, daß sie einfach nur das Ergebnis von Übermüdung waren, von Josarians eigenen Ängsten und dem Gedanken, er sei schuld an Calidars Tod?

Wenn er das doch nur wüßte! Wenn *irgendwer* es wüßte! Wenn er nur jemanden fragen könnte!

Er stand jetzt Wache und erwartete Elelars Eintreffen in der Zuflucht von Schwester Basimar. Sie näherten sich ihrem bisher ehrgeizigsten Ziel, und bei dieser Begegnung würden sie ihre endgültigen Pläne für den Angriff auf Alizar absprechen. Es war ein ungeheures Risiko. Eine Niederlage konnte sie alles kosten und die Rebellion schon in ihren Anfängen ersticken. Der Sieg jedoch ... Er schob die Versuchung, über so etwas nachzudenken, von sich und konzentrierte sich lieber auf den Augenblick.

Es war später Nachmittag, und die Sonne warf lange

Schatten von den Felsen oberhalb der Straße, auf der er die *torena* und ihre Begleiter erwartete. Der süße Duft wilden Fenchels hing in der Luft, etwas, das Tansen in den Jahren des Exils vollkommen vergessen hatte. Und der Wind trug das leise Weinen einer Frau zu ihm herüber.

Verwundert drehte er sich um, um in den Wald hinter sich zu spähen und festzustellen, woher die Stimme kam. Nachdem er eine Richtung ausgemacht hatte, schlich er leise durchs Unterholz und suchte nach dem Eindringling. Basimars Zuflucht war sehr abgelegen; deshalb hatten sie diesen Ort ja für ihre Besprechung ausgewählt. Es sollte heute eigentlich niemand hier sein, der nicht zu ihnen gehörte.

Wenn das Weinen, das er hörte, von einem abgewiesenen Mädchen mit einem gebrochenen Herzen kam, würde er die anderen warnen müssen. Von hier aus waren es nur zwanzig Wegminuten bis zu der bescheidenen Hütte, in der die meistgesuchten Rebellen in Sileria sich mit einer *torena* treffen wollten, die es das Leben kosten würde, wenn die Besatzer erfuhren, daß sie mit den Aufständischen gemeinsame Sache machte. Wenn das Weinen von einer Frau kam, die verwundet oder krank war oder aus anderen Gründen Hilfe brauchte ... Er unterdrückte ein Seufzen. Sein *shatai-kaj* hatte ihn gut geschult. Er würde ihr helfen müssen, ganz gleich, wer sie war. Aber das würde alles komplizieren.

Er schob sich an Spinnwebbäumen vorbei, deren Blätter nach dem brutalen Sommer immer noch welk und trocken waren; sie würden erst wieder weich und üppig werden, nachdem lange Regenfälle den Boden getränkt hatten. Das Weinen war jetzt direkt vor ihm. Verzweifelt und voller Kummer. Er hielt inne und fragte sich, ob es vielleicht eine Trauernde war, die er stören würde. Es gab soviel Tod in Sileria.

Er mußte sich überzeugen. Er spähte um einen riesigen Baumstamm – und fand sich dem Dämonenmädchen gegenüber, das am Boden saß und weinte, als ob ihr das Herz bräche. Verlegen starrte er sie an. Er hatte sie zornig gesehen, gequält, verärgert, amüsiert, erschrocken und nachdenklich, aber er hätte sie sich niemals so vorstellen können: gebeugt vor Kummer und schluchzend wie ein Kind.

Sie hatte den Kopf gesenkt und ihr Gesicht von ihm abgewandt. Selbst hier, in den spätnachmittäglichen Schatten des Waldes, glühte ihr Haar wie Feuer. Es war lockig und – wie üblich – ungekämmt. Ihm war aufgefallen, daß der Wind sich gern in diesem Haar verfing, beinahe, als wollte er das Mädchen auf sich aufmerksam machen. Solcherart waren die Gedanken, die ihm in ihrer Nähe kamen. Sie schien den Elementen näher als andere Menschen, der Erde näher – oder der Anderwelt, nahm er an. Die Natur schien sie zu durchdringen, obwohl die Wächter keiner Naturreligion angehörten – die Schwestern schon eher, aber er war noch nie einer Schwester begegnet, die dem Herzschlag der Erde so nah war wie Mirabar.

Wie immer trug sie die Kleidung der *shallah*-Frauen, obwohl sie ihren Umhang offenbar in der Zuflucht gelassen hatte. Sie würde ihn bis zum Einbruch der Dunkelheit nicht brauchen, und vielleicht selbst dann noch nicht, weil der Wind von Süden kam. Die Luft würde auch in der Nacht noch weich und warm sein und den Duft weit entfernter Dschungel übers Meer mit sich bringen.

Wieder fiel ihm auf, wie klein sie war, kleiner als Elelar oder Basimar, und viel kleiner als Jalilar. Aber sie hatte Muskeln, sie war kräftig – und mutig. Ja, das hatte er gesehen. Sie hatten es alle gesehen. Tatsächlich kannte er nur wenige Männer, die über solchen Mut verfügten. Es war wirklich schade, daß sie so seltsam aussah, denn sie war eine seltene junge Frau, eine, um die die besten Männer geworben hätten, wäre sie auch nur halbwegs hübsch gewesen. Es war bedauerlich – wenn dieses Haar und diese Augen nicht wären, hätte sie durchaus attraktiv sein können. Aber wer weiß? Vielleicht würde ein weltgewandter Städter, dessen Kindheit nicht von der Angst vor solchen Geschöpfen erfüllt gewesen war, sie eines Tages haben wollen, falls sie je die Berge verlassen und einem solchen Mann begegnen würde.

Oder vielleicht Cheylan, fiel ihm plötzlich ein. Cheylan hatte Tansen im Sommer mehrere Male nach Mirabar gefragt, neugierig und fasziniert von dem Gedanken, daß es noch jemanden wie ihn geben sollte. Wohl auch ein wenig eifersüchtig, dachte Tansen, auf Mirabars wachsenden Ruf.

Ach ja. Er hätte beinahe gelächelt, als ihm einfiel, wie er einmal über eine Moorländerfrau gedacht hatte, die jetzt eine der berühmtesten Kämpferinnen der Welt war, eine Sklavin, die die Valdani in Kampfarenen überall im Kaiserreich mit ihren Künsten unterhielt. Es hieß, sie habe sogar den einen oder anderen *shatai* bezwungen, und keinem von ihnen hatte dieses Gerücht zugesagt. Eine Frau! Also ging Tansen davon aus, daß Cheylans geringfügige Eifersucht entschuldbar war, nachdem dieses *shallah*-Mädchen sogar Kiloran getrotzt hatte.

Er überlegte gerade, ob er sich wieder zurückziehen sollte, ohne sich bemerkbar zu machen, als sie plötzlich – als hätte sie seine Gedanken oder seinen Atem wahrgenommen – erstarrte, sich aufsetzte und umsah.

»Was soll das? Spionierst du mir nach?« fragte sie aufgebracht.

»Ich habe dich weinen gehört«, erwiderte er ruhig.

Sie wandte sich wieder ab. »Oh.«

Zornig rieb sie sich das Gesicht. Er hatte sie in Verlegenheit gebracht.

»Kann ich etwas für dich tun?« fragte er.

»N... N...« Rasch schüttelte sie den Kopf. Ihre Schultern zitterten vor erneutem Schluchzen und ihren Anstrengungen, es zu unterdrücken.

Anders als viele Männer ließ sich Tansen von den Tränen einer Frau nicht hilflos machen. Die Aufgaben eines *shatai* brachten ihn oft ins Reich der Tränen, das dem Reich des Blutvergießens so nahe lag. Er wäre gegangen, wenn Mirabar es gewollt hätte, aber er konnte auch bleiben, wenn sie Gesellschaft brauchte. Er war kein kleiner Junge mehr, der sich fürchtete, mit einem Dämon bei Sonnenuntergang allein im Wald zu sein.

»Sirana ...«

»Ach, hör doch auf, mich so zu nennen!«

»Mirabar.« Er hockte sich vor sie und versuchte, ihr ins Gesicht zu sehen. »Was ist denn?«

Sie verbarg das Gesicht in den Händen und wiegte sich vor und zurück. »Nein, es ist zu dumm.«

Er bezweifelte das. Wenn doch bloß Josarian hier gewesen wäre; sein Bruder schien gut mit dem Mädchen auszukommen. Aber er würde tun, was er konnte. »Ist es etwas aus der Anderwelt?« fragte er. »Visionen? Proph...«

»Nein, nein.« Sie schüttelte den Kopf, die schmalen, feinknochigen Hände immer noch vors Gesicht geschlagen. Er sah eine heilende Narbe, die nach einer Brandverletzung aussah. Offenbar war auch sie nicht immer immun gegen Feuer. Er wollte sie lieber nicht berühren, weil er das Gefühl hatte, sie damit in die Flucht zu treiben. Außerdem, das mußte er zugeben, konnte er seinen Aberglauben immer noch nicht vollkommen überwinden.

»Bist du verletzt?«

Sie gab ein schreckliches Geräusch von sich.

»Hat dich jemand angegriffen?«

Sie senkte die Hände. Sie hatte die Augen geschlossen. Sie legte den Kopf nach hinten und holte tief Luft in dem Versuch, ihr Schluchzen zu unterdrücken.

»Nein«, sagte sie schließlich erschöpft. »Niemand hat mich angegriffen.«

Plötzlich drehte sie sich um und sah ihn an; ihre Augen blitzten. Er regte sich nicht, aber er erwiderte ihren Blick. Er erinnerte sich daran, wie sie sich zum erstenmal gegenübergestanden hatten: wie er einen Schritt zurückgewichen war, voll unverhohlenen Abscheus und Schreckens. Die Erinnerung daran stand auch in ihren Augen. Sie seufzte.

»Ich habe zugelassen, daß Srijan ...« Sie schüttelte den Kopf. »Ich habe mich von ihm durcheinanderbringen lassen.«

»Srijan?«

Sie lachte über seinen verächtlichen Unterton. »Siehst du? Ich habe dir doch gesagt, daß es dumm ist.«

Er sah sie fragend an. »Hat er dich angegriffen, *sira*... Mira?« Srijan war so subtil wie ein Erdbeben, wenn er sich einer Frau näherte, und er war unruhig geworden, während sie alle an diesem abgelegenen Ort auf Elelar warteten.

»Nein! Das habe ich nicht zu befürchten.« Sie wandte sich wieder ab, und sie errötete. »Er sagte, es sei ... zu schade, daß ich so seltsam aussähe, weil ich ansonsten gar nicht so häßlich sei, und wenn Dar mich nicht schon im Mutterleib verflucht hätte, hätte ich vielleicht einen Mann finden können.«

Tansen schnaubte, angewidert von Srijans beiläufiger Grausamkeit, aber auch beschämt, daß er und der Attentäter denselben Gedanken gehabt hatten.

Mirabar schaute auf ihre Hände nieder. »Man gewöhnt sich daran, daß Leute vor einem zurückweichen. Man gewöhnt sich daran, daß sie ... einem nicht in die Augen sehen wollen. Einen nicht berühren wollen. Angst vor einem haben. Man gewöhnt sich an die Blicke und das Flüstern ... Natürlich niemals daran, daß sie einen jagen und steinigen wollen ...« Sie seufzte. »Ich habe mir nicht ausgesucht, was ich bin. Aber ich habe mich daran gewöhnt. Ich verstehe, daß es der Preis für die Macht ist, die mir gegeben wurde. In einer anderen Zeit, einer längst vergangenen Zeit ...« Sie zuckte ungeduldig die Achseln und rieb sich das Gesicht. »Ich weine nur, wenn ich daran denke, was hätte sein können.«

»Das tun wir alle hin und wieder, Mirabar.« Auch er hätte weinen können wie eine Frau, wenn er sich gestattet hätte, darüber nachzudenken, was hätte sein können.

Sie biß die Zähne zusammen. »Und es ist ... es ist dumm, so etwas zu denken. Ich hätte sein können wie jede andere Frau, die für Essen und Unterkunft damit bezahlt, daß sie für ihren Mann die Beine breit macht, statt dadurch, daß sie die Schatten der Toten herbeiruft. Ich hätte das Privileg haben können, in einer Flut von Blut und Schmerzen zu sterben bei dem Versuch, ein Kind zur Welt zu bringen ...« Tränen schimmerten in ihren Augen, und sie fügte wahrheitsgemäßer hinzu: »Es hätte sein können, daß meine Mutter und mein Vater mich liebten, und irgendwann, irgendwo, ein Mann ...«

»Du bist noch jung«, wandte er ein. »Und Vorurteile können sich ändern, wie Feindschaften. Im Lauf der Zeit.«

Sie warf ihm einen wissenden Blick zu. »Wenn selbst der Krieger, dem zu dienen mein Schicksal ist, angewidert vor mir zurückweicht?«

Er zuckte die Achseln, ein beiläufiges Leugnen. »Ich war erschrocken und überrascht.« Er zog die Braue hoch. »Alle waren erschrocken. Das war ein ziemlicher Auftritt, den du veranstaltet hast.«

»Es ging um mich, nicht um meinen ›Auftritt‹ – vor *mir* wolltest du die *torena* beschützen. Ich habe es genau gesehen.«

Es stimmte. Er nickte. Er würde sie nicht noch einmal mit seinem Leugnen beleidigen. »Ich bin in einem wilden, abergläubischen Volk aufgewachsen. Manchmal reagiere ich unwillkürlich, wie man mich erzogen hat, obwohl ich es besser wissen sollte.«

Sie sah ihn forschend an. »Du weichst immer noch zurück, Tansen.«

Er wich ihrem Blick aus, aber er log nicht mehr. »Es tut mir leid, Mirabar.«

»Unwillkürliche Reaktionen.« Sie schwieg einen Augenblick und fügte dann spöttisch hinzu: »Nun gut. Zumindest werde ich nie die Probleme der *torena* haben.«

Er spürte, wie er rot anlief – eine Reaktion, die nur wenige bei ihm bewirken konnten. Er ging davon aus, daß es an der Zeit war, das Thema zu wechseln, und sagte: »Ich muß zurück auf die Lichtung und nach ihr Ausschau halten. Sie kennt den Weg zur Zuflucht nicht.«

Sie stand auf. »Während du wartest ...«

»Ja?« fragte er nervös.

»Ich weiß, daß du zusammen mit Cheylan im Osten warst. Ich habe mich oft gefragt ...«

Er lächelte erleichtert. »Er hat auch nach dir gefragt.«

KAPITEL 5

Tansen hatte bereits bemerkt, wie Zimran Elelar beobachtete, und es gefiel ihm nicht. Ihm war auch aufgefallen, daß es Basimar ebensowenig gefiel. Zimran teilte das Bett der Schwester, während sie alle hier in der Zuflucht übernachteten, aber Tansen hatte den Verdacht, daß er dabei von der *torena* träumte. Selbstverständlich beobachtete auch Srijan Elelar, aber der Attentäter hatte etwas so Ungehobeltes an sich, daß Tansen nicht weiter auf ihn achtete. Zimran allerdings ... Er war ein Mann, der wußte, was Frauen wollten, was ihnen gefiel; er wußte, wie man ihnen schmeicheln konnte. Er wußte erheblich besser als alle anderen hier anwesenden Männer – als alle Männer, an die Tansen sich erinnern konnte –, wie man einer Frau ein subtiles Kompliment machte, sich mit einer rücksichtsvollen Geste einschmeichelte, mit einem vertraulichen Lächeln. Zimran übte seine Fähigkeiten an jeder Frau, jung oder alt, schön oder häßlich, zu haben oder nicht.

Wie so vieles, dachte Tansen, braucht auch diese Kunst Übung.

Basimar war eindeutig in Zimran verliebt. Mirabar tolerierte ihn ohne sonderliches Interesse, aber auch sie wußte eindeutig die höflichen Gesten zu schätzen. Elelar kannte zweifellos genug kunstvolle Verführer, um auch Zimran als solchen zu erkennen, aber in ihrem Lächeln lag genügend Billigung, daß sich Tansen der Magen vor unwillkürlicher Eifersucht zusammenzog.

Nachdem alles nun vollständig besprochen, die Helfer verpflichtet und die Aufgaben verteilt waren, wollten die Verbündeten sich am folgenden Morgen auf den Weg machen, um die ehrgeizigen Pläne in die Tat umzusetzen, auf die sie sich in Zilar geeinigt hatten. Tansen war froh darüber. Die Zeit des Planens war zu einem Ende gekommen, jetzt würden sie handeln. Und obwohl es nichts mit der bevorstehenden Aufgabe zu tun hatte, mußte er zugeben, daß er froh war, daß Zimran und Elelar fürs erste getrennt würden. Er mochte es nicht, wie er selbst sich fühlte, wenn er die beiden zusammen sah. Und ebensowenig paßte ihm der Verdacht, daß Mirabar genau wußte, wie er sich fühlte.

»Du bist heute abend noch stiller als sonst«, stellte Josarian fest und ließ sich neben ihm am Feuer nieder.

»Ich denke nach.« Er wich Josarians Blick aus und zog fachmännisch einen seiner geschätzten Schleifsteine über die Klinge eines seiner Schwerter.

»Ach ja?«

»Ich konzentriere mich. Bereite mich vor.« Der Stein glitt über das Metall. »Bald werden wir unseren Feinden gegenüberstehen. Wir müssen bereit sein.«

»Unseren Feinden?« Josarian lachte leise und machte eine Geste, die alle umfaßte, die sich hier getroffen hatten. So leise, daß nur Tansen es hören konnte, sagte er: »Sieh dir lieber unsere Verbündeten an, Tan. *Torena* Elelar, die mich nicht ausstehen kann und die dich verraten hat. Najdan, der Attentäter, der nach Dalishar gegangen ist, um dich zu töten. Mirabar, eine Wächterin, die die meisten Leute für einen Dämon halten. Srijan, der davon träumt, uns beide umzubringen, der aber vielleicht genug Respekt vor seinem Vater hat, um das dem Wasserherrn selbst zu überlassen. Falian, der mich insgeheim vielleicht immer noch dafür haßt, daß ich sein Leben zerstört habe. Und die anderen …

Nein, Tan, ich mache mir keine Sorgen wegen der Valdani.« Josarian sah seinen Blutsbruder an. Selbst im Dunkeln konnte Tansen das Glitzern seiner Augen sehen, als er fortfuhr: »Mit meinen Feinden werde ich fertig, aber Dar schütze mich vor meinen Freunden.«

Tansen nickte. »Ich schätze, es ist ein bißchen so, wie wenn man sich mit einem Witwenungeheuer einläßt.«

»Einem was?«

»Keine Sorge. Ich halte dir den Rücken frei.«

»Ja, aber wer wird dir den Rücken freihalten?«

»Zum Glück wird einem *shatai* beigebracht, das selbst zu tun. Ich hätte die Ausbildung nicht überlebt, wenn ich das nicht gelernt hätte.«

Am nächsten Tag begleitete Tansen Elelar und ihre Dienstboten noch ein Stück des Weges. Sie befanden sich mitten im Banditenland. Selbstverständlich gehörten inzwischen alle Banditen in Sileria zu Josarians Armee, aber sie wußten nicht, daß Elelar ebenfalls zu ihnen gehörte. Und selbst wenn sie es wüßten, mochte es ihnen immer noch gleichgültig sein, und es war möglich, daß sie trotzdem versuchen würden, sie zu berauben, wenn sie nicht genügend Schutz hatte. Kiloran hatte Silerias Banditen (die dem Wasserherrn immer einen Teil ihrer Beute abgetreten hatten, wie es die Tradition verlangte) in die Rebellion eingebracht, aber er hatte sie damit nicht unbedingt gezähmt. Allerdings kannten sie Tansen inzwischen – von dem ja alle wußten, daß er zwanzig Moorländer mit einem einzigen Schwertstreich getötet hatte – und sie würden die *torena* in Ruhe lassen, solange der *shatai* bei ihr war.

»Der Kaiserliche Berater hat mich gebeten, ihn zu heiraten«, verkündete Elelar plötzlich, als sie Seite an Seite in der Morgensonne ritten.

Tansen versuchte nicht, seine Überraschung zu verbergen. »Hattest du nicht erwähnt, daß du bereits verheiratet bist?«

»Eine Kleinigkeit, von der er sich nicht abhalten läßt.«

»Scheidung?« In einer Klan-Gesellschaft, in der Blutsverbindungen und Loyalität mehr als Reichtum bedeuteten, war Scheidung verpönt, aber Tansen nahm nicht an, daß sich der Kaiserliche Berater sonderlich um silerische Traditionen scherte – besonders dann nicht, wenn sie seinen Plänen entgegenstanden.

Elelar räusperte sich. »Das hat er jedenfalls erwähnt.«

Er bemerkte, wie angespannt sie aussah. »Du hast Angst, daß dein Mann sich weigern könnte und Borell dann zu brutaleren Mitteln greift?« Als sie nickte, fragte er: »Aber warum? Ein Valdan wird sich doch sicher scheiden lassen. Sie haben nichts ...«

»Er ist zur Hälfte Silerier, Tan.« Sie erklärte kurz die Abstammung ihres Mannes.

»Also«, faßte er zusammen, »hast du ihn wegen seines

Geldes und seiner Verbindungen zu den Valdani geheiratet.«

»Und weil es unwahrscheinlich war, daß er je etwas über meine Arbeit für die Allianz herausfindet.«

»Warum?«

»Weil er ein Trinker ist, und noch dazu dumm.«

Er wäre beinahe zusammengezuckt, als er die offene Verachtung in ihrem Tonfall hörte. Ihr Mann konnte einem leid tun. Erst hatte sie ihn ohne Liebe und Respekt geheiratet, und jetzt setzte sie ihm auch noch Hörner auf. Tatsächlich bezweifelte Tansen keinen Augenblick, daß es außer Borell auch noch andere Männer gegeben hatte, und es war gut möglich, daß *toren* Ronall, dumm wie er sein mochte, denselben Verdacht hatte.

»Hat er schon getrunken, bevor er dich heiratete?« fragte er unhöflich. Es gab Zeiten, in denen er – Begierde hin oder her – genau wußte, daß ein Leben mit ihr schlimmer wäre als ein Leben ohne sie.

Sie warf ihm einen Seitenblick zu, reagierte aber nicht auf die Beleidigung. »Ich will nicht, daß er stirbt.«

»Warum nicht? Du wolltest, daß *ich* sterbe.« Er spürte, daß er immer zorniger wurde.

Sie behielt die Ruhe. »Und ich will auch den Berater nicht heiraten.«

Das überraschte ihn. »Warum nicht? Ich hätte angenommen ...«

»Denkt ihr Männer eigentlich niemals nach?« fragte sie verbittert. »Als Ehefrau eines halbsilerischen Säufers kann ich tun, was ich will. Mein Haus ist eine Zuflucht für unsere Verbündeten und für Rebellen auf der Flucht. Ich kann dort ungestört für die Allianz arbeiten.«

Er begann zu verstehen. »Aber die Frau des Beraters würde im Santorell-Palast wohnen, was bedeutet, daß du jedesmal, wenn du auch nur zu deinem Haus gingest, eine Ausrede bräuchtest – wenn er es überhaupt zuließe, daß du das Haus behältst.«

Sie nickte. »Die Frau des Kaiserlichen Beraters stünde unter stetiger Überwachung. Meine Zeit wäre in Anspruch genommen von gesellschaftlichen Pflichten. Die Dienstboten meines Mannes wüßten bestens über mein Privatleben Bescheid, und all meine Aktivitäten und mein gesamtes Verhalten würde ununterbrochen von Höflingen diskutiert ... Es wäre für jede intelligente Frau ein Alptraum, aber für eine, die mit der Allianz in Verbindung steht, wäre es eine Katastrophe. Und außerdem ...«

»Es gibt noch mehr?«

Sie schnaubte gereizt. »Er kommt aus Valda, nicht von hier. Er hat hier ein politisches Amt inne. Es ist durchaus möglich, daß er eines Tages in eine wichtigere Stellung in einer anderen Provinz oder sogar in den Kaiserlichen Rat berufen wird.«

»Und wenn er Sileria verließe, würde er seine Frau selbstverständlich mitnehmen.«

»Für immer«, murmelte sie bedrückt.

»Was willst du tun?«

Sie schüttelte den Kopf. Die Knotenschnüre ihres Kopfputzes, die sie aus dem Gesicht gestrichen hatte, fielen wieder nach vorn. Sie schob sie weg. »Ich weiß es nicht. Ich habe ununterbrochen nachgedacht. Er hat sehr deutlich gemacht, daß er Ronalls Einwilligung nicht unbedingt braucht, wenn er mich heiraten will.«

»Du kannst wohl nicht einfach ablehnen?« schlug Tansen vor.

»Ich habe es darauf angelegt, daß er sich in mich verliebt«, erwiderte sie verärgert. »Ich habe dafür gesorgt, daß er mir vertraut, sich auf mich verläßt, daß er glaubt, daß ich ihn liebe.«

Tansen zuckte die Achseln. »Du könntest ihn abweisen. Mit ihm brechen. Ich weiß, daß er wichtig für die Allianz ist, für uns alle, aber wenn du ...«

»Er bildet sich ein, daß ich ihn liebe.« Wieder dieses gereizte Schnauben. »Ich habe ihm allen Grund dafür gegeben.«

»Du bist eine Frau. Ich bin sicher, kein halbwegs intelligenter Mann wird vorgeben, Frauen vollkommen zu verstehen. Er wird erst verstört sein, aber dann ...« Er zuckte die Achseln.

»Das ist alles?« fragte sie zweifelnd.

»Nun ja ... Er wird wütend sein, verletzt, verwirrt, zornig ... Aber er wird auch wissen, daß er nicht der erste Mann auf der Welt ist, der von einer Frau, die er liebte, verlassen wurde, und nicht der erste, der nicht genau weiß, weshalb.«

»Er könnte immer noch versuchen, Ronall umzubringen, weil er glaubt, daß mein Mann mich bedroht oder mich gezwungen hat, mit ihm zu brechen. Er könnte mich aus Rache angreifen. Er hat in Shaljir die absolute Macht. Niemand könnte mir helfen oder mich verteidigen, wenn ich ... wenn er ...« Sie machte eine vage Geste.

»Dann vertröste ihn noch, bis wir in Alizar zugeschlagen haben«, schlug Tansen vor. »Wenn wir Erfolg haben, wird es Krieg geben. Er ist immerhin der Berater, und er wird sich um diese Katastrophe kümmern müssen. Es kann gut sein, daß er für einige Zeit seine persönlichen Probleme vergißt.«

»Vertrösten ...« Sie seufzte. »Vertrösten ...« Plötzlich richtete sie sich auf. »Ich weiß! Ich werde ihm sagen, daß ich nicht würdig bin, ihn zu heiraten, bis ich sicher sein kann, daß ich sein Kind empfangen werde. Er ist vollkommen versessen darauf, mich zu schwängern.«

Tansen wollte das nicht hören, und er wollte die Bilder, die diese Bemerkung ihm aufzwang, nicht sehen müssen. »Das ist ein guter Plan«, sagte er. »Halte dich daran.« Er setzte sein Pferd in Trab und ritt voraus, um sich in dem Paß, der vor ihnen lag, nach möglichen Hinterhalten umzusehen.

Harjans Tod war ein schwerer Schlag für Myrell, denn der Schneider war eine gute Informationsquelle gewesen und hatte den Valdani mehr als einmal Leben und Geld gerettet und zum Tod oder zur Gefangennahme von vielen Rebellen geführt. Es war Harjan, der Myrell zum erstenmal darauf aufmerksam gemacht hatte, daß eine *torena* häufig in einer *tirshah* am Rande von Zilar Rast einlegte, wenn sie zwischen Shaljir und ihren Ländereien hin- und herreiste. Daran war an sich nichts Ungewöhnliches, denn die *tirshah* war tatsächlich sehr gut, und viele wohlhabende Bürger Silerias unterbrachen ihre Reise dort für die Nacht.

Harjan war mutig und gierig genug, das Schweigen zu brechen, das kein anderer Informant hatte brechen wollen: Er hatte Myrell von der Gesellschaft erzählt, einem Thema, das sonst kein *shallah* mit Außenseitern besprach, ganz gleich, welche Belohnungen geboten und mit welchen Strafen gedroht wurde. *Lirtahar* und die brutalen Methoden, mit denen die Attentäter dieses Schweigegebot aufrechterhielten, regierten die Berge. So brutal Myrell auch selbst vorgegangen war, es war ihm nie gelungen, jemanden dazu zu bringen, über die Gesellschaft zu sprechen, selbst in den wenigen Fällen nicht, in denen ihm *shallaheen* etwas über Josarian verrieten.

Harjan war der einzige gewesen, der einerseits habgierig genug war und sich andererseits genügend auf seine eigene Schlauheit verließ, um den Zorn der Gesellschaft zu riskieren, indem er mit einem Valdan über die Wasserherren sprach. Nicht, daß ein Schneider aus Zilar etwas Wichtiges über sie gewußt hätte – es war ihm jedoch gelungen, Einzelheiten zu beobachten und Ereignisse zu verfolgen, die sich dann als Fäden eines erheblich größeren Gewebes erweisen sollten. Jetzt war Harjan zwar tot, aber er hatte Myrell die Werkzeuge in die Hand gegeben, dieses Gewebe zu entwirren.

Harjan hatte immer mehr sein wollen als nur ein einfacher *shallah*, und so war er trotz der hohen Preise, die der Wirt für Speis und Trank verlangte, mitunter Gast in jener *tirshah* am Rand des Dorfes gewesen. Obwohl es mit seinen Schneiderkünsten nicht allzuweit her war, hatte er gehofft, dort ein paar reiche oder adlige Kunden auftun zu können. Das erklärte, woher er wußte, daß die fragliche *torena* zweimal im vergangenen Jahr zur selben Zeit wie ein Attentäter in der *tirshah* Unterkunft gefunden hatte.

Es war schon überraschend genug, daß eine silerische Adlige einen zweiten Besuch in einem Gasthaus unternahm, das auch einen Attentäter beherbergt hatte. Es war noch überraschender, daß bei diesem zweiten Besuch eine der Gaststuben geschlossen war, weil – wie Harjan erfahren hatte – die *torena* dort mit besagtem Attentäter speiste.

Da Myrell ihn für jedwede Nachricht über die Gesellschaft bezahlte, hatte Harjan diese verblüffenden Nachrichten an den Valdan weitergegeben. Es war auf jeden Fall eine erstaunliche Neuigkeit, denn die *toreni* waren sich im allgemeinen der Gefahr einer Entführung sehr wohl bewußt und gingen den Attentätern wenn irgend möglich aus dem Weg. Andererseits, es gab vielerlei Gründe für einen Mann und eine Frau, sich insgeheim zu treffen. Von der Möglichkeit einmal abgesehen, daß der Attentäter der Liebhaber der *torena* war, konnte sich Myrell noch eine Reihe von Erklärungen für diese diskrete Verabredung denken: Vielleicht erpreßte der Attentäter die Frau, vielleicht hatte sie mit ihm über einen Blutfluch gesprochen – etwas, das jedem in Sileria zuzutrauen war, ganz gleich, wie erhaben sich die *toreni* gaben – oder sie hatten über eine Entführung oder eine drohende Entführung verhandelt, eine jener barbarischen Sitten, die die Silerier wie ganz normale Alltagsgeschäfte betrieben.

Myrell hatte mehr als genug, was ihn beschäftigte, und er hätte Harjans Geschichte vielleicht vollkommen vergessen, wenn nicht eine Einzelheit ihn stutzig gemacht hätte: die Identität der Frau, *torena* Elelar. Er wußte, daß Koroll als Kommandant von Shaljir hin und wieder mit der Mätresse des Kaiserlichen Beraters zu tun hatte, also übermittelte er ihm die Nachrichten direkt. Koroll würde die Möglichkeit haben, herauszufinden, ob irgend etwas an dieser Angelegenheit sie betraf. Es schien so unwahrscheinlich, daß es Myrell beinahe peinlich gewesen war, über den Vorfall zu berichten, aber Koroll hatte sich darauf gestürzt wie eine Bergkatze und ihm zu seiner Entdekkung geradezu gratuliert. Die Gesellschaft hatte sich mit Josarian verbündet, soviel war inzwischen allgemein bekannt, und die Mätresse des Beraters traf sich mit einem Attentäter. Ob die Späher nun tatsächlich eine Verbindung zwischen Elelar und Josarian finden konnten oder nur genügend Informationen sammeln konnten, um die *torena* in Verlegenheit zu bringen – Koroll fand die Nachrichten vielversprechend.

Harjan war von den Rebellen öffentlich hingerichtet worden, nur einen Tag, nachdem er Myrell von einer geplanten Entführung eines *toren* berichtet hatte – und dieses Entführungsopfer sollte ausgerechnet *torena* Elelars Mann sein. Die Entführung hatte nie stattgefunden. War es eine Falle gewesen? Oder hatte Josarian den Plan nicht ausgeführt, weil er erfahren hatte, daß man ihn verraten hatte?

Myrell hatte sich hinterher mit Koroll gestritten und darauf hingewiesen, daß die *torena* sich wohl kaum mit einem *shallah* zusammentun würde, der geplant hatte, ihren eigenen Mann zu entführen. Selbst wenn sie *toren* Ronall haßte, wäre doch keine Frau dumm genug, sich anzubieten, ihrem eigenen Komplizen Lösegeld zu zahlen. Selbst wenn Josarian ihr das Geld zurückgeben würde – was sie wohl kaum erwarten durfte –, was wäre der Grund dieser komplizierten Verschwörung gewesen?

Koroll jedoch nahm an, daß Elelar sich exakt aus diesem Grund mit dem Attentäter und durch ihn vielleicht auch mit Josarian in Verbindung gesetzt hatte: Sie wollte Ronall loswerden. Er zweifelte nicht daran, daß diese Hure glaubte, Borell werde sie heiraten, sobald sie verwitwet wäre. Josarians Männer hatten bereits einen entführten Valdani getötet und wären zweifellos fähig, noch mehr ihrer Opfer umzubringen.

»Die Drei seien uns gnädig«, hatte Koroll schließlich gesagt, »diese Frau könnte sogar recht haben. Ich glaube, Borell ist verrückt genug nach ihr, um sie heiraten zu wollen.«

Koroll hatte seine besten Spione eingesetzt, um die Geheimnisse der *torena* zu ergründen, während Myrell in die Berge zurückgekehrt war. Jetzt war er wieder in Shaljir, um sich mit seinem Kommandanten zu besprechen. Myrell war verblüfft, wieviel Korolls Spione in der Zwischenzeit erfahren hatten – und was der Kommandant mit diesen Informationen tun wollte.

Torena Elelar war, so schien es, erheblich mehr als eine Frau, die das Gesetz gebrochen hatte, indem sie

Kontakt zu Josarians Verbündeten aufnahm. Ihre Intrigen gingen weit über den Plan hinaus, einen unbequemen Ehemann loszuwerden. Die Frau war klug, diskret und konnte ihre Geheimnisse wahren. Zunächst waren die Spione tatsächlich zu dem Schluß gekommen, Korolls Mißtrauen müsse unbegründet sein. Sie hatten sie weiterhin beobachtet, weil er darauf bestanden hatte, aber jeder unerwartete Besucher in Elelars Haus in Shaljir hatte eine plausible Erklärung. Koroll jedoch gab nicht auf. Mitternächtliche Kuriere, unerwartet große Ausgaben, Dienstboten, die lesen und schreiben konnten, ein oder zwei *shallaheen,* die alle fünf oder sechs Tage auftauchten, weil sie angeblich nach Arbeit suchten, und die Stadt dann verließen, nachdem die Herrin des Hauses mit ihnen gesprochen und sie offenbar als nicht geeignet betrachtet hatte ... Koroll konnte sich Erklärungen für all diese Dinge vorstellen, die nicht ganz so unschuldig waren wie die offensichtlichen, die die *torena* bot.

Dann hatte eine Dienerin, die gegen Ende des Sommers eingestellt worden war, das Haus der *torena* im Unfrieden verlassen. Man hatte sie dabei erwischt, wie sie versucht hatte, etwas aus Elelars Zimmer zu stehlen, und die junge Frau hätte froh sein können, daß man sie einfach nur entlassen hatte. Silerische Adlige hatten immer noch beträchtliche Macht über die unteren Schichten, und die Mätresse des Kaiserlichen Beraters hätte das Mädchen vielleicht sogar hinrichten lassen können, wenn sie rachsüchtig gewesen wäre. Aber wie die meisten Diebe bereute die junge Frau ihr Verbrechen nicht, es ärgerte sie nur, daß man sie erwischt hatte. Einer von Korolls Leuten ging eines Abends mit ihr aus und bot ihr seine mitfühlende Schulter, um sich auszuweinen. Sie hatte seine Großzügigkeit in jeder Hinsicht ausgenutzt und sich heftig über den seltsamen Haushalt der *torena* mit all diesen schon seit Ewigkeiten im Dienst der Familie stehenden Dienstboten und den unnachgiebigen Regeln beschwert.

Und so hatten sie erfahren, daß ein scheinbar unbedeutender Kaufmann – ein Mann mit ergrauendem Haar und einem frühreifen Sohn –, der die *torena* recht häufig besuchte, in Wahrheit ein Wächter war. Die Wächter und die Gesellschaft. Eine Frau, die mit beiden in Verbindung stand, und beide Gruppierungen hatten wiederum mit Josarian zu tun.

»Borell vertraut ihr«, sagte Koroll. »Sie hatte zweifellos Zugang zu Informationen, die den Rebellen von Nutzen waren, und wir hatten bisher keine Ahnung, daß sie zu ihnen gehörte. Wer weiß, wie sehr diese Frau dem Kaiserreich schon geschadet hat, während sie mit Borell im Bett lag?«

»Aber wie sollen wir das beweisen, Kommandant?« fragte Myrell, der an diesem frischen Morgen seinem Kommandanten in Shaljir gegenübersaß.

»Ich lasse heute ihr Haus durchsuchen; du würdest sicher gern an der Operation teilnehmen.«

Myrell wäre beinahe an seinem Schrecken erstickt. »Borells Mätresse? Er wird Euch in die hinterste Ecke der Moorlande abkommandieren! In das Land, das die Sonne verschlingt.«

»Willst du damit andeuten, daß ein Posten in Sileria dem vorzuziehen sei?« murmelte Koroll.

»Kommandant, ich möchte untertänigst anmerken, daß die *torena* sofort zu Borell laufen wird, und er wird ...«

»Die *torena* ist immer noch irgendwo auf dem Land. Leider haben meine Männer ihre Spur in den Bergen verloren, also haben wir keine Ahnung, wo sie steckt und wie lange sie dort bleiben will.« Er verzog sein Gesicht zu einer Mischung aus Skepsis und Ekel und fügte hinzu: »Offiziell heißt es, sie sei in einer Zuflucht, wie es alljährlich ihre Gewohnheit ist, um mit ihrem verstorbenen Großvater zu sprechen.«

Die meisten Valdani fühlten sich angewidert von dem Totenkult, der in diesem Land praktiziert wurde, und das hatte dazu geführt, daß die Wächter, die behaupteten, tatsächlich mit den Toten sprechen zu können, zu Gesetzlosen erklärt worden waren – selbstverständlich auch wegen ihrer Feuermagie. Selbst wenn man davon ausgehen konnte, daß die Silerier die Macht ihrer Feuerzauberer ebenso übertrieben wie so ziemlich alles andere, konnte das Kaiserreich derart gefährliche Magier in einer seiner Provinzen nicht dulden.

»Mit ihm zu sprechen? Sie gibt so etwas öffentlich zu?« fragte Myrell. »Wie kann Borell ihr gestatten, daß sie solch widerwärtigen Praktiken nachgeht und ...«

»Weil er mit einem Organ denkt, das ziemlich weit von seinem Hirn entfernt ist, wenn es um Elelar geht.« Koroll seufzte. »Außerdem ist sie eine Frau und gehört einem anderen Volk an. Der Berater ist ein weltgewandter Mann. Ich nehme an, er zeigt Nachsicht, wenn die

Silerierin sich ihren seltsamen Riten und Aberglauben widmet – solange sie ihm weiter zu Willen ist.«

»Ist ihr Mann ebenfalls verreist?« fragte Myrell.

Koroll schüttelte den Kopf. »Er ist in der Stadt. Aber als Kommandant von Shaljir weiß ich zufällig, daß eine Truppe von acht Spähern ihn von seinem Heim zum Santorell-Palast bringen sollte, zu einem persönlichen Gespräch mit dem Berater, und wenn es sein muß, auch mit Gewalt.«

»Wieso das denn?« Myrell war verblüfft.

»Das hat man mir nicht mitgeteilt.« Korolls Stimme troff vor Hohn, als er erläuterte: »Ich nehme an, es hat etwas mit dem Privatleben des Beraters zu tun. Ich habe gehört, daß man ihn schon einmal zuvor zum Palast geschleppt hat, wegen Angelegenheiten seiner Frau, die zufällig die Mätresse des Beraters ist. Offenbar fällt es keinem der beiden Herren leicht, ihren ... Besitz zu teilen.«

Myrell betrachtete seinen Vorgesetzten forschend und mit Bewunderung. »Es werden also nur Dienstboten anwesend sein, wenn wir das Haus durchsuchen. Sie werden gerade erlebt haben, wie ihr Herr von Spähern weggeführt wurde, und so verängstigt, so überzeugt davon sein, daß eine Katastrophe über sie hereingebrochen ist, daß sie keinen Widerstand leisten werden. Es wird ihnen nicht einmal im Traum einfallen, Euch aufhalten zu wollen.«

Koroll nickte. »Je weniger wir erklären müssen, desto besser. Wenn einige unter ihnen Elelars Geheimnisse kennen, sollten wir sie glauben machen, daß wir wissen, wonach wir suchen, daß wir nur noch Material brauchen, um eine Verhaftung vorzunehmen, der niemand mehr entkommen kann.«

Ja, Myrell bewunderte diesen Mann. Es war Koroll gelungen, das Desaster bei Britar zu seinem Vorteil zu nutzen, er war zum Oberkommandanten von Sileria aufgestiegen und jetzt der zweite Mann nach Borell. Dies hatte er erreicht, indem er geschickt mit Situationen wie der bevorstehenden umging, alles bis in die feinsten Einzelheiten plante und auf alles gefaßt war. O ja, es gab nur wenige Männer, die die Situation so hätten ausnutzen können wie Koroll und aus Niederlage und sicherer Schande einen Sieg machten. Und er hatte auch Myrell eine zweite Chance gegeben, womit er sich die Loyalität des Hauptmanns gewonnen hatte.

Ja, Myrells Vorgesetzter war wahrhaft ein Genie, ein Visionär, der auch praktisch denken konnte. Gemeinsam würden sie zu unglaublichen Höhen aufsteigen, sobald sie hier mit Josarian und seinen Banditen fertig geworden waren. Gemeinsam würden sie eines Tages im Triumph nach Valda zurückkehren: gefeiert, geehrt und bewundert. Sie brauchten nur noch ein paar silerische Bergbauern zu erledigen.

Es war kurz vor Sonnenuntergang, als Elelar sich dem Löwentor näherte. Faradar und die beiden männlichen Diener, denen sie am meisten vertraute, waren bei ihr. Sie waren alle müde, denn sie hatten sich sehr angestrengt, Shaljir noch heute zu erreichen. Borell erwartete Elelar im Santorell-Palast, und obwohl sie müde war, würde sie wohl gehen müssen. Es war ihre Pflicht.

Sie schaute auf die Späher herab, die das Tor bewachten, und bereitete sich darauf vor, sich vorzustellen und zu erklären, was sie in der Stadt wollte. Vor allem ein Bad, dachte sie. Aber sie kam nicht dazu, etwas zu sagen, denn plötzlich stürzten vier weitere Späher aus dem Wachhaus, rissen sie zu ihrem Entsetzen vom Pferd und zerrten sie wie eine Bordell-Sklavin auf das Gebäude zu.

Sie hörte Kampfgeräusche hinter sich, als sie weggebracht wurde; ihre Diener versuchten, sie zu verteidigen. Verängstigt und in der verzweifelten Hoffnung, es handele sich um eine Verwechslung, betete sie, daß Faradar die Nerven bewahren und tun möge, was zu tun war. Sie hatten oft darüber gesprochen.

Du bist »nur« eine Frau, hatte Elelar ihr häufig gesagt. Wenn man mich festnimmt, ist es unwahrscheinlich, daß jemand auf dich achten wird. Jedenfalls nicht gleich. Du mußt die Gelegenheit ausnutzen, um zu fliehen. Warne die anderen. Warne Josarian. Sag es Tansen; er wird wissen, mit wem in der Allianz er sich in Verbindung setzen muß, wenn ich sterbe.

Ja, sie hoffte, daß es eine Verwechslung war, aber tief in ihrem Inneren wußte sie es: Ihre Zeit war gekommen. Dennoch kämpfte sie, wie man es sie gelehrt hatte, als eine Adlige.

»Nehmt eure dreckigen Hände von mir, ihr ungeschickten vaterlosen Trottel!« fauchte sie die Späher an, die versuchten, sie durch die Tür des Wachhauses zu drängen. »Laßt los, ihr Idioten! Berater Borell wird euch für diese Tat persönlich kastrieren! Wißt ihr denn nicht, wer ich bin? Ich bin *torena* Elelar yesh Ronall mar ...«

Sie warfen sie ins Haus und schlossen die Tür hinter ihr. Sie stieß fest mit dem Kopf an, als sie auf den Boden fiel, wo sie nach Luft schnappend liegenblieb.

Die Stimme, die sie jetzt ansprach, kannte sie nur zu gut – sie hatte sie in Zorn und Leidenschaft, bei öffentlichen und sehr intimen Gelegenheiten, in Ärger und Zärtlichkeit gehört. Ihr wurde eiskalt, und sie wußte jetzt, daß es sich nicht um eine Verwechslung handelte.

»Ja, sie wissen, wer Ihr seid«, sagte Borell, und er klang unsagbar müde. »Ihr habt jedes Recht verloren, Euch auf meinen Namen und meine Hilfe zu berufen, *torena.*«

Sie würde es aussitzen. Was sonst blieb ihr übrig? Sie hob den schmerzenden Kopf und murmelte mit schwacher Stimme: »Borell? Bei den Dreien, was ist denn hier los?«

»Ihr seid verhaftet.« Tatsächlich, er klang, als sei er krank. »Ihr werdet unzähliger Verbrechen angeklagt. Tatsächlich wissen wir immer noch nicht alles.«

»Wie bitte?« Langsam richtete sie sich in eine sitzende Position auf, nahm den traditionellen Kopfputz ab, der ohnehin verrutscht war, und rieb sich den Kopf. Mit großen, feuchten Augen sah sie ihren Geliebten verstört an. »Ich ... ich bin verhaftet? Das verstehe ich nicht!«

Auch Kommandant Koroll war anwesend. Neben ihm stand ein vor Selbstzufriedenheit schier platzender Späher, den sie noch nie gesehen hatte; der Kerl hatte ein dummes Gesicht und eine Nase, die nach einem Bruch nicht sonderlich gut gerichtet worden war. Fieberhaft dachte sie darüber nach, was sie tun könnte. Was wußten sie? Ziemlich viel, wenn es ihnen gelungen war, Borell zu dieser Verhaftung zu überreden. Darfeuer, und dabei hatte der verdammte Kerl in der letzten Zeit nur davon gesprochen, sie heiraten zu wollen!

Borell sah gealtert aus, als wären seit ihrer Abreise aus der Stadt zehn Jahre vergangen. Seine Augen waren gerötet und kündeten von schlaflosen Nächten. Sie waren auch glasig, sein Blick verstört. Er wirkte wie ein Mann im Schockzustand, jemand, der gerade einen so plötzlichen und schrecklichen Verlust erlitten hat, daß er mit der Trauer noch nicht zurechtkam.

Aber sie kannte ihn. Sie kannte diesen Mann gut. Sosehr er auch geglaubt haben mochte, sie zu lieben – er liebte sich selbst mehr. Ihr Verrat würde seine Karriere vernichten, und dafür würde er sie bestrafen – besonders, wenn er hoffen konnte, daß diese Bestrafung seinen Ruf vor dem Kaiserlichen Rat irgendwie retten konnte. Er war einfach zu bezaubert gewesen, trotz seiner Intelligenz. Elelars offensichtliche Verehrung für ihn war nur ein Abbild seiner eigenen hohen Meinung von sich selbst gewesen. Nein, er war keine große Herausforderung gewesen, aber sie hatte immer gewußt, wie gefährlich er sein würde, wenn sie ihn jemals kränken sollte. Und was konnte einen stolzen Mann mehr kränken als dies – die Entdeckung, daß die Frau, die er liebte, ihn benutzt und ihn immer wieder verraten hatte, kaltblütig und rücksichtslos, von Anfang an.

Elelar begegnete seinem Blick und erkannte das Wissen in seinen fremdartigen Augen, in seinem Valdani-Gesicht, in der Blässe seiner Haut. Er wußte es.

Nichts Schlimmeres hätte geschehen können. Ganz

gleich, welche Beweise Koroll gegen sie hatte, sie wußte, sie wäre sicher gewesen, solange Borell es vorzog, an ihre Unschuld zu glauben. Ohne Borells Hilfe würde jedoch der geringste Verdacht, die kleinste Kleinigkeit genügen, daß sie verhaftet, verurteilt, ja sogar hingerichtet würde. Immerhin war sie nur eine Silerierin: Die Kaiserlichen Gesetze schützen die unterworfenen Völker nicht vor den Valdani. Als Silerierin in Sileria hatte sie weniger Rechte als eine Ziege.

»Wir haben Euch jetzt seit mehr als einem Zwillingsmond beobachtet, *torena*«, brach Koroll die dröhnende Stille zwischen ihr und Borell. »Vor zwei Tagen haben wir Euer Haus gründlich durchsucht. Wir haben ausreichende Beweise für Eure verräterischen Aktivitäten gegen das Kaiserreich, die Späher und den Berater selbst gefunden.«

Sie beherrschte sich so gut wie möglich, strahlte nur unschuldige Verwirrung und harmlose Angst aus und verbarg, wie sehr diese Worte sie erschreckten. Sie wollte fragen, was genau sie gefunden hatten, aber sie fürchtete, daß ihre eigenen Fragen zuviel enthüllen würden und sie zu etwas führen könnten, das sie noch nicht gefunden hatten. Es gab so vieles zu verbergen: die Allianz, die Rebellen, die Depeschen aus Kinto, den Weg zu Kilorans Versteck, ihre moorländischen Verbündeten, Derlen und Mirabar, die geheime Kammer in ihrem Haus, Botschafter Shirai, die loyalen Dienstboten, die zuviel wußten, um noch sicher zu sein, die Leiche, die in ihrem Weinkeller vergraben war ... Die Beyah-Olvari.

Ihre Brust schmerzte so sehr, daß sie sich fragte, ob

sie einem Infarkt nahe war. Das Blut rauschte ihr in den Ohren. Sie mußte sich anstrengen, in dem Durcheinander ihrer Gedanken einen Weg zu finden, denn sie wußte, daß Panik jetzt nicht weiterhalf.

Ronall, dachte sie plötzlich. Wo bei den Feuern war Ronall gewesen, als die Späher das Haus durchsuchten? Hatte er ihre Geheimnisse entdeckt? Oder war er, wie üblich, nur ein betrunkener Zuschauer gewesen? War er ebenfalls verhaftet worden? Tot? Von jedem Verdacht frei?

Sie versuchte, sich auf Wichtigeres zu konzentrieren. Sie war nicht für Ronall verantwortlich. So viele Leben hingen jetzt von ihrem Schweigen ab, so viele Pläne. Die Rebellion, der Angriff auf Alizar, der Krieg ... sie hatte ihr ganzes Leben der Vorbereitung der Ereignisse gewidmet, die jetzt bevorstanden. Sie würde nicht versagen.

»Borell ...« Sie versuchte es mit einem flehentlichen Tonfall. »Ich verstehe nicht ... was für ›verräterische Aktivitäten‹? Ich würde dich niemals ...«

»Ich könnte Euch glauben.« Borells Stimme war heiser. Er nickte, sah sie an, mit vor Kummer versteinerter Miene. »Ja. Ihr klingt überzeugend, Ihr seht aus wie ... wie die Frau, die ich liebte. Die Frau, die mir erzählt hat, wie sehr sie sich vor den Banditen in den Bergen fürchtet, wie wenig sie von der Gesellschaft weiß, wie sehr sie mich liebt ...«

Ganz plötzlich packte er einen Stuhl, schleuderte ihn quer durchs Zimmer und stürzte sich dann auf sie. »Jetzt weiß ich, wieso dein Mann dich geschlagen hat!« brüllte er. Er packte sie am Hals, das bleiche Gesicht plötzlich gerötet vor mörderischem Zorn. »Jetzt weiß ich, wozu du einen Mann treiben kannst, du verlogene, verräterische HURE!«

Er schüttelte sie wie eine Stoffpuppe, und sie kratzte wild an seinen Händen und rang nach Luft, während ihr schwarz vor Augen wurde und ihre Lungen brannten. Sein Wutgeschrei wurde beinahe von dem verzweifelten Pochen ihres Herzens übertönt. Sie sah kurz die Gesichter der beiden anderen Männer, hörte sie schreien. Sie wollten nicht, daß er sie tötete – noch nicht. Sie wollten wissen, was sie wußte, welche Geheimnisse sie mit wem teilte. Sie wollten sie zum Sprechen bringen. Elelar kannte die Überredungsmethoden der Valdani – Malthenar, Morven, Garabar – und überließ sich Borells Haß. Es würde ein schnellerer und freundlicherer Tod sein, als die anderen ihn für sie geplant hatten. Sollte er sie doch erwürgen, sollte er ihr das Genick brechen. Es würde schnell vorüber sein. Sie hoffte nur, daß jemand ihre Leiche verbrennen würde. Die Sitte der Valdani, ihre Toten zu begraben, fand sie widerwärtig. Wie konnte ein Geist je die Anderwelt erreichen, wenn er mit Dreck und Würmern bedeckt war? Wie konnte er geläutert werden, wenn er in einem Loch im Boden verfaulte?

Sie war so dicht an der Bewußtlosigkeit, daß sie nicht bemerkte, daß Borell sie losgelassen hatte, bis sie das kalte, harte Holz des Bodens unter ihrer Wange spürte. Um die Möglichkeit eines raschen Todes betrogen, strengte sie die schmerzenden Lungen an, um Luft zu bekommen, und rieb sich die tränenden Augen. Wenn sie ihm noch einmal gegenübertreten mußte, würde sie das als *torena* tun, als Hasnari, wie sie es sich selbst tausendmal für diese Stunde versprochen hatte. Sie hörte, wie er Koroll und den anderen Mann anschrie, sie sollten verschwinden, sollten das Zimmer verlassen.

Die Tür fiel zu, und dann spürte sie Borells Hände. Einen Augenblick lang dachte sie, er hätte die beiden Männer weggeschickt, um sie in Ruhe töten zu können, aber dann spürte sie, wie er an ihrem Hemd zerrte und ihr brutal die Hosen vom Leib riß, und sie wußte, wieso er mit ihr ein letztes Mal hatte allein sein wollen. Sie hatte tausendmal mit ihm geschlafen, aber jetzt war sie sogar mehr angewidert als bei Srijans letztem Versuch, sie ins Bett zu zerren. Borell hatte sie verhaftet und versucht, sie zu ermorden, und jetzt dachte er, er könnte sie noch ein letztes Mal haben. Er wollte sie zweifellos hinrichten lassen, aber erst wollte er noch einmal sein Vergnügen mit ihr haben. Er wußte, daß sie ihn nie geliebt hatte, daß sie nur mit ihm geschlafen hatte, um Sileria zu dienen, und dennoch glaubte er, sie würde es einfach mit sich geschehen lassen.

Sie wehrte sich. Sie biß ihn in die Lippen und erfreute sich am Geschmack des Blutes dieses fetten Valdan. Sie zerkratzte die Hände, die ihr die Kleider vom Leib rissen und die grob und beleidigend über ihre Haut strichen. Sie kämpfte, kämpfte um ihr Leben, hätte ihn lieber getötet, als sich derart erniedrigen zu lassen.

Er schlug zu, und ihr Kopf wurde zur Seite gewirbelt, daß ihr schwindlig wurde. Dann drückte er einen muskulösen Unterarm auf ihren Hals und ihre Schultern und preßte sie auf den Boden, drückte ihr die Luft ab. Sie kämpfte gegen seinen schweren Körper an, der sie gegen die unnachgiebigen Dielen preßte. Sie rang nach Atem, versuchte, ihn mit der schieren Kraft ihres Hasses zu besiegen.

»Nein!« schrie sie wütend, als er ihr zwischen die Beine griff. Sie versuchte, sich ihm zu entwinden, versuchte dem schmerzlichen Eindringen zu entgehen, dieser erniedrigenden Verletzung, dieser grotesken Widerwärtigkeit seines Körpers, den er in den ihren zwang.

»Neeeeiiiin!« schrie sie abermals, als er sich hektisch auf ihr bewegte, ächzend, keuchend, schwitzend, als er die Zähne zusammenbiß und grunzte. »Nein!«

Sie spürte den heißen Fluß seiner Erleichterung, das widerwärtige Gefühl seines Samens, der sich in ihren Leib ergoß, sein ekstatisches Schaudern, während seine Hüften zuckten. Sie würde ihn umbringen, sie würde von jetzt an bis zu ihrem Tod jede einzelne Minute nach einer Möglichkeit suchen, ihn zu töten. Sie würde ihn kastrieren.

Er lag keuchend auf ihr, die Haut verschwitzt, die Muskeln schlaff. Sie wollte ihn kastrieren, und zumindest das konnte sie gleich erledigen.

»Es war nicht anders als sonst auch«, sagte sie, starrte an die Decke und verbiß sich die Tränen. »Ich hätte mich jedesmal, wenn du mich angefaßt hast, am liebsten übergeben. Mir haben sich jedesmal die Haare gesträubt, wenn ich deine Hände spürte.«

Er erstarrte. Er versuchte, seinen Atem zu beherrschen.

»Du bist so stolz auf dieses erbärmliche Ding zwischen

deinen Beinen«, sagte sie verbittert. Ihre Stimme hätte selbst Kiloran zu Eis erstarren lassen. »Du hast keine Ahnung, wie die Diener im Palast darüber lachen. So eine kleine Waffe für einen so großen Mann.«

»Sei still.« Sie spürte seine Hand in ihrem Haar. Er wollte sie zwingen, ihn anzusehen. »Hör auf, Elelar!«

»Glaubst du wirklich, daß es für mich auch nur einen Augenblick lang angenehm war, wenn dieses Ding in mir herumwackelte?«

»Das genügt, Weibsstück. Du hast gesagt, was du wolltest.«

»Nicht, daß es je lange drin gewesen wäre. Ich habe Fische gesehen, die es an Land länger aushalten.«

»Ich werde dir das Maul stopfen!« warnte er und hob drohend die Hand.

»Willst du mich wieder schlagen?« zischte sie. »Macht es einen Mann aus einem Valdan, wenn er eine Frau schlägt? Ist es das, was euch antreibt?«

Er starrte sie mit von Entsetzen umwölktem Blick an, der Kiefer schlaff, die Miene dümmlich. »Du bist nie darauf gekommen, wie viele Männer ich noch in mein Bett gelassen habe, nicht wahr, Borell?« verhöhnte sie ihn. »Glaubst du denn wirklich, du allein könntest einer Frau genügen?«

»Diese Beleidigungen ändern nicht, was ...«

»Botschafter Shiraj zum Beispiel; er wußte, wie man einer Frau Vergnügen bereitet. Er war nicht so ein feister Trottel.«

»Shiraj?« Jetzt sah Borell aus, als müsse er sich übergeben.

»Wer, glaubst du, hat ihm von den Plänen des Kaiserlichen Rats erzählt, die Kintischen Königreiche anzugreifen? Wer, glaubst du ...«

»Du hast es ihm gesagt?« ächzte Borell.

»Woher sollen die Kint sonst von den Plänen des Kaisers erfahren haben? Warum sollten euch die kintischen Armeen sonst erwartet haben?«

»Drei in Einem! Du?«

»Alles, was ich je von dir erfahren habe, habe ich an deine Feinde weitergegeben.«

Das Rot auf seinen Wangen war einer kränklichen Blässe gewichen. Er wischte sich mit dem Unterarm über die schweißbedeckte Stirn. Seine Hand zitterte. »Mögen die Drei mir gnädig sein ...« Er sprach nur noch schleppend. »Weißt du überhaupt, wieviel Leben du auf dem Gewissen hast, Weib? Schon in der ersten Schlacht gegen Kinto sind dreitausend Mann gefallen!«

»Wie viele Leben ich auf dem Gewissen habe?« Sie raffte ihre zerrissenen Kleider um sich und setzte sich auf, starrte ihn an, ließ ihn sehen, wie sehr sie ihn haßte. »Der Rat hat Zehntausende nach Kinto geschickt, die sich ihren Weg direkt zum Himmelspalast schneiden und jeden töten sollten, der sich ihnen in den Weg stellte. Du hast vor mir damit geprahlt, daß das Kaiserreich die Kintischen Königreiche endlich vernichten würde. Du hast damit geprotzt, daß die Valdani den Himmelsthron besteigen und eine dreitausendjährige Dynastie zum Erlöschen bringen würden. Und du wagst es, mir die Schuld am Tod dieser Männer zu geben?«

Sie zog die Hosen hoch, zuckte bei der Bewegung schmerzerfüllt zusammen und konnte kaum ihren Ekel über die klebrige Flüssigkeit zwischen ihren Beinen verbergen. »Du hast mein Volk hungern lassen, hast gefoltert, um dir Informationen zu verschaffen, hast Land und Vieh und Ernten gestohlen, wie es dir paßte, und die Minen meines Landes ausgebeutet. Du unterzeichnest Papiere, die die Einführung von Sklavinnen für deine Bordelle genehmigen, und beschwerst dich über Nachschubprobleme, wenn diese Frauen nach einem oder zwei Jahren sterben. Du hast nicht ein einziges Mal einen Valdan wegen Vergewaltigung, Mord oder Diebstahl vor Gericht gebracht, wenn er eines dieser Verbrechen gegen Silerier begangen hatte.«

Ihre Hände zitterten, als sie versuchte, ihr Hemd irgendwie zusammenzubinden. Sie hätte weinen können vor Schmerz, vor Erniedrigung, vor Wut, vor Angst. Aber sie würde diesen Valdan ihre Tränen nicht sehen lassen, also war ihr Blick wieder hart und haßerfüllt, als sie Borell ansah.

»Und du hast geglaubt, ich könnte dich lieben?« Nun, da ihr Leben vorüber war, wollte sie, daß er es wußte. Sie wollte, daß er diese Schande bis zu seinem Tod spürte. »Ich habe dich mit anderen betrogen. Ich habe deine Geheimnisse an Kint, Moorländer und an die silerischen Rebellen verraten. Ich habe deine Depeschen gelesen, während du schliefst. Ich habe deine Besprechungen belauscht. Und ich habe es getan, weil es meine Pflicht war, weil ich alles tun würde, um Sileria zu befreien.« Sie nickte. »Und das einzige, das ich dabei wirklich gehaßt habe, war, daß ich deine Berührungen hinnehmen mußte.«

Ein entsetzlicher Ausdruck lag auf seinem Gesicht, eine Mischung aus Ekel, Angst und Haß. Er sah aus, als wollte er wieder versuchen, sie umzubringen. Dann stand er ungelenk auf. Einen Augenblick lang befürchtete sie, er werde sie treten, aber dann ging er zur Tür, riß sie auf und rief nach den Spähern.

»Ihr könnt die *torena* jetzt mitnehmen«, sagte er mit belegter Stimme. Dann ging er, ohne sie noch einmal anzusehen – immer noch zerzaust von ihrem Kampf. Seinen Umhang ließ er liegen.

Sie nahm an, die Soldaten würden sie in das alte kintische Gefängnis gegenüber dem Hauptquartier der Späher bringen. Als sie aufstand, sah sie ihnen an, daß sie ihre Schreie gehört hatten, als Borell sie vergewaltigte. Als sie sie jetzt sahen, zerschlagen und mißbraucht, schaute der jüngste der vier Männer schockiert drein. Ein anderer grinste höhnisch und glotzte unverschämt auf die Stellen, wo ihre Haut unter der zerrissenen Kleidung sichtbar wurde. Die beiden anderen blieben ungerührt.

Draußen sah Elelar die Leichen ihrer beiden Diener, die bei dem Versuch, sie zu retten, gestorben waren. Wütend blinzelte sie die Tränen weg. Sie würde nicht zulassen, daß Valdani sie weinen sahen. Von Faradar war nichts zu sehen. Sie hätte zu gern gewußt, ob es der Zofe gelungen war zu entkommen, aber sie wollte nicht auf sie aufmerksam machen, indem sie jemanden fragte.

Sie dachte an ihre Mutter und an Gaborian, an die Reise in die Anderwelt, und sie bemerkte, welche Angst sie hatte. Sie versuchte angestrengt, nicht ans Sterben zu denken; es war jetzt so gut wie sicher, daß sie zum Tod durch langsame Folter verurteilt würde.

Vor allem aber dachte sie an die Minen von Alizar.

O Dar, ich bin – auf meine Art – immer fromm und treu gewesen, und ich flehe dich an, hilf Josarian, Alizar einzunehmen.

KAPITEL 6

Es gab in den Minen weder Tag noch Nacht, weder Sonne noch Monde, weder Morgengrauen noch das Zwielicht der Abenddämmerung. Es gab nur das klaffende schwarze Maul der Erde und das trübe Schimmern qualmender Laternen. Früher einmal war die Arbeit in den Minen ein ehrenwertes Handwerk gewesen, eine harte und gefährliche Arbeit, der die Männer wegen des Geldes nachgegangen waren, das sie hier verdienen konnten. Zu anderen Zeiten waren viele junge Männer für ein paar Jahre hergekommen, um genug für einen Brautpreis, zum Ankauf von Land oder zum Aufbau eines kleinen Handwerksbetriebs zu verdienen. In jenen längst vergangenen Tagen war die Hoffnung beinahe jeden Tag in Alizar erblüht, und stets hatten Träume in der Luft gehangen.

So hieß es jedenfalls. Najdan war immer skeptisch, was solche Geschichten anging. Wenn man heutzutage hörte, was man in den Bergen erzählte, würde man erfahren, daß Tansen eine ganze Schiffsladung Piraten in einer einzigen Nacht getötet hatte, daß Mirabar ein unsterblicher Geist war und Josarian der Feuerbringer. Es gab nichts, was die *shallaheen* mehr liebten als eine gute Geschichte.

Aber wie auch immer das Leben in Alizar in der Vergangenheit gewesen sein mochte – jetzt war es ein nicht enden wollender Alptraum höllischen Elends. Während die Silerier ihren Kindern Angst einjagten, indem sie ihnen drohten, sie an die feueräugigen, flammenhaarigen Dämonen zu verfüttern, die in den Bergen hausten, quälten die Valdani die Silerier mit der Drohung von Zwangsarbeit in den Minen von Alizar. Alle anderen Minen in Sileria, in denen Minerale, Edelsteine und kostbare Metalle abgebaut wurden, waren kleine Privatbetriebe. Einige davon gehörten immer noch Sileriern, aber der größte Teil war Eigentum reicher Valdani, die sie entweder zwei Jahrhunderte zuvor den Kint abgenommen oder erst vor kurzem von Sileriern gestohlen hatten, die sie zuvor mit ihren überhöhten Steuerforderungen in die Verschuldung trieben. Aber wenn Leute von »den Minen« sprachen, meinten sie immer Alizar: die riesigen, ungemein ergiebigen Bergbaubetriebe, die nun seit über zweihundert Jahren direkt vom valdanischen Kaiserreich betrieben wurden.

Hierher wurden die meisten Silerier geschickt, die die Valdani schwerer Verbrechen für schuldig befunden hatten. Ja, es gab Verbrechen, die die Valdani so erzürnten, daß sie die Täter zum Tode verurteilten, aber meistens fanden sie es profitabler, einen Mann in die Minen zu schicken, wo er arbeitete, bis seine Strafe abgedient war oder bis er starb. Ja, einige Verurteilte wurden einfach in Gefängnisse gesteckt, aber auch sie waren nicht sicher vor den Minen, denn für gewöhnlich hielt man sie einfach in Reserve, bis aufgrund eines Einsturzes oder eines schwereren Unfalls wieder neue Arbeiter gebraucht wurden. Beinahe jeder in Sileria, der ein Valdani-Gesetz brach, mußte damit rechnen, in die Minen geschickt zu werden. Bestechung war der einzige Ausweg, und das konnten sich die meisten nicht leisten.

Natürlich waren selbst gesetzestreue Bürger nicht unbedingt sicher. Trotz harter Gesetze und einer ungehorsamen Bevölkerung hatten die Valdani nicht immer genug Gefangene, um die Minen optimal zu betreiben. Wenn das der Fall war, überfielen die Späher einfach irgendein Dorf, trieben die Männer zusammen, ketteten sie an wie Sklaven und brachten sie zur Arbeit in die Minen. So hatte Najdan seinen Vater verloren. Viele dieser Männer wurden irgendwann wieder entlassen. Manchmal allerdings starben sie auch in den Minen, wie viele der verurteilten Verbrecher. Am schlimmsten war es natürlich, wenn eine Familie nicht einmal mehr herausfinden konnte, was denn nun geschehen war. Die Valdani ließen sich selten dazu herab, Fragen über das Schicksal ihrer Gefangenen zu beantworten. Wenn also jemand die Minen überlebte und nach Hause zurückkehrte, wurde er oft mit endlosen Fragen bestürmt, und Leute reisten tagelang, um in ein Dorf zu kommen, wo sich angeblich ein solcher Heimkehrer aufhielt, nur um zu fragen: Hast du meinen Vater gesehen? Meinen Mann? Meinen Bruder? Meinen Sohn?

Niemand hatte je über das Schicksal von Najdans Vater Auskunft geben können. Najdan war ein realistisch denkender Mann und quälte sich deshalb nicht mit dummen Hoffnungen. Wegen geringfügiger Verbrechen kam man oft für ein oder zwei Jahre in die Minen, und das konnte man überleben, aber Najdans Vater, der nichts getan hatte, war nun seit über zwanzig Jahren verschwunden: Niemand hatte je so lange in Alizar überlebt. Einige jedoch klammerten sich noch länger an solche Hoffnungen. Man mußte schon ein Herz aus Stein haben, um sie nicht zu bemitleiden.

Auch jene, denen es gelungen war, lange Strafen zu überleben, starben oft, wenn sie nach Hause kamen. Obwohl sie ungeheuer stark gewesen sein mußten, um zehn Jahre in Alizar durchzustehen, forderte der Kampf immer seinen Tribut. Ein dreißigjähriger Mann, der aus Alizar nach Hause kam, sah immer aus wie fünfzig und starb meist nach ein paar Jahren, gequält von Krankheit und Schwäche.

Und nun war Najdan hier in diesem schwarzen Höllenloch, wo peitschenknallende Teufel die ewige Nacht regierten. Der Plan der Rebellen erforderte es, daß auch Männer drinnen mitarbeiteten. Wenn die Kämpfe begannen, würden die Männer hier die Gefangenen zu einer Rebellion anleiten und unter Tage ebenfalls kämpfen. Najdan war einer von vierzig Rebellen, die sich freiwillig gemeldet hatten, sich bei geringfügigen Verbrechen erwischen und hierher schicken zu lassen. Leider erwarteten einige immer noch ihr Urteil, aber die meisten waren bereits nach Alizar gebracht und tief in das Labyrinth der Schächte geschickt worden.

Es hatte Mut gebraucht, sich den Spähern zu stellen, aber Najdan hatte es unbedingt tun und sich beweisen wollen, daß er trotz allem, was in Dalishar geschehen war, immer noch ein mutiger Mann war, der ungerührt dem Tod gegenübertreten konnte. Nun, nachdem er hier unten war, sah er Mut in ganz anderem Licht und begegnete Tapferkeit in einer Form, wie er sie bei Attentätern nie erlebt hatte. In dieser Schattenwelt von Hunger, Schmerz, Erschöpfung, Einsamkeit und vollkommener Sklaverei fanden Männer dennoch immer wieder den Mut zum Überleben. In dieser unterirdischen Welt der Dunkelheit und Hoffnungslosigkeit zählten sie immer noch die Namen ihrer Kinder auf, erinnerten sich an die Frauen, die sie liebten, und sprachen davon, wie es sein würde, wenn sie nach Ablauf ihrer Strafen nach Hause kämen. Wenn die Späher nicht hinsahen, schnitten sie sich mit ihren Werkzeugen die Handflächen auf, um Blutpakte miteinander zu schwören. Wenn ein Schluck Wasser den Unterschied zwischen Leben und Tod ausmachte, gab doch so mancher *shallah* seine eigene Ration auf, um das Leben eines Blutsbruders zu retten.

Und andererseits gab es hier auch Verderbtheit, wie selbst ein Attentäter sie noch nie zu Gesicht bekommen hatte. Während die meisten Späher dem Leiden ihrer Gefangenen gegenüber einfach nur gleichgültig waren, war Najdan bereits einem begegnet, der es eindeutig genoß, und er hatte Geschichten von mehreren anderen gehört. Und auch die Gefangenen waren nicht alles Männer, die er mit Freuden befreien würde. Einen gab es, den er sofort umbringen würde, wenn die Befreiung begann: Der *sriliah* verriet ständig seine Mitgefangenen, um sich Sonderrationen zu ergattern, und Najdan hatte keinen Zweifel daran, auf wessen Seite dieser Mann stehen würde, wenn der Angriff begann – zumindest, bis sich deutlich die Überlegenheit der Silerier zeigte. Und es gab andere, die durch das Leben hier unten bösartig, kleinlich und feige geworden waren; aber vielleicht waren sie auch schon immer so gewesen. Und schließlich gab es jene, die den Verstand verloren hatten. Alle, die zu verwirrt waren, um noch arbeiten zu können, wurden von den Spähern einfach hingerichtet, aber im Lauf der Jahre hatte Najdan auch einige Verrückte in den Bergen umherstreifen sehen, die aus den Minen entlassen worden waren, weil sie als Arbeiter nicht mehr taugten. Einige, die zu langen Strafen verurteilt worden waren, gaben daher vor, den Verstand verloren zu haben, und riskierten dafür, nicht freigelassen, sondern getötet zu werden. Najdan würde sich nicht gegen einen der Verrückten wenden, mochten sie nun echt sein oder nur so tun, solange sie nicht den Kampf gefährdeten.

Er war gesund und kräftig, also konnte er die Arbeit hier leisten, obwohl die Rationen nie genügten, ihn satt zu machen. Seine Hand- und Fußgelenke waren bereits aufgeschürft und wund vom Eisenschmuck eines Minensklaven, aber er war ein Attentäter und hatte für Schmerz nur Verachtung übrig. Aus diesem Grund konnte er auch ohne größere Schwierigkeiten mit der Peitsche fertig werden. Er ignorierte den Gestank und das Elend um sich herum, denn er betrachtete sich nicht als Teil davon. Er war hier, um eine Aufgabe zu erledigen, und wenn die Rebellen angriffen, würde er entweder sterben oder wieder frei sein. Er ging nicht davon aus, mehr als ein paar Tage hier unten verbringen zu müssen.

Es gab allerdings einen Aspekt an dieser Geschichte, der ihn beunruhigte, und das war das Gefühl des Eingeschlossenseins. Er spürte, wie die Erde ihn niederdrückte, ihn umgab, ihn erstickte. Manchmal zog sich seine Brust zusammen, und er mußte seine gesamte Disziplin bemühen, um nicht wie ein Wahnsinniger um sich zu schlagen, auf die Stollenwände einzudreschen, auf Böden und Decken, die ihn umgaben. Einige Männer, die aus den Minen zurückkamen, waren nie wieder imstande, in einem Haus zu schlafen, einige konnten nicht einmal mehr einen geschlossenen Raum betreten; jetzt wußte er, warum. Wenn er hier wieder herauskam, würde er Mirabars Vorliebe, unter freiem Himmel zu schlafen, mit ganz anderen Augen sehen.

Mirabar. Er dachte an sie, die jetzt in den Hügeln um Alizar wartete und sich mit den anderen Wächtern zusammen auf den Kampf vorbereitete. Er hatte bereits jegliches Zeitgefühl verloren. Es war unmöglich, die Stunden an einem Ort zu zählen, wo es weder Tag noch Nacht gab. Und er wußte auch nicht, wann der Kampf beginnen würde. Er hoffte, daß es bald geschehen würde, und langsam begann er, die Nachricht zu verbreiten, wobei er sorgfältig darauf achtete, daß keiner, den er für nicht vertrauenswürdig hielt, erfuhr, was die anderen wissen mußten.

Tashinar taten die Knie weh von der langen Reise nach Dalishar, aber sie sagte den anderen nichts davon. Ich werde alt, dachte sie. Dabei schien es erst gestern gewesen zu sein, als ihre Jugend noch in voller Blüte stand. Jetzt war sie bereits eine alte Frau, eine Älteste ihrer Religion, jemand, dessen Anwesenheit gebraucht wurde, um in diesem wichtigen Augenblick die Wächter zusammenzuhalten. Die mystischen Zauberer, die aus ihrem eigenen Atem und Fleisch Flammen hervorriefen, die mit den Schatten aus der Anderwelt sprachen und die sich wie Kinder vor den Spähern, Wasserherren und Attentätern versteckten ... die Wächter standen kurz davor, in den Kampf einzutreten.

Natürlich kannte Tashinar die Geschichte der Ihren. Sie wußte, daß sie einst Herrscher von Sileria gewesen waren, daß es viele Tausende von ihnen gegeben hatte, darunter viele wie Mirabar. Und einige waren auch Krieger gewesen, Daurion selbst eingeschlossen. Dennoch, der Gedanke, daß die Wächter in den Kampf gegen die Späher zogen ... Es war beinahe so ungewöhnlich wie der Gedanke einer Zusammenarbeit mit der Gesellschaft.

Sie hatte in dem Augenblick, als Mirabar zu ihrem Feuerkreis zurückgekehrt war – in Begleitung eines Attentäters! –, gewußt, daß etwas Ungewöhnliches bevorstand. Die Wächter hatten bereits aus der Anderwelt erfahren, daß ein neues Zeitalter bevorstand, daß sich ihre gesamte Welt verändern würde. Feuer, Wasser und das Blut von Tausenden würde sich mischen, um einen neuen Anfang in Sileria zu schaffen. Dann war Mirabar zurückgekommen, zurück nach Hause, und hatte ihnen das Friedensangebot von Kiloran unterbreitet. Auch zwei von Josarians Männern hatten sie begleitet, und sie sprachen von etwas, das sie die Allianz nannten, eine Geheimgesellschaft, die sich Josarian verschworen hatte. Selbstsicher, ungeduldig und energisch hatte sich Mirabar an die Spitze ihrer ehemaligen Lehrer gesetzt.

Auf ihre Anweisung hin hatten sie sich in den Bergen verteilt, hatten andere Wächterkreise benachrichtigt, Verbindungen zur Gesellschaft und den *shallaheen* hergestellt und mit Botschaftern der Allianz verhandelt, und wenn nötig, hatten sie die Ihren auch mitten ins Herz der Gefahr entsandt.

Tashinar mußte plötzlich an Derlen denken. Er hätte an diesem Abend hier sein sollen. Er war nicht gekommen, und niemand wußte, warum. Shaljir war ein solch heimtückischer Ort, das Herz der Valdani-Macht in Sileria ... Tashinar entsandte ein stummes Gebet an Dar, daß es Derlen gutgehen möge.

Als Mirabar ihr zum erstenmal von diesem Plan erzählt hatte, hatte Tashinar geglaubt, es würde schwierig werden, die Wächter dazu zu überreden, diesen – wenn man von Shaljir einmal absah – am besten bewachten Ort in ganz Sileria anzugreifen. Die Diamanten von Alizar waren die wichtigste Einnahmequelle des Kaisers in Sileria, und er schützte die ausgedehnten Minen nun mit einer Truppe von über tausend bestens bewaffneten Spähern. Aber beinahe jeder Wächter kannte jemanden, der in die Minen geschickt worden war, und viele von diesen Verwandten und Freunden waren nie wieder zurückgekehrt. Es gab auch solche, die die Razzien gesehen hatten, bei denen die Späher unschuldige Männer zusammentrieben und sie in ihren Dienst zwangen, weil sie nicht genug Gefangene für die Zwangsarbeit hatten. Nachdem ihr Selbstvertrauen durch Josarians viele Siege gegen kleinere Ziele gestärkt war und ihre Angst vor der Gesellschaft zumindest kurzfristig beruhigt, waren die meisten Wächter überraschend schnell bereit gewesen, ihre besondere Begabung für den Angriff auf Alizar zur Verfügung zu stellen.

Auch Kiloran war an diesem Abend hier. Kiloran persönlich. Sie wußte nicht genau, wo er sich aufhielt, und sie legte keinen Wert darauf, ihm zu begegnen – nicht heute und auch nicht an einem anderen Tag –, aber sie konnte ihn spüren. O ja, sie wußte, daß er hier war, und sie nahm an, daß er das beabsichtigte, daß er wollte, daß sie es alle wußten. Er achtete den Waffenstillstand zwischen ihnen, aber es konnte niemals wirklich Frieden zwischen den Dienern des Feuers und denen des Wassers geben. Ewige Feindschaft war ihr Fleisch, ihr Blut, und Kiloran ließ die Wächter, die sich auf den Kampf vorbereiteten, das nicht vergessen. Ein kaum spürbarer Widerhall der Macht ließ die Luft erkalten und warnte sie: Wir sind Verbündete, keine Freunde.

Als Tashinar einen Hügel erreicht hatte, von dem aus man auf Alizar hinabsehen konnte, trat Mirabar aus dem Schatten und gesellte sich zu ihr. Sie begrüßten sich kurz und schweigend, dann bemerkte Mirabar das nervöse Zucken ihrer alten Mentorin, als Kiloran wieder die Nacht mit seinem kalten Gift durchtränkte.

»Achte nicht darauf«, sagte Mirabar säuerlich. »Es ist nur Prahlerei.«

»Wir dürfen ihn nicht unterschätzen«, erwiderte Tashinar. Beide sprachen leise, weil sie befürchteten, daß sich Späherpatrouillen ganz in der Nähe aufhielten. »Und ihm auch nicht vertrauen.«

»Nein, aber er weiß, daß heute nacht dort unten auch

Attentäter kämpfen werden. Einige von ihnen haben sich in die Minen bringen lassen. Und andere werden neben Josarian kämpfen. Kiloran mag unabänderlich böse sein, aber er verschwendet nicht seine eigenen Leute.« Tashinar nickte. Warum sollte man darüber nachdenken, was nach dieser Nacht passieren würde, wenn man nicht einmal wußte, wer sie überleben und wer sterben würde? »Wer hätte je geglaubt, daß es so weit kommen würde?« sagte sie, dankbar, daß sie zumindest lange genug gelebt hatte, um diesem Augenblick noch beiwohnen zu können. »Ich hätte mir so etwas nie vorstellen können, einen solchen Traum wie den, den du mit Josarian teilst.«

»Es ist jedermanns Traum, Tashinar. Als die Späher dir, als du noch eine junge Frau warst, die Finger abgeschnitten haben, hast du da nicht auch davon geträumt, daß ...«

»Nicht wirklich. Bis dies alles geschah ... du, Josarian, Tansen, der Rufer, die Allianz, Kiloran ...« Tashinar schüttelte den Kopf. »Freiheit war nur ein Märchen, das verrückte *zanareen* uns abergläubischen Bergbauern erzählten.«

»Die *zanareen!*« Mirabar verdrehte die Augen. »Sie lassen Josarian keine Ruhe.«

»Du hast mir gesagt, daß Armian ganz bestimmt nicht der Feuerbringer war.«

»Nein. Natürlich war er es nicht.«

»Dann könnte es doch Jo...«

»Tashinar, du willst doch nicht ernsthaft vorschlagen, daß Josarian sich in den Darshon stürzen soll, um ...«

Sie hielt inne, als sie Schritte auf dem Kies hörte. Beide Frauen spannten sich an, als die Schritte näher kamen. Mirabar hatte Tashinar bereits vorgewarnt, daß sie rücksichtslos sein mußten, falls ein Späher sie hier fand. Tashinar wußte nicht genau, was das bedeutete, aber sie hatte bemerkt, daß Mirabar sich seit Anfang des Jahres verändert hatte, und nun wurde ihr klar, daß das Mädchen nicht nur wußte, was sie sagte, sondern aus reiner Not gelernt hatte, rücksichtsloser zu sein als andere.

Josarians Männer hatten bald nach Einbruch der Nacht mit dem ersten Teil des Plans begonnen: Sie hatten alle Wachen und Patrouillen um Alizar getötet. Tashinar versuchte, nicht daran zu denken, wie ihre Verbündeten sich im Dunkeln an die Gegner anschlichen und sie erwürgten oder ihnen die Kehlen durchschnitten. Sie versuchte, nicht an den stillen Krieger namens Tansen zu denken, an diesen Mann, den Mirabar so lange gesucht hatte. Er wußte viel zuviel darüber, wie man andere Menschen umbrachte.

Ihr Herz klopfte, als sie hörte, wie sich jemand leise durchs Unterholz näherte. Einen Augenblick später entspannte sie sich wieder, als der leise Vogelruf ertönte, der das vereinbarte Signal war. Mirabar erwiderte den Ruf, und ihr Verbündeter war einen Augenblick später schon bei ihnen: ein gutaussehender junger Mann namens Zimran. »Ah, meine Damen! Genau dort, wo ihr sein solltet, und zur rechten Zeit. Kann ein Mann mehr erwarten?« Er lächelte, und selbst im Dunkeln konnte Tashinar das Ausmaß seines Charmes spüren. Sicher hatten schon viele Mädchen ihr Herz an ihn verloren.

»Und?« fragte Mirabar.

»Kiloran ist bereit. Josarian ist bereit. Tansen ist bereit.«

»Die Wächter sind ebenfalls bereit«, bestätigte Mirabar.

Zimran holte tief Luft. »Und ich nehme an, ich bin so bereit, wie ich nur sein kann. Wenn ihr also beginnen würdet ...«

»Wir lassen dir Zeit genug, um aus dem Weg zu gehen«, sagte Mirabar. »Geh jetzt.«

»Es war mir wie immer ein Vergnügen, *sirana*.«

Nachdem er verschwunden war, knurrte Mirabar: »Er bringt mich durcheinander.«

»Das habe ich bemerkt«, erwiderte Tashinar trocken. »Bist du bereit?«

»Wie der junge Mann schon sagte: so bereit, wie ich nur sein kann.«

Tansen hatte von Zimran erfahren, daß der erste Teil des Plans – die Eliminierung der Wachen und Patrouillen rund um Alizar – vollendet war. Jetzt hockte er im Dunkeln und wartete darauf, den Männern hinter ihm das Zeichen geben zu können. Josarian war in den Hügeln auf der anderen Seite von Alizar, mit noch mehr Männern. Beinahe vierzig Rebellen warteten in den Minen, und sie hofften auch auf Hilfe von den Gefangenen, sobald der Kampf begonnen hatte. Heute nacht waren Hunderte von Sileriern hier, erheblich mehr, als Josarian bisher zu einem einzigen Unternehmen eingesetzt hatte. Wenn Alizar heute nacht fiel, würden sich Tausende von Sileriern der Rebellion anschließen, während die Späher noch versuchten, sich von der Katastrophe zu erholen. Der Kaiser wäre sowohl in seiner Ehre als in seiner Kasse empfindlich getroffen. Der Kaiserliche Rat würde sicher jeden Soldaten im Reich nach Sileria schikken, aber fast alle waren bereits an anderen Orten gebunden. Ja, der Kaiser hatte eine gewaltige Armee, und er würde zweifellos mehr Männer schicken können, wahrscheinlich mehr, als die Rebellen in diesem Jahr schon getötet hatten, aber längst nicht so viele, wie er gern geschickt hätte. Er würde nicht genug schicken können, um ganz Sileria zu durchkämmen und die Rebellion über Nacht zu ersticken. Wenn Alizar heute nacht fiel, dann bedeutete das den Beginn eines Krieges in Sileria. Dieses so lange schon eroberte Land, die Provinz, von der keiner erwartet hatte, daß sie sich je zu einer vereinten Rebellion erheben könnte, das am meisten gedemütigte Volk in allen drei Ecken der Welt, würde Männer und Frauen von einem Ende des Kaiserreichs bis zum anderen staunen lassen. In Scham und Knechtschaft geboren, würden sie sich aus der Landkarte valdanischer Eroberungen ein neues Schicksal reißen. Sie würden aus den Trümmern der Demütigung des Kaiserreichs ihre Freiheit bauen. Sie würden das Zeichen der Drei auf dem Santorell-Platz niederreißen und erleben, wie ihr eigener *yahrdan* den ihm angestammten Platz in Shaljir einnahm.

Nichts würde mehr so sein wie früher.

Falls Alizar fiel.

Über die Alternative wollte Tansen lieber nicht nachdenken. Wenn sie heute nacht versagten, würden er, Josarian und alle anderen, die man gefangennahm, zum Tod durch langsame Folter verurteilt. Und der Rest der Rebellen hätte den Valdani nur die Mühe erspart, sie zur lebenslangen Gefangenschaft in die Minen zu bringen. Nicht, daß ein Leben in Alizar lange dauerte. Wenn sie keinen Unfall erlitten, blieben den meisten Männern ein paar Jahre. Einige überlebten sogar zehn Jahre, aber keiner länger. Und nach allem, was Tan von ehemaligen Gefangenen gehört hatte, würde sich das auch niemand wünschen. Nie war ihm ein mutigerer Mann begegnet als jener ehemalige Gefangene, der sich freiwillig gemeldet hatte, einer der Vierzig zu sein, die sich in die Minen bringen ließen. Die Jahre, die dieser Mann bereits dort verbracht hatte, waren ihm ins Gesicht gemeißelt, aber er war zurückgekehrt, weil er glaubte, ihrer Sache dort am besten dienen zu können.

Tansen hatte selbst gehen wollen, weil er andere Männer nicht um etwas bitten wollte, was er selbst nicht tat. Aber es wäre unmöglich gewesen, seine Schwerter in die Minen zu schmuggeln, und ebenso, wie jemand, der die Schächte genau kannte, dort am nützlichsten wäre, war ein *shatai* im Kampf am gefährlichsten, wenn er seine eigenen Waffen hatte. Es ging schließlich darum, Späher zu töten, und nicht um seinen Stolz. Außerdem hatte er Josarian, der nur zu oft wie ein normaler Rebell handeln wollte und nicht wie der Anführer der Rebellion, mit gutem Beispiel vorangehen müssen. Josarian konnte sagen, was er wollte: Der Kampf würde ohne ihn nicht so weitergehen wie zuvor. Die Männer folgten ihm mehr, als sie ihrem Traum von der Freiheit folgten. Sie würden nicht annähernd so sehr vor Erwartung und Mut glühen, wenn Josarian in einem der Schächte gefangen war, als wenn er sie selbst in den Kampf führte.

Es schien lange Zeit vergangen zu sein, seit Tansen das Zeichen gegeben hatte, daß er und seine Männer bereit waren. Er rang seine Ungeduld nieder, denn er wußte, daß jeder Teil ihres Angriffs von den anderen Teilen abhing. Wenn alle bereit waren, würden sie beginnen. Und alles würde seinen Anfang mit einer alten Frau und einem Dämonenmädchen oben auf dem Hügel nehmen ...

Hauptmann Foridall arbeitete an diesem Abend noch sehr spät, weil er die neuesten Berichte über die Förderleistungen durchgehen wollte. Der Krieg des Kaisers gegen die Kintischen Königreiche hatte einen schlechten Anfang genommen, also wurde nun Druck auf Alizar ausgeübt, die Kosten zu verringern und die Profite zu erhöhen. Die Forderungen des Kaisers, gepaart mit der Anstrengung, diese kaum lesbaren Dokumente bis spät in die Nachtstunden zu studieren, verursachten Foridall Kopfschmerzen.

Die Berichte waren mit ausgesucht kleiner Schrift geschrieben, weil Pergament in Sileria so kostbar war. Alles, was das Leben angenehmer machte, kostete hier mehr. Foridall hatte im vergangenen Jahr ein Vermögen für eine kintische Kurtisane fünften Grades ausgegeben; sie hatte diese unglaublichen Preise verlangen können, weil einfach nicht genügend von ihrer Art zu haben waren, nicht in diesem gottverlassenen Land. Und dann war es ihr in Alizar langweilig geworden, und sie hatte ihn nach ein paar Zwillingsmonden schon wieder verlassen! Foridall hatte wirklich keine Lust, sich hinter seinen Männern in der Schlange anzustellen, um ein paar Minuten eine dieser elenden, kranken Moorländer-Frauen bespringen zu können. Außerdem hatte der Bandit Josarian bereits zwei Bordelle überfallen, und das fehlte noch, daß man sich dabei auch noch Sorgen machen mußte, ob einem nicht etwa ein silerischer Bauer in einem Augenblick in Stücke schnitt, in dem die Aufmerksamkeit zwangsläufig ein wenig abgelenkt war.

Diese Gesetzlosen in den Bergen – es waren Rebellen, wenn man es ehrlich betrachtete, ganz gleich, wie die offizielle Version lautete – machten jeden einzelnen Aspekt von Foridalls Leben zur Hölle. Nachschub wurde nicht mehr geliefert, wie es sich gehörte, weil die Straßen nicht mehr sicher waren, sämtliche Kosten waren gestiegen, und man mußte praktisch schon selbst einen Aufstand veranstalten, damit Leute wie Berater Borell oder Kommandant Koroll sich der Beschwerden annahmen, die man vorbrachte. Es nahm zwar kein Mensch ernsthaft an, die Banditen könnten dumm genug sein, Alizar zu überfallen, aber Foridall hatte immerhin seine Vorgesetzten überzeugt, daß man nie genau wußte, wozu blutgierige Rebellen imstande waren. Es wäre klug, hatte er immer wieder betont, ein paar zusätzliche Männer zum Schutz der Minen abzustellen.

Und tatsächlich hatte er die angeforderte Verstärkung seiner Männer erhalten, aber nicht genug Geld, um sie mit Lebensmitteln, Unterkünften, Uniformen und Sold zu versorgen. Viele Soldaten, denen es ohnehin nicht gefallen hatte, hier stationiert zu werden, waren offen feindselig geworden, als es Foridall nicht gelungen war, diese Probleme über Nacht zu beseitigen.

Und wenn es nicht dieses Problem war, dann ein anderes. Sobald Foridalls Dienstzeit vorüber war, würde er endgültig nach Hause zurückkehren. Inzwischen war es wegen der Rebellen unmöglich geworden, eine andere Frau dazu zu überreden, zu ihm nach Alizar zu kommen, auch nicht für den doppelten Preis. Er war so verzweifelt, daß er sogar daran dachte, heimlich etwas mit einer silerischen Frau anzufangen, bei den Dreien, aber die Vorstellung, was geschehen konnte, wenn man sie entdeckte, war nicht gerade angenehm. Silerier waren sehr empfindlich, was ihre Frauen anging. Er hatte Geschichten von Kastrationen und anderen Scheußlichkeiten gehört, die ihn zu dem Schluß kommen ließen, daß die Risiken einfach zu groß waren. Diese Leute waren Barbaren! Kein Wunder, daß so viele von ihnen in den Minen endeten.

Da sein Kopf nun derart schmerzte, daß er nicht mehr imstande war, eine weitere Zahlenreihe zu verstehen, beendete Foridall seine Arbeit, löschte die Laterne und ging nach draußen. Die oberirdischen Anlagen von Alizar hatten etwa die Größe eines wichtigeren Dorfes. Unter der Erde war die Anlage sogar noch größer, weshalb hier ja auch so viele Späher gebraucht wurden. Silerische Gefangene gaben keine guten Bergleute ab, und die Valdani mußten sie genauer überwachen, als es ein Vater von

Töchtern mit einem Priester der Drei getan hätte. Oder ein Vater von Söhnen, man konnte nie wissen.

Als er auf sein Quartier zuging, dachte Foridall mürrisch darüber nach, daß er, da er ohnehin keine Frau hatte, sich auch gleich dem kintischen Traumkraut hingeben könnte, das er von seiner letzten Reise zur Küste mitgebracht hatte. Es hatte ihn ein Vermögen gekostet und war bestenfalls von mittelmäßiger Qualität, aber immerhin ... Er hielt abrupt in seinem Nachdenken inne, als plötzlich auf einem Hügel direkt im Norden ein Feuer aufflackerte. Einen Augenblick zuvor war dort noch nichts zu sehen gewesen, und dann plötzlich ... eine Feuerwand so hoch wie ein Mann, der auf den Schultern eines anderen stand. Während Foridall noch verwirrt darauf starrte, breitete es sich schon über den Hügel aus. Drei in Einem, hatte einer der Wachen ebenfalls Traumkraut geraucht und das Unterholz in Brand gesteckt? »Hauptmann!«

Er sah in die Richtung, in die einer der Soldaten zeigte, und entdeckte ein weiteres Feuer. Und noch eins! Und wieder eins ...

»Die Banditen!« keuchte Foridall, und sein Herz zog sich vor Angst zusammen. »Das ist Josarian!«

»Hauptmann, seht nur, es ...«

Die Feuer breiteten sich weiter über die Hügel aus, aufeinander zu, als wollten sie ganz Alizar umgeben. Es umzingeln. »Hauptmann, er hat seine Feuermagier mitgebracht! Sie ...«

»Gib endlich Alarm, du Idiot!« schrie Foridall. »Weck alle auf!«

Er hatte gewußt, daß diese Möglichkeit bestand, und er war nicht völlig unvorbereitet. Ha! Josarian mußte ein Narr sein, den bestbewachten Ort außerhalb von Shaljir anzugreifen! Selbst jetzt, mitten in der Nacht, taten mindestens zweihundert Späher in den oberirdischen Anlagen Dienst, patrouillierten das Gelände, bewachten die Lagerhäuser und die Stollen. Innerhalb von Augenblicken würden sich zu diesen zweihundert all die anderen gesellen; Josarian würde einer Truppe von über tausend Mann gegenüberstehen! Und darüber hinaus würde Foridall noch Boten zu zwei nahe gelegenen Späherfestungen schicken, und bei Tagesanbruch würden noch mehr Männer hier sein, um mit dem aufzuräumen, was von den Rebellen noch übrig war.

Er rannte zurück in sein Hauptquartier und begann sofort damit, Befehle auszugeben, seine Männer in Marsch zu setzen. »Hauptmann ...«

»Was ist?«

»Wir sind umzingelt. Wie sollen Boten da durchkommen?«

Der Späher zeigte auf den geschlossenen Feuerwall, der Alizar inzwischen umgab. Das Feuer bewegte sich langsam den Hügel hinab, bemerkte Foridall plötzlich, zog sich zusammen wie eine Schlinge!

»Das kann kein echtes Feuer sein«, sagte er und atmete ein wenig rascher. »Das ist nur ein Trick.« Aber die Art, wie einige seiner Männer dastanden und entsetzt das Feuer anstarrten, zeigte ihm, daß sein Beschwichtigungsversuch nicht gegen dieses außergewöhnliche Spektakel gewirkt hatte. Er fragte sich, ob die Silerier sie ausräuchern wollten. »Wasser«, sagte er. »Wir werden ihr Feuer löschen.«

Die Männer folgten seinen Befehlen und rannten zur Hauptquelle, von der der größte Teil des Wassers in Alizar kam. Sie begannen, Wasser in Eimern hochzuziehen und entlang einer Menschenkette weiterzureichen. Es war immer gut, sich auf eine produktive Arbeit zu konzentrieren. Foridall gratulierte sich zu dieser Idee.

Dann brach das Wasser aus der Quelle hervor wie ein zorniger Vulkan und spritzte so hoch wie ein Berg. Männer schrien auf und wichen von der Quelle zurück, die Schwerter gezogen, die Gesichter angstverzerrt. Foridall erstarrte und fragte sich, was das nun wieder zu bedeuten hatte. Dann fiel es ihm ein: die Wasserherren. Selbstverständlich hatte er Gerüchte darüber gehört, daß die geheimnisvolle Verehrungswürdige Gesellschaft ebenfalls mit Josarian verbündet war, aber er hatte das nur für ein Märchen gehalten. Ebenso, wie er angenommen hatte, daß die Geschichten von der schrecklichen Magie, die diese Wasserherren bewirken konnten, der Übertreibung entsprangen.

Wie zur Antwort auf seine Zweifel nahm das Wasser eine neue Form und Kraft an. Entsetzt sah Foridall, wie der Geysir Tentakel entwickelte, die sich windend und auf der Suche nach Opfern durch die Luft schlängelten.

Einer der Späher stieß einen Kriegsschrei aus und griff einen der ausgestreckten Tentakel mit dem Schwert an, versuchte, ihn abzuhacken wie einen Arm. Mit einer blitzschnellen Bewegung wich das Wasser aus und wikkelte sich dann um den Hals des Mannes. Ein anderer Späher versuchte, seinem Kameraden zu helfen; ein Schauer ergoß sich auf ihn, und er schrie, als würde er bei lebendigem Leib verschlungen.

»Zurück! Zurück!«

Der Befehl zum Rückzug trug nicht dazu bei, das Wasser einzudämmen, das immer noch steil aus der Quelle emporschoß. Ein Schwall traf das Gesicht eines weiteren Spähers und blieb dort hängen, überzog seinen Mund und seine Nase wie eine Maske und erstickte den Mann.

Foridalls Geist wehrte sich gegen das, was er sah. Er war nicht mehr in der Lage, zusammenhängend zu denken, hatte Angst vor dem Feuer, das Alizar umschloß, fürchtete sich vor der Wassermagie, die seine Männer tötete ... Und dann hörte er den Kriegsschrei in den Hügeln. Er blickte auf und sah, daß sich der Feuerwall zu schlanken Feuersäulen wandelte, die zwischen sich Platz ließen, damit Männer ins Tal stürmen konnten: Hunderte und Aberhunderte von Männern.

Das Feuer war jetzt hinter ihnen, und Foridall konnte ihre Silhouetten sehen, als sie von den Hügeln herabkamen und nach Alizar eindrangen – geisterhafte dunkle Gestalten, die mit ihren gestohlenen Schwertern und grob geschnitzten einheimischen Waffen fuchtelten, während sie schrien und brüllten wie die Dämonen der Unterwelt. Ihr langes Haar wehte, während sie rannten, lange schwarze Strähnen vor dem rotglühenden Hintergrund. Hinter ihnen explodierte der Wald von Feuersäulen, die sich wieder zu einer Mauer zusammenschlossen und niemandem mehr erlaubten, den Ort des Kampfes zu verlassen.

Wir sind eingeschlossen, dachte Foridall. Sie hatten zweifellos bereits alle Wachen und Patrouillen getötet. So viele Männer hätten nicht unbemerkt so nahe herankommen können, wenn sie nicht zuvor jeden Späher dort draußen getötet hätten.

Nein, die Boten würde nicht durchkommen, das wußte Foridall nun. Keine Unterstützung aus den Festungen. Und keine Fluchtmöglichkeit für ihn und die anderen hier.

Seine Männer hätten längst in Kampfformation stehen müssen, bereit, diesen unorganisierten Rebellenhaufen, der sich ihnen näherte, zurückzuschmettern. Aber es hatte kostbare Minuten gebraucht, die meisten von ihnen aus tiefem Schlaf zu holen, und das Feuer und die Wassermagie hatten sie vollkommen durcheinandergebracht und sie alles vergessen lassen, was sie bei ihrer Ausbildung gelernt hatten. Sie waren schon verrückt vor Angst, und dann noch der Anblick dieser heulenden, haarigen Barbaren, die aus dem Feuer auf sie zustürmten ...

»Kämpft!« schrie Foridall, und er sprach damit sowohl sich selbst als auch seine Männer an. »Verdammt noch mal, kämpft gefälligst!«

Rebellen kamen aus jeder Himmelsrichtung nach Alizar, während weiterhin Wasser aus der Quelle zum Himmel schoß. Die beiden Armeen trafen aufeinander. Metall klirrte, Wut- und Schmerzensschreie versprachen, daß sich bald Blut mit dem Wasser und dem Staub mischen würde. Chaos und Schrecken regierten die flammenerleuchtete Nacht. »Holt die Soldaten aus den Minen!« befahl Foridall. »Holt alle rauf, damit sie hier kämpfen.«

Aber die Späher aus den Minen erreichten die Erdoberfläche nicht. Das Signal, sie nach oben zu schicken, war auch das Zeichen, daß der Kampf in den Schächten beginnen konnte. Die Späher dort waren den Gefangenen gegenüber hoffnungslos in der Minderheit. Es hatte immer strenge Sicherheitsmaßnahmen gegeben, aber bis zu diesem Augenblick hatte sich niemand vorstellen können, daß die Gefangenen rebellierten, weil sie an der Oberfläche Hunderten von Soldaten gegenübergestanden hätten, falls es ihnen gelungen wäre, den Stollen zu entkommen. Irgendwie wußten die Männer in den Minen, was in dieser Nacht geschah; sie wußten, daß dies ihre Chance war. Jemand hatte es ihnen gesagt; jemand mußte sie organisiert haben.

Lange vor Tagesanbruch war die Schlacht vorbei. Foridall konnte nicht verstehen, wie das möglich gewesen war. Er hatte mehr Männer, bessere Waffen, besser ausgebildete Soldaten, mehr Geld ... Dennoch war es vorbei. Er hatte verloren. Das erkannte er in dem Augenblick, als die Gefangenen aus den Minen gestürmt kamen. Jetzt war ganz Alizar rot vom Blut von mehr als tausend Männern. Beinahe alle Späher waren tot. Zumindest hatten die Rebellen nicht ohne Verluste gewonnen: Auch silerische Leichen lagen in Alizar, als der Himmel sich rosa färbte.

Die Feuer in den Bergen waren erloschen. Die Quelle

war ... wieder nur eine Quelle. Foridall hatte die Zauberer, die sein Leben für immer verändert hatten, nie zu Gesicht bekommen. Er war nun kein Anführer mehr, kaum mehr ein Mann: Die Rebellen fanden ihn versteckt in einem der Lagerhäuser. Sein einziger Trost inmitten dieser Katastrophe war, daß fast keiner seiner Männer mehr am Leben war, um zu sehen, wie er vor sein eigenes Hauptquartier gezerrt wurde, verhöhnt, beschimpft, lächerlich gemacht, getreten und zu Boden geworfen. Zumindest waren es nur diese ausländischen Bergbauern, die Zeugen seiner Demütigung wurden.

Sie führten ihn einem schlanken Mann mit Adlernase vor, dessen einfache Bauernkleidung blutgetränkt war. Foridall sah die beiden Schwerter, die der Mann trug, und schrie plötzlich: »Du bist derjenige, den Koroll unbedingt festnehmen will! Der, der die Schwerter seines kintischen Gasts gestohlen hat!«

Der Mann verzog den Mund zu einem höhnischen Lächeln. »Ja, der bin ich«, sagt er in gutem Valdan. »Und wer bist du?«

»Ich bin Hauptmann Foridall, kommandierender Offizier von Alizar.«

»Aha. Also bist du hier zuständig.« Der Mann sah über die Schulter und sagte ein paar Worte in dem gutturalen Bergdialekt, aber Foridall verstand, wie er den Mann angesprochen hatte, der zur Antwort darauf aufblickte: Josarian.

Der meistgesuchte Gesetzlose in Sileria – in der gesamten Geschichte der Valdani-Herrschaft in Sileria – fixierte ihn mit einem harten Blick. Er und der Mann mit den zwei Schwertern wechselten weitere Worte, dann hinkte Josarian auf Foridall zu.

»Ist es zu glauben, daß dieser dünne, blasse Kerl hier die Minen geleitet hat?« fragte Lann und schubste den Späherhauptmann vor, damit Josarian ihn besser sehen konnte.

Jemand hatte Josarian einen Dolchstoß an der linken Hüfte versetzt, und die Wunde schmerzte wie alle Feuer. Er war froh, daß die Schwestern endlich eingetroffen waren, um sich um die Verwundeten zu kümmern, obwohl viele grimmige Mißbilligung ausstrahlten. Sie waren gegen jegliche Gewaltanwendung, ganz gleich, welcher Art der Grund oder die Provokation auch sein mochte.

»Es tut weh, wie?« sagte Tansen nur und warf einen Blick auf Josarians Bein. Ohne auf eine Antwort zu warten, fügte er hinzu: »Ich habe es dir gesagt – wie oft habe ich es dir schon gesagt? –, du mußt mehr auf deine Deckung links achten. So, wie du den Kopf immer nach rechts wendest ...«

»Tan, mit Sätzen wie ›Habe ich es dir nicht gesagt?‹ kommen nur Frauen durch«, unterbrach Josarian ihn. »Geh und rede mit Kiloran. Nimm Mira mit. Wir müssen die Arbeit hier zu Ende bringen.« Tansen nickte und ging. Josarian sah den Gefangenen forschend an. »Äh – ich nehme nicht an, daß jemand hier Valdan spricht?« fragte der Mann nervös.

»Ich spreche Valdan«, sagte Josarian. »Du warst also Leiter der Minen? Wie heißt du?«

»Foridall. Ich, äh, ich bin nicht sicher, ob du verstehst, wieso ich mich versteckt habe, um der Gefangennahme zu entgehen. Es ist meine Pflicht, meinen Vorgesetzten zu berichten, was hier geschehen ist. Aber ich werde jetzt meinen Platz als dein Gefangener einnehmen.«

Trotz allem hatte Josarian beinahe Mitleid mit ihm.

»Foridall, wir sind Rebellen in unserem eigenen besetzten Land. Wir machen keine Gefangenen.«

Es brauchte einen Augenblick, bis der Valdan die Bedeutung dieser Sätze begriff. Dann blitzte Panik in seinen Augen auf. »Aber ... aber ihr habt gewonnen! Ihr besitzt jetzt die Minen, die größte Quelle kaiserlichen Wohlstands in Sileria! Alizar gehört euch. Ihr braucht niemanden mehr zu ...«

»Ich hoffe, daß die Minen in einer Stunde niemandem mehr gehören werden.«

»Wie meinst du das?«

»Wir werden sie fluten.«

»Fluten? Die einträglichsten Minen in Sileria? Vielleicht sogar die einträglichsten auf der ganzen Welt? Bist du verrückt?«

»Noch nicht, aber manchmal frage ich mich das schon«, sagte Josarian müde und dachte an seine Träume.

Sie hatten beschlossen, daß sie nach der Eroberung Alizars die Männer nicht entbehren konnten, die sie benötigen würden, um die Anlage zu bewachen. Und wenn sie einfach wieder abzogen, würde nichts die Valdani daran hindern, hier wieder mit der Arbeit zu beginnen und neue Sklaven und neue Späher herzuschaffen. Es schien das Beste zu sein, dafür zu sorgen, daß niemand diese Minen wieder betreiben konnte, jedenfalls nicht für lange Zeit. Sie würden alles, was in den Lagerhäusern auf den Transport zur Küste wartete, mitnehmen. Dann würden sie die Gebäude niederbrennen. Daß sie zuließen, daß Kiloran seine Wassermagie nutzte, um die Minen zu fluten, bedeutete auch, daß er eines Tages der einzige sein würde, der Zugang zu ihnen hätte, aber Josarian hatte keinen besseren Plan finden können und hatte sich widerstrebend Elelars Beharren angeschlossen, daß sie sich im Augenblick darauf konzentrieren müßten, die Valdani zu bekämpfen.

»Warum habt ihr die Minen angegriffen?« wollte Foridall wissen, »wenn ihr nicht die Anlagen übernehmen und eigenen Profit machen wollt?«

»Diese *roshaheen* sind wirklich unglaublich«, murmelte Zimran verächtlich. Er sprach besser Valdan als Josarian, und er konnte dem Gespräch ohne Schwierigkeiten folgen.

Foridall verstand das nicht. »Was sind *rosh...*«

»Wir wollten den Kaiser dort treffen, wo er es am meisten spürt«, sagte Josarian. »In seiner Schatztruhe.« Er beugte sich vor, obwohl sein Bein schmerzte, und erklärte dem Mann, den er bald umbringen würde: »Aber wir haben nicht vor, es ihm nachzutun, wir wollen niemanden versklaven, um unsere Taschen zu füllen oder für unseren Krieg zu bezahlen. Wir wollen Männer nicht ihrer Freiheit und ihrer Würde berauben. Wir wollen sie nicht langsam töten, Tag für Tag, bis die Jahre sie zermürbt und ihnen den Lebenswillen genommen haben.«

»Aber ... aber es waren ... Gefangene!« protestierte Foridall. »Ihr selbst bestraft auch alle, die gegen eure Gesetze verstoßen. Wir müssen schließlich die Herrschaft aufrechterhalten, die Gesetze verteidigen! Es waren Verbrecher!«

»Es waren unsere Brüder und Väter«, sagte Josarian kalt, »und du hast die Todesfalle betrieben, in der Tausende von ihnen versklavt und getötet wurden.« Er zog sein Schwert. »Mach deinen Frieden mit deinen Göttern, Foridall!«

»Ich habe nur meine Pflicht getan! Verdammt sollst du sein! Es war nur meine Pflicht! Du kannst mich dafür nicht umbringen! Das geht nicht! Ich ...«

Sein Jammern endete in einem Gurgeln, als Josarian ihm die Kehle durchschnitt. Er sah zu, wie der Leiche ein Bach von Blut entquoll, dann wies er seine Männer an: »Schneidet ihm den Kopf ab. Bringt alle anderen Späher ebenfalls um, bis auf einen. Dem gebt ihr Foridalls Kopf und schickt ihn auf einem schnellen Pferd zurück nach Shaljir. Dann sammelt die Verwundeten und macht euch zum Abzug bereit. Verteilt euch, wie wir es abgesprochen haben. Alle müssen noch vor Mittag hier verschwunden sein. Verstanden?« Er riß den Blick von Foridalls Leiche los und fügte hinzu: »Tansen und ich werden bleiben, um unsere Toten zu verbrennen.«

Sie hatten keine schweren Verluste erlitten, wenn man das Ziel bedachte. Dennoch spürte Josarian jeden einzelnen davon. Diese Männer waren gestorben, weil sie ihm gefolgt waren, ihm vertraut, an ihn geglaubt hatten. Keine hundert Schritte von hier lag der junge

Kynan, das lange Haar über dem leblosen Gesicht, ein Valdani-Schwert in der Brust. Auch viele andere *shallaheen* lagen tot neben den Spähern. Aber Tausende von Gefangenen, die sie aus den Minen befreit hatten, jubelten nun über ihre Freiheit und riefen nach Messern, damit sie sich die Handflächen aufschneiden und Josarians Sache die Treue schwören konnten.

Er würde sie brauchen, um den Kampf fortzusetzen. Alle Rebellen, die letzte Nacht in den Kampf gezogen waren, wußten, daß sie sterben konnten. Er würde weitermachen, er würde noch mehr Männer rekrutieren. Nein, er zweifelte nicht an dem Weg, den er gewählt hatte.

Aber an diesem Morgen, als er müde, blutbefleckt und schwindlig von der Wunde auf dem Schlachtfeld stand, wollte Josarian nicht, daß noch mehr Leben in seinem Namen verpfändet wurden. An diesem Morgen wollte er keine weiteren Silerier für sich sterben sehen. An diesem Morgen spürte er die unerträgliche Bürde eines Mannes, der andere in den Krieg führen mußte.

KAPITEL 7

Elf Tage und elf Nächte wartete Elelar jetzt schon in ihrer Zelle in dem alten kintischen Gefängnis. Wartete auf den Tod. Wartete darauf, gefoltert zu werden. Wartete auf irgend etwas, das die Qual des Wartens beendete.

Zu ihrer Überraschung hatte ihr am dritten Tag ihrer Gefangenschaft ein Späher Kleidung und Waschzeug aus ihrem eigenen Haus gebracht. Am selben Tag hatten die Späher auch damit aufgehört, ihr das ekelhafte Gefängnisessen vorzusetzen und ihr kalte, aber eßbare Mahlzeiten gebracht, die ihre eigene Köchin zubereitet hatte und die in eleganten Körben zur Festung gebracht wurden. Das Essen, wie alles andere, was aus ihrem Haus geschickt wurde, wurde immer sorgfältig durchsucht, bevor man es ihr aushändigte.

Trotz dieser Ausnahmeregelungen erlaubte man ihr keine Besucher. Das überraschte sie nicht, weil Koroll zweifellos fürchtete, daß sie immer noch Geheimnisse zu verraten hatte und einen Weg finden würde, sich mit ihren Freunden in Verbindung zu setzen, ganz gleich wie. Aber sie hätte ohnehin nicht die Sicherheit von anderen aufs Spiel gesetzt mit dem Versuch, Botschaften an die Allianz zu senden, nun, nachdem sie entdeckt und verhaftet worden war. Tatsächlich betete sie, daß keiner von ihnen so dumm gewesen war, sie aufsuchen zu wollen; die Bitte allein hätte den Betreffenden zweifellos ebenso zum Tode verurteilt.

Es war der Mangel an Nachrichten und die Langeweile, die für sie am schwersten zu ertragen waren. Nach dem schmerzlichen und demütigenden Debakel am Löwentor hatte man sie hierher gebracht und in diese Zelle geworfen. Koroll war am folgenden Tag vorbeigekommen. Er hatte sich gar nicht erst die Mühe gemacht, seine Freude über ihr zerschlagenes Äußeres und ihre erniedrigende Situation zu verbergen, und er hatte sie einen ganzen Morgen lang verhört und ihr gedroht, es würde »besser« für sie sein, wenn sie einfach kooperierte und ihnen sagte, was sie wissen wollten.

Besser für mich, dachte sie höhnisch. Ja, es war wirklich rührend, wie besorgt die Valdani um das Wohlergehen einer bereits verurteilten Frau waren. Sie hatten einfach Angst davor, wieviel sie noch wissen mochte, und wollten unbedingt herausfinden, was sie wem mitgeteilt hatte, bevor sie sie töteten. Wenn sie erst einmal tot war, würde es keine Möglichkeit mehr geben, die Geheimnisse zu erschließen, die mit ihr gestorben waren.

Eile, eile, betete sie zum Tod. Ihr war klar, daß eine Flucht unmöglich sein würde. Jetzt bestand ihr einziges Ziel darin, schweigend und mit Würde zu sterben. Sie konzentrierte sich mit der gleichen Entschlossenheit darauf, wie sie auch jedes andere Ziel in ihrem Leben verfolgt hatte.

Myrell, der Späher mit der verbogenen Nase, war an ihrem zweiten Tag in der Zelle vorbeigekommen, geschickt von Koroll. Der Schlächter von Malthenar, Morven und Garabar war seinem Ruf nichts schuldig geblieben. Sie hatte seine Schläge begrüßt, sich gewehrt, ihn gereizt, versucht, ihn dazu zu bringen, endlich sein Schwert zu ziehen und sie in einem Wutanfall zu töten. So wäre sie schnell gestorben – und sie hätte einen Valdan mehr mit in den Tod genommen, denn zweifellos wäre Myrell für die eigenmächtige Ermordung einer solch wertvollen Gefangenen bestraft worden.

Beinahe wäre es ihr auch gelungen, ihn so weit zu bringen, aber dann hatte er doch noch gezögert. Obwohl der Mann ein Mörder und ein Tier war, war er offenbar doch nicht dumm genug, sie ohne Befehl umzubringen. Schade.

Wenn ihre Köchin sie doch nur vergiften würde, dachte sie bedrückt. Wenn es der Frau nur jemand sagen würde! Sie fragte sich, was wohl im Augenblick in ihrem Haus geschah. Sie sorgte sich um die Dienstboten, die treu zur Allianz standen, um die Geheimnisse, die das Haus enthielt; sie hätte gerne gewußt, ob diese Geheimnisse – und welche davon – entdeckt worden waren, und wie es den Beyah-Olvari ergangen war. Sie fragte sich auch, wieso man ihr seit dem dritten Tag in diesem Loch die Freundlichkeit eigener Kleidung und besseren Essens erwies. Warum hatten Koroll und Myrell sie seitdem nicht mehr verhört? Sie dachte nur ungern darüber nach, aber sie wußte genau, daß die bisherigen Versuche, sie zum Sprechen zu bringen, nur oberflächlicher Art gewesen waren. Wenn sie so schnell aufgeben wollten, wieso hatten sie sie dann noch nicht hingerichtet? Warum war sie noch nicht offiziell verurteilt worden? Warum beantworteten die Wachen ihre Fragen nicht? Warum gab es keine Nachrichten? Wollte

Borell sie einfach in dieser Zelle lassen, bis sie vor Langeweile und Untätigkeit verrückt wurde?

Sie hatte hier zu wenig zu tun und nicht viel, über das sie nachdenken konnte. Normalerweise war ihr Geist daran gewöhnt, Pläne zu schmieden, nicht daran, sich mit sich selbst zu beschäftigen. Sie war eine aktive Frau, keine Träumerin. Sie wußte, was sie wollte, und konzentrierte sich nur darauf, wie sie es bekommen konnte – sollten doch andere sich mit gewichtigen Fragen über Gut oder Böse, Recht oder Unrecht, Grausamkeit und Freundlichkeit abgeben. Als *torena* wußte sie, worin ihre Pflicht gegenüber den Menschen, die unter ihrer Obhut lebten, bestand, und sie hatte sie nie vernachlässigt. Als Rebellin kannte sie ihre Pflicht gegenüber Sileria und hatte sich und ihre Möglichkeiten der Sache vollkommen verpflichtet, ohne Zögern und Zurückhaltung. Als Frau hatte sie alles, was Dar ihr gegeben hatte, benutzt, um erfolgreich allen Pflichten nachzukommen, die ihr durch ihr Doppelspiel aufgebürdet wurden.

Dar hatte Mirabar mit Gaben wie Feuerzauber und Hellsichtigkeit gesegnet (oder verflucht), mit Gaben, die so selten waren, daß sie sie von allen anderen trennten. Josarian war dazu geboren, Männer in die Schlacht zu führen, von ihnen geachtet und bewundert zu werden. Kiloran hatte sich die kalte Macht des Wassers durch eine Ausbildung verschafft, die nur Männern offenstand. Tansen hatte sein Schicksal selbst aus der bitteren Asche seiner Jugend geformt und sich ein neues Schicksal in Stein und Stahl geschaffen – mit Fähigkeiten, die nur Männern beigebracht wurden.

Und ich, als Frau geboren, klüger und mutiger als die meisten Männer ... Bitterkeit überfiel sie, denn welcher Mann, der sie ansah, entdeckte schon mehr als das, was Koroll gesehen, was Borell begehrt hatte? Alles, was an einem Mann geachtet wurde – Mut und Intelligenz –, war bei einer Frau bestenfalls schmückend, aber doch eher hinderlich. Eine Frau war nur dazu da, Männern Vergnügen zu bereiten und noch mehr Männer zur Welt zu bringen. Elelar hatte nicht das richtige Geschlecht, um Krieger, Staatsmann, Attentäter oder Wasserherr zu sein, und sie hatte keine solchen Talente wie Mirabar. Aber sie hatte die Waffen einer Frau; einiges hatte ihre Mutter ihr beigebracht, anderes war ihr einfach angeboren. So hatte sie diese Waffen mit einem kühlen Geist und einem mutigen Herzen verbunden, um einem Traum zu folgen, dessen Verwirklichung sie nun nicht mehr erleben würde; und Männer, die mit so vielen Frauen schliefen, wie sie wollten, und die ihre Ehegelübde straflos brachen, würden sie bei ihrer Hinrichtung deshalb als Hure bezeichnen.

Jetzt betete sie nur noch um einen Tod, der ihr Ehre einbringen würde, so, wie jeder Mann es tun würde. Noch mehr als den Tod durch langsame Folter fürchtete sie, den Tod einer Frau zu sterben, die Strafe, die die Valdani über die Moorländerinnen verhängten, die sie in ihren Bordellen hielten. Wenn die Späher ihr vor einer gewaltigen Menge von Zuschauern mitten in Shaljir langsam die Gedärme herausrissen, würde sie das eher ertragen können als die meisten Männer, trotz ihrer Angst und des Schmerzes. Aber Dar möge verhüten, daß

Borell sie einfach hundert Spähern übergab, die sie vergewaltigten, bis sie tot war, und sie dann im Dreck liegenließen, bis sie verfaulte.

Ich bitte dich, Dar, ich war – auf meine Art – immer fromm und treu. Gewähre mir einen ehrenvollen Tod.

Sie war verblüfft, als plötzlich jemand die Tür zu ihrer Zelle aufschloß. Außer zu den Mahlzeiten kam niemand her, und sie hatte erst vor kurzem ihr Essen erhalten. Ihre Herz klopfte vor Erwartung und Angst, und sie fragte sich, wer sie sehen wollte und welche Neuigkeiten – oder Foltern – er brachte. Sie strich sich das Haar aus der Stirn und versuchte, möglichst gefaßt zu wirken, als die Tür aufging.

»Ronall?« sagte sie ungläubig.

Sie gab sich keine Mühe, ihr Staunen zu verbergen, als man ihren Mann in ihre Zelle ließ. Seit dem Tag, an dem die Späher sie hierher gebracht hatten, hatte sie nicht mehr an ihn gedacht. Zwei Späher standen jetzt in der offenen Tür und wurden Zeugen der Begegnung. Elelar war nach elf Tagen an sie gewöhnt, und Ronall war offenbar betrunken genug, sich nichts aus ihrer Anwesenheit zu machen.

Er trat zu ihr, nahm ihre Hand, dann hielt er sie einen Augenblick lang und überlegte offenbar, ob er ihren Mund oder ihre Hand küssen oder das Ganze einfach vergessen sollte. Nach einem Augenblick der Verlegenheit ließ er ihre Hand einfach fallen und trat von einem Fuß auf den anderen.

»Geht es dir gut?« fragte er und sah sie forschend an.

Es war typisch für Ronall, in einem solchen Augenblick Banalitäten von sich zu geben. »So gut, wie man es unter den Umständen erwarten kann.«

Ihr eisiger Tonfall ließ ihn erröten. Er wandte sich verärgert ab und hielt erst inne, als er das vergitterte Fenster erreichte. Dort packte er die Gitter, als sei er selbst der Gefangene, und schaute in den Hof tief unten. Einige Gefangene durften sich in diesem Hof bewegen, aber nicht Elelar. Ihre Wachen waren zu besorgt, daß sie mit anderen Kontakt aufnehmen könnte, selbst mit einem anderen Gefangenen oder einem Späher, der nicht von Koroll persönlich als ihre Wache ausgewählt worden war.

»Was machst du hier?« fragte Elelar, der schließlich klar wurde, daß Ronall von sich aus nichts sagen würde.

»Ich bin immer noch dein Mann.« Er klang verbittert.

»Nicht mehr lange«, erwiderte sie trocken. »Sie haben dir vermutlich gesagt, was sie vorhaben.«

»Sie haben mir eine bemerkenswerte Anzahl von Dingen gesagt.« Er wich ihrem Blick aus, hielt sich einfach weiter an den Gittern fest und starrte auf den Hof hinaus. »Bevor du nach Shaljir zurückkamst, hat man mich gefangengenommen und zwei Tage lang verhört. Man hat mich nicht schlafen lassen und mir nichts zu essen gegeben. Einmal hat man mich so geschlagen, daß ich das Bewußtsein verlor.« Er holte tief Luft. »Ich wußte nicht, warum. Ich habe ihre Fragen nicht verstanden.«

»Ronall ...« Sie machte eine hilflose Geste. »Es tut mir leid. Das habe ich nicht gewußt. Niemand hat mir etwas gesagt.«

»Zuerst dachte ich, es hinge damit zusammen, daß ich mich geweigert hatte, mich von dir scheiden zu lassen, Ich dachte, Borell hätte den Spähern befohlen, mich zu einer Zustimmung zu überreden.«

»Borell hat dich also gefragt, ob du dich scheiden läßt?« Als ob das noch etwas ausmachen würde.

»›Gefragt‹ ist nicht ganz das richtige Wort.«

Er warf ihr einen kurzen Blick zu. Seine gekränkte Miene verblüffte sie. Männlicher Stolz, dachte sie geringschätzig. Ich sitze hier und warte darauf, hingerichtet zu werden, und alles, was ihn interessiert, ist sein Stolz.

Wieder sah er sie an. »Als sie mir zeigten, was sie im Haus gefunden hatten, dachte ich erst, es handele sich um eine Verwechslung, sie hätten ein anderes Haus durchsucht. Diese Späher sind so dumm, es schien mir durchaus möglich, daß sie einen solchen Fehler machen.«

»Es war mein Haus«, sagte sie müde.

»Ja. Das weiß ich jetzt auch.«

»Da man dir erlaubt hat, mich zu sehen, wissen sie inzwischen wohl, daß du nichts damit zu tun hattest.«

»Ich glaube nicht, daß Koroll mich jemals wirklich verdächtigte. Aber er wollte sicher sein.«

Sie nickte und wünschte sich, er würde wieder gehen. Sie wollte sich jetzt nicht auch noch mit Ronall abgeben müssen. »Warum sollten sie dich verdächtigen? Immerhin bist du Halbvaldan.«

Sein kurzes Auflachen hatte keine Spur von Humor an sich. »Für dich bin ich Halbvaldan. Für sie bin ich Halbsilerier. Jemand wie ich gehört in diesem Land nirgendwohin, Elelar.«

»Du wirst mir verzeihen, wenn dein Selbstmitleid mich an diesem Punkt meines Lebens nicht gerade zu Tränen rührt.«

Er verzog das Gesicht. Schloß die Augen. Lehnte den Kopf gegen die Gitterstäbe. »Selbstverständlich. Ich hab dir schon viel Schlimmeres verziehen, nicht wahr?«

Sie verschränkte die Arme vor der Brust. »Ich erinnere mich an Ablehnung, Wutausbrüche, Anklagen, Bitterkeit und Streit. Ich erinnere mich daran, geschlagen worden zu sein. Und an ein paar Vergewaltigungen.« Sein Kopf schien mit jedem Wort, das sie aussprach, tiefer zu sinken. »Aber ich kann mich nicht an ein einziges Wort des Verzeihens von dir erinnern, nicht in fünf Jahren Ehe.«

»Ehe?«

Seine Schultern begannen zu beben. Sie hörte, wie er unregelmäßig atmete. Zu ihrem Erstaunen wurde ihr klar, daß er lachte. Nach einem Augenblick legte er den Kopf zurück und starrte blicklos an die Decke. Sie sah Tränen in seinen dunklen Augen. »Ehe?« wiederholte er. »Wir waren nicht verheiratet, Elelar. Es war ein anhaltender Zweikampf, wie zwischen zwei Bergkatzen, und keiner von uns konnte entkommen.«

»Warum hast du dich dann geweigert, dich von mir scheiden zu lassen, als Borell es dir befohlen hat?« fragte sie ungeduldig.

Wieder lachte er. Es beunruhigte sie, daß Lachen so unglücklich klingen konnte. »Weil ich dich immer noch geliebt habe.«

Ihre schockierte Miene brachte ihn noch mehr zum

Lachen. Sie starrte ihn einen Augenblick lang sprachlos an, sah zu, wie er lachte, während ihm Tränen über die Wangen liefen. »Du verlierst offenbar den Verstand«, meinte sie.

»O Elelar.« Er schnappte nach Luft, wischte sich die Augen. »Das tue ich doch schon seit Jahren.«

»Dem werde ich nicht widersprechen.«

»Ach, meine liebe Frau, deine Verachtung ist das einzig Gleichbleibende in meinem Leben, selbst wenn alles andere plötzlich auf dem Kopf steht.«

»Du hast sie dir verdient«, fauchte sie. »Und ich brauche jetzt zumindest nicht mehr länger so zu tun, als wäre ich deine Frau.«

»Du bist meine Frau«, berichtigte er. Die Vehemenz seines Tons und der Besitzerstolz in seiner Miene waren ihr vertrauter als der traurige, seltsam aufgedrehte Mann, den sie noch einen Augenblick zuvor vor sich gehabt hatte. »Und ich möchte hinzufügen, daß dies vielleicht der einzige Grund dafür ist, daß du immer noch am Leben bist.«

Sie runzelte verwirrt die Stirn. »Wie meinst du das?«

»Als Frau eines Valdan – Halbvaldan, genauer gesagt – hast du gewisse Rechte, die Sileriern nicht gewährt werden, ganz gleich, von wie hoher Geburt sie sind.«

»Ich bezweifle, daß Borell oder Koroll sich daran stören werden.«

»Mein Vater, der nicht ganz ohne Einfluß ist, hat dafür gesorgt. Nachdem ich entlassen war, habe ich ihm klargemacht, daß du immer noch meine Frau bist, ganz gleich, wessen man dich anklagt, und daß du deshalb das Recht darauf hast, während deiner Gefangenschaft höflich behandelt zu werden. Und da du des Hochverrats angeklagt bist, hast du auch das Recht auf eine Verhandlung vor drei Mitgliedern des Kaiserlichen Rats.«

»Ist dein Vater etwa derselben Ansicht?«

»Ich ... ich habe ihn davon überzeugt, daß Borell dich verhaftet und angeklagt hat, weil du dich geweigert hast, dich von mir scheiden zu lassen.«

»Und dein Vater hat dir geglaubt«, flüsterte sie, erstaunt, daß Ronall gelogen hatte, um sie zu schützen.

»Da man mich zu Borell gezerrt hat, der mir befohlen hat, mich von dir scheiden zu lassen, und sie dich nach meiner Weigerung verhafteten, war meine Geschichte recht überzeugend«, meinte er trocken.

»Und Borell hat den Forderungen deines Vaters nachgegeben?« fragte Elelar ungläubig. Borell, der alles zu verlieren hatte, wenn sie eine Gelegenheit bekam, öffentlich zu enthüllen, wie sorglos er in bezug auf seine silerische Mätresse gewesen war!

»Zunächst nicht. Aber seine Anschuldigungen gegen dich waren so ... beleidigend, daß mein Vater immer mehr von seiner Hinterhältigkeit überzeugt war. Borell schien sich nicht mehr selbst in der Gewalt zu haben.« Ronall nickte und lächelte verbittert, bevor er fortfuhr: »Also hat mein Vater zwei Tage nach deiner Verhaftung seinen eigenen Boten nach Valda geschickt und hat dann Borell davon unterrichtet. Borell wird sehr schlecht dastehen, wenn dir etwas passiert, bevor der Rat entscheidet, ob er der Bitte meines Vaters nachkommt, dich wie die Frau eines Valdani-Adligen zu behandeln.«

Elelar setzte sich auf ihre Pritsche. »Nachdem dein Vater einen Botschafter nach Valda geschickt hat, hat Borell also zugestimmt, mir ein paar meiner Sachen und anständiges Essen schicken zu lassen.«

»Ja.« Er sah sie traurig an. »Ich nehme an, daß Borells Anschuldigungen tatsächlich alle der Wahrheit entsprechen?«

»Wahrscheinlich«, gab sie zu.

Nach längerem Schweigen fragte er leise: »Waren es wirklich so viele Männer?«

»Oh, ist das denn alles, woran du denken kannst?« fauchte sie.

»Nun ja, es ...«

»Du, der du in den vergangenen fünf Jahren so viele andere Frauen hattest?«

»Ich, der ich nie im Bett meiner eigenen Frau willkommen war«, gab er zurück.

»Hast du denn nach unserer Hochzeitsnacht geglaubt, daß du je wieder willkommen sein würdest?« zischte sie.

Er wich zurück, als hätte sie ihn geschlagen. Er schloß die Augen wie vor Schmerz, dann griff er blind nach den Eisengittern und lehnte die Wange an einen der Stäbe. »Nein«, flüsterte er, die Augen immer noch geschlossen, »das habe ich nicht geglaubt.«

Wut wallte in ihr auf, weil sie sich vielleicht sogar einmal Mühe gegeben hätte, diesem Idioten eine gute Frau zu sein, wenn er sich auch nur ein bißchen angestrengt hätte. »Du kamst sturzbetrunken in mein Zimmer, hast mir die Kleider vom Leib gerissen ...«

»Daran ... daran kann ich mich nicht mehr sonderlich

gut erinnern ...« Seine Stimme war nur noch ein Flüstern. Er hatte die Augen immer noch fest zugedrückt.

»Erinnerst du dich denn daran, wie du mir weh getan hast?« fauchte sie. »Wie ich dich angefleht habe, aufzuhören, zu warten, sanfter zu sein?«

Eine weitere Träne sickerte aus seinem Augenwinkel. Elelar tat es nur leid, daß es kein Blut war. »Ich glaube, ich erinnere mich«, flüsterte er. »Aber war es bei dieser Gelegenheit oder bei einer anderen?«

»Du warst immer betrunken.« Ihre Stimme troff vor Ekel. »Alle paar Wochen hast du deine ehelichen Rechte eingetrieben, und du warst immer betrunken.«

Er öffnete die Augen. Er begegnete ihrem Blick kurz, dann wandte er sich rasch ab. »Ich erinnere mich sehr gut daran. Ich erinnere mich, daß ich immer viel getrunken habe, bevor ich zu dir kam.« Sein Ausatmen war ein sanftes, höhnisches Lachen. »Um mir Mut zu machen.« Er seufzte tief. »Ich erinnere mich, vorher Angst gehabt zu haben, und danach ...« Er schüttelte den Kopf. »Ich weiß es nicht. Ich weiß nur, daß lange Zeit vergehen mußte, bis ich das Gefühl wieder vergessen hatte, und dann mußte ich ziemlich viel trinken, um mich wieder in deine Nähe zu wagen.«

»Zu wagen?« Sie spuckte die Worte praktisch aus. »Du sprichst von Wagnis, wenn ich es war, die verletzt wurde?«

»Ja, ich habe dir weh getan.« Er nickte und wiederholte: »Ich habe dir weh getan. Ich wollte, daß du mich liebst, aber ...« Er schüttelte den Kopf. Er zog die Mundwinkel nach unten. »Der Teil von mir, der mein Leben regiert und mich zu dem macht, was ich bin ...« Er holte tief und angestrengt Luft. »Dieser Teil wollte dir weh tun. Dieser Teil wollte sich immer rächen.«

»Rächen?« rief sie wutentbrannt.

»Dafür, daß du mich nie geliebt hast. Dafür, daß du mir das Gefühl gegeben hast, jämmerlich und klein und dumm zu sein. Dafür, daß du mir Angst vor dem Bett meiner eigenen Frau eingejagt hast.«

»Ich habe nie etwas getan ...«

»Ach ja?« Er lächelte traurig und schaute wieder aus dem Fenster. »Ich bin kein Gelehrter, wie es dein Großvater war. Ich bin kein Dichter, kein Krieger, kein Staatsmann, kein ... Ich bin gar nichts.« Er drückte die Stirn gegen die Gitterstäbe. »Und das hast du mich immer spüren lassen. Von dem Augenblick an, als wir uns begegnet sind.«

»Du warst betrunken, als wir uns kennenlernten«, erinnerte sie ihn. »Du warst ein Säufer, lange bevor wir uns begegnet sind. Und jetzt bist du ebenfalls betrunken.«

»Nicht unbedingt betrunken ... nur genug, um mich hierher zu trauen. Um durch diese Tür zu gehen. Um den Mut zu haben, meiner Frau entgegenzutreten.« Die Selbstverachtung in seinem Tonfall überraschte sie.

»Wenn das eine solche Qual für dich war, wieso hast du mich dann überhaupt geheiratet?« fragte sie gereizt.

Zu ihrer Überraschung lachte er abermals. »Wenigstens brauche ich mich nicht mehr zu fragen, wieso du mich geheiratet hast. Eine ungeheure Menge Geld ist verschwunden, Elelar.« Er klang eher müde als zornig.

»Das haben Korolls Männer entdeckt. Mir wäre das selbstverständlich nie aufgefallen. Und darauf hast du gezählt.«

»Ich bin das Risiko eingegangen, daß du es entdecken könntest«, korrigierte sie.

»Und dann waren da all die Leute, die du durch mich kennengelernt hast, Leute, die sich ansonsten vielleicht nicht mit einer silerischen *torena* abgegeben hätten, aber da sie mit einer Valdani-Familie verwandt war ...« Er warf ihr einen kalten Blick zu. »Leute wie Berater Borell.«

Sie erwiderte seinen Blick nicht weniger kühl. »Ich war ganz auf mich gestellt, nachdem mein Großvater gestorben war. Ich brauchte einen Mann. Du hattest Geld und Beziehungen, und du warst zu sehr an Alkohol und Traumkraut interessiert, um sonderlich auf meine Aktivitäten zu achten.«

Er bewegte einen Augenblick lang lautlos den Mund. Dann seufzte er ergeben. »Also war ich, auf meine Art, der perfekte Ehemann.«

»Ich hätte jemanden vorgezogen, der mich nicht schlägt.«

»Ich weiß.« Er schwieg lange, bevor er fragte: »Hattest du vor, ihn zu heiraten?«

»Borell? Nein. Das war seine Idee. Ich habe versucht, es ihm auszureden, aber er wollte nicht hören. Kein Mann interessiert sich für die Wünsche einer Frau, wenn er sie haben will.«

»Du hast ihn ... auch nie geliebt, oder?«

»Einen Valdan?« Die Verachtung in ihrer Stimme war Antwort genug.

Ronall rieb sich den Nacken. »Wahrscheinlich war es für ihn sogar noch schwerer als für mich, auf gewisse Weise, obwohl ich derjenige bin, der eingesperrt und zusammengeschlagen wurde.«

»Ich bin auch eingesperrt und zusammengeschlagen worden«, erklärte sie ungeduldig. Bei dieser Bemerkung riß er die schweren Lider weit auf. »Was? Wann? Wer hat dich geschlagen?«

»Was stört es dich? Du hast mich selbst ...«

»Verdammt noch mal, ich bin dein Mann! Selbstverständlich stört es mich, wenn jemand meine Frau schlägt!«

»Myrell«, sagte sie, überrascht zu hören, daß sie Ronall irgend etwas eingestand. »An meinem zweiten Tag hier. Er wollte mich zum Reden bringen. Und ...«

»Ja?« hakte er nach.

»Borell.« Es tat gut, es jemandem sagen zu können, selbst wenn es nur Ronall war. »Er hat mich angegriffen, als er mich verhaftet hat.«

»Borell.« Er schien weniger überrascht, als sie angenommen hätte »Hat er ...«

»Er hat mich schwer verletzt.« Sie wollte keine Einzelheiten beschreiben. Ronalls Miene machte deutlich, daß sie das auch nicht brauchte.

»Er, äh ...« Ronall nickte. »Wie ich schon sagte, es ist für ihn schwerer als für mich. Er hat geglaubt, daß du ihn liebst. Ich wußte immer, daß du mich verachtest.«

Sie starrte ihn an. »Versuchst du etwa, Borell zu entschuldigen?«

»Nein.« Er lächelte bedrückt. »Ich versuche nicht einmal, mich selbst zu entschuldigen, obwohl ich nicht sicher bin, daß diese Haltung lange dauern wird.« Er trat näher zu ihr, betrachtete ihr Gesicht forschend. »Ich versuche nicht einmal, Entschuldigungen für dich zu finden, Elelar.« Er seufzte und sah sie an, als versuche er, ihre Züge auswendig zu lernen. »Wir sind, was wir sind.«

Sie fühlte sich unbehaglich unter diesem traurigen, hungrigen Blick. Zum erstenmal war *sie* es, die sich entschuldigen wollte. »Ich wäre eine gute Frau gewesen, wenn du ...«

»Nein, das wärst du nicht.« Er klang nicht einmal mehr zornig. Nur schrecklich müde. »Selbst wenn ich ...« Er machte eine vage Geste. »Ein Mann gewesen wäre. Nüchtern. Sanft in der Hochzeitsnacht.« Er verzog das Gesicht. »Selbst wenn ich den Mut gehabt hätte, dein Mann zu sein und der Verachtung zu begegnen, die vom ersten Moment an in deinem Blick lag ...« Er lachte. »Selbst wenn ich ein anderer gewesen wäre, wärest du keine gute Frau gewesen, Elelar.«

Sie war wieder zornig geworden. »Du bist kaum in der Situation, mir zu erklären, was eine gute ...«

»Nein, bin ich nicht«, stimmte er ihr zu. »Und vielleicht habe ich dich verdient.«

Sie erstickte fast an ihrer Wut. »Du hast eine von deinen Kellnerinnen oder Bauernmädchen oder Akrobatinnen verdient, nicht ...«

»Und es war dir eine Erleichterung, wenn ich zu ihnen gegangen bin.«

»Ja.« Sie zog eine Braue hoch und erinnerte ihn: »Und du hast mich gewarnt, mich niemals einzumischen.«

»Es war schlimm genug, daß du glaubtest, daß ich nicht gut genug für dich wäre«, sagte er und verzog das Gesicht, als die Erinnerungen ihn überfielen, »aber es war mehr, als ich ertragen konnte, daß du dir auch noch eingebildet hast, ich sei nicht mal gut genug für ein Küchenmädchen.«

»Eines, das in Ruhe gelassen werden wollte!«

Das brachte ihn zum Schweigen. Er wandte sich wieder ab, wurde wieder rot. »Nun«, sagte er schließlich, »du hast ganz recht. Ich wäre jeder Frau ein schlechter Mann gewesen. Und du hättest mit dem Kaiserlichen Berater und dem Botschafter des kintischen Hochkönigs geschlafen, ganz gleich, mit wem du verheiratet gewesen wärst.«

Das konnte sie nicht leugnen, also sagte sie: »Ich hatte eine Aufgabe zu erledigen, und ...« Sie rang hilflos die Hände. »Ich darf kein Schwert tragen! Ich darf nicht für die Regierung arbeiten oder eine Handelsflotte betreiben. Ich wäre nie als Gelehrte anerkannt worden! Ich mußte heiraten oder mich der Schwesternschaft anschließen!« Sie ballte die Fäuste und ergoß ihren ganzen Zorn über Ronall. »Man gesteht mir nur die Waffen einer Frau zu, um gegen die Valdani zu kämpfen. Borell hat die Frau eines anderen ins Bett genommen und Hunderte kaiserlicher Geheimnisse verraten, aber wer sitzt jetzt im Gefängnis?«

Seine Miene wurde weicher, als er sie so toben sah. Zu ihrem Erstaunen streckte er die Hand aus und strich ihr sanft über das Haar, als wollte er sie beruhigen. Er war in den letzten Monaten im Bett sanft gewesen, aber es hatte zuvor nie solche einfachen zärtlichen Gesten gegeben.

»Ich dachte immer, daß du nur mich haßt«, sagte er. »Ich wußte nicht, daß es sich auf alle Männer bezog.«

Sie war verlegen und sagte: »Ich hasse nicht alle Männer.« Als sie seine Zweifel sah, fügte sie ehrlicher hinzu: »Jedenfalls nicht immer.«

Er grinste. Einen Augenblick lang waren die Jahre des Verfalls verschwunden, und er sah wieder jung aus. Er war ein gutaussehender Mann. Elelar war so sehr daran gewöhnt, ihn zu verachten, daß sie oft vergaß, daß er recht gut aussah, wenn er nicht aufgeschwemmt und bleich oder grünlich und welk von all dem war, was er seinem Körper antat. Ihre persönliche Abneigung ließ sie häufig den einfachsten Grund dafür übersehen, wieso so viele Frauen ihn nicht abwiesen. Er setzte sich neben sie auf die Pritsche. Sie erstarrte. Er spürte es. Die Späher in der Tür schienen plötzlich weniger Möbel als vielmehr Publikum zu sein. Elelar und Ronall hatten sich in einfachem Silerisch unterhalten, so daß die Späher wahrscheinlich kein einziges Wort verstanden hatten. Dennoch, ihr wurde jetzt klar, daß sie die dramatische Szene zwischen ihr und ihrem Mann vermutlich sehr unterhaltsam gefunden hatten.

»Ich werde also hier festgehalten, und mir wird nichts weiter geschehen, bis der Kaiserliche Rat eine Entscheidung gefällt hat?« fragte sie höflich und wies damit alle weiteren emotionalen Annäherungen zurück.

»Ja. Vater und ich werden noch einmal mit Borell sprechen und ihm sagen, daß wir wissen, daß ... sowohl er als auch dieser Myrell dich grob behandelt haben und daß wir beabsichtigen, das weiterzumelden. Das sollte ihn davon abhalten, es noch einmal zu versuchen. Solltest du plötzlich eines Nachts vom Dach fallen, wären sie des Mordes verdächtig.« Er versuchte, sich ihrem kühlen Tonfall anzupassen, aber sie war darin immer noch erheblich besser als er.

»Borell will, daß ich sterbe. Er muß dafür sorgen, daß ich sterbe, damit er geschützt ist.«

»Das habe ich verstanden«, versicherte Ronall ihr trokken.

»Wenn der Rat euren Antrag ablehnt, werde ich eine Stunde, nachdem Borell von dieser Entscheidung erfahren hat, tot sein.«

»Sie werden nicht ablehnen. Das können sie nicht.« Er klang entschlossen.

Sie sah ihn an, verblüfft und neugierig. »Ronall, selbst wenn ... du dich nicht für Politik interessiertest, habe ich dich auf jede erdenkliche Weise betrogen und dich und deine Familie öffentlich entehrt. Warum bist du nicht mindestens ebenso versessen auf meinen Tod wie Borell? Wie kann es dich noch interessieren, was aus mir wird?«

Er zuckte die Achseln. »Das ist wohl der Fluch, den ich tragen muß. Vielleicht werde ich ihn nie los, solange ich nicht lerne, ihn wie ein Mann zu tragen.« Er beugte sich vor und schlug die Hände vors Gesicht. »Dar und die Drei wissen, daß ich nie etwas wie ein Mann getragen habe.«

Nach Alizar teilten sich die Rebellen in kleinere, schlagkräftigere Gruppen und durchkämmten das Land, überfielen Außenposten der Späher, brannten valdanische Herrenhäuser nieder, nahmen Geiseln, erpreßten Lösegelder und überfluteten wichtige Handelsstraßen. Kiloran hatte die Minen von Alizar für die Valdani – und alle anderen – vollkommen unzugänglich gemacht. Jetzt hielt die Gesellschaft die für die Rebellion wichtigen Geiseln in Gefängnissen aus Wasser, bis die Lösegelder bezahlt wurden, und drängte Tiefländer und Städter, sich der Rebellion anzuschließen. *Shallaheen*-Leibwachen sorgten dafür, daß die Wächter Silerias alte Religion auch im Tiefland wieder verbreiten konnten – und den Einfluß der Anderwelt dazu nutzen, die Leute dort zur Rebellion zu ziehen.

Die Späher schlugen zurück, indem sie ganze Dörfer dem Erdboden gleichmachten. Die auf Josarian ausgesetzte Belohnung wurde noch einmal erhöht. Myrell, der Schlächter, zog auf einem wilden Zerstörungsfeldzug durch die Berge von Amalidar und folterte viele, von denen er sich Informationen über die Rebellen erhoffte. Eine Frau gab nach und erzählte ihnen das wenige, was sie wußte, um ihren Sohn zu retten. In diesem rauhen Land, wo Verrat als schlimmeres Verbrechen als Mord betrachtet wurde, wurde sie danach von den anderen Dorfbewohnern ausgestoßen und mußte die Berge verlassen. Ein anderer Mann brach zusammen und redete, als die Späher ihn folterten. Jemand tötete ihn in der Nacht danach und hinterließ eine Botschaft, die keine Zweifel offenließ: So sterben alle, die Josarian verraten.

Tansen und Josarian hörten davon, erfuhren aber nie, wer es getan hatte. Der Mord wurde Tansen zugeschrieben, obwohl er sich zu diesem Zeitpunkt am anderen Ende des Landes aufgehalten hatte.

Nach Alizar hatte Josarian beschlossen, es sei an der Zeit, die Region um Dalishar zurückzuerobern. Er hatte Freunde und seine Schwester dort gelassen, nicht zu reden von Jalan, dem verrückten *zanar.* Die Höhlen waren eine gute Ausgangsbasis, die er nicht aufgeben wollte. Das Land in der Umgebung war rauh und für Späher und *roshaheen* schwer zu bewältigen. Er hatte jetzt so viele Tausende unter seinem Befehl, er wußte nicht einmal mehr, wie viele es tatsächlich waren. Die Rebellion verbreitete sich über die Berge hinaus, steckte die Tieflande an, die Städte. Nachrichten vom Sieg in Alizar machten den Leuten deutlich, daß sich die Dinge tatsächlich ändern konnten. Die Valdani waren zahlreich und mächtig, aber nicht unbesiegbar.

Sie sterben ebenso leicht wie wir, dachte Josarian wieder einmal und erinnerte sich an den Augenblick, als ihm das zum erstenmal deutlich geworden war, erinnerte sich daran, wie schwer es am Anfang gewesen war, andere davon zu überzeugen.

Jetzt war Cavasar, die erste Stadt, in der man von seinen Aktionen gehört und sich gegen die Valdani-Regierung gewehrt hatte, ein Ort stetigen Aufruhrs. Fünfhundert weitere Späher waren kürzlich erst aus dem Norden Valdanias dorthin gebracht worden, um den »Frieden« in der westlichsten Stadt Silerias zu erhalten. Emelen hatte aus dem Osten einen Boten zu Josarian geschickt, der berichtete, es sei auch in Liron zu Aufständen gekommen. Der Bote hatte Schwierigkeiten gehabt, Josarian zu finden, weil dieser sich so schnell bewegte; die neun Tage alten Nachrichten hatten ihn erst an diesem Morgen erreicht.

Armian hatte recht gehabt. Stück für Stück, Faden um Faden wuchs das Gewebe des neuen Sileria zusammen, und der fertige Stoff würde erheblich fester sein als jeder der einzelnen Bestandteile.

Die Rebellen unterbrachen die Nachschublinien der Valdani um Dalishar, dann vernichteten sie ihre Vorräte. Sie griffen Chandar an und nahmen es den Spähern ab, in der blutigsten Schlacht seit Alizar. Danach zahlte Josarian ein paar Pferdehändlern aus den Moorlanden ein Vermögen, damit sie fünfzig Späherleichen nach Adalian schafften und sie in der Nacht vor dem Haupttor der Stadt abluden. Sollten die Valdani in Adalian eine Zeitlang darüber nachdenken!

Josarian hinkte, als er schließlich wieder nach Dalishar hinaufkletterte, denn er hatte seiner Wunde aus Alizar nie richtig Zeit gelassen zu heilen. Er begrüßte seine Schwester und ließ es zu, daß sie ein großes Gewese um ihn machte, während Jalal von Prophezeiungen und Vorzeichen und der feurigen Vereinigung zwischen Dar und dem Feuerbringer schwafelte. Josarian setzte sich auf einen Felsen, von dem aus er die Umgebung sehen konnte, und freute sich an dem Wissen, daß jetzt tatsächlich alles Land, das er sehen konnte, von seinen Leuten kontrolliert wurde.

Es war eine Erkenntnis, die ihn weit über seinen ursprünglichen Traum hinausführte. Aber es war noch ein langer Weg von hier bis zu der Erfüllung jenes Traums, den eine rothaarige Wächterin ihm in Kilorans Unterwasserpalast eingegeben hatte, und auch das wußte er.

Am nächsten Tag kam Zimran und brachte Botschaften von diversen Verbündeten und Neuigkeiten von den Ereignissen im Westen.

»Hier auf unserem Gelände gibt es gleich drei Valdani-Landsitze, die inzwischen verlassen sind«, erzählte Josarian Zim, als sie an diesem Abend bei einem Becher Kastanienwein zusammensaßen. »Wir haben diesen hier, nebst vielem anderen, aus ihren Weinkellern geholt.«

Zimran zog die Nase kraus. »Ein bißchen süß für meinen Geschmack.« Er seufzte. »Aber die Kint lieben dieses Zeug. Vor dem Krieg hätte ich einen hervorragenden Preis dafür bekommen.«

»Es ist jetzt ein Krieg, nicht wahr?« meinte Josarian nachdenklich. »Für uns war es schon vor Alizar ein Krieg.«

Zimran erklärte spöttisch: »Ich höre, der Kommandant von Cavasar spricht in seinen Depeschen immer noch von ›einem Aufstand in den Bergen‹.«

»Ich frage mich, was in Shaljir los ist.«

»Habt ihr immer noch nichts von der *torena* gehört?«

»Nein. Und bisher kein Wort von Derlen?«

Zimran schüttelte den Kopf. »Nicht, daß ich wüßte. Aber seit Alizar ist Shaljir fester abgeriegelt als ein Haushalt mit jungfräulichen Töchtern, wenn es dunkel wird. Wir haben es nicht riskieren können, jemanden in die

Stadt zu schicken, und es sieht so aus, als hätte die Allianz auch niemanden rausschicken können.«

Josarian dachte darüber nach. »Ich nehme an, all die Gewalttätigkeiten auf dem Land machen es Elelar schwer zu begründen, wieso sie die Stadt verlassen will, vor allem in dieser Jahreszeit. Bald werden die Erntefeiern beginnen ... Vielleicht kann sie dann herkommen.« Die Erntefeiern würden in diesem Jahr sparsamer ausfallen, aber die Silerier würden sich nicht völlig um ihre Freuden und um die Ausübung ihrer verbotenen Religion bringen lassen.

»Du befürchtest, daß etwas passiert ist?« vermutete Zimran.

Josarian runzelte die Stirn. »Ich weiß nicht. Dalishar war bis gestern unzugänglich. In Zilar sind inzwischen zu viele Späher stationiert, als daß man sich dort in Sicherheit treffen könnte. Elelar weiß vielleicht nicht, wie sie die Höhlen von Niran erreichen soll, und wir sind ständig in Bewegung gewesen. Wenn es ihr irgendwie gelungen sein sollte, aus Shaljir wegzukommen, könnte es möglich sein, daß sie versucht, uns zu erreichen, und nicht weiß, wo sie uns finden kann.« Er sah seinen Vetter an und fügte hinzu: »Aber das lange Schweigen beunruhigt mich. Überhaupt kein Wort aus Shaljir. Nicht von ihr, und auch von niemandem sonst.« Er nickte. »Es beunruhigt mich.«

Zimran wechselte das Thema und wandte sich Dingen zu, die ihm näherlagen: »Ich habe Schwester Basimar von deiner Wunde erzählt. Sie hat mir Salbe mitgegeben.«

Josarian verdrehte die Augen. »Jalilar hat gestern schon genug Theater darum gemacht.«

Zimran grinste. »Und hat dir die ganze Zeit darüber in den Ohren gelegen, daß du dich vernachlässigst, oder?«

»Und mir in den Ohren gelegen, ich solle ihr eine Eskorte mitgeben, damit sie endlich zu ihrem Mann gehen kann. Ich habe ihr heute schon mindestens zwanzigmal gesagt, daß ich sie nirgendwo hinschicke, solange ich nicht weiß, daß sie sicher ankommen wird.« Er seufzte. »Dar allein weiß, wie Emelen sie die ganze Zeit ertragen kann.«

Zimran nickte zustimmend, aber er meinte: »Sie muß ihm fehlen. Eine lange Zeit für einen Mann, ohne eine Frau zu sein. Und es mag ja sein, daß er sich hin und wieder versucht fühlt, sich einer anderen zuzuwenden, aber ich glaube, daß er gewisse Körperteile zu sehr schätzt, um zu riskieren, daß Jalilar sie ihm abschneidet, wenn sie herausfinden sollte, daß er sie bei einer anderen verwendet hat.«

Josarian lachte, aber er blieb dabei: »Er liebt sie. Du weißt nichts von diesen Dingen – noch nicht –, aber wenn ein Mann die richtige Frau trifft, schaut er sich zwar noch gern andere an, aber er braucht nicht mehr als diese eine.«

»Viele Männer wollen mehr als die Frau, die sie ...«

»Viele Männer verbringen ihr ganzes Leben, ohne die richtige Frau zu finden.«

»Oder sie finden die richtige zweimal?« meinte Zimran, und seine Miene wurde weicher.

Josarians Lächeln schwand. »Sie fehlt mir immer noch.«

»Ich weiß.«

»Und jetzt ist alles so anders. Es ist so lange her, seit ich das Dorf gesehen habe, in dem wir wohnten, das Haus, das wir miteinander teilten, das Bett, in dem wir miteinander schliefen. Alles, was ich habe, ist ihr Schal«, sagte er und berührte kurz seine Brust, wo das Tuch direkt an seiner Haut ruhte, »und meine Erinnerungen.«

»Bei einer solchen Frau sollten selbst die Erinnerungen einem Mann noch guttun.«

Es war angenehm, mit jemandem zu sprechen, der sie gekannt hatte, obwohl Calidar und Zimran nicht gut miteinander ausgekommen waren. Tansen hörte ihm mitfühlend zu, denn auch er hatte Menschen verloren, die er liebte, aber er hatte Calidar nicht gekannt. Und Worte reichten nicht aus, um die Lebendigkeit der Frau wieder heraufzubeschwören, mit der Josarian verheiratet gewesen war.

»Erinnerst du dich noch an die Kuh, die sie in dem Jahr nach eurer Hochzeit kaufte?« sagte Zimran plötzlich.

Josarian kicherte. »Das war die bösartigste Kuh in ganz Sileria!«

»Selbst ihre Milch war sauer.«

»Und wieviel Leute hat sie angegriffen?«

Zimran lachte. »Ich habe irgendwann aufgehört mitzuzählen. Calidars legendäre Kampfkuh, bösartiger als eine Bergkatze!«

»Und Calidar war das einzige Lebewesen in ganz Sileria, das noch störrischer war als dieses Tier. Süße Dar, wie habe ich sie angefleht, diese schreckliche Kuh aufzugeben!«

»Sie angefleht? Ich erinnere mich, daß du Lann einmal Geld gegeben hast, damit er versucht, ihr das verdammte Vieh abzukaufen. Und sie wollte nicht. Sie war so entschlossen, eine gute, zahme Milchkuh aus dem Tier zu machen, ganz gleich, wie lange es dauerte.«

»Und sie war so teuer gewesen!« Josarian rieb sich die Stirn und lächelte müde, als er an die Auseinandersetzungen dachte, die er mit seiner Frau darüber gehabt hatte. »Sie hat unser ganzes Geld benutzt, um dieses wertlose Tier zu kaufen.«

»Und trotzdem hast du eines Nachts, als Calidar zu Besuch bei ihrer Mutter war, versucht, die Kuh freizulassen.«

»Und wäre beinahe dafür umgebracht worden«, erinnerte sich Josarian.

»Und das war nichts gegen die Behandlung, die dir deine Frau verabreicht hätte, wenn sie nach Hause gekommen wäre und ihre kostbare Kuh nicht mehr vorgefunden hätte.«

»Dar sei Dank, die Steuereintreiber haben sie schließlich mitgenommen.«

»Du mußt zugeben, daß die Valdani auch ihren Nutzen haben.«

»Nur dieses eine Mal.«

Sie grinsten und begannen, über weiter zurückliegende, glücklichere Zeiten zu sprechen. Es war schön, diese Stunden mit Zimran verbringen zu können, sich ihm wieder nahe zu fühlen. Sie waren beinahe wie Brüder aufgewachsen, hatten ihr ganzes Leben lang treu zueinander gestanden, von ihren ersten Jungenstreichen an bis zu den gefährlichen Tagen von Josarians Rebellion. Aber seit dem Beginn dieser Rebellion hatte sich ein Bruch zwischen ihnen aufgetan – seit Josarian einen anderen Lebensweg gewählt hatte.

Er wußte, daß Zim Tansen nicht leiden konnte und Josarians Freundschaft mit den *shatai* regelrecht haßte. Josarian hatte Tan durch den Blutpakt zu seinem engsten männlichen Verwandten gemacht, und er wußte, daß Zimran sich deshalb betrogen fühlte. Dennoch, wenn er diesen Augenblick noch einmal leben könnte, würde er ohne Zögern dasselbe tun. Er war nicht nur stolz, einen Mann wie Tansen seinen Blutsbruder nennen zu dürfen, er brauchte Tansen auch so, wie er Zimran nie wieder brauchen würde. Tansen war der erste, der sich Josarians Blutfehde gegen die Valdani angeschlossen hatte, und er war nie ins Wanken geraten. Er war ein anmutiger, intelligenter, entschlossener und ungemein erfahrener Mann. Niemand sonst konnte Josarians Führerschaft so unterstützen wie Tansen. Er war unersetzlich. Ohne ihn hätte es die Rebellion nicht gegeben. Ohne Tansen wäre Josarian mit den zwanzig anderen *shallaheen* bei Britar gestorben, vor langer Zeit, und der Alltag hätte bald selbst die Erinnerung an seine Blutfehde gegen die Valdani ausgelöscht.

Er vertraute keinem andern Mann so wie Tansen, der ihm den Rücken freihielt und den er wegen jedes Plans, jeder Bewegung um Rat fragte. Sicher, er hatte Zimran, seinen lebenslangen Freund und Gefährten, immer noch gern. Er würde jederzeit wieder in eine Festung eindringen, um ihn zu befreien. Aber Zimran hatte sich nur deshalb der Rebellion angeschlossen, weil er keine andere Wahl gehabt hatte. Josarian und die Valdani hatten ihn zu einem Leben gezwungen, das er so nicht gewollt hatte und an das er nicht glaubte, und sein Mangel an Verpflichtung gegenüber der Sache bedeutete, daß er auch keine anderen Männer anführen konnte. Josarian wußte, daß Zimran sich auch verraten gefühlt hatte, als er Emelen und andere zu Anführern gemacht hatte, während er Zimran einfach dafür einsetzte, Mirabar oder Tashinar zu beschützen, Valdani-Kuriere abzufangen, Botschaften zwischen ihm und den Wächtern hin- und herzutragen oder seine Befehle bei größeren Angriffen weiterzuleiten.

Zimran war ein tapferer Kämpfer und ein loyaler Verwandter, aber er glaubte nicht wirklich an ihre Sache. Selbst jetzt würde er am liebsten mit den Valdani Frieden schließen, damit er zu seinem alten Leben als Schmuggler und Verführer zurückkehren konnte.

Manchmal frage ich mich, ob er nicht gar, wenn er nicht mein Vetter wäre …

Josarian weigerte sich, den Gedanken zu Ende zu denken, denn das war eine viel zu häßliche und unehrenhafte Angelegenheit, um sie auch nur in Betracht zu ziehen, selbst stillschweigend und nur in seinem Kopf. Besonders an diesem Abend, wo er sich Zimran wieder so nahe fühlte wie in all den Jahren, bevor Josarian diese beiden Späher auf einem mondbeleuchteten Schmugglerpfad getötet hatte. Heute abend war die Rebellion eine Weile weit weg, sie waren ihr für Stunden entkommen. Hier, im Licht der alten Wächterfeuer, lachten und redeten er und Zimran wieder einmal – wenn auch nur für kurze Zeit – wie früher, als sie wie Brüder gewesen waren.

Als der Morgen über Dalishar dämmerte, erwachte Josarian aus Träumen voll brennendem Schmerz und Ekstase. Schweißgebadet von dieser Mischung aus Begierde und Schrecken und nach Luft schnappend wie ein Ertrinkender, schaute er zu Zimran hinüber. Sein Vetter schlief friedlich. Josarian seufzte und schloß die Augen, dankbar, daß er im Schlaf nicht geschrien hatte. Bisher hatte nur Tansen ihn in diesem Zustand erlebt. Und wenn man bedachte, wie sehr das den *shatai* verstört hatte, entsetzte Josarian der Gedanke, daß Zimran, Jalilar, Jalan und die anderen etwas davon erfahren könnten. Etwas über die Träume erfahren könnten. Über die Träume und den geheimnisvollen Wahn, der auf ihn lauerte.

Er stand leise auf, zog sein Hemd über und ging hinaus in die frische Luft, um seine gereizten Nerven und erschütterten Sinne zu beruhigen. Dalishar lag hoch genug, daß er von hier aus den Darshon hervorragend sehen konnte. Der Vulkan war friedlich, wie schon das ganze Jahr. Nur eine dünne Rauchfahne erhob sich heute aus seinem Bauch. Der Berg hob sich gewaltig und majestätisch gegen den rosa- und pfirsichfarben gestreiften Himmel ab, und sein schneebedeckter Gipfel durchbrach eine dünne, zerbrechlich aussehende Wolke.

Der Vulkan rief nach ihm, so beständig wie der Rufer nach Mirabar.

»Dar«, flüsterte er, wie er sonst nur Calidars Namen flüsterte.

War er wahnsinnig? Oder von einem Egoismus besessen, der Wahnsinn gleichkam? Oder zu sehr vom Aberglauben seines Volkes erfüllt? Er wußte, was sie über ihn sagten: Josarian, der Feuerbringer. Er hätte blind, taub und stumm sein müssen, um das nicht zu wissen. Er glaubte nicht einmal an den Feuerbringer! Und Tansen war der Ansicht, er habe den Feuerbringer getötet. Mirabar, gesegnet von Dar mit Visionen und der Kraft der Prophezeiung, sagte nichts darüber und schien über jeden, der Josarian für den Feuerbringer hielt, nur zu lachen.

Dar, bist du es wirklich, die mich ruft? Oder bin ich nur trunken von Siegen und Macht?

Keine Antwort. Er konzentrierte sich so heftig, daß er die Schritte nicht hörte, bis sie praktisch direkt hinter ihm erklangen. Er zuckte zusammen, als hätte man ihn geschlagen, und wirbelte herum, den *yahr* in der Hand. Er hielt inne, als er sich einer aufschreienden jungen Frau gegenübersah.

»Tu es nicht!« rief sie auf Silerisch.

Sie war hübsch und nett angezogen, aber schmutzig und ungepflegt. Endlich erkannte er sie.

»Faradar?«

»Sie haben die *torena* gefangengenommen! Schon vor vielen Tagen!« rief sie. »Ich habe dich überall gesucht!«

KAPITEL 8

Koroll holte aus und wischte mit einer einzigen Bewegung Becher, dicke Kerzenstummel, eine leere Laterne, die Überreste von drei Mahlzeiten und ein Tintenfaß von seinem Tisch. »Der Kaiser und all seine Kriege sollen verdammt sein!«

Er warf einen wütenden Blick auf die Späher, die sich im Zimmer aufhielten, und machte damit mehr als deutlich, daß diese Worte diesen Raum besser niemals verließen. Er hatte ja selbst für mehr Tage, als er zählen wollte, kaum eine Gelegenheit gehabt, ihn zu verlassen.

Der Kaiser sollte verdammt sein! Und sämtliche Moorländer und Kint. Und Borell. Und vor allem Josarian!

Die Eroberung der Minen von Alizar durch die Rebellen war durch die Ankunft von Hauptmann Foridalls Kopf in einem Sack in Shaljir angekündigt worden. Koroll selbst hatte die Truppen nach Alizar geführt und gehofft, Josarian dort noch anzutreffen, aber er hatte auch gewußt, daß der Bandit sich längst aus dem Staub gemacht hatte. Statt dessen fand er ein Desaster vor, das seinesgleichen suchte. Die ergiebigsten Diamantenminen im ganzen Kaiserreich waren geflutet worden. Koroll ging sofort davon aus, daß er es hier mit Wassermagie zu tun hatte. Wenn er noch die geringsten Zweifel daran gehabt hätte, wären diese vergangen, als einer seiner Männer gegen seinen Befehl verstieß und das Wasser berührte. Es war zwar flüssig, aber kalt genug, um die Hand eines Mannes bei der Berührung zu zerstören, das Fleisch so stark zu erfrieren, daß es nicht mehr zu gebrauchen war. Koroll hatte schon viel über die Macht der Wasserherren gehört, es war ihm aber schwergefallen, diese Geschichten zu glauben. Jetzt wurde ihm bei diesem Anblick elend bis auf die Knochen. Kein Wunder, daß es dem Kaiser so wichtig gewesen war, die Gesellschaft zu zerstören.

Alizar war für sie verloren, zumindest vorerst. Seine Ingenieure hatten keine Ahnung, wie sie das verzauberte Wasser zum Abfließen bringen konnten, wenn sie es nicht einmal berühren durften.

Die beste Einkommensquelle des Kaisers in Sileria – vielleicht im ganzen Reich – verloren! Über Nacht zerstört. Es war eine Katastrophe, die einen geringeren Mann vielleicht den Verstand gekostet hätte.

Wenn die Lage in Valda dieser Tage ruhiger gewesen wäre, hätte dies Koroll zweifellos seine Stellung gekostet, und vielleicht sogar sein Leben. Aber der Kaiserliche Rat war im Augenblick ziemlich beschäftigt: der derzeit erfolglose Krieg gegen die Kint, der immer teurer werdende Krieg in den Moorlanden, die Aufstände in Valda wegen der Lebensmittelknappheit, die durch eine kleine Revolte im Norden entstanden war ... Die derzeitigen Probleme des Kaisers ließen die des Oberkommandanten von Sileria beinahe geringfügig erscheinen. Beinahe.

Drei in Einem! Er hatte die Minen von über tausend Männern bewachen lassen. Das war die größte Konzentration von Spähern in Sileria außerhalb Shaljirs gewesen! Er hatte Foridall sogar noch weitere Männer geschickt, als Vorsichtsmaßnahme, aber er hätte niemals wirklich angenommen, daß Josarian, der bisher – nach Britar – seine Angriffe auf bescheidene Ziele beschränkt hatte, den am zweitbesten geschützten Ort in Sileria angreifen würde! Nun waren die Leichen dieser Späher nur ein Haufen verbrannter Knochen und Asche, die langsam vom Wind davongetragen wurde. Die Rebellen hatten die Leichen verbrannt, vermutlich zusammen mit den im Kampf getöteten Sileriern. Koroll schauderte bei diesem Gedanken, denn die Verbrennung von Leichen war für Valdani etwas Grauenvolles. Diese silerischen Barbaren wußten nicht einmal, daß eine Leiche nach dem Tod intakt bleiben mußte, bis die Drei sie am Tag der Auferstehung wiedererweckten.

Die Beschreibung der Schlacht durch den einzigen Überlebenden, einen Späher, der klang, als werde er seinen Verstand nie vollständig wiedererlangen, sprach von haarsträubenden Visionen von Feuerzauber, Wassermagie und einem Aufstand der Gefangenen, zusammen mit einem Angriff durch eine Rebellenstreitkraft, die viel, viel größer war, als Josarian sie bisher auf eine einzelne Operation verwandt hatte. Diese Allianz zwischen den *shallaheen,* der Gesellschaft und den Wächtern war keine kurzfristige Angelegenheit, es ging nicht nur darum, daß die Gesellschaft den Rebellen erlaubte, Leute zu entführen, und daß die Wächter ihnen eine ihrer heiligen Stätten als Lager zur Verfügung stellten. Sie kämpften Seite an Seite. Sie hatten in einem gewaltigen – einem vernichtenden und verblüffenden – militärischen Angriff zusammengearbeitet, der eine lange und exakte Planung benötigt haben mußte.

Und die *torena* hatte ihnen dabei geholfen.

Daran zweifelte er keinen Augenblick. Die Beweise, die sie in ihrem Haus gefunden hatten, verwiesen auf ein weiträumiges Netz von Kontaktpersonen und Informanten – von denen leider keiner unvorsichtig genug gewesen war, in der Korrespondenz Namen zu nennen. Und Myrell und er waren auch nicht imstande gewesen, die *torena* dazu zu bringen, ihre vielen Komplizen zu identifizieren – nicht in der kurzen Zeit, die man ihnen gelassen hatte, sie zu verhören. Außerdem mußte er zugeben, daß seine Männer die Möglichkeit verdorben hatten, die wenigen identifizierbaren Personen zu verhaften, die offenbar in Elelars geheime Angelegenheiten verwickelt waren. Die Späher hatten die beiden Diener der *torena* am Löwentor getötet und wußten nicht, was aus ihrer Zofe geworden war, da sie nicht auf die Frau geachtet hatten: Sie ist wahrscheinlich nur eine Dienerin, Kommandant. Obwohl seine Spione glaubten, daß sich beim Eintreffen der Späher mehrere verdächtige Dienstboten in Elelars Haus befunden hatten – und darüber hinaus der Wächter, der sich als Kaufmann ausgab –, wurden diese Leute nie gefunden und waren seitdem nicht mehr gesehen worden. Sie waren offensichtlich irgendwie aus dem Haus entkommen, obwohl Koroll seinen Männern befohlen hatte, es ununterbrochen zu überwachen. Inzwischen wurde auch jeder Weg, der aus der Stadt führte, sorgfältig überwacht. Beschreibungen der Gesuchten waren überall ausgegeben worden, und die wenigen Leute, denen man gestattet hatte, die Stadt zu verlassen, waren intensiv durchsucht und verhört worden.

Inzwischen schützte die Familie von Elelars blödem Ehemann sie und verhinderte weitere Verhöre. Sie verlangten, daß man sie wie eine Valdani-Adlige behandelte und daß ihr sogar das Vorrecht zuteil wurde, daß ihr Fall vor drei Kaiserlichen Räten verhandelt würde! Die Drei seien uns gnädig, demnächst würden sie noch verlangen, daß Koroll sie wieder freiließ!

Er hatte nur ungern zugelassen, daß ihr gehörnter Ehemann sie dieses eine Mal besuchte, aber Ronalls Familie hatte Druck auf Borell ausgeübt, der diesen Druck seinerseits an Koroll weitergegeben hatte. Nein, Elelars versoffener Ehemann hatte nichts mit ihren verräterischen Aktivitäten zu tun, und zwei Tage gnadenlosen Verhörs hatten zu Korolls Zufriedenheit ergeben, daß Ronall ebenso unwissend war wie dumm. Einer der Späher, der Zeuge der Begegnung zwischen Elelar und ihrem Mann gewesen war, verstand das einfache Silerisch des Volkes – ein ungewöhnlicher und nützlicher Zug. Die Begegnung war gefühlsgeladen und bedrückend gewesen und hatte wenig von Interesse enthüllt, bis auf die Tatsache, daß ihre Ehe offenbar genauso schlecht gewesen war, wie Koroll immer angenommen hatte. Dennoch hatte es dem Kommandanten nicht gefallen, daß die *torena* zu anderen als seinen handverlesenen Leuten Kontakt hatte. Sie hatte ganz Shaljir jahrelang an der Nase herumgeführt; er wußte nicht einmal annähernd, wie lange. Sie hatte Borell in ihren Bann geschlagen und verraten, ihren Mann und seine gesamte Familie betrogen und am Ende sogar Koroll und einen Kaiserlichen Berater von ihrer Loyalität überzeugt. Man konnte nicht sagen, wozu diese Frau ansonsten noch fähig sein mochte, wie weit ihr Verrat ging oder welche Gefahren aus einem solch scheinbar harmlosen Besuch ihres Mannes entstanden.

Borell war jetzt ausgesprochen unruhig, nachdem Ronalls Familie eine öffentliche Verhandlung verlangt hatte. Ronall mochte nur ein Halbvaldani sein und ein Säufer, aber seine Verwandten waren einflußreich genug, daß es durchaus möglich war, daß der Rat ihrem Antrag stattgab. Koroll nahm an, Elelar werde ihre Unschuld beteuern, trotz aller Beweise. Borell fürchtete, sie werde statt dessen versuchen, so viele wichtige Leute wie möglich ins Unheil zu reißen – angefangen mit ihm selbst – und ihre Schuld zugeben. Borell hatte selbstverständlich am meisten zu verlieren; er war offenbar so verliebt gewesen, daß er in bezug auf Staatsangelegenheiten weniger diskret gewesen war als ein berauschter Moorländer mit seinen sexuellen Eroberungen. Nun, Borell verdiente, dafür bestraft zu werden, und Koroll hatte nicht vor, ihm eine rettende Hand zu reichen. Und er würde es auch nicht zulassen, daß der Berater diese Frau tötete, ehe er ganz genau herausgefunden hatte, welche Geheimnisse sie mit wem geteilt hatte. Sie wußte vielleicht mehr über Josarian als jeder andere, dem er je begegnet war; er wollte alles, was sie wußte, und es war ihm gleich, was er tun mußte, um es ihr zu entreißen.

Zunächst allerdings mußte er warten, wie der Rat reagierte, denn ihre Verwandten konnten Koroll vernichten, wenn er Elelar jetzt auf irgendeine Weise schadete. Das war ausgesprochen ungünstig, denn obwohl Borell das meiste zu verlieren hatte, wenn Elelar am Leben blieb, war auch Koroll selbst nicht ganz immun gegen den Schaden, den sie anrichten konnte. Wenn diese Frau bei der Verhandlung unterging, würde sie zweifellos so viele wie möglich mitnehmen. Er war mehr als einmal in ihrer Gegenwart sorglos gewesen und hatte offen den geplanten Angriff des Kaisers auf die Kintischen Königreiche diskutiert und seine Pläne gegen Josarian enthüllt, während sie an Borells Seite saß ... Ja, er konnte versuchen, alles auf Borell zu schieben und erklären, der Berater habe ihm befohlen, in Gegenwart der Frau frei zu sprechen, aber es würde dennoch nicht sonderlich gut aussehen.

Sie sollte verdammt sein! Und Ronall und seine Familie ebenfalls.

Wenn er nur die Möglichkeit gehabt hätte, sie zu foltern, herauszufinden, was er wollte, und sie dann zu töten. Dann wären sie alle erheblich besser dran. Statt dessen waren die Späher gezwungen, diese Ehebrecherin und Verräterin zu behandeln, als sei sie eine Adlige, die ihrem Gefängnis nur einen gnädigen Besuch abstattete.

Davon einmal abgesehen, konnte sich Koroll kaum vorstellen, wie sich die Dinge in Sileria noch mehr zum Schlechteren wenden könnten – obwohl er genau das befürchtete.

Josarian hatte die Lagerhäuser in Alizar ausgeräumt,

bevor er sie niedergebrannt hatte. Sämtliche Offiziere in Alizar waren tot. Sämtliche Förderberichte waren ebenfalls zerstört worden, als die Rebellen Foridalls Hauptquartier angezündet hatten. Dementsprechend wußte niemand oder konnte auch nur ahnen, was Josarian alles aus Alizar mitgenommen hatte. Eine Menge, soviel war anzunehmen, da sein Angriff nur Tage vor dem nächsten Versand von Steinen an die Küste stattgefunden hatte, wo alles auf ein Schiff nach Valda verladen werden sollte.

Josarian würde die Beute selbstverständlich aufteilen. Die Gesellschaft würde auf ihrem Anteil bestehen, und er wäre dumm, sich zu weigern. Er würde auch einiges irgendwo verstecken und es in kleinen, unauffälligen Mengen an silerische Händler und Steinschneider verkaufen. Koroll zweifelte nicht daran, daß er inzwischen über die Verbindungen verfügte, dies im verborgenen zu tun. Den Löwenanteil der Beute würde er allerdings unter dem Marktpreis an ausländische Schmuggler verkaufen. Es gab genügend Schmuggler unter den *shallaheen,* und Josarian würde ihre Kontakte ausnutzen können. Selbst mit verringertem Profit gegenüber dem Marktpreis würden die Rebellen jetzt unglaublich reich sein. Sie würden sich Schweigen kaufen können, geschmuggelte Waffen, Vorräte, Loyalität ... Sie konnten am Ende selbst Shaljir bedrohen.

Und sie waren seit dem Angriff auf die Minen nicht untätig gewesen. Sie hatten in den Tagen nach Alizar viel Schaden angerichtet, von Cavasar bis Liron, und Koroll war gezwungen gewesen, Depeschen nach Valda zu schicken, in denen er zugab, daß der Aufstand in den Bergen sich zu einer Rebellion ausgeweitet hatte, die die Herrschaft der Valdani in Sileria bedrohen könnte. Er verlangte dreißigtausend Mann, in der Hoffnung, wenigstens fünftausend zu erhalten. Man hatte ihm nur fünftausend zugestanden und keine Angaben darüber gemacht, wann weitere entsendet würden, schon gar nicht über die Anzahl. Er hatte zusätzliches Geld verlangt, um die Verteidigungsanlagen von Liron, Shaljir, Adalian und Cavasar zu verstärken, aber man hatte ihm kaum genug gegeben, um die Schäden zu beheben, die bereits in jeder Stadt bis auf Shaljir durch Aufstände der Einwohner entstanden waren.

Darüber hinaus hatte man ihn in gereiztem Tonfall informiert, daß dies eine sehr ungünstige Zeit für Ärger in Sileria war, da die kaiserlichen Armeen in den Kintischen Königreichen auf unerwarteten Widerstand stießen. Inzwischen schleppte sich der Krieg in den Moorlanden dahin und wurde immer teurer, je weiter die Streitkräfte des Kaisers in dieses üppige, grüne Land eindrangen und ihre Nachschublinien weiter und weiter zogen. Gerade jetzt, wo das Kaiserreich so nahe daran war, höchsten Ruhm zu erreichen – die freien Moorlande und die verbliebenen Kintischen Königreiche zu erobern! –, verließ sich der Kaiser darauf, daß seine Berater in den Provinzen und die Militärgouverneure die unterworfenen Völker unter Kontrolle hielten. Ganz besonders, hatte eine Depesche beißend hinzugefügt, was eine verarmte Provinz voller einander befehdender Gruppierungen anging, ein Land, das sich bereits in den Händen fremder Eroberer befunden hatte, als die Valdani es vor zweihundert Jahren übernahmen. Der Kaiserliche Rat hoffte, Koroll nicht daran erinnern zu müssen, daß die Beherrschung Silerias für die Kontrolle des Mittleren Meers unerläßlich war, ohne das das Kaiserreich wiederum nicht seine restlichen Provinzen kontrollieren konnte.

Wenn es so verflucht wichtig ist, wieso schicken sie mir dann nicht mehr Männer, Geld und Mittel?

Er versuchte, diese Frage in etwas diplomatischere Worte zu fassen, und entwarf eine weitere Depesche an den Rat. Der Aufstand in den Bergen war kein »Problem« mehr, es handelte sich um einen Krieg. Obwohl er wußte, daß er keine Chance haben würde, die besten Männer des Kaisers zu bekommen, verlangte er dennoch kaiserliche Kampftruppen. Späher waren weniger gut ausgebildet als die Armee. Sie waren schlechter bezahlt, und ihre Waffen waren älter. Sie waren keinen Krieg gewohnt, denn ihre Aufgabe bestand im allgemeinen darin, das besiegte Land zu besetzen, zu halten und zu verwalten, nachdem die Armee ein Land erobert hatte und die Friedensverträge abgeschlossen waren. Ältere Späher waren häufig ehemalige Soldaten, die vom harten Leben in der Armee genug hatten. Junge Späher waren oft Männer, denen es entweder nicht gelungen war, in die Armee zu kommen, oder die sich diese Abteilung ausgesucht hatten, weil sie glaubten, hier weniger in Gefahr zu sein. Koroll selbst war Späher geworden, weil er glaubte, daß es für einen Mann seiner hohen Intelligenz und niedrigen Geburt hier leichter sein würde, nach oben zu kommen, als in der Armee.

In weniger chaotischen Zeiten hätte der Kaiserliche Rat eine Armee nach Sileria geschickt, in Anbetracht dessen, was jetzt hier geschah. Aber da die Streitkräfte nun woanders gebunden waren, sollten sie Koroll zumindest jeden Späher im ganzen Kaiserreich schicken, der noch aufrecht gehen und ein Schwert halten konnte. Aber auch die Späher waren nun weit übers Mutterland verteilt und versuchten, jeden Bereich zu halten, der sich nicht im offenen Kriegszustand befand.

In ruhigeren Zeiten hätte der Kaiserliche Rat auch einen Kriegskommandanten geschickt, der die militärische Herrschaft über Sileria übernommen hätte. Selbst wenn man Koroll nicht wegen der Niederlage von Alizar getötet hätte, wäre er zweifellos gezwungen gewesen, in Zukunft von einem solchen Mann Befehle entgegenzunehmen. Aber wie die Armeen selbst waren auch ihre Führer auf dem Festland beschäftigt. Und das bedeutete, daß Koroll sich zwar der größten Katastrophe seiner Laufbahn gegenüberfand, aber immer noch eine Chance hatte, dies zu dem Triumph zu machen, der ihn zu Ruhm und Ehre in Valda selbst führen würde. Mit zu wenig Männern und Geld, mit einer Rebellenarmee als Gegner, die stark genug gewesen war, Alizar in einer einzigen Nacht zu nehmen, belastet mit einem Krieg, der Sileria nun vom Hafen von Cavasar bis zu den Klippen von Liron heimsuchte, mußte er sich außerdem auch noch mit einem Kaiserlichen Berater abgeben, der kurz davor stand, wegen einer Frau alles zu verlieren ... Wenn es Koroll tatsächlich gelingen sollte, eine solche Situation noch zum Positiven zu wenden, würde der Kaiser ihn an seinem Hof mit Ehren überhäufen und würde ihn in eine Machtstellung befördern, von der er jetzt nur träumen konnte.

Er konnte es immer noch schaffen. Er konnte die Katastrophe immer noch in einen Sieg verwandeln. Aber, die Drei mochten ihm gnädig sein, er würde es nicht schaffen, wenn er nicht mehr Männer zur Verfügung hatte! Er hatte sich so lange angestrengt, die Bedrohung, die Josarians Rebellion darstellte, dem Rat gegenüber zu bagatellisieren, daß es nun extrem schwierig war, sie davon zu überzeugen, wie ernst die Lage hier inzwischen war. Der Mangel an Männern hatte bereits – wie er in den heutigen Berichten erfahren hatte – dazu geführt, daß sie die Kontrolle über das Gebiet um Dalishar verloren hatten. Die Rebellen hatten es übernommen. Tatsächlich befand sich ein beträchtlicher Teil Silerias jetzt in den Händen der Rebellen.

Der Verlust der Minen betraf den Kaiser und seinen Rat erheblich mehr als überfallene Bordelle, niedergebrannte Außenposten, unterbrochene Nachschublinien, kleine Gefechte, Entführungen, Aufstände und gewalttätiges Chaos in einer abgelegenen Provinz. Sie wollten, daß Alizar rasch wieder betriebsbereit gemacht würde, sobald wie möglich, und darauf bestanden sie. Sie hatten Koroll bereits mehrere Ingenieure geschickt – die nichts geleistet hatten. Jetzt kündigten sie ihm an, Zauberer aus dem Norden zu entsenden, den Hohepriester der Drei aus Valda und beinahe jeden sonst, von dem sie hoffen konnten, daß er imstande war, der silerischen Wassermagie entgegenzuwirken.

Wie lange würde es noch dauern, bis die Gesellschaft Shaljir das Wasser vorenthielt? Koroll wußte, daß dies die offensichtlichste Vorgehensweise wäre und die Valdani, die hier ihre Hauptmacht konzentriert hatten, schwer treffen würde, und er hatte deshalb bereits Befehle gegeben, Wasserspeicher innerhalb der Stadt zu bauen und zu füllen. Wenn es keinen Nachschub mehr gab, würden sie aushalten müssen, bis sie der Rebellion ein Ende bereiten konnten. Der große städtische Wasserspeicher war bis zum Überfließen gefüllt, und in jedem offiziellen Gebäude und jedem Valdani-Haushalt stapelten sich die Fässer. Küfer verdienten ein Vermögen, und die Preise für Fässer waren unglaublich gestiegen. Die Handwerksmeister nahmen zusätzliche Gesellen an, und in der letzten Zeit waren die Werkstätten Tag und Nacht in Betrieb gewesen. Koroll ermutigte auch die silerische Bevölkerung von Shaljir, Wasser zu speichern; er konnte es immer noch konfiszieren, wenn die Zeit gekommen war. Das würde die Valdani in Shaljir einige Zeit länger absichern, und die Rebellen würden ihr eigenes Volk töten, wenn sie der Stadt das Wasser abschnitten. Daher war dieser Plan in mehrerer Hinsicht wirkungsvoll.

Er hatte die Depeschen, die er nach Valda schicken wollte, beinahe beendet, als ein weiterer seiner Männer beinahe hysterisch in sein Zimmer stürmte. Dies war in letzter Zeit so häufig vorgekommen, daß es Koroll kaum mehr berührte. Der Ausbruch des Mannes überraschte ihn dann allerdings doch.

»Kommandant, bitte, Ihr müßt sofort in den Santorell-Palast kommen! Es ist etwas Schreckliches passiert!«

Amitan lag verwundet in einer der Höhlen am Berg Niran, eine Schwester kümmerte sich um ihn, und Tansen stand an seiner Seite, als Mirabar mit ihren beiden *shallah*-Leibwächtern und Najdan eintraf. Inzwischen lebten hier über hundert Männer, und es war deutlich, daß sie erst vor kurzem von einem Kampf zurückgekehrt waren. Mehrere waren verwundet, und Mirabar bemerkte frische Opfergaben auf dem Altar, den ihre eigenen Gefährten hier im letzten Frühjahr gebaut hatten. Das war ein deutliches Zeichen, daß Männer im Gefecht gestorben waren.

Sie hatte bereits gehört, daß die Rebellen Dalishar und große Teile der Umgebung zurückerobert hatten. Die meisten Rebellen lebten zwar in verstreuten Gruppen, die kaum größer waren als diese hier, aber in und um Dalishar waren nun über fünftausend Kämpfer stationiert. Flüchtlinge aus Dörfern und Bauernhöfen, die von den Spähern überfallen worden waren, strömten nun in das von Rebellen beherrschte Land, bauten Lager, ernteten die Felder der verlassenen valdanischen Landgüter ab und versuchten, ihren Alltag unter der Anleitung der Rebellenführer zu leben.

Ein Teil von Sileria gehört bereits uns.

Sie konnte es kaum glauben, jetzt, da sie zum Niran zurückkehrte, wo ihre Visionen begonnen hatten, wo ihre Reise ins Schicksal ihren Anfang nahm. Jetzt wurde selbst im Tiefland mehr als nur spekuliert und auch in den Städten nicht nur geredet. Einige waren bereit, sich Josarian anzuschließen. Einige warteten immer noch ab, aus welcher Richtung der Wind blies, bevor sie sich verpflichteten. Und einige, das wußte sie, warteten immer noch auf den Beweis, daß Josarian der Feuerbringer war.

Daß er Alizar zerstört und den Valdani dieses Gelände abgenommen hat, genügt ihnen nicht. Nein, sie werden nicht zufrieden sein, ehe Josarian in den Darshon springt.

Sie bemerkte, daß die Männer hier überrascht waren, sie zu sehen. Viele begrüßten sie jetzt voller Respekt, obwohl sie immer noch annahm, daß einige wie verängstigte Kinder kreischen würden, wenn sie ihr zufällig im Dunkeln begegneten. Aber es war jetzt nicht mehr ihr Äußeres, das sie überraschte, denn alle wußten von ihr, und viele hatten sie bereits einmal gesehen. Man hatte sie einfach nicht erwartet. Dieser Besuch war nicht geplant. Aber sie hatte keine Botschaft des Rufers gebraucht, um zu wissen, daß sie Tansen mitteilen mußte, was sie soeben erfahren hatte. Sie fürchtete nur, was er tun würde. Sie hatte das Gefühl, es bereits zu wissen, und sie wußte auch, daß sie es ihm ausreden mußte.

Aber dies war nicht der Augenblick, die Neuigkeiten zu berichten. Tansen hielt die Hand des schwerverletzten Amitan, der auf dem Boden der Höhle lag. Männer hatten sich am Höhleneingang versammelt und warteten schweigend. Mirabar drängte sich durch die Menge, trat neben Tansen und akzeptierte sein knappes Nicken als Gruß, dann sah sie fragend die Schwester an. Die bleiche und erschöpfte Frau schüttelte den Kopf. Dennoch besprühte sie die Wunde mit schmerzlinderndem

Balsam und begann wieder zu rezitieren. Sie mußte das schon sehr lange getan haben, bemerkte Mirabar, denn ihre Stimme war heiser.

Die Wunde in Amitans Bauch war schmal und relativ sauber, aber das Fieber und die Schmerzen, das Zittern und die Grimassen, und der Geruch ... Seine Gedärme waren durchbohrt und vergifteten ihn nun. Es war eine grausame Art zu sterben. Und es war falsch, daß ein Mann wie Amitan sterben sollte, der immer ein nachdenkliches Wort bereit gehabt hatte und ein tapferer Mann war, dessen Frau, Mutter und Schwestern ihn liebten und von ihm abhingen. Mirabar erinnerte sich, wie höflich er bei ihrer ersten Begegnung gewesen war, trotz seiner Angst; wie er ihr geholfen hatte, den Attentäter gefangenzunehmen, trotz seines Entsetzens über einen solch verrückten Gedanken, und wie bereitwillig er sie nach Kandahar begleitet hatte, trotz seiner Furcht vor Kiloran.

Sie erinnerte sich, daß er gehofft hatte, unter den befreiten Gefangenen aus Alizar seinen Bruder zu finden, der lange schon weggeholt worden war, und wie bedrückt er danach gewesen war, als er ihn nicht hatte finden können. Najdan hatte nie erwartet, seinen Vater dort noch anzutreffen, und wenn er dennoch Enttäuschung verspürt hatte, hatte er sie gut verborgen. Aber Amitan hatte es sehr schwergenommen.

Nun war der junge Kynan, der ebenfalls, wie Amitan, zu Mirabars ersten Rebellengefährten gehört hatte, in Alizar gefallen, und Amitan, das konnte sie sehen, würde die nächsten Tage nicht überleben. Ihre Kehle schnürte sich vor Kummer zusammen, und sie fühlte sich auch schuldig, weil sie ihn ebenso wie Josarian und Tansen erst in die Situation gebracht hatte, daß ihm so etwas zustoßen konnte. Sie war ebensosehr Ursache des Sterbens von Menschen, wie sie Teil ihres Kampfes um Freiheit war.

»Tan...«

Amitans Stimme war dünn, sein Atem schwach vor Schmerz. Er klapperte mit den Zähnen, weil es ihn trotz des Fiebers vor Kälte schüttelte.

»Ich bin hier.«

»Meine Frauen ...«

»Wir werden uns um sie kümmern. Das weißt du«, sagte Tansen rasch. Er sprach leise, aber mit gleichmäßiger Stimme.

»V... versprich ...«

»Ich verspreche es dir.«

»L... Lann ...«

»Hier!« Der große Mann stolperte vom Höhleneingang herein und kniete sich an Amitans Seite.

Amitan sagte nichts, sondern lächelte ihn nur schwach an. Lann, ein Berg von einem Mann mit haarigem Gesicht und einem geschmuggelten Moorländer-Schwert, das Mirabar nicht einmal hätte vom Boden heben können, fing an zu weinen. Amitan wandte den Blick ab – und entdeckte die junge Frau.

»Sirana ...«

»Amitan ...« Sie strengte sich an, nicht in Tränen auszubrechen. »Du wirst mir fehlen.«

»Wir werden uns wiedersehen ... das hoffe ich jedenfalls. Nimm mein ... Messer. Gib es meiner ... Frau, wenn du sie ... siehst.«

»Das werde ich tun. Und wenn die Zeit gekommen ist, werde ich dich selbst aus der Anderwelt rufen.«

»Hübscher ... als ich dachte ... *sirana*.«

Sie lächelte, beinahe verlegen. »Du siehst so gut aus, wie ich immer dachte, Amitan.«

Er versuchte zu lächeln, aber eine weitere Schmerzwelle verhinderte es. Er suchte Tansens Blick. »Ich ... bin bereit.«

Lann, den Mirabar schon dabei gesehen hatte, wie er mit rachsüchtiger Wut Späher bekämpfte und noch in Situationen lachte, in denen die meisten Männer vor Angst weiche Knie bekommen hätten, bebte nun vor Schluchzen. Sie spürte, wie ihr eine Träne über die Wange lief, und wischte sie weg.

»Bereit wofür?« fragte sie.

Tansen sah sie nur an. Sein Blick war finster und leer. »Bring die Schwester jetzt nach draußen«, sagte er zu ihr. »Lann?«

»Ich werde bleiben«, erklärte Lann unter Tränen.

Die Schwester sah unsicher von Amitan zu Tansen. »Du wirst es doch nicht wirklich tun?«

Mirabar runzelte die Stirn. »Was tun?«

»Bring die Schwester nach draußen«, wiederholte er leise, immer noch Amitans Hand in der seinen.

»Aber was ...«

Sie hielt mitten im Satz inne, weil sie plötzlich verstand. Amitan wollte nicht einen oder zwei weitere Tage schreckliche Schmerzen leiden. Ihr Blick fiel auf den nun so vertrauten ledernen Waffengurt, der auf dem Höhlenboden in der Nähe lag, und die beiden Schwerter, um die sich der Krieger so unermüdlich kümmerte wie eine Mutter um ihre Kinder. Feinde zu töten war seine Begabung, ob es ihm gefiel oder nicht. Aber einen Freund ... er würde es tun, weil er wußte, daß jemand es tun mußte, und niemand sonst würde es wollen. Er würde hinterher keine Gefühle zeigen, und einige der Männer hier würden vermutlich sogar behaupten, etwas anderes sei von einem Söldner auch nicht zu erwarten. Und Tansen ... er würde diesen Augenblick in seinem Herzen bewahren, eine weitere Narbe, die niemand sah.

Mirabar nickte, legte zum Abschied kurz die Hand auf Amitans Schulter und zog dann die widerstrebende Schwester aus der Höhle. Sie trieb die Männer mit scharfen Worten zurück, damit die drei Männer in der Höhle ein wenig Ruhe hatten, wenn einer von ihnen seine Reise in die Anderwelt antrat.

Dann blieb sie selbst am Höhleneingang, wo sie das leise Zischen des Stahls hörte, als Tansen das Schwert zog. Stimmen murmelten. Dann ein Rascheln und ein Ächzen. Sie stellte sich vor, wie Lann Amitan bewegte und seinen Nacken für den schnellsten, einfachsten Schwertstreich freilegte. Dann dehnte sich das Schweigen aus, zerriß ihr beinahe die Nerven. Gerade als sie sich fragte, ob es bereits geschehen war und ob es tatsächlich so lautlos möglich gewesen war, hörte sie das gedämpfte Geräusch von Tansens Schlag, gefolgt von Lanns klagendem Aufschrei.

Während Lann schluchzend in der Höhle blieb, stolperte Tansen an Mirabar vorbei, ein blutiges Schwert in der Hand. Den Waffengurt hielt er in der anderen Hand, und das zweite Schwert schleifte im Staub, als er an den schweigend starrenden Männern vorüberging und im Spinnwebwald verschwand.

Er kam erst lange nach Einbruch der Dunkelheit ins Lager zurück. Nachdem Amitans Leiche verbrannt worden und die Asche im Wind verstreut worden war. Er hatte nicht vor, mitfühlende Bemerkungen oder verwunderte Blicke zuzulassen. Und er wollte Lann nicht mehr um den Freund aus der Kinderzeit weinen hören. Er wollte nicht an dasselbe denken, was Josarian beschäftigen würde, wenn er diese Nachrichten hörte: Amitan hatte in Frieden leben wollen. Er hatte sich Josarians Blutfehde angeschlossen, weil er keine andere Wahl gehabt hatte, und er hatte sich dem zunächst widersetzt. Am Ende hatte er denselben Traum gehabt wie sie alle und sich ohne Vorbehalte der Rebellion verschrieben. Aber wenn Tansen und Josarian nicht gewesen wären, wäre Amitan in dieser Nacht zu Hause in Emeldar, mit seiner Frau im Bett, arm, aber lebendig. Dieses Bild hatte Tansen nicht verdrängen können, als er ihn tötete.

Er kam erst ins Lager zurück, nachdem alle außer den Wachen längst eingeschlafen waren. Mirabar jedoch wartete auf ihn, und er nahm an, damit hätte er rechnen müssen. Sie hatten sie am Niran nicht erwartet, und sie wäre nicht gekommen, wenn es nicht wichtig gewesen wäre. Und Mirabar gehörte nicht zu den Leuten, die sich von etwas Wichtigem ablenken ließen.

Er wußte, daß sie imstande gewesen wäre, sein Bettzeug in Brand zu setzen, wenn er versucht hätte, sich schlafen zu legen, ohne mit ihr zu reden. Also setzte er sich zu ihr an das kleine holzlose Feuer, das sie inmitten des Lagers entfacht hatte, weit außer Hörweite der Wachen. Sie bedachte ihn mit einem kurzen Blick, dann wandte sie sich wieder den Flammen zu. Er betrachtete sie unsicher. In solchen Augenblicken war es schwer zu entscheiden, ob sie mit der Anderwelt in Verbindung stand – etwas, das er nach Kandahar nie wieder bezweifelt hatte – oder nur nachdachte.

Die dunkle Nacht und das Leuchten der Flammen ließen sie besonders dämonisch aussehen, besonders, da die Müdigkeit ihren Zügen mehr Schärfe verlieh. Diese goldenen Augen schienen die Flammen beinahe zu absorbieren, tanzten mit ihnen, heiß und magisch. Er war erstaunt festzustellen, daß sie etwas beinahe Erotisches an sich hatte: die Leidenschaft, die Macht, die Geheimnisse, der Mut. Er hatte lange keine Frau mehr gehabt und sich, seit er nach Sileria zurückgekehrt war, nur auf eine fixiert, eine Frau, die für ihn unerreichbar war. Jetzt bemerkte er überrascht, daß diese Frau, wäre nicht der Aberglaube seiner Kindheit gewesen, der sich ihm ins Herz gebrannt hatte, etwas an sich hatte, das ihn angezogen hätte wie die Flammen eine Motte.

Seltsam verlegen über diese Gedanken, bewegte er sich unbehaglich.

Sie bemerkte das. Ihr Lächeln war knapp und schwach. »Keine Sorge. Er kommt nicht.«

Er zuckte die Achseln. »Das hatte ich auch nicht befürchtet. Du sagtest, es braucht Zeit, bis ein Toter die Anderwelt ...«

»Nein, ich sprach nicht von Amitan.« Sie sah ihn an. »Ich meinte Armian.«

Sein Magen zog sich zusammen. Einen Augenblick lang wußte er nicht, was er sagen sollte. Dann platzte er heraus: »Du hast nie gefragt, wieso ich ihn umgebracht habe. Meinen eigenen Blutsvater.«

»Ich weiß, wieso du ihn umgebracht hast«, erwiderte sie.

»Wie solltest du das wissen?«

»Weil er es weiß, und ich weiß, was er weiß.«

»Er weiß es?«

»Ich behaupte nicht, daß er es versteht«, meinte sie, »nur, daß er es weiß. Du wolltest nicht, daß Kiloran, Armian und die Gesellschaft Sileria regieren. Er weiß es, aber er versteht es nicht.«

»Und du?«

Sie wirkte überrascht. »Ich verstehe. Selbstverständlich verstehe ich es.«

»Du hast ...« Er suchte nach der richtigen Formulierung. »Du hast nicht versucht, ihm das zu erklären?« Es klang dumm, als er es laut sagte. Immerhin war Armian tot.

Mirabar schüttelte den Kopf. »Die Toten sind ... Sie sind anders als wir.«

»Vor allem sind sie tot«, sagte er trocken.

Sie warf ihm einen Blick zu, der ihn trotz des ernsten Themas grinsen ließ. »Sie sind nur Schatten«, sagte sie. »Ein Schatten ist eine Art von ... Essenz. Sie sind nicht mehr wirklich, wer oder was sie einst auch waren, obwohl wir sie, wenn diese Welt sich in Harmonie mit der Anderen bewegt, manchmal rufen können und sie dann die Form eines Schattens dessen haben, was sie einst waren.« Seufzend fügte sie hinzu: »Leute lassen einen Menschen rufen, den sie liebten, und erzählen ihm ... wie die Kinder groß werden, was in ihrem Leben geschieht, ob die Ernte gut war oder nicht ... wir – die Wächter – halten sie nicht zurück. Sie fühlen sich danach besser, und es schadet niemandem. Aber diese Dinge haben in der Anderwelt keine Bedeutung, ebenso wie die Anderwelt keine Bedeutung für uns hat.«

»Dann besteht der einzige Sinn in der Anrufung der Schatten darin, daß es den Lebenden ein bißchen besser geht?«

»Nein.« Sie versuchte, es ihm zu erläutern, und wurde immer lebhafter, während sie sprach. »Schatten können uns leiten, wenn wir gut zuhören, denn ihre Weisheit ist frei von irdischen Ängsten und Wünschen.«

Er kehrte zu dem Thema zurück, das ihn am meisten interessierte. »Aber Armian würde es nicht verstehen, wenn ich versuchte, es ihm zu erklären ... ich meine ... wenn, äh, du ...«

»Nein.« Sie hatte offenbar Mitleid mit ihm, was er demütigend fand. »Er ist nicht mehr wirklich Armian, weißt du. Du kannst dich nicht mehr mit ihm streiten oder ihn von etwas überzeugen. Er kann sich nicht mehr verändern und ... anpassen. Er ist ...« Sie zuckte die Achseln, verärgert über ihre Unfähigkeit, es besser zu erklären. »Er ist ein Schatten von Armian.«

»Der alles weiß, was Armian weiß.«

»Alles, was Armian wußte, als er starb.«

»Mehr als das«, erinnerte Tansen sie. »Er weiß, daß die Moorländer uns vor neun Jahren verraten hätten. Er weiß, daß wir jetzt gewinnen können. Er hat uns gedrängt ...«

»Er wird von mächtigen Kräften geleitet, denselben Kräften, die mich auf die Suche nach dir und zu Kilorans Palast geschickt haben. Er ist ihr Werkzeug, ihr Instrument, nicht mehr. Der Rufer ist nicht nur ein Schatten, und Daurion und die anderen, die ich gesehen habe ...« Sie fuhr sich mit einer feinknochigen Hand ins Haar und zupfte daran. Er konnte sehen, wie sehr ihre eigene Unkenntnis dieser Kräfte sie immer noch störte. »Ich glaube, es sind Götter, aber ich bin nicht sicher.«

»Armian weiß also, wieso ich ihn getötet habe«, sagte Tansen bedächtig, »aber er versteht es nicht. Ich nehme an, das bedeutet auch, daß er mir nicht verziehen hat?«

»Ich weiß nicht ... Man lehrt uns, daß Rache eine irdische Angelegenheit ist und in der Anderwelt nichts bedeutet.«

»Ich habe nicht gefragt, ob er nach Rache verlangt, ich fragte ...«

»Er hat dich geliebt«, sagte sie. »Das ist in seinem Schatten geblieben.«

Er schwieg, enttäuscht von ihrer Antwort, aber unwillig, noch einmal zu fragen.

Sie schien das zu spüren. »Es tut mir leid, Tan. Verzeihen lag offenbar nicht in seinem Wesen, und es ist auch nicht in seinem Schatten. Also weiß ich es einfach nicht.«

»Kannst du ihn nicht fragen?« Er schämte sich, und er konnte sich kaum vorstellen, wieso er das tat, aber er mußte es wissen. »Wenn du ihn das nächstemal ...«

»Ich glaube nicht, daß es ein nächstes Mal geben wird.«

Das ließ ihn innehalten. »Wie meinst du das?«

»Ich meine, daß er nicht mehr gebraucht wird, und deshalb hat sich die Verbindung zwischen uns aufgelöst. Er hat erreicht, wofür er ausgesandt wurde. Die Gesellschaft, die Wächter, du, ich, die *shallaheen,* die Allianz ... Wir haben zusammengefunden. Wir haben den Krieg begonnen. Mehr Menschen werden zu uns stoßen, oder auch nicht, aber aus ihren eigenen Gründen und nicht wegen Armian.«

»Und das war alles?«

»Ich glaube schon.«

»Ich werde ihn nie mehr wiedersehen.«

Darfeuer, er hatte ihn überhaupt nie wiedersehen wollen! Aber er hatte Armian sosehr geliebt, wie er ihn gehaßt hatte, und ein dummer, verborgener Teil von ihm hatte sich darauf fixiert, ihn irgendwann wiederzusehen – und darauf, daß Armian ihm vielleicht verzeihen würde.

»Ich werde ihn nie wiedersehen.« Er war erschrocken, sich das laut sagen zu hören. Und zu einer Frau. Aber diese Frau, das mußte er zugeben, hatte bereits gewußt, was er dachte. Diese Frau wußte, was Armian wußte.

»Nein«, sagte sie. »Es sei denn, du kannst Kiloran bewegen, dir seinen *shir* zurückzugeben, und ihn etwa zum Jahrestag seines Todes zu mir bringen.«

»Selbstverständlich. Ich werde Kiloran einfach darum bitten, wenn wir uns in Idalar treffen«, sagte er trocken. Sie lächelte. »*Er* hat dir selbstverständlich nicht vergeben.«

»Er hat auch der Schwester nicht vergeben, die ihm bei der Geburt einen Klaps aufs Hinterteil versetzte.«

Sie lachte. Er war nicht sicher, aber er glaubte, daß dies das erstemal war, daß er sie laut lachen hörte.

Ihm wurde klar, daß sie sehr müde sein mußte und sich sicher gern zurückziehen wollte, und er machte sich daran, herauszufinden, weshalb sie hergekommen war. Also fragte er sie.

Sie wurde sofort wieder ernst. »Es gibt endlich Nachrichten aus Shaljir. Sehr schlechte Nachrichten.«

Elelar ist tot.

Er wagte nicht einmal zu atmen. »Weiter.« Seine Stimme war angespannt und hart.

»Die *torena* ist im Gefängnis. Das Haus ist vollkommen auf den Kopf gestellt worden. Es ist nicht sicher, wieviel die Späher wissen, aber sie haben offensichtlich genug erfahren, um die Frau eines Valdan zu verhaften.«

»Halbvaldan«, sagte er zerstreut und lauschte dem erleichterten Pochen seines Herzens. Würde Elelar vor Entsetzen erstarren, wenn man ihr die Nachricht seines Todes brachte? Ha! Er wäre dumm, das auch nur zu hoffen. »Wie hast du das erfahren?«

»Von Derlen. Er, sein Sohn und die Dienstboten, die mit Elelar zusammenarbeiteten, waren im Haus, als die

Späher mit der Durchsuchung begannen. Sie sind entkommen.« Sie warf ihm einen neugierigen Blick zu. »Sie flohen in Tunnel unter der Erde, von denen du offenbar bereits weißt.«

»Hat Derlen dir gesagt, was er dort gefunden hat?« fragte er vorsichtig.

»Beyah-Olvari.« Sie sah die Bestätigung in seiner Miene und flüsterte: »Es ist also wahr?«

»Du hast seine Worte bezweifelt?«

Sie zuckte die Achseln. »Nun, man kann sich bei Derlen wirklich nicht vorstellen, daß er phantasiert, aber es klang so unglaublich.«

»Josarian weiß ebenfalls von ihnen, aber niemand sonst. Wir müssen sie schützen.«

Sie nickte. »Sie sind viele Tage in den Tunneln geblieben. Die *torena* wurde verhaftet, als sie nach Shaljir zurückkam, bevor jemand sie warnen konnte. Dann hat die Allianz in Shaljir alle Aktivitäten eingestellt, und sie haben versucht herauszufinden, wer sonst noch beobachtet wird. Die Späher haben die Stadt von oben bis unten nach Derlen und den anderen durchsucht, und niemand kam durch die Stadttore oder den Hafen raus, ohne durchsucht und verhört zu werden.« Sie lächelte, als sie hinzufügte: »Sie haben Derlen – und seinen Sohn – schließlich als Seegeborene verkleidet, also konnten sie Shaljir auf einem Fischerboot verlassen.«

»Sie haben ihn tätowiert?« Diesen Brauch hatten die Seegeborenen vor tausend Jahren von den Moorländern übernommen.

»Nein, nur angemalt. Er fand es trotzdem ziemlich demütigend. Seine Würde ist für Derlen sehr wichtig.« Die Vorstellung, daß man Derlens Gesicht mit falschen Tätowierungen bemalt hatte, gefiel ihr sichtlich. »Jedenfalls, sobald er in Freiheit war, hat er mich aufgesucht.«

»Elelar war definitiv am Leben, als Derlen Shaljir verließ?« Mirabar hätte es ihm gesagt, wenn es anders gewesen wäre, aber er mußte ganz sichergehen.

»Ja.«

»Warum?« fragte er. »Sicher ...«

»Die Familie ihres Mannes hat einen Prozeß gefordert. Offensichtlich bedeutet das, daß Depeschen zwischen Shaljir und dem Kaiserlichen Rat ausgetauscht werden, und wenn es tatsächlich dazu kommt, wird man Elelar nach Valda schicken.«

»Die Familie ihres Mannes?«

»Vielleicht hat sie ihren Mann davon überzeugen können, daß sie unschuldig ist«, meinte Mirabar. »Mir ist aufgefallen, daß die Hirne von Männern in Anwesenheit der *torena* häufig nachlassen.«

»Das stimmt.« Er beschloß, nicht darüber nachzudenken – und erst recht nicht zu fragen –, ob sie ihn bei dieser Beobachtung einschloß. »Aber das würde Borells Interesse, sie umzubringen, nur verstärken. Er kann es sich nicht leisten, daß es zu einem Prozeß kommt.«

»Das wissen die Verwandten ihres Mannes. Sie haben offenbar durchblicken lassen, daß sie Borell des Mordes anklagen werden, falls Elelar vor dem Prozeß irgend etwas passieren würde – falls man ihr diesen Prozeß gewährt.«

»Und wenn nicht ...«

»An dem Tag, an dem Borell und Koroll das erfahren, wird sie die Sonne nicht mehr untergehen sehen.«

»Wo hält man sie fest?«

»In dem alten kintischen Gefängnis in Shaljir, gegenüber dem Hauptquartier der Späher.« Sie hielt inne, dann sagte sie. »Die Rebellen können Shaljir nicht angreifen, Tansen. Wir sind noch nicht bereit.«

»Das weiß ich.«

Furcht spiegelte sich auf ihrer Miene wider. »Du kannst sie nicht befreien. Das mußt du doch wissen. Kein Mann könnte ...«

»Ich bin ein *shatai*«, fauchte er. »Ich kann tun, was andere Männer nicht können.«

»Auch dein Hirn ist zu nichts zu gebrauchen, wenn es sie betrifft«, gab Mirabar zurück. Als er aufstand, sagte sie: »Komm zurück!« Sie sprang auf und folgte ihm, als er davonging. »Wir waren noch nicht fertig.«

»Doch.«

»Was willst du tun?«

»Ich gehe.«

»Sofort?«

Er sah sie an. »Du hattest doch wohl nicht angenommen, daß ich mich jetzt einfach schlafen lege und das Beste hoffe, oder?«

»Du willst nach Shaljir?«

»Über Idalar. Josarian wird dort sein, um sich mit Kiloran zu treffen. Er erwartet mich ebenfalls. Ich denke, er will, daß ich wieder nach Osten gehe.«

»Tansen ... Du solltest es wirklich besser wissen, als alles für deine persönliche ...«

»Es ist nicht nur meine persönliche Angelegenheit«, log er. »Sie ist zu wertvoll, um zuzulassen, daß sie in einem Valdanigefängnis verrottet. Josarian hat seine Freunde nicht in der Festung in Britar sterben lassen, und ich werde keine der wichtigsten Personen der Rebellion im Gefängnis in Shaljir lassen, bis Borell und Koroll sie schließlich abschlachten.«

»Du hast hier Verpflichtungen, die ...«

»Ich entscheide selbst, was meine Verpflichtungen sind, *sirana.*« Ihm fiel plötzlich ein, daß Josarian einmal etwas Ähnliches zu Elelar gesagt hatte.

Er ließ Mirabar stehen, die leise vor sich hinschimpfte, während er in eine Höhle ging, um seine Sachen zu packen. Als Lann erwachte, sagte er ihm einfach, er sei ruhelos und werde schon heute nach Idalar weiterziehen. Sein Tonfall schloß jeden Einwand aus.

Draußen stand Mirabar und wartete auf ihn, ihre eigene Tasche über die Schulter geschlungen.

»Was hast du denn vor?« fragte er barsch.

»Ich gehe mit dir.«

»Ich brauche niemanden, der von hier bis Idalar hinter mir hermeckert.«

Sie biß die Zähne zusammen. »Ich bin eine Wächterin der Anderwelt, von Dar selbst mit Visionen und Hellsichtigkeit gesegnet, und du solltest mir ein bißchen mehr Respekt entgegenbringen.«

»Du wirst mir das nicht ausreden können. Und du wirst es auch nicht schaffen, wenn du dich mit Josarian zusammentust.«

»Dann bin ich offenbar dazu verurteilt, dir zu helfen.«

»Ich brauche deine Hilfe nicht!«

»Ich habe mein Leben aufs Spiel gesetzt, indem ich halb Sileria nach dir durchsuchte. Es ist mir scheißegal, was du willst. Ich werde dich nicht in die Anderwelt schicken, bevor du deine Aufgabe in dieser Welt erledigt hast.«

»Najdan wird das gar nicht gern hören.«

»Najdan kann mich später einholen.«

Er unternahm einen letzten Versuch, sie loszuwerden. »Es ist sehr gefährlich, im Dunkeln vom Niran abzusteigen. Und ich werde dir nicht helfen und deine Hand halten«, log er.

Sie warf ihm einen wütenden Blick zu. »Hast du denn noch nicht gehört, daß Dämonen im Dunkeln sehen können?«

KAPITEL 9

Du hast es gewußt?« zischte Tansen Josarian an. »Du hast es gewußt und nicht sofort einen Boten zum Niran geschickt?«

Josarian machte eine hilflose Geste, und in seiner Miene lag eine Spur von Mitleid, die Tan nur noch wütender machte. »Faradar sagte, Elelar sei direkt vor dem Zwillingsmond verhaftet worden. Die Valdani haben sie sicher umgebracht, lange bevor Faradar uns in Dalishar gef...«

»Derlen ist erst vor kurzem aus Shaljir entkommen, und zu diesem Zeitpunkt war Elelar noch am Leben.«

Josarian war erstaunt. »Warum?«

Tansen erklärte ihm kurz, was Mirabar berichtet hatte. Sie waren in Kilorans Lager nahe bei Idalar. In der Umgebung wimmelte es nur so von Spähern, aber das Lager wurde von *shallaheen,* Attentätern und Wassermagie gut geschützt. Sie hatten Informationen zu den Spähern durchsickern lassen, daß Tansen sich irgendwo im Westen befand, Josarian immer noch in Dalishar weilte und sich Kiloran in der Nähe von Alizar aufhielt, da sie dieses Treffen lieber geheimhalten wollten.

»Am Leben?« sagte Josarian schließlich. »Tan ... wir können Shaljir nicht angreifen. Noch nicht.«

»Habe ich dich etwa darum gebeten?«

»Du wirst trotzdem hingehen, nicht wahr?«

»Ja.« Und er würde Josarian bewußtlos schlagen, falls dieser versuchen sollte, es ihm auszureden.

Er hätte es besser wissen sollen.

»Ich komme mit«, sagte Josarian.

Verdammt. »Nein.«

»Du bist auch mit mir nach Britar gekommen.«

»Das hier ist etwas anderes.«

»Nicht so anders.«

»Die Zeiten haben sich geändert.«

»Du darfst nicht allein ...«

Jemand sagte: »Ich werde mit ihm gehen.«

Sie fuhren beide herum, um herauszufinden, wer sich in ihr Gespräch eingemischt hatte. Josarian entspannte sich, als er seinen Vetter Zimran vor sich sah. Tansen beäugte Zimran ohne eine Spur von Vertrauen oder Freundlichkeit.

»Nein, ich werde gehen«, sagte Josarian. »Es ist die Pflicht eines Bruders ...«

»Du hast im Tiefland zu tun«, erinnerte Tansen ihn. »Wir brauchen die Leute dort, und sie lassen sich Zeit.«

»Wenn wir zurückkommen, kann ich mich immer noch darum kümmern«, versicherte Josarian.

»Du kommst nicht mit. Du bist zu wichtig, um dein Leben bei einer Befreiungsaktion in Shaljir aufs Spiel zu setzen.«

»Dasselbe gilt für dich, aber du gehst trotzdem.«

Tansen war klar, daß Josarian wußte, daß es nicht nur um Loyalität gegenüber einer Verbündeten ging. Anders als Mirabar kritisierte er ihn aber nicht dafür, daß er seinen Kopf von ... etwas anderem überstimmen ließ.

Darfeuer, dieses Mädchen hatte eine Zunge wie ein *shir!* Und damit hatte sie ihn den ganzen Weg vom Niran nach Idalar immer wieder zugesetzt. Sie glaubte ebenfalls, sie könne mit ihm nach Shaljir gehen, aber er würde sich lieber die Kehle durchschneiden, ehe er es gleichzeitig mit ihr und Elelar aufnahm. Außerdem würde diese Sache schwierig genug werden, auch ohne daß man versuchen mußte, die am leichtesten zu erkennende Verbündete der Rebellen durch die Stadttore zu schmuggeln; die Valdani hatten eine Beschreibung von Mirabar in Umlauf gebracht, und es ließ sich nicht leugnen, wie sehr sie in Sileria auffiel.

Tansen versuchte, sich zu beruhigen, und sagte schließlich zu Josarian: »Wir können nicht beide gehen, und das weißt du auch.«

Josarian wollte widersprechen, aber Zimran unterbrach ihn.

»Tansen hat recht«, sagte er. »Also werde ich an deiner Stelle gehen, wie es meine Pflicht ist, denn auch wir sind blutsverwandt. Durch Geburt.«

Tansen ignorierte diesen Versuch, sich in den Vordergrund zu schieben. Er war jetzt Josarians engster lebender männlicher Verwandter, und Zimran wußte das. Er würde sich nicht dazu herablassen, mit Zim darüber zu streiten.

Gerührt von der Geste und vollkommen gutgläubig, was ihre Motive anging, schluckte Josarian noch einmal, stimmte dem Plan dann zu und umarmte seinen Vetter. Tansen mußte sich anstrengen, nicht die Augen zu verdrehen. Dennoch, er war kaum in der Situation,

Zimrans Motivation in Frage zu stellen. Er wollte Zim nicht dabeihaben, aber er würde Hilfe für die Durchführung seines riskanten Plans brauchen. Zumindest würde er auf diese Weise keine Zeit mehr mit Auseinandersetzungen mit Josarian verschwenden müssen.

»Ich brauche auch eine Frau, die uns hilft«, sagte er, »aber nicht Mirabar.«

»Faradar möchte gerne mitkommen«, sagte Josarian.

»Dann soll sie sich fertigmachen. Ich werde mich nicht länger hier aufhalten.«

»Zim«, sagte Josarian, »würdest du es ihr sagen?«

Nachdem Zimran gegangen war, wurde Tansen klar, daß er Josarian noch etwas mitteilen mußte. Er schämte sich dafür, aber er hatte, seit er von Elelars Gefangennahme erfahren hatte, kaum mehr an Amitan gedacht.

»Josarian ...«, begann er unsicher. Josarian war mit Amitan aufgewachsen, er hatte ihn gemocht, und er hatte seine ganze Überzeugungskraft eingesetzt, um den Jugendfreund dazu zu bringen, sich seiner Blutfehde anzuschließen. Er würde die Nachricht von Amitans Tod nur schwer verkraften. »Es gibt etwas, das ich dir sagen muß. Ich habe traurige Nachrichten ...«

Mirabar kochte vor Wut, mehr als einen Tag lang, nachdem Tansen sie in Idalar zurückgelassen hatte. Josarian hatte ihr den strengen Befehl gegeben, bei ihm zu bleiben, bis sie neue Anweisungen erhielt, aber sie wußte, daß dies das Werk des *shatai* war. Und das machte sie wütend. Sie hatte alles aufs Spiel gesetzt, ihren Kreis von Freunden verlassen und sich ganz allein Kilorans

Zorn gestellt, um Tansen zu finden und das Geheimnis seines Schicksals zu ergründen – das so eng mit dem Schicksal von Sileria verbunden war. Sie wußte, daß seine Zeit zu sterben noch nicht gekommen war, aber jetzt setzte er sich für diese Frau größter Gefahr aus.

Es war nicht zu leugnen, daß die *torena* ihrer Sache vollkommen ergeben war, aber Mirabar konnte sie dennoch nicht leiden. Sie war so selbstzufrieden, so hochnäsig, so arrogant. Sie glaubte, alle manipulieren zu können. Einige Männer waren einfach nicht imstande, sie zu durchschauen, und erlagen vollkommen ihrem Bann. Das mochte hilfreich für die Rebellion sein, solange Elelar ihre Talente nutzte, um die *roshaheen* zu bestricken, aber es war ekelhaft, wenn sie es ihren eigenen Leuten antat. Tansen, soviel war Mirabar klar, wußte genau, was diese Frau darstellte, und dennoch gab er ihrer Verführung nach. Er war noch schlimmer als diese anderen Narren! Er wußte es besser, aber auch er konnte sich dem Netz der *torena* nicht entziehen.

Jetzt sah es so aus, als habe Elelar die Kontrolle über einen der von ihr Bezauberten verloren. Wie Derlen berichtete, war Borells Zorn mehr persönlicher als politischer Art, denn er hatte offenbar geglaubt, daß Elelar ihn liebte. Er hatte sie sogar heiraten wollen. Mirabar mochte dieser Tanz zwischen Männern und Frauen fremd sein, aber dennoch wußte sie, wie sehr ein Mann es haßte, von einer Frau zum Narren gehalten zu werden. Besonders von der Frau, die in seinem Bett schlief. Zu dem Zeitpunkt, als die Allianz endlich eine Möglichkeit gefunden hatte, Derlen sicher aus der Stadt zu schaffen, hatte sich das Gerücht in ganz Shaljir verbreitet, Borell habe die *torena* bei der Verhaftung vergewaltigt und geschlagen. Das war bekannt geworden, weil er so dumm gewesen war, sie direkt im Wachhaus eines der wichtigsten Tore der Stadt anzufallen. Mirabar schauderte vor Ekel, und einen Augenblick lang war sie voller Mitgefühl für die *torena* und voller Zorn auf den Berater. So gingen Männer mit ihren weiblichen Feinden um. Es war so demütigend und erniedrigend wie schmerzhaft. Mirabar konnte die *torena* zwar nicht leiden, aber dennoch wünschte sie sich, sie könnte Borells empfindlichste Teile in Brand setzen. In den Bergen schwor man nach einem solchen Verbrechen einen Blutfluch, und Blutfehden begannen nach derartigen Widerwärtigkeiten. Dennoch, Mirabar bezweifelte, daß Elelars angeheiratete Valdani-Verwandte Borell töten würden, wie er es verdient hatte. Wie schade.

Selbstverständlich hatte sie Tansen nichts davon erzählt. Sie hatte bereits genug damit riskiert, ihm von Elelars Gefangenschaft zu berichten. Sie hatte ihn selbst darüber informieren wollen, damit sie die Möglichkeit hatte, die Wahnsinnstaten aufzuhalten, zu denen er sich zweifellos entschließen würde, wenn er es hörte. Wenn sie ihm auch noch von Borell berichtet hätte ... Er wäre zu allem imstande. Borell verdiente, für das, was er Elelar angetan hatte, zu leiden – als ob es nicht genug Strafe gewesen war, die *torena* zu verhaften, sie zu foltern und ihre Hinrichtung zu planen! –, aber Mirabar wollte den Krieger, der dem Land prophezeit worden war, nicht verlieren, indem sie ihn ermutigte, in den Santorell-Palast einzubrechen, um einen Blutfluch zu vollstrecken.

Sollte es Tansen wirklich gelingen, die *torena* aus dem Gefängnis zu holen, hoffte Mirabar nur, daß Elelar klug genug war, den Mund zu halten, was Borell anging, zumindest bis sie weit genug von Shaljir entfernt waren.

Hier in Idalar gab es wichtige Dinge, mit denen Mirabar sich beschäftigen konnte, während sie weiter darüber nachdachte, was wohl in Shaljir geschehen würde. Zu ihrer Überraschung hatte Kiloran Vertreter wichtiger Klans aus den Tieflanden in den westlichen und mittleren Bezirken von Sileria davon überzeugen können, sich mit Josarian zu treffen. Sie waren von Attentätern hergebracht worden, die ihnen die Augen verbunden hatten, falls sich einer von ihnen später entschließen sollte, die Rebellion lieber zu verraten, statt sich ihr anzuschließen. Und noch überraschender – wahrhaft erstaunlich! – war das Eintreffen von zehn Anführern des seegeborenen Volks.

Mirabar selbst war nie an der Küste gewesen und hatte noch nie Seegeborene gesehen, da sie selten so tief ins Land hinein kamen. Tatsächlich verließen viele niemals auch nur ihre Schiffe. Es konnte passieren, daß einer von ihnen sein ganzes Leben dort verbrachte, ohne einmal einen Fuß an Land gesetzt zu haben. Mirabar unterdrückte ein Schaudern; ihre Erfahrungen im See Kandahar ließen sie große Wassermengen meiden. Dennoch, die Seegeborenen waren für silerische Verhältnisse relativ frei vom Einfluß Kilorans und der Gesellschaft. Die Wasserherren hatten keine Gewalt über das Meer, das von den mächtigen Göttern beherrscht wurde, zu denen die Seegeborenen beteten.

Mirabar war fasziniert vom exotischen Aussehen dieser Menschen und betrachtete sie mit unverhohlener Neugier. Die Seegeborenen erwiderten ihre neugierigen Blicke mit gleicher Intensität, denn auch sie hatten von dem Dämonenmädchen gehört. Anders als die *shallaheen* waren sie jedoch nicht in abergläubischer Angst vor Ihresgleichen aufgewachsen, also stand in ihren Blicken ausschließlich neugieriges Interesse.

Die Tiefländer und die Seegeborenen waren beeindruckt von der Zerstörung Alizars, wo auch viele der Ihren gefangen gewesen waren. Sie waren beeindruckt davon, daß die Rebellen jetzt die Region um Dalishar beherrschten, und sie hatten Hochachtung vor den täglichen weiteren Angriffen auf Valdani-Ziele. Ja, auch sie wußten, daß die Streitkräfte der Valdani auf dem Festland gebunden waren und der Kaiser daher nicht mehr so viele Männer, so viel Geld und Waffen nach Sileria schicken konnte, wie es noch vor einem Jahr möglich gewesen wäre. Dennoch ... Sie wußten auch, daß das, was für das größte Reich in der Geschichte vielleicht eine armselige Armee und veraltete Waffen waren, immer noch eine größere Macht darstellen konnte, als die Rebellen in dieser lange verarmten Provinz verkraften konnten.

Sie mußten zugeben, daß sich inzwischen fast das ganze Land im Aufruhr befand. In jeder größeren Stadt außer Shaljir hatte es Aufstände gegeben, und die Verstärkung der Späher traf nur langsam ein. Dennoch ...

Das Kaiserreich würde kämpfen, um Sileria zu halten, denn der Besitz dieser riesigen Insel war wesentlich für die Herrschaft über das Mittlere Meer und daher auch wesentlich für die Sicherheit der anderen kaiserlichen Provinzen, die dieses Meer umgaben. Die Valdani mochten sorglos geworden sein und sich überschätzen, aber sie wußten, wie wichtig Sileria für sie war und würden sich bemühen, das Land zu halten, wenn sie erst ernsthaft befürchteten, es verlieren zu können.

»Wieso seid ihr also hier?« fragte Mirabar gereizt, nachdem sie diesen Argumenten länger als eine Stunde zugehört und genug davon hatte, sich mit dem einfachen Volkssilerisch abzugeben, einer Sprache, die sie in den Bergen gebrauchte.

Oh, die Tiefländer und die Seegeborenen interessierten sich schon für die Rebellion, versicherten sie den Rebellenführern. Sie hatten nur mehr zu verlieren als die ohnehin geächteten Wächter, gesetzlose Wasserherren und Attentäter und die verarmten *shallaheen,* also waren sie vorsichtiger.

Kiloran, der ebenfalls ungeduldig wurde, schlug vor, sie sollten jetzt nach Hause gehen und vielleicht nach der Regenzeit wiederkommen – wenn sie dann vielleicht weniger Zweifel hatten. Er brauchte keine Verbündeten, die offensichtlich nicht bereit waren, sich einem Krieg anzuschließen, bevor man ihnen Garantien gab.

»Wir wollen keine Garantien, *siran*«, sagte der Sprecher für die Tiefländer, »nur Versicherungen.«

»Eigentlich nur eine Versicherung«, meinte einer der Ältesten der Seegeborenen.

Josarian schüttelte den Kopf. »Wir können euch nur eine einzige Versicherung geben, nämlich die, daß wir kämpfen werden, bis die Valdani das Land verlassen haben oder der letzte Rebell in Sileria den Tod gefunden hat. Mehr können wir nicht anbieten.«

Der Älteste der Seegeborenen und der Tiefländer wechselten einen Blick. Es war subtil, aber Mirabar bemerkte es. Plötzlich wußte sie, wieso diese Leute ausgerechnet jetzt hergekommen waren. Sie wußte, was sie als nächstes sagen würden. Sie wußte es – und dennoch konnte sie es kaum glauben.

»Wir brauchen nur eine einzige Versicherung«, sagte der alte tätowierte Mann zu Josarian, »und du bist der einzige, der sie uns geben kann.«

Josarian schien einen Augenblick verwirrt, und dann sah Mira, daß auch er es wußte. Eine Reihe widersprüchlicher Emotionen spiegelte sich in seiner Miene, während der Tiefländer erklärte, was sie meinten.

»Wir wissen, was sie in den Bergen über dich sagen. Die Gerüchte haben sich inzwischen auch im Tiefland verbreitet, und an der Küste. Auch in den Städten hat man begonnen, darüber zu reden. Vielleicht sogar in Shaljir.«

Kiloran begann, vor sich hin zu murmeln. Seine Worte waren nicht zu verstehen, aber sein erboster Blick hätte jeden zum Schweigen gebracht, dessen Mission weniger wichtig war als die dieser Männer. Die Mißbilligung des Wasserherrn überzog alle mit Kälte, aber die Abgesandten wichen nicht zurück und zögerten nicht.

»Wenn du der Feuerbringer bist«, sagte der alte Fischer, »dann werden sich die Seegeborenen der Rebellion anschließen. Wir werden in deinem Namen kämpfen, und auch wir werden nicht nachlassen, ehe wir die Valdani vertrieben oder den Tod gefunden haben.«

»Dasselbe gilt für uns. Wir werden der Prophezeiung und dem Schicksal Silerias dienen«, ergänzte der Tiefländer. »Wenn du wirklich der Feuerbringer bist.«

»Wenn du es beweisen könntest«, meinte der alte Mann.

»Der Prophezeiung entsprechend«, sagte der Tiefländer.

Der alte Mann bedachte Josarian mit einem unnachgiebigen Blick. »Wenn du in den Krater springst und überlebst, werden wir uns dir anschließen. Ebenso wie der Rest des Landes«

»Und wenn nicht?« fragte Josarian heiser.

Der alte Mann zuckte die Achseln. Seine Miene zeugte von Schläue und Berechnung. »Wenn nicht ... Kann die Rebellion schnell genug wachsen, um die Zehntausende von Spähern zurückzuschlagen, die die Valdani zweifellos auf dem Festland freistellen und nach Sileria bringen werden – vermutlich schon in diesem Augenblick, während wir hier verhandeln?«

»Wenn Josarian am Darshon stirbt«, fauchte Mirabar den alten Mann an, »was soll dann aus der Rebellion werden?«

»Ah, *sirana,* aber wenn er sich weigert, jetzt zum Darshon zu gehen«, erwiderte der alte Mann, »was wird dann aus der Rebellion?«

Faradar hatte sich Kleider von Kilorans unterwürfiger, aber eleganter Mätresse geliehen und gab sich als *torena* aus, als sie vor dem alten Kintischen Tor nach Shaljir standen. Während des Verhörs durch die Späher, die das Tor bewachten, gab sie sich als *toren* Porsalls Halbvaldani-Frau aus und behauptete, die beiden schäbig aussehenden *shallaheen,* die sie begleiteten, seien loyale Diener, die sonst auf ihrem Landsitz arbeiteten und denen ihr Mann befohlen hatte, sie nach Shaljir zu begleiten. Sie konnte die Stadt nicht leiden, informierte sie die Späher, aber ihr Mann hatte darauf bestanden, daß sie ging, weil es auf dem Land zu gefährlich geworden war. Immerhin war sie bereits einmal von Josarian und seinen Banditen entführt worden! Wer konnte wissen, ob sie nicht zurückkommen würden, um sie und ihren Mann im Schlaf zu ermorden?

Es war eine plausible Geschichte, denn dieser Tage flohen viele, die die Rebellen fürchteten, nach Shaljir. Faradar war eloquent und elegant genug, um als ländliche halbsilerische Adlige durchzugehen, und Zimran hatte ihr eine Unmenge von Einzelheiten über das Leben jener Dame gegeben, als die sie sich ausgab. Und über diese Einzelheiten schwatzte sie jetzt munter vor sich hin, auf eine überzeugend hirnlose Weise. Zimran und Tansen waren unbewaffnet und verhielten sich angemessen unterwürfig.

Sie hatten ihre Waffen in Seide gepackt und fest an die Innenseiten von Faradars Beinen geschnallt, unter ihren weiten Pumphosen – aus diesem Grund hatte Tansen gewollt, daß eine Frau sie nach Shaljir begleitete. Er konnte Elelar kaum ohne seine Schwerter retten, und er wußte, daß man ihn durchsuchen würde, wie alle anderen Männer, die nach Shaljir wollten. Aber es war schwer, sich vorzustellen, daß selbst Späher ihre Hände zwischen die Beine einer ehrenwerten halbvaldanischen *torena* stecken würden, deren Gründe für die Reise nach Shaljir dieselben waren wie die von Hunderten anderer Leute in diesen gefährlichen Zeiten. Sie hatten auch ein Pferd aus Kilorans Lager mitgenommen, da keine *torena* zu Fuß reisen würde. Faradar konnte allerdings nicht auf- oder absteigen, wenn so viel Stahl an ihre Beine geschnallt war, vor allem nicht vor den Spähern. Also waren sie zu Fuß angekommen, hatten das Pferd geführt und behauptet, es habe kurz vor dem Kintischen Tor zu lahmen begonnen.

Tansen erwartete, daß der Plan funktionierte, aber er war dennoch gewaltig erleichtert, als die Späher sie tatsächlich in die Stadt ließen und ihre Aufmerksamkeit den nächsten Neuankömmlingen zuwandten.

Sie brachten das Pferd in einem Mietstall nahe der Stadtmauer unter. Sie erwarteten nicht, daß sie es noch einmal brauchen würden, aber man konnte ein so großes Tier innerhalb der Stadt nicht einfach unauffällig freilassen. Dann brachte Tansen seine Begleiter zu derselben *tirshah,* in die er damals auch Josarian gebracht hatte. Nachdem er den Wirt gebeten hatte, sich mit den Beyah-Olvari in Verbindung zu setzen, erklärten er und Faradar einem abwechselnd verblüfften und skeptischen Zimran, wessen Reich sie demnächst betreten würden. Tansen warnte ihn auch, was er ihm antun würde, sollte er die Beyah-Olvari je verraten. Faradar war schockiert von seinen Worten, aber Zimran schien von Tansen nichts anderes erwartet zu haben.

Sie wurden noch am selben Abend zum Olvar gebracht. Die Beyah-Olvari standen so loyal zu Elelar, wie sie es Gaborian gegenüber gewesen waren. Sie hatten Elelars Dienstboten versteckt, bis die Allianz für eine Fluchtmöglichkeit hatte sorgen können, und sie waren bereit, Tansen bei der Befreiung der *torena* zu helfen.

Der Olvar bestätigte, daß das ausgedehnte Netz von Tunneln unterhalb der Stadt auch Abzweigungen hatte, die in die Nähe des alten kintischen Gefängnisses führten.

»Von dort aus werden wir schon einen Weg hinein finden«, erklärte Tansen entschlossen.

»Gibt es einen?« fragte Zimran den Olvar.

Der Olvar schwankte unsicher. »Wir haben nie danach gesucht …«

»Es gibt Wasser, das zum Gefängnis geleitet wird, und Abflüsse«, sagte Tansen. »Wir werden unseren Weg aus den Tunneln in die entsprechenden Kanäle finden.«

»Abwasser«, sagte Zimran angeekelt.

»Wir brauchen einen Führer, der uns zu dem entsprechenden Tunnel bringt.«

»Ja. Wir werden euch helfen, in das Gefängnis einzudringen«, versprach der Olvar.

»Aber eure Leute müssen unten bleiben«, riet Tansen.

»Nein«, erklärte der Olvar beinahe streitlustig. »Die Zeit ist gekommen …«

»Noch nicht.« Tansen schüttelte den Kopf. »Im Gefängnis wird es zu Gewalt und Tod kommen, *siran*. Das ist nicht die Sache der Beyah-Olvari.«

Der Olvar sackte zusammen, und er zitterte vor Kummer, als er die Hand in den Heiligen Teich senkte. »Es ist bei eurem Volk immer so, nicht wahr?«

Tansens Miene war ausdruckslos, als er bestätigte: »Immer.«

Elelar war überrascht, so spät am Abend ein Geräusch an ihrer Zellentür zu hören. Sie hatte sich gerade zum Schlafen umziehen wollen. Als Myrell die schwere Tür öffnete, war sie noch überraschter. Sie hatte ihn nicht mehr gesehen, seit er sie kurz nach ihrer Gefangennahme geschlagen hatte.

»Was willst du?« fragte sie.

Er starrte sie an, das Gesicht verzerrt von heftigen Gefühlen. Sie wußte nicht, was sich in seinem verdrehten Geist tat, aber er hatte eine beunruhigende Heftigkeit an sich. Er sah ... zufrieden aus, stellte sie fest. Aufgeregt. Triumphierend.

Sie haben mir den Prozeß verweigert.

Ihr Magen zog sich vor Angst zusammen. Ihr Geist begehrte in einer Mischung aus Angst und Verzweiflung auf. Sie hatte versucht, nach Ronalls Besuch und seinen erstaunlichen Nachrichten über eine mögliche Veränderung der Dinge die Ruhe zu bewahren. Sie hatte versucht, nicht zu hoffen. Sie hatte gegen die Versuchung angekämpft, zu glauben, sie könnte noch ein wenig länger leben, vielleicht sogar einen Ausweg aus dieser Katastrophe finden. Sie hatte sich sosehr angestrengt, aber nun wußte sie, daß sie versagt hatte. Sie hatte Hoffnung geschöpft. Sie hatte sich an diesen erneuerten Wunsch zu überleben geklammert, das konnte sie in der Angst spüren, die sie jetzt ergriff, als sie Myrell anstarrte.

Werden sie mich einfach umbringen oder erst foltern? Werden sie es morgen in aller Öffentlichkeit tun oder heute nacht hier, ohne Zeugen?

Sie versuchte, ihre Panik zu beherrschen. Sie würde den Valdani ihre Angst nicht zeigen – und vor allem diesem Valdan nicht.

»Was willst du hier?« wiederholte sie mit so fester Stimme wie möglich.

Ohne ihr zu antworten, rief Myrell nach zwei Spähern. Sie betraten die Zelle und packten Elelar.

Elelar wehrte sich und zwang Zorn in ihre Stimme, als sie fragte: »Was ist hier los?«

»Wir bringen dich in den Keller, *torena.*«

Galle kam ihr hoch. Im Keller wurden die Gefangenen gefoltert. Sie hatten es ihr während der beiden »Verhöre« angedroht, die in der Zelle stattfanden.

»Das dürft ihr nicht!« fauchte sie und wehrte sich weiter gegen die beiden starken Männer, die versuchten, sie aus der Zelle zu zerren. »Ich bin die Frau eines valdanischen Adligen! Ich werde vor ein Gericht des Kaiserlichen Rats ...«

»Verweigert.« Myrells Stimme troff vor Triumph.

Sie erstarrte. »Verweigert?«

»Verweigert«, wiederholte er. »Die Kaiserlichen Räte

haben Wichtigeres zu tun, als ihre Zeit mit einer verräterischen Hure zu verschwenden, die versucht, ihr Leben zu retten, indem sie bei einem Prozeß Lügen auftischt. Besonders, wenn es die treulose Frau eines halbsilerischen Säufers ist.«

Sie hätte es wissen sollen. Es war dumm gewesen, auf etwas anderes zu hoffen, obwohl Ronalls Familie gewissen Einfluß hatte. Sie fragte sich vage, ob der Rat von allein zu diesem Entschluß gekommen war oder Borells Einfluß dahinterstand. Aber das war jetzt gleich. Es war vorbei.

»Ich werde also zum ... Verhör in den Keller gebracht.«

Sie zwang so etwas wie Haß in ihre Stimme und Verachtung in ihre Züge. Es war dumm gewesen, sich nicht besser auf diesen Augenblick vorzubereiten, nicht Tag und Nacht darauf gefaßt zu sein. Es war dumm gewesen, sich von Ronalls Optimismus anstecken zu lassen. Er war schwach, und sie hatte gewußt, daß sie stark sein mußte. Sie biß die Zähne zusammen, damit ihre Lippen nicht zitterten.

Myrell platzte schier vor Selbstzufriedenheit. »Ich nehme an, diese Zelle war nicht, was du gewöhnt bist, *torena,* aber ich kann dir zumindest versprechen, daß du sie nie wiedersehen wirst.«

»Ihr werdet mich also töten?« Sie hoffte, daß er ihr die Angst nicht ansehen konnte, daß er nicht wußte, daß sich ihr beinahe der Magen umdrehte.

»Ich habe Befehl, dich umzubringen, nachdem du geredet hast«, erwiderte Myrell, »und nicht vorher. Und bis dahin, das verspreche ich dir ...« Er beugte sich zu ihr und flüsterte: »Du wirst mich anflehen, dich zu töten.« Sie glaubte ihm, obwohl sie es nicht wollte. Sie kämpfte gegen die Bilder an, die ihr unwillkürlich in den Kopf kamen. »Und das sind Borells Anweisungen?«

Er lächelte ölig. »Oh, das kannst du ja noch nicht wissen.«

»Was wissen?«

»Borell ist tot.«

»Tot?«

»Selbstmord.«

»Er hat sich umgebracht? Wieso denn das?«

Er schüttelte den Kopf. »Ich werde von jetzt an die Fragen stellen.« Mit boshaftem Lächeln fügte er hinzu: »Bevor wir beginnen, möchte ich dich daran erinnern, daß es an dir liegt, wie lange du vor deinem Tod noch leiden wirst. Wenn du mir sofort alles sagst, wird es besser für dich sein.«

Sie wußte, sie würde später versucht sein, ihm zu glauben. Sie mußte sich erinnern, mußte sich immer wieder sagen, daß er sie ohnehin lange foltern würde, ganz gleich, wann sie redete oder wieviel sie ihm sagte. Er würde nicht überzeugt sein, daß sie die Wahrheit sagte, bis sie ihre Worte wieder und wieder wiederholte, bis er ihr genug Schmerz verursacht hatte – und lange genug, um sicher zu sein, daß sie die Wahrheit sagte, weil sie überhaupt nicht mehr imstande war zu lügen. Sie mußte sich immer wieder daran erinnern, daß jedes Versprechen, das er ihr gab, eine Lüge war, und jede Verlockung nur eine Falle.

Dar, gib mir Kraft. Bitte, gib mir Mut!

Sie wehrte sich nicht mehr, als die Späher Myrells erneutem Befehl nachgingen, sie aus der Zelle zu schaffen. Es gab ohnehin keine Möglichkeit zu entkommen. Sie dachte an Corenten aus Malthenar und an die anderen Märtyrer des Widerstands in den Bergen. Sie betete, daß ihr Tod dieser Menschen würdig sein werde, ebenso, wie sie sich durch ihren Tod geehrt gefühlt hatte. Sie betete um den Mut, den sie gezeigt hatten.

Sie brachten sie ins Erdgeschoß des weitläufigen Gefängnisbaus, dann durchquerten sie die steingepflasterte Halle in Richtung auf die Kellertür. Elelar schaute zu einem Fenster, weil sie die Monde zum letzten Mal sehen wollte. Sie holte tief Luft, denn sie wußte, sie würde nie wieder frische Luft atmen. Sie versuchte, gegen die Übelkeit anzukämpfen, die ihr beinahe den Hals zuschnürte, versuchte, die Schwäche in ihren Beinen zu bezwingen, als sie einem Tod entgegenging, der quälender sein würde als die schlimmsten Alpträume.

Plötzlich hörten sie auf der anderen Seite des schweren Holztors Kampfgeräusche: Schreie, das Klirren von Metall gegen Metall, wieder einen Aufschrei. Die Männer, die sie gepackt hatten, erstarrten und sahen Myrell fragend an. Der Hauptmann griff nach seinem Schwert. Elelar hatte nur einen Augenblick, um sich zu fragen, ob ein anderer Gefangener zu entkommen versuchte, dann ging die Tür auf.

»Tan!« Sie hätte nicht überraschter sein können, wenn Dar selbst auf der Treppe hinter der schweren Holztür erschienen wäre. Er war klatschnaß, seine Haut glänzte im Licht der Fackel, und seine Kleidung hing ihm schlaff am Körper. Seine Schwerter waren rot vor Blut. Auch auf seinem Hemd und seinem Gesicht waren Blutspritzer.

Er hielt keinen Augenblick inne, zögerte nicht, schien ihre Anwesenheit nicht einmal zu bemerken. Er brachte zwei Späher um, bevor der zweite auch nur Zeit gehabt hatte, sein Schwert zu ziehen, dann wandte er sich zwei weiteren zu. Ein weiterer *shallah* – Elelar erkannte Zimran – erschien aus dem Keller des Gefängnisses und drang in die Halle ein, ein blutiges Schwert in der einen, einen *yahr* in der anderen Hand.

»Bringt sie wieder in die Zelle«, schrie Myrell und stürzte sich in den Kampf. »Schließt sie ein!«

Sie waren gekommen, um sie zu befreien!

Sie wehrte sich wie wild gegen die beiden Späher, die versuchten, sie wieder zu der Treppe zu bringen, die sie gerade heruntergekommen war. Aber die beiden waren große, starke Männer. Sie hoben sie einfach vom Boden und trugen sie zur Treppe, während sie hilflos auf sie einschlug. Als sie spürte, wie einer von ihnen den Fuß hob, um die erste Stufe zu tasten, stieß sie ihn so fest ins Auge, wie sie konnte. Er heulte auf und taumelte rückwärts – direkt in weitere Männer, die die Treppe heruntergekommen waren. Sie stolperten und fielen, einige auf Elelar. Sie lag dort einen Augenblick wie betäubt, während der Kampf rings um sie weiterging.

Sie hörte das Kreischen von Metall an Metall, die Schreie von Sterbenden, die ängstlichen Rufe von Spähern, die ein Stockwerk höher waren oder draußen im Hof.

Es sind zu viele! Wir werden niemals entkommen.

Wie konnte sie helfen? Was konnte sie tun?

Sie spürte die Hände eines Spähers, der versuchte, sie wieder zu packen. Sie rollte sich zur Seite und ließ die Hand über seinen Bauch und zwischen seine Beine gleiten. Bevor er auch nur ahnte, was sie vorhatte, drückte sie so fest sie konnte zu und grub ihre Nägel in den Stoff seiner grauen Uniform. Sie riß mit aller Kraft, stellte sich vor, wie sie ihm die Genitalien ausriß, dann sprang sie auf und ließ den schreienden Mann am Boden liegen.

Feuer, dachte sie plötzlich, als ihr einfiel, wie Mirabar in Kilorans Palast eingedrungen war und die Attentäter in Schach gehalten hatte. Die Männer versuchten, wieder auf die Beine zu kommen. Einige rannten an ihr vorbei auf Tansen zu, dessen blitzende Schwerter und wirbelnde Bewegungen den Boden rings um ihn herum mit Leichen übersäten. Elelar griff nach einer Laterne an der Wand, versuchte, nicht mehr daran zu denken, wie schrecklich diese Tat war, schwang den Arm herum und warf die Laterne gegen die Wand unten an der Treppe. Öl und Feuer breiteten sich aus. Männer, die die Treppe herunterkamen, rannten schreiend zurück nach oben. Die, die noch am Fuß der Treppe gelegen hatten, schrien vor Schmerz, als die Flammen sie ergriffen und ihre Uniformen in Brand setzten.

Tansen schwang den Arm herum und schnitt einem taumelnden Mann die Kehle durch.

»Lauf! Lauf!« schrie er Elelar zu, als vier weitere Männer aus dem Hof hereinkamen, alarmiert vom Lärm und den Flammen.

Elelar rannte zum Ausgang, sobald dort keine Späher mehr standen. Hinter ihr hörte sie Tansen schreien: »Nicht diesen Weg!« Sie ignorierte ihn. Sie schob die riesige Tür zu, dann warf sie eine andere Laterne dagegen, setzte so die Tür in Brand und blockierte damit den Eingang zumindest für eine Weile.

»Bringt sie um!« schrie Myrell. »Laßt sie nicht entkommen! Bringt sie um!«

»Zim!« schrie Tansen.

Elelar bemerkte, daß sie wieder im Mittelpunkt der Aufmerksamkeit stand, und rannte an der Wand entlang auf Zimran zu. Tansen trat Spähern in den Weg, die sich auf sie stürzen wollten. Einem schlug er direkt vor Elelar den Arm ab. Sie hob entsetzt die Hände zum Mund, als ihr Blut ins Gesicht spritzte.

»BEWEG DICH!« schrie Tansen, der plötzlich sehr nahe war.

»Elelar!« Zimrans Ruf gab ihr Kraft. Sie packte eine weitere Laterne, warf sie mitten in die Halle und nutzte die Explosion, um ihre Flucht an Zimrans Seite fortzusetzen.

»Hinter mich!« befahl er, während er einen weiteren Späher abwehrte und den *yahr* dabei viel geschickter benutzte als zuvor sein Schwert.

Sie duckte sich hinter ihn, und langsam bewegten sie sich auf die Kellertür zu, wobei Zimran die ganze Zeit gegen einen brüllenden Valdan kämpfte. Oben am Ende der Kellertreppe flackerte eine Fackel – keine Laterne. Elelar packte sie und stieß sie auf das Gesicht des Mannes zu. Als er zurückwich und das Gesicht abwandte, nutzte Zimran die Chance und tötete ihn. »Unten ist keiner mehr am Leben. Geh! Ich bin direkt hinter dir.«

»Tansen!« schrie sie. Er war von vier Männern umgeben, darunter auch Myrell. Zwei weitere kamen die Treppe herunter, nachdem die Flammen niedergebrannt waren.

»GEH!« schrie er und fällte einen weiteren Späher.

»Geh«, wiederholte Zimran und versuchte, sie die Stufen hinunterzustoßen.

»Nein! Wir können ihn nicht hierlassen!«

Ein Späher schrie, als Tansens Schwert ihm ins Gesicht biß. Zimran grinste.

»Ah, ich nehme an, du hast ihn noch nicht kämpfen sehen, *torena.* Geh.« Diesmal warf sein Stoß sie beinahe die Treppe herunter. »Er wird uns schon einholen.«

Zimran war direkt hinter ihr, als sie den Keller erreichte, die Fundamente des Schlosses oder der Festung, die noch vor diesem sechshundert Jahre alten kintischen Gebäude hier gestanden hatte. Sie versuchte, nicht die vier graugekleideten Leichen anzusehen, die hier lagen, obwohl sie wußte, daß diese Männer sie schon erwartet hatten und bereit gewesen waren, Myrell dabei zu helfen, sie langsam zu töten. Sie versuchte noch angestrengter, die Werkzeuge zu ignorieren, die Myrell zu diesem Zweck benutzt hätte.

»Wohin gehen wir?« fragte sie und hörte, wie atemlos und verängstigt sie klang.

»Zu unseren alten Freunden«, erwiderte Zimran mit einem hinterhältigen Blick.

Sie keuchte. »Die Gewölbe!«

»Wir haben einen Weg in dieses Gebäude gefunden, der durch alte – wirklich alte – Abwasserkanäle führt.«

»Deshalb seid ihr so naß«, wurde ihr plötzlich klar.

»In all der Aufregung ist dir der Gestank wahrscheinlich noch nicht aufgefallen«, sagte er und führte sie durch einen dunklen Gang in eine kleine stinkende Zelle. »Aber ich kann dir garantieren, in ein paar Minuten wirst du an nichts anderes mehr denken.«

In der Ecke dieses kleinen, niedrigen Raums war ein Loch. Darüber hatte sich einmal ein verrostetes Gitter befunden; jetzt lag es auf dem Boden neben dem Loch, bereit, nach ihrer Flucht wieder angebracht zu werden. Die Kanten des Lochs, ebenso wie der Boden rundherum, waren mit uralten, fest gewordenen Substanzen und Flecken bedeckt, über die Elelar lieber nicht nachdachte. Der Gestank, der aus dem Loch drang, war tatsächlich unbeschreiblich.

»Wir steigen da rein?« würgte sie.

»Wir haben nur zwei Möglichkeiten«, meinte er, »und ich gehe noch weniger gern nach oben zurück, als daß ich durch dieses Loch steige.«

»Dar schütze mich«, murmelte sie. Sie wußte, daß er recht hatte, zog den zart bestickten Ärmel über die Hand und bedeckte damit Nase und Mund. Sie warf Zimran einen Blick zu und sagte: »Nach dir!«

Tansen kämpfte in acht Richtungen und auf drei Ebenen, wie man es ihm beigebracht hatte. Er hatte ein paar leichte Wunden an den Unterarmen hinnehmen müssen, aber er ignorierte sie, wie man es ihn gelehrt hatte. Er sah, wie sich die Schultern seiner Gegner bewegten, wie sie das Gewicht verlagerten, und so wußte er, in welche Richtungen sich ihre Klingen bewegen würden, sobald sie es selbst wußten – und bei unerfahrenen Männern sogar früher. Er bewegte sich sparsam und verschwendete keine Bewegungen und keinen Atemzug. Ein *shatai* trennte seine Gefühle von der Arbeit und ließ einen Kampf niemals persönlich werden, ließ niemals sein Urteilsvermögen von Haß trüben oder seine Fähigkeiten verringern. Niemals – es sei denn, er stand einem Mann wie dem Schlächter Myrell gegenüber.

Er hob sich Myrell bis zuletzt auf. Als kommandierender Offizier hätte er Tansens erstes Ziel sein sollen, denn Späher verloren oft Mut und Schwung, wenn ihre Offiziere fielen. Myrell war außerdem ein wenig kampferfahrener als seine Männer, was bedeutete, daß er eine größere Bedrohung darstellte und als erstes eliminiert werden sollte. Dennoch, von allen Männern, die Tansen als *shatai* bekämpft hatte, war dies der erste, den er wahrhaftig leidenschaftlich haßte, und so mißachtete er die Regeln seiner Ausbildung. Er vergaß seine gnadenlose Selbstdisziplin und ließ Myrell leben, bis die anderen tot und die *torena* in Sicherheit waren.

Er wußte, daß ihm nur noch Sekunden blieben, um selbst zu fliehen. Jeden Augenblick konnten mehr Späher eintreffen. Selbst mitten in der Nacht gab es in Shaljir noch genügend Späher, die sich danach drängten, einen Silerier zu töten. Aber bevor er Myrell tötete und floh, wollte er, daß der Schlächter von Malthenar, Morven und Garabar zumindest ein wenig litt, daß er zahlte für all das Leid, das er Tansens Volk bereitet hatte.

Tan versenkte das Schwert in Myrells Gedärmen, ein unglaublich schmerzender Hieb. Bleich, mit weit aufgerissenen Augen und schwitzend vor Anstrengung und Qual, ließ Myrell das Schwert fallen und sackte auf die Knie. Er öffnete den Mund, gab aber keinen Laut von sich.

»Ist das die Stelle, an der du Corenten aufgeschlitzt hast, du kinderschlachtende Made?« fragte Tansen, auf Valdan und zwischen zusammengebissenen Zähnen.

Er drehte die Klinge und riß sie nach oben. Ein entsetzliches Geräusch drang aus Myrells Kehle. Blut tropfte ihm von den Lippen.

»Haben die Frauen, die du niedergemetzelt hast, ähnliches empfunden, als sie starben?« flüsterte ihm Tansen ins Ohr, und plötzlich erinnerte er sich auch wieder an Gamalan und die lange zurückliegenden Tode der Menschen, die er dort geliebt hatte. »Was ist mit den Kindern?«

Er riß die Klinge aus Myrells Rumpf und öffnete die schreckliche Wunde damit noch mehr. Er schaute auf Myrells blutleeren Körper herab, als dieser auf dem Boden zusammenbrach. Er hätte Myrell gern so liegen und unter schrecklichen Qualen sterben lassen. So, wie Amitan beinahe gestorben wäre. Aber er konnte keinen Überlebenden zurücklassen, nicht einmal einen, der so dicht am Tode war wie dieser Mann. Er konnte nicht riskieren, daß Myrell den anderen Spähern verriet, daß die Angreifer durch den Keller entkommen waren. Also tötete er Myrell schnell, dann rannte er zur Kellertür, schloß sie fest hinter sich und suchte sich im Dunkeln den Weg die lange, gewundene Treppe hinab.

KAPITEL 10

»Alle blutbefleckten Götter mögen uns gnädig sein!« Als Kommandant Koroll das Desaster im alten Gefängnis sah, gingen ihm die Worte aus, seiner Wut angemessen Ausdruck zu verleihen.

Mitten in der Nacht hatten seine Männer ihn aus tiefem Schlaf geweckt, den er der Fürsorge seiner kintischen Kurtisane dritten Grades verdankte – deren Loyalität in diesen schweren Zeiten nur noch professionellen Überlegungen zu verdanken war. Die hysterischen, verworrenen Erklärungen der Männer waren so vage gewesen, daß Koroll nicht glauben wollte, daß tatsächlich jemand aus dem Gefängnis ausgebrochen war, bis er selbst den Schauplatz besichtigt hatte. In der Halle des alten Gefängnisses lagen siebzehn Leichen, weitere vier fanden sich im Keller. Keiner der Überlebenden hatte die Rebellen gesehen. Ein Feuer im Treppenhaus und der Brand der Haupttür hatte verhindert, daß kurz nach Beginn des Kampfes noch jemand von außen oder aus den oberen Stockwerken Zugang zur Halle gefunden hatte. Zwei Männer, die draußen geblieben waren, erklärten, sie hätten niemanden außer einer silerischen *torena* gesehen. Einer von ihnen glaubte unbelehrbar, daß sie allein entkommen war – bis er die Leichen in der Halle sah. Ein anderer Mann, der bewußtlos auf der Treppe gelegen hatte, erinnerte sich auch an niemanden außer der *torena*. Einer behauptete, es seien zwei *shallaheen* gewesen, nur zwei, und er hatte keine Ahnung, woher sie gekommen waren. Wieder ein anderer meinte, die Angreifer müßten als Späher verkleidet gewesen sein. Mehrere Männer behaupteten, zahlreiche Angreifer gesehen zu haben, aber sie konnten sich nicht auf die Anzahl einigen, und Koroll zweifelte nicht daran, daß sie übertrieben, um ihren Hals zu retten. Die Überlebenden waren alle verwirrt und unsicher, und alle überlegten offensichtlich, ob es schlechter aussehen würde, wenn sie zugäben, daß das Gefängnis nur ein paar Angreifern zum Opfer gefallen war, oder wenn sie gestanden, daß sich viele Angreifer unbemerkt Zugang verschafft hatten.

Koroll konnte seinen Augen kaum glauben. Siebzehn Männer – Myrell eingeschlossen – waren tot. Mitten im Gefängnis der Späher im Herzen von Shaljir! Bei den Dreien – wie hatte das geschehen können? Wie waren die Rebellen auch nur in die Stadt gekommen? Wie hatten sie Waffen in die Stadt geschafft? Und wie, bei allen Göttern über und unter der Erde, war es ihnen gelungen, ins Gefängnis einzudringen und die *torena* zu befreien?

Hatten sie sich als Späher verkleidet? Drei in Einem, hatten sie wirklich die Unverschämtheit besessen, sich als Späher auszugeben? Oder waren Korolls Leute so unfähig, so unverzeihlich nachlässig gewesen, daß ein Rettungstrupp der Rebellen in die Stadt eingedrungen war und das Gefängnis gestürmt hatte, ohne dabei erwischt oder auch nur gesehen zu werden?

Ein noch schlimmerer Gedanke kam Koroll, als er in

sein Hauptquartier gegenüber dem Gefängnis zurückkehrte: Was, wenn die Rebellen und ihre Waffen sich bereits in Shaljir befunden hatten, als die *torena* verhaftet wurde? Was, wenn sie schon seit Monaten hier waren? Was, wenn es erheblich mehr bewaffnete Rebellen innerhalb der Stadtmauern gab, als er je geahnt oder geargwöhnt hatte?

Ihm wurde übel, wenn er nur daran dachte. Und ihm wurde noch übler, als er die Folgen des Ausbruchs der Befreiung der *torena* bedachte. *Die Drei seien mir gnädig, diese Frau hat nichts als Elend bewirkt!*

Es würde sehr schwierig sein, dies dem Kaiserlichen Rat zu erklären. Aber es würde geschehen müssen; sie erwarteten, daß Elelar zur Verhandlung nach Valda gebracht wurde. Koroll setzte sich an seinen Schreibtisch und schlug die Hände vors Gesicht. Wenn nur sein Kopf aufgehört hätte zu schmerzen!

Der letzte kaiserliche Kurier hatte eine Depesche an Berater Borell gebracht, in der er darüber informiert wurde, daß dem Antrag von Ronalls Familie stattgegeben worden war: Elelar würde ihre Verhandlung vor drei Kaiserlichen Räten bekommen, wie es der Frau eines Valdani-Adligen zustand. Borell hatte daraufhin nicht mehr Mut bewiesen als ein Lämmchen, war in ein heißes Bad gestiegen und hatte sich die Pulsadern aufgeschnitten. Zum Glück hatte der Diener, der ihn gefunden hatte, sofort einen Späher gerufen. Der Späher hatte seinerseits Koroll zum Santorell-Palast geholt.

Koroll wurde allein in Borells Kammer gelassen. Er war der erste, der den Schauplatz von Borells Selbstmord untersuchte, den versiegelten Abschiedsbrief las und die kaiserliche Depesche über Elelars Verhandlung sah.

Borell hatte gewußt, daß diese Verhandlung ihn vollkommen ruinieren würde, und er hatte die öffentliche Demütigung auf eine Weise vermieden, wie sie in der valdanischen Oberklasse Tradition war: mit seinem Tod. Er hatte einen ziemlich selbstmitleidigen Abschiedsbrief hinterlassen, in dem er verlangte, daß man ihn im Mutterland begraben solle.

Korolls anfängliche Verärgerung war schnell der Freude gewichen, als ihm dämmerte, welche Möglichkeiten in dieser neuen Wendung der Ereignisse lagen. Er verbrannte die Depesche ebenso wie Borells Brief. Dann schrieb er einen neuen Abschiedsbrief, mit bewußt zittriger Handschrift und verschmierten Stellen. Sollte der Brief jemals von jemandem untersucht werden, der Borells Handschrift kannte, mußte er einfach darauf hoffen, daß man diese Veränderungen der Verzweiflung des Beraters zuschrieb.

Der neue Brief, Korolls eigene Schöpfung, erklärte, daß der Kaiserliche Rat *torena* Elelar soeben die Verhandlung verweigert habe. Sie war nun zum Tod durch langsame Folter verurteilt, und dieses Urteil sollte sofort von den Spähern vollstreckt werden. Weil er sie geliebt hatte, konnte Borell nicht mit dem Gedanken an ihren Verrat und den Schmerz ihres schrecklichen Todes leben, also plante er, sich sofort nach dem Versiegeln des Briefes selbst das Leben zu nehmen.

Nachdem er den Brief mit Borells Ring versiegelt hatte (eine ausgesprochen unangenehme Angelegenheit), hatte Koroll Späher und Dienstboten hereingerufen und demonstrativ begonnen aufzuräumen und Borells Leiche für die Begräbnisriten und den Rücktransport nach Valda vorzubereiten. Er wollte jetzt so viele Zeugen wie möglich, vor denen er den Abschiedsbrief »finden« konnte. Er brach das Siegel und las diesen Zeugen den Brief laut vor, und keiner der Anwesenden schien den geringsten Zweifel an dessen Echtheit zu haben. Alle hatten gewußt, wie verliebt Borell in die *torena* gewesen war und wie verzweifelt über ihren Verrat.

Dennoch, dachte Koroll insgeheim, nur weniges fachte den Haß so an wie verratene Liebe. Borell hatte zunächst die Anklagen gegen Elelar wütend abgestritten. Dann hatten sich die Beweise, die man in ihrem Haus gefunden hatte, gemehrt, bis die Schuld der Frau nicht mehr abzustreiten war, und Borell war vor Scham, Kummer und kochender Wut vollkommen unzurechnungsfähig geworden. Koroll war der einzige, der gewußt hatte, wie gerne der Berater Elelar in aller Stille ermordet gesehen hätte, bevor sie allen seine Schande enthüllen konnte.

Es war ein perfekter Plan. Koroll würde genau das bekommen, was er sich gewünscht hatte. Myrell würde Elelar in den Keller bringen und sie foltern, bis sie ihm alles gesagt hatte, was sie wußte, und dann würde er sie töten – für solche Tätigkeiten hatte Myrell eine ausgesprochene Begabung gezeigt. Und sie würden nicht nur die Informationen erhalten, die sie brauchten, sondern die *torena* würde auch keine Gelegenheit mehr erhalten, den Kaiserlichen Räten zu erklären, daß Koroll zwar niemals ganz so dumm gewesen war wie Borell, aber dennoch in ihrer Gegenwart sorglos geworden war. Außerdem wußte sie, wenn sie Josarian und die Rebellen kannte, zweifellos auch, wer Tansen ursprünglich freigelassen hatte, und Koroll hatte nicht vor, dem Rat darüber Informationen zukommen zu lassen!

Und sollte Ronalls Familie protestieren und der Rat eine Erklärung fordern, könnte Koroll ihnen einfach Borells Brief zeigen. Die ungesetzliche Hinrichtung der *torena* würde dem rachsüchtigen und verzweifelten Berater in die Schuhe geschoben werden, der den Rebellen unfreiwillig Hunderte von Staatsgeheimnissen verraten hatte, bevor er sich die Pulsadern durchgeschnitten hatte. Es gab keine kaiserliche Depesche mehr, die den Befehlen widersprechen konnte, von denen alle hier überzeugt sein würden, daß sie direkt von Borell in seinen letzten Lebensmomenten kamen. Ja, ein perfekter Plan ... Bis diese mörderischen Schurken das Gefängnis angegriffen, Elelar befreit und Korolls Männer getötet hatten!

Jetzt hatte er nur noch einen Haufen Leichen und eine leere Gefängniszelle, in der sich einmal die wertvollste Gefangene befunden hatte, die er je gemacht hatte. Am liebsten hätte er sich übergeben. Myrells Tod war ein großer Verlust, denn er hatte sich bei Aufgaben bewährt, die viele Männer abgestoßen hätten. Koroll hatte ihn nie leiden können, aber der Wert eines Mannes, der vom Feind so gehaßt und gefürchtet war, war nicht zu unterschätzen.

Als die Sonne über Shaljir aufging, wußte Koroll, daß die Ereignisse der vergangenen Nacht seiner Karriere nicht nur schweren Schaden zufügen, sondern auch die Moral der Rebellen ungemein fördern würden.

Es gab jetzt zwei Dinge, auf die er sich konzentrieren mußte. Er mußte herausfinden, wie der Angriff vonstatten gegangen war, und dafür sorgen, daß etwas ähnliches nie wieder geschehen konnte. Und er mußte die *torena* wieder in seine Gewalt bringen. Die gewagte Rettungsaktion zeigte, daß sie den Rebellen ebenso wichtig war, wie er gefürchtet hatte. Und genau aus diesem Grund wollte er sie wiederhaben. Er brauchte sie, denn der Kaiserliche Rat würde seine empfindlichsten Körperteile zum Frühstück verspeisen, wenn er dieser Katastrophe keine Wendung geben konnte.

Er wies einen seiner höheren Offiziere an, die Spuren im Gefängnis zu untersuchen, um genau herauszufinden, was in der vergangenen Nacht geschehen war. Er befahl einem anderen, die Sicherheitsvorkehrungen überall in Shaljir zu verstärken.

»Ich will nicht, daß noch weitere Rebellen eindringen. Und was wichtiger ist: Sollten sich *torena* Elelar und ihre Retter noch in Shaljir befinden, will ich nicht, daß sie entkommen«, befahl er. »Verstanden?«

Er hatte allerdings nicht das Gefühl, daß sich die *torena* noch in der Stadt aufhielt. Als er darüber nachdachte, wie er sie zurückbekommen sollte, fielen ihm nur zwei Möglichkeiten ein. Die erste bestand darin, ihren Mann festzunehmen und einzusperren. Man könnte ihn der Komplizenschaft anklagen und ihn an ihrer Statt in

Gewahrsam halten. Das war unter diesen Umständen vollkommen legal, und selbst Ronalls mächtige Familie würde nichts dagegen einwenden können. Koroll bezweifelte, daß Elelar so sentimental war, um ihres Mannes willen zurückzukehren, aber irgendwie konnte man nie mit endgültiger Sicherheit sagen, was eine Frau tun würde. Vielleicht konnte er Ronall schließlich gegen sie austauschen.

Der zweite Plan war die altmodische Variante: Verfolgung. Es war anzunehmen, daß die Rebellen Elelar zurück auf ihr Terrain um Dalishar bringen würden, den einzigen Ort, an dem sie vollkommen sicher wäre, denn dort würde Koroll sie nicht mehr erreichen können, jedenfalls nicht, bevor er genügend Männer beisammen hätte, um den Rebellen das Gelände wieder abzunehmen. Wenn er sie jedoch einfangen könnte, bevor sie dieses Gebiet erreichten ...

»Zweihundert kampfbereite Männer auf schnellen Pferden sollen sich bereithalten«, befahl er. »Wir brechen innerhalb einer Stunde auf.«

»Verdammt, wo steckst du?« rief Mirabar.

Sie hatte die Sicherheit von Kilorans Lager verlassen und war in die Wälder gegangen, wo sie nun den Rufer anflehte, zu ihr zu kommen. Der Ausdruck auf Josarians Gesicht, seitdem die Tiefländer und die Seegeborenen wieder abgereist waren, machte ihr angst. Er dachte ernsthaft daran, es zu tun!

Seitdem hatte er Mirabar mehrmals aufgesucht. Er hatte sie ausgefragt, hatte Dinge über die Anderwelt wissen wollen, sie um Anleitung gebeten. Und sie hatte ihm nichts sagen können! Sie hatte keine Antworten, keine Ahnungen, keine Visionen zu dieser Sache. Sie verspürte nur die Panik eines ganz gewöhnlichen Menschen, der mit Ungewöhnlichem konfrontiert wird. Josarian dachte daran, sich in den Darshon zu stürzen, um ein für allemal festzustellen, ob er der Feuerbringer war oder nicht!

»Was soll ich ihm sagen?« fragte sie in die Leere hinaus. »Antworte mir! Ich weiß, daß du mich hörst!«

Aber es war immer der Rufer, der sie ansprach, und niemals umgekehrt. Er kam nur, wenn es ihm paßte, niemals, wenn ihr daran gelegen war. Er kam, um seine Aufgabe zu erfüllen, nicht, um ihr zu helfen.

»Ich muß wissen, was ich Josarian sagen soll ...«

Ihre Augen waren tränenfeucht. Sie kam sich hilflos vor, und sie hatte Angst. Josarian hatte ihr von seinen Träumen erzählt, jenen wilden und geheimnisvollen Träumen über eine schmerzliche, aber ekstatische Vereinigung mit Feuer und Lava. Aber das konnte alles mögliche bedeuten. Er hatte gesagt, daß Tansen – der einzige, der sonst noch von diesen Träumen wußte – davon ausging, sein Geist spiegele nur die Gedanken, Ängste und Gefühle wider, die die ununterbrochenen Gerüchte und Jalans verrücktes Geschwätz selbstverständlich bei ihm bewirkten. Mirabar wußte, daß die Träume ebensogut bedeuten konnten, daß Josarian ein Wächter werden sollte; solche Träume suchten oft Menschen heim, die berufen waren, Dar und der Anderwelt zu dienen.

Es konnte sogar irgendeine Art von Valdani-Zauber sein. Sie wußte wenig über ihre Zauberer und deren Magie, denn der Kult der Drei hatte in den vergangenen Jahrhunderten die meisten anderen, älteren Valdani-Religionen in den Hintergrund gedrängt, und die Valdani vertrauten nun mehr auf ihre Waffen und ihren Reichtum als auf mysteriöse und unberechenbare Künste. Aber wer konnte schon sicher sagen, daß diese Träume Josarian nicht von einem mächtigen Feind eingegeben wurden? Mirabar hatte von solchen Dingen schon gehört, und sie hatte in ihrem eigenen kurzen Leben zu viel seltsame Magie gesehen, als daß sie solche Möglichkeiten von vornherein ausgeschlossen hätte.

Sie hatte selbst nie an den Feuerbringer geglaubt, vor allem, weil die *zanareen,* die ihn erwarteten, so eindeutig verrückt waren. Aber was, wenn sie sich irrte? Wenn es den Feuerbringer wirklich gab, dann hatte Sileria zweifellos nie einen wahrscheinlicheren Kandidaten als Josarian hervorgebracht.

So viele Möglichkeiten ... Wenn sie nur wüßte, was sie tun sollte! Josarian suchte Hilfe bei ihr, und sie suchte Hilfe beim Rufer – und bisher wurden sie beide von den fehlenden Antworten enttäuscht.

Wütend vor hilfloser Angst schrie sie in die leeren Wälder: »Sei verflucht! Ich habe alles getan, was du von mir verlangt hast! Und jetzt will ich eine Antwort!«

Sie zerriß die Nacht mit Feuer und Zorn, schlug mit all ihrer Willenskraft gegen die verschlossenen Tore zur Anderwelt und versuchte, sich den Weg durch die Grenzen zwischen dieser Welt und der Anderen zu erzwingen.

Ihr Versagen war wie körperlicher Schmerz. Erschöpft und verzweifelt sackte sie auf den regenweichen Boden und blieb dort weinend liegen.

Es lag eine gewisse Kälte in der Luft, die ebenso auf die Jahreszeit wie auf Kilorans Anwesenheit in der Nähe zurückzuführen war. Bald würde die Ernte beginnen, und dann stand die Regenzeit bevor. Die Erde würde schlafen und sich erneuern, sich auf einen weiteren langen Sommer unter Silerias gnadenloser Sonne vorbereiten. Aber die *shallaheen* durften sich keine Ruhe gönnen, sie würden weiterkämpfen, bis alle Valdani vertrieben waren oder alle Rebellen tot. Würden die Tiefländer und die Seegeborenen sich ihnen anschließen? Mirabar seufzte müde, denn sie wußte keine Antwort...

Sie spürte seine Gegenwart, lange bevor sie seine Schritte hörte, bevor sie seine Stimme zum erstenmal vernahm. Es war wie eine schwache Berührung, fast wie ein Streicheln, das nur Sinne erfassen konnten, die auf Visionen eingestimmt waren, die sonst niemand sah, auf Stimmen, die sonst keiner hörte. Es war ein Schmelzen, Wärme, sachte Vibrationen. Es war ihr so unbekannt, daß es sie hätte erschrecken sollen, besonders hier, wo sie allein und ungeschützt war. Aber es hatte nichts Bedrohliches an sich, im Gegenteil, sie fühlte sich davon angezogen, wie sie sich immer zum Feuer hingezogen gefühlt hatte, selbst bevor sie verstanden hatte, wer und was sie war. Wie beim Feuer spürte sie, daß dies, was immer es war, ungeheuer mächtig war – was schrecklich gefährlich sein konnte, aber sie empfand auch eine Verbindung dazu, die jede Vorsicht übertraf. Und sie wußte, daß es sie gefunden hatte, indem es ihrem Flehen zum Rufer gefolgt war.

Er näherte sich leise, und er war sehr nahe, bis sie seine Schritte hörte. Sie bezweifelte nicht, daß es sich um die Schritte eines Mannes handelte, ganz gleich, wie leise und weich sie waren. Sie war wild in diesen Bergen aufgewachsen und kannte die Geräusche aller Geschöpfe, die die Wälder durchstreiften. Sie stand auf und spähte ihm entgegen, wartete, bis sich seine Gestalt in den Schatten abzeichnete. Es war nun beinahe dunkel. Sie war schon lange vom Lager weg.

Als sie ihn sah, wußte sie, wer er war, noch ehe er ein Wort gesagt hatte. Sie hatte ihn sich so oft beschreiben lassen, hatte es von Josarian, von Zimran und von Tansen geradezu verlangt. Er war größer als Tansen. Nicht so breitschultrig wie Josarian. Besser gekleidet als sie alle, mit einer silbernen Wächterbrosche. Eine Reihe kunstvoller Zöpfe hielt ihm das Haar aus dem Gesicht; sieben lange, schimmernde Locken fielen aus dem Knoten in seinem Nacken. Er sah ... ziemlich gut aus.

Und seine Augen ... Seine Augen glühten wie Dars Feuer.

»Cheylan«, flüsterte sie.

Er starrte zurück, sah das glühende Rot ihres Haars und ihre flammenden Augen. Niemand hatte sie jemals so angesehen. Begierig, hungrig ... erfreut. Wärme breitete sich in ihrem Magen aus, in ihren Gliedern, stieg ihr in die Wangen.

»Ich dachte ...« Er lächelte träge, beinahe entschuldigend. »Ach ja, sie haben mir gesagt, daß du jung bist.«

Er war vielleicht in Josarians Alter. »Ich habe nur …« Er zuckte die Schultern.

Er sprach Volkssilerisch. Ihres war nicht sonderlich gut. Das hatte sie bisher nie gestört. Jetzt wollte sie plötzlich nicht, daß dieser Mann sie für ein dummes Bauernmädchen hielt – obwohl sie genau das war.

»Ich … ich weiß nicht, wie alt ich bin«, sagte sie zögernd.

Er lächelte abermals und strich ihr zu ihrer Überraschung sanft das Haar aus dem Gesicht. »Es tut mir leid, ich spreche nicht besonders gut *shallah*.«

Sie wurde rot. »Mein Silerisch ist nicht *so* schlimm«, meinte sie verteidigend.

»Nein, ist es nicht«, stimmte er ihr zu. »Und es wird besser werden, je länger wir uns unterhalten, Mirabar.«

»Was machst du hier?« fragte sie. »Du solltest doch in …«

»Ich bin gekommen, um Josarian von einem Aufstand in Liron zu berichten.«

»Hast du schon mit ihm gesprochen? Er ist unten …«

»Ja, und wir haben uns bereits unterhalten.«

»Ist Liron gefallen?« fragte sie eifrig.

»Noch nicht.« Er nahm ihre Hand und schlug vor, sie sollten sich einen Platz zum Sitzen suchen. Sie ließen sich auf ein paar Felsen nieder, und Cheylan entfachte ein kleines Feuer. Und dann berichtete er ihr von den Ereignissen im Osten, weil sie unbedingt alles wissen wollte.

»Die Späher haben viele getötet und im Augenblick wieder die Macht in der Stadt, aber es fehlt ihnen an

Leuten und Geld, und ihre Nachschubrouten über Land sind unterbrochen, weshalb sie auf Zulieferungen vom Meer her angewiesen sind. Und inzwischen bringen kintische Piraten eines von drei Valdani-Schiffen auf, die nach Liron segeln – mit dem Segen des Himmelspalasts, seit Kinto und Valdania Krieg führen.« Er hielt auf ihre Bitte hin inne, um etwas zu wiederholen, das sie nicht verstanden hatte. Er bemerkte, wie verlegen sie das machte, und sprach langsamer, als er fortfuhr: »Der Späherkommandant in Liron hat zweimal an Koroll geschrieben, um mehr Männer zu verlangen, aber wir haben seine Kuriere abgefangen. Er weiß noch nicht, daß seine Verstärkung niemals eintreffen wird.«

»Liron wird fallen«, murmelte sie.

»Hat der Rufer dir das gesagt?« fragte er.

»Das sagt mir mein gesunder Menschenverstand.« Als er die Brauen hochzog, meinte sie: »Die *torena* hat in einer Hinsicht recht: Die Arroganz der Valdani ist ihr Untergang.«

»*Torena* Elelar?«

»Ja.«

»Ich habe gehört, sie haben sie gefangengenommen.«

Mirabar nickte und erzählte ihm, was sie über Elelars Verhaftung und Tansens Absicht, sie zu retten, wußte.

»Ein tapferer Mann«, meinte Cheylan mit seiner glatten, wohlklingenden und kultivierten Stimme.

»Er hält große Stücke auf die *torena*«, erwiderte Mirabar so taktvoll sie konnte.

»Du nicht«, schloß er.

»Zum Glück muß ich das auch nicht.«

Er grinste. Dann fragte er sie über sie selbst aus. Mirabar folgte dem Weg, den seine Fragen vorgaben, und berichtete das wenige, das sie von ihrer Kindheit noch in Erinnerung hatte.

Diese Geschichte eines Lebens in der Wildnis machte sie zunächst verlegen und ließ sie nur stockend erzählen. Mitleid wäre für sie so unerträglich gewesen wie Verachtung. Cheylan allerdings verstand sie, und dieser so einfache wie unvertraute Umstand löste schließlich ihre Zunge, und sie sprach freier, so daß er kaum noch nachfragen mußte. Sie erzählte ihm, wie einsam sie gewesen war, wie ängstlich und unwissend, als man sie aus der Gesellschaft ausgestoßen und als Dämonin gejagt hatte; sie berichtete von den Visionen, die sie heimgesucht hatten, den Träumen und den Kräften, die sie schließlich überzeugt hatten, daß sie tatsächlich so schrecklich war, wie die anderen behaupteten. Sie erzählte, wie Tashinar sie schließlich gefunden, eingefangen und gezähmt hatte, wie sie erfahren hatte, was sie wirklich war. Und am Ende stand ihre Initiation und Ausbildung als Wächterin.

Cheylans Leben hätte nicht unterschiedlicher sein können. Er war der Sohn einer alten Familie von *toreni*, und dies hatte zumindest dafür gesorgt, daß er immer gut ernährt, gekleidet, genügend gebildet und beschützt gewesen war. Aber seine Einsamkeit war dieselbe gewesen wie die ihre, ebenso wie sein Gefühl der Isolation. Wie Mirabar war er Gegenstand von Hohn, Aberglauben und dummer Angst gewesen.

»Den größten Teil meiner Kindheit mußte ich im Haus

verbringen«, sagte er, und er sprach jetzt schneller, nachdem sie sich an seine Sprache gewöhnt hatte. »Entweder in unserem Haus in Liron oder auf dem Landsitz meiner Familie in diesem Bezirk. Ich blieb mit meinem Lehrer immer eine Weile in einem der Häuser, für gewöhnlich getrennt von meinen Eltern, die mich nicht gerne sahen. Und früher oder später gab es immer Ärger: ein verängstigter Diener, ein abergläubischer Händler, eine schlechte Ernte auf dem Landsitz, ein schrecklicher Unfall in der Stadt ... Und dann kam es zu Gerüchten und Drohungen. Und meine Familie brachte mich wieder ins andere Haus, um mich weiter zu verstecken.«

Auch Mirabar verstand. Sie ging nicht davon aus, daß sein Wohlstand ihn dafür entschädigt hatte, ein Ausgestoßener zu sein. Selbst in Lumpen und halb verhungert hatte sie sich viel mehr nach Zuneigung gesehnt, danach, akzeptiert zu werden, als nach Reichtum und Bequemlichkeit. In ihren Tagträumen hatten Menschen sie geliebt und um Verzeihung gebeten; es war nie darum gegangen, daß man sie mit Reichtum überhäufte.

»Aber am Ende«, sagte er, »habe ich bei den Wächtern meine Bestimmung gefunden.«

»Hast du jemals ... einen anderen gesehen, der war wie wir?« fragte sie.

»Zwei«, antwortete er prompt. »Der Wächter, der mich initiiert hat, sah dir sehr ähnlich. Ich habe ihn nie richtig kennengelernt. Die Gesellschaft hat ihn von einem Attentäter umbringen lassen.«

»Das tut mir leid.«

Er nickte. »Und es gibt irgendwo in der Nähe von Liron einen Jungen. Wächter verstecken ihn.«

Sie sprachen jetzt ganz ruhig darüber, was und wer sie waren, über die Gefahren und Schwierigkeiten und darüber, wieso es nicht mehr von ihrer Art gab und woher sie kamen.

»Es gab einmal viele«, sagte sie. »Das habe ich in meinen Visionen gesehen.«

Er ergriff ihre Hand, und das überraschte sie und ließ ihr Blut ein wenig schneller fließen. »Erzähl mir von den Visionen. Vom Rufer.«

»Ich, äh ...« Er sah ihr im Licht des Feuers in die Augen. Seine Hand war sehr warm. Und fest, wie die Hand eines *shallah*, trotz seiner Abstammung und des Fehlens von Narben. Auch Wächter führten ein hartes Leben, ebenso wie Rebellen. Etwas Ungewohntes tanzte in ihrem Bauch, eine Mischung aus Gefahr und Erregung. Er war ein Mann, einer von wenigen, die sie jemals ohne eine Spur von Angst oder Ekel angesehen hatten, ja sogar ohne Überraschung. Er war elegant wie Elelar, weltgewandt wie Tansen, freundlich wie Josarian. Er war der erste Mensch, den sie je kennengelernt hatte, der ihr Leben wirklich verstand. Und er war attraktiv genug, um Gefühle zu wecken, die sie erkannte – aber sie wußte nicht, wie sie darauf reagieren sollte.

Also war sie nicht sicher, wieso etwas sie davor zurückhielt, jetzt mit ihm über den Rufer zu sprechen. Sie verstand ihr eigenes Zögern nicht, aber immerhin war sie nur deshalb so lange am Leben geblieben, weil sie ihren Instinkten gefolgt war.

»Kiloran ist hier«, sagte sie schließlich, weil sie die Kälte in der Luft spürte. Das mußte der Grund sein. »Ich will dir nicht in seiner Nähe vom Rufer erzählen.«

Er akzeptierte diese Antwort sofort. »Selbstverständlich.« Er hatte immerhin selbst mehr als genug Ärger mit der Gesellschaft gehabt. »Ein andermal.«

»Bist du Kiloran schon begegnet?« fragte sie.

»Noch nicht. Aber er läßt einen spüren, daß er hier ist, nicht wahr?«

Sie mußte über seinen trockenen Tonfall lächeln. »O ja. Sehr.«

»Du zitterst«, sagte er plötzlich, stand auf und zog sie mit sich hoch. »Und du hast keinen Umhang. Hier, nimm meinen.«

Sie schmiegte sich in den warmen Stoff des Umhangs, als Cheylan ihn ihr um die Schultern legte. Dieser Stoff war besser als alles, was sie je getragen hatte – wenn auch nicht so weich wie der von Elelars Kleidern.

Cheylan ließ die Arme um sie gelegt; er war sehr nah bei ihr und schien seltsam angespannt. Er hatte die Lider halb gesenkt, das Glitzern seiner Augen war unter den dunklen Wimpern kaum zu sehen. Er roch nach dem Wind und nach Wald. Er war so nah, daß sie sogar den Wein riechen konnte, den er vor kurzem getrunken hatte; Josarian mußte ihm welchen angeboten haben. Sie konnte seinen Atem auf ihrem Gesicht spüren, langsamer als ihr eigener – der plötzlich unerklärlich schnell ging.

Sie bemerkte, daß er auf ihren Mund starrte. Sie hatte gesehen, daß Männer Elelar so ansahen, aber niemals sie. Ihr Herz klopfte heftig, schlug einen Rhythmus, der in ihrem Kopf dröhnend widerhallte. Plötzlich fühlte sie sich klein und schwach.

Selbst in Kilorans Wasserpalast im See Kandahar hatte sie sich nicht so verwundbar gefühlt wie jetzt. Sie war ihrer selbst sicherer gewesen, als sie sich dem Wasserherrn und seinen Attentätern gestellt hatte, als jetzt, da sie diesem Mann gegenüberstand, der sie ansah ... wie Männer manchmal Frauen ansahen.

Plötzlich fiel ihr ein, wie Tansen sie in Kandahar angesehen hatte, dieses plötzliche Aufblitzen von Ekel, nach allem, was sie durchgemacht hatte, um ihn zu finden. Sie erinnerte sich, wie sehr sie das gekränkt hatte. Und jetzt, als sie daran dachte, und an all die anderen ähnlichen Augenblicke, und innerlich dagegen aufbegehrte, löste sich etwas in ihr, reagierte auf den Ausdruck in Cheylans Gesicht, bebte in Antwort auf seine angespannte Haltung. Sie wollte, daß er sie wollte – mehr als alles andere.

Er war erfahrener als sie, und er spürte ihre Veränderung, bemerkte, wie Überraschung und Unsicherheit der Begierde wichen. Er beugte sich zu ihr, ganz langsam, und ließ ihr noch einen Augenblick, um darüber nachzudenken. Sie begann heftig zu zittern; sie konnte nicht mehr denken, sie wußte nicht mehr, was sie fühlte. Sie hoffte nur, daß er bereits ahnte, wie wenig sie wußte, wie vollkommen unerfahren sie war. Noch nie war sie geküßt worden, und sie wollte nicht, daß dieses erste Mal zu einem demütigenden Erlebnis wurde, zu einer Enttäuschung, zu einem Anlaß für verlegene Entschuldigungen.

Aber er war sehr sicher, trotz ihres Zögerns und ihrer Ungeschicklichkeit. Er schlang die Arme fester um sie, als sein Mund den ihren berührte, er zog sie an sich und gab ihr das Gefühl, federleicht zu sein. Dunkelheit verschlang sie, als ihre Lippen einander berührten, zärtlich, forschend. Sie war erstaunt, daß ein so einfacher Kontakt dieses Wirbeln von Gedanken in ihrem Kopf bewirken konnte und Gefühle von der Heftigkeit eines Erdbebens. Sie seufzte, als er den Kopf ein wenig hob, dann öffnete sie die Augen und sah ihn an.

Seine Augen waren wie glühende Flammen. Es erregte sie. Sie fragte sich, ob ihre ebenso aussahen und ob ihn das ebenfalls erregte. Wenn das der Fall war, dann würde es jeden anderen Mann abstoßen, und sie drängte sich an diesen, entschlossen, zu genießen, was andere Frauen genossen und wovon sie bisher sich selbst gegenüber behauptet hatte, sie brauche oder wolle es nicht – bis zu diesem Augenblick.

Sie küßte ihn noch einmal, sicherer diesmal, und nahm nicht nur, sondern gab. Er strich ihr über den Rükken, fordernd, formend, zog sie noch dichter an sich, so daß ihre Körper in Harmonie und Begierde zusammenflossen. Seine Küsse waren heiß auf ihrer Haut, sein Atem jetzt beinahe so rasch wie der ihre. Sie seufzte wieder, bezaubert, verlor sich in ihm ...

»Sirana!«

Der Klang von Najdans schockierter Stimme war wie ein Eimer kaltes Wasser. Beide erstarrten. Zu desorientiert, um würdevoll auf diese Störung zu reagieren, taumelte Mirabar aus Cheylans Armen und drehte sich zu

Najdan um. Sie atmete so hektisch, als sei sie den ganzen Weg nach Dalishar und zurück gerannt. Sie wollte sich lieber gar nicht erst vorstellen, wie sie aussah. Najdan seinerseits starrte Cheylan an und nicht sie, und sein Blick war mißtrauisch und ablehnend.

Das machte sie wütend. Er hatte eine Mätresse, die bei Kandahar wohnte und die er jedesmal besuchte, wenn sie in diese Gegend kamen. Hatte sie nicht dasselbe Recht wie er, nur wegen ihres Aussehens? Nur, weil andere Männer ihren Anblick nicht ertragen konnten?

»Was willst du?« fauchte sie.

Najdan blinzelte überrascht, als er ihren Tonfall hörte. Er war ihr nach Idalar gefolgt, erzürnt, daß sie ohne ihn davongegangen war, daß sie sich mitten in der Nacht vom Niran davongeschlichen hatte. Sie war seit seiner Ankunft hier sehr nett zu ihm gewesen, um das wiedergutzumachen.

»Nun?«

»Josarian hat nach dir gefragt. Du hast das Lager schon lange vor Sonnenuntergang verlassen.« Najdans Stimme war kühl und machte deutlich, wie beleidigt er darüber war, daß sie vor einem Mann, der praktisch ein Fremder war, so mit ihm sprach. Seit ihrer ersten Begegnung in Dalishar hatten sie viel gemeinsam erlebt, und er hatte sich daran gewöhnt, daß sie auf ihn Rücksicht nahm. »Ich habe mir Sorgen um dich gemacht und dich gesucht. Ich sah das Feuer und ...« Er zuckte die Achseln.

Sie mußte sich zusammennehmen – etwas, das sie selten für der Mühe wert hielt. Najdans Überraschung war verständlich, denn nie zuvor hatte ein Mann Mirabar berührt, und dieser hier war ein Fremder. Najdan hatte gute Gründe gehabt, nach ihr zu suchen. Sie hatte Pflichten. Sie war schon zu lange vom Lager weg gewesen, und die Leute dort sorgten sich um sie. Sie holte so tief Luft wie noch nie in ihrem Leben und atmete dann sehr langsam aus. Dann sah sie Najdan an.

»Es ... es tut mir leid.« Dar, wie schwer ihr diese Worte fielen.

Auch Najdan wußte das. Nachdem er ihr diese Entschuldigung abgerungen hatte, schaute er reichlich selbstzufrieden drein, als er großmütig erwiderte: »Ich habe dich erschreckt, *sirana.*«

»Ja«, stimmte sie zu. »Du hast mich erschreckt.«

Cheylan schwieg. Zu verlegen, ihn jetzt anzusehen, fragte Mirabar: »Was will Josarian denn?«

Najdan trat unbehaglich von einem Fuß auf den anderen. »Ich glaube, er will, daß du seine Frau aus der Anderwelt rufst, *sirana.*«

KAPITEL 11

Zimran war nicht überrascht, als Tansen sie in den uralten unterirdischen Tunneln von Shaljir wieder einholte. Er hatte den *roshah* oft genug kämpfen gesehen, und er wußte, daß er nicht so leicht umzubringen war. Es würde mehr als ein paar Späher brauchen, um den *shatai* loszuwerden. Nein, Zimran war nicht überrascht – nur ein bißchen enttäuscht. Immerhin hatte Tansen Zim in Josarians Gunst lange überrundet. Und es gab auch irgend etwas – obwohl Zim nicht sicher war, was – zwischen Tan und der Frau, die Zimran nun insgeheim mehr begehrte als jemals zuvor eine andere. Also gab es nur wenig Männer, deren Tod Zimran weniger bekümmert hätte als der von Tansen.

Zu Zims Erleichterung entkamen sie den Tunneln noch in derselben Nacht, in der sie die *torena* aus dem Gefängnis geholt hatten. Diese unterirdischen Gänge waren wohl schon vor Tausenden Jahren aus Lavaströmen herausgeschnitten worden, die der damals noch aktive Vulkan Shaljir, der sich vor dem Löwentor der Stadt erhob, vergossen hatte. Diese Tunnel waren ein Wunderland von seltsamen blauen Wesen, exotischen Pflanzen und kleinen schimmernden Geschöpfen. Aber ein kurzer Besuch hier erschien Zim mehr als ausreichend; er haßte enge Räume und hatte erst wieder in der freien Luft das Gefühl, richtig atmen zu können. Leider flohen sie auf dem Seeweg, und wie die meisten *shallaheen* hatte Tan keine Seebeine.

Tansen ging davon aus, daß ihre einzige Chance zur Flucht darin bestand, Shaljir zu einem Zeitpunkt zu verlassen, an dem die Späher immer noch bei dem Versuch, herauszufinden, was geschehen war, wild übereinanderpurzelten. Schon in der nächsten Nacht würde es zu spät sein. Und daher holten sie Faradar bei den Beyah-Olvari ab und entkamen auf demselben Weg wie Derlen, nämlich indem sie sich mit blauen Mustern und Symbolen bemalten, um sich als Seegeborene auszugeben. Sie kamen im Hafen aus dem Tunnel und trafen dort auf eine Schiffsladung Seegeborener, die lange vor der Morgendämmerung angeblich zum Fischen aufbrachen.

Einmal an Bord, war Zimran nur noch bemüht, sich nicht vollkommen zu blamieren, und konzentrierte sich darauf, nicht alles von sich zu geben, was er den Tag über gegessen hatte, während das Boot wackelte und schwankte. Inzwischen besprachen sich Tansen und Elelar mit ihren Gastgebern. Die Seegeborenen und Tiefländer hatten vor kurzem Botschafter zu Josarian geschickt, aber niemand hier wußte, wo dieses Treffen stattfinden sollte. Dieser Klan, mit dem Zim segelte, gehörte bereits der Allianz an, und sie glaubten, daß ihre Leute beinahe bereit waren, sich der Rebellion anzuschließen. Es gab nur noch ein kleines Problem.

»Josarian soll beweisen, daß er der Feuerbringer ist?« wiederholte Elelar ungläubig. »Ihr macht Witze!«

Selbst in Seegeborenen-Kleidung und mit seltsamer blauer Bemalung sah sie im schwachen, flackernden

Licht der Laterne wunderschön aus. Zimran hatte nie zuvor eine so schöne Frau gesehen. Jede ihrer Gesten, jeden ihrer Blicke spürte er direkt in den Lenden, und all das zog ihn tiefer und tiefer in ihren Bann und führte dazu, daß er sie nur noch mehr begehrte. Er war nicht dumm; er hatte gewußt, daß er keine Möglichkeit hatte, sie für sich zu gewinnen, solange sie als *torena* in einem Palast in Shaljir wohnte, mit ihrem adligen Ehemann und mit dem Kaiserlichen Berater schlief. Er hatte mit ihr geflirtet, weil er dem einfach nicht widerstehen konnte, aber er hatte gewußt, daß sie außerhalb seiner Reichweite war – obwohl der *shatai* nicht zu bemerken schien, daß dies auch für ihn galt.

Als sie von Faradar erfahren hatten, daß die *torena* gefangen war, hatte Zimran ebenso wie Josarian geglaubt, daß sie kaum mehr am Leben sein konnte. Er wußte, daß Josarian versuchen würde, in Idalar unter vier Augen mit Tansen darüber zu sprechen, und er war ihnen in den Wald gefolgt und hatte sie belauscht. Er wollte den Schmerz auf Tansens Gesicht sehen, wenn er erfuhr, daß Elelar ohne jeden Zweifel tot war. Es würde nicht so befriedigend sein, wie die Leiche des *shatai* im Dreck liegen zu sehen, aber es würde genügen.

Als er erfahren hatte, daß Elelar noch lebte, hatte Zimran selbstverständlich sofort gewußt, daß er mit Tansen nach Shaljir gehen mußte. Da die *torena* nun nicht mehr in ihren Palast in der Stadt oder auf einen ihrer Landsitze fliehen konnte, würde sie bei ihnen leben müssen, eine von ihnen werden. Plötzlich war sie für Zimran erreichbar, und er würde nicht zulassen, daß Tansen sie als erster bekam. Er würde nicht faul herumsitzen, während der *roshah* sie gewann, indem er sie ganz allein aus Shaljir rettete. Er wußte, daß der Plan des *shatai* selbstmörderisch war, aber wenn irgendwer imstande war, ihn dennoch erfolgreich zum Abschluß zu bringen, dann war es Tansen. Und es wäre besser, wie ein Mann in Shaljir zu sterben, als in den Bergen zu bleiben und sich zu wünschen, er selbst hätte der Held der *torena* sein können. Also ging er mit, betete, daß er überleben möge, und hoffte, daß Tansen umkommen würde – aber er verließ sich nicht darauf.

Nachdem sie das unmögliche Thema von Josarians Sprung in den Darshon ausführlich besprochen hatten, wandten sich Zimrans Gefährten einem anderen Thema zu, während das Boot weiterwackelte, wie sein Bett es einmal während eines Erdbebens in Emeldar getan hatte.

»Dalishar?« erwiderte Tansen auf eine Frage des Kapitäns. »Nein, dahin können wir nicht zurückkehren. Die Valdani werden es erwarten, also werden sie jede Straße auf dem Weg bewachen und jedes Dorf, das in der Nähe liegt, überfallen.« Er seufzte. »Sie werden die *torena* unbedingt zurückhaben wollen, und sie werden eine Menge Schaden dabei anrichten.«

»Du klingst, als ob du glaubtest, du hättest mich bleiben lassen sollen, wo ich war«, meinte Elelar säuerlich.

»Du etwa nicht?« gab Tansen ruhig zurück.

Sie zögerte, dann gab sie zu: »Vielleicht.«

Zimran wünschte sich nur, das Deck unter ihm würde endlich stillstehen, und er protestierte laut: »Dein Tod wäre ein schrecklicher Verlust gewesen, *torena*. Dein Leben ist alle Opfer wert, die es kosten wird.«

Tansen erhob sich. »Um der Liebe Dars willen!«

Er ging davon – aber auf diesem Boot war es nicht möglich, sich sehr weit voneinander zu entfernen. Darfeuer, Zimran konnte es kaum erwarten, wieder an Land zu sein!

Immerhin lächelte Elelar ihn an. Liebenswert. Sanft. Zumindest das.

Calidars Seidenschal tanzte im Feuerkreis. Josarian beobachtete ihn und rieb sich dabei zerstreut über den immer noch schmerzenden Oberschenkel, während Mirabar rezitierte. Sie hatte versucht, ihm diesen Anrufungsversuch auszureden.

»Es ist die falsche Jahreszeit«, hatte sie eingewandt, »deine Frau ist im Frühjahr gestorben. Diese Welt und die Andere drehen sich gemeinsam, eine bewegt sich wie die andere. Sie wird jetzt nicht zu erreichen ...«

»Du kannst erreichen, was andere nicht können«, hatte er erwidert, »und ich muß sie einfach sehen.«

Sie hatte weiter widersprochen, bis Cheylan schließlich angeboten hatte, an ihrer Statt die Anrufung durchzuführen. Das hatte sie überzeugt. Tansen hatte Josarian gegenüber einmal erwähnt, daß Cheylan offenbar ein wenig eifersüchtig auf Mirabars Macht und auf ihren Ruf war. Nun hatte Mirabar eindeutig das Gefühl, daß Cheylans Vorschlag ein Versuch war, sie von ihrem eigenen Territorium zu verdrängen. Wächter, stellte Josarian fest, unterschieden sich nicht so sonderlich von gewöhnlichen Menschen. Nachdem ihr deutlich geworden war, daß Josarian tatsächlich Cheylan um Hilfe bitten würde, wenn sie ihm diese weiterhin verweigerte, hatte Mirabar schließlich zugestimmt, einen Versuch zu unternehmen. Cheylan hatte sich danach taktvoll zurückgezogen.

Nun, allein mit Mirabar und ihrem Feuer, wartete Josarian, und er betete. Die Träume, die Visionen, die Prophezeiung ... Jalans wirres Gerede, die Gerüchte im Flüsterton, die offene Herausforderung durch die Tiefländer und die Seegeborenen ... Er konnte sich dem Tod stellen, selbst einem so schmerzvollen, wie er ihn bei dem Sprung in den Krater erleiden würde. Er hatte sich dem Tod nun schon lange Zeit gestellt, und er würde ihn umarmen, wenn er zu ihm kam und ihn in die Anderwelt und zu Calidar trug. Aber er wollte die Rebellion nicht ins Chaos stürzen, indem er auf Befehl seines eigenen aufgeblasenen Stolzes starb. Er wollte im Kampf für Sileria sterben und nicht wie ein ruhmsüchtiger Narr. Er wollte für die Sache sterben.

Vielleicht lag die Antwort in diesem Dilemma darin, herauszufinden, ob Calidar aus einem bestimmten Grund gestorben war, wie Jalan nahegelegt hatte.

Schließlich erschien sie, antwortete auf den Ruf, trotz Mirabars Zweifeln und Warnungen, trotz der natürlichen und übernatürlichen Kräfte, die sie eigentlich hätten abhalten sollen. Sie kam auf all seine Gebete, um seine Fragen zu beantworten, und allein das war bereits Antwort genug. Er genoß die Gegenwart der Frau – des Schattens der Frau –, die er mehr geliebt hatte als das

Leben selbst, der Frau, die er immer noch vermißte und nach der er sich immer noch sehnte.

»Kadriah«, murmelte er, »ich habe geschworen, daß ich ewig um dich trauern würde.«

»Jetzt wartet eine andere auf dich«, sagte Mirabar, ihr Blick glasig und unkonzentriert, ihre Stimme leise und atemlos ...

»Wolltest du ... daß ich für sie ... frei war?« fragte er schließlich.

Calidars Schatten stritt es nicht ab. »Geh zu ihr ... Sie wartet auf dich ...«

»Und du?« Er hörte das Flehen in seiner Stimme, und es war ihm gleich. »Ich will dich nicht vergessen.«

»Ich warte in der Anderwelt auf dich«, sagte Mirabar mit einem Seufzen, und ihre Stimme klang auf gespenstische Weise wie die von Josarians toter Frau. »Ich werde dort bis in alle Ewigkeit auf dich warten.«

»Calidar ...« Er holte tief Luft, wünschte sich, er könne ihren vertrauten Duft riechen, ihre weiche Haut ein letztes Mal berühren. *»Kadriah ...«*

»Die Zeit ist gekommen ...«

Er hörte Armians Worte, und er kannte sein Schicksal. Kummer erfüllte sein Herz, mehr als die Erregung durch die Aussicht auf künftigen Ruhm. Resignation überfiel ihn und war stärker als die Angst. Er würde zum Darshon gehen. Er würde sich der Göttin hingeben. Er würde sich ihr opfern, ihr, die niemals – wie seine Träume ihm deutlich gemacht hatten – zulassen würde, daß er sich weiterhin liebevoll an Calidar erinnerte.

Als Calidars Schatten verblaßte, war er so in Gedanken versunken, daß ihn Mirabars gequälter Aufschrei zusammenzucken ließ. Er sah, wie sie die Hand ins Feuer steckte und sie dann mit einem Aufschrei zurückzog. Mirabar blies auf eine Brandwunde, und Calidars Schal ging in Flammen auf.

»Josarian!« Mirabar blickte zu ihm auf – Tränen des Bedauerns in den flammendroten Augen. »Der Schal! Es tut mir so leid. Ich habe es versucht ... es tut mir leid ...« Er hätte gern Trauer empfunden, aber er wußte, daß er nun nicht länger um seine Frau trauern konnte. Dar würde es nicht zulassen – sie war eine eifersüchtige Göttin. Er kniete nieder und nahm Mirabar in die Arme.

»Schon gut, schon gut«, murmelte er. »Weine nicht, Mira. Es ist schon alles gut. Ich werde ihn nicht mehr brauchen.«

»Du wirst zum Darshon gehen, nicht wahr?« Sie klang schwach und verzweifelt.

»Ja.«

»Dann werde ich mitkommen.«

Er lächelte. »Das weiß ich.«

Sie hatte Idalar eigentlich mit Kiloran zusammen verlassen sollen, aber das würde sie jetzt nicht tun. Er würde Cheylan an ihrer Stelle schicken, beschloß Josarian. Nichts konnte Mirabar jetzt vom Darshon fernhalten, und Josarian wußte, daß er sie dort vielleicht brauchen würde.

Er stand auf und rief einen seiner Männer. »Schick einen Boten nach Dalishar. Sagt Jalan, ich sei bereit. Ich treffe ihn am Darshon.«

Sein Versagen bei den Versuchen, die *torena* wieder gefangenzunehmen, bedeutete, daß Koroll den Kaiserlichen Rat über ihr Verschwinden informieren mußte. Sie hatten mehrere Tage die Umgebung durchkämmt und Bauern umgebracht, aber das hatte zu nichts geführt. Koroll glaubte sogar langsam, daß die Leute vielleicht die Wahrheit sagten; vielleicht hatte man Elelar tatsächlich nicht zurück in die von den Rebellen besetzte Region gebracht. Er hatte die Suche auch eher als gewünscht abbrechen müssen, denn er konnte nicht riskieren, sich Dalishar weiter zu nähern, nicht mit nur zweihundert Mann. Selbst wenn die Informanten übertreiben sollten, wußte Koroll inzwischen, daß auf diesem Gebiet Tausende bewaffneter Silerier lebten, zu denen sich täglich Hunderte weiterer gesellten: Flüchtlinge aus niedergebrannten Dörfern, weitere *shallah*-Klans, die sich Josarians Blutfehde anschlossen, geflohene Verbrecher, Attentäter, Banditen und Schmuggler, ehrgeizige Narren und naive Idealisten ... Koroll schauderte, wenn er sich das Leben unter Rebellen vorstellte. Es verschaffte ihm ein wenig Befriedigung, sich *torena* Elelar in dieser Gesellschaft vorzustellen.

Dennoch, die Befriedigung war nur gering, wenn er daran dachte, wie er seine Depesche an den Kaiserlichen Rat formulieren sollte. Es gab nicht viele Möglichkeiten zu erklären, wieso das Gefängnis in Shaljir von Rebellen überfallen worden war, die die wichtigste Gefangene befreit hatten – und keine dieser Möglichkeiten ließ Koroll gut dastehen. Er beschloß, nicht einmal Borells »letzte Anordnungen« oder die Verhandlung, die Elelar nicht erlebt hätte, zu erwähnen. Korolls frühere Pläne in diesem Zusammenhang waren nun irrelevant, nachdem die *torena* verschwunden war; ihr Tod wäre so viel einfacher zu erklären gewesen als ihre Flucht.

Auf dem Rückweg nach Valda überraschten sie einen kleinen Rebellentrupp, der von einem Beutezug zurückkehrte. Da sie zahlenmäßig gewaltig unterlegen waren, versuchten die Rebellen zu fliehen. Mehr als die Hälfte kam davon, aber Korolls Männer konnten einige von ihnen festhalten. Koroll selbst galoppierte dorthin, wo vier Späher einen hochgewachsenen, wohlgenährten und überraschend gut gekleideten Rebellen festhielten, und er hielt seine Leute davon ab, den Mann umzubringen. Es war schwierig, den neuen Rekruten klarzumachen, daß sie ein paar Rebellen am Leben lassen mußten, die dann verhört werden konnten. Silerische Rebellen waren für gewöhnlich nicht gesprächig, nicht einmal unter der Folter, aber man mußte es immer wieder versuchen, wenn auch mit wenig Aussicht auf Erfolg.

Dieser Versuch schlug ebenfalls fehl. Selbst als die Späher diesen Rebellen festbanden und begannen, auf ihn einzudreschen, wehrte er sich noch, beschimpfte sie, spuckte und enttäuschte ganz allgemein sämtliche Hoffnungen, daß er im Austausch für sein Leben reden würde – oder für einen raschen Tod.

Dennoch, Koroll entdeckte zumindest zu guter Letzt, wieso dieser Mann so gesund und wohlhabend aussah: Er war ein Attentäter. Ein Späher, der seine Hand schonte, als habe er sie verbrannt, zeigte seinem Kommandanten einen Dolch mit gewellter Klinge, mit dem der

Mann bewaffnet gewesen war. Die Waffe lag nun auf dem Boden in der Nähe. Die Späher hatten den Rebellen entwaffnet, aber herausgefunden, daß sie diesen Dolch nicht berühren konnten, der mit einer bitteren Kälte brannte, die schlimmer war als Feuer.

Ein *shir!* Und ein gefangener Attentäter. Anders als die dummen Soldaten, die er befehligte, wußte Koroll, was das bedeutete. Er hatte sich die Mühe gemacht, mehr über die Silerier und ihre Sitten zu erfahren. Er wußte, wie mächtig ein *shir* war, und er wußte, was ein Mann tun mußte, um einen zu erhalten. Dieser Attentäter würde Koroll vielleicht keine Informationen liefern, aber statt dessen etwas, das vielleicht ebenso wertvoll war.

Ohne ein weiteres Wort zog Koroll sein Schwert und schnitt dem Attentäter die Kehle durch. Starr vor Staunen beobachteten seine Männer, wie er sich umdrehte und den *shir* aufhob.

Der Dolch sprang ihm beinahe in die Hand, und er fühlte sich in seiner Hand sicherer und mächtiger an als jedes Schwert, das er jemals gehalten hatte. Eine wunderschöne Waffe, ebenso schön wie der einzige andere *shir,* den er je gesehen und der sich in Tansens Gepäck befunden hatte. Die gewellte, aus Wasser hergestellte Klinge schimmerte fast wie die bestgeschliffenen Diamanten aus Alizar, sie schien sich innerlich zu bewegen, als enthielte sie tatsächlich die Strömungen der Quelle oder des Flusses, aus denen sie gemacht war. Selbst der Griff war schön; er bestand aus versteinertem kintischem Holz mit Einlegearbeiten aus Silber und Jade. Er war eine ebenso exquisite wie tödliche Waffe. Koroll fragte sich, wer sie wohl gemacht hatte. Der Wasserherr, der sie hergestellt hatte, würde diesen *shir* ebenfalls fürchten. Um seine loyalen Diener mächtig genug zu machen, daß alle sie fürchteten, hatte er diese Waffe mit genügend Kraft versehen, daß sie auch ihm gefährlich werden konnte. Wer immer und ganz gleich wie mächtig er war, er war verwundbar.

Kiloran selbst? Das war vielleicht zu hoch gegriffen.

Koroll zog die Klinge über seinen Daumen und entdeckte, daß die Legenden der Wahrheit entsprachen. Obwohl der *shir* scharf genug war, um durch Stoff wie durch Luft zu schneiden, verletzte er sich damit nicht. Die Klinge konnte sein Blut nicht trinken – nicht jetzt, nachdem Koroll Herr dieser Waffe war.

Er schob sie in sein Hemd. Von nun an würde er sie hier tragen, direkt an der Haut, wo kein Valdan jemals eine offene Klinge tragen würde. Vielleicht würde er mehr Rebellen damit töten. Vielleicht, so hoffte er, auch eines Tages den Wasserherrn, der sie hergestellt hatte.

Elelar war erschöpft, als sie schließlich die Berge erreichten. Sie waren von der Küste aus zu Fuß weitergereist, und daran war sie nicht gewöhnt. Ebensowenig wie daran, sich auf so rauhem Boden zu bewegen, Pfade zu benutzen, die schmaler waren als ihre Hüften, oder gleich die Bergflanken hochzuklettern, »um Zeit zu sparen«. Manchmal beschwerte sie sich, nur um ihrem Zorn Luft zu machen, aber das führte zu noch mehr Mißstimmung zwischen ihren beiden Begleitern, und das konnte sie überhaupt nicht brauchen.

Männer.

Außerdem wußte sie, daß Faradar ebenso müde war, und die Zofe klagte nicht. Eine *torena* sollte mindestens soviel Mut zeigen.

Sie wußte, in welcher Gefahr sie waren und wie verzweifelt die Späher sie inzwischen suchten, also ließ Elelar zu, daß Tansen sie bis an den Rand ihres Durchhaltevermögens antrieb und manchmal darüber hinaus. Sie wußte, er tat das nicht leichten Herzens oder ohne Überlegung, denn ihr fiel häufig auf, daß er sie forschend betrachtete, ebenso wie Faradar, als wollte er die Kraft der Frauen einschätzen und herausfinden, wie weit sie noch durchhalten würden. Er bestand auf kurzen, aber regelmäßigen Pausen, selbst am Morgen, wenn sich die beiden Frauen noch frisch fühlten; das würde ihnen mehr Ausdauer geben, erklärte er, und sie stärken. Aber er trieb Elelar auch gnadenlos an, so sehr, daß sie mehr als einmal wütend auf ihn war. Sie verstand, wieso er das tat, aber irgendwo mußte sie ihre Angst, ihre Erschöpfung und hilflose Wut loswerden. Und er wußte das und nutzte ihren Zorn mitunter sogar noch aus, damit sie noch ein Stück weiter kamen.

Er macht mit mir, was er will.

Sie hatte dasselbe mit so vielen Männern getan – sie erkannte die Taktik. Da sie aber wußte, daß er dies um ihres Überlebens willen tat, ließ sie es zu.

Zimran andererseits bot ihr all die Höflichkeit und fürsorgliche Aufmerksamkeit eines *toren* an, der einer Jungfrau den Hof macht. Er fand schattige Ruheplätze und glatte Felsen für sie und Faradar. Er bot ihr regelmäßig Wasser an. Er reichte Elelar die Hand, wenn es über rauhes Gelände ging, sammelte wildes Obst und frischen Honig für sie und rief ihr Warnungen zu, wenn es wieder schwieriger wurde, ebenso wie er es tröstend ankündigte, wenn man absehen konnte, daß es einige Zeit einfacher wurde.

Zimran und Tansen, beides *shallaheen,* schienen nicht einmal außer Atem, auch nicht auf Wegen, von denen Elelar geglaubt hätte, daß nur Ziegen sie bewältigen konnten. Leider hatten sie dadurch immer noch genug Luft, um sich streiten zu können.

Zimran war der Ansicht, Tansen sollte mehr Rücksicht auf Elelar nehmen, und Tansen meinte, er solle endlich aufhören, sie zu verwöhnen. Zimran befürchtete, das Tempo, das Tansen vorlegte, werde die *torena* noch umbringen; Tansen befürchtete dasselbe von Zimrans übertriebener Vorsicht. Zimran hielt einen bestimmten Ort für ein geeignetes Nachtlager, Tansen war der Meinung, sie sollten noch eine Stunde weitermarschieren. Und so weiter und so weiter. Manchmal kam sich Elelar vor wie ein saftiger Knochen, um den sich zwei hungrige Straßenköter stritten.

Zimran war ein gutaussehender Mann, und er konnte sehr liebenswert sein. Es fiel Elelar nicht schwer, seine schlichten Versuche, sich bei ihr einzuschmeicheln, mit einem Lächeln oder einer anderen Freundlichkeit zu erwidern. Nach ihren letzten Erfahrungen in Shaljir genoß sie diese sanfte und anspruchslose Aufmerksamkeit. Tansen war selbstverständlich schwieriger. Elelar stellte erstaunt fest, daß sie ihn sogar ein wenig gern hatte, vielleicht, weil sie nun schon auf eine so lange gemeinsame Geschichte zurückblickten, oder weil er zu einem so außergewöhnlichen – wenn auch schwierigen – Mann herangewachsen war.

Wenn er und Zimran nur endlich aufgehört hätten, sich ständig zu streiten!

Nach all diesen Jahren nun plötzlich von den Valdani entlarvt, befand sich Elelar zum erstenmal, seit sie denken konnte, in einer Situation, in der Lügen, Heimtücke, Ausweichen und falsche Versprechungen nicht zu ihrem Alltag gehörten. Tansen wußte beinahe alles über sie, und sie neigten beide nicht dazu, auf jene Ereignisse anzuspielen, von denen Zimran und Faradar nichts wußten. So befand sie sich zum erstenmal in ihrem Leben nicht inmitten eines Netzes verworrener und komplizierter Lügen.

Sie hatte erwartet, in Shaljir zu sterben oder nach Valda gebracht zu werden, wo man sie vor Gericht stellen und dann vermutlich ebenfalls hinrichten würde. Jetzt war sie befreit worden, auf eine Art, die sie niemals hätte vorhersehen können – wer hätte denn geglaubt, daß Tansen so verrückt und waghalsig war, ins Gefängnis von Shaljir einzubrechen? –, und sie dachte nur noch von einem Tag zum anderen, manchmal sogar nur von einem Augenblick zum anderen, zum erstenmal in ihrem Leben. Keine Hintergedanken, keine geheimen Pläne, keine falschen Freundschaften oder vorgeblichen Feindseligkeiten. Plötzlich war sie einfach eine Rebellin auf der Flucht durch die Berge, die zu überleben hoffte und nichts Komplizierteres vorhatte, als sich in Sicherheit zu bringen.

Niemals hatte sie sich so frei gefühlt. Es überraschte sie, daß sie den ganzen Tag wandern und an nichts weiter denken konnte als daran, einen Fuß vor den anderen zu setzen und sich nicht das Genick zu brechen, indem sie von einem Felssims oder einen steilen Abhang herunterfiel. Sie war überrascht, wie rasch sie in der kühlen Bergluft einschlief und wie tief dieser Schlaf war, denn früher hatte sie immer noch lange wach gelegen oder war aus leichtem Schlaf schnell wieder aufgewacht. Endlich war sie einmal nicht gezwungen, für jede Möglichkeit zwei Pläne und drei Notfallpläne bereitzuhalten. Endlich konnte sie die Augenblicke leben, wie sie kamen, und sie war wie berauscht von dieser Freiheit.

Kein Borell. Kein Shiraj. Kein Ronall. Im Augenblick auch keine Allianz. Keine Befehle, keine Pflichten.

Es war etwas vollkommen Neues für sie, in Zimrans Blick das unverhohlene Begehren zu erkennen und zu wissen, daß nur ein einziger Faktor über ihre Reaktion darauf entscheiden würde: ob sie ihn als Liebhaber wollte oder nicht.

Sie hatte nur einen einzigen Mann, ihren ersten, zum Geliebten genommen, weil sie ihn wollte. Bei allen anderen – und es waren so viele gewesen! – war es aus Pflichtgefühl geschehen. Der bittere Verrat dieses ersten Mannes war jetzt nur noch eine Erinnerung, versteckt in dem komplizierten Labyrinth ihres Lebens als Verschwörerin; aber es war ihr in Fleisch und Blut übergegangen, sich ihre Geliebten nur noch zu wählen, weil dies einem geheimen Ziel diente. Sie hatte vergessen, was schlichte Begierde war, und ganz sicher hatte sie nicht erwartet, jemals wieder einen Mann abweisen oder akzeptieren zu können, nur weil sie ihn als Frau wollte oder nicht.

Diese Freiheit war so ungewohnt, daß es sie beinahe albern vor Glück werden ließ. Wäre ihr Leben anders verlaufen, wäre sie eine andere Art von Frau gewesen, hätte sie Zimran vielleicht mit offenen Armen begrüßt und mit dem größten Vergnügen ihrer aristokratischen Erziehung getrotzt, indem sie mit einem *shallah* schlief. Aber so viele Männer hatten ihre Freuden zwischen Elelars Beinen gesucht, daß für sie wahre Freiheit jetzt darin lag, nein sagen zu können.

Nein. Sie drehte das Wort in ihrem Geist hin und her und genoß seinen lautlosen Widerhall.

Nein, ich will einfach nur schlafen.

Was für ein Luxus! Wie entspannend, daß plötzlich kein Mann mehr die Möglichkeit hatte, sie einfach in sein Bett zu zitieren, wenn ihm danach war. Was für ein Privileg, zu wissen, daß ihr Körper nun nur noch ihrer eigenen Freude dienen würde. So lange war er nur ein Werkzeug gewesen, ein Behälter, ein Mittel, mit dem sie insgeheim mit unwissenden Männern Handel trieb, um zu bekommen, was sie brauchte – was Sileria und die Allianz brauchten.

Was für ein hinreißendes Gefühl, diese Freiheit, sich hinzugeben oder zu verweigern, ohne an Politik denken zu müssen!

Armer Zimran. Er würde enttäuscht sein. Er würde zweifellos glauben, sie lehnte ihn ab, weil sie eine *torena* war und er ein *shallah*. Und da er ein Mann war, würde er es vermutlich nicht einmal verstehen, wenn sie versuchte, es ihm zu erklären. Nun gut. Sie würde seine Liebenswürdigkeit und seine Höflichkeit genießen und erwidern – wenn sie die Kraft dazu hatte –, aber sie war jetzt nicht in der Stimmung, einen Mann in ihr Bett zu lassen.

Sie fragte sich, ob Tansen wohl auch enttäuscht wäre. Als er noch ein Junge gewesen war, war sein Begehren nicht zu übersehen gewesen, aber nun zeigte er seine Gefühle selten, und wenn er es tat, fand sie das eher verwirrend. Oh, er begehrte sie immer noch, daran hatte sie keine Zweifel; es gab Dinge, die eine Frau an der Haut eines Mannes roch, ganz gleich, wie ernst und unnachgiebig seine Miene sein mochte. In Tansens Begierde lagen so viele zusätzliche widersprüchliche und flüchtige Gefühle: Mißtrauen, Ironie, Resignation, Vorsicht. Es gab Augenblicke, in denen er schweigsam und zurückhaltend war, und zu anderen Zeiten war er ihr gegenüber beinahe so offen wie gegenüber Josarian; dann äußerte er sich ehrlich und direkt und ohne sich selbst vorher zu zensieren. Manchmal schien er sie zu achten, aber zu anderen Zeiten konnte man seine Verachtung und Gereiztheit nur zu deutlich spüren.

Sie kannte niemanden sonst, der derart schwierig auf sie reagierte. Josarian tolerierte sie. Zimran begehrte sie. Borell hatte sie besitzen wollen. Koroll hatte sie verachtet und übersehen. Shiraj hatte sie genossen. Ronall … Sie beschloß, jetzt nicht über Ronall nachzudenken. Dies war nicht der Zeitpunkt, um in Gedanken an ihren halbvaldanischen Ehemann zu versinken, der ihr in ihrer Gefängniszelle in Shaljir so verblüffende Dinge enthüllt hatte.

Im Augenblick genügte es ihr, über Tansen nachzugrübeln. Er drängte und hetzte sie, er führte sie und lockte sie immer noch ein kleines Stück weiter, als sie glaubte, an einem Tag zurücklegen zu können, und sie kamen dem Niran immer näher. Sie würde auf dem Niran bleiben, bis die Valdani nicht mehr nach ihr suchten und sie ungefährdet ins Rebellengebiet um Dalishar weiterreisen konnte.

An diesem Abend rasteten sie in einer Zuflucht, früher, als Tansen lieb gewesen wäre. Diesmal jedoch war es Zimran gelungen, ihn von den Vorteilen dieser Unterkunft zu überzeugen. Die Frauen würden eine Gelegenheit erhalten, sich zu waschen, sich auszuruhen und eine warme Mahlzeit zu sich zu nehmen, und Zim würde die Möglichkeit haben, sich mit den Männern im nahe gelegenen Dorf in Verbindung zu setzen und das Neuste vom Krieg zu erfahren. Also hatte Tansen schließlich zugestimmt. Sofort nachdem er sich gewaschen und etwas gegessen hatte, hatte er die gemütliche Unterkunft allerdings wieder verlassen, um sich die Umgebung anzusehen. Die Valdani waren Barbaren und achteten die Schwesternschaft nicht. Es kam immer wieder vor, daß sie Schwestern gefangennahmen und Zufluchten nach Gesetzlosen und Rebellen durchsuchten. Also hielt Tansen nach Spähern Ausschau.

Faradar war erschöpft, und nachdem sie Elelars frisch gewaschenes Haar gekämmt und frisiert hatte, entschuldigte sie sich und ging schlafen. Als die Sonne hinter den Bergen versank, war Elelar gelangweilt von den Gesprächen der Schwestern, aber immer noch zu wach, um schlafen zu können. Sie wußte, es würde ihn ärgern, aber sie machte sich dennoch auf die Suche nach Tansen.

Er schlich sich lautlos hinter sie, nachdem sie ihn einige Male laut gerufen hatte, und zischte: »Ja, ich kann dich hören. Die Leute in Adalian vermutlich auch.«

Sie zuckte zusammen und fuhr herum. »Da bist du ja!«

Er seufzte. »Was willst du?«

Sie zog bei diesem Ton die Brauen hoch. »Treiben sich Horden blutrünstiger Späher in den Hügeln herum?«

»Nein. War das alles, *torena?*« Er drehte sich um und wollte gehen.

»Warte.« Sie legte ihm die Hand auf den Arm. Er erstarrte. Sehr langsam wandte er sich ihr wieder zu.

»Nun?« fragte er nach einer Weile verlegenen Schweigens.

»Ich möchte dir dafür danken, daß du mir das Leben gerettet hast.« Plötzlich fühlte sie sich ungewöhnlich verlegen, zog die Hand zurück und fuhr dann fort »Man hat mir einen Prozeß verweigert. Myrell wollte mich gerade in den Keller bringen ... um mich dort zu Tode zu foltern. Er hat versprochen, er werde mich nicht sterben lassen, bis ich ihm alles gesagt hätte, was er wissen wollte.«

»Er wird niemanden mehr foltern«, sagte Tan ruhig. »Nie wieder.«

»Ich ... ich verdanke dir mein Leben.«

»Ich erkenne dich kaum wieder, wenn du so demütig bist.«

»Du machst einem Demut auch kaum leicht«, gab sie zurück.

Er lächelte. »Verzeih. Also gut, *torena:* bitte, keine Ursache, das hätte ich für jeden getan.«

»Tatsächlich?« flüsterte sie.

Einen Augenblick lang verharrte er vollkommen reglos, dann wandte er wie beschämt den Blick ab. Sie konnte kaum hören, als er antwortete: »Nein. Und Mirabar hat das gewußt.«

Die Erwähnung der Wächterin verblüffte sie. »Mirabar?«

»Sie war diejenige, die mir erzählt hat, daß du noch lebst. Sie hatte es von Derlen gehört.«

»Er ist entkommen?« Als Tansen nickte, fragte sie: »Und meine anderen Dienstboten?«

»Soweit ich weiß, sind sie alle in Sicherheit. Wahrscheinlich versuchen sie, sich nach Dalishar durchzuschlagen.«

Fast wäre sie vor Erleichterung zusammengebrochen. »Dar sei Dank! Ich habe mir solche Sorgen gemacht. Ich wollte es wissen, habe immer fragen wollen. Aber natürlich konnte ich das nicht tun, ich konnte die Valdani nicht wissen lassen, um wessen Sicherheit ich mich sorgte.«

»Es muß ...« Seine Stimme wurde weicher. »Es muß schwer für dich gewesen sein, da drin.«

Sie nickte. »Jetzt weiß ich, wieso Männer – Krieger –

sagen, es sei besser, schnell zu sterben. Warten, gegen die Hoffnung ankämpfen, versuchen, die schlimmsten Ängste zu beherrschen ... Es schwächt einen, laugt einen aus. Manchmal habe ich mich gefragt, ob Borell das absichtlich getan hat, obwohl er mich doch sicher am liebsten schnell getötet hätte, bevor ich ihm weiter schaden konnte.«

»Hat er versucht, sich zu rächen?«

Sie wußte, was er meinte. »Ja«, erwiderte sie. Und auch sie hatte versucht, sich zu rächen.

Er ergriff ihre Hand und fragte förmlich: »Soll ich Blutfehde schwören, *torena?*«

»Er ist tot«, sagte sie knapp. »Er hat sich umgebracht.«

»Selbstmord?«

»Ja. Zweifellos wegen der Schande.«

Er ließ ihre Hand wieder los. Ihr wurde plötzlich klar, wie selten er sie angefaßt hatte. Und dann fragte sie sich, wie er wohl als Geliebter war. Ja, nun, da sie frei war zu wählen und nur danach gehen mußte, was sie wollte, wußte sie, daß sie öfter an ihn denken würde. Es war keine Spur des dünnen, dummen, ungeschickten Jungen mehr in ihm, der vor quälender Verliebtheit nicht gewußt hatte, wohin. Jetzt war er ein Mann, erfahren, voller Selbstvertrauen und von gnadenloser Disziplin. Er war ein mutiger und anmutiger Mann, intelligent und ehrenhaft. Genau der richtige Liebhaber für sie, dachte sie spöttisch. Er war etwas Besonderes, aber der Verlauf ihrer beider Leben hatte sie dazu gebracht, über seine Qualitäten als Mann hinwegzusehen – bisher. Jetzt stand es ihr frei, an ihn zu denken, wie es jede andere Frau tun würde, und sie war vage überrascht davon, wie erfreulich dieses Gefühl war. Außerdem wäre es auch eine praktische Verbindung: Es gab niemanden, dem Josarian mehr vertraute als Tansen, und sie ... Elelar hätte beinahe über sich selbst gelacht, als ihr plötzlich bewußt wurde, was sie da tat. Selbst jetzt versuchte sie unwillkürlich in Betracht zu ziehen, wie es sich auf die Allianz auswirken würde, wenn sie einen anderen Geliebten nahm.

Alte Gewohnheiten waren schwer auszumerzen.

Sie beschloß, diese Angelegenheit noch eine Weile zurückzustellen. Aber er war ein Mann, wie sie überrascht feststellte, dem sie eines Tages tatsächlich ohne Hintergedanken mit offenen Armen entgegentreten würde. Es wäre seit ihrer Mädchenzeit das erste Mal. Aber nun war sie noch nicht bereit für eine solche Beziehung, nicht so bald nach ihrem komplizierten Leben und nachdem sie dem Tod nur so knapp entronnen war. Wenn Tansen sie nach all diesen Jahren noch wollte, würde es wohl auch nichts schaden, wenn sie ihn noch ein wenig länger warten ließ. Vielleicht würde sie sogar bis nach der Regenzeit warten, bis zum neuen Jahr. Vielleicht sollte sie sich jetzt nur noch ausruhen.

Sie war müde bis in die Knochen. So müde wie damals, als Gaborian gestorben war. Der Gedanke an Ruhe war so unwiderstehlich, daß sie kaum mehr an etwas anderes denken konnte.

»Hätte er ... um dich getrauert? Was meinst du?« fragte Tansen.

Sie wußte nicht, von wem er sprach. »Wer?«

»Borell.« Er bemerkte ihre Verwirrung und fügte hinzu: »Du sagtest, er habe dich heiraten wollen.«

»Das war, bevor er die Wahrheit über mich herausfand.«

Tansen zuckte die Achseln. »Er kam sich verraten vor. Er war rachsüchtig. Er hätte deine Hinrichtung angeordnet, ohne Zweifel, wenn die Familie deines Mannes nicht eingeschritten wäre.«

»Genau.« Sie verstand den Ausdruck auf seinem Gesicht nicht, das sie im Zwielicht immer noch deutlich sehen konnte.

»Das heißt nicht, daß er dich nicht noch immer geliebt hat.«

»Mich geliebt hat?« Sie verdrehte die Augen. »Dann war er dümmer, als ich angenommen hätte.«

»Das ist wahr, aber ...«

»Aber was?« fragte sie ungeduldig.

Er schüttelte den Kopf, dann schaute er sie auf diese Weise an, die er manchmal an sich hatte und die – was sie sehr wütend machte – unterstellte, daß er soviel weiser war als sie. »Hast du niemals jemanden geliebt, den du auch gehaßt hast?«

»Nie.« Sie verschränkte die Arme gegen die sich niedersenkende Abendkühle. »Ich habe einmal einen Mann geliebt, der mich ... verraten hat. Von dem Augenblick an haßte ich ihn. Eine Mischung aus beiden Gefühlen kann es nicht geben.«

»Ach ja?«

Sie holte gereizt Luft. »Hast du jemals jemanden zur selben Zeit geliebt und gehaßt?«

Er starrte sie einige Zeit einfach nur an, bevor er antwortete: »Ja.« Er wandte sich ab und sagte: »Mehr als einmal, *torena.*«

»Wenn du ...«

Seine Hand über ihrem Mund brachte sie zum Schweigen. Sie erstarrte, denn er hatte sich plötzlich bewegt und stand nun wachsam da und lauschte auf etwas, das sie nicht hören konnte.

»Jemand kommt«, flüsterte er. »Stell dich hinter diese Bäume und komm nicht raus, bevor ich es dir sage.«

Sie nickte und versteckte sich. Ihr erschrockenes Herzklopfen verlangsamte sich wieder, als sie Zimrans Stimme erkannte. Er war sehr aufgeregt. Elelar sprach und verstand den Bergdialekt, weil sie ihn von einer *shallah*-Kinderfrau gelernt hatte. Aber es fiel ihr schwer, diesem atemlosen, knappen Dialog zu folgen, und die beiden Männer standen so weit entfernt, daß sie nicht all ihre Worte hören konnte. Sie sprachen über Josarian, das war alles, dessen sie sicher sein konnte. Sie fragte sich, was wohl nicht in Ordnung war, aber sie blieb gehorsam im Versteck, bis Tansen sich schließlich an sie erinnerte und sie herausrief.

»Ich gehe«, sagte er.

»Jetzt?«

»Jetzt«, bestätigte er. »Ich darf keine Zeit verschwenden.«

»Du kannst nicht im Dunkeln über die Berge reisen!« wandte sie ein.

Er ignorierte das. »Morgen früh ziehst du zusammen

mit Faradar und Zimran weiter zum Rebellenlager auf dem Niran. Dort werdet ihr vorerst sicher sein.«

Seine Stimme klang angespannt, seine Gesten waren ungewöhnlich starr und nervös, als Elelar und Zimran ihn zur Zuflucht zurückbegleiteten.

»Was ist passiert? Was ist los?« wollte sie wissen und mußte sich anstrengen, mit ihm Schritt zu halten.

Er blieb abrupt stehen und wandte sich ihr zu. Eine knappe Geste brachte Zimran, der schon den Mund geöffnet hatte, zum Schweigen. »Du verdienst es, alles zu erfahren«, sagte Tansen. »Du mußt vorbereitet sein.«

»Auf was?«

»Es kann sein, daß die Rebellion vorbei ist. Es kann sein, daß wir alles verlieren.«

Sie packte ihn an den Oberarmen. »Warum? Was ist denn passiert?«

»Es muß irgendwem gelungen sein, Josarian davon zu überzeugen, daß er der Feuerbringer ist. Er ist auf dem Weg zum Darshon, um es zu beweisen, indem er sich in den Krater wirft.«

»Nein!« Die Rebellion war immer noch jung. Wenn der Anführer der *shallaheen* jetzt starb, würde alles in sich zusammenbrechen. »Du mußt ihn aufhalten!«

Tansen schüttelte sie ab. »Darfeuer, glaubst du denn, ich will zum Darshon, um ihn reinzuschubsen? Selbstverständlich werde ich ihn aufhalten!«

»Er ist verrückt geworden«, sagte Zimran. »Welche andere Erklärung sollte es geben?«

»Hast du das im Dorf gehört?« fragte Elelar.

»Ja«, bestätigte Zimran. »Er hat es in Kilorans Lager

angekündigt und einen Boten nach Dalishar geschickt. Und die Nachrichten verbreiten sich rasch.« Zimran schaute Tansen an. »Du wirst ihn kaum noch einholen können.«

»Trotzdem«, meinte Elelar. »Er muß es versuchen. Das ist unsere einzige Chance.«

»Er ist mir ein paar Tage voraus, und er war näher am Darshon. Aber ich kenne die *zanareen*«, sagte Tansen. »Mein Bruder war einer. Er ist im Krater gestorben. Sie werden Josarian nicht einfach raufklettern und springen lassen. Es gibt tagelange Rituale und Zeremonien, die sie mit ihm veranstalten werden. Es könnte sein, daß mir das genug Zeit gibt, ihn zu erreichen, bevor er ... bevor er es tun kann.«

»Wird er denn auf dich hören?« fragte sie verzweifelt.

»Ich werde ihn schon dazu bringen«, versprach Tansen.

Elelar rieb sich die Stirn. »Was kann passiert sein? Was bildet Josarian sich ein?«

»Ich weiß es nicht, *torena.*« Zimran schüttelte den Kopf. »Er ist nicht mehr der Mann, den ich einmal kannte. Er ist nicht mehr der Vetter, mit dem ich aufgewachsen bin.«

»Wir verlieren nur Zeit«, wandte Tansen ein. »Ich packe meine Sachen. Zimran, besorg mir eine Reiselaterne und so viel Öl wie möglich.« Er lächelte. »Manchmal fehlt mir Mirabar direkt. Im Dunkeln sind Wächter recht nützlich.«

»Wenn sie so nützlich ist, wieso hat sie ihn nicht aufgehalten?« fauchte Elelar.

Er seufzte. »Wer weiß?«

»Ich sage den Schwestern, sie sollen dir Proviant und Wasser packen«, schlug Elelar vor.

Tansen nickte und ging ins Haus, um seine Sachen zu holen. Elelar beeilte sich, den Proviant für ihn zu organisieren, und es tat ihr leid um das, was möglich gewesen wäre und was nun vielleicht schon wieder außer Reichweite war. Jetzt würde es keine Ruhe mehr geben, keine Zeit, einfach als Rebellin in den Bergen zu leben. Das änderte alles.

KAPITEL 12

Josarian ignorierte die Menge, die ihm folgte, als er den Darshon hinaufzog. Er und Mirabar hatten sich in der Zuflucht am Fuß des Darshon mit Jalan getroffen, wo der *zanar* sofort begonnen hatte, den dort ansässigen *shallaheen* zu predigen. Niemand interessierte sich mehr sonderlich dafür, wenn sich ein weiterer *zanar* in den Krater warf, aber Hunderte von Bergbauern, die Jalans begeisterte Ansprachen gehört hatten, waren offenbar der Ansicht, sie dürften es sich nicht entgehen lassen, wenn Silerias berühmtester Rebell etwas so Wahnsinniges tat. Josarian ignorierte auch Mirabar, die ihn, seit sie Idalar verlassen hatten, immer wieder angefleht hatte, er solle warten, bis sie mit dem Rufer über diesen »Wahnsinn« gesprochen habe. Aber der Rufer erschien nicht, was Josarians Überzeugung bestätigte, daß nur eines dieses Dilemma lösen konnte: Er mußte springen.

Sie waren dem verschneiten Gipfel des Darshon schon sehr nahe, als Mirabar sein Nachdenken wieder einmal unterbrach. »Wir müssen anhalten. Ich brauche ... ich brauche eine Pause.«

Er würde sich nicht mehr aufhalten lassen. »Dann bleib du hier und ruh dich aus.« Er sah sie nicht einmal an, um seinen barschen Tonfall ein wenig auszugleichen. »Ich kann das nicht.«

»Josarian, bitte.«

Er ignorierte sie. Ihre Stimme war dünn und schwach, ein jämmerliches Geräusch, das er in dem leidenschaftlichen Dröhnen, das seinen Geist erfüllte, seit sie dem Krater näher gekommen waren, kaum mehr hören konnte: Dar grüßte ihn. Sie wußte, daß er hier war. Sie erwartete ihn so begierig, wie Calidar ihn in ihrer Hochzeitsnacht erwartet hatte.

Ein stechender Schmerz drang ihm in den Kopf, und er wußte, daß dies Dars Strafe dafür war, daß er sie mit diesem Gedanken an Calidar betrogen hatte, und sei es noch so kurz gewesen.

Er war entschlossen. Es gab kein Zurück.

Calidar, Calidar ...

Eine heiße Träne lief über seine vom Wind eiskalten Wangen, als er die letzte Erinnerung an sie aus seinem Herzen verbannte. Bis sie sich in der Anderwelt wiederbegegneten, bis dahin ... würde er Dar gehören und keiner anderen.

Ich komme, Dar.

»Hier ist Josarian!« rief Jalan, als sie sich dem Gipfel näherten. »Heißt ihn willkommen!«

Heiß mich willkommen, denn ich habe mein Herz für dich aufgegeben.

»Josarian!« rief Mirabar, als er seinen Schritt beschleunigte, um den *zanareen* entgegenzueilen, die ihm ihrerseits den Abhang herunter entgegeneilten. »Warte!«

»Bleib hier!« befahl er ihr.

»Nein!« Sie klang atemlos und verängstigt. »Ich komme ... mit dir ... und du sollst verflucht sein!«

Unter anderen Umständen hätte er gelächelt, denn inzwischen war er an ihre scharfe Zunge gewöhnt. Jetzt dachte er nur noch an das, was er vor sich hatte.

Mehr *zanareen* eilten herbei. Er konnte hören, wie sie seinen Namen riefen, ihm zujubelten, beflügelt von religiösem Fieber. Aber es gab auch solche, die anderer Ansicht waren.

»Zurück!« schrie ein *zanar*. »Du gehörst nicht zu uns!«

»Er ist der Feuerbringer!« rief Jalan. »Geh aus dem Weg!«

»Nein, er ist bloß ein gesetzloser Bergbauer!«

»Ich bin auf Jalans Seite!« rief ein anderer.

»Ich werde springen und damit beweisen, daß Josarian unrecht hat!«

»Niemand wird vor Josarian springen!«

»Er hat kein Recht darauf!«

»Er hat mehr Recht als ...«

»Oh, um der ... Liebe Dars willen«, keuchte Mirabar. »Gibt es hier ... so etwas wie einen ... Anführer?« Sie atmete schwer. Die Luft war hier oben so dünn.

»Wer ist diese Frau?« wollte ein schmutziger grauhaariger *zanar* wissen.

»Sie ist ein Dämon!«

»Dar hat sie gesegnet«, verkündete ein weiterer *zanar* und starrte Mirabar forschend an. »Sieh sie doch nur an, dann weißt du es, du Dummkopf!«

»Sie ist meine Beraterin, und ich vertraue ihr!« sagte Josarian scharf. Alle hörten auf, sich zu streiten, und glotzten ihn erstaunt an, als hätten sie nie geglaubt, daß er sprechen könne. Josarian nutzte das kurze Schweigen aus und fuhr fort: »Ich komme mit allem erdenklichen Respekt. Ich verehre Dar zutiefst. Ich werde ihr mein Leben im Austausch für ihre Gunst opfern.«

»Du bist keiner von uns!«

»Niemand hat je behauptet, daß der Feuerbringer einer von uns sein müsse.«

»Er ist Josarian! Wenn er nicht der Auserwählte sein soll, wer sonst?«

»Ja, laßt ihn springen! Dann werden wir es wissen.«

»Das ist ein Sakrileg.«

»Müßt ihr denn alle so brüllen?« fragte Mirabar gereizt. »Mir dröhnt der Kopf.«

»Er wird diesen heiligen Ort nicht schänden!« Ein wütender junger Mann sprang vor und schwang mit tödlicher Treffsicherheit seinen *yahr* nach Josarians Kopf.

»Nein!« schrie Mirabar.

Josarian duckte sich und rollte am Boden ab. Er trat dem Mann die Beine weg und entwaffnete ihn. Dann warf er die Waffe beiseite, stand wieder auf und ließ den gedemütigten Angreifer im Schnee liegen.

»Das war Lästerung!« sagte der grauhaarige *zanar* mit einem strengen Blick zu dem jungen Mann auf dem Boden.

»Kein Feuer!« keuchte Mirabar, die Hände vor sich ausgestreckt. Sie war seltsam bleich geworden. »Ich habe ... kein Feuer mehr!«

»Dies ist der Darshon«, meinte Jalan, »wo wir alle hilflos und voller Demut vor der Göttin stehen.«

Mirabar schlang die Arme um den Oberkörper und schauderte in dem kalten Wind, der über den Gipfel fegte.

»Genug jetzt«, sagte Josarian. »Es liegt an Dar zu entscheiden, wer der Feuerbringer ist, und nicht an den *zanareen.*«

»Ja! Er hat recht.«

»Laßt ihn springen!«

»Nein! Ich werde springen! Ich werde jetzt sofort springen, und dann werdet ihr wissen, daß er nur ein Lügner und Hochstapler ist.«

»Bleib stehen«, sagte Josarian, als sich ein *zanar* umdrehte und in den Tod gehen wollte. »Wenn ich im Krater sterbe, dann wirst du es wissen; danach kannst du springen. Aber wirf dein Leben jetzt noch nicht weg.«

Der *zanar* stieß einen Fluch aus, dann rannte er so schnell er konnte den Abhang hinauf.

»Ich glaube, das war ... die falsche Bemerkung«, meinte Mirabar.

»Halt ein! Du bist nicht geläutert!« rief der grauhaarige *zanar* dem jüngeren Mann hinterher. »Ich werde nicht zulassen ...« Er gab es auf, hinter der davoneilenden Gestalt herzuschreien, und wandte sich wieder Josarian zu. »Du hast recht. Nur Dar kann entscheiden.«

»Dann bringt mich zu ihr.«

»Josarian ...«, flehte Mirabar.

»Laß ihn gehen.« Jalan trat zwischen sie und Josarian. »Du mußt ihn gehen lassen. Das solltest du inzwischen doch wissen.«

Sie hielt inne und starrte Jalan an, und ihre roten Augen glühten in einem Gesicht, das vor Kälte und Übermüdung grau geworden war.

Jalan wandte sich der wachsenden Menge der *zana-*

reen zu. »Ganz Sileria erwartet nun die Antwort. Der Krieg, die Zukunft unseres Volkes, unsere Freiheit ... All das hängt davon ab, was nun hier geschehen wird.«

»Das ist wahr.« Josarian hob die Stimme, um sich über den Wind hinweg verständlich zu machen. »Deshalb bin ich hier. Sileria wird seine Antwort bekommen, selbst wenn das meinen Tod bedeutet. Ich bitte um euren Segen, aber ich werde es auch so tun, wenn es nicht anders geht.«

»Nein«, sagte der Grauhaarige. »Du mußt erst geläutert werden. Du kannst dich der Göttin nicht ohne die angemessene Vorbereitung darbieten.«

»Ich bin bereit«, erwiderte Josarian. Er hatte so etwas erwartet und würde sich gedulden. Dar und die *zanareen* hatten Jahrhunderte gewartet, und er würde sie nicht entehren, indem er die Riten und Zeremonien des Darshon ablehnte.

»Wir wollen keine Zeit mehr verlieren«, sagte Jalan, nahm ihn am Arm und führte in weg. »Komm mit.«

»Josarian?«

So etwas wie Panik schwang in Mirabars Stimme mit, und Josarian drehte sich nach ihr um. Vier Männer blokkierten ihr den Weg und verhinderten, daß sie ihm folgen konnte. »Sie geht, wohin ich gehe«, sagte er.

»Dorthin, wo du jetzt gehst, geht keine Frau.« Jalan sah sein Zögern und fügte hinzu: »Niemand wird ihr etwas tun. Aber sie darf nicht mit uns kommen.«

Er sah ihren besorgten Blick. Die Worte fehlten ihr, sie konnte nur noch mit den Augen flehen, mit diesen Augen, die wie das Herz des Darshon glühten.

»Geh zurück in die Zuflucht weiter unten«, wies er sie an. »Warte dort.«

»Auf was? Auf die Nachricht von deinem Tod?« protestierte sie. »Josarian! Komm zurück, Josarian!«

Er drehte ihr den Rücken zu und wappnete sich gegen ihre Bitten, als er sich auf den Weg machte, sein Schicksal zu erfüllen.

Koroll war gerade dabei, seinen neu errungenen *shir* zu bewundern, als man den neuen Gefängniskommandanten zu ihm brachte. Der Vorgänger dieses Mannes war auf dem Weg nach Valda, mit einer bewaffneten Eskorte, um sich der Anklage zu stellen. Ein Kurier, der ihn ebenfalls begleitete, hatte eine von Koroll sorgfältig formulierte Depesche dabei, in der er erklärte, daß dieser unfähige Dummkopf zugelassen hatte, daß Rebellen ins Gefängnis eindrangen und *torena* Elelar mitnahmen. Da er nicht in der Lage war, die Katastrophe zu beschönigen, tat Koroll das Nächstbeste und schob einem anderen die Schuld zu.

Der neue Gefängniskommandant wußte daher genau, was ihn erwartete, sollte irgend etwas schiefgehen, und er war gekommen, um Koroll einen ersten Bericht zu erstatten. Es war möglich, erläuterte er seinem Vorgesetzten, daß die Rebellen durch das Abwassersystem ins Gefängnis eingedrungen waren, obwohl niemand wußte, wie sie dort hineingelangt und welchen der Ausgänge ins Gefängnis sie benutzt hatten. Es gab auch noch diverse andere Möglichkeiten, aber Koroll gefiel die Vorstellung, daß die *torena* bei ihrer

Flucht durch Abwasser waten oder gar schwimmen mußte.

Koroll ordnete an, alle Zugänge zum Abwassersystem mit schweren Gittern und doppelten Schlössern zu sichern. Aber es wäre sinnlos gewesen, den Fluchtweg der *torena* weiter zu verfolgen. Sie hatte in zu viele mögliche Richtungen entkommen können, und sie hatte in den unterirdischen Abwasserkanälen wohl kaum Fußspuren hinterlassen. Die Späher durchsuchten immer noch alle Häuser in Shaljir nach ihr, aber Koroll zweifelte nicht daran, daß sie inzwischen weit von der Stadt entfernt war.

Ihr Ehemann allerdings befand sich in einer kleinen Zelle im Obergeschoß des Gefängnisses. Er wurde Tag und Nacht von mindestens vier Männern bewacht. Er durfte keine Besucher empfangen und nie seine Zelle verlassen.

Ronalls Familie hatte jetzt nicht mehr die Macht, ihm zu helfen. Sie hatten sich für Elelar eingesetzt, und sie war geflohen – und das, obwohl man ihr die Ehre eines Prozesses gewähren wollte. Nun war Ronalls Familie nicht nur entehrt, sie war sogar in Gefahr, daß der Kaiser als Vergeltung ihr Vermögen und ihre Landsitze beschlagnahmte. Dementsprechend war ihr Widerspruch gegen Ronalls Gefangennahme nur gering und wich rasch dem Schweigen. Elelars Mann war jetzt allein und vollkommen Korolls Gnade ausgeliefert. Koroll wußte, daß die *torena* nichts für Ronall übrig gehabt hatte, aber dieser Säufer war der einzige Hebel, über den der Kommandant derzeit verfügte, und er wollte unbedingt einen Weg finden, ihn zu benutzen.

Also hatte Koroll seinem neuen Gefängniskommandanten strenge Anweisungen gegeben, Ronall genauestens zu beobachten und alles zu berichten, was von Interesse sein könnte.

»Was heißt, er ist krank?« fragte Koroll jetzt, nachdem er den Bericht gehört hatte. »Ich habe dir doch gesagt, du sollst gut für ihn sorgen! Er ist immerhin Halbvaldan und eine wichtige Geisel.«

»Wir haben uns gut um ihn gekümmert, Herr«, erklärte der Mann, »aber er übergibt sich, schwitzt, hat Fieber, zittert. Er scheint Visionen zu haben, Halluzinationen und ...« Der Offizier machte eine hilflose Geste. »Es ist nicht unsere Schuld. Es liegt am Alkohol und am kintischen Traumkraut und dem Wolkensirup, den die Moorländer herstellen.«

»Du hast einem Gefangenen Traumkraut und ...«

»Nein!« Der Mann wurde rot und erläuterte rasch: »Es ist der Mangel an diesen Dingen, der ihn krank macht.«

Koroll starrte ihn an. »Das ist absurd. Ein Mann wird krank, wenn er zu viel von diesem Zeug hat, und jemand wie Ronall vermißt seine Rauschmittel zweifellos, wenn er keine mehr bekommt, aber ...«

»Laut dem Priester, von dem ich ihn habe untersuchen lassen, ist tatsächlich der Mangel das Problem. *Toren* Ronalls Körper ist so an regelmäßige und große Mengen dieser Mittel gewöhnt, daß er jetzt krank wird, wenn er sie nicht mehr bekommt.«

Koroll schüttelte den Kopf. »Und mit so einem ist Elelar verheiratet«, meinte er nachdenklich.

»Herr, er hat darum gebeten ... er hat uns angefleht ... was auch immer.«

Koroll runzelte die Stirn. »Was meint der Priester? Würde er sterben, wenn er nichts bekommt?«

»Er ist immer noch jung und relativ kräftig, also bezweifelt der Priester das, aber ...«

»Die Antwort lautet nein.«

»Aber«, fuhr der Offizier störrisch fort, »niemand kann genau wissen, ob er es übersteht. Er könnte sterben.«

»Wenn wir ihm etwas geben, um ihn zu beruhigen, was soll dann morgen sein?« wollte Koroll wissen. »Ich habe im Augenblick kaum mehr genug Geld, um meine Männer zu ernähren, und wir versuchen, Krieg zu führen! Glaubst du wirklich, ich habe Geld übrig, um importiertes Traumkraut und Wolkensirup für einen nutzlosen halbsilerischen Gefangenen zu kaufen?«

»Dann würde vielleicht etwas Alkohol ...«

»Nein!« brüllte Koroll. »Sag diesem Jammerlappen, er soll sich zusammenreißen und sich benehmen wie ein Mann.«

»Kommandant, Ihr habt mir eingeschärft, ich sollte ihn nicht sterben lassen. Wenn er ...«

»Der Befehl gilt immer noch«, fauchte Koroll. »Ich schlage vor, du sagst diesem Priester, wie wichtig es ist, ihn am Leben zu erhalten.« Dann überlegte er einen Augenblick und fügte hinzu: »Und hol eine Schwester, die ihn behandelt. Immerhin ist er zur Hälfte Silerier, und die glauben an die Heilkräfte der Schwestern. Es sollte dir nicht schwerfallen, eine zu finden. Im Augenblick gibt es wahrscheinlich mehr Schwestern in Shaljir als Huren in Valda.«

Der Gefängniskommandant war vor Zorn rot angelaufen, aber er salutierte nur und marschierte davon.

Der Gesang der *zanareen* hallte in Mirabars schmerzendem Kopf wider, dröhnte, verklang, brauste dann wieder auf. Sie sangen jetzt seit Tagen ununterbrochen, und Mirabar war schließlich an einem Punkt angekommen, wo sie ihre gesamte Selbstbeherrschung brauchte, um nicht ein paar von ihnen in den Krater zu werfen, während sie alle darauf warteten, daß Josarian den Sprung ins Feuer unternahm.

Bevor sie mit Josarian zum Darshon gekommen war, hatte sie nicht viel über die *zanareen* gewußt. Nur, daß sie alle verrückt waren, und die letzten Tage hatten diesen Eindruck nur bestätigt. Mirabar hatte immer versteckt in den Wäldern gelebt, hoch im Gebirge, und wenig Gelegenheit zum Kontakt mit diesen Wahnsinnigen gehabt, die ihrerseits nur selten den schneebedeckten Gipfel des Darshon verließen. Alle *zanareen,* die den Heiligen Berg verließen, waren für gewöhnlich auf der Suche nach neuen Anhängern ihres Glaubens, und sie wußten, daß sie die unter den Wächtern nicht finden würden. Jetzt, da sie hier war, wünschte sich Mirabar, sie hätte länger unwissend bleiben können.

Sie hatte gehofft, daß Josarian nach dem Aufstieg einen einzigen Blick in den kochenden Lavasee werfen, sich umdrehen und eilig wieder zu den Rebellen zurückkehren würde. Ja, das hatte sie gehofft – aber sie hatte sich nicht darauf verlassen. Von dem Augenblick an, da er seine Entscheidung angekündigt hatte, hatte sie seine Entschlossenheit bemerkt.

Sie wußte auch nicht, wie sie es ihm ausreden sollte. Auf dem Weg hierher hatte sie es wieder und wieder versucht, aber ohne die Überzeugung, die man für solche Streitgespräche brauchte. Immerhin war sie dabei gewesen, als seine Frau aus der Anderwelt erschienen war und ihn – durch Mirabars Mund – gedrängt hatte, sich Dars Umarmung hinzugeben.

Die Anderwelt war selbstverständlich ein unergründlicher Ort, und die Toten konnten so ärgerlich vage sein und ihre Botschaften mit Symbolen durchsetzen, die so unverständlich waren wie die, die der Rufer verwandte. Es gab so viele mögliche Erklärungen für das, was Calidar in jener Nacht in Idalar zu Josarian gesagt hatte, und das hatte Mirabar auch mehrmals versucht, ihm klarzumachen. Aber eigentlich glaubte sie es selbst nicht so recht, und daher war sie nie sonderlich überzeugend gewesen.

Wie Armian hatte auch Calidar auf eine Anrufung geantwortet, als dies eigentlich nicht hätte möglich sein sollen. Sie war gekommen, um auf Josarians Fragen zu antworten; sicherlich hätte sie es irgendwie deutlich gemacht, wenn sie gewollt hätte, daß Josarian irgendwo anders hinging als zu Dar.

Die Träume, die Visionen, die Prophezeiung, der Ruf…

Josarian war seinem Schicksal gefolgt, bis hierher

zum Darshon, so wie Mirabar dem ihren einmal in die eisigen Wasser des Kandahar gefolgt war. Wenn sie nur hätte sicher sein können! Wenn die Anderwelt oder der Rufer doch nur ihre Fragen beantworten oder ihr ein Zeichen senden würden! Josarian stand kurz davor, sich in den Krater zu werfen, und seit ihrer Ankunft auf dem Darshon war Mirabar so hilflos, so machtlos wie ein ganz gewöhnliches Bauernmädchen. Sie konnte nicht einmal die Schriften lesen, die die *zanareen* Josarian derzeit vermutlich vorlegten – dabei war der des Lesens ebenso unkundig wie sie.

Das Dröhnen von Dars Macht war so laut und gewaltig hier oben, daß es für anderes keinen Platz mehr gab. Auch Wasserherren waren hier oben machtlos wie Mirabar jetzt, das hatte einer der *zanareen* ihr gesagt. Sie konnte nicht einmal ein kleines Feuer beschwören, um sich hier auf dem vereisten, verschneiten und vom Wind heimgesuchten Gipfel zu wärmen. Nie in ihrem ganzen Leben war sie so weit von ihrer Macht entfernt gewesen, nicht einmal damals, als sie als Kind wild in den Wäldern lebte.

Wo war der Rufer? Warum hatte er sie verlassen? Wer war er, und was erwartete er nun von ihr? Warum kam er nicht? Sie hatte sich nie so hilflos gefühlt.

Sie hatte auch nicht erwartet, so lange hier oben bleiben zu müssen. Sie hatte angenommen, Josarian würde hier ankommen, in den glühenden Bauch der Göttin schauen und springen. Das war ein Fehler gewesen.

Die *zanareen* erwarteten den Feuerbringer jetzt seit Jahrhunderten, sie hatten schon auf ihn gewartet, als die Kint Sileria den Moorländern entrissen hatten. Im Lauf dieser Zeit hatten sie viele Zeremonien entwickelt, die alle dazu dienten, den Feuerbringer zu prüfen. Josarians Anspruch auf diesen Titel erforderte offenbar noch mehr Läuterungszeremonien als üblich, denn er war nicht einmal ein *zanar*. Tatsächlich war er der erste Außenseiter, der je das Recht zu springen für sich in Anspruch genommen hatte – ein Punkt, über den die *zanareen* sich bitterlich zerstritten hatten. Einige glaubten daran, daß Josarian unzweifelbar der Feuerbringer sei, und bereiteten sich schon auf seinen nicht abzuwendenden Triumph vor, andere wollten ihm das Recht verweigern, sich auch nur der Prüfung zu unterziehen. Nun, da ihr ihre Macht genommen war, konnte Mirabar Josarian nicht einmal vor einem Angriff schützen, und sie hatte Angst um ihn.

Wo bei den Feuern steckt Tansen, wenn man ihn braucht? Er ist unterwegs, um seine verdammte torena *vor einem Schicksal zu retten, das sie vermutlich verdient hat.*

Mirabar hatte darauf bestanden, daß Najdan in einer Zuflucht am Fuß des Darshon zurückgeblieben war. Das Tor zu Dars Bauch war kein Ort für einen Attentäter, und Mirabar wollte keine Lästerung begehen, indem sie ihn mitbrachte, ganz gleich, wie widerstrebend er sie gehen ließ.

Nachdem sie Idalar verlassen hatten, hatte er sie mit seinen Fragen nach Cheylan vollkommen verblüfft. Als ob er ihr Vater wäre und sie ein ganz gewöhnliches *shallah*-Mädchen! Trotz ihres schmerzenden Kopfs und dem

Brennen in ihrer Brust mußte sie jetzt lächeln. Hier, im Angesicht Dars, am Rand einer Katastrophe, war dieses Thema allemal weniger peinlich. Sie wäre, als Najdan sie über Cheylans Absichten ausgefragt hatte, am liebsten im Boden versunken. Vor allem, da sie ihm nicht hatte antworten können.

Cheylan ... Kein anderer war wie er. Mit einem Schauder erinnerte sie sich an seine Küsse. Sie hatte sein Angebot, Calidar an ihrer Stelle anzurufen, abgewiesen, aber vielleicht hatte er den Vorschlag nur gemacht, weil sie so offensichtlich gezögert hatte. Dennoch, sie wollte nicht, daß andere Wächter Josarian dienten, das war ihr Recht. Sie war allerdings nicht eifersüchtig gewesen, als Josarian Cheylan befohlen hatte, an ihrer Statt mit Kiloran zu gehen. Das wäre normalerweise ihre Pflicht gewesen, aber keine Aufgabe, die sie ungern abgab. Jetzt fragte sie sich, wie es Cheylan bei dem Wasserherrn wohl ergehen mochte. Sie hätte ihn vielleicht warnen sollen, die Zunge im Zaum zu halten, besonders Searlon gegenüber, diesem aalglatten und schlauen Attentäter, der ihr beinahe so gefährlich wie Kiloran selbst vorkam. Aber sie war so abgelenkt gewesen und so verzweifelt über Josarians Entschluß, und als Cheylan sie zum Abschied umarmt hatte ...

Danach hatte sie Najdans Fragen abgewehrt wie ein Mädchen, das seinen Vater anlügt. Und jetzt, während sie darauf wartete, daß Josarian sich der Göttin stellte, kam ihr das alles so unbedeutend vor.

Weil sie nur eine Frau war, hielt man Mira jetzt von Josarian fern, weil er vor seinem Sprung ins Schicksal nicht durch ihre Nähe »verunreinigt« werden durfte. Die *zanareen* bestanden darauf, daß jede Zeremonie, ebenso wie jedes Wort ihrer Schriften, von der Göttin eingegeben worden war. Mirabar hielt es für ebenso wahrscheinlich, daß ein paar Verrückte eines Nachts zuviel geschmuggelten Wolkensirup geschluckt und es sich danach ausgedacht hatten, vor Jahrhunderten schon.

Es gab Hunderte und Aberhunderte von *zanareen* auf dem Darshon. Die meisten wohnten in Höhlen, Zelten und kleinen Steinhütten. So hoch oben war es bitter kalt. Mirabar trug immer zwei Umhänge übereinander – ihren und den von Josarian –, aber sie zitterte dennoch Tag und Nacht. Sie hatte auch die Hände und Füße dick eingewickelt, und dennoch waren sie immer taub vor Kälte. Obwohl sie ihr ganzes Leben in den Bergen verbracht hatte, hatte sie nie zuvor Schnee berührt, denn der Rest des Landes war eher warm. Sie war auch noch nie zuvor so hoch oben im Gebirge gewesen, daß ihr das Atmen schwergefallen wäre. Die Luft war hier dünn und schwach, und selbst nach einem kurzen Weg keuchte sie schon wie ein dicker Kaufmann, der versuchte, einen Berg hinaufzusteigen. Ihr Kopf tat ununterbrochen weh, und ihr war häufig schwindlig. Ihr Körper rebellierte, indem er jede Nahrung verweigerte. Alles in allem hatte sie sich dem Tod noch nie so nahe gefühlt.

Der Rand des Kraters war frei von Schnee, da die Hitze ihn bis auf den nackten Lavastein schmelzen ließ. Manchmal ging Mirabar näher an den Rand, um sich zu wärmen, aber diese Hitze machte ihre Kopfschmerzen und das Ekelgefühl noch schlimmer, also blieb sie dort nie lange. Außerdem wollte sie nicht in den Krater hinabsehen, in dem Josarian bald sein Leben aufs Spiel setzen würde. Dieser Krater war gewaltig, größer als ein Dorf. Ströme blubbernder Lava, orangeglühend und mit flackernden Flammen, trieben um Schollen frisch abgekühlter Lava. Mirabar sah entgeistert zu, wie diese fließende Lava langsam den schwarzen Stein überzog und verschlang. Wie konnte Josarian das überleben? Manchmal bewegten sich selbst die Steine, rutschten und hoben und senkten sich, weil sich die Lava unter ihnen bewegte. Die *zanareen* waren erregt über diese Aktivität und deuteten sie als Dars wachsende Ungeduld: Sie sehnte sich nach Josarian.

Mitten im Krater befand sich der glühende, blubbernde, kochende, feuerspuckende, rote See dünnflüssiger Lava, in dem Dar, die Göttin des Feuers und Herrscherin Silerias, wohnte. Es hieß, sie sei aus der Vereinigung von Himmel und Erde geboren. Sie hatte auf der Suche nach einem Zuhause alle drei Richtungen der Welt bereist, bevor sie schließlich hier, im Darshon, zur Ruhe gekommen war, auf dem mächtigsten Berg inmitten des schönsten aller Länder. Sie war eine Zerstörerin, konnte in einer Laune ganze Dörfer vernichten. Ihre Grausamkeit hatte ihr Volk geformt, hatte es gnadenlos, unerbittlich und gewalttätig gemacht. Aber sie hatte die Silerier auch zum stärksten, wildesten und tapfersten Volk der Welt werden lassen.

Die Prophezeiung besagte, daß der Feuerbringer die Silerier auch wieder zum stolzesten Volk der Welt machen würde. Wenn der Feuerbringer kam, würden sie die *roshaheen* vertreiben. Die Eroberer würden Sileria verlassen müssen, und die Insel würde wieder den Sileriern gehören.

Mirabar ließ den schmerzenden Kopf auf die Knie sinken und zog die Umhänge fester um sich, um warm zu werden. Die *zanareen* hatten seit Josarians Ankunft ununterbrochen die Schriften rezitiert. Die Prophezeiung war vage, widersprüchlich und jeder Interpretation offen. Josarians Anhänger fanden hier ebenso Material, um seinen Anspruch zu begründen, wie seine Gegner es fanden, um ihn abzuweisen. Mirabar hatte Dar selbst um eine Antwort angefleht. Direkt hier, am Tor zu Dars Wohnstatt, ignorierte die Göttin ihr Flehen.

Jemand brachte ihr Wasser, das sie vorsichtig trank, in der Hoffnung, es nicht gleich wieder von sich geben zu müssen. Wasser gab es auf dem Darshon genug, denn die Göttin lebte direkt unter der Außenhaut des Berges. Heißer Stein und kleine Lavapfützen schmolzen den Schnee und ließen mitunter Wasserfälle und rasch fließende Bergbäche entstehen. Kochend heiße Geysire schossen weiter unten am Berg aus dem Boden und schufen warme Teiche, in denen die *zanareen* badeten. Mirabar hätte vielleicht auch zu einem dieser Teiche gehen könne, um sich aufzuwärmen, aber einerseits glaubte sie nicht, den Aufstieg noch einmal bewältigen zu können, und zum anderen konnte ihr niemand sagen, wann Josarian denn nun springen würde. Sie hatte nicht vor, sich gerade einzuseifen, wenn es passierte.

Sie brachte das Wasser glatt herunter, und es schien in ihrem Bauch bleiben zu wollen. Sie lächelte dem

Mann, der es ihr angeboten hatte, dankbar zu, erleichtert, daß er nicht vor ihrem roten Haar und ihren glühenden Augen zurückwich. Er war kein *zanar*, sondern einer der in der Nähe wohnenden *shallaheen*, die hergekommen waren, um Zeugen von Josarians Sprung zu werden. Hunderte von ihnen stiegen jetzt den Darshon hinauf; die Nachricht, daß Josarian endlich gekommen war, um die Göttin zu umarmen, verbreitete sich schnell.

Wie lange würde es dauern, bis auch die Valdani davon hörten und hier nach ihm suchten? Wie lange, bevor er sprang?

Praktische und religiöse Ängste plagten sie, bis sie sich schon für ebenso wahnsinnig hielt, wie die *zanareen* es waren. Abwechselnd fürchtete sie sich vor dem, was geschehen würde, und konnte gleichzeitig nicht erwarten, daß es endlich geschah. Sie war vollkommen erschöpft, und sie wußte nicht, wieviel mehr sie noch ertragen konnte, aber sie konnte auch nicht so recht glauben, daß Josarian in dieser menschenverschlingenden Lava einfach sterben würde wie so viele andere. Ihr wurde jedesmal übel, wenn sie sich an die Schreie des Mannes erinnerte, der sich in den Krater geworfen hatte, als sie und Josarian hier eingetroffen waren. Sie nahm an, daß es besser war als Tod durch langsame Folter – aber nicht viel besser.

Nicht einmal im Schlaf fand man hier oben Erleichterung, denn das ununterbrochene Singen der *zanareen* machte Schlafen beinahe unmöglich. Tag und Nacht, Nacht und Tag. Der Luftmangel, der Schlafmangel, die betäubende Kälte, die mörderische Hitze des Vulkans ...

Kein Wunder, daß die *zanareen* alle verrückt waren. Bald würde sie es auch sein, wenn sie noch viel länger hier blieb.

Plötzlich hörte das Singen auf. Einfach so.

Mirabar wickelte sich umständlich aus ihren Umhängen und hob den schmerzenden Kopf. Sie hatten tagelang gnadenlos gesungen, und jetzt hörten sie ganz einfach auf und schwiegen. Es gab keinen Laut bis auf den des Windes, der weiter über den Gipfel peitschte, und das unregelmäßige Rumpeln des Vulkans selbst. Mirabar sah sich um und versuchte festzustellen, was anders war, was die *zanareen* plötzlich vom Singen abhielt.

Dann teilte sich die Menge von mehr als hundert Sängern so glatt, als wäre die Hand Dars am Werk. Sie traten schweigend zurück. Josarian erschien in ihrer Mitte. Er war nackt. Mirabar wandte einen Moment lang schockiert den Blick ab. Dann traten praktische Überlegungen in den Vordergrund: Er würde sich zu Tode frieren! Sie sprang auf und wollte auf ihn zulaufen, ihm seinen Umhang zurückgeben. Aber vier *zanareen* traten ihr in den Weg.

Sie schluckte, denn jetzt verstand sie, was vorging. »Er ist jetzt bereit, nicht wahr?« Ihre Stimme war nur noch ein Krächzen.

»Er ist bereit.«

Wieder sah sie Josarian an, aber er schien sie nicht zu sehen. Sie wollte ihm etwas zurufen, aber ihre Stimme versagte den Dienst. Hilflos sah sie zu, wie er zum Kraterrand hinaufging. Dort angekommen, ging er zu einem glatten, schimmernden, schwarzen Stein, einer Klippe, die über die Lavagrube ragte. Er war zu weit entfernt, als daß Mirabar sein Gesicht hätte sehen können, als er bis an den Rand dieses Steins ging und dort stehenblieb, hoch über dem kochenden Lavasee, der zum Herzen der Göttin führte.

»Josarian!« wollte Mira schreien, aber es kam nur ein Flüstern heraus. Trotzdem versetzte ihr jemand einen Schlag. Sie gab sich nicht einmal die Mühe, dem Mann einen wütenden Blick zuzuwerfen. Sie ließ den Blick nicht von Josarian weichen.

Josarian hob die Arme über den Kopf. Die *zanareen* begannen wieder zu singen. Mirabars Kopf pochte im Takt zu den jammernden, schrillen Tönen. Josarian stand nun schon so lange dort, seine bloßen Füße hätten auf dem Felsen brennen müssen, er hätte sich von der Hitze, die aus dem Krater aufstieg, abwenden sollen. Aber er blieb ruhig stehen.

Tränen der Erschöpfung, der Angst, der hilflosen Verwirrung liefen Mirabar über das starre Gesicht, als sie wartete, daß er sprang.

Der Weg war lang, uneben und unwirtlich. Tansen war einmal zuvor auf dem Darshon gewesen, als Kind. In den folgenden Jahren hatte er vergessen, wie schwierig der Aufstieg war. Rosafarbene, pfirsichfarbene, braune und schwarze Lavaströme, die Überreste von Dars Zornesausbrüchen, gewunden, geflochten, gerollt in tausend Formen, und er mußte sich seinen Weg über sie hinweg suchen. Er kam durch etwas, das einmal ein

Wald gewesen war. Die Bäume waren verbrannt, die Stümpfe von Lavabrocken bedeckt. Jetzt hockten sie wie Trolle unter dem verschneiten Gipfel des Darshon; als Kind hatte Tansen all die Geschichten geglaubt, die diese monströsen Gestalten, die an der Bergflanke hockten, ins Leben gerufen hatten.

Weiter oben gab es keine Bäume mehr. Noch höher oben wurden auch die Büsche und anderen Pflanzen seltener. Die Lava nahm phantastische und unglaubliche Formen an, und dicke Wolken trieben ihm den Berghang herunter entgegen. Er kam an Geysiren kochenden Wassers vorbei, die zornig in die Luft schossen und ihn vom Land der Göttin vertreiben wollten. Die Teiche mit warmem Wasser, in denen die *zanareen* so gern badeten, waren jetzt vollkommen verlassen, ebenso wie die Hütten, Zelte und Höhlen, an denen er vorbeigekommen war. Die *zanareen* waren alle oben am Krater. Bei Josarian.

Angst zog Tansens Magen zusammen. Angst um seinen Blutsbruder, der vor dem Sprung in den Tod stand. Angst um sich selbst, denn Dar würde ihn hier nicht willkommen heißen. Überall um sich herum konnte er sehen, was Dar in ihrem Zorn tun konnte. Sie war eine Zerstörer-Göttin, keine warmherzige ausländische Gottheit, die mit ein paar großzügigen Bestechungen beruhigt werden konnte. Sie war eine Göttin des Feuers und des Zorns, und er hatte gegen ihre Gebote verstoßen, hatte seinen eigenen Blutsvater getötet, den Mann, den er für den Feuerbringer gehalten hatte. Und nun war Tansen gekommen, um Dar den Mann zu entziehen, von dem viele glaubten, daß sie ihn mehr begehrte als jeden anderen.

Er kletterte an Felsen vorbei, die wie Halbmonde aussahen, wie Brotlaibe, wie im Tanz erstarrte Mädchen. Er kletterte über erkaltete Lavaströme, die riesigen menschlichen Körperteilen geradezu lächerlich ähnlich sahen. Er kam an blubbernden Lavapfützen vorüber, an Steinen, die noch vor Hitze glühten, und an Bergbächen, die aus Schnee entstanden waren, der in der Hitze geschmolzen war. Seine guten Moorländerstiefel sanken knöcheltief ein, als er über pudrige Aschekegel stieg. In seiner Eile fiel er mehrmals hin, schnitt sich an scharfen Steinfragmenten, wenn der Boden sich unter ihm bewegte. Blut von einem Schnitt an der Stirn blendete ihn, aber er wischte es weg und marschierte weiter. Weiter oben enthüllten klaffende Risse in der Erde gruselig aussehende purpurfarbene und gelbliche Innereien, gespickt mit Kristallen, die scharf und spitz genug waren, sich einem Mann bis ins Herz zu bohren.

Die Luft wurde dünner, als er weiter aufstieg. Tansens Lungen schmerzten, in seinem Kopf drehte sich alles, er wurde immer langsamer. Es war kalt, so kalt. Er war beinahe da, nur noch ein kleines bißchen weiter. Und dann würde er Josarian aufhalten können.

Plötzlich tat sich die Erde vor ihm auf. Der Riß wurde zu breit, ehe er darüberspringen konnte. Rauchfäden wirbelten aus dieser Wunde der Erde, verdichteten sich rasch zu einer Wolke dicken gelben Rauchs. Der giftige Gestank drohte ihn zu ersticken, zwang ihn zurückzuweichen.

»Dar!« schrie er. Er hatte in der Nacht, in der er Armian getötet hatte, aufgehört zu beten, aber jetzt sprach er die Göttin an: »Ich werde ihn aufhalten!«

Das schwarze Innere der Erde schmolz zu glühendem Rot. Die Lava roch wie Blut und war heißer als Feuer. Sie schob den Riß weiter auf, erweiterte die Kluft zwischen ihm und Josarian. Die brennende Hitze trieb Tansen weiter zurück. Glühendheiße Steine wirbelten durch die Luft, Brocken orangefarbenen und gelben Feuers sprangen auf ihn zu, trieben ihn den Abhang hinunter, den er gerade erst so mühsam erklommen hatte.

»Dar!« schrie er. »Wenn du ihn haben willst, mußt du mich erst umbringen!«

Aber er war nur ein Mensch, und sie war eine Göttin. Seine Schwerter, seine Ausbildung, seine Fähigkeiten waren hier nutzlos. Selbst sein Mut bedeutete nichts angesichts ihrer Macht. Gelber Rauch quoll aus der frischen Wunde im Berg, der beißende Gestank drang in Tansens Nase. Er füllte seine Kehle, schnürte ihm die Luft ab.

»Josarian ...«, keuchte er.

Er hustete; seine Lungen brannten. Der Schmerz und der Luftmangel ließen ihn auf die Knie fallen. Er kämpfte gegen Dar an, aber sie war stärker. Er hatte schließlich einen Gegner gefunden, der ihm überlegen war.

Er rang nach Luft, konnte sich nicht mehr bewegen, nicht mehr atmen, und seine Augen tränten, bis er auch nichts mehr sah. Und er wußte, daß sein Schicksal ihn schließlich eingeholt hatte. Er würde versagen.

Plötzlich mußte er an sie denken. Er würde sie nie

wiedersehen. Die Heftigkeit seiner Trauer erschreckte ihn.

»Mira...«

Mirabar, das Dämonenmädchen, das in einem Feuerball in den See Kandahar eindrang, um sich Kiloran selbst zu stellen.

Er hörte das Grollen des Vulkans über sich. Dar verhöhnte ihn. Sie hatte ihn vernichtet.

»Nein ...«

Die bittere Galle der Niederlage brannte in seiner Brust, nahm ihm die Kraft. Er würde versagen. Dar würde endlich Rache an ihm nehmen. Josarian würde sterben. Die Rebellion würde in sich zusammenfallen. Und Dar hatte gewollt, daß er mit diesem Wissen starb.

Er versuchte, wieder auf die Beine zu kommen. Der Boden brach unter seinen Händen weg. Ein Klumpen glühenden Steins setzte seinen Ärmel in Brand und verbrannte seinen Arm. Er fiel nach hinten, als er versuchte, dem Schmerz auszuweichen. Hoch über ihm grollte Dar triumphierend, denn sie hatte ihren Gegner vernichtet.

Gegenüber Dars Rufen schwand jede andere Empfindung zur Bedeutungslosigkeit. Josarian konnte spüren, wie der heiße, glatte Felsen seine Fußsohlen verbrannte. Er konnte das ekstatische Singen der *zanareen* hören. Sein Körper bebte von der Hitze, die aus dem Lavasee direkt unter ihm aufstieg. Seine nackte Haut schauderte in der Kälte, die der Wind über den Berggipfel fegte.

Und dennoch waren all diese Empfindungen nichts

gegen die seelenerschütternde Macht ihres glühenden Rufs. Die *zanareen* hatten ihn tagelang von allem isoliert und ihn abwechselnd neben einem kleinen Lavatümpel schwitzen lassen und ihn in einen eisigen Bergbach getaucht. Er hatte entsprechend ihren Traditionen gefastet und nichts zu sich genommen als die geistesverwirrenden Tränke, die Jalan ihm brachte. Hunger, Kälte, Hitze, Schmerz ... Das alles bedeutete ihm nichts mehr. Seit Tagen hatte er nichts mehr empfunden als dieses ungeheure Begehren, aber sie hatten ihn immer noch von ihr ferngehalten.

Tag und Nacht hatte er nichts vernommen als ihr Rufen. Er hatte nie geschlafen, war aber auch nicht vollständig erwacht, und er hatte nichts anderes gespürt als ihr stetiges Sehnen. Er konnte sie beinahe auf seiner Haut spüren, sie auf seiner Zunge schmecken. Feuer und Schwefel, Lava und Hitze, Erde und Feuer ...«

Mensch und Göttin, vereinigt.

Sie hatten bis jetzt gewartet, bis sie ihn endlich gehen ließen, bis sie sicher waren, daß er an nichts anderes mehr dachte, sich an nichts mehr erinnerte, kein anderes Bedürfnis, kein anderes Sehnen, keinen anderen Ehrgeiz mehr kannte als die Begierde, Dar zu umarmen. Solange er sich noch an den geringsten Teil seines Lebens erinnerte, würde sie ihn nicht wollen, denn sie war eine eifersüchtige Göttin. Erst jetzt, da er nichts mehr kannte als dieses Sehnen, sich nicht mehr erinnerte, wie sein Leben gewesen war, bevor er zu ihr kam, erst jetzt war er ihrer würdig. Erst jetzt würde sie ihn aufnehmen.

Er hob die Arme über den Kopf, ergab sich ihr. Sie

grollte und röhrte triumphierend, griff nach ihm, hieß ihn willkommen. Ihre Hitze erhob sich von der Lava, umschlang ihn, streichelte ihn, lockte ihn. Mit klopfendem Herzen und schwirrendem Kopf gab er sich auf und ging zu ihr. Er bog den Rücken genießerisch durch, dann sprang er nach vorn, ins Leere, in ihre Umarmung. Er hörte einen Schrei in der Ferne, aber das war so weit weg; es ging im feurigen Donner von Dars Willkommen unter.

KAPITEL 13

Ein Schrei – ein schreckliches Kreischen – drang gewaltsam in Tansens Wahrnehmung ein. Einen Augenblick lang rollte er wild die Augen, die ganze Welt drehte sich um ihn, als er ruckartig wieder zu Bewußtsein kam.

Schmerz. Er biß die Zähne zusammen, kniff die Augen zu. Dann versuchte er, seine Atemzüge zu beherrschen, nahm verzweifelt soviel wie möglich von der dünnen Luft auf, und schließlich schaute er auf seinen rechten Arm hinab. Ein paar verkohlte Fäden waren alles, was von seinem Ärmel geblieben war. Die Haut war rot und wund, aber zum Glück war nur die Ellbogenbeuge so schlimm verbrannt, daß sich Blasen gebildet hatten. Wieder hatte er Blut in den Augen; der Schnitt an seiner Stirn blutete lebhaft, weil er nach hinten gefallen war und mit dem Kopf nach unten gelegen hatte.

Er setzte sich und fing an zu husten, versuchte, die giftigen Dämpfe aus der Lunge zu bekommen.

Langsam kehrte seine Kraft zurück, und er stand auf. Er sah sich um, verstört, immer noch halb betäubt. Zuerst konnte er keine Spur des Risses finden, der ihn beinahe getötet hatte. Schaudernd vor Kälte kletterte er wieder den Abhang hinauf, bis er die Erdspalte fand. Als er ohnmächtig geworden war, war sie so breit wie der Idalar gewesen, jetzt war sie nicht breiter als eine Hand und schloß sich, noch während er zusah. Nach einem

Augenblick war nur noch eine Spur von Rot übrig, die auf den Riß hinwies, wie geronnenes Blut auf einer kleinen Schnittwunde.

»Dar«, flüsterte er.

Warum hast du mich nicht getötet?

Die Antwort war klar. Sie wollte ihn lebendig haben. Sie hatte noch Verwendung für ihn. Was immer das sein mochte, sie würde es ihm irgendwann schon mitteilen – dann, wenn *sie* es für richtig hielt. Inzwischen ... er ahnte, wessen Schrei ihn geweckt hatte, und ebenso, was ihren Schrei bewirkt hatte.

Josarian war gesprungen.

Langsam schleppte er sich den Berg hinauf, zitternd vor Kälte, durstig und verwirrt. Er beeilte sich nicht mehr.

Josarian war gesprungen.

Trotz des gemäßigten Tempos atmete er schwer, als er die Menge der Zuschauer erreichte. Hunderte von *shallaheen* hockten zusammen, versuchten, sich vor der Kälte zu schützen, und teilten ihre Vorräte. Sie sahen seine Schwerter. Sie sahen das Brandmal auf seiner Brust, weil sein Hemd zerrissen war. Sie murmelten seinen Namen, kannten die Legende. Sie sagten ihm, was er bereits wußte.

Josarian ist gesprungen, mein Bruder ist tot.

Die Rebellion ... Daran wollte er im Augenblick nicht denken.

Mein Bruder ist tot.

Sie boten ihm Essen und Wasser an, und Wein. Er nahm nur das Wasser, dann fragte er nach Mirabar.

»Wo ist sie?« Seine Lungen schmerzten so, daß er kaum sprechen konnte. »Wo ist Mirabar?«

Sie wiesen ihm den Weg vorbei an Hunderten singender *zanareen*, starr blickenden Fanatikern, die ihn ignorierten und den Blick nicht von den Feuern Dars weichen ließen.

Endlich entdeckte er sie. Sie stand am Rand des Kraters, als wollte auch sie hineinspringen.

Nur über meine Leiche.

Er hatte das Gefühl, Gewichte an den Füßen zu haben. Jeder Schritt erforderte Konzentration. Die eiskalte Luft brannte in seinen Lungen. Als er Mirabar erreichte, zitterte er schon heftig von der Kälte.

»Mira...« Er hörte sich an, als hätte gerade jemand versucht, ihn zu erwürgen.

Sie drehte sich langsam um. Auch ihre Augen waren glasig. Starr. Darunter sah er dunkle Ringe. Ihre Wangen waren hohl, ihr Hals mager. Ihre Haut war beinahe so bleich wie der Schnee, aber zwei rote, hitzige Flecken zeichneten ihre Wangen. Sie atmete, als hätte sie sich gerade wieder ins Wasser des Kandahar gestürzt, und zitterte ebenso heftig wie er.

Sie schien nicht überrascht, ihn zu sehen, und ihr fiel auch nicht auf, wie blutig und abgerissen er war. Sie sah aus, als erkenne sie ihn kaum, als müßte sie sich anstrengen, sich an seinen Namen zu erinnern.

»Tan...«, flüsterte sie schließlich. »Er ist gesprungen.«

Mein Bruder ist tot.

Seine nächsten Worte hatte er nicht aussprechen wollen. Sie erschreckten ihn selbst, aber sie hatte sie offenbar erwartet. »Warum hast du ihn nicht aufgehalten?«

Sie gab keine Antwort. Wandte sich nicht ab. Erwiderte nur seinen Blick und atmete schwer.

Er verlor die Nerven. Er packte sie an den Schultern und schüttelte sie. Eine Frau. Ein zartes kleines Ding. Er schüttelte sie mit aller Kraft, die ihm noch geblieben war, und fauchte: »Wie konntest du ihn einfach springen lassen?«

Ihr Kopf sackte nach hinten. Sie kniff die Augen zu und biß die Zähne zusammen. Ein schreckliches Geräusch begann tief in ihrer Brust, stieg in die Kehle auf und wurde schließlich zu einem entsetzlichen, tieftraurigen Aufheulen. Sie hob die schmalen Hände und riß sich am dämonenroten Haar.

»Neeeeiiiin!« schrie sie.

Sie riß sich los. Er fürchtete, sie werde in den Krater taumeln, und streckte die Hände nach ihr aus. Sie riß sich wiederum heftig los, dann fiel sie auf die Knie und wimmerte.

Es wäre so viel einfacher gewesen, wenn sie ihn geschlagen hätte. Ihr Weinen zu hören, das durch seine eigene Grausamkeit freigesetzt worden war, fühlte sich wie der Schnitt eines *shir* an. Er kniete sich neben sie und nahm sie in die Arme.

»Mira...«

»Neeeiin ...«

»Es tut mir leid.«

»Die Visionen ... die Träume ...« Sie keuchte, schluchzte und schnappte nach Luft. »Die Anrufung ... Calidar ...«

»Schon gut ... es tut mir leid. Ich wollte dir nicht ...«

»Calidar hat es ihm gesagt. Sie hat ihn hergeschickt. Er wollte nicht auf mich hören ... Ich dachte, es sei der Wille der Anderwelt!«

»Scht.«

Ihr ganzer Körper zuckte, dann holte sie wieder und wieder tief Luft. Trockenes Schluchzen schüttelte sie. Aber es brachte keine Flüssigkeit mit sich, nicht einmal Speichel.

Trotz seines eigenen erschöpften, verwirrten Zustands erkannte er endlich, daß sie nicht nur trauerte, sondern auch sehr, sehr krank war. Ihre Haut glühte, und dieses heftige Schaudern kam ebenso von Fieber wie von der Kälte. Er hatte so etwas schon einmal gesehen. Manche Menschen, ganz gleich, wie stark sie sonst waren, konnten sich an diese Höhe nicht anpassen. Sie würde sterben, wenn sie noch länger hierbliebe.

»Wir müssen gehen«, sagte er.

»Nein.« Wieder begann sie zu weinen.

Diesmal versuchte er nicht, sie zu trösten. Er wußte, sie würde keine Vernunft finden, ehe er ihr nicht etwas zu trinken und ein warmes Bett finden konnte. Aber er mußte sie weiter nach unten bringen, denn ihr Hauptproblem war der Luftmangel. Es würde ihr nicht besser gehen, solange sie nicht wieder normal atmen könnte.

Seine erschöpften, schmerzenden Muskeln protestierten, als er aufstand und sie hochhob. Der verbrannte Arm fühlte sich an, als würde das Fleisch abgerissen. Mirabar war zierlich, und sie hatte noch an Gewicht verloren, aber sie war immer noch ein kräftiges *shallah-*

Mädchen – eine *shallah*-Frau –, und seine eigene Schwäche würde den Abstieg zu einer Qual werden lassen. Sie würden heute nicht weit gehen. Nur bis unter die Schneegrenze. Er wußte, heute würde er es nicht mehr weiter schaffen.

Sie wehrte sich schwach gegen ihn, tat ihm weh. Seine zitternden Beine ließen ihn stolpern. Sie fielen zusammen zu Boden.

Ein wildes Röhren, die Geburtsschreie einer Göttin, erfüllten plötzlich die Luft. Mirabar hob den Kopf, versuchte, in den Krater zu spähen. Tansen hatte den Schmerz für einen Augenblick vergessen, griff in ihr Haar und zog ihren Kopf unter seine Schulter, als der Himmel aufheulte und die Erde bebte. Er warf sich herum und über sie, um sie zu schützen – obwohl er nicht wußte, aus welcher Richtung die Bedrohung überhaupt kam.

Himmel und Erde schienen zusammenzubrechen. Überall um sie herum war es flammendrot. Selbst die Wolken waren offenbar in Flammen aufgegangen. Der Boden hob und senkte sich wie Meereswogen.

»Dar!« schrie Mirabar. Tansens Sinne waren taub vom Brüllen der Göttin, und er konnte Mirabars Stimme kaum hören, obwohl sie ihm ins Ohr schrie: »Laß mich los! Es ist Dar!«

Aber er ließ sie nicht gehen. Dar hatte ihm bereits Josarian genommen. Er würde ihr nicht auch Mirabar geben. Sie würde ihn zuerst nehmen müssen, und sie hatte bereits gezeigt, daß sie ihn nicht wollte.

Lava schoß aus dem Krater hoch, hoch in die Luft,

und fiel dann wieder zurück. Tansen hob den Kopf und starrte staunend. Er hatte in seiner Kindheit Ausbrüche gesehen, aber nie so etwas wie das hier. Dies waren keine vernichtenden Ausbrüche, die den Berg und das umliegende Land mit Vernichtung überzogen. Die Lava schoß so glatt, regelmäßig und anmutig nach oben wie das Wasser in den schönsten Springbrunnen Shaljirs. Am höchsten Punkt teilte sich der Lavafluß in tausend schlanke, glühende Strahlen, die wieder zurück in den See fielen. Eine Billion Tröpfchen glühender Lava sprühten in alle Richtungen, aber sie bedrohten niemanden, nicht einmal die, die ganz dicht am Kraterrand standen.

»Das Haar und die Tränen Dars«, murmelte Mirabar, und ihre Augen schimmerten vor religiöser Inbrunst.

»Ist das …« Einen Augenblick lang versagten ihm die Worte. »Ist das Dar?«

»Ich weiß es nicht.«

Ein Feuerball stieg aus dem Lavabrunnen auf. Er flog direkt auf Tansen und Mirabar zu. Wenn das Dar war, hatte sie es sich offenbar anders überlegt – jetzt wollte sie ihre Rache. Er zog Mirabar wieder hinter sich, erdrückte sie dabei beinahe, und hob schützend den Arm über den Kopf. Plötzlich war er weniger bereit zu sterben, als er immer angenommen hatte.

Der Feuerball landete so dicht neben ihnen, daß er beinahe Miras Umhang in Brand gesetzt hätte. Tansen rollte sich weg, wobei er die Frau immer noch schützend umklammerte, während sie sich gegen ihn wehrte, weil sie die Göttin sehen wollte.

»Siehst du es denn nicht?« rief sie. »Es ist …«

Jemand fing an, wild zu schreien, auf und ab zu springen und in die Flammen zu zeigen. Tansens Herz schlug plötzlich schneller vor Hoffnung, er stützte sich auf ein Knie und starrte ins Feuer.

»Josarian?«

In den flackernden Flammen zeichnete sich eine Gestalt ab. Es hätte ein Mann sein können, der auf einem Knie hockte, als wollte er gleich aufstehen. Aber es konnte nicht Josarian sein. Es glühte, als wäre es aus heißen Kohlen.

»Er ist es«, hauchte Mirabar, dann schnappte sie laut nach Luft und versuchte, sich an Tansen hochzuziehen, um auf die Beine zu kommen.

Die Flammen zischten und rauchten und verglommen langsam, wie es mit einem ganz normalen Feuer geschieht, wenn kein Brennstoff mehr da ist. Als das Feuer erstarb, zeichnete sich die Gestalt darin deutlicher ab. Tansens Herz blieb beinahe stehen, als das Ding sich bewegte, aber er wich nicht zurück. Mirabar sagte, dieses Geschöpf sei Josarian, und Tan würde nicht vor seinem Bruder fliehen, ganz gleich, zu was er geworden war. Mit den langsamen und schmerzerfüllten Bewegungen eines alten Mannes erhob sich die Gestalt im Feuer vom Boden und richtete sich auf. Glühend stand sie da, strahlte Hitze und Kraft aus, während immer mehr Flammen erloschen.

Dann begann auch die Gestalt selbst sich zu verändern. Das feurige Glühen, so ähnlich dem von Mirabars Augen, verblaßte, kühlte ab, dann war es ganz verschwunden, und ein ganz normaler Mensch stand vor ihnen: das glänzende dunkle Haar, die sonnenverbrannte Haut, die beiden Narben, die von Valdani-Schwertern stammten, die Narben auf den Handflächen.

Er atmete schwer, und sein nackter Körper war schweißgebadet. Er hatte die Augen geschlossen, seine Miene war unergründlich. Er schien sich auf ein Bild in seinem Inneren zu konzentrieren. Tansen trat einen Schritt vor, aber Mirabar griff nach seiner Hand und hielt ihn auf. Ihr fester Griff warnte ihn, Josarian nicht anzusprechen oder anderweitig zu stören.

Die *zanareen* hingegen tobten, jubelten, fielen einander in die Arme. Die *shallaheen* riefen Josarians Namen, schrien ihren Triumph über das Kommen des Feuerbringers heraus.

Der Feuerbringer.

Es stimmte also. Es war tatsächlich Josarian. Er hatte es getan!

Die heftige Aktivität des Vulkans ließ nach, bis nichts mehr von dem Feuer und der Wildheit übrig war, die noch Augenblicke zuvor Himmel und Erde verzehrt hatten. Dars Stimme war wieder zu einem ungleichmäßigen Murmeln im Krater verklungen. Alles auf dem Darshon sah so aus wie zuvor.

Nur, daß jetzt der Feuerbringer unter uns ist.

»Er ist da!« schrie Jalan, und mit ihm stürmte ein Schwarm aufgeregter Männer auf Josarian zu.

»Laß nicht zu, daß sie ihn stören!« sagte Mirabar rasch, so daß nur Tansen es hören konnte.

Er gehorchte ihr, denn diese Ereignisse gehörten eher

in ihren Erfahrungsbereich als in den seinen. Er zog beide Schwerter und stellte sich zwischen Jalans Leute und Josarian.

»Er ist der, auf den wir gewartet haben!« schrie Jalan. »Wir sind seine Diener! Du kannst uns nicht von ihm fernhalten!«

»Ich weiß. Laßt ihm nur noch einen Augenblick«, riet Tansen, der insgeheim fürchtete, daß Josarian noch erheblich länger brauchen würde.

»Tan...«

Tansen fuhr herum, als er die Stimme erkannte. Noch wenige Augenblicke zuvor hätte er nicht geglaubt, sie jemals wieder zu hören. »Ich bin hier.«

Endlich öffnete Josarian die Augen. Tansen hatte sich vor dem gefürchtet, was er in diesen Augen sehen würde, aber es war derselbe vertraute Blick wie immer, dieselben unschuldigen braunen Augen, in die er mehr als tausendmal geschaut hatte. Josarian sah erschöpft und ein wenig betäubt aus, aber ... das hier war eindeutig immer noch das Gesicht seines Bruders. Tansen seufzte erleichtert.

»Wie ... wie geht es dir?« fragte er schließlich.

Der Wind peitschte über den Berggipfel. Josarian schauderte, runzelte die Stirn und sagte: »Mir ist kalt.«

Mirabar kam auf die Beine. »Hier. Nimm das hier.« Sie versuchte, einen ihrer Umhänge abzunehmen, den Tansen plötzlich als Josarians Umhang erkannte, aber ihre Arme waren schwach wie die eines Kindes.

Tansen steckte die Schwerter ein, ging zu ihr, nahm einen der Umhänge und zwang Mirabar, sich wieder hinzusetzen, bevor sie fiel. Die *zanareen* und *shallaheen* beobachteten die drei, flüsterten, murmelten, mischten sich aber nicht ein.

»Die Schriften sind wohl ein wenig vage, was die nun folgenden Ereignisse angeht«, meinte Tansen. Sein verbrannter Arm schmerzte wieder, protestierte gegen alles, was er in der letzten Zeit hatte ertragen müssen.

Josarian blinzelte und sah ihn jetzt aufmerksamer an. »Tansen.« Ein Grinsen breitete sich langsam auf seinen Zügen aus. Verblüffenderweise begann er zu lachen. »Tan!«

Josarian taumelte vorwärts und umarmte ihn, zog ihn in eine dieser bärenhaften Umarmungen, die Tansen immer ein wenig verlegen machten. Jetzt blinzelte er gegen seine Tränen an und schlang seinerseits die Arme um den Bruder.

Ich danke dir, Dar. Danke. Danke, daß du ihn zurückgegeben hast.

Dann schob Josarian ihn ein Stück von sich und packte ihn an den Schultern. Tansen verzog schmerzerfüllt das Gesicht, aber Josarian bemerkte das nicht.

»Tan, das wirst du nicht glauben!« Er schüttelte den Kopf, als ginge es ihm ebenso. »Es war gar nicht Armian! Ich bin der Feuerbringer!«

Als sie schließlich die Zuflucht am Fuß des Darshon erreichten, wartete Najdan dort auf sie. Er hatte eine ungefähre Vorstellung davon, was oben auf dem Berg geschehen war, da Zeugen des Wunders bereits vorher vorbeigekommen waren, um die Nachricht zu verbreiten, noch bevor Josarian sich so recht erholt hatte.

Der Feuerbringer.

Najdans Brust zog sich vor schierem Staunen zusammen. Er hatte nie an den Feuerbringer geglaubt, und schon gar nicht hatte er sich vorgestellt, daß er ihn kennen und ihm dienen würde.

Sein nächster Gedanke war, daß Kiloran sich über diese Nachricht nicht sonderlich freuen würde. Niemand war in Sileria mehr gefürchtet als Kiloran, aber nun gab es einen, der ihn an Ruhm und Ehre übertraf und den die Menschen höher achteten. Der Feuerbringer würde über größere Macht verfügen als der mächtigste Wasserherr der Welt, und das würde Kiloran hassen.

Najdan war in der Zuflucht geblieben, wie Mirabar es ihm befohlen hatte, und hatte auf ihre Rückkehr gewartet. An dem Tag, nachdem er zum erstenmal von Josarians Triumph erfahren hatte, war ein Bote mit Nachrichten von Tansen eingetroffen, der auch dort oben war: Die *sirana* war sehr krank und würde Pflege brauchen, wenn sie am Abend zurückkam. Najdan hätte gern ihre Befehle mißachtet und wäre sofort auf den Berg gestiegen, um sie selbst zu holen, aber er wollte nicht, daß sie sich aufregte, wenn es ihr ohnehin schon so schlecht ging. Sie glaubte, es sei eine Lästerung, wenn sie ihn mit zu dem Vulkan nahm, in dem die Göttin wohnte, die sie anbetete. Najdan akzeptierte das, denn die Verehrungswürdige Gesellschaft gab sich nicht mit Dar ab, und schließlich blieb er, wo er war, und überwachte die Vorbereitungen für das Eintreffen der *sirana* und hielt ungeduldig nach ihr Ausschau.

Als Josarian, Mirabar und Tansen schließlich eintrafen, wurden sie von einer ganzen Herde von *zanareen* begleitet. Gehorsam bis zum Schwachsinn lagerten sich Josarians Anhänger rund um die Zuflucht, als er es ihnen befahl. Sie hatten Mirabar auf einer Bahre den Berg heruntergetragen, und Josarian hob sie nun hoch und trug sie in die Zuflucht, begleitet von Tansen.

Najdan konnte sofort erkennen, daß alles anders geworden war. Josarian, der immer schon kräftig gewirkt hatte, sah jetzt vollkommen unbesiegbar aus und strotzte nur so vor Kraft, Energie und Selbstvertrauen. Es war Tansen, der wirkte, als habe er erst vor kurzem dem Tod gegenübergestanden und um Haaresbreite überlebt. Sein gesamter rechter Arm war mit schmutzigen Behelfsverbänden bedeckt. Seine einfache Kleidung hing in Fetzen um ihn herum, zerrissen, angesengt und blutverschmiert. Ein Schnitt an seiner Stirn schien entzündet zu sein. Josarian hatte sich auf dem Weg zum Darshon beeilt, denn er hatte gewußt, falls Tansen sein Abenteuer in Shaljir überleben würde, würde er versuchen, seinen Blutsbruder davon abzuhalten, sich Dar im Krater hinzugeben. Als Najdan den *shatai* jetzt anschaute, konnte er sehen, daß Tansen es tatsächlich versucht hatte. Er hatte die Göttin herausgefordert und war ihr in ehrenhaftem Kampf entgegengetreten. Er hatte verloren, und Josarian hatte sie alle mit seinem Triumph verblüfft. Aber auch Tansen hatte überlebt, und ein Mann, der einen Kampf mit einer

Göttin überstanden hatte, würde nie wieder derselbe sein.

Am meisten aber schien sich Mirabar verändert zu haben, die jetzt bewußtlos auf Josarians Armen lag. Sie sah bleich aus, schwach und halb tot. Najdan vergaß jeglichen Respekt, den er dem Feuerbringer schuldete, riß Josarian die *sirana* aus den Armen und zischte: »Was ist mit ihr geschehen? Was haben ihr diese Verrückten angetan? Und wieso hast du es zugelassen?«

»Es war die Höhe«, sagte Tansen müde und achtete nicht auf Najdans anklagenden Ton. »Sie hat zu wenig Luft bekommen. Manche können sich nicht daran gewöhnen.«

»Aber sie ist eine *shallah!*«

Tansen schüttelte den Kopf. »Das ist gleich.«

»Wie hast du das zulassen können?« fauchte Najdan. »Wie hast du zulassen können, daß sie so krank wird?«

»Ich war nicht da.« Tansen ließ sich auf eine der Holzbänke sinken und nickte den Schwestern zu, die wartend in der Nähe standen. »Übergib sie den Schwestern, Najdan. Es wird ihr bald wieder gutgehen. Sie braucht nur Ruhe und Wärme, aber davon eine ganze Menge.«

Najdan warf Josarian noch einen kurzen Blick zu, dann drehte er sich um und trug Mirabar zu einer Kammer, wo die Schwestern ihr geben konnten, was sie brauchte.

Später an diesem Abend, frisch verbunden und in das Hemd eines anderen gekleidet, setzte sich Tansen zu einem ruhigen Essen mit Josarian nieder. Er mußte sich immer wieder daran erinnern, daß sein Bruder jetzt der Feuerbringer war. Aber immer, wenn er aufblickte, sah er nur ... Josarian. Verändert, zweifellos irgendwie verändert, aber immer noch der Bruder, den er lieben gelernt hatte.

»Also gut, frag schon«, sagte Josarian schließlich. »Ich weiß doch, wie dir die Fragen unter den Nägeln brennen.«

Er lächelte. »Na gut. Wie?«

»Es war wie in meinen Träumen.«

»Schmerz und Ekstase?«

»Schmerz, der mich hätte umbringen sollen, mich in den Wahnsinn treiben, mein Fleisch schmelzen und meine Knochen zu Pulver stampfen sollte. Schlimmer, als ich mir den Tod durch langsame Folter vorstelle.«

»Und Ekstase ...«

Josarian nickte. »Ich kann es nicht mit Worten beschreiben.« Er lächelte. »Mein Vater hat mir keine Worte dafür beigebracht, was eine Göttin mit einem Mann tun kann. Das hätte nur eine Frau tun können.«

»Aber du und sie ... Dar, äh, ich meine ...« Er wußte nicht so recht, wie er es ausdrücken sollte.

»Ja.« Josarian schaute aus dem Fenster in die schwarze Nacht hinaus, und plötzlich spiegelte sich in seiner Miene ein ungeheuerliches Sehnen. »Ja.«

Es war ein Blick, der von anderweltlichen Dingen sprach – Mirabar sah manchmal so aus. Tansen fühlte sich unbehaglich. »Und dann?« frage er nach langem Schweigen.

Mit deutlicher Anstrengung riß sich Josarian in die

Gegenwart zurück, zurück zu Tansens Frage. »Ich wollte nicht zurückkommen. Ich versuchte zu bleiben. Aber, äh ...«

»Sie hat dich zu uns zurückgeschickt.«

»Ja. Damit ich den Krieg zu Ende führe. Damit ich die Valdani vertreibe.«

»Und dann?«

»Und dann ...« Er zuckte die Achseln. »Vielleicht werde ich zu ihr zurückkehren.«

»Und was ist mit Calidar?«

»Oder zu Calidar.« Er sah Tansen an. »Aber ich werde nicht mehr um sie trauern. Nicht in diesem Leben. Das war ein Teil des Preises. Ich darf keine andere ... Frau lieben.«

Tansen war überrascht. »Du meinst ... Jalan hatte recht?« flüsterte er.

Er sah den Schmerz und die Verwirrung in Josarians Augen, bevor diese Gefühle Entschlossenheit und Gehorsam gegenüber der Göttin wichen. Sie war wahrhaftig eine gnadenlose Göttin.

»Ja«, sagte Josarian schließlich. Er zuckte die Achseln und bemühte sich um einen gleichmütigeren Tonfall. »Mirabar sagt, in der Anderwelt werden beide bei mir sein.«

Tansen wollte nicht, daß sein Bruder litt, und wollte ihm helfen, die Atmosphäre aufzuheitern. »Aha, wie einer von diesen kintischen Potentaten, die einen ganzen Palast voller eifersüchtiger Frauen haben.«

Josarian lächelte. »Irgendwie glaube ich nicht so recht, daß Mira so etwas im Sinn hatte.«

»Warum bei allen Göttern hast du sie mitgenommen?«

»Wie hätte ich sie denn aufhalten sollen?« Josarian verzog mißmutig das Gesicht. »Hast du jemals versucht, ihr etwas auszureden, das sie sich in den Kopf gesetzt hat?«

Tansen lachte. »Ich nehme die Frage zurück.«

»Ich wußte nicht, daß sie krank wurde«, sagte Josarian bedauernd. »Aber als wir oben eintrafen, haben sie uns voneinander getrennt. Man hat mich ausgezogen, isoliert, mich Ritualen und Zeremonien unterzogen, die zu beschreiben mich selbst dir gegenüber verlegen machen würde, und sie haben mir nichts zu essen oder zu trinken gegeben, nur Kräuteraufgüsse, die mich schwindlig machten. Ich glaube, nach dem ersten Tag habe ich mich nicht einmal mehr daran erinnert, daß es sie überhaupt gab.«

»Dann war dein Gedächtnis gnädiger als das meine. Ich habe die Stiche ihrer Zunge noch lange gespürt, als ich schon auf dem Weg nach Shaljir war. Selbst in den Tunneln unter dem Gefängnis hatte ich noch rote Ohren.«

Josarian grinste. »Und dabei hast du nicht einmal gehört, was sie gesagt hat, nachdem du sie in Idalar zurückgelassen hattest.«

»Ich bin ziemlich froh darüber.«

»Ich glaube, sogar Kiloran war schockiert.«

Sie lachten.

Dann sagte Josarian: »Die *torena* sollte inzwischen auf dem Niran in Sicherheit sein.«

»Solange ihnen keine Späher begegnet sind.« Jetzt, da er Zeit hatte, sich um Elelar zu sorgen, beunruhigte ihn dieser Gedanke. »Wir waren ziemlich hoch oben, als ich sie verließ.«

»Und Zimran würde alles tun, was in seiner Macht steht, um sie auf dem Rest des Weges zu beschützen.«

»Ich weiß.« Er versuchte, nicht säuerlich zu klingen.

Offensichtlich war ihm das nicht gelungen, denn Josarian sagte: »Ich fühle mich geschmeichelt, daß du um meinetwillen die *torena* mit meinem Vetter allein gelassen hast.«

»Sie wird ihn auch ohne meine Hilfe abwehren können.«

»Bist du denn sicher, daß sie das will?« fragte Josarian sanft.

Das war er nicht, und es beunruhigte ihn. »Wer kann schon sicher sein, was eine Frau will?«

»Wahr genug«, stimmte Josarian ihm zu. »Ich hatte Glück. Ich habe nie eine Frau geliebt, über deren ... deren Zuneigung ich mir unsicher war. Ich stelle mir vor, daß das schwer zu ertragen ist.«

Tansen wechselte rasch das Thema. Josarian respektierte diese Entscheidung und folgte seinem Beispiel. Sie schmiedeten neue Kriegspläne, denn jetzt konnten sie sicher sein, daß sich die Seegeborenen und die Tiefländer der Rebellion anschließen würden. Nachdem nun das Zeitalter des Feuerbringers angebrochen war, würden selbst die *toreni* und die Städter nicht mehr lange zögern. Mirabars Visionen, Armians Worte, die uralten Prophezeiungen der *zanareen* ...

»Es wird tatsächlich geschehen«, sagte Josarian voller Staunen. »Und wir werden es vollbringen.«

»Und ein neuer *yahrdan* wird seinen rechtmäßigen Platz in Shaljir einnehmen.«

Josarians Augen glitzerten. »Zum erstenmal seit tausend Jahren.«

»Ich hätte nie gedacht, daß ich das erleben würde.«

»Ich auch nicht.«

»Vielleicht wirst du es sein«, meinte Tansen.

»Ich?«

»Weißt du einen besseren?«

Josarian schüttelte den Kopf. »Nein, nicht ich.«

»Warum nicht? Immerhin bist du der Feuerbringer.«

Josarian machte eine vage Geste. »Von mir wird nur erwartet, daß ich die Valdani vertreibe. Was danach geschieht ...« Er zuckte die Achseln. »Darüber gibt es keine Prophezeiungen. Wenn die Valdani Sileria erst verlassen haben, wird mein Schicksal wieder ebenso ungewiß wie das aller anderen sein.«

Und Tansen stellte überrascht fest, daß es Josarian vollkommen gleichgültig war, was aus ihm wurde. Sein Erlebnis mit Dar hatte daran nichts geändert. Josarian träumte nur davon, Sileria von den *roshaheen* zu befreien, und von nichts anderem. Die Ereignisse auf dem Darshon hatten ihm die Mittel dazu gegeben, und er hatte den Preis gern gezahlt. Jetzt kehrte er in den Krieg zurück, konzentrierter und entschlossener denn je.

Najdan gesellte sich zu ihnen, als sie Strategien und Taktiken zu diskutieren begannen. Er berichtete, daß es der *sirana* schon viel besser ginge. Sie hatte eine Schale Brühe bei sich behalten und schlief nun friedlich, fieberfrei und ohne Anzeichen von Übelkeit. Josarian war erleichtert, das zu hören, und zog Najdan ins Gespräch.

Bald würden die Regenfälle einsetzen, die traditionelle Jahreszeit für die häufigsten und erfolgreichsten Entführungen durch die Gesellschaft.

»Aber nicht in diesem Jahr«, warnte Josarian Najdan. »Wir werden nur Valdani entführen. Keine Silerier, auch keine reichen Kaufleute oder *toreni.* Die Rebellion braucht sie, und sie werden sich uns nicht anschließen, wenn die Gesellschaft sie ausnimmt.«

Tansen sah Najdans Unbehagen. Der Attentäter mochte nicht viel Phantasie haben, aber er war nicht dumm. Er wußte, daß Josarian recht hatte, aber mit den Gewohnheiten von zwanzig Jahren war schwer zu brechen.

Schließlich sagte er: »Die Gesellschaft braucht das Geld ...«

»Sie haben einen großen Teil der Beute von Alizar erhalten«, entgegnete Josarian.

»Aber der Krieg ist teuer, *siran.*«

»Alle müssen Opfer bringen«, erklärte Josarian ein wenig gereizt. »Die Gesellschaft so gut wie alle anderen. Sag Kiloran – und das soll er auch den anderen Wasserherren weitersagen: Es gibt keine Entführungen, die ich nicht genehmige.«

»Das wird Kiloran gar nicht gefallen«, warnte Tansen.

»Den anderen Wasserherren auch nicht«, fügte Najdan hinzu.

Josarian erhob sich. »Ich bin der Feuerbringer. Von

nun an werden Kiloran und die Wasserherren tun, was ich ihnen sage.«

»Aber *siran* …«

»Die Lage hat sich geändert. Die Gesellschaft wird sich daran gewöhnen müssen.« Josarian sah nicht so aus, als würde er weiteren Widerspruch dulden. »Es geht jetzt nur noch darum, die Valdani zu vertreiben.«

Tansen sah ihm nach, als er das Zimmer verließ. Er war nicht sicher, ob er derselben Ansicht war wie sein Blutsbruder, aber seine Miene warnte Najdan, keinen Versuch mehr zu unternehmen, Josarian zu einer gemäßigteren Haltung zu überreden. Tansens Loyalität zu Josarian war ebenso unangreifbar wie die des Attentäters zu Kiloran – oder dieser Tage auch zu Mirabar. Aber Najdan hatte recht: Diese Entscheidung würde den Wasserherren nicht gefallen. Zum Glück würde allerdings der Rest des Landes hinter Josarian stehen. Tansen glaubte nicht, daß sich die Wasserherren noch gegen Josarians Anordnungen wehren konnten, wenn alle wußten, daß sie sich damit einem vereinten und freien Sileria entgegenstellten.

»Wir werden gleich morgen früh aufbrechen«, sagte Tan zu Najdan.

»Ich werde hierbleiben, bis die *sirana* sich wohl genug fühlt, um reisen zu können.«

»Das weiß ich.« Er konnte sie hier bei Najdan lassen. Niemand würde Mirabar leidenschaftlicher verteidigen. »Und dann müßt ihr zu Kiloran gehen. Sie wird dir helfen, ihn zu überzeugen.« Kiloran mochte Mirabar nicht, aber er würde ihr zuhören – wenn auch widerstrebend.

»Ja.« Najdan goß sich einen Becher Wein ein, dann verkündete er. »Cheylan ist bei ihm.«

»Ach ja?«

Najdan nickte. »Seit Idalar. Josarian hat ihn gebeten, mit Kiloran zu gehen, weil die *sirana* mit ihm zum Darshon kommen wollte.«

Tansen wartete. Es war offensichtlich, daß Najdan noch mehr sagen wollte.

Aber was dann kam, hätte nicht überraschender sein können. »Er hat in Idalar ... die *sirana* umworben.«

»Cheylan?«

Najdan nickte. Und dann, als wäre er erleichtert, sein Wissen endlich mit jemandem teilen zu können, quoll es förmlich aus ihm heraus: »Er hat sie umarmt. Allein im Dunkeln. Sehr ... leidenschaftlich.«

Tansen fühlte sich, als hätte ihn jemand geschlagen. Er wußte nicht, warum. Mirabar und Cheylan ... Es hätte ihn eigentlich nicht überraschen dürfen. Beide hatten sie Tansen über den anderen Fragen gestellt, bis er heiser vom Antworten gewesen war. Mirabar und Cheylan waren sich auf eine Art ähnlich, die sich andere kaum vorstellen konnten. Sie hatten zweifellos ähnliches durchgemacht, trotz der gewaltigen Unterschiede in ihrer Herkunft. Tatsächlich konnte man sich kaum einen Mann und eine Frau vorstellen, für die es unwahrscheinlicher war, beieinander Trost zu suchen. Tansen selbst hatte einmal daran gedacht, daß Cheylan vielleicht der richtige Mann für das Dämonenmädchen war.

Dennoch wurde ihm beinahe körperlich übel, wenn er sich Cheylan und Mirabar in einer »sehr leidenschaftlichen« Umarmung vorstellte. Am liebsten wäre er sofort in ihr Schlafzimmer gestürzt und hätte sie gefragt, was bei den Feuern sie sich an diesem Abend in Idalar wohl gedacht hatte. Am liebsten hätte er Josarians Befehle widerrufen und sie an jeden anderen Ort in Sileria geschickt, nur nicht zurück zu Kiloran und in Cheylans Arme.

Als er schließlich seine Stimme wiedergefunden hatte, fragte er: »Und die *sirana* ... sah es so aus, als ...«

»Sie hat die Umarmung erwidert.« Najdan wurde vor Verlegenheit rot. »Ich weiß, daß du mit ihm zusammen im Osten warst. Vielleicht könntest du mir sagen, ob er ... ihrer würdig ist«

Wenn ich jetzt ›nein‹ sage, wirst du ihm das nächstemal, wenn er sie berührt, einen shir *zwischen die Rippen schieben, wie?*

»Ich, äh ...« Er wußte, daß er lieber vorsichtig sein sollte. Er hatte seine eigenen Gedanken nicht vollkommen unter Kontrolle, und Attentäter waren nicht dafür bekannt, daß sie ihre Anwandlungen zur Gewalttätigkeit besonders gut beherrschen konnten. »Meinst du denn, daß Cheylan ... seine Annäherungsversuche fortsetzen wird?«

»Ja.«

»Und daß Mi... daß die *sirana* seinen Aufmerksamkeiten gegenüber aufgeschlossen ist?« Darfeuer, ich höre mich an wie meine Mutter.

»Ja.«

»Nun ...« Er verspürte das überwältigende Bedürfnis, Najdan zu ermutigen, Cheylan bei der nächstbesten Gelegenheit im See Kandahar zu ertränken. Er hielt inne und überlegte, was er tun sollte.

»Um ehrlich zu sein, Tansen ...« Najdan legte unwillkürlich die Hand an den Griff seines *shir,* »ich mag ihn nicht.«

Tansen wußte, daß Mirabar ihm das nicht danken würde, aber er seufzte und gab zu: »Um ehrlich zu sein, Najdan, ich auch nicht.«

Als Mirabar in Najdans Begleitung am Kandahar eintraf, hatte sie sich von ihren Erlebnissen auf dem Darshon wieder vollständig erholt. Sie zweifelte nicht daran, daß Kiloran bereits wußte, was auf dem Darshon geschehen war – schließlich wußte er alles, was in Sileria geschah. Ihre Pflicht bestand nun darin, Kiloran davon zu überzeugen, daß er den Anweisungen des Feuerbringers Folge leisten sollte. Das hatte Josarian ihr erklärt, bevor sie sich getrennt hatten.

Vom Rand des Kraters in die Tiefen von Kilorans Unterwasserpalast ... Ein solches Leben konnte selbst eine Wächterin ein wenig verängstigen. Sie wünschte sich beinahe, der Rufer hätte sich jemand anderen ausgesucht, um den Menschen von Sileria die Wünsche der Anderwelt kundzutun.

Leider hatte sie zu fürchten begonnen, daß er tatsächlich jemand anderen auserwählt oder zumindest doch beschlossen hatte, sie zu verlassen. Er war ihr lange nicht mehr erschienen, und sie machte sich immer mehr Sorgen, daß er nie wiederkommen würde. War die Arbeit des Rufers getan? Hatte sie versagt? Hatte er einen anderen Wächter erwählt? Wieso schwieg er? Diese Fragen quälten sie nun Tag und Nacht.

Als sie und Najdan Kandahar erreichten, wartete Cheylan am Seeufer auf sie, unter einem von Sturmwolken erfüllten Himmel: Die Regenzeit war angebrochen. Mirabar hatte gewußt, daß Cheylan hier war, und freute sich darauf, ihn wiederzusehen. Vielleicht sollte sie sogar diese Befürchtungen wegen des Rufers mit ihm besprechen; sicher würde er es auf eine Art verstehen, die andere nicht nachempfinden konnten. Daher war sie enttäuscht, als sie erfuhr, daß er Kandahar verlassen würde.

»Ich habe nur noch mit der Abreise gewartet, bis ich dich begrüßen konnte«, sagte er und ergriff ihre Hand.

Mirabar sah über Najdans wütenden Blick hinweg. »Wo gehst du hin?«

»Vor zwei Tagen kam ein Bote von Josarian. Er befiehlt mir, wieder in den Osten zu gehen.«

»Oh.« Sie wandte den Blick ab, fühlte sich unbehaglich und unsicher.

»Es tut mir leid«, sagte er. »Ich hatte gehofft, wir würden mehr Zeit haben, uns zu unterhalten.«

»Ich auch.«

»*Sirana,* könnten wir jetzt vielleicht gehen und meinen Herrn begrüßen?« Najdans Ton hätte Wasser zum Gefrieren bringen können.

»Geh schon vor«, erwiderte sie. »Ich komme gleich nach.«

Der Attentäter trat unentschlossen von einem Fuß auf den anderen; es war eindeutig, daß er zögerte, sie mit

Cheylan allein zu lassen. Mirabar setzte gerade zu einer boshaften Bemerkung an, als Cheylan sich einmischte: »Ich glaube, Searlon ist gerade dabei, sich von deinem Herrn zu verabschieden. Vielleicht möchtest du zu ihnen gehen?«

»Ja«, meinte Najdan zustimmend.

»Ich bezweifle, daß sie die Anwesenheit einer Wächterin derzeit begrüßen würden«, meinte Cheylan unschuldig. »Ich werde der *sirana* hier Gesellschaft leisten, bis Searlon sich verabschiedet hat und Kiloran bereit ist, sie zu empfangen. Einverstanden?«

Najdan schaute mürrisch drein, war aber offenbar entschlossen, keine Szene zu machen. Schließlich entschuldigte er sich mit barschen Worten, und vor ihm tat sich ein kristallklarer Pfad im Wasser auf, der zur Mitte des Sees führte. Najdan folgte diesem Weg, dann verschwand er in der Tiefe, um sich in Kilorans Palast zu den Seinen zu gesellen.

Mit schwerem Herzen wandte sich Mirabar wieder Cheylan zu. »Ich wünschte, du könntest noch bleiben, wenigstens für einige Zeit.«

»Ich auch.« Er strich ihr eine Locke aus der Stirn. »Aber man hat mir befohlen, an Verlons Seite zurückzukehren. Sofort.«

»Aber hat er denn nicht ... Ich habe gehört, er hätte einen Blutfluch gegen dich ausgesprochen.«

»Ja, das stimmt.«

»Weshalb schickt Josarian dich dann immer wieder dorthin?«

Er zuckte die Achseln. »Weil ich mich dort nützlich

machen kann. Ich kenne Verlon besser als jeder andere, wenn man von seinen vertrautesten Attentätern einmal absieht.«

Sie runzelte die Stirn. »Aber wie ist das möglich? Du bist ein Wächter, und er ist ein Wasserherr.«

Cheylan zögerte einen Augenblick, als müsse er sich entscheiden, ob er die Frage beantworten wollte oder nicht. Dann gab er leise zu: »Verlon ist mein Großvater.«

KAPITEL 14

Die Regenzeit brachte Wasser für ein stets dürstendes Land, weichte den Boden der Felder für die Frühjahrsaussaat auf, machte die Spinnwebblätter für eine weitere Ernte bereit und füllte Silerias Flüsse, Seen, Bäche und Brunnen. Die Regenzeit war traditionell die Zeit der meisten Entführungen, denn in dieser Zeit brauchte die Gesellschaft das meiste Geld. Die Macht der Wasserherren war auf dem niedrigsten Stand während jener Tage, in denen Wasser in Sileria so reichlich vorhanden war, daß ihnen niemand Tribut zahlen oder ihren Wünschen nachkommen mußte.

Falls Kiloran plante, Shaljir die Wasserzufuhr abzuschneiden, würde er warten müssen, bis die Regenzeit vorüber war, das wußte Koroll. Wenn der Idalar erst einmal dicht daran war, über die Ufer zu treten und nach Shaljir stürzte wie ein Bräutigam ins Bett seiner Braut, konnte auch Kilorans Macht den Fluß nicht mehr aufhalten.

Dies war allerdings der einzige Trost, den die Jahreszeit dem Kommandanten bot. Ansonsten war Sileria ein solches Desaster, daß selbst er nicht mehr daran glaubte, sich noch mit kluger Taktik und ausgefeilter Strategie retten zu können.

Kurz vor Beginn der Regenzeit hatten sich die Seegeborenen und die Tiefländer der Rebellion angeschlossen. Die Valdani hatten dies selbstverständlich noch eine

Weile lang nicht bemerkt, denn die Rebellen verschickten keine Ankündigungen. Koroll fand es heraus, als der Hafen von Cavasar von Seegeborenen geplündert und ein gerade eintreffendes valdanisches Kriegsschiff zerstört wurde. Kommandant Cyrill, jung, unerfahren und bereits bedrückt über die Schande und den Tod Borells, seines Onkels, hatte die Stadt immer noch nicht wieder vollständig unter Kontrolle bringen können.

Jetzt war es beinahe schon wieder Frühling, bald würde ein neues Jahr beginnen. Es war beinahe genau ein Jahr vergangen, seit Josarian zwei Späher getötet und die unerwartetste Rebellion in der Geschichte begonnen hatte. Niemand hätte je geglaubt, daß so etwas in Sileria möglich wäre. Sileria war schon kein freies Land mehr gewesen, als Valda, jetzt die größte Stadt in allen drei Ecken der Welt, noch ein unbekanntes Dorf in einer vergessenen Provinz zwischen zwei großen Reichen gewesen war.

Und jetzt stand Valdania, das größte Reich, das es je gegeben hatte, kurz davor, eine seiner bescheidensten Provinzen zu verlieren! Einen Besitz, den vorangegangene Reiche nur an größere Eroberer hatten abtreten müssen, nicht an einen Haufen ortsansässiger Bauern. Diese Demütigung würde Korolls ganzes Leben zerstören, und man würde noch Jahrhunderte nach seinem Tod über ihn spotten.

Josarian hatte von Dalishar aus zugeschlagen und die umgebende Region weiter erobert; jeden Tag hatte er seinem Territorium wieder ein Stück hinzugefügt, solange die Regenfälle dauerten. Im Augenblick nahm

Koroll an, daß sich jetzt ein ganzes Drittel der Insel in Josarians Händen befand. Vielleicht sogar mehr, da sich der Einfluß der Rebellen auch in viele isoliert gelegene Gegenden Silerias ausgebreitet hatte, die zu beherrschen und bewachen Koroll einfach nicht genügend Leute hatte.

Anders als Koroll hatte der Rebellenführer keine Probleme, seine Armeen zu ernähren. Die Tiefländer hatten sich bereits über hundert der reichsten valdanischen Landsitze in Sileria bemächtigt und dabei mit solch erschreckender Grausamkeit angegriffen, daß viele Landbesitzer jetzt freiwillig ihren Besitz verließen, bevor ein Angriff erfolgte, selbst wenn das bedeutete, verarmt nach Valdania zurückzukehren. Einige dieser Feiglinge waren wichtig genug, um eine Audienz beim Kaiser zu erhalten, wenn sie nach Hause zurückkamen, was bedeutete, daß der Kaiserliche Rat regelmäßig Depeschen an Koroll schickte und zu wissen verlangte, warum die Späher in Sileria nicht mehr imstande waren, einige der wohlhabendsten (oder ehemals wohlhabendsten) Bürger des Reichs zu beschützen.

Die Rebellen ließen silerische Landbesitzer in Ruhe – sofern sie sich loyal zur Rebellion erklärten und alle Verbindungen mit der Valdani-Regierung in Sileria abbrachen. Mehr *toren*-Familien, als man je erwartet hätte, waren dazu übergegangen, genau das zu tun, und nicht immer aus Angst um ihr Leben. Ein Gerücht breitete sich aus, das alle anderen unmöglichen Geschichten, die Koroll von diesem Volk je gehört hatte, in den Schatten stellte. Jetzt behaupteten sie tatsächlich, Josarian habe sich ins glühende Herz des Darshon gestürzt und es überlebt, was beweisen sollte, daß er der Feuerbringer war, der lange vorhergesagte Krieger, der die Eroberer aus Sileria vertreiben und sein Volk für immer von ausländischer Herrschaft befreien sollte.

Die Legende bestand schon lange. Koroll wußte nicht viel darüber, da selbst die meisten Silerier bisher nicht daran geglaubt hatten. Er hatte die verrückten *zanareen* auf der Suche nach neuen Anhängern gesehen, aber welche Gesellschaft hatte denn keine merkwürdigen Sekten und verrückten Fanatiker? Er wäre nie auf die Idee gekommen, daß Josarian eine Möglichkeit finden würde, diese Legende auszunutzen, oder daß so viele Silerier – und darunter auch jene, die es wirklich besser wissen sollten! – insgeheim doch halb an diese alte Prophezeiung glaubten und auf die Lügen des erstbesten Scharlatans hereinfielen, der behauptete, sie erfüllt zu haben.

Aber selbst im Herzen von Shaljir, der zivilisiertesten Stadt in Sileria, schienen die Menschen die absurden Geschichten der *zanareen* zu glauben. Koroll hatte sich daher entschlossen, ein Dekret zu erlassen, das den *zanareen* das Betreten der Stadt verbot. Aber inzwischen befanden sich sowohl das Bergland als auch die Küsten und sogar Teile des Tieflands in einer Art Belagerungszustand, und selbst die Städte, die immer der Mittelpunkt der Valdani-Macht gewesen waren, waren nicht mehr sicher.

Die Landstraßen nach Liron wurden inzwischen von den Rebellen beherrscht. Seit Beginn der Regenfälle war es auch keinem valdanischen Schiff mehr gelungen, den Hafen dieser Stadt zu erreichen, der immer wieder von kintischen Piraten und Seegeborenen überfallen wurde. Ohne weitere Unterstützung aus dem Mutterland würde Liron fallen – und das würde bald geschehen. Die Rebellen hungerten die Stadt bereits aus; wenn der rechte Zeitpunkt gekommen war, würden sie sie vermutlich stürmen und jeden Valdan töten, den sie innerhalb der Stadtmauern fanden.

Kurz nachdem Josarian fünfzig Späherleichen vor den Stadttoren hatte abladen lassen, hatten auch in Adalian die Aufstände begonnen, und in den darauffolgenden Monaten hatten sich die Zustände verschlechtert. Die letzten drei Schiffe, die Adalian verlassen hatten, waren nie in Valda angekommen. Es hieß, sie seien von Moorländern aufgebracht worden, die mit den Sileriern zusammenarbeiteten.

Die ausführliche Durchsuchung des Hauses von *torena* Elelar hatte Beweise für ein feinmaschiges Netz von geheimen Informanten und silerischen Loyalisten zutage gefördert. Monatelange Ermittlungen hatten allerdings nur wenig mehr an Neuigkeiten über dieses Netz ergeben, das sich offensichtlich selbst als Allianz bezeichnete. Der Mittelpunkt befand sich in Shaljir, aber es erstreckte seine Fäden über das gesamte Land und organisierte Silerias bisher getrennte Bevölkerungsgruppen unter Josarians Führung zu einer schlagkräftigen Widerstandsarmee. Da Elelar offensichtlich ein wichtiges Mitglied dieser Geheimgesellschaft gewesen war, waren die Kaiserlichen Räte nun sehr interessiert daran.

Sie gingen davon aus, wenn eine Adlige darin verwikkelt gewesen war, mußten auch noch andere damit zu tun haben, und Adlige, welcher Nationalität sie auch angehören mochten, konnten vernünftig miteinander verhandeln. Von Bergbauern, Banditen, ausländischen Zauberern und gesetzlosen Sektenmitgliedern konnte man nicht erwarten, daß sie vernünftig dachten oder handelten. Aber ein organisiertes Netz intelligenter, belesener Adliger, das mit Josarian in Verbindung stand? Ja, das interessierte den Rat gewaltig, besonders im Hinblick auf die sich verschlimmernden Zustände in Sileria. Also hatte man Koroll angewiesen, herauszufinden, wie der Rat sich mit dieser Allianz in Verbindung setzen konnte, um über ein Ende der Feindseligkeiten zu verhandeln.

Über ein Ende der Feindseligkeiten zu verhandeln ...

Koroll war der Ansicht, daß diese Formulierung einen unheilverkündenden Klang hatte. Es war nicht möglich, mit Sileriern zu verhandeln, wie er auch dem Kaiser und seinem verfluchten Rat in diversen Depeschen zu erklären versucht hatte. Die Silerier waren ein gewalttätiges, unzuverlässiges, abergläubisches Volk. Ihre Geschichte war eine lange Liste von Verrätern, und das bedeutete, daß sie zweifellos auch jede Übereinkunft mit den Valdani wieder verraten würden. *Torena* Elelar war die Ehefrau eines Valdan und Mätresse eines anderen gewesen, aber jeder wußte, was sie Valdania angetan hatte! Für Koroll war sie das beste Beispiel für die Treulosigkeit ihres widerwärtigen Volkes.

Josarian und seine Anhänger hatten schon seit Kommandant Darolls Tod sehr deutlich gemacht, daß sie kein Interesse an einem Kompromiß hatten und nicht im Traum daran dachten, noch einmal friedlich unter eine valdanische Herrschaft zurückzukehren. Sie wollten keine Mäßigung der Gesetze oder Verringerung der Tributzahlungen an den Kaiser. Sie wollten die Valdani aus Sileria vertreiben, und mit weniger würden sie sich nicht zufriedengeben. Verhandlungen waren sinnlos. In Sileria tobte ein Krieg gegen ein unterworfenes Volk, das sich nun erhoben hatte, um seine Herren abzuschütteln. Und in einer solchen Situation gab es nur eine Lösung: Das Kaiserreich mußte der gesamten zivilisierten Welt zeigen, welch schreckliches Schicksal jedem zuteil wurde, der die Oberherrschaft der Valdani in Frage stellte!

Der Kaiserliche Rat war jedoch mehr an ruhmreicheren Eroberungen interessiert. Die Räte waren überzeugt, sie könnten nun endlich die freien Moorlande erobern, wenn sie nur mehr Leute und Waffen freisetzen könnten. Ein wichtiger valdanischer Sieg über die Moorländer hatte vor kurzem diesen Entschluß bestätigt und die zuvor bereits kriegsmüde Bevölkerung wieder für dieses Ziel begeistert. Und Kaiser Jarell ... Koroll nahm an, daß der Kaiser selbst im Traum noch den Himmelsthron vor sich sah, den er vor seinem Tod noch unbedingt besteigen wollte. Die nördlichste Stadt der Kintischen Königreiche war gerade gefallen, und dieser Sieg trieb den Kaiser an und überzeugte ihn davon, daß er sein Ziel immer noch erreichen konnte.

Mit derartigem Ruhm vor Augen waren Kaiser und Rat nicht bereit, die notwendigen Opfer zu bringen, um eine verarmte und schon vor langer Zeit eroberte Provinz zu halten, vor allem jetzt, da die Minen von Alizar ihnen keine Profite mehr einbrachten. Koroll verschickte Depeschen, in denen er sie daran erinnerte, wie wichtig Sileria für die Beherrschung des Mittleren Meers war – wie sie ihm vor nicht allzulanger Zeit selbst erklärt hatten. Er erinnerte sie daran, daß er immer noch versuchte, etwas bezüglich der Minen zu unternehmen, aber die einzige Antwort war die Forderung, er solle gefälligst einen genauen Zeitpunkt angeben, wann es ihm endlich gelingen werde, die Macht eines einzigen silerischen Wassermagiers zu brechen, dessen Machenschaften das Kaiserreich jeden einzelnen Tag ein Vermögen kosteten. Jede Depesche, die Koroll verschickte, war auch mit einer Anforderung nach mehr Männern, mehr Waffen, mehr Geld versehen. Jedesmal erhielt er weniger als gefordert, und das noch dazu nur sehr langsam. Manchmal gab es sogar nur die strenge Anweisung, nicht mehr so viele Männer und Waffen zu »verschwenden« wie bisher.

Die einzig wirklich interessante Nachricht dieser Tage war, daß Valda endlich einen neuen Kaiserlichen Berater entsandte, der Borell ersetzen sollte. Koroll hätte nie gedacht, daß er sich einmal freuen würde, einen anderen selbstgefälligen Adligen im Santorell-Palast einziehen zu sehen, aber bei der derzeitigen Kriegslage waren die doppelten Verpflichtungen, die er nach Borells Tod übernommen hatte, eine unerträgliche Bürde.

Bedrückt, entmutigt und erschöpft machte sich Koroll daran, seine Tätigkeit für diesen Abend zu beenden und sich in die Arme seiner kintischen Kurtisane zurückzuziehen. Ihr Vertrag würde bald erneuert werden müssen, und er befürchtete, sie würde den Preis erhöhen wollen; kintische Kurtisanen waren noch bessere Geschäftsfrauen als Geliebte. Wenn sie den Preis erhöhte, würde er sie sich nicht mehr leisten können, also hatte er vor, die noch verbleibenden Tage mit ihr gut auszunutzen. Er wollte sich gerade vom Schreibtisch erheben, als ein schlammbedeckter Späher hereingeführt wurde, der eine dringende Botschaft aus Liron brachte.

Der Mann schloß die Tür hinter sich und überreichte Koroll die Depesche, die der Kommandant zerstreut öffnete. Die Botschaft lautete:

Wenn du am Leben bleiben willst, dann sei still.

Er hatte nicht einmal mehr die Zeit, Luft zu holen, bevor er die eisige Berührung eines *shir* an seiner Kehle spürte, der seine Haut mit eisigem Feuer verbrannte. Ein Attentäter, der als Späher verkleidet war und ausgezeichnetes Valdan sprach. Koroll machte sich erst gar nicht die Mühe, sich zu fragen, wie der Mann nach Shaljir oder an seinen eigenen Wachen vorbei gekommen war. Dieser Mann mußte gut sein – Koroll hatte nicht einmal eine Bewegung wahrgenommen, als der Attentäter seine Waffe zog.

Er nahm allen Mut zusammen und fragte sehr leise: »Warum solltet ihr mich in Anbetracht der Situation überhaupt am Leben lassen?«

»Das ist wirklich eine sehr gute Frage, Kommandant.« Das Valdan des Attentäters war tatsächlich ausgezeichnet. Aber das war schließlich bei Tansen nicht anders gewesen. »Ich sehe schon, daß wir gut miteinander auskommen werden.«

»So weit würde ich nun wieder nicht gehen«, meinte Koroll trocken.

»Es wird immer besser.« Der Attentäter klang amüsiert ... »Aber bevor wir uns weiter unterhalten, Kommandant, möchte ich eines ganz deutlich machen. Wenn du irgendwann um Hilfe schreist, selbst nachdem wir unser Gespräch beendet haben und ich dabei bin, dein furchterregendes Hauptquartier wieder zu verlassen, dann werde ich dich töten. Darauf kannst du dich verlassen.«

»In Ordnung.«

Der Mann drückte ihm den *shir* ein wenig fester an den Hals. »Und wenn ich das nicht persönlich erledige, wird mein Herr zweifellos dafür sorgen, denn er hat mich mit den besten Absichten hierher geschickt.«

»Er hätte mir eine Vorwarnung schicken können«, sagte Koroll.

»Damit du ein angemessenes Empfangskomitee für mich organisieren könntest?«

Koroll hatte keine Lust, den ganzen Abend mit Wortgefechten zu verschwenden. »Wirst du mir jetzt sagen, wer dich geschickt hat?«

»Kiloran.«

Koroll zog die Braue hoch und blickte auf in das Gesicht des Mannes, der ihm eine tödliche, verzauberte Klinge an die Kehle drückte. Ein kräftiger, gutaussehender Mann, obwohl sein Gesicht von einer langgezogenen Narbe auf der Wange verunstaltet wurde. Er war gewandt, schnell und selbstsicher, und er lächelte über diese Reaktion auf Kilorans Namen.

»Kiloran?« wiederholte Koroll heiser. »Warum hat er dich hergeschickt?« Wenn der Wasserherr diesen Attentäter nicht ausgesandt hatte, um ihn zu töten, dann konnte er sich nicht vorstellen, was Kiloran sonst vorhaben mochte.

»Ach, Kommandant – mein Herr und du, ihr habt ein gemeinsames Problem.«

»Ja?« Das konnte er sich nur schwer vorstellen.

Der Attentäter nickte. »Josarian.«

Korolls Herz klopfte so heftig, daß es schmerzte. Die Hoffnung, die angesichts der katastrophalen Niederlagen der letzten Zeit beinahe gänzlich verwelkt war, begann wieder aufzublühen.

Kiloran hatte vor, Josarian zu hintergehen.

Koroll fragte nicht nach dem Grund. Es war ihm gleichgültig. So waren diese Silerier nun einmal. Es lag in ihrem Wesen, ihrem Blut, ihrer Geschichte. Sie würden sich nie vereinen können, nicht länger als für kurze Zeit.

Ich kann immer noch gewinnen.

Er hatte den Geschmack des Sieges schon im Mund, als er sagte: »Ja, wir haben ganz offensichtlich ein gemeinsames Problem. Bist du vielleicht gekommen, um darüber zu sprechen, wie wir uns gegenseitig helfen können?«

»Genau aus diesem Grund hat mein Herr mich geschickt, Kommandant.«

Koroll wagte es, sich von dem *shir* wegzubegeben. Der Attentäter unternahm nicht den Versuch, ihn aufzuhalten. »In diesem Fall wirst du deine Waffe nicht brauchen. Bitte ...« Er hielt inne, dann fragte er: »Wie heißt du?«

»Searlon.«

»Bitte, Searlon.« Koroll wies höflich auf einen Sessel. »Setz dich, und wir werden uns wie zivilisierte Menschen unterhalten.«

Der Attentäter grinste. »Besten Dank, Kommandant.«

Kilorans Zorn kannte keine Grenzen. Elelar konnte so etwas zwar nicht wahrnehmen, aber Mirabar hatte behauptet, die Luft vibriere von der Kälte seiner Wut. Elelar hatte den alten Zauberer allerdings nur einmal ansehen müssen, um ebenfalls zu wissen, daß er kurz davor stand, sich von der Rebellion loszusagen.

Sie trafen sich ausgerechnet in der Nähe von Britar, in derselben Festung, die Josarian und Tansen bei ihrer ersten gemeinsamen Aktion angegriffen hatten. Die *shallaheen* hielten in diesen ausgebrannten Mauern Vieh, das sie von Valdani-Landbesitzern gestohlen hatten und auf den üppigen Weiden in der Nähe grasen ließen. Die Tiefländer waren dazu übergegangen, in den leeren Festungen und Außenposten, die sie übernommen hatten, Pferde unterzubringen – diese Tiere waren im Tiefland nützlicher als in den Bergen. Die meisten *shallaheen* reisten immer noch lieber zu Fuß und benutzten Esel für den Gepäcktransport. Die Seegeborenen verbrannten und versenkten jedes Schiff, das sie angriffen, aber bald würde Liron fallen, und zur Belohnung würden die Seegeborenen die Herrschaft über den dortigen Hafen erhalten.

Auch *toreni,* Kaufleute und Städter schlugen sich nun auf die Seite der Rebellion. Einige glaubten an die Geschichte von Josarians triumphalem Sprung in den Krater. Andere fürchteten einfach nur, was die Rebellen ihnen antun würden, wenn sie sich ihrer Sache nicht anschlossen. Andere waren der Ansicht, daß tatsächlich das Ende der Valdani-Herrschaft bevorstand, und sie wollten am Sieg ihres Heimatlandes über die Besatzer teilhaben. Viele wurden von Freunden, Verwandten und Bekannten innerhalb der Allianz beeinflußt, die zum erstenmal in ihrem Leben ganz offen und ehrlich über ihre Ziele sprechen konnten.

Elelar konnte selbstverständlich immer noch nicht nach Shaljir zurückkehren, und der Landsitz, den sie von Gaborian geerbt hatte, befand sich in einer Region, die noch von den Valdani beherrscht wurde. Zimran hatte sie, als er es für sicher hielt, schließlich nach Dalishar gebracht, wo die Rebellen ihr Territorium immer weiter ausdehnten. Man hatte Elelar, die als *torena* und eine der Anführerinnen der Rebellion von allen geachtet wurde, zusammen mit Faradar und einigen anderen ihrer alten Dienstboten, die hierher geflohen waren, auf einem verlassenen Valdani-Landsitz nahe dem Dorf Chandar untergebracht. In diesen chaotischen Zeiten hatte sie längst nicht alle Bequemlichkeiten, an die sie gewöhnt war, aber sie war erheblich besser dran, als sie erwartet hätte. Abgesehen davon kam ihr fast alles luxuriös vor, nachdem sie die Regenzeit in den Höhlen am Niran verbracht hatte.

Sie war hergekommen, um über den Angriff auf Shaljir zu sprechen, nachdem die Regenzeit zu Ende ging. Es war beinahe schon Frühling, und bald würde das neue Jahr beginnen. Es schien unglaublich, daß sich die Welt in einem Jahr so verändert hatte.

Es schien unglaublich, daß ein *shallah* der Feuerbringer sein sollte und Sileria in ein neues Zeitalter führte, in dem das Land frei von Fremdherrschaft sein würde.

Im Augenblick allerdings erschien es nur unglaublich, daß Kiloran nicht auf der Stelle den berüchtigten Weißen Drachen beschwor, um Josarian zu verschlingen.

Da Kilorans Macht zwar gewaltig war, aber ihre Grenzen hatte, konnte er nicht gleichzeitig die Minen von Alizar weiter überflutet halten (und immerhin versuchten die Valdani, diese Minen mit aller Kraft und dem Einsatz von Ingenieuren, Priestern und exotischen Zauberern zurückzuerobern) und den Idalar davon abhalten, nach Shaljir zu fließen. Also hatte Josarian ihn angewiesen, den Fluß Baran zu überlassen, so daß jemand der Stadt das Wasser entziehen und den Rebellen helfen konnte, ihre Belagerung der Hauptstadt zu beginnen.

Der Idalar war für die Gesellschaft immer die wichtigste Quelle von Macht und Einfluß gewesen, und wer immer den Fluß beherrschte, war damit auch der mächtigste und geachtetste Wasserherr der Gesellschaft. Dementsprechend war Kiloran – um es einmal vorsichtig auszudrücken – recht unwillig, dieser Anweisung Folge zu leisten. Er und Josarian hatten sich seit seiner Ankunft gestritten, und sie schienen einer Lösung noch kein bißchen näher gekommen zu sein. Josarian bestand darauf, daß Kiloran entweder die Minen oder den Fluß aufgab, und Kiloran weigerte sich beharrlich.

»Das führt zu nichts«, meinte Elelar zu Tansen, als er an diesem Nachmittag aus dem Osten zurückkam, zwei Tage nach ihrer eigenen Ankunft. »Wenn es so weitergeht, wird Kommandant Koroll im Ruhestand sein, bevor die Rebellen Silerias Hauptstadt angreifen können.«

Seit den Ereignissen auf dem Darshon hatte sie Tansen nur einmal gesehen. Die Geschichte von Josarians Wiedergeburt aus Dars Bauch schien so unwahrscheinlich, so typisch für die Märchen und Legenden der *shallaheen,* daß sie kein Wort davon geglaubt hätte, hätte Tan ihr nicht alles bestätigt. Sie spürte, daß seine Beschreibung diesem Tag nicht gerecht wurde, daß er vieles zurückhielt. Er hatte eine neue Narbe an der Stirn und eine verheilende Brandwunde an seinem Arm, über die er nicht sprach. Sein Blick ließ vermuten, daß auch er der Göttin begegnet war.

In der Tat ... Tansen, Josarian und Mirabar waren alle irgendwie verändert vom Darshon zurückgekehrt. Seltsamerweise war Josarian seinem früheren Selbst am ähnlichsten. Er war konzentrierter und entschlossener als bei ihrer ersten Begegnung. Leider war er auch unnachgiebiger und ließ sich auf keine Kompromisse mehr ein. Er konnte sich das leisten, denn trotz der Vorbehalte, die einige bezüglich der Ereignisse auf dem Darshon haben mochten, glaubten die *shallaheen,* die Tiefländer, die Wächter, die Schwestern, die *zanareen* und die Seegeborenen nun aus ganzem Herzen, daß er der Feuerbringer war, und folgten seinen Anweisungen ohne jede Frage. Auch eine beträchtliche Anzahl von *toreni*, Kaufleuten und Städtern waren überzeugt, und Najdans Verhalten legte nahe, daß dies auch für viele Attentäter galt. Das verlieh Josarian eine Macht, die er nun gnadenlos gegen die Wasserherren einsetzte. Es gefiel ihnen nicht, aber bisher hatten sie sich seinen Wünschen gebeugt.

Alle außer Kiloran.

Mirabar, die einzige Person, deren Ansichten Kiloran etwas zu bedeuten schienen, war nicht imstande gewesen, den Wasserherrn zu überreden, Josarians Befehle zu befolgen. Sie würde Britar heute verlassen müssen, um zu ihrem Kreis von Wächtern zurückzukehren, mit denen gemeinsam sie sich auf die Neujahrszeremonien vorbereiten wollte. Elelar, die ihre religiösen Pflichten jahrelang vernachlässigt hatte, besaß nur eine vage Vorstellung, um was es dabei ging, aber sie nahm an, daß es für die Wächter eine langwierige und anstrengende Angelegenheit war, und eine, die sie für ausgesprochen wichtig hielten. Demzufolge blieb Mirabar nach einem letzten erfolglosen Gespräch mit Kiloran nur noch lange genug in Britar, um Tansen nach Neuigkeiten von Cheylan zu fragen, der wieder einmal im Osten war, ebenso wie Josarians Schwager.

Mirabars Veränderung seit den Ereignissen auf dem Darshon war für Elelar deutlich zu erkennen. Als Elelar sie zum letztenmal gesehen hatte, war Mirabar noch ein Mädchen gewesen; jetzt war sie eine Frau. Für eine, die diese Schwelle selbst überschritten hatte, waren die Unterschiede deutlich wahrzunehmen, wenn auch schwer zu beschreiben. Selbstvertrauen, Reife, Anmut, eine gewisse Weiblichkeit der Gesten ... Was es auch sein mochte, es war da. Und Elelar war nicht die einzige, die das bemerkte. Tansens Blick verweilte jetzt öfter auf Mirabar, er tat sie nicht mehr ab wie zuvor, und wenn er mit ihr sprach, verhielt er sich vertraulicher und höflicher als früher.

Elelar konnte allerdings nicht behaupten, daß sie die scharfzüngige, eigensinnige Wächterin jetzt lieber mochte. Nach einer besonders lautstarken Auseinandersetzung zwischen Kiloran und Mirabar war Elelar von der jungen Frau scharf abgewiesen worden, als sie vorgeschlagen hatte, daß Überredung im allgemeinen besser funktionierte als Konfrontation, wenn eine Frau es mit einem mächtigen Mann zu tun hatte. Nein, es tat Elelar nicht leid, Mirabar abreisen zu sehen, begleitet von vier Wachen und Najdan, dem treuen Attentäter. Wenn Tansen ihre Abreise bedauerte, behielt er das für sich.

Tansens Veränderung war schwieriger auszumachen, aber Elelar kannte ihn länger als die meisten, wenn auch nicht unbedingt besser. Oft wanderte sein Blick dorthin, wo der Darshon sich aus den Wolken erhob, obwohl seine Miene nahelegte, daß er die Göttin irgendwie herausforderte, statt zu ihr zu beten. Er wirkte seltsamerweise gelassener, aber auch besorgter als zuvor, und seine Haltung zeigte, daß er ihr keine der Fragen beantworten würde, die sie über die Ereignisse auf dem Darshon hatte. Er war nicht barsch oder unhöflich, wenn sie das Thema ansprach, nur ... so abwesend, als wäre er vollkommen unerreichbar.

Eines war klar: Was immer auf dem Darshon geschehen war, hatte Tansen, Mirabar und Josarian noch enger miteinander verbunden. Leider hatte der Beweis, daß er der Feuerbringer war, nicht auf sämtliche Verbündeten Josarians eine ausschließlich positive Wirkung. Den Wasserherren gefiel es überhaupt nicht, daß er immer mehr an Macht gewann, und Kiloran mißtraute ihm inzwischen offen. Und dann war da noch Zimran, der sich über Josarians Beziehung zu Tan und Mira ärgerte, der den Vetter um seinen Ruhm beneidete und sich durch die außergewöhnlichen Ereignisse, die Sileria überrollten, ausgeschlossen fühlte.

Elelar verstand inzwischen, wieso Josarian seinem Vetter keine wirklich verantwortungsvollen Arbeiten übertrug, obwohl er ihn persönlich sehr gern hatte: Zimran war nicht eigentlich ein Rebell, auch jetzt noch nicht. Zimrans Herz hing an nur wenigem, was ihn nicht unmittelbar selbst betraf ... obwohl sie wußte, daß er glaubte, in sie verliebt zu sein. Sie hielt ihn dieser Tage auf Abstand, denn sie war immer noch nicht bereit für einen neuen Geliebten, und wenn es schließlich geschehen würde, würde es sicherlich nicht Zimran sein. Sie konnte gnadenlos sein, das hatte sie niemals abgestritten, aber sie war nicht grausam aus Freude an der Grausamkeit. Sie wollte niemanden ermutigen, den sie nicht wollte, brauchte oder wirklich akzeptierte.

Leider erwies sich der Mann, den sie vielleicht einmal

akzeptieren würde, an diesem Tag als besonders schwierig.

»Josarian hört auf deinen Rat«, sagte sie zu Tansen. Es war der Tag nach seiner Ankunft, und sie saß im frühen Morgengrauen mit ihm zusammen. »Du mußt ihn davon überzeugen, daß er einen Kompromiß mit Kiloran schließen muß.«

Er polierte seine Schwerter und wandte nach Elelars Ansicht den Klingen mehr Konzentration zu als der Aufgabe, die nach all diesen Jahren nun vor ihm lag. Er blickte nicht einmal auf. »Wenn du willst, daß er einen Kompromiß eingeht, mußt du selbst mit ihm sprechen.«

»Auf mich wird er nicht hören.«

Er verzog spöttisch den Mund. »Wahrscheinlich, weil du ihm zu Dingen wie einem Kompromiß mit Kiloran rätst.«

»Er bringt Kiloran gegen sich auf. Das mußt du doch auch erkennen.«

Endlich sah er sie an. Sein Blick war unnachgiebig. »Kiloran bringt den Feuerbringer gegen sich auf. Das mußt du erkennen.«

»Selbst der Feuerbringer kann die Valdani nicht ohne Kiloran besiegen.«

»Ich kann mich nicht daran erinnern, daß die Prophezeiung etwas über Kiloran sagte.«

»Ach, um Dars willen!«

Er zog in Reaktion auf ihren Ausbruch eine Braue hoch, sagte aber nichts.

Sie seufzte und setzte sich dicht neben ihn. Sehr dicht. »Ich war damals auch dabei«, erinnerte sie ihn und verbannte mit schierer Willenskraft jede Spur von Ungeduld aus ihrem Tonfall. »Ich glaube inzwischen an Visionen und Prophezeiungen, Tansen. Ich habe Dinge gesehen, die ich mir niemals hätte träumen lassen.«

»Ich ebenfalls.« Seine Stimme war ausdruckslos.

»Du hast mir erzählt, was am Darshon passiert ist, und ich achte Josarians Vereinigung mit Dar und die Tatsache, daß er in unserem Schicksal einen wichtigen Platz einnimmt.«

Mit unmißverständlicher Ironie fragte er: »Aber?«

»Aber selbst Mirabar würde dir sagen ...«

»Du weißt nicht, was Mirabar mir sagen würde.«

»... daß wir nicht einfach untätig dabeistehen können. Wir müssen unser Schicksal selbst in die Hand nehmen. Sie hat Himmel und Erde in Bewegung gesetzt, um dich zu finden. Hat ihr Leben aufs Spiel gesetzt, wäre auf dem Darshon um ein Haar gestorben ...«

»Ja.« Seine Miene gab nichts von seinen Gedanken preis, aber Elelar stellte überrascht fest, daß er sich anspannte.

»Sie hat uns Armian gebracht, der uns sagte, daß wir die Valdani gemeinsam bekämpfen müssen.«

»Kiloran war ebenfalls dort. Wieso sollten wir Kompromisse machen? Warum wir und nicht er?«

»Weil er es nicht tun wird, und das wissen wir beide.« Er gab keine Antwort, aber er strich schnell und mit festen Bewegungen über die Klinge eines Schwertes. Ihr wurde klar, daß er wütend war – und nicht nur auf sie. »Du weißt, daß ich recht habe«, murmelte sie.

»Ich weiß, daß du glaubst, recht zu haben, und das ist

etwas ganz anderes.« Aber das klang nicht so recht überzeugend.

»Wenn wir Kiloran jetzt verlieren, verlieren wir die gesamte Verehrungswürdige Gesellschaft.«

Er steckte das Schwert ein, dann zog er das zweite und begann, es zu säubern. Sie legte eine Hand auf seine Hand und hielt ihn auf. Sie drehte sich ein wenig, so daß ihre Brüste seinen Arm berührten.

»Bitte«, flüsterte sie und drückte ihren Oberschenkel an ihn.

Er erstarrte. Sie konnte das plötzliche Aufflackern seiner Begierde fast spüren. Die Muskeln an seinem Unterkiefer spannten sich an, eine kaum wahrnehmbare Bewegung, die über die Selbstbeherrschung, die er benötigte, Bände sprach.

»Es steht immer noch so viel auf dem Spiel«, murmelte sie. Sie neigte den Kopf ein wenig, ließ ihren Atem über seine Wange streichen.

Er drehte sich ein Stück weiter zu ihr um. Einen Augenblick schloß er die Augen. Sie konnte spüren, wie er mit sich kämpfte.

»Du und ich ...«, flüsterte sie. »Wir haben zuviel aufs Spiel gesetzt, um jetzt den Sieg wegzuwerfen.«

Er riß die Augen auf, dunkel und vor Zorn blitzend. Barsch rückte er von ihr ab und begann wieder, sein Schwert zu polieren. Einen Augenblick lang hatte sie befürchtet, er werde sie schlagen, aber sein Zorn schien vor allem gegen ihn selbst gerichtet zu sein.

»Wenn du Josarian von deinem Standpunkt überzeugen willst, mußt du schon selbst mit ihm reden.« Seine

Bewegungen waren knapp und heftig. »Bitte mich nicht, mich gegen meinen Bruder zu stellen, Elelar.« Er hatte den Blick auf die Klinge geheftet und warnte sie: »Bitte mich nie wieder um so etwas.«

Sie wußte, daß sie verloren hatte, und flüchtete mit so viel Würde wie möglich. Allein ging sie zurück zu ihrem Zelt, einer luxuriösen Unterkunft, die sich auf dem Landsitz gefunden hatte, den sie derzeit bewohnte. Sie glaubte jetzt beinahe, ebenfalls die Kälte spüren zu können, die Kiloran laut Mirabar in die Luft ausströmte. Es war sicher nur die Feuchtigkeit des frühen Morgens, aber dennoch ...

Verzweiflung erfüllte sie, als sie bemerkte, daß Kilorans zahlreiche Dienstboten sein Lager abbrachen. Er ging, ohne daß sie zu einer Übereinkunft über Shaljir, Alizar oder den Idalar gekommen waren.

Sie wußte, daß sie nur wenig Zeit hatte, den Ereignissen noch eine andere Wendung zu geben, und sie schritt auf einen von Kilorans wichtigsten Männern zu, einen äußerst gefährlichen Attentäter, dem sein allererstes Opfer eine Narbe im Gesicht beigebracht hatte.

»Searlon«, sagte sie. »Ich muß mit Kiloran sprechen.«

»Die Zeit für Gespräche ist vorüber.« Er klang barsch. »Wir brechen noch in dieser Stunde nach Kandahar auf.«

Sie betrachtete ihn mit aller Arroganz ihres Standes. »Du sprichst jetzt also für deinen Herrn? Wäre er damit einverstanden, daß du eine *torena* abweist, ohne mit ihm Rücksprache gehalten zu haben?«

Searlon zögerte einen Augenblick, dann kreuzte er die Fäuste vor der Brust und deutete eine Verbeugung an. »Verzeih mir, *torena*. Wir sind alle ein wenig gereizt, nicht wahr?«

»Ja, das ist wohl so«, stimmte sie gnädig zu. »Bitte, sag deinem Herrn, daß ich demütig um ein Gespräch ersuche.«

Kurz darauf wurde sie in Kilorans Zelt eingelassen. Die Pracht dieses beweglichen Palasts ließ ihr eigenes Quartier plötzlich schäbig wirken. Kiloran entließ seine Mätresse mit einer knappen Geste, dann richtete er seinen kalten Reptilienblick auf Elelar. Sie unterdrückte ein Schaudern und empfand plötzlich wieder so etwas wie Achtung für Mirabar, die den Zorn des Wasserherrn mehr als einmal in Kauf genommen hatte.

»Siran.« Sie kreuzte die Fäuste vor der Brust und neigte den Kopf. Selbst die *toreni* verbeugten sich vor Kiloran. »Ich bitte dich untertänigst zu bleiben, bis wir diese Angelegenheit besprochen haben. Ich brauche dir nicht zu sagen, wie wichtig die ...«

»Wenn dieser *shallah* bereit ist, die Angelegenheit vernünftig und mit dem nötigen Respekt zu diskutieren, werde ich mich wieder mit ihm zusammensetzen. Vorher nicht.« Sein Tonfall war so unnachgiebig wie seine Miene und riet von jeder weiteren Anmerkung ab.

Obwohl sie nie ängstlich gewesen war, zog sich Elelars Magen vor Angst zusammen, als sie dennoch fortfuhr: »Gestatte mir, noch einmal mit ihm zu sprechen, bevor du abreist, *siran*, damit ich versuchen kann ...«

»Ich werde hier keine Zeit mehr verschwenden«, unterbrach Kiloran sie ungeduldig. »Wenn du ihm Vernunft beibringen kannst, dann nimm durch meinen Sohn Kontakt zu mir auf.«

»Wie denn, *siran?* Zilar wird immer noch von den Valdani beherrscht, und wir ...«

»Es gibt eine *tirshah* bei Golnar. Nicht so bequem wie die in Zilar, aber Srijan wird ihnen sagen, daß du vielleicht dort auftauchen wirst.«

»Siran«, sagte sie, obwohl seine Miene sie warnte, ihn nicht weiter zu reizen, »wir sind alle Verbündete. Gibt es keine Möglichkeit mehr, hier in Britar zu einer Verständigung zu kommen?«

»Er will die Wasserherren beherrschen.« Kilorans bleiche Wangen röteten sich vor Zorn. »Er will mich beherrschen.«

»Er will nur die Valdani vertreiben.«

»Und zu diesem Zweck will er die Gesellschaft beherrschen.« Er sah sie forschend an. »Er beherrscht bereits die *shallaheen,* die Tiefländer, die *zanareen,* die Seegeborenen und die Wächter. Stört dich das nicht?«

»Sollte es das denn, *siran?* Er ist der ...«

»Hast du wirklich vor, ihm Sileria zu überlassen, wenn der Krieg erst einmal vorbei ist?«

Die Frage überraschte sie. »Ich habe nicht angenommen ...«

»Dann ist es Zeit, daß du anfängst zu denken, *torena,* und deinesgleichen auch.« Er beugte sich vor und starrte sie an. »Du wirst feststellen, daß es viel schwieriger ist, jemandem die Macht wieder abzunehmen, als sie ihm von vornherein vorzuenthalten.«

Zimran konnte laute Stimmen hören, als er sich den Höhlen von Dalishar näherte. Elelar und Josarian waren dabei, sich über Kiloran, die Gesellschaft und den Krieg zu streiten. Zimran hatte zwar an den Besprechungen zehn Tage zuvor bei Britar nicht teilgenommen, aber er hatte schon gehört, daß sie nicht gut verlaufen waren.

Da sich das neue Jahr näherte, waren die heiligen Höhlen das Zentrum hektischer Aktivitäten. Hier, an einer von Silerias ältesten heiligen Stätten, bereiteten sich zahlreiche Wächter auf die Zeremonien vor, mit denen sie morgen bei Tagesanbruch das neue Jahr willkommen heißen würden. Überall auf dem Rebellenterritorium erwarteten die Menschen aufgeregt die Festlichkeiten, die den religiösen Ritualen dieser Nacht folgen würden. Zimran hatte Josarian versprochen, daß er, Krieg oder nicht, in Dalishar zu ihm stoßen würde, denn sie hatten ihr ganzes Leben lang jedes Neujahrsfest zusammen gefeiert.

Leider war die Stimmung hier oben eher zornig angespannt und nicht erwartungsvoll. Tansen ignorierte Zimran vollkommen, als er ihm begegnete, und konzentrierte sich ganz auf seine Schwertübungen. Er war offenbar schon lange Zeit damit beschäftigt, denn er war trotz der kühlen Jahreszeit schweißgebadet. Die meisten Rebellen schienen angestrengt damit beschäftigt zu sein, den lautstarken Anzeichen von Josarians und Elelars Streit aus dem Weg zu gehen. Lann ging vor der Höhle, in der die beiden sich stritten, nervös und besorgt auf und ab.

Nachdem er ihn begrüßt hatte, fragte Zimran: »Wie lange geht das denn schon so?«

»Zu lange«, war die barsche Antwort. »Und sie wollen nicht gestört werden.«

Zimran wartete also bei Lann, bis die zornige Diskussion in Josarians Höhle schließlich an Schwung verlor, verklang und erstarb. Als Elelar die Höhle verließ, war ihrem Gesicht deutlich abzulesen, daß sie zu keiner Übereinkunft gekommen waren. Zims Mund wurde trocken, als er sie wiedersah – es war viel zu lange her. Sie war schon für die Zeremonien, die nach Sonnenuntergang beginnen würden, gekleidet, und sie sah so elegant und schön aus, wie ihr nur möglich war. Ihm wurde heiß, als er ihre Begrüßung erwiderte. Bevor er sich nach ihrem Befinden erkundigen oder sich einen Grund einfallen lassen konnte, sie zu berühren, kam auch Josarian aus der Höhle, und sein mißmutiger Gesichtsausdruck wich einem Lächeln, als er seinen Vetter erkannte.

»Zim! Du bist da!«

»Ich habe es doch versprochen!«

Josarian umarmte ihn liebevoll, dann schlug er ihm fest auf den Rücken und rief nach Jalilar. Zimran ließ sich widerstrebend von der *torena* ablenken.

»Du bist immer noch hier?« sagte er zu Jalilar, denn sie hatte schon seit dem Sommer zu Emelen gehen wollen.

»Immer noch«, bestätigte Jalilar mit einem Blick zu ihrem Bruder. »Aber er hat endlich versprochen, mich in den Osten zu schicken – mit Tansen, wenn der dorthin zurückkehrt.«

Als sein Name fiel, kam der *shatai* näher, die Haut glänzend vor Schweiß und mit leicht beschleunigtem Atem. Er nahm Zimran kaum zur Kenntnis, sondern schaute abschätzend von Josarian zu Elelar.

»Es ist schon beinahe Abend«, sagte Elelar bemüht höflich zu Josarian. »Darf ich um eine Eskorte bitten?«

»Du bleibst also nicht?« fragte Tansen. Er schien nicht überrascht zu sein.

»Ich glaube nicht.«

Bevor der *shatai* es ihr anbieten konnte, sagte Zimran: »Es wäre mir eine Ehre, dich begleiten zu dürfen, *torena*.«

Tansen stand beinahe reglos, aber er äußerte keinen Einwand. Elelar nahm das Angebot an, aber Josarian unterbrach sie: »Aber Zimran! Du wirst nicht mehr rechtzeitig zurückkommen!«

»Dann komme ich eben am Morgen wieder.«

»Aber ich dachte, wir würden ...« Josarian bemerkte die eisige *Miene* der *torena* und schluckte seine offensichtliche Enttäuschung herunter. »Ich versage der *torena* selbstverständlich nicht ihren Begleitschutz.«

»Ich danke dir«, erwiderte sie. Zimran hatte Späher gekannt, die freundlicher zu ihm gewesen waren als Elelar gerade zu Josarian.

»Ich dachte nur ...« Josarian zuckte die Achseln und wandte sich wieder seinem Vetter zu. »Wir haben Neujahr immer zusammen gefeiert. Das ist alles.«

Zimran zuckte ebenfalls die Achseln, denn er sah für diese Nacht Perspektiven am Horizont, die allen Kummer um einen weiteren Bruch mit dem Leben, das er vor

Josarians Krieg gekannt hatte, in den Hintergrund drängten. »Nun, in diesem Jahr ist alles anders gewesen.«

»Alles«, stimmte Jalilar zu und schaute von Josarian zu Zimran. Ihr Blick war beinahe traurig.

Zimran konnte nicht widerstehen und fügte hinzu: »Außerdem wird Tansen ja hier sein.“

Jetzt sprach auch der *shatai.* »Ja«, sagte er, »ich werde hier sein.« In seinem Blick auf Zimran lag Verachtung.

Zimran war sich nur zu sehr bewußt, daß er den Preis einheimsen konnte, den Tansen sich für diese Nacht gewünscht hatte, und verkündete selbstzufrieden: »Wir sollten sofort aufbrechen, *torena.* Ich bin sicher, daß du nicht gern im Dunkeln reist.«

Josarians Abschiedsumarmung war so liebevoll wie sein Gruß. Zimran hatte einen Augenblick lang ein schlechtes Gewissen, als er den Vetter verließ. Aber das verschwand schnell wieder, als er ein letztes Mal über die Schulter zurückschaute und Josarian in ein ernstes Gespräch mit dem *shatai* vertieft sah, den er mit einem vertrauensvollen, aufmerksamen Blick bedachte.

»So nahe standen wir uns auch einmal«, sagte Zimran zu der *torena,* als er merkte, daß sie dieselbe Szene betrachtete.

Sie wandte sich ab und begann, den Bergpfad hinunterzugehen. »Er hat dich immer noch gern.«

»Ja, aber ...« Er zuckte die Achseln, denn er wußte, daß Elelar wegen Angelegenheiten, die die Rebellion betrafen, immer noch wütend auf Josarian war. Wieso eine solche Frau – wieso irgendeine Frau – sich so intensiv mit Männerangelegenheiten beschäftigte, verwunderte ihn immer wieder, aber er nutzte ihren Zorn auf Josarian zu seinem Vorteil aus, als er ihr eingestand: »Er ist nicht mehr der Mann, den ich einmal kannte.«

Einen Augenblick lang sah sie ihn forschend an, dann erwiderte sie leise, beinahe so, als spräche sie zu sich selbst: »Er hat dich immer noch gern ...«

»Bevor der *shatai* kam, vor dem Krieg ... Damals war alles anders ...« Das Mitgefühl einer Frau war eine gewaltige Kraft, und er hatte sie oft schon erfolgreich heraufbeschworen.

»Er vertraut dir.«

Bevor er etwas erwidern konnte, hatte sie sich abgewandt. Eine seltsame Traurigkeit schien sie überfallen zu haben. Er war verwirrt, weil er spürte, daß dies wenig mit ihm oder der weiblichen Anteilnahme zu tun hatte, die er in ihr hatte erwecken wollen.

Immer mit der Ruhe, sagte er sich. Immerhin versuchte er hier, eine weltgewandte *torena* zu verführen, nicht einfach eine weitere gelangweilte Witwe, eine einsame Schwester oder die vernachlässigte Frau eines tölpelhaften valdanischen Landeies. Er hatte sich mit ihr Zeit gelassen, denn er wußte, er würde sie langsam, geduldig und vorsichtig umwerben müssen. Heute nacht konnten seine Träume wahr werden, solange er nichts übereilte. Er mußte sie locken, für sich gewinnen, sie dazu bringen, ihn so zu begehren, wie er sie begehrte.

Sie sprach wenig, als sie den Berg herabstiegen; sie schien in Gedanken versunken zu sein. Auch er sprach nicht viel, setzte aber seine Verführungsversuche ebenso unauffällig wie unnachgiebig fort. Wenn der Weg schwierig wurde, nahm er ihre Hand, und manchmal auch auf weniger rauhen Wegstrecken. Er ließ die Hände länger an ihrer schlanken Taille verweilen als notwendig, wenn er ihr von höheren Felsen herunterhalf. Und als er spürte, daß sie diese Vertraulichkeit nicht zurückwies, tat er es öfter und länger.

Zu Anfang war er nicht sicher, aber als sie das Ende des Pfades erreichten, war eindeutig, daß sie seine Aufmerksamkeiten nicht nur zuließ, sondern dazu einlud. Ihr Blick begegnete dem seinen mehrmals mit einem stillschweigenden Versprechen, wenn er sie von einem Felsen herunterhob und sie dabei dichter an sich zog. Sie griff nach seiner Hand, auch wenn er genau wußte, daß sie eigentlich seine Hilfe nicht brauchte.

Als sie schließlich in dem halbverfallenen Herrenhaus ankamen, das Josarian der *torena* und ihren Dienstboten überlassen hatte, war Zimran nicht überrascht, als sie ihn zu einem ruhigen, vertraulichen Abendessen einlud. Als sich die Dämmerung über Sileria senkte und Elelars Dienstboten das Haus verließen, weil sie an den Zeremonien in Chandar teilnehmen wollten, wußte er, daß sie ihm jetzt nicht mehr nahelegen würde, sich ebenfalls zu verabschieden.

Als die letzte Dunkelmondnacht des Jahres die Düfte des beginnenden Frühlings durch das Fenster hereinwehen ließ, legte sich Zimran zu Elelar in die weichen, importierten Seidenlaken und erntete endlich die Früchte seiner langen, geduldigen Arbeit.

KAPITEL 15

Es roch deutlich nach Frühling und nach Lehm, als Josarian sich zu einem weiteren Treffen mit Kiloran aufmachte. Tansen war nicht bei ihm; er war wieder nach Osten gegangen, zusammen mit Jalilar. Heute begleiteten ihn Lann und Falian, als er dem Ort entgegenging, den er nach dem Eintreffen von Kilorans Botschaft ausgewählt hatte. Der Wasserherr hatte vorgeschlagen, sie sollten versuchen, die angespannte Situation zu beenden und zu einer Übereinkunft zu kommen. Die Männer waren unterwegs zu einer einsam gelegenen Zuflucht in den wilden Bergen westlich von Dalishar, kaum einen Tagesmarsch von den Heiligen Höhen entfernt.

Seit er Bettgenosse der *torena* geworden war, verließ Zimran Chandar nur ungern für länger als einen Tag, und so hatte Josarian entschieden, ihn diesmal zurückzulassen; tatsächlich hatte er ihm nicht einmal von diesem überraschend angesetzten Treffen erzählt, da er ihn in der letzten Zeit nicht zu Gesicht bekommen hatte. Außerdem war Josarian klar, daß alles, was er Zimran dieser Tage erzählte, noch vor Einbruch der Nacht Elelars Ohr erreichen würde, und er brauchte keine weiteren Belehrungen dieser Frau darüber, daß sie unbedingt mit Kiloran zusammenarbeiten müßten.

Und Kiloran schien endlich zur Kapitulation bereit zu sein. Josarian konnte sich auch vorstellen, wieso: Liron stand kurz vor dem Fall. Selbst die Valdani wußten das, und die Valdanibürger der Stadt verließen Liron zu Tausenden auf Schiffen, die den Hafen unter einer weißen Waffenstillstandsfahne verließen. Die Späher blieben selbstverständlich, und es würde eine blutige Schlacht geben, bevor die Rebellen die Stadt unter ihre Herrschaft bringen konnten, aber Liron würde fallen. Und danach würde auch Adalian nicht mehr lange standhalten. Eine nach der anderen würden Silerias Städte den Rebellen zufallen.

Es war bereits überall bekannt, daß Kiloran sich bei dem Treffen in Britar geweigert hatte, mit Josarian zusammenzuarbeiten. Einige Silerier begannen, insgeheim darüber zu sprechen; sie kritisierten Kiloran – dessen Namen sie vor einiger Zeit noch nicht laut auszusprechen gewagt hatten! Aber jetzt widersetzte sich Kiloran dem Feuerbringer und verzögerte dadurch die Belagerung von Shaljir. Jetzt wollte Kiloran, daß Josarian Shaljir ohne ihn angriff, denn seine Beherrschung der Minen von Alizar und des Idalar war ihm wichtiger als all die zusätzlichen Leben, die sie verlieren würden, wenn sie Shaljir ohne seine Hilfe angriffen. Die Männer waren mit ihrer Kritik an dem Wasserherrn nicht mehr so zögernd, denn sie wußten, daß sie mit größerer Wahrscheinlichkeit vor den Mauern von Shaljir sterben würden, weil Kiloran sich weigerte, sich an der Belagerung der Stadt zu beteiligen. Frauen behielten ihre Meinung nicht mehr für sich, als ihnen klar wurde, daß sie vielleicht ihre Männer und Söhne verlieren würden, während Kiloran sich weigerte, irgend etwas aufs Spiel zu setzen.

Kiloran hatte seine Ohren überall, und er wußte zweifellos längst, was man überall über ihn sagte. Er war nicht dumm und wußte mit Sicherheit, daß selbst ein so mächtiger Mann wie er sich nicht so einfach der wachsenden Ablehnung, die die Silerier ihm entgegenbrachten, widersetzen konnte. Zum erstenmal seit tausend Jahren lag der Geruch von Freiheit in der Luft, und die Silerier würden es niemandem verzeihen – nicht einmal dem größten Wasserherrn der Welt –, wenn er sich zwischen sie und ihre wiedergefundenen Träume von Freiheit und Ruhm stellte. Er würde nachgeben müssen.

Josarian hatte schon auf eine entsprechende Nachricht des alten Wasserherrn gewartet, und nun hatte er sie erhalten. Kiloran war nun bereit, sich wie ein echter Verbündeter zu verhalten. Wenn Liron fiel, würde die Herrschaft der Valdani über den Osten des Landes vollkommen zusammenbrechen. Das wäre der beste Zeitpunkt, gegen Shaljir loszuschlagen, das Herz der Valdani-Macht in Sileria.

Wenn der Krieg noch dieses Jahr zu Ende gebracht werden könnte ...

Wenn der Krieg noch dieses Jahr zu Ende gebracht werden könnte, dann wäre von der Beute von Alizar noch genügend übrig, um zum Wiederaufbau des Landes benutzt werden zu können. Wenn der Krieg noch dieses Jahr zu Ende gebracht werden könnte, würden weniger Menschen sterben. Nur die Aussaat dieses Frühjahrs wäre gestört – schlimm genug, aber damit würden sie leben können. Aber wenn sich der Krieg noch über ein weiteres Jahr zog, über zwei Jahre, fünf Jahre ... Josarian hoffte, daß es nicht soweit kommen würde; er konnte sich vorstellen, was das für sein Land und sein Volk bedeuten würde. Er betete, daß sein Schicksal darin bestand, den Valdani die Freiheit schnell zu entringen und sie dazu zu zwingen, ein Land zurückzulassen, das nicht vom Krieg zu verwüstet war, um seine neugewonnene Freiheit genießen zu können.

Während Josarian auf dem Weg über diese Dinge nachdachte, als sie sich der Zuflucht näherten, war Lann bei bester Laune und prahlte immer noch mit seinen Siegen bei diversen Kraft- und Ausdauerwettbewerben während der Neujahrsfeierlichkeiten. Schließlich mußte Josarian lachen, als sein alter Freund so gewaltig angab, daß Falian nur noch die Augen verdrehte. Er schüttelte den Kopf, schob Lann aus dem Weg und ging an ihm vorbei, um den Schwestern ihre Ankunft anzukündigen.

Er hörte ein Zischen, ein Reißen und ein Stöhnen. Solche Geräusche waren ihm im letzten Jahr so vertraut geworden, daß er sich duckte und in Deckung ging, noch ehe er wirklich verstand, was geschehen war.

Er hörte Falians Aufschrei: »Lann!«

Weitere Pfeile schossen auf sie zu, aus allen Richtungen rasten sie durch die klare Bergluft. Falian schrie auf, als er getroffen wurde. Zitternd schlug ein Pfeil direkt in einen Baumstamm neben Josarians Kopf.

Falian wurde ein zweites Mal getroffen. Mit rudernden Armen versuchte er, die Zuflucht zu erreichen, wo – wie Josarian bemerkte – die Schwestern entsetzt schrien.

Lann versuchte aufzustehen. Er zog sein langes Moorländerschwert und brüllte vor Wut.

»Bleibt unten!« rief Josarian beiden Männern zu und duckte sich ebenfalls.

Lann hörte ihn und schleppte sich in ein Nesselgebüsch; wenn er überlebte, würde er sein Versteck quälender als alle Feuer Dars finden. Eine Schwester öffnete die Tür der Zuflucht und rannte heraus, um Falian zu helfen. Ein Pfeil traf sie in den Hals. Sie fiel zu Boden, umklammerte ihren Hals, ertrinkend in ihrem eigenen Blut. Entsetzt sprang Josarian auf. Die Fiederung eines Pfeils streifte seine Wange, und er warf sich wieder hin.

»Bleibt im Haus!« schrie er den beiden anderen Schwestern zu, die in der Tür der Zuflucht kauerten und gern den beiden Sterbenden auf ihrer Türschwelle geholfen hätten, aber zu verängstigt waren, um sich zu rühren. »Zurück!«

Dann wurde ihm klar, daß seine Rufe den Schützen geholfen hatten, seinen Standort festzustellen, also kroch er auf dem Bauch weiter und versuchte dabei, sich einen Plan auszudenken.

Bogenschützen waren die schlimmsten Gegner und am schwierigsten zu töten, weil es so schwer war, nahe genug an sie heranzukommen. Zum Glück setzen die Valdani bei einem Kampf immer nur relativ wenige von ihnen ein und ließen sie lieber Festungen und ummauerte Städte bewachen. Und das hier war nicht einmal ein richtiger Kampf, wurde Josarian plötzlich klar; das hier war ein Hinterhalt mitten im Rebellengebiet. Die Späher hätten niemals einen größeren Kampftrupp so nahe an Dalishar bringen können, ohne daß Josarian davon erfahren hätte. Also waren es nur wenige, und jemand mußte ihnen geholfen haben, bis hierher zu kommen.

Kiloran hat mich verraten.

Selbst wenn die anderen Rebellen ihn hätten verraten wollen, so hatten doch nur Lann und Falian genau gewußt, wohin er heute gehen würde. Niemand sonst war anwesend gewesen, als er Searlon den Treffpunkt nannte, der seinerseits direkt zu Kiloran zurückgekehrt war. Und Kiloran war offensichtlich der Ansicht, daß der Feuerbringer sich zu einer zu großen Bedrohung für die Gesellschaft entwickelt hatte.

Es war eine Falle.

Er fragte sich, ob auch Attentäter hier auf ihn lauerten, oder ob Kiloran diese Schändung einer Zuflucht lieber ganz den Valdani überlassen hatte. Er hoffte, daß die Späher allein waren; es würde schon schwierig genug werden, sie umzubringen, ohne sich noch mit Attentätern abgeben zu müssen.

Einer der wenigen Vorteile von Valdani-Bogenschützen bestand darin, daß sie sich selten als gute Schwertkämpfer erwiesen, wenn man ihnen erst einmal nahe genug gekommen war ... Und wenn er schon gegen sie kämpfen mußte, war das hier nicht der schlechteste Ort. Er hatte den Vorteil desselben dichten Waldes und Unterholzes, in dem sich derzeit seine Feinde verbargen, und er war ein *shallah,* kein ungeschickter *roshah.*

Er setzte alles ein, was ihm sein Vater über das Anschleichen an scheues Bergwild und tödliche Bergkatzen beigebracht hatte, und machte sich auf die Jagd nach seinen Angreifern.

Am Ende war es einfacher, als er befürchtet hatte. Rasch hatte er den ersten gefunden und getötet, indem er ihn mit seinem *yahr* erdrosselte. Der Mann war wie ein silerischer Städter gekleidet, aber er war sicher ein Fremder, und seine Ausrüstung war eindeutig die eines Spähers. Bis Josarian den zweiten gefunden und getötet hatte, war so viel Zeit vergangen, daß die anderen glaubten, er sei geflüchtet, und daher wurden sie unvorsichtig. Sie begannen, laut in den Büschen herumzutrampeln, riefen nacheinander, und das machte es Josarian leicht, den nächsten zu finden. Der hatte die Gelegenheit, noch einmal aufzuschreien, bevor Josarian ihm die Kehle durchschnitt – ein so kurzer und vager Schrei, daß sein Kamerad dachte, er habe ihn gerufen, und geradewegs in Josarians Falle marschierte.

Damit waren es dann vier. Während Josarian sich fragte, wie viele es noch sein mochten, hörte er Stimmen auf der Lichtung und kroch durch das dichte Unterholz, bis er sehen konnte, was los war. Zwei weitere nur schlecht verkleidete Späher hatten ihre Verstecke verlassen. Sie standen auf der Lichtung und betrachteten sich die Leichen Falians und der Schwester, die versucht hatte, ihm zu helfen. Die Schwester starrte blicklos zum Himmel empor. Falian lag auf dem Bauch. Vier Pfeile steckten in seinem Körper, und eine Blutspur zog sich über den Boden, weil er noch versucht hatte, auf die Zuflucht zuzukriechen. Josarian schmeckte bittere Galle auf der Zunge.

»Falian«, flüsterte er.

Falian war ein Blutsvetter Calidars gewesen. Er und Josarian hatten als Kinder zusammen gespielt, sie hatten sich ihr ganzes Leben lang gekannt. Wegen Josarians Gesetzlosigkeit hatte man ihn gefangengenommen und als Geisel nach Britar gebracht. Wie Amitan, so hatte auch er sich zunächst der Blutfehde widersetzt. Wie Amitan hatte er sich schließlich doch für die Sache gewinnen lassen und alles der Rebellion geopfert.

Wie Amitan war er jetzt tot.

Josarian hätte am liebsten laut geweint.

Tot in meinem Namen.

Dieses Gefühl von Schuld war unerträglich, bohrte sich in sein Herz, zerriß ihn schier, als er die Leiche seines Freundes aus der Kinderzeit ansah, der unter Qualen gestorben war, weil jemand Josarian nach dem Leben trachtete.

Die Späher sahen sich um, und nach einem kurzen Streit kamen sie zu einem Entschluß. Josarian konnte sie kaum hören, aber ihre Aktionen waren unmißverständlich. Sie zogen ihre Schwerter und schlugen auf die Büsche ein, in denen Lann verschwunden war. Josarian kroch näher heran und wartete auf seine Chance.

»Hier drüben«, sagte einer der Männer auf Valdan. »Ich habe ihn.« Er beugte sich vor, um seinen Fund zu untersuchen, dann sagte er: »Er lebt noch.«

Josarian fragte sich, ob Lanns Mangel an Reaktion bedeutete, daß er im Sterben lag oder ob er nur das Bewußtsein verloren hatte. Späher tauchten die Pfeilspitzen oft in seltsame Gifte; so hatten sie Tansen in Cavasar gefangennehmen können.

Der andere Späher trat zu seinem Kameraden, um sich Lann ebenfalls anzusehen. Fluchend sprang er zurück, weil er sich an den Nesseln verbrannt hatte. Dann fragte er: »Ob das Josarian ist?«

Der erste schüttelte den Kopf. »Josarian ist glatt rasiert, heißt es, wie die meisten von ihnen. Der da hat einen Bart.«

»Man sieht nicht viele ...« Der andere Späher schnippte mit den Fingern. »Der da steht auch auf der Liste. Ein großer *shallah* mit einem Bart.«

Der erste warf einen Blick über die Schulter zu Falians Leiche. »Vielleicht war der da Josarian.«

»Wie ich unser Glück kenne, war Josarian derjenige, der entwischt ist, und ich bezweifle auch, daß der da uns irgendwas sagen wird.« Er seufzte und sah wieder zu Falian hinüber. »Aber Searlon kannte Josarian, also laß uns die Leiche mitnehmen.«

Der Mann, der Lann gefunden hatte, bückte sich, griff vorsichtig durch die Nesseln, um Lanns Hände zu pakken, und ächzte dann: »Die Drei seien mir gnädig, der ist schwerer als ein Ochse!«

Der andere Späher schrie in den Wald hinein. »Wir haben einen lebendig erwischt! Kommt her und helft uns!« Als niemand antwortete, schaute er finster drein und fügte barscher hinzu: »Verdammt noch mal! Wir müssen hier weg. Der *shallah*, der uns entkommen ist, könnte mit hundert Rebellen wiederkommen, also laßt uns ...«

Er hielt inne, drehte sich um und fand sich zwei wütenden Schwestern gegenüber, die aus der Zuflucht gestürmt kamen, mit blitzenden Augen und laut auf ihn einschreiend. Jetzt, da der Überraschungsangriff und die verwirrende Explosion der Gewalt vorüber waren, kochten sie vor Zorn.

»Das hier ist eine Zuflucht der Schwesternschaft!« schrie eine im *shallah*-Dialekt.

Die andere rief in Volkssilerisch: »Wie könnt ihr es wagen, diese Zuflucht mit Blutvergießen zu besudeln?«

»Drei in Einem, was schwätzen die da?«

»Ich wollte die Frau nicht töten«, sagte der erste Späher. »Es war ein Unfall. Sie war mir im Weg. Sag ihnen das.«

»Und wie soll ich das machen?« fauchte der erste. »Ich nehme nicht an, daß du Silerisch sprichst.«

»Äh, nein ...«

Ein Späher drehte sich um, um sich den wütenden Schwestern zu stellen. Der andere begann wieder, an dem bewußtlosen Lann zu zerren und gleichzeitig jede Berührung mit den Nesseln zu vermeiden. Josarian erkannte seine Chance. Er sprang aus seinem Versteck und schwang den *yahr* ins Gesicht des verdutzten Spähers, der gerade versuchte, mit den Schwestern zu sprechen. Die Nase des Mannes brach, er fiel auf die Knie und schlug aufheulend die Hände vor das plötzlich blutige Gesicht. Die Schwestern begannen wieder zu schreien. Josarian kümmerte sich nicht um sie und wandte sich dem zweiten Späher zu. Der Mann ließ Lanns Arme fallen und wollte sein Schwert ziehen. Josarian stürzte sich auf ihn und schnitt ihm die Kehle durch, dann wandte er sich wieder dem anderen Späher zu und tötete ihn, bevor der Mann Zeit gehabt hatte, einen klaren Gedanken zu fassen.

Es war plötzlich sehr schnell vorüber. Auf der Lichtung war kein Laut zu hören außer dem hysterischen Weinen einer der Schwestern, das das Geräusch von Josarians schwerem Atem übertönte. Einen Augenblick lang sah er sich angespannt nach weiteren Gegnern um, die sich vielleicht in den Hügeln versteckt hatten. Die Waffen bereit, wartete er auf das übelkeiterregende Zischen eines Pfeils.

Aber der einzige Angriff erfolgte durch die ältere der beiden Schwestern. Aber nach allem, was geschehen war, brachte selbst sie es nicht lange fertig, ihn dafür anzuschreien, daß er zwei Männer direkt vor ihrer Nase getötet hatte. Ihre Wut wich herzzerreißendem Weinen, dann hohläugigem Schweigen, als Josarian die Schwestern bat, ihm mit Lann zu helfen.

Eine kurze Untersuchung zeigte, daß Lann schwer genug verwundet war, daß er einige Zeit nicht mehr kampftüchtig sein würde, aber er würde sehr wahrscheinlich überleben. Josarian hätte vor Erleichterung und Dankbarkeit beinahe geweint. Aber leider konnte er ihn, obwohl im Augenblick eine Zuflucht der beste Platz für ihn gewesen wäre, nicht hierlassen. Wenn Searlon irgendwo wartete, um die Späher sicher wieder aus dem Rebellenland zu führen, würde er vielleicht auch hierher kommen und nach ihnen suchen, wenn sie nicht wieder auftauchten; und Josarian bezweifelte, daß er allein käme. Searlon war nicht dumm, und er würde nicht so unvorsichtig sein, wie diese Späher gewesen waren.

Kiloran hat mich verraten.

Kiloran hatte soeben die Allianz der Gesellschaft mit den Rebellen gebrochen, obwohl das bisher niemand außer Josarian wußte. Er glaubte nicht, daß Kiloran das irgendwen wissen lassen wollte. Zu viele würden dem Wasserherrn nie vergeben, den Feuerbringer verraten zu haben, also hatte Kiloran Josarians Tod sehr sorgfältig geplant. Er hatte demütig ein ruhiges, vertrauliches Treffen vorgeschlagen und durchblicken lassen, daß er seine unbeliebte Ansicht noch einmal überdacht hatte. Er hatte Josarian den Ort für dieses Treffen auswählen lassen, tief im Rebellenland, und in einer Zuflucht. Kein Silerier, nicht einmal die Gesellschaft, würde es wagen, im Umkreis einer Zuflucht Gewalt auszuüben.

Josarian hatte keinen Grund gehabt, Ärger zu erwarten, und war so verwundbar wie ein Lamm hergekommen, nur von zwei Männern begleitet, die beide ebenfalls bei dem Angriff hätten sterben sollen. Nach Josarians Tod hätte Kiloran eine eigene Version der Ereignisse erzählt, und nur eine Handvoll von Josarians engsten Gefährten – jene, die wußten, daß er sich heute mit Kiloran treffen wollte – würden je auf die Idee kommen, diese Version anzuzweifeln. Die Schwestern würden bezeugen, daß Späher die Zuflucht angegriffen hatten, und die Rebellen würden den Valdani die Schuld am Tod Josarians geben und Kiloran in einer Position sicherer Macht lassen. Die Valdani hatten Kiloran vermutlich sogar die Monde versprochen, wenn er ihnen nur helfen würde, Josarian zu vernichten.

Wut verzehrte Josarian, als er Falians Leiche verbrannte. Zorn nagte an ihm, als er den bewußtlosen Lann vorsichtig auf den Rücken des kräftigsten Esels der Schwestern band und das Tier wegführte.

Verrat war für Silerier das schlimmste aller Verbrechen, und die Rebellen bestraften *sriliaheen* entsprechend den Traditionen, die die Gesellschaft selbst eingeführt hatte. Josarian wußte, worin Kilorans Strafe bestehen sollte, aber er wußte auch, daß der Wasserherr in seinem Palast im See unangreifbar war. Nur Mirabar war es je gelungen, Kilorans Macht dort zu brechen, und er glaubte nicht, daß sie ihm jetzt bereitwillig helfen würde, dorthin zurückzukehren und Kiloran zu töten.

Wenn er Kiloran nicht töten könnte, würde er einen anderen Weg nehmen. Tansen hatte versucht, Josarian und die anderen vor einem solchen Schicksal zu schützen, als er Dalishar verlassen hatte, um sich Kiloran zu stellen und ihm Armians *shir* zurückzugeben. Wenn Josarian Kilorans Verrat nicht mit dem Tod bestrafen konnte – und es sah ganz danach aus –, dann würde er ihn bestrafen, indem er jemanden tötete, der ihm nahestand, jemanden, der ihm so wichtig war, daß der Verlust sein ganzes Leben zerstören würde.

Das war die Art der Seinen. Josarian war der Sohn eines gewalttätigen und gnadenlosen Volkes, das niemals verzieh. Es hatte ihm vor Mitgefühl fast das Herz zerrissen, als Harjan, der Schneider, in Zilar vor ihm auf der Straße gekniet und um sein Leben gebettelt hatte, aber er hatte gewußt, daß ihn niemand in Sileria mehr achten würde, wenn er Gnade walten ließe.

Eine Schwester, ein *toren,* ein Wächter, ja selbst ein *yahrdan* konnten Gnade zeigen. Aber ein Gesetzloser, ein Krieger, ein Rebellenführer, der Feuerbringer ... Nein. Er mußte gnadenlos sein, wenn seine Männer ihm weiter folgen, ihr Leben an seiner Seite aufs Spiel setzen, seiner Sache ihr Blut verpflichten und ihm helfen sollten, seine Feinde zu bekämpfen.

Und vor allem mußte er gnadenlos sein, weil ihn andernfalls noch weitere seiner Freunde verraten würden.

Elelar erwartete Srijan in einem Privatzimmer der *tirshah* in Golnar, und sie war immer noch wütend darüber, wie Josarian sich in der letzten Zeit verhalten hatte. Vor zwei Tagen war er mit sechs Männern zu der halbverfallenen Villa gekommen, in der sie nun wohnte. Ohne das geringste Zeichen von Höflichkeit hatte er gefragt, ob sie die Möglichkeit habe, sich mit Srijan in Verbindung zu setzen. Sie hatte erklärt, Kiloran habe ihr neue Anweisungen für diesen Fall gegeben, die der Methode sehr ähnlich waren, die sie verwendet hatte, als sie sich noch in Zilar getroffen hatten.

Er hatte Faradar kaum erlaubt, genug für die Reise einzupacken, dann hatte er darauf bestanden, daß sie sich sofort auf den Weg nach Golnar machten, obwohl es dafür eigentlich schon viel zu spät am Tag war. Er hatte sich geweigert, Elelars Fragen nach seinen Gründen für dieses plötzliche, ungeplante Treffen zu beantworten. Zimran, der nach der ersten Reiseetappe ihr Zelt teilte, hatte ihr schmollend berichtet, daß Josarian auch mit ihm nicht darüber sprechen wollte. Seit sie Golnar am Nachmittag des Vortags erreicht hatten, ließen sich Josarian und seine Männer kaum mehr sehen – beinahe, als hätte er sie verlassen, nachdem er sie hergebracht hatte.

Also hatte sie den Tag ausschließlich damit zugebracht, gelangweilt und verärgert dazusitzen und auf Srijan zu warten. Sie hatte gehofft, Josarian habe diese unerwartete Besprechung verlangt, weil er dem Unfrieden mit Kiloran ein Ende machen wollte. Sie befürchtete allerdings, daß er eher dazu beitragen würde, das Verhältnis zu Kiloran noch mehr zu verschlechtern, indem er Srijan neue Anklagen und Forderungen entgegenschleuderte und den Attentäter nur barsche Worte nach Kandahar übermitteln ließe.

Sie hatte sich in der letzten Zeit solche Gedanken darum gemacht, daß sie jetzt ständig unter Kopfschmerzen litt – genau das hatte sie auch als Ausrede benutzt, als Zimran im Bett die Arme nach ihr ausgestreckt hatte.

Der *shallah* war liebenswert, aufmerksam, fürsorglich und ein erfahrener Liebhaber, und er war keine unangenehme Gesellschaft. Dennoch, sie hatte ihre Freiheit noch nicht lange genug genießen können, und sie nahm es Josarian und Kiloran übel, sie in eine Situation gebracht zu haben, in der sie sich verpflichtet fühlte, Zimran in ihr Bett zu lassen.

Sie brauchte jemanden, der Josarian ebenso nahestand wie ihr, jemanden, dem er vertraute, denn seit dem Darshon gab er nicht einmal mehr vor, ihr zuzuhören.

Sie hätte sich Tansen als Verbündeten gewünscht, aber er hatte ihr in Britar aufs Schmerzlichste klargemacht, daß sie nicht mit ihm rechnen konnte. Dann hatte ihr Zimran am Abend vor Neujahr, als er sie von Dalishar nach Hause begleitete, ebenso deutlich gemacht, daß sie sich auf ihn verlassen könnte, wenn sie bereit war, den Preis zu zahlen.

Denselben Preis, den ich immer gezahlt habe.

Diesmal kam ihr der Preis jedoch höher vor, obwohl Zimran immerhin Silerier war, nicht irgendein Valdan, und er sie weniger störte als einige der anderen. Aber es war diesmal schwieriger, weil sie dumm genug gewesen war zu glauben, daß sich alles geändert hatte.

Jetzt wußte sie, daß sie sich wahrscheinlich sogar den falschen Mann ausgesucht hatte, denn offensichtlich hörte Josarian auch nicht mehr auf Zimran. Sie schloß die Augen und wünschte sich nur, sie könnte jetzt allein sein und in Ruhe weinen.

»Kadriah ...«

Beim vertrauten Klang von Zimrans Stimme öffnete sie die Augen. Er strich ihr über die Brust, besitzergreifend, vertraulich.

»Geht es dir nicht gut?« fragte er.

»Ich bin nur müde.«

Er runzelte die Stirn. »Er hätte dich nicht so rasch so weit reisen lassen dürfen, und dieser plötzliche Aufbruch ...«

»Hat er dir immer noch nicht gesagt, um was es eigentlich geht?«

»Ich habe ihn heute noch nicht einmal gesehen.«

»Es ist, als wären sie alle verschwunden.«

»Ich verstehe nicht, wieso er ...«

Sie hörten Pferde vor dem Fenster. Elelar schaute hinaus und sah vier Reiter: Srijan, einen Diener und zwei Attentäter. Die vier Männer stiegen ab. Die Attentäter führten die Pferde um die *tirshah* herum und brachten sie in die dahinter gelegenen Ställe.

Elelar hörte Srijans Stimme in der Eingangshalle. Die Tür zu ihrem Zimmer ging einen Augenblick später auf. Zu ihrem Erstaunen stürzte Srijan mit dem *shir* in der Hand herein. Zimran trat vor sie, als sie aufstand, den *yahr* bereits in der Hand.

»Was will der denn hier?« zischte Srijan, und er schien bereit, Zimran anzugreifen.

Elelar blinzelte verwirrt. »Ich habe immer eine Eskorte dabei. Das weißt du.«

»Warum er?«

»Wie bitte?« fragte sie, verstört über Srijans Feindseligkeit.

»Der Wirt sagte, ein *shallah* sei bei dir. Warum er? Warum Josarians Vetter?«

»Srijan, wir sind ...«

»Ich folge der *torena* überallhin.« Und, um endgültig deutlich zu machen, was er meinte: »Tag und Nacht.«

Srijan schaute von Zimran zu Elelar und wieder zurück. Nach einem langen Augenblick der Unsicherheit lachte er auf. »Ach«, meinte er. »Sie treibt es also endlich auch mit anderen als Valdani?«

Zimran, erzürnt über diese Beleidigung, bewegte sich, als wollte er angreifen. Elelar hielt ihn auf.

»Nein«, sagte sie. »Seine Worte … bedeuten mir nichts.«

Starr vor Zorn gehorchte er. Er gehorchte ihr immer. Das war das Beste an ihm.

Es war offensichtlich, daß Srijan diesen Augenblick genoß. Elelar fürchtete immer noch, daß die beiden Männer sich aufeinanderstürzen würden, also schlug sie vor, sie sollten sich alle setzen, was auch alle außer Srijans Diener taten.

»Nun, *torena*«, sagte Srijan, »welchem Umstand verdanke ich das Vergnügen deiner Anwesenheit hier? Hoffentlich keine schlechten Nachrichten?«

Irgend etwas stimmte hier nicht. Ihr Instinkt warnte sie vor etwas Unvorhergesehenem, aber sie hatte keine Ahnung, was das sein konnte. »Schlechte Nachrichten?« wiederholte sie.

Srijan schluckte den Köder nicht. Er zuckte die Achseln. »Dann bringst du gute Nachrichten?«

Elelar fand seine Lässigkeit wenig überzeugend. »Tatsächlich«, erklärte sie und beobachtete ihn sorgfältig, »war es Josarian, der dich sehen wollte. Ich habe nur …«

»Josarian?«

»Ja.« Sein ungläubiger Blick veranlaßte sie zu der Frage: »Wieso überrascht dich das? Er …«

Srijan sprang auf, das Gesicht verzerrt von einer Mischung aus Verwirrung und Angst. »Er ist tot.«

Auch Zimran erhob sich. »Was?«

»Er sollte doch tot sein«, rief Srijan verstört und zog wieder seinen *shir*. »Wo ist er? Wann hast du ihn zum letztenmal gesehen?«

»Wovon sprichst du da?«

Plötzlich wurde die Tür aufgerissen, und Josarian stürzte herein, mit gezogener Waffe, und griff Srijan sofort an. Srijan wirbelte herum, aber Josarian war ein erheblich besserer Kämpfer als die einfachen Bauern, die Srijan als junger Mann terrorisiert hatte. Der Attentäter schrie auf, als Josarian ihn entwaffnete und ihm das Schwert in den Bauch stieß. Er fiel auf die Knie.

Schreiend versuchte Elelar, sich an Zimran vorbeizudrängen, der sich ihr in den Weg stellte und rief: »Was machst du da? Hör auf! Was soll das?«

Srijans Diener regte sich, und Josarian fuhr herum und schlug ihn mit seinem *yahr* nieder.

»Bist du wahnsinnig?« kreischte Elelar.

»Dafür wirst du sterben«, fauchte Srijan mit zusammengebissenen Zähnen. »Mein Vater wird dich bis ans Ende der Welt verfolgen.«

Endlich war es Elelar gelungen, an Zimran vorbeizukommen, und sie kniete an Srijans Seite nieder, zwischen ihm und Josarian. Sie warf dem *shallah* einen erbosten Blick zu. »Das wird Kiloran nicht davon überzeugen, deinen Befehlen zu folgen.«

»Die Zeit dafür ist längst vergangen«, sagte Josarian. »Kiloran hat mich bereits verraten und ist jetzt mein Feind.«

»Wie bitte?«

Es war eine schreckliche Geschichte, eine, der sie kaum folgen konnte, weil ihr Geist vor der Katastrophe zurückschreckte, die sich in jedem Wort abzeichnete. Ein Hinterhalt von Spähern tief im Herzen des Rebellenlandes, am Schauplatz eines vertraulichen Treffens, das Kiloran von Josarian erbeten hatte.

»Sie kannten Searlon«, schloß Josarian. »Sie wollten ihm Falians Leiche zeigen, damit er ihnen sagen konnte, ob es meine sei.«

Sie wollte ihm widersprechen, wollte eine andere Erklärung für die entsetzlichen Dinge finden, die er beschrieb, aber Srijans eigene Worte hatten ihn bereits zum Tode verurteilt: »Er sollte doch tot sein.«

Sie wußte, was Josarian beabsichtigte, und sie konnte es nicht zulassen. Das wäre das Ende der Rebellion, das Ende von allem, für das sie ihr Leben lang gearbeitet hatte. Das Ende Silerias.

»Nein.« Sie hatte solche Angst, daß sie kaum atmen konnte und schon gar nicht sprechen. »Du darfst ihn nicht töten.«

»Geh aus dem Weg«, befahl Josarian.

»Das darfst du nicht!« schrie sie. »Um der Liebe Dars willen, denk doch nach! Kiloran wird dir das niemals verzeihen! Danach wird er niemals mit dir Frieden schließen.«

»Zim«, sagte Josarian heiser, »schaff sie mir aus dem Weg.«

Sie warf Zimran einen verzweifelten Blick zu. »Sprich mit ihm! Du darfst das nicht zulassen!«

»Josarian, bitte ...«, flehte Zimran, eindeutig hin- und hergerissen zwischen seiner Loyalität zu Josarian und der zu Elelar.

»Schaff sie hier raus!« rief Josarian.

»Draußen sind noch zwei Attentäter«, sagte Zimran

verzweifelt. »Im Stall. Wenn du ihn tötest, wird keiner von uns Golnar lebendig verlassen.«

»Sie sind inzwischen tot«, erklärte Josarian.

Elelar keuchte. »Die anderen Männer, die du mitgebracht hast. Deshalb hast du dich von niemandem in Golnar sehen lassen.« Er hatte sie benutzt, hatte sie zu einem Teil seiner wahnsinnigen Rache gemacht, die sie alle zerstören würde. »Nein!«

»Zim«, wiederholte Josarian.

»Tu ihr nicht weh«, warnte Zimran seinen Vetter. »Ich werde nicht ...«

»Falian ist tot. Lann ist schwer verwundet.« Josarian hob das Schwert. »Ich hätte sterben sollen.«

»Mein Vater wird euch alle vernichten!« schrie Srijan und versuchte sich zu befreien. Er wand sich aus Elelars schützendem Griff. »Nein! Nein! Ne...«

Mit einem übelkeiterregenden Geräusch durchschnitt Josarians Klinge die Luft, bevor sie Srijans Hals durchtrennte. Blut spitzte Elelar ins Gesicht, warm, klebrig, naß. Sie wich zurück und hob die blutbefleckte Hand, als wollte sie den Anblick von Srijans Todeszuckungen abwehren. Wieder schrie sie in hilflosem Entsetzen auf, als in einem einzigen Augenblick des Wahnsinns ihre gesamte Welt zusammenbrach.

KAPITEL 16

Tansen erfuhr die Neuigkeiten erst zehn Tage nach dem Fall von Liron. Er hatte erwartet, das ganze Frühjahr im Osten zu verbringen, um hier die Macht der Rebellen zu festigen und sie bis nach Adalian auszubreiten, einer Stadt, die bereits unter Unruhen und Angriffen erbebte und ebenfalls bald fallen würde; aber nun wußte er, daß er sofort nach Dalishar zurückkehren mußte.

Nach dem Fall Lirons war Tansen ebenso wie alle anderen in der Begeisterung über den größten Sieg der Rebellen seit Alizar – vielleicht sogar seit Beginn der Rebellion – gefangen gewesen. Durch die leeren Paläste Lirons zu wandern und zu wissen, daß hier nie wieder Valdani wohnen würden, zu sehen, wie Schiffe den Hafen verließen, die schwer beladen waren mit den letzten valdanischen Zivilisten und entwaffneten Spähern, durch die Straßen von Liron zu schlendern und zu wissen, daß ihn dort keine Späher mehr aufhalten, verhören, verhaften konnten ... Er hatte Josarian einmal gesagt, das sei ein Traum, der es wert sei, dafür zu sterben, aber nun entdeckte er, daß es mehr war: Es lohnte sich, dafür zu leben, für diesen Triumph, der jedes Opfer wert war, das er verlangt hatte.

Ich danke dir, Dar. Danke, daß du mich hast leben lassen, damit ich das hier sehen kann.

Die Göttin hatte ihm immer noch nicht enthüllt, welche Pläne sie für ihn hegte, aber er hatte das Gefühl, sie habe einen stillschweigenden und vorübergehenden Waffenstillstand erklärt, als sie ihn an jenem Tag auf dem Darshon leben ließ. Im Austausch dafür, nahm er an, war es nur angemessen, ihr hin und wieder ein Gebet darzubieten. Mirabar hatte ihm versichert, daß dies kein Sakrileg sei, obwohl er seinen Blutsvater umgebracht und versucht hatte, Josarian von Dar fernzuhalten.

»Niemand kann Dar jemals mit einem Gebet beleidigen«, hatte sie gesagt.

Da solche Angelegenheiten Mirabars Fachgebiet waren und nicht das seine, war er bereit, ihrem Wort Glauben zu schenken.

Mirabar...

Er hatte oft an sie gedacht, seit er Dalishar zusammen mit Jalilar verlassen hatte. Mirabar hatte sich nach den Ereignissen auf dem Darshon verändert. Sie war kein Mädchen mehr, das hatte er bemerkt. Und auch keine Dämonin mehr. Unter anderem fragte er sich nun, ob sie seit dem Darshon Gelegenheit für mehr von diesen »sehr leidenschaftlichen« Umarmungen mit Cheylan gefunden hatte. Er war Cheylan hier im Osten selbstverständlich begegnet, aber er hätte sich lieber die Zunge herausgeschnitten, als mit ihm über so etwas zu sprechen. Es war allerdings eine Erleichterung, daß Cheylan nun, nachdem er Mirabar selbst kennengelernt hatte, nicht mehr Tansen nach ihr ausfragte. Tansen fragte sich mitunter, wo sie jetzt wohl war, was sie gerade tat, und ob es ihr gutging.

Und nun fragte er sich, ob sie von Josarian wußte. Sobald er und Emelen erfahren hatten, was geschehen war, hatte Tansen gewußt, daß er an Josarians Seite eilen mußte.

Nachdem er Srijan getötet hatte, hatte Josarian die Leiche von Kilorans Sohn auf die Straße hinausgezerrt und sie dort zur Abschreckung für alle, den Wasserherrn eingeschlossen, liegenlassen: So sterben alle, die Josarian verraten. Srijans verwundeten Diener hatte er am Leben gelassen, damit er Kiloran die Nachricht vom Tod seines Sohnes bringen konnte. Tansen konnte sich nicht einmal vorstellen, was an diesem Tag im Palast des Wasserherrn geschehen sein mochte, wie Kiloran reagiert, was er gesagt hatte. Er konnte es kaum ertragen, daran zu denken, was Kiloran jetzt tun würde, aber er wußte, er mußte genau das versuchen.

Er brach auf, sobald er die Nachricht erhalten hatte. Er würde zu Josarian gehen und an seiner Seite bleiben. Kiloran würde Josarian niemals verzeihen, würde niemals mit ihm Frieden schließen. Tansen verstand, wieso Josarian es getan hatte. Nachdem Kiloran Josarian verraten hatte, mußten sich alle entscheiden, auf wessen Seite sie standen, es gab keinen neutralen Boden. Josarian kannte sein Volk. Obwohl er der Feuerbringer war, würden ihn viele Silerier nur deshalb Kiloran vorziehen, weil er deutlich gemacht hatte, daß er so gnadenlos und mächtig war wie der größte Wasserherr Silerias und sich nicht vor Kilorans Zorn und Verfolgung fürchtete.

Josarian war noch nie ein größeres Wagnis eingegangen, nicht einmal, als er sich in den Krater des Darshon gestürzt hatte. Ja, Tansen verstand, wieso er es getan hatte, aber er wünschte sich dennoch, es wäre nie geschehen. Jetzt würde Kiloran niemals aufhören, Josarian nach dem Leben zu trachten, ganz gleich, was es ihn kostete.

Also kehrte Tansen jetzt an Josarians Seite zurück. Ein Mann, der von einem *shatai* beschützt wurde, war nicht so leicht umzubringen. Das war nur ein kleiner Trost, aber alles, was Tansen zu bieten hatte.

»Laß es nicht an mir aus, Kommandant«, zischte Searlon und hatte die Hand schon am *shir*. »Es waren deine Leute, die alles verdorben haben. Es hätte ein vollkommen glatter Hin...«

Koroll fauchte zurück: »Da du nicht einmal dabei warst ...«

»Wir dürfen eine Zuflucht nicht entweihen.«

»Ein sehr feiner Unterschied, da du die Späher direkt zu ...«

»Der Unterschied besteht darin, daß wir nicht auf Gebiet töten oder kämpfen, das von der Schwesternschaft beansprucht wird«, erwiderte Searlon kalt. »Josarian weiß das, und deshalb hätte er so verwundbar wie ein neugeborenes Kind sein müssen, als er ...«

»Was ist also schiefgegangen?«

»Deine Leute haben sich einfach zu dumm angestellt!« höhnte Searlon. »Mein Herr hatte recht. Späher sind dumm.«

Korolls Wangen brannten bei dieser Beleidigung. Am liebsten hätte er den Attentäter sofort ins Gefängnis werfen lassen, aber das war unmöglich. Kiloran kochte zwar vor Wut, hatte aber sein Angebot zur Zusammenarbeit noch nicht zurückgezogen. Koroll brauchte Searlon und seinen Herrn immer noch.

»Hast du Zugang zu dieser sogenannten Allianz?« fragte er Searlon mit mühsamer Beherrschung.

Der Attentäter zog eine Braue hoch. Koroll hatte gelernt, daß dies bei seinem zurückhaltenden Gast Überraschung anzeigte. »Ja.« Searlons Lächeln war ziemlich unverschämt, als er hinzufügte: »Ich habe sogar Zugang zu *torena* Elelar shah Hasnari.«

Koroll hätte nicht geglaubt, daß dieser Mann ihn noch mehr erniedrigen könnte. Er wußte, daß Searlon sich schon wieder über ihn lustig machte. Obwohl sie im Augenblick Verbündete waren, gab sich Searlon keine Mühe, seine Verachtung zu verbergen. Der Kommandant hätte ihm am liebsten ins lächelnde Gesicht gespuckt, aber er sagte nur: »Aha.«

»Wieso fragst du, Kommandant?«

»Der neue Kaiserliche Berater ist eingetroffen.«

Berater Kaynall – wohlhabend, adlig, arrogant und äußerst anspruchsvoll – war einer der zahlreichen Neffen des Kaisers. Sein steiler Aufstieg als valdanischer Diplomat im Himmelspalast war durch den Krieg unterbrochen worden, aber nun hatte der Kaiser endlich einen Posten für ihn gefunden und ihn ins vom Krieg zerrüttete Sileria geschickt. Ein ziemlich enttäuschender Posten nach zehn Jahren im Himmelspalast, dachte Koroll. Kaynall hätte ihm leid tun können, wenn er ihn auch nur im geringsten gemocht hätte.

»Und?« hakte Searlon nach.

Tatsächlich erinnerte Searlon Koroll sogar an Kaynall. »Und er möchte sich im geheimen mit jemandem besprechen, der die Allianz vertritt. Selbstverständlich unter Waffenstillstandsbedingungen.«

»Und über was will er mit diesem Vertreter der Allianz sprechen?«

»Ich habe keine Ahnung«, log Koroll, denn er war sicher, daß auch Searlon jedesmal log, wenn er behauptete, nichts von Kilorans Plänen und Absichten zu wissen. »Läßt sich so etwas arrangieren?«

»Ich werde meinen Herrn fragen.«

Das war die Antwort, die Koroll erwartet hatte. Er ging davon aus, daß Searlon über erheblich größere Macht und Eigenverantwortung verfügte, als er zugab, aber der Attentäter versuchte nur, seine eigene Haut und den Ruf seines Herrn zu retten, indem er gegenüber den Valdani vorgab, nicht mehr als ein Bote zu sein.

»Da du Zugang zu Elelar hast«, meine Koroll, »kannst du ihr auch sagen, daß wir ihren Mann hier festhalten.«

»Ach ja?«

»Ja. Aber sie würde ihn wahrscheinlich nicht wiedererkennen. Ich bezweifle, daß sie ihn je nüchtern gesehen hat.«

Searlon zuckte die Achseln. »Ich bezweifle, daß das die *torena* interessiert. Soweit ich weiß, hat sie jetzt einen neuen Mann.«

»Was für eine Überraschung«, sagte Koroll trocken. Ihr Mann war im Gefängnis, Borell noch kaum kalt in seinem Grab, aber Elelar hatte schon wieder einen neuen Liebhaber. »Es gibt Dinge, die sich nie ändern.«

»Und Dummköpfe, die nie dazulernen.« Searlon beugte sich vor, und sein Blick war gefährlich kalt, als er sagte: »Wir sind über die letzten Massaker alles andere als erfreut, Kommandant.«

»Das haben wir auch nicht getan, um dich zu erfreuen.«

»Wenn du willst, daß mein Herr mit dir zusammenarbeitet ...«

»Er ist immer noch der Feind«, fauchte Koroll, »und ich werde es nicht zulassen, daß er versucht, den Valdani ihre Politik in Sileria vorzuschreiben.«

Zumindest in dem Teil, der ihnen geblieben ist.

Bei dem Versuch, in den immer noch von den Valdani gehaltenen Teilen Silerias die Hoffnung der Bergbauern auf baldige Befreiung zu vernichten, hatte er eine Reihe brutaler Angriffe befohlen, immer am Rand des von Rebellen besetzten Gebiets.

Searlons dunkle Augen glitzerten vor Haß. »Du bist nicht nur unfähig, sondern auch ein Barbar.«

Koroll erklärte nur kalt: »Und dennoch habt ihr mich um Hilfe gegen Josarian gebeten.«

Searlon zuckte die Achseln. »Wie mein Herr so oft sagt: Verbündete müssen nicht unbedingt Freunde sein.«

»Tatsächlich. Wenn sie das wirklich wären«, murmelte Koroll, »dann könnte einem Josarian wirklich leid tun. Ein Mann, der solche Freunde hat ...«

Tashinar war krank, und sie hielt sich in ihrer Höhle auf dem Niran auf, als sie die Neuigkeiten hörte. Mirabar war in diesen letzten Tagen kaum von ihrer Seite gewichen; sie machte sich schreckliche Sorgen um ihre alte Mentorin. Tashinar hatte in diesem Jahr die Regenzeit nur schwer verkraftet, die ihr furchtbare Schmerzen in den Gelenken bereitet hatte. Auch ihre Lungen waren schließlich durch all die Feuchtigkeit geschädigt worden, und sie konnte diesen Husten überhaupt nicht mehr loswerden, der sie Tag und Nacht beinahe zerriß.

Ich bin alt. Wie konnte ich so schnell alt werden?

Mirabars Sorge rührte sie. Leider war das Mädchen – die junge Frau, korrigierte Tashinar sich, denn Mira hatte sich in den letzten Monaten sehr verändert – am Krankenbett etwa so beruhigend und sanft wie ein Vulkanausbruch. Mirabars Angst um Tashinar ließ ihre Zunge sogar noch spitzer werden als sonst. Erst am vergangenen Abend hatte sie es geschafft, daß die Schwester, die sich um Tashinar kümmerte, in Tränen ausbrach. Außerdem kamen die Männer, die hier in der Nähe ihr Lager aufgeschlagen hatten, immer wieder in die Höhle, um mit Mirabar über die Rebellion zu sprechen, über die Anderwelt, Josarian, Tansen, den Fall von Liron, die neuesten Nachrichten aus Adalian und zahlreiche andere Pläne, die alle zuviel für Tashinars fiebernden Kopf waren und ihre Ruhe störten. Najdan, der Attentäter, war stets an Mirabars Seite, und Tashinar würde in der Nähe eines *shir* niemals Ruhe finden. Sie wußte auch nicht, wie er Ruhe finden konnte, denn sein verzauberter Dolch zuckte und zitterte in Mirabars Gegenwart oft, als wäre die Waffe ein lebendes Wesen.

Das alles hatte dazu geführt, daß Tashinar angefangen hatte, darüber nachzudenken, wie sie Mirabar veranlassen konnte, den Niran zu verlassen, ohne sie damit zu verletzen. Aber dies ... Nein, das hatte sie sich nicht gewünscht. Sie hatten es gerade erfahren: Josarian hatte Kilorans Sohn getötet.

Dar sei uns gnädig; jetzt wird er uns alle vernichten.

Die Nachrichten hatten das Lager innerhalb kürzester Zeit in Unruhe versetzt. Attentäter und Rebellen schleuderten einander bittere Anklagen entgegen. Kiloran hatte Josarian verraten, sagten einige, und der Feuerbringer hatte sich gerächt. Nein, Josarian war wahnsinnig geworden, erklärten andere. Macht und Ruhm waren ihm zu Kopf gestiegen.

Barans Leute hatten in den letzten Jahren zu viel erlitten, um wirklich etwas darum zu geben, was mit Kiloran oder seinen Leuten geschah. Wenn man ihnen die Wahl zwischen dem Feuerbringer und einem Wasserherrn ließ, der der Hauptkonkurrent ihres eigenen Herrn war, zogen sie Josarian vor. Die Tiefländer, Seegeborenen und Wächter würden fest an Josarians Seite bleiben, denn sie hatten sich niemals Kiloran verpflichtet gefühlt. Aber einige *shallaheen* würden sich wegen dieser Ereignisse von ihm abwenden. Viele fürchteten Kiloran immer noch zu sehr, um sich offen gegen ihn zu wenden, und einige Klans hatten ihm schon vor vielen Jahren Treue geschworen, lange, bevor sie von Josarian gehört hatten.

Das ist das Ende der Rebellion.

Tashinar fühlte sich unglaublich alt, als sie belauschte, wie Mirabar und Najdan sich leise und verzweifelt stritten. Najdan schien in den letzten zehn Minuten um zehn Jahre gealtert zu sein. Tashinar verstand nicht so recht, worin das Band zwischen diesen beiden bestand, aber schon, als sie sie nach der Geburt der Rebellenallianz im See Kandahar zum erstenmal gesehen hatte, hatte sie bemerkt, wie stark diese Verbindung war. Jetzt schien sie sich in der katastrophalen Flut von Ereignissen, gegen die sie nichts ausrichten konnten, wieder aufzulösen.

»Das ist das Ende der Rebellenallianz«, sagte Najdan müde und voller Bedauern. »Es ist vorbei, *sirana.*«

»Nein!« Mirabar schüttelte den Kopf und wehrte sich gegen ein Schicksal, das bereits all ihre Pläne und Träume überrollt hatte. »Ich werde zu Josarian gehen. Und du redest mit Kiloran. Wir werden sie überzeugen ...«

»Kiloran wird das nie verzeihen.«

»Er kann seine Rache bis nach dem Krieg aufschieben.«

»Das wird er nicht tun, *sirana.* Und das hat Josarian auch gewußt, als er Srijan tötete.«

»Dann werde ich nach Kandahar gehen und ...«

»Nein!« Najdans Antwort war scharf und ungewohnt leidenschaftlich. »Er würde dich töten, *sirana.*«

Mirabar krallte die Finger verzweifelt in die Falten ihres einfachen Gewands. »Dann soll das eben der Preis für Srijans Tod sein. Kiloran soll mich töten und nicht Josarian.«

Mit klopfendem Herzen richtete Tashinar sich auf und sagte: »Nein, Mira, das darfst du nicht! Du ...«

»Nichts ist wichtiger als die Vertreibung der Valdani«, erklärte Mirabar entschlossen. »Du nicht, ich nicht, niemand. Es ist Josarians Schicksal, sie aus Sileria zu vertreiben, und daher müssen wir ihn vor Kiloran schützen.«

»Kiloran wird keinen anderen Tod als den von Josarian akzeptieren, *sirana,* nicht einmal deinen.«

»Fragen wir ihn doch.«

»Ich kenne ihn. Erheblich besser, als du ihn kennst«, wandte Najdan ein. »Ich habe ihm schon länger gedient, als du am Leben bist.« Er schüttelte den Kopf. »Es muß Josarian sein. Kein anderer.«

Mirabar beugte sich vor und starrte ihm in die Augen. Ihre Hand zitterte, als sie sie auf Najdans Hand legte. »Dann hilf mir, Kiloran zu töten«, flüsterte sie.

Er zuckte zurück, als hätte sie ihn verbrannt. »Nein.«

»Du und ich, wir könnten ...«

»Nein!« Er schüttelte den Kopf. »Er ist mein Herr. Ich bin sein Diener. Vor zwanzig Jahren habe ich ihm Treue geschworen. Mein Leben gehört ihm, *sirana.* Ich kann ihn nicht verraten.«

Sie wurde rot vor Zorn. »Ich weiß, was diese Schwüre Attentätern bedeuten! Wie viele von euch haben eure Herren verraten?«

»Das weiß ich nicht«, sagte er mit zusammengebissenen Zähnen. »Aber ich werde es nicht tun.«

»Er hat Josarian verraten. Er hat uns alle verraten.«

»Dafür haben wir nur Josarians Wort. Ein Hinterhalt mit einer Handvoll Spähern ...«

»An einem Ort, der nur Kiloran und Searlon bekannt war!«

»Eine Zuflucht!« schrie Najdan. »Eine, in der Josarian

sich schon zuvor mit Verbündeten getroffen hat! Ein Ort, den er selbst ausgewählt hat! Wer weiß denn, ob ihn nicht irgendein feiger *shallah* verraten hat? Es wäre nicht das erstemal!«

»Er sagte, die Späher hätten von Searlon gesprochen.«

»Er hatte bereits Streit mit Kiloran. Was wäre einfacher, als meinen Herrn anzugreifen, indem er vorgibt ...«

»Würde er denn etwas erfinden, das der Rebellion schadet?«

»Er hat sich verändert, seit er vom Darshon zurückgekommen ist.«

»Aber er ist nicht verrückt geworden.«

Der Streit wurde schließlich von Tashinars Husten unterbrochen. Mirabar eilte zu ihr und versuchte, ihr den Anfall zu erleichtern. Tashinars Brust schmerzte. Sie konnte hören, wie sich der Schleim in ihren Lungen bewegte. In ihrem Kopf drehte sich alles von dem Streit der beiden. Ihre Nerven zuckten von den Explosionen der Gefühle in diesem beengten Raum. Als der Anfall zu Ende war, sank sie wieder auf ihren Strohsack, keuchend und ihr Alter verfluchend.

»Sirana ...« Najdans Stimme war voller Bedauern, aber er sah Mirabar unverwandt in die Augen. »Ich muß gehen. Ich muß zu meinem Herrn zurückkehren. Du stehst treu zu Josarian, und ich weiß, daß es nicht anders sein kann. Aber ich ... kann nicht ehrenvoll einer Dienerin eines Feindes meines Herrn dienen.«

»Najdan ...« Mirabar hatte Tränen in den Augen.

»Ich würde dich niemals verraten. Wenn mein Herr ... einen Angriff auf Josarian geplant hat, dann hat er sich mir niemals anvertraut. Und ganz gleich, wieso Josarian Srijan getötet hat, müssen wir jetzt Feinde sein.« Najdan wandte sich ab, damit er ihre Tränen nicht sah. »Dir zu dienen, war mir die größte Ehre meines Lebens, *sirana.*« Er erhob sich, drehte sich um und ging. Über die Schulter gewandt, sagte er leise: »Ich wünsche dir Gesundheit, Glück und ein langes, erfülltes Leben.«

»Najdan ... Wenn deine Zeit kommt ...« Mirabars Stimme brach einen Augenblick. »Ich werde beten, daß Dar und die Anderwelt dich willkommen heißen.«

Der Attentäter senkte den Kopf, um durch die niedrige Höhlenöffnung zu kommen, dann verschwand er aus ihrem Leben. Mirabar holte tief Luft und versuchte, nicht zu weinen.

»Was wirst du jetzt tun?« fragte Tashinar.

»Ich muß ebenfalls gehen.« Mirabar nickte müde. »Ich muß Josarian finden. Ich muß ... ihn vor Kiloran schützen.« Sie seufzte kummervoll. »Ich weiß, wieso er es getan hat, aber ...«

»Aber?« fragte Tashinar.

»Muß es hier denn immer so sein?«

»Immer? Das weiß ich nicht.« Tashinar schloß die Augen; nach einem ganzen Leben in Sileria war sie unendlich müde. »Ich weiß nur, daß es hier immer so gewesen ist.«

Adalian fiel sogar schneller als erwartet, aber Zimran war nicht nach Feiern zumute, als er davon hörte. Die *torena* war seit Srijans Tod nur noch verzweifelt. Gut, sie erlaubte Zimran, sie in der Abgeschiedenheit ihres

Bettes zu trösten, aber tagsüber war sie distanziert und wies ihn zurück. Und noch schlimmer, sie ging jetzt oft weg und ließ nicht immer zu, daß er sie begleitete. Manchmal blieb sie einen Tag lang verschwunden, manchmal drei oder vier Tage. Sie verriet wenig über ihre Aktivitäten, wenn er sie fragte; sie sagte nur, die Allianz führe intensive Gespräche darüber, wie die Städte, die jetzt von den Rebellen beherrscht wurden, am besten zu regieren seien. Selbst wenn sie zusammen in dem alten Herrenhaus bei Chandar waren, schien sie immer weniger Zeit für ihn zu haben und war immer damit beschäftigt, Briefe zu schreiben oder sich mit anderen adligen Angehörigen der Allianz zu treffen.

Vielleicht wurde ihm erst jetzt klar, wie sehr er sie liebte, denn bei jeder anderen Frau hätte es ihm nichts ausgemacht, wenn sie länger abwesend gewesen wäre. Bei jeder anderen Frau hätte ihn das nur in die Arme der nächsten Eroberung getrieben. Aber Josarian hatte recht gehabt: Jetzt, da er Elelar gefunden hatte, wollte er keine andere Frau mehr. Er wollte, daß Elelar sich ihm wieder so aufmerksam zuwandte wie in den ersten Tagen ihrer Affäre; nichts anderes würde ihn je wieder glücklich machen können. Er hatte kurz daran gedacht, sich einer anderen Frau zuzuwenden, um Elelar eifersüchtig zu machen, aber diesen Gedanken hatte er schnell wieder abgetan. Er kannte sie inzwischen gut genug, um zu wissen, daß er sie durch ein solches Verhalten beinahe mit Sicherheit verlieren würde.

Obwohl Elelar ihn seit Srijans gewaltsamem Tod aus ihren Gedanken und Aktivitäten ausschloß und ihn das immer unglücklicher machte, hatte er bis heute nie mit ihr darüber gestritten, bis sie Tansen zu einer vertraulichen Besprechung ins Herrenhaus gerufen und arrogant darauf bestanden hatte, daß Zimran den Raum verließ, als er sie zusammen entdeckte. Tansens und Elelars zornige Stimmen schlossen aus, daß diese Besprechung nur ein Vorwand für andere Aktivitäten war, aber dennoch war Zimran wütend. Er wußte, wie sehr der *shatai* diese Frau immer schon begehrt hatte, und er wußte, wie nahe Zorn und Leidenschaft im Herzen eines Mannes lagen. Zimran ließ die beiden allein, wie sie ihm befohlen hatte, aber er kochte vor Eifersucht und Demütigung. Sobald der *roshah* gegangen war, eilte er zu Elelar.

»Wir haben uns wegen Josarian gestritten«, informierte sie ihn gereizt. »Was hattest du denn erwartet?«

»Wieso durfte ich dann nicht anwesend sein? Warum hast du mich hinausgeschickt wie ein Kind?« fauchte er.

»Weil ihr beide nicht miteinander auskommt«, erklärte sie in sachlicherem Ton, »und dieses Gespräch war auch ohne diese Art von Spannung noch schwierig genug.«

Er haßte es, wenn sie so sachlich war, wenn ihre Argumente nicht abzuweisen und vollkommen vernünftig waren. Es machte ihn mürrisch. »Immer hast du diese geheimen Besprechungen. Immer schreibst du Briefe. Immer gehst du weg.«

»Das ist die Art von Leben, die ich geführt habe, bevor mich die Valdani in Shaljir ins Gefängnis gesteckt haben«, sagte sie. »Das Leben, das ich immer hatte.«

»Kannst du es denn nun nicht aufgeben? Du hast in

Shaljir ein Doppelleben geführt, und dieser Krieg sollte ohnehin keine Frauenangelegenheit sein.«

Sie wurde sehr ruhig. Einen Augenblick lang befürchtete er, das Falsche gesagt zu haben. Sie konnte manchmal schon sehr schwierig sein. Aber immerhin war sie eine *torena*, und *toreni* waren eben anders. Das durfte er nicht vergessen.

Er versuchte, ihre Zärtlichkeit wieder heraufzubeschwören, diesen Teil von ihr, den nur er kannte, und er legte ihr den Arm um die Taille und flüsterte ihr ins Ohr: »Ich sorge mich um dich, *kadriah*. Die Zeiten sind gefährlich, und wenn du allein unterwegs bist, denke ich immer nur daran, ob du wohl in Sicherheit bist.«

»Ich bin ... ich weiß«, murmelte sie und gab seiner Berührung nach.

Ihre Taille war so schlank, ihr Bauch so glatt und flach. Für gewöhnlich erfreute er sich an der exquisiten Schönheit ihres Körpers, aber jetzt sehnte er sich danach, ihren Bauch von seinem Kind schwellen zu sehen. Er hatte den Gedanken, Vater zu sein, bisher immer gefürchtet, hatte sich sogar einmal gegen Josarian und dessen selbstgerechte Frau zur Wehr gesetzt, als die beiden ihn dazu bringen wollten, ein Mädchen aus Emeldar zu heiraten, das behauptete, von ihm schwanger zu sein. Er liebte Frauen wegen der Freuden, die sie mit ihm teilten, nicht wegen der hungrigen Mäuler, die sie ihm aufbürden wollten. Wie so vieles andere, hatte sich auch das jetzt zu seiner Überraschung verändert, da er Elelar liebte. Er wollte mit ihr zusammen neues Leben schaffen, wollte sehen, wie sie seinen Sohn zur Welt brachte.

So etwas wäre vor dem Krieg unvorstellbar gewesen, ebenso wie ihre ganze Beziehung noch vor gar nicht so langer Zeit undenkbar gewesen wäre. Aber nun hatte sich alles verändert, und da die Welt ohnehin auf dem Kopf stand, wollte Zimran Elelar für sich allein. Für immer.

Er ließ die Hand unter ihre Brust gleiten, streichelte sie sanft und bemerkte, wie ihr Körper auf seine Berührung reagierte. Vielleicht wäre ein Kind genau das Richtige, dachte er. Vielleicht würde ein Kind dazu führen, daß sie endlich zur Ruhe kam und den Krieg Josarian, Tansen und den anderen überließ. Wenn Zimran sie schwängerte, konnten sie sich vielleicht zu einem ruhigen Leben niederlassen, weit ab von all diesem Wahnsinn. Ob Josarian sein Schicksal als Feuerbringer erfüllen würde oder nicht, er war jetzt so gut wie tot; Kiloran würde keine Ruhe geben, bis er den Tod seines Sohnes gerächt hatte. Inzwischen konnte das Schicksal, da Liron und Adalian bereits gefallen waren, zweifellos auch ohne Zimran und seine Frau seinen Lauf nehmen.

Er küßte ihren schlanken Hals, atmete den Duft ihrer bleichen Haut ein. Er zog sie an sich und war froh, daß er die Tür verschlossen hatte, als er hereingekommen war, um sich ungestört mit ihr streiten zu können; der Haushalt einer *torena* war voller Diener, die immer irgendwo im Weg standen oder plötzlich hereinkamen, ohne sich auch nur zu entschuldigen. Es war lange her, daß sie ihm gestattet hatte, sie am hellichten Tag zu lieben. Er küßte sie lange und heftig, um endgültig jeden Protest zu verhindern.

Sie ließ zu, daß er die Seidenbänder aufknöpfte, die ihr Hemd zusammenhielten. Darunter war sie warm, zart, feinknochig und glatt. Er wehrte sich gegen das Bild, das ihm plötzlich ungebeten vor Augen stand, in dem das Gesicht, das er jetzt küßte, die Hände, die nun zwischen seine Beine glitten, um ihn zu streicheln, von Srijans Blut bedeckt waren. Wie hatte Josarian Srijan vor Elelars Augen töten können? Zorn erfüllte ihn, als er wieder daran dachte, Wut, die ihn mit dem leidenschaftlichen Bedürfnis erfüllte, Elelar noch besser zu schützen.

Wie hatte Josarian sie so in Gefahr bringen können?

Was, wenn sie bei diesem Kampf verletzt worden wäre? Was, wenn Kiloran, der zweifellos von ihrer Anwesenheit in der *tirshah* erfahren hatte, nicht glaubte, daß sie nur eine unbeteiligte Zuschauerin gewesen war, die dann sogar versucht hatte, Srijan zu retten?

Zimran hatte Srijan verachtet, aber er wußte, daß Elelar recht hatte: Ihn zu töten, war die Tat eines Wahnsinnigen gewesen, ganz gleich, was dazu geführt hatte. Kein *shallah* konnte die Feindschaft eines Wasserherrn überleben. Josarian mochte vielleicht der Feuerbringer sein, wie die Leute sagten, aber er hatte sich gegen Kiloran aufgelehnt. Und Kiloran bedauerte inzwischen zweifellos, daß er Tansen, Josarians Bruder, gegenüber gnädig gewesen war und dadurch vermutlich Josarians Respekt verloren hatte. Diesen Fehler würde Kiloran nicht noch einmal machen.

Josarian war dem Tod geweiht. Wie konnte er noch länger überleben? Aber wenn er bedachte, wie Josarian

Elelar an diesem Tag für seine Zwecke benutzt und sie in Gefahr gebracht hatte, kannte Zimran nicht einmal Mitgefühl mit dem Mann, der bald sterben würde.

Es fiel Elelar immer schwerer, Zimran zu entgehen. Sie konnte ihn immer beruhigen, wenn sie mit ihm schlief, sobald sie nach Hause zurückkehrte, aber dennoch wurde er zusehends mürrischer und streitsüchtiger und verlangte jedesmal, wenn sie das Haus verließ, zu wissen, wohin sie ging. Am liebsten hätte sie ihn aus dem Haus geworfen, aber inzwischen war er praktisch ihr einziger Kontakt zu Josarian.

Seit dem Sprung in den Darshon war Josarian halb wahnsinnig gewesen, aber er war kein Narr. Er wußte, daß Zimran Elelar alles sagte, also verriet er seinem Vetter wenig über den Krieg, seine Pläne oder seine Feindschaft mit Kiloran. Dennoch enthüllte jedesmal, wenn Zimran bei seinem Vetter gewesen war, eine sorgfältige Befragung immer noch mehr, als Elelar ohne ihn hätte erfahren können, und daher ließ sie Zimran wieder in ihrer Nähe bleiben. Zum Glück hatte Josarian in einem unglücklichen Versuch, Zimran von ihr wegzulocken, seinen Vetter mit einem harmlosen Auftrag weggeschickt. Zimran hatte sich zwar nur äußerst ungern von Elelar getrennt, hatte aber – weil sie darauf bestanden hatte – den Auftrag angenommen, um seine Loyalität zu seinem Vetter zu beweisen, indem er seinen Anweisungen gehorchte. Das hatte nicht nur dazu gedient, Josarians schwindendes Vertrauten in Zimran zu stärken, sondern Elelar auch die Möglichkeit zu einem wichtigen Treffen mit Searlon gegeben, das sie länger von ihrem Herrenhaus wegführen würde, als Zimran klaglos zugelassen hätte.

Sie hatte sich zuvor bereits einmal kurz mit Searlon getroffen, im Auftrag der Allianz. Ihre Verbündeten waren zutiefst beunruhigt über den Bruch zwischen Josarian und Kiloran. Bisher schienen die Valdani zum Glück noch nichts davon erfahren zu haben, denn ein Bruch der Rebellenallianz würde ihnen sicherlich neuen Mut machen. Auf welche Seite sich die Silerier auch schlagen mochten, es war für alle das beste, wenn die Valdani nichts von der unüberwindbaren Kluft erfuhren, die den Feuerbringer und Silerias mächtigsten Wasserherrn jetzt trennte.

Adalian und Liron waren bereits gefallen. Cavasar befand sich in ununterbrochenem Aufruhr und war vollkommen von Valda abgeschnitten. Kriegsschiffe der Moorländer bewachten nun die silerische Westküste, und die Seegeborenen beherrschten den Hafen von Cavasar, seit sie ihn geplündert hatten. Die Hälfte des silerischen Landes wurde bereits von den Rebellen beherrscht. Die Silerier, die in den Gebieten lebten, die immer noch von Valdani kontrolliert wurden, bekannten sich offen zur Rebellion und bereiteten sich auf ihre Befreiung vor.

Inzwischen wunderten sich die Valdani vermutlich bereits schon, wieso die Rebellen Shaljir noch nicht angegriffen hatten. Diese rätselhafte Unfähigkeit der Rebellen, ihren Vorteil auszunutzen, hatte allerdings zumindest eine nützliche Seite: Die Verzögerung ließ die Valdani vor Nervosität schier wahnsinnig werden.

Elelar wußte aus Depeschen, die in Liron und Adalian gefunden worden waren, daß der Zweifrontenkrieg, den der Kaiser führte, die Wirtschaft von Valdania zerrüttete. Sollte der Kaiserliche Rat daran gedacht haben, mit den Kintischen Königreichen oder den Moorländern Frieden zu schließen, dann war es jetzt zu spät dafür. Sie waren zu weit gegangen, hatten zu viel geopfert. Weder die freien Stämme der Moorlande noch der Himmelspalast würden jetzt noch ein Friedensangebot akzeptieren. Sie würden wissen, daß es nur ein Zeichen der Schwäche war, ein Hinweis, daß sie jetzt die Möglichkeit hätten, die abgelegenen Provinzen des Reiches für sich selbst zu beanspruchen.

Die silerischen Rebellen hatten jedoch kein Interesse am Festland. Sie wollten nichts von den Valdani, nur den bedingungslosen Rückzug aus Sileria. Und daher hatte der Kaiserliche Rat nach zweihundert Jahren plötzlich beschlossen, daß Sileria entbehrlich sei.

Der neue Kaiserliche Berater in Sileria hatte Anweisungen erhalten, sich unter der weißen Fahne des Waffenstillstands mit Vertretern der Allianz zu treffen und Verhandlungen mit dem Ziel einer Beendigung der Feindseligkeiten zu beginnen. Die Valdani mochten zwar nicht in der Position sein, ihren beiden mächtigen Feinden auf dem Festland den Frieden vorzuschlagen, aber sie waren bereit, hier in Sileria zurückzustecken. Es würde sie von einem immer teurer werdenden Problem befreien, und sie waren zweifellos der Ansicht, Sileria zu einem späteren Zeitpunkt wieder beanspruchen zu können, vielleicht nachdem sie jene Siege abgesichert und ausgebaut hatten, die sie in den Moorlanden und den Kintischen Königreichen immer noch erwarteten.

Die Valdani würden die Prophezeiungen über den Feuerbringer nicht glauben, selbst wenn sie davon erfuhren: Die Feinde, die er vertrieb, würden nie wieder nach Sileria zurückkehren können. Und Elelar hatte sicherlich nicht vor, sie zu diesem späten Zeitpunkt noch für den silerischen Mystizismus zu begeistern. Immerhin würde es ihnen leichterfallen zu gehen, solange sie glaubten, daß sie später einmal zurückkommen könnten.

Ihr Herz schmerzte beinahe vor Hoffnung, als sie sich in Searlons Begleitung zu den Verhandlungen aufmachte, an denen sie teilnehmen sollte. Dieses Treffen war so geheim, daß man sie angewiesen hatte, niemandem davon zu erzählen. Nicht einmal Faradar wußte, wo sie sich jetzt befand. Würden die Valdani tatsächlich ein Angebot machen – und wenn ja, wäre es ernst gemeint?

Wird der Krieg wirklich ein Ende finden?

Als Searlon sie zum Rand des von Rebellen beherrschten Gebietes und über diese Grenze hinausführte, konnte Elelar viele Beweise dafür sehen, daß ein rasches Ende des Krieges das beste für das Land wäre, am besten noch in diesem Jahr – vielleicht schon im Sommer. Die Rebellen waren darauf vorbereitet, viel länger zu kämpfen. Jetzt, da der Feuerbringer unter ihnen war, würden sie ewig weiterkämpfen, wenn das notwendig sein sollte. Aber dieses verarmte Land hatte bereits schwer an der Bürde des Krieges mit dem mächtigsten Reich der Welt zu tragen. Es wäre soviel besser für Sileria, wenn der

Krieg zu Ende wäre, bevor Elelars Land zu sehr zerrissen und die Menschen zu verzweifelt wären, um die Früchte des Sieges wirklich ernten zu können.

Und vor allem sehnte Elelar ein Ende des Tötens herbei. Sie hatte von den schrecklichen Massakern im Grenzland gehört, aber keine der Geschichten hatte sie auf das vorbereitet, was sie jetzt vor Augen hatte, als sie neben Searlon durchs Land ritt.

Dorf um Dorf war angegriffen worden. Viele waren bereits niedergebrannt worden; die Vernichtung war so groß gewesen, daß die Überlebenden lieber das ganze Dorf angezündet hatten, statt zu versuchen, in dieser Verwüstung ein neues Leben zu beginnen. Dort, wo die Überlebenden in den Dörfern geblieben waren, hörte Elelar solch schreckliche Geschichten von Brutalität, Mord, Folter und Metzelei, daß sie davon regelrecht krank wurde. Selbst Frauen, Kinder und sterbende alte Menschen waren nicht sicher vor Spähern, die mit solcher Grausamkeit vorgingen, daß es sogar alle Erinnerungen an Myrell, den Schlächter, übertraf.

Die Befehle waren selbstverständlich von Kommandant Koroll ausgegangen, und sein Name fiel immer wieder. Nachdem es ihm nicht gelungen war, Sileria zu halten, wollte er nun das Land zerstören, das ihn so gedemütigt hatte. Elelar mußte daran denken, was Borell ihr im Wachhaus am Löwentor angetan hatte. Jetzt erkannte sie, daß man dies auch einer gesamten Nation antun konnte, daß jemand ein gesamtes Volk so bitter hassen konnte.

Sie mußten diesen Mann aufhalten.

Josarian wußte das selbstverständlich. Er kämpfte, um die hilflosen Dörfer vor Korolls rachsüchtiger Wut zu schützen. Aber die Späher hatten inzwischen das eine oder andere von den Rebellen gelernt. Die Angriffe auf nicht verteidigte unmilitärische Ziele fanden immer überraschend und mitten in der Nacht statt. Es waren Geheimoperationen. Selbst wenn Elelar immer noch in Shaljir gelebt, in Borells Bett geschlafen und seine Gespräche mit Koroll belauscht hätte, hätte sie vermutlich kaum etwas über die geplanten Kampagnen erfahren, jedenfalls nicht rechtzeitig genug, um die Opfer zu retten.

Sie mußten Koroll aufhalten.

Und wenn irgend möglich, mußte der Krieg schnell zu Ende gebracht werden. Es wäre vielleicht anders gewesen, wären Josarian und Kiloran noch Verbündete, aber nun, da sie Feinde waren, lief ihnen die Zeit davon. Die Rebellion brach bereits in sich zusammen, zerbrach in einander bekämpfende Fraktionen, die sich nach Kilorans Verrat und dem Mord an Srijan feindselig gegenüberstanden. Die Allianz mußte verhandeln, damit die Valdani das Land bald verließen, bevor sie wieder Vorteile aus seinen Schwächen ziehen konnten.

Es war nur eine Frage der Zeit ...

Elelar war sich selbstverständlich darüber im klaren, daß sie vielleicht auf dem Weg in den Tod war. Kiloran wußte offenbar, daß sie nichts mit dem Mord an Srijan zu tun hatte. Sie traute es Searlon durchaus zu, daß er mit ihr spielte, bevor er sie umbrachte, aber er hatte in diesen vergangenen Tagen schon so viele Gelegenheiten gehabt, sie in eine Falle zu führen oder selbst zu töten, und er hatte es nicht getan. Also ging sie davon aus, daß er sie jetzt tatsächlich zu dem Treffen der Allianz mit dem Kaiserlichen Berater brachte. Andererseits hatte sie noch weniger Grund, den Valdani zu trauen als der Gesellschaft, also war sie nicht sicher, ob sie diese Begegnung überleben würde.

Searlon sagte, die Einladung sei ursprünglich von einem Attentäter übermittelt worden, den die Valdani gefangengenommen und dann wieder freigelassen hatten, in der Hoffnung, er könne, wie er behauptete, der Allianz eine Botschaft überbringen. Elelar hatte sich zunächst geweigert, weil sie angenommen hatte, es handele sich nur um eine Falle Korolls. Der Kommandant wollte sie alle, und sie vielleicht noch mehr als die anderen Anführer der Rebellion. Searlon selbst hatte ihr berichtet, daß Koroll Ronall gefangengenommen hatte, um ihn als eine Art Köder für sie zu verwenden oder ihn als Geisel gegen sie auszutauschen. Offensichtlich war der Kommandant dumm genug, nicht zu erkennen, wie unwahrscheinlich es war, daß Elelar auch nur das Geringste unternahm – und schon gar nicht ins Gefängnis zurückkehrte –, um ihren Mann zu retten. Außerdem war er ein valdanischer Adliger, und ihn gefangenzunehmen, war vermutlich das Schlimmste, was Koroll mit ihm tun würde.

Sie blieb weiterhin mißtrauisch, was dieses Treffen anging, aber die Allianz hatte sie angewiesen, sie dort gemeinsam mit drei anderen Abgesandten zu vertreten. Sie nahm an, das hatte damit zu tun, daß sie in der

Allianz diejenige war, die Josarian am nächsten stand – keiner dort wußte, wie sehr sich das verändert hatte. Selbst Searlon, den niemand als vertrauensselig beschrieben hätte, schien zu glauben, daß sie nicht geradewegs auf eine Falle zusteuerten. Also ritt Elelar an seiner Seite und betete, daß sie sich nicht bald schon im Gefängnis von Shaljir wiederfinden würde.

Als sie an den Ruinen einer Moorländer-Festung in dem von Valdani beherrschten Gebiet eintrafen, sah Elelar die weiße Fahne über einem runden Turm, der mit Überresten jener dämonenmordenden Geschöpfe dekoriert war, die die Moorländer so sehr schätzten. Elelar und ihr Begleiter ritten auf die Gebäude zu, und Elelars Haut kribbelte bei dem Gedanken an die Bogenschützen, die sich vielleicht in den Ruinen verbargen. Sie wußte, daß sie sich im Augenblick nicht sicher gefühlt hätte, selbst wenn sie von Josarians gesamter Armee umgeben gewesen wäre.

Jemand kam hinter den halb eingestürzten Steinmauern hervor. Elelar seufzte erleichtert, als sie *toren* Varian aus Adalian erkannte. Der alte Mann war über vierzig Jahre ein Freund ihres Großvaters Gaborian gewesen und war nun einer der Führer der Allianz. Seine Anwesenheit ließ sie hoffen, daß das Treffen tatsächlich stattfinden würde. Searlon half ihr vom Pferd, dann sah er ihr nach, als sie die Ruinen betrat. An dieser Besprechung nahmen nur Vertreter der Allianz teil. Der Kaiserliche Rat glaubte, mit *toreni* und reichen Kaufleuten vernünftig reden zu können, aber nicht mit Bauern, die nicht einmal lesen und schreiben konnten, oder mit Attentätern, Zauberern, feuerfressenden Mystikern, Gesetzlosen, Banditen und Kriegern.

»Bestimmte Arten von Menschen sind für den Krieg zuständig«, erklärte Varian ihr, als er sie auf ein großes Zelt zuführte, über dem ebenfalls eine weiße Fahne wehte, »und andere für den Frieden.«

Und Frauen sind dafür zuständig, daß ihr euch vernünftig verhaltet und dabei glaubt, es sei eure eigene Idee gewesen.

In Golnar, wo Josarian Srijan getötet hatte, hatte sie versagt. Ebenso wie in der Nacht, als Tansen Armian umbrachte. Beide Fehler waren Sileria teuer zu stehen gekommen. Sie schwor, dieses Treffen nicht zu verlassen, ohne ihrem Volk den Frieden gesichert zu haben.

Varian stellte sie Berater Kaynall vor. Er hatte offensichtlich von ihr gehört, und sein abschätzender Blick kam ihr beleidigend vertraut vor. Er machte eine Bemerkung darüber, wie sehr er Borell beneidete. Sie schwieg dazu und beschränkte sich darauf, ihm einen kühlen Blick zuzuwerfen und ihn zu hassen, wie sie alle Valdani haßte. Sie ignorierte den Platz, den er ihr anbot, und ließ sich anderswo nieder.

»Sagt mir«, meinte er, »nur, um meine Neugier zu befriedigen – wieso seid Ihr aus Shaljir geflohen, nachdem Euer Mann sich so sehr bemüht hatte, um Euch einen Prozeß in Valda zu verschaffen?«

Sie starrte ihn an. Dann wurde ihr klar, daß er die Frage wirklich ernst meinte, und sie sagte in einem Tonfall, in dem sie sonst den Dorftrottel angesprochen hätte: »Weil ich die Flucht dem Tod durch langsame Folter vorzog.«

»Aber der Tod durch langsame Folter war Euch durchaus nicht sicher, besonders, wenn man bedenkt ...«

»Man war gerade dabei, mich genau zu diesem Zweck in den Keller zu schaffen, als meine Freunde in das Gefängnis eindrangen, um mich zu retten. Wieviel sicherer hätte ich denn noch sein sollen?«

Der Berater runzelte die Stirn. »Das ist unmöglich. Man hätte Euch den Prozeß gewährt. Das ist doch zweifellos der Grund, weshalb Borell sich umgebracht hat – um der Schande zu entgehen.«

Verwirrt schüttelte sie den Kopf. »Nein, Hauptmann Myrell sagte, man habe mir verweigert, einen ...«

Sie hielt plötzlich inne. »Koroll.«

Kaynall starrte sie an. Sie sah, daß er rascher dachte als Borell. »Ich ... ich nehme an, Eure Aussage hätte Kommandant Koroll ebenso schaden können wie Berater Borell.«

»Nicht in diesem Ausmaß, aber sie wäre schädlich für ihn gewesen.« Sie beugte sich vor und versuchte, die Ereignisse zu rekonstruieren, wie sie ihrer Ansicht nach stattgefunden hatten. »Borell erhielt die Depesche, in der man ihn informierte, daß ich meinen Prozeß bekommen würde, und brachte sich um. Koroll muß es irgendwie geschafft haben, die Nachricht zunächst zu verheimlichen und sich dann auszudenken, wie er mich umbringen könnte, bevor ich ihn bei einem Prozeß bloßstellen konnte.«

Varian war ihren Überlegungen blitzschnell gefolgt und mutmaßte nun: »Er hätte sicher einen Weg gefunden, anderen die Schuld für deinen Tod zuzuschieben.«

»Vermutlich Borell«, meinte Elelar, »der sich ja nicht mehr verteidigen konnte, weil er schon tot war.«

Varian lächelte Kaynall an. »Das Leben im Santorell-Palast unterscheidet sich offenbar nicht sonderlich von dem im Himmelspalast, der ja für solche Intrigen berüchtigt ist.«

Kaynall war zu erfahren, um den Zorn zu zeigen, den er wegen der Hinterhältigkeit des Oberkommandanten verspüren mußte, oder die Verlegenheit angesichts der Tatsache, daß ihm dies alles von einem Feind – und noch dazu von einer Frau – enthüllt worden war.

Er erwiderte lediglich das Lächeln und sagte dann zu Elelar: »Ich fürchte, Euer Mann und seine Familie hatten wegen dieser Mißverständnisse sehr zu leiden. Der Rat hat Euch geehrt, indem er einer Silerierin das Recht auf einen kaiserlichen Prozeß gab, und der Kaiser hat Euer gewaltsames Verlassen des Gefängnisses als persönliche Beleidigung betrachtet. Es ist nur eine geringe Wiedergutmachung, aber ich gebe Euch mein Wort, daß Euer Mann aus dem Gewahrsam entlassen wird, sobald ich nach Shaljir zurückkehre.«

»Der Kaiser, mein Mann und die Familie meines Mannes sind allesamt Valdani«, sagte Elelar. »Ihr Leiden, ihre verletzten Gefühle und ihre Freiheit interessieren mich nicht.«

Kaynall zog die Brauen hoch. »Wie erfrischend direkt.«

»Könntet Ihr es vielleicht über Euch bringen, im Gegenzug ebenfalls direkt zu sein?« schlug sie vor. »Statt zwei Tage mit Einleitungen zu verschwenden, könntet

Ihr uns zum Beispiel schon jetzt mitteilen, was wir tun müssen, damit sich die Valdani vollständig und bedingungslos aus Sileria zurückziehen?«

»Ah ...« Kaynall legte die Fingerspitzen gegeneinander. »Ich glaube, Ihr werdet überrascht sein, wie wenig wir verlangen, *torena.*«

»Und was soll das sein?«

»Nur ein Ding. Nur eines. Aber von dieser Bedingung werden wir nicht abgehen.«

»Und die wäre?«

»Wir wollen Josarians Kopf.«

KAPITEL 17

Vollständiger und bedingungsloser Rückzug.

In Elelars Kopf drehte sich alles, als sie sich an das Treffen in den Ruinen, die frühere Eroberer hinterlassen hatten, erinnerte.

Die Valdani wollten nur eins im Austausch dafür, daß sie Sileria verließen: Josarian.

Sie hatte abgenommen, seit sie nach Hause zurückgekehrt war; seit Kaynalls verblüffender Erklärung hatte sie nichts mehr essen können. Varians gleichmütige Reaktion hatte ihr gezeigt, daß dieser Preis keine Überraschung für ihn war; sie nahm an, daß er bereits zuvor mit Kaynall gesprochen hatte.

Kaynalls Position war eindeutig, und er war offener gewesen, als sie erwartet hatte. Die Valdani wußten, daß sie Sileria aufgeben mußten. Sie würden es ohnehin verlieren. Sollte keine plötzliche und wunderbare Wendung in ihren Kriegen gegen die Kint und die Moorländer eintreten, waren sie einfach nicht in der Lage, genügend Männer und Nachschub nach Sileria zu schicken, um den Krieg hier zu gewinnen. Oh, sie konnten noch mehr schicken, wenn es sein mußte – aber nicht genug. Am Ende würden die Rebellen gewinnen. Je eher sich also die Valdani zurückzogen, desto schneller konnten sie ihre Leute anders aufteilen; Geld, Schiffe, Waffen und andere Güter waren hier verschwendet, und auf dem Festland wurden sie dringend benötigt.

Für den Fall, daß sie die dieser Erklärung innewohnende Drohung nicht vollkommen verstanden hatte, machte Kaynall es noch einmal grausam deutlich: Wenn sich die Allianz nicht auf dieses Angebot einließ, würden die Valdani den Krieg in die Länge ziehen. Ja, am Ende würden die Rebellen höchstwahrscheinlich gewinnen, aber die Valdani würden dafür sorgen, daß es ein langer, blutiger Krieg würde, der das neu erstehende Land mehr kosten würde, als es sich leisten konnte – vor allem, nachdem es schon seit Jahrhunderten von seinen Eroberern geplündert und ausgebeutet worden war. Solch ein Vorgehen würde dem Kaiserreich zwar Verluste bereiten, aber die Verluste Silerias würden erheblich größer sein.

Leider, erklärte Kaynall, war der sofortige Rückzug aus Sileria zwar ein praktischer Plan, wurde zu Hause in Valda allerdings nicht als sonderlich ruhmreicher Zug betrachtet.

»Ihr müßt verstehen, daß wir ein stolzes Volk sind«, hatte Kaynall gesagt. »Ein Volk, das erobert und nicht Frieden schließt. Ein Volk, das sich Provinzen nimmt und sie nicht zurückgibt.«

Der Kaiserliche Rat brauchte daher etwas, das er seinen Feinden und dem eigenen Volk zeigen konnte, im Austausch für den Verlust von Sileria – einer abgelegenen Provinz, von der niemand auf der Welt erwartet hatte, daß sich ihr Volk erheben und seine Freiheit fordern würde. Die Valdani brauchten etwas, das ihnen erlaubte, sich mit ungebrochenem Stolz aus Sileria zurückzuziehen. Der Rat hatte beschlossen, dieses Etwas müsse das Leben von Silerias berühmtestem Rebellen sein: jenes ungebildeten Bauern, dessen Namen man nun selbst in den Straßen von Valda kannte, jenes Scharlatans, der sein gutgläubiges Volk davon überzeugt hatte, daß er ein gottähnliches Wesen sei, das bereits seit langem von einer geheimnisvollen silerischen Sekte vorhergesagt worden war.

Josarian hatte diesen Krieg angefangen. Er war persönlich verantwortlich für den Tod Tausender Valdani, darunter auch viele Zivilisten. Man haßte und fürchtete ihn in Valda ebenso wie am Santorell-Platz. Sein Name stand für alles, was das Kaiserreich in diesen schweren Zeiten bedrohte.

Die Zeiten wären nicht so schlimm, wenn das Kaiserreich einfach damit aufhören würde, seine Nachbarn anzugreifen.

»Die Bürger Valdanias werden niemals Frieden schließen, solange Josarian lebt«, hatte Kaynall gesagt.

»Ihr meint, der Kaiserliche Rat wird uns nie den Frieden anbieten, solange er nicht die Möglichkeit hat, dabei das Gesicht zu wahren.« Elelar hatte ihren Hohn nicht zurückgehalten.

Tagelang hatten sie sich gestritten und verhandelt. Selbstverständlich wollten die Valdani Josarians Tod, hatte Elelar erklärt; sie glaubten, die Rebellion werde ohne ihn in sich zusammenfallen. Warum um alles in der Welt sollte sie glauben, daß sich die Späher aus Sileria zurückzogen, nachdem die Allianz ihnen abgenommen hatte, was sie nie selbst geschafft hatten – Josarian zu töten? Und außerdem, wie kamen die Valdani darauf, daß die Allianz einen der Ihren verraten würde?

»Ich höre, es gibt bei den Rebellen einige Schwierigkeiten«, hatte Kaynall gesagt und dabei die Gesichter seiner silerischen Feinde sorgfältig beobachtet. »Nicht alle sind Josarian gegenüber so loyal, wie sie es einmal waren. Ich dachte nur ...« Sein Schulterzucken war zu vielsagend, um lässig zu wirken.

Kiloran hat Josarian an die Späher verraten, und Kaynall ist nicht dumm – aber wieviel weiß er wirklich?

Wenn Kaynall vorgehabt hatte, seine silerischen Gäste in Panik zu versetzen, dann konnte er sich als erfolgreich betrachten. Dennoch, Elelar und ihre Gefährten hatten vorgegeben, daß es ihnen gelungen war, den inneren Zwist, der zu dem Hinterhalt auf Josarian geführt hatte, wieder beizulegen, und sie waren an den verbleibenden Verhandlungstagen nicht von dieser Aussage abgewichen.

Da die Versprechen von Valdani erheblich weniger wert waren als das teure Pergament, auf das man sie niederschrieb, hatte die Allianz einen ausführlichen Plan für den Rückzug ausgearbeitet, bei dem jede Seite bestimmte Bedingungen erfüllen mußte, um auf beiden Seiten Glaubwürdigkeit zu erzeugen. Der Krieg würde mit zwei Ereignissen enden, die im Vertrag ebenfalls aufgeführt waren: Die Allianz würde Josarian den Valdani übergeben, und die Valdani würden Shaljir an die Rebellen abtreten. Bis dahin würden sämtliche Übereinkünfte null und nichtig werden, sobald eine der Seiten eine der Bedingungen nicht einhielt.

Sollte dies geschehen, würde jede der beiden Seiten zweifellos versuchen, die Oberhand zu gewinnen, indem sie die andere bloßstellte. Die Allianz würde ihre Kontakte einsetzen, um die mißlungenen Pläne des Kaiserlichen Rats ihren militärischen Feinden, ihren politischen Gegnern und dem unzufriedenen Volk von Valdania zu enthüllen. Die Valdani würden den Rebellen Beweise vorlegen, daß die Allianz vorgehabt hatte, Josarian zu verraten.

Aber er ist der Feuerbringer.

Varian hatte sich ihre unter vier Augen vorgebrachten Einwände angehört und schließlich gesagt: »Es ist das Schicksal des Feuerbringers, die Eroberer aus Sileria zu vertreiben. Und tut Josarian nicht genau das?«

»Aber ...«

»Elelar, du weißt selbst, wie unklar diese Prophezeiung ist. Es wird nirgendwo gesagt, auf welche Weise der Feuerbringer die Eroberer vertreibt.«

Schließlich hatte sie zugestimmt. Josarian würde ohnehin bald sterben; dafür würde Kiloran schon sorgen. Auf diese Weise würde er sterben, um Sileria zu befreien. Auf diese Weise würde er sein Schicksal erfüllen.

Najdan, den man erst spät an diesem Tag in Kilorans Unterwasserpalast bestellt hatte, kreuzte die Fäuste auf der Brust und verneigte sich vor seinem Herrn. Er war überrascht, auch Searlon hier zu sehen. Searlon war zwar Kilorans vertrautester und wichtigster Attentäter, aber er hielt sich selten in Kandahar auf; dafür war er in zu vielen anderen Belangen zu nützlich.

Searlon war jünger als Najdan, und er war später zur Gesellschaft gestoßen, aber er war so begabt, daß er Najdan an Wichtigkeit bereits übertraf. Das machte Najdan nichts aus; er war für einen hungrigen, ungebildeten, vaterlosen *shallah*-Jungen schon ziemlich weit gekommen. Searlon war der Sohn einer wohlhabenden Kaufmannsfamilie aus Shaljir, aber er war schließlich in die Fußstapfen seines Onkels mütterlicherseits getreten, der ebenfalls Attentäter gewesen war. Ja, Searlon hatte einen erheblich leichteren Anfang gehabt als Najdan und daher bereits in jüngerem Alter mehr erreicht. Aber man mußte zugeben, daß er für diese Ziele schwer gearbeitet hatte, und Najdan achtete jeden, der so etwas ehrlich von sich behaupten konnte.

Sie kannten einander nun seit mehr als zehn Jahren und hatten bei zahllosen Gelegenheiten zusammengearbeitet. Nun begrüßten sie sich mit Respekt.

»Die Valdani«, berichtete Kiloran Najdan, »haben vor, Kommandant Koroll in einen Hinterhalt der Rebellen zu führen.«

Najdan war verblüfft, und das zeigte er auch. Er sah, daß Searlon die Neuigkeiten bereits kannte – vielleicht hatte er die Nachricht ja selbst nach Kandahar gebracht.

»Warum, *siran?*« fragte Najdan.

»Der Kaiserliche Berater hat vor kurzem einen geheimen Vertrag mit der Allianz abgeschlossen«, sagte Kiloran, und zum erstenmal, seit Najdan nach Kandahar zurückgekehrt war, hörte er in der Stimme seines Herrn wieder die gewohnte Energie. »Nicht mit den Rebellen. Nur mit der Allianz.«

Najdan warf Searlon einen Blick zu. »Warst du dabei?«

»Strenggenommen nicht. Aber ich weiß, was besprochen wurde. Wer was gesagt hat. Welche Drohungen und Versprechungen gemacht wurden.«

»Ich nehme an, Koroll war nicht anwesend«, meinte Najdan trocken und fragte sich, ob es ein Valdan oder ein Silerier war, der solch wichtige Geheimnisse mit Searlon teilte. Vermutlich beides. Man durfte Searlon auf keinen Fall unterschätzen.

»Die Valdani haben keine gute Hand bei der Auswahl ihrer Leute«, meinte Kiloran verächtlich, »und dann können sie sie nicht einmal beherrschen.«

Dasselbe hätte man niemals von Najdans Herrn sagen können. Ein gejagter und für vogelfrei erklärter Zauberer konnte keine ganze Armee ehrgeiziger Attentäter befehligen und eine ganze Region Silerias ebenso wie die Verehrungswürdige Gesellschaft selbst beherrschen, ohne daß er über ein gutes Urteilsvermögen und kluge Taktik verfügte. Und Najdan mußte zugeben, daß Kiloran seine Leute für ihre Loyalität belohnte. Obwohl er über Srijans Tod verzweifelt war, hatte Kiloran Najdan dennoch bei seiner Rückkehr nach Kandahar herzlich begrüßt und ihn großzügig dafür belohnt, daß er Mirabar verlassen und an die Seite seines Herrn zurückgekehrt war.

»Der Kommandant ist bei seinen Vorgesetzten in Ungnade gefallen«, sagte Searlon. Er erklärte, der geheime Vertrag schlösse den Austausch von einer ganzen Reihe von Geiseln ein, von denen Koroll nur einer war – und

Koroll war ein Mann, den alle Silerier, ganz gleich, wem ihre Treue galt, mehr haßten als jeden anderen Valdan. »Kommandant Cyrill wird verlangen, sich mit ihm auf halbem Weg zwischen Cavasar und Shaljir zu treffen.«

»Das ist weitab vom Rebellengebiet«, meinte Najdan.

»Ein vom Berater persönlich ausgewählter Mann wird eine kleine Gruppe von Rebellen sicher durch das von den Valdani beherrschte Land und wieder zurück führen.«

»Aha.« Wieder warf Najdan Searlon einen Blick zu. Er mußte an die Geschichten denken, die man sich über den Hinterhalt für Josarian erzählte, und daher fiel sein Tonfall kühler als geplant aus, als er sagte: »Und so etwas ist möglich, das wissen wir ja.«

Searlon lächelte nur, was die Narbe an seiner Wange zu einem langgezogenen, unglaubwürdigen Grübchen werden ließ.

Najdan widerstand dem dreisten Bedürfnis, seinen Herrn nach dessen Streit mit dem Feuerbringer zu befragen, und sagte nur: »Und was gewinnen die Valdani dabei?«

»Den ehemaligen Kommandanten von Liron, der offensichtlich ein Vetter eines der Kaiserlichen Räte ist und der immer noch irgendwo in der Nähe von Liron gefangengehalten wird«, erklärte Searlon. »Die Valdani wollen ihn zurück, und die Allianz kann das arrangieren.«

»Koroll wird sterben ... ein geheimer Vertrag ...« Najdan nickte bedächtig. »Der Krieg geht zu Ende, nicht wahr?«

»Der Krieg gegen die Valdani, ja.« Kiloran starrte ihn

kalt an. »Jetzt sind die ... Auseinandersetzungen unter uns unsere wichtigste Sorge.«

Nach all diesen Jahren war Najdan immer noch erschüttert von diesem Blick und beeindruckt von dem leidenschaftslosen Genie dahinter. »Jawohl, *siran*.«

»Zum Glück«, warf Searlon ein, »sieht es so aus, als würden die Valdani und die Allianz alle Hilfe geben, die wir brauchen.«

Tansen hatte von Anfang an befürchtet, daß es sich um eine Falle handelte, also hatte er darauf bestanden, daß Josarian sich nicht direkt an dem Plan beteiligte, den Elelar ihnen unterbreitet hatte. Irgendwie hatte die Allianz einen Verbündeten gefunden, der Koroll verraten und einen Hinterhalt an der Straße zwischen Shaljir und Cavasar organisieren wollte. Ganz gleich, wie oft Tan Elelar ausfragte und wie viele Einzelheiten sie lieferte – etwas an diesem Plan beunruhigte ihn.

Politik hatte ihn immer verwirrt. Offensichtlich war Koroll seinen Herren inzwischen so peinlich, daß sie der Ansicht waren, sie würden besser dastehen, wenn er in Sileria im Kampf starb, statt zu einem Prozeß und anschließender Hinrichtung nach Valda zurückgebracht zu werden. Der Kaiserliche Rat hatte immerhin aus reiner Unkenntnis und Nachlässigkeit einen korrupten und unfähigen Kommandanten in Sileria schalten und walten lassen, behauptete Elelar. Jetzt waren sie darauf versessen, vor ihrem Volk und vor allem vor ihren politischen Gegnern zu verbergen, wie sehr ihre eigene Nachlässigkeit zum Verlust Silerias beigetragen hatte.

»Sie geben zu, daß sie verlieren werden?« hatte Tansen gefragt.

»Nur einer oder zwei von ihnen. Und nur im geheimen«, war Elelars Antwort.

Wenn sie darüber sprach, wirkte der Plan logisch und überzeugend. Aber es klang auch alles viel zu einfach, und das beunruhigte Tansen. Tief in von den Valdani beherrschtes Gebiet einzudringen, um einen einzigen Mann zu überfallen, der vermutlich besser bewacht wurde als jeder andere Valdan in Sileria, wenn man einmal von dem neuen Kaiserlichen Berater absah ... Nun, das sollte einfach nicht so leicht sein.

Unglaublicherweise war es das aber. Alles verlief problemlos, genau wie Elelar es geplant hatte, ohne jene Katastrophen und unabsehbaren Schwierigkeiten, mit denen Tansen gerechnet hatte und auf die er eingerichtet gewesen war. Verkleidet als Späher, die gefangene Rebellen zu einer Festung an der Küste brachten, waren Tansen und seine Leute auf einen ruhigen Späher mit kühlem Blick gestoßen, der sie vom Rand des Rebellengebiets an weitergeführt hatte. Er geleitete sie sicher zum Schauplatz des vorgesehenen Hinterhalts. Sie reisten in der Nacht, versteckten sich bei Tag, stellten keine Fragen.

Als Koroll schließlich in Sicht kam, stellte sich heraus, daß er von zwanzig Mann begleitet wurde. Genau wie Elelar vorhergesagt hatte, drehten sich auf ein vorher abgesprochenes Zeichen von Tansens Späherführer sechzehn Männer aus Korolls Eskorte einfach um und galoppierten davon, zurück nach Shaljir, und überließen ihren Kommandanten seinem Schicksal. Selbst Jalan hatte angesichts des wiedergeborenen Feuerbringers auf dem Darshon nicht so verdutzt ausgesehen wie Koroll jetzt.

Die vier verbliebenen Männer hatte Koroll selbst schon vor langer Zeit als seine Leibwächter ausgewählt, also hatte man sie nicht in den Plan einbezogen, den sich jemand ausgedacht hatte, der Koroll übergeordnet war, jemand, der sechzehn Spähern den Befehl geben konnte, ihren kommandierenden Offizier dem sicheren Tod zu überlassen. War es der Kaiserliche Berater? Jemand im Rat?

Und dann behaupten sie, wir seien ein Volk von Verrätern.

Der Mann des Beraters blieb im Versteck und beobachtete nur, während die Rebellen die verbliebenen Späher, die Koroll bewachten, angriffen. Der Kampf war kurz und tödlich; vier Männer starben aus Treue zu ihrem verurteilten Kommandanten.

Koroll, verlassen und entwaffnet, tobte und schleuderte den »Spähern«, denen er sich gegenüberfand, die schlimmsten Beleidigungen entgegen – bis er Tansen sah. Er riß die Augen vor Schreck weit auf und holte mit einem langen, geräuschvollen, schrecklichen Keuchen tief Luft.

»Eine ... eine Falle«, brachte er schließlich hervor.

»Ja, Kommandant.« Tansen hatte die Späherverkleidung abgelehnt und die Reise als »Gefangener« zurückgelegt, also trug er seine eigene Kleidung. Trotz der Veränderungen in seinem Äußeren, seit sie sich in Cavasar begegnet waren, hatte Koroll ihn erkannt. Aber es war auch nicht einfach, einen Mann zu vergessen, der mit zwei kintischen Schwertern nach Sileria kam. Jetzt steckte er sie wieder ein und sagte: »Späher haben Josarian überfallen, und sie waren als Silerier verkleidet, also haben wir ...« Er zuckte die Achseln. »Wie du siehst.«

Koroll warf einen Blick auf die Männer in Grau, die tot am Boden lagen. »Rebellen.« In einem angestrengten Versuch, sich zusammenzunehmen, blickte er die Straße hinunter, auf der seine Eskorte verschwunden war. „Und die anderen?«

»Echte Späher«, sagte Tansen trocken. »Die besten Truppen des Kaisers.«

Koroll drehte ihm langsam den Rücken zu. Er sah sich um, als wolle er die erschreckenden Ereignisse noch einmal rekonstruieren. Schließlich sagte er: »Man hat mich ... verraten.«

»Ja.«

Koroll runzelte die Stirn. »Hast du meine Leute bestochen?«

Tansen grinste. »Du schmeichelst uns, Kommandant. So viel Geld haben wir nicht.«

»Kaynall.« Koroll schaute einen Augenblick kummervoll drein, dann wurde er rot vor Zorn, ballte die Fäuste und zischte: »Der Rat! Diese vaterlosen Ziegenschänder! Ich habe ihnen gesagt, daß ich mehr Leute und mehr Geld brauche! Ich habe ihnen gesagt, daß ich dieses gottverlassene Land nicht nur mit Gebeten, Drohungen und Glück halten kann! Daroll war ein Dummkopf und Borell ein Feigling. Und ich ...«

»Und du, Kommandant«, sagte Tansen mitleidlos, »bist ein Lügner.«

Korolls Augen glitzerten vor Haß. »Eine seltsame Anklage für einen Silerier. Euer verfluchtes Volk hat die Lüge erfunden.«

»Du schmeichelst uns schon wieder«, erwiderte Tansen. »Wir haben sie nur zur Vollendung gebracht.«

»In Cavasar hast du dich recht gut geschlagen, *shatai,* das muß man dir lassen.«

»Du hast gesehen, was du sehen wolltest.« Er zog eine Braue hoch und fügte hinzu: »Und dann hast du versucht, deinen Fehler hinter einer weiteren Lüge zu verbergen. Wirklich, Kommandant«, schalt er, »wie konntest du den Leuten erzählen, ich hätte meine eigenen Schwerter gestohlen?«

»Wirst du sie jetzt benutzen, um mich zu töten, *shatai?*«

»Das wäre das Einfachste«, gab Tansen zu, »aber Josarian will dich sehen, also muß ich dich zu ihm bringen.«

»Du dienst ihm also«, spottete Koroll. »Er ist ein ungebildeter Bauer, der ohne dich nie aus diesen wilden Bergen herausgekommen wäre. Und du, ein *shatai,* führst seine Befehle aus.«

Tansen kümmerte sich nicht um den ungeschickten Versuch, ihn zu beleidigen. Niemand, der Josarian kannte, würde je daran zweifeln, daß er würdig war, selbst einem *shatai* Befehle zu erteilen. Also erwiderte er nur: »Ja.«

»Ich verstehe dich nicht.« Koroll runzelte die Stirn und

schüttelte den Kopf. »Warum? Sag mir das. Bevor du mich ihm übergibst, sag mir einfach, warum.«

»Warum was, Kommandant?«

Koroll trat auf ihn zu und starrte ihn dabei unverwandt an. »Warum hast du es getan? Drei in Einem, du bist ein *shatai!* Du hättest alles sein können, was du wolltest, überall hingehen, wo du wolltest. Ein Mann wie du ... Du hättest irgendwo in den Kintischen Königreichen zum Herrscher aufsteigen oder ein persönlicher Diener des Hochkönigs werden können. Du hättest Häuptling in den Moorlanden werden können!« Er ignorierte die warnende Geste eines der Rebellen und packte Tansen am Hemd. »Von all den Dingen, die du mit deinem Leben hättest tun können – wieso hast du dich bei allen Göttern im Himmel und auf Erden ausgerechnet einem *shallah*-Gesetzlosen angeschlossen und dem größten Reich der Welt den Krieg erklärt?«

»Weil ich Silerier bin«, sagte Tansen schlicht. »Und außerdem bin ich selbst ein *shallah.*«

»Ich hätte mein Versprechen gehalten.« Korolls heißer Atem drang Tansen ins Gesicht. »Ich hätte dein Gold verdoppelt, hätte dir weitere Aufträge gegeben, dich zu meiner rechten Hand in Sileria gemacht.«

»Ich wollte nicht deine rechte ...«

»Ich hätte dich reich machen können!«

»Aber nicht frei.«

»Glaubst du diesen Unsinn etwa auch?« rief Koroll und klammerte sich weiter an ihn. »Sogar du?«

»Von welchem Unsinn sprichst du?« Tansen versuchte, ihn wegzuschieben.

Koroll, der die Nerven zu verlieren schien, hing an ihm wie ein Blutegel. »Der Feuerbringer! Ein mystischer Retter, aus dem Feuer geboren! Freiheit? Hier?«

»Also gut, Kommandant, ich denke, es ist an der Zeit ...«

Er sah es zu spät. Erkannte seinen Fehler zu spät. Er hatte Koroll unterschätzt. Er war sorglos und arrogant gewesen. Die Rebellen hatten Koroll nicht nach versteckten Waffen durchsucht, weil sie angenommen hatten, der Oberkommandant hielte so etwas nicht für nötig, wenn er mit einer bewaffneten Eskorte in seinem eigenen Herrschaftsgebiet unterwegs war. Ein Fehler. Tansen stieß einen Schmerzensschrei aus, als die geschwungene Klinge eines *shir* auf der Suche nach seinem Herzen an seinen Rippen vorbeiglitt.

Kalt. Bitter kalt. Eine giftige Kälte, die schlimmer brannte als Dars Feuer.

»Tan!« Er hörte den entsetzten Schrei eines seiner Männer.

Koroll hatte den Arm um seinen Hals. Der Kommandant hielt Tansen zwischen sich und den Rebellen. Die tödliche Kälte des *shir* an seinem Hals ließ Tan die Tränen in die Augen treten. Der Schmerz von der Wunde bewirkte, daß ihm übel wurde. Blut floß ihm über die Seite und durchtränkte sein Hemd.

»Absteigen! Alle!« befahl Koroll.

»Tötet ihn!« sagte Tansen.

»Still.« Koroll drückte ihm den *shir* fester gegen die Haut.

»Tansen!«

»Tötet ihn!« wiederholte Tan.

»Wenn ihr euch auch nur bewegt, stirbt er«, warnte Koroll.

Die Wunde war schlimm. Das wußte er. Sehr schlimm. Es konnte durchaus sein, daß er starb, ohne daß Koroll ihm die Kehle durchschnitt. Es würde nicht mehr lange dauern, bis er das Bewußtsein verlor.

Ein shir ... *wen hat er umgebracht, um sich einen* shir *zu verschaffen?*

»Absteigen! Und dann da rüber! Sofort!« rief Koroll. Er hatte einmal Tausende von Spähern kommandiert. Der Tonfall verfehlte seine Wirkung auf die Rebellen nicht, die verstört über die plötzliche Vernichtung eines Mannes waren, den sie immer für unbesiegbar gehalten hatten.

Aber jeder kann umgebracht werden. Jeder.

»So ist es gut«, hörte er Koroll zu den Rebellen sagen. »Tut einfach, was ich euch sage.«

»Tötet ihn ...« Tansens Zunge fühlte sich dick an. Seine Stimme klang schwach.

Armian ... ich komme. Jetzt hast du endlich deine Rache.

Seine Konzentration ließ nach. Er wurde schwächer.

Konzentriere dich auf deine Aufgabe.

Er hatte nur eine einzige Chance. Da ihm ansonsten der Tod sicher war, sollte er sie lieber nutzen.

Er sammelte, was von seiner Kraft geblieben war, und bewegte sich plötzlich, brachte Koroll gerade genug aus dem Gleichgewicht, um selbst den Arm zwischen den *shir* und seinen Hals bringen zu können. Koroll erholte sich rasch und versuchte, ihm die Kehle durchzuschneiden, aber er fügte Tansen nur einen schmerzenden Schnitt am Unterarm zu, und *shatai* waren ausgebildet, so etwas zu ignorieren.

Tansen stieß Koroll mit einem Arm weg und stellte ihm dabei ein Bein, damit er stolperte. Gleichzeitig zog er mit der anderen Hand das Schwert und zog es über Korolls Bauch; alles in einer einzigen Bewegung. Der Späher fiel vornüber und Tansen zog die Klinge auf seinen Nacken nieder und tötete ihn.

Er war nicht umsonst ein *shatai*.

Das hättest du eigentlich wissen sollen, Kommandant.

Ein mörderischer Schmerz durchzuckte ihn, als er auf die Leiche seines Feindes niederstarrte. Er atmete viel zu schwer für einen so kurzen Kampf. Ihm war gleichzeitig kalt und heiß. Es war soviel Blut zu sehen – Korolls oder seines? Er wußte es nicht.

Er hatte nicht bemerkt, daß er auf die Knie gefallen war, ehe er spürte, wie zwei Männer versuchten, ihm aufzuhelfen. Er versuchte, aus eigener Kraft aufzustehen, aber die Beine gaben unter ihm nach.

Ein Valdan mit einem shir. *Was es nicht alles gibt.*

Der Himmel war heute ... sehr blau. Es würde jetzt einige Zeit nicht mehr regnen. Staub schnürte ihm die Kehle zu, und der Boden unter seinem Kopf war hart.

»Tansen ...« Eine weit entfernte Stimme. »Kannst du mich hören?«

Plötzlich war es dunkel. Pechschwarz. Eine Dunkelmondnacht?

Ihm wurde schwindlig. Und er war müde. So müde ...

»Nie... niemals ...«

»Was, Tansen?«

Koroll hätte nie versuchen sollen, ihn zu provozieren. Ausgerechnet Koroll! Er hatte doch gewußt, was ein *shatai* war.

Und wie Josarian lachen würde. Der große Krieger, der immer seine Kampftechnik kritisiert hatte, war von einem alternden gefangenen Valdani niedergemacht worden, weil er nicht aufgepaßt hatte.

Ah, wie Josarian weinen würde ... Manchmal war er schon ziemlich sentimental, der gute Josarian.

Ich bin bereit, heute zu sterben. Und du?

KAPITEL 18

D*ieser Mann ist wie eine Schwertklinge.*
Im Augenblick allerdings wie eine sehr stumpfe und abgeschliffene Klinge. Unzufrieden mit der ungeschickten Schwester, die sich um Tansen gekümmert hatte, als Mirabar an seinem Krankenlager eintraf, hatte sie sofort nach Basimar geschickt. Diese Frau konnte mitunter aufreizend dumm sein, aber Mirabar hatte genug von ihren Fähigkeiten als Heilerin gesehen, um darauf zu vertrauen, daß es ihr gelingen würde, Tansen am Leben zu erhalten und ihn wieder gesund zu pflegen. Jetzt allerdings, da es ihm besser ging und sie sich weniger um ihn sorgte, bereute Mirabar diese Entscheidung beinahe, denn Basimar überließ ihr alle niedrigeren Arbeiten, wie sie Mirabar seit ihren ersten Tagen bei den Wächtern nicht mehr erledigt hatte.

Bis Basimar hier eingetroffen war, hatte Mirabars Hauptaufgabe darin bestanden, die vorherige Schwester zu überwachen (Lanns Einschätzung, sie habe die Frau »schikaniert«, war schlicht unwahr, ungerecht und unverschämt) und zu Dar um Tansens Leben zu beten. Jetzt ließ Basimar sie Verbände waschen und aufrollen, Brühe vorbereiten, einen Holzeimer leeren, der Tansen als Nachttopf diente, und mit monotoner Regelmäßigkeit die Laken von Tansens Bett wechseln – eine Aufgabe, die er ihr mit seiner schlechten Laune und mürrischer Miene nicht leichtermachte.

»Ich bin eine Wächterin der Anderwelt«, sagte Mirabar laut in die Bergwildnis hinein, die das Gebäude umgab. »Ich weiß Besseres mit meiner Zeit anzufangen, als Lappen für die Wunden eines Kriegers zu kochen, aufzuhängen und wenn sie trocken sind, wieder abzuhängen.«

Hastig schaute sie über die Schulter, weil sie fürchtete, so laut gesprochen zu haben, daß Basimar sie hören konnte. Zum Glück drangen keine kritischen Kommentare aus dem Schrein der Drei, in dem Tansen lag und sich unter der strengen Überwachung der Schwester erholte.

Es war eine Erleichterung für alle zu wissen, daß Kommandant Koroll tot war, aber der Preis für die Vernichtung dieses Ungeheuers war ihr während der ersten Tage, in denen Tansen zwischen Leben und Tod schwebte, viel zu hoch vorgekommen. Ein *shir* riß schlimmere Wunden und tötete schneller als andere Klingen. Selbst wenn das Opfer überlebte, heilte eine *shir*-Wunde langsamer als andere und hinterließ deutliche Spuren, die ein Opfer für immer behindern konnten. Die Rebellen hatten Korolls *shir* lassen müssen, wo er niedergefallen war, aber einer von ihnen hatte Barans Handwerksarbeit erkannt. Der Kommandant hatte zweifellos einen Rebellen getötet, um in den Besitz der Waffe zu gelangen. Bei all den Schlachten und dem Durcheinander in der Vergangenheit wurden die Wasserherren zusehends nervöser wegen der Anzahl der magischen Dolche, die verlorengegangen waren. Jetzt wußte Mirabar, was geschehen konnte, wenn ein Valdan eine solche Waffe in die Hand bekam, ein Valdan, der etwas von silerischer Wassermagie wußte. Tansen hatte großes Glück gehabt, daß ihn die Wunde nicht umgebracht hatte, und es war ein wahres Wunder, daß er den Transport zurück ins Rebellenland überlebt hatte.

Er klammert sich wirklich ans Leben, selbst wenn diese Welt alle Kraft benutzt, um ihn in die Andere zu stoßen.

Die Rebellen, die bei Tansen gewesen waren, wußten, daß der Transport ihn ebenso töten konnte wie die Tatsache, daß er nicht sofort kundige Pflege erhielt, aber sie waren auch der Ansicht, daß er im von den Valdani beherrschten Gebiet noch sicherer umkommen würde – ebenso wie sie selbst. Sie hatten ihr Bestes getan, um die Blutungen aufzuhalten, dann hatten sie ihn auf eine rasch zusammengezimmerte notdürftige Bahre geschnallt, die von einem Pferd gezogen wurde, und waren so schnell wie möglich auf sicheres Gelände zurückgekehrt. Ihr Ziel war diese Valdani-Ruine gewesen, das erste Gebäude diesseits der unsichtbaren Grenze zwischen zwei kriegführenden Völkern.

Ein Bote hatte Josarian bald darauf gefunden. Er war sofort mit Mirabar zusammen ans Krankenbett seines Bruders geeilt; sie waren die ganze Nacht unterwegs gewesen. Eine Schwester kümmerte sich bereits um den Verwundeten, aber Mirabar hatte nicht einmal einen Tag gebraucht, um zu entscheiden, daß sie Basimar holen mußten. Trotz der vielen Anforderungen, die an ihn gestellt wurden, hatte Josarian sich geweigert, die Ruine zu verlassen, bis er sicher sein konnte, daß Tansen überleben würde.

Jetzt ging es dem *shatai* von Tag zu Tag besser – wie seine immer schlechter werdende Laune bestätigte. Ein solcher Mann verkraftete es nicht gut, ans Bett gefesselt zu sein und von zwei Frauen herumkommandiert zu werden. Acht Männer, Lann eingeschlossen, waren ebenfalls hier, um Tansen zu bewachen. Obwohl sie gern gegangen wäre, nachdem es ihm jetzt besser ging (und Basimar ihr weiterhin alle möglichen widerwärtigen Pflichten aufhalste), mußte auch Mirabar bleiben. Wenn Kilorans Attentäter erfuhren, wo sich Tansen aufhielt – und wie schwach er immer noch war –, würde sie sein bester Schutz sein.

Wenn es ihm gut ging, war Tansen erheblich schwieriger zu töten, als es Srijan gewesen war, und das wußte Kiloran; er hatte bereits einige Attentäter verloren, die vor dem Krieg versucht hatten, den Blutfluch gegen den *shatai* zu vollstrecken. Wie lange das nun herzusein schien ... Die katastrophale Fehde zwischen Kiloran und Josarian hatte den Wasserherrn seinen Sohn gekostet, also schien es wahrscheinlich, daß er sich über diese Gelegenheit freuen würde, Josarian seinen Blutsbruder zu nehmen, falls er erfahren sollte, daß Tansen verwundet und hilflos in einem nur unzureichend bewachten Haus am Rand des Rebellengebiets lag. In ein paar Tagen, wenn es Tansen gut genug ging, daß er reisen konnte, würden sie ihn zu einer sichereren Unterkunft bringen. An einen Ort, wo Kiloran ihn nicht erreichen konnte.

Muß es hier immer so sein?

Bisher war der Krieg gegen die Valdani weitergegangen, trotz des Zwiespalts in den Reihen der Rebellen.

Immer noch wollten alle die Valdani aus Sileria vertreiben, selbst Josarians Feinde. Also kämpften alle immer noch gegen die Späher, es gab nur keine Zusammenarbeit zwischen den Fraktionen der Rebellen mehr. Attentäter und *shallaheen,* die unter Kilorans Befehl standen, hatten vor kurzem vier Dörfer im Westen eingenommen, Hunderte von Spähern getötet und die Überlebenden nach Cavasar zurückgetrieben. Es gab Gerüchte, daß Kiloran vorhatte, gegen die Stadt selbst zu Felde zu ziehen. Inzwischen erweiterte auch Josarian sein Gebiet alle paar Tage um ein kleines Stück. Ja, der Krieg gegen die Valdani ging weiter.

Wie andere war auch Mirabar immer besorgter darüber, wie lange ein gespaltenes Sileria sich den Valdani widersetzen konnte. Sie war Zeugin der wunderbaren Ereignisse auf dem Darshon gewesen, und sie glaubte fest daran, daß es der Wille der Göttin war, daß Sileria endlich frei von fremden Herrschern sein sollte. Prophezeiung und Visionen hatten sich vereint, um diese Ereignisse voranzutreiben, und zweifellos waren doch Dar und die Anderwelt mächtiger als Kiloran und die Gesellschaft?

Dennoch, das Schicksal schien nicht einfach seinen Lauf zu nehmen. Man mußte sich anstrengen, Opfer bringen. Wenn sie doch nur gewußt hätte, was sie tun könnte, um die Ereignisse jetzt zu beeinflussen! Aber der Rufer ignorierte ihre Bitten um Anleitung weiterhin. Ehe er nicht zu ihr zurückkam, mußte es die Aufgabe einer anderen Person sein, für den Sieg zu sorgen. Aber wer war das? Josarian? Tansen?

Tansen ... Sie hatte in ihren Visionen gesehen, wie seine Schwerter die Fesseln der Menschen zerschlugen, immer und immer wieder. Aber es war Josarian, der ihr Anführer geworden war, der die Göttin umarmt und sich als der Feuerbringer erwiesen hatte. Einmal, an diesem ersten Abend in Kandahar, hatte sie geglaubt zu wissen, wie all die Einzelstücke zusammenpaßten, was all die Omen und Symbole bedeuteten. Jetzt war sie wieder ganz durcheinander. Hatte Tansen seine Aufgabe in Sileria bereits erfüllt, oder begann sein Schicksal gerade erst?

Nun, solange ich mir dessen nicht ganz sicher bin, sollte ich wohl lieber dafür sorgen, daß er am Leben bleibt.

Diese pragmatische Haltung ermöglichte es ihr, einen weiteren Morgen geisttötender Langeweile zu ertragen, während sie Verbände vorbereitete und Brei kochte. Sie fauchte Basimar nicht einmal an, als die Schwester sie erinnerte, daß es an der Zeit war, Tansens Laken zu wechseln.

Auch er fauchte nicht, als sie in den grellbunten Schreinraum eintrat und ankündigte, was sie vorhatte. Er sah vollkommen besiegt aus, wie ein Mann, der alles ertragen hat, was er konnte.

»Bitte nicht«, flehte er. »Wir sagen der Schwester einfach, daß du es getan hast.«

Sie warf ihm einen unschuldigen Blick zu. »Du meinst ... lügen?«

»Das wäre doch sicher nicht das erstemal, *sirana.*«

»Ich weiß wirklich nicht, was du dabei zu jammern

hast. Du brauchst doch nur dazuliegen, während ich die ganze Arbeit mache.«

»Ich muß es nur aushalten, daß du mich über diesen klumpigen Strohsack hin- und herschiebst und -rollst, während ich gleichzeitig versuche, die letzten Überreste meiner Scham zu wahren.« Basimar bestand darauf, daß er nackt zwischen den Laken lag.

Sie seufzte. »Soll ich Lann holen, daß er dir einen Augenblick nach draußen helfen kann, während ich ...«

»Nein, tu das nicht«, bat er. »Wenn ich mir noch einmal anhören muß, wie er mit seinen Neujahrssiegen prahlt, wird mir übel.«

Sie lachte. »Also gut. Ich werde dich verschonen. Keine neuen Laken und keine langweiligen Geschichten.«

Er hielt sie auf, als sie gehen wollte. »Geh noch nicht. Sie wird wissen, daß du lügst, wenn du versuchst, ihr zu erzählen, du hättest die Laken in zwei Minuten gewechselt.« Er streckte seinen guten Arm aus, den, der nicht verbunden war und eine tiefe *shir*-Wunde hatte, griff nach ihrer Hand und zog sie sanft herunter, damit sie sich auf sein Bett setzte.

»Du siehst besser aus«, stellte sie fest.

Er war nicht mehr so geisterhaft bleich wie an den ersten Tagen, die er im Fieberwahn verbracht hatte und an denen sie alle sicher gewesen waren, daß er sterben würde. Er mußte wieder in die Sonne, und er war zu dünn geworden, da er nichts als Brühe und Basimars übelschmeckende Kräuteraufgüsse zu sich genommen hatte, aber tatsächlich war er sich selbst wieder ähnlicher geworden.

»Du ebenfalls«, meinte er.

»Ich?«

»Als ich zum erstenmal die Augen wieder öffnete, sahst du aus wie ...«

»Ein Dämon?« Sie wollte es lieber selbst aussprechen, als es aus seinem Mund zu hören.

Zu ihrer Überraschung drückte er ihre Hand. »Nein, wie eine Hexe.«

»Oh. Und ich dachte schon, du würdest etwas Unfreundliches sagen.«

»Du hattest Ringe unter den Augen, dein Gesicht war schmutzig, du warst blaß, und dein Haar sah aus, als hättest du es tagelang nicht mehr gekämmt.«

»Das hatte ich auch nicht. Es gab Wichtigeres zu tun.«

»Zum Beispiel diese arme Schwester zu schikanieren.«

»Ich habe sie nicht ...« Sie zog einen Schmollmund, als er sie wissend anlächelte. »Nun ja ... ich war vielleicht ein bißchen streng mit ihr.«

»Nur ein bißchen«, versicherte er ihr mit dick aufgetragener Unaufrichtigkeit.

Sie zuckte die Achseln. »Es ist meine Pflicht, dich am Leben zu erhalten.«

»Aha. »

Seine Stimme war leise, seine Miene ... sanft. Schweigend schauten sie sich weiter an. Auch sein Blick war mild, und seine ganze Stimmung war ihr vollkommen fremd. Plötzlich verlegen, senkte sie den Blick und erinnerte sich an all die Gelegenheiten, bei denen er ihr nicht hatte in die flammendroten Augen sehen wollen. Sie fürchtete, daß er selbst jetzt noch so reagieren würde, obwohl er kein Anzeichen zeigte, den Blick abwenden zu wollen.

Die kunstvolle Narbe auf seiner Brust zeichnete sich deutlich ab und war nur halb unter den Stoffstreifen verborgen, die Basimar um ihn gewickelt hatte, um den frischen Verband auf der schrecklichen Wunde an seiner Seite zu halten. Mirabar hatte dieses exotische kintische Zeichen in ihren Visionen so oft gesehen, bevor sie endlich erfahren hatte, was es bedeutete, bevor sie es als Narbe in der warmen, lebendigen Haut eines Mannes gesehen hatte.

»Hier.« Tansens Stimme war heiser. Er führte ihre Hand zu seinem Oberkörper und zog ein bißchen, als sie sich wehrte. »Mach schon«, murmelte er. »Du kannst sie berühren, wenn du willst.«

Sie wollte tatsächlich, also ließ sie zu, daß er ihre Handfläche über seine Brust zog. Sie schauderte ein wenig, als er seine Hand flach auf ihre legte und sie dort liegen ließ, leicht wie eine Feder, und sie mit Wärme erfüllte. Mit Hitze, genauer gesagt.

Sie schluckte und folgte den Narbenlinien auf seiner Brust, die er mit schwerer Arbeit und mit Schmerz verdient hatte.

»Hat es sehr weh getan?« fragte sie.

»Ja«, flüsterte er.

»Die Initiationsfeuer auch«, verriet sie ihm.

Sein Blick glitt dorthin, wo ihr Hemd ihren Körper verbarg. »Bleiben davon auch Narben zurück?«

»Normalerweise nicht.« Große Hitze. »Nicht an mir.«

»Die Narbe ... ehrt einen *shatai.*«

Sie nickte. Sie verstand das. Immerhin war sie eine Wächterin. »Das Zeichen deiner Ausdauer«, murmelte sie.

»Ja.« Seine Hand glitt ihren Unterarm hinauf.

»Deines ... Muts.«

»Hmmm.« Seine Finger rutschten unter ihren lockeren Ärmel.

»Deiner ...« Die Hitze breitete sich jetzt rasch aus. »Fähigkeiten?«

Er holte Luft, leicht und flach, aber er antwortete nicht. Seine Hand war jetzt oberhalb ihres Ellbogens, auf zarter Haut, die plötzlich empfindlicher war, als sie je geglaubt hätte. Mit sanftem Druck zog er sie näher. Ihre Blicke begegneten einander. Plötzlich hätte sie weinen mögen und wußte doch nicht, warum. Er bemerkte den Kummer in ihrem Blick und erstarrte. Er nahm die Hand von ihrem Arm und hob sie, um eine Locke lavaroten Haars zu verfolgen.

»Mira...«

»Reiter!«

Beide zuckten zusammen, als sie den Ruf von draußen hörten. Mirabar stolperte beinahe rückwärts, um zur Tür zu gelangen. Tansen schob sich in eine sitzende Position, dann sackte er wieder aufs Lager.

»Meine Schwerter«, keuchte er. Schweiß brach ihm aus, weil die plötzliche Bewegung einen stechenden Schmerz zur Folge gehabt hatte.

Sie griff nach dem Waffengurt und warf ihn in seine

Richtung. Basimar stürzte durch die buntbemalte Tür herein und rempelte gegen Mirabar.

»Mirabar, die Wachen haben ...«

»Ja, wir haben es gehört. Bleib hier bei ihm.«

Sie rannte nach draußen und bereitete sich darauf vor, sich ihren Feinden zu stellen. Aber als sie Lanns Seite erreicht hatte, konnte sie bereits erkennen, daß es falscher Alarm gewesen war. Er grinste, als er die schmale Straße entlangspähte, die zu dem Schrein führte.

»Wer ist es?« fragte sie.

»Zimran.« Er hielt inne, dann fügte er hinzu: »Und die *torena.*«

»Elelar?«

»Ja. Und eine Eskorte.«

»Was wollen sie hier?«

Lann zuckte die Achseln. »Sie wird es uns schon sagen.«

»Ach, bist du da so sicher?« meinte Mirabar säuerlich. Wußte man je, was Elelar vorhatte?

Die *torena* brachte Lebensmittel, frische Verbände, Mandelmilch, getrocknete Feigen und den besten Erdbeerwein des vergangenen Jahres. Ein wenig zu gepflegt für eine Vertriebene in einem kriegszerrissenen Land, fragte sie Tansen nach Einzelheiten über den Hinterhalt aus, in dem er beinahe den Tod gefunden hatte. Vor allem verlieh sie der Sorge um seine Sicherheit Ausdruck und bestand darauf, daß er schneller weitertransportiert werden müsse, als Basimar es für sinnvoll hielt.

»Wie lange, glaubst du, könnt ihr seine Anwesenheit hier geheimhalten?« meinte sie, als Mirabar Basimar unterstützte – eigentlich nur, um Elelar widersprechen zu können. »Wie gut könnt ihr ihn denn mit acht Männern vor Kiloran verteidigen?«

»Es geht mir gut genug, um zu reisen«, versicherte Tansen und betrachtete alle drei Frauen mit Unbehagen.

Mirabar warf ihm einen zornigen Blick zu. »Dann hast du dich also nur verstellt, als du vor ein paar Minuten beinahe das Bewußtsein verloren hast?«

»Geht es ihm immer noch so schlecht?« fragte Elelar.

»Ja«, erwiderte Basimar, »und ich denke, es ist zu früh, ihn zu transportieren.«

»Aber was, wenn er ...«

»Werdet ihr wohl aufhören, über mich zu reden, als wäre ich nicht ...«

»Ist es nicht vielleicht ein wenig spät für dich, dir Sorgen zu machen, was Kiloran ihm antun könnte, *torena?*« zischte Mirabar.

Elelar maß Mirabar mit einem eisigen Blick. Tansen seufzte. Basimar schlug vor, sie sollten später darüber sprechen.

»Nein, ich kann nicht hierbleiben«, meinte Elelar.

Tansen blickte rasch auf. Zu rasch. »Nein?«

»Ich wollte nur sehen, wie es dir geht und ...«

»Kadriah?«

Alle drehten sich beim Klang von Zimrans Stimme um, als er durch die Tür kam. Er grüßte sie, dann sagte er etwas zu Elelar über ein lahmendes Pferd und schlug vor, es gegen eines der hiesigen Pferde auszutauschen, wenn noch für ein paar Tage keiner der anderen weiterreisen würde.

»Aha. Erst drängst du uns zu gehen, dann willst du uns mit einem lahmen Pferd hier sitzenlassen«, sagte Mirabar zu Elelar.

»Mira.« In Tansens Stimme schwang ein warnender Unterton mit, der ihr nicht gefiel. Es ging ihn nichts an, wie sie mit Elelar sprach – oder sonst jemandem.

Sie holte tief Luft und versuchte, sich zusammenzunehmen.

»Wenn es dir gut genug geht, daß du reisen kannst«, sagte sie, »werden wir im ersten Tageslicht aufbrechen. Und daher«, fügte sie zu Zimran gewandt hinzu, »brauchen wir all unsere Pferde.« Sie konnte diese Tiere nicht ausstehen, aber hier im Tiefland waren sie nützlich. »Was also bedeutet, daß dein lahmes Pferd dein Problem bleiben wird, *torena.*«

Und nachdem sie auf diese Weise das Gespräch zu ihrer Zufriedenheit abgeschlossen hatte, drehte sie sich um und verließ den Schrein.

Es war eine ungeheure Erleichterung, als Elelar eine Stunde später weiterzog. Tansen war danach mürrisch und ignorierte alle.

Er wird nie frei von ihr sein.

Wenn diese Feststellung Mirabar schon quälte, so war es für Basimar eine reine Folter gewesen zu wissen, daß Zimran jetzt vollständig – und ausschließlich – der *torena* ergeben war. Mirabar fand die Schwester weinend in einer abgelegenen Ecke, als sie sich doch eigentlich auf die Reise hätte vorbereiten sollen, von der alle wußten, daß sie Tansen nur schaden würde. Basimar war verzweifelt und schüttete Mirabar ihr Herz aus, und dabei erzählte sie ihr erheblich mehr über ihre Beziehung zu Josarians Vetter, als sie eigentlich gewollt hatte.

»Aber jetzt ist er in eine *torena* verliebt«, schluchzte Basimar. »Schön, elegant ... jünger als ich ...«

»Sie hat ...« Mirabar suchte nach Worten. »Die Männer sehen etwas in ihr, was ... Ich meine ...« Sie gab auf und ließ Basimar einfach weinen.

Darfeuer, manchmal haßte sie Elelar wirklich.

Wenn Tansen die *torena* immer noch begehrte, dann war er ein Dummkopf, der alles Leid verdiente, was sie ihm verursachen würde. Und Mirabar würde sich nicht erniedrigen und weiter über diese seltsamen, erregenden Augenblicke nachdenken, die sie mit ihm geteilt hatte, bevor Elelar aufgetaucht war. Statt dessen würde sie sich an die Zeit mit dem Mann erinnern, der nie Abscheu gezeigt hatte, wenn er sie ansah, der nie vor ihr zurückgezuckt oder ihrem Blick ausgewichen war.

Cheylans Blick hatte ihr das Gefühl gegeben, attraktiv zu sein. Seine Aufmerksamkeit bewirkte, daß sie sich liebenswert fühlte. Seine Berührungen waren unmißverständlich die eines Mannes, der eine Frau umwarb.

Verlon ist mein Großvater.

Mirabar erinnerte sich immer noch, wie entsetzt sie gewesen war.

»Der Vater meiner Mutter«, hatte Cheylan hinzugefügt.

Cheylans adliger Vater hatte Verlons Tochter seinen alten Namen und seinen hohen Stand geboten, und Verlon hatte der Familie im Austausch für die Vorteile einer solch hochrangigen Heirat beträchtlichen Reichtum überlassen.

Mirabar wußte, daß solche Verbindungen nicht ungewöhnlich waren. In verzweifelten Zeiten würde eine Adelsfamilie beinahe alles tun, um ihre Ländereien und ihre Stellung zu bewahren. Wenn die *toreni* unter ihresgleichen keine Rettung finden konnten, wandten sich einige von ihnen lieber der Gesellschaft zu, als sich mit einer Valdani-Familie zu verbinden.

Aber daß ausgerechnet jemand wie Cheylan aus einer solchen Ehe geboren wurde! Es war verblüffend zu erfahren, daß das Blut eines Wasserherrn in den Adern eines feueräugigen Wächters fließen konnte. Mirabar hätte es nicht geglaubt, wenn sie es von einem anderen als Cheylan selbst gehört hätte.

Sie hatte so viele Fragen gehabt, aber nicht die Zeit, sie zu stellen. Nur einen Augenblick nach Cheylans Geständnis war Searlon aus dem See Kandahar aufgetaucht, und dann war Mirabar verpflichtet gewesen, Kiloran ihre Aufwartung zu machen. Cheylan war selbstverständlich abgereist, nach Osten. Und wer wußte schon, wann sie ihn wiedersehen würde?

Jetzt konnte sie sich nur schweigend fragen, wie sein Leben wirklich ausgesehen hatte und warum sein eigener Großvater einen Blutfluch gegen ihn ausgesprochen hatte.

Wenn wir beide diesen Krieg überleben, Cheylan, nahm sie sich vor, *werde ich deine Geheimnisse erfahren.*

Ich weiß, wie es geschehen kann.

Elelars Herz pochte hektisch vor einander widersprechenden Gefühlen, als sie ihren Brief an *toren* Varian beendete. Tansen war tatsächlich so schwach, wie Josarian Zimran erzählt hatte. Sie hatte ihre Zweifel gehabt, denn sie wußte, daß man den *shatai* nicht unterschätzen durfte, trotz allem, was ein *shir* einem Mann antun konnte. Aber die wenigen Augenblicke in seiner Nähe hatten sie davon überzeugt, daß er dem Tod noch nicht weit genug entgangen war, um bald an Josarians Seite zurückkehren zu können. Und Mirabar würde nicht von Tansens Seite weichen, bis es ihm gut genug ging, um sich gegen Attentäter verteidigen zu können. Selbst wenn die Wächterin vorgehabt hatte, Tansen alleinzulassen, hatte Josarian es verboten, denn er sorgte sich um das Leben seines Blutsbruders, falls Kiloran von Tansens derzeitiger Schwäche erfahren sollte.

Zum erstenmal, seit die Allianz ihren geheimen Vertrag mit den Valdani abgeschlossen hatte, würde Josarian weder von Tansen noch von Mirabar geschützt, die immer sein Schwert und Schild gewesen waren. Zusammen hatten sie ihn unangreifbar gemacht. Und selbst allein war jeder von ihnen eine Kraft, mit der man rechnen mußte, eine Verteidigung, die nicht leicht durchbrochen werden konnte. Außerdem waren sie beide für Sileria zu wichtig, um zusätzlich zu Josarian geopfert werden zu können.

Der letzte Geiselaustausch, der in dem Geheimvertrag beschlossen worden war, war durch Kaynalls Verrat Korolls erfolgt. Elelar hatte gerade erfahren, daß die Valdani wegen unvorhergesehen schwerer Verluste im Westen Cavasar noch früher als abgesprochen aufgeben würden. Leider würde Kiloran die Stadt für sich beanspruchen, aber jedenfalls wollten die Valdani sie nicht mehr, und das war es, was wirklich zählte.

Nun blieb nur noch die letzte Bedingung des Vertrags: Josarian im Austausch für Shaljir. Wenn sie Shaljir aufgaben, würden die Valdani auch die restlichen Späher aus den ländlichen Gebieten zurückziehen, in denen derzeit die Kämpfe noch weitergingen – mit schrecklichen Verlusten auf beiden Seiten.

Josarians Leben im Austausch für Shaljir. Im Austausch für die Freiheit Silerias.

Dar möge mir vergeben!

Shaljir war eine wohlhabende, gut verteidigte, ummauerte Stadt, die von Tausenden von Spähern geschützt wurde. Ohne die Unterstützung der Gesellschaft würde die Eroberung der Stadt Tausende von Sileriern das Leben kosten. Die Kint und die Moorländer waren beide in Kriege mit dem Kaiserreich verstrickt, und keine dieser Nationen würde ihre Schiffe weit genug aus einheimischen Gewässern fortschicken, damit sie den Seegeborenen helfen könnten, die Valdani-Schiffe von Shaljirs Hafen fernzuhalten. Wenn die Rebellen die Stadt belagerten, konnten die Reserven an Männern, Nahrungsmitteln, Geld und Waffen aus Valdania noch für ein oder zwei Jahre reichen ... Es konnte durchaus so lange dauern, bis der Krieg auf dem Festland die Valdani begünstigte und genügend Männer freisetzte, daß das Kaiserreich wieder damit beginnen konnte, Sileria zurückzuerobern.

Jetzt oder nie.

Die Prophezeiung vom Feuerbringer, Mirabars Visionen aus der Anderwelt und der gesunde Menschenverstand sagten Elelar, daß sie die Valdani vollständig aus Sileria vertreiben mußten, und zwar jetzt.

Josarians Leben im Austausch für Shaljir.

Es würde kein besserer Zeitpunkt mehr kommen. Die Valdani waren bereit, und Tansen und Mirabar waren nicht an Josarians Seite.

Ich weiß, wie es geschehen kann.

Zimrans Stimme unterbrach ihr Nachdenken. *»Kadriah?«*

Sie blickte von dem Brief auf, den sie gerade schrieb. Sie lächelte – liebenswert, zärtlich. Sie hatte den Weg vorbereitet, aber sie hatte nie im Leben überzeugender sein müssen als jetzt. Er wollte ihre vollkommene Ergebenheit mehr als alles andere auf der Welt, und sie mußte ihn davon überzeugen, daß nur »Josarians Krieg«, wie er ihn nannte, im Weg war. Sie hatte ihm nicht gesagt, daß ihr Ehemann noch am Leben, aber auch, wie sie in einem Brief aus Shaljir erfahren hatte, aus dem Gefängnis entlassen war. Angeblich hatte Ronall sich sofort ins erste Wirtshaus am Weg gestürzt und angefangen, sich bewußtlos zu trinken. Es gab Dinge, die sich nie änderten.

Es stand jetzt zu viel auf dem Spiel, um noch einen Gedanken an ihren widerwärtigen Mann zu verschwenden. Alles hing von Zimran ab. Sie erhob sich, um ihn zu begrüßen, als er hereinkam.

»Ja, mein Liebster?« flüsterte sie.

Er legte die Arme um sie und vergrub das Gesicht in ihrem Haar. »Hmmm. Ich dachte schon, daß ich dich hier finde und daß du wieder Briefe schreibst.«

Sie küßte ihn sanft. »Wenn der Krieg doch bald zu Ende wäre«, gurrte sie. »Dann könnte ich dir all die Zeit schenken, die du verdient hast. Alle Zeit, die ich dir so gern schenken würde.«

»Warum müssen wir denn warten, bis der Krieg zu Ende ist? Warum können wir nicht ...«

»Darüber haben wir doch schon so oft gesprochen. Ich bin eine *torena.* Ich kann mich meinen Pflichten nicht einfach entziehen.«

»Ich weiß ...« Er seufzte. Die Begründung gefiel ihm nicht, aber er hatte genügend Hochachtung vor ihrem traditionellen Status, um die Ausrede gelten zu lassen.

»Aber der Krieg könnte schon bald zu Ende sein ...«

Er schüttelte den Kopf. »Rechne nicht damit, *kadriah.* Die Valdani können sich für immer in Shaljir festsetzen, wenn sie das wollen.«

»*Toren* Varian sagte mir, daß sie mehrmals angeboten haben, sich zurückzuziehen, aber nur unter einer Bedingung.«

»Und die wäre?« fragte er ohne sonderliches Interesse.

»Oh, es ist nichts, was wir ...« Sie biß sich auf die Lippen und wandte sich ab. »Denk nicht mehr daran. Ich hätte es nicht erwähnen sollen.«

Jetzt hatte sie sein Interesse geweckt. Er mochte es nicht, wenn sie vor ihm Geheimnisse hatte. »Nein, sag es mir.«

»Es würde dich nur ärgern.«

»Elelar.« Er packte sie an den Schultern und zwang sie, sich zu ihm umzudrehen. »Was ist es?«

»Die Valdani wollen Shaljir im Austausch für Josarian aufgeben.«

»Ha!« Jetzt hatte er das Interesse wieder verloren. »Die müssen Varian für dumm halten, wenn sie ihm so etwas erzählen.«

»Du hast selbstverständlich recht«, sagte sie. »Das können sie nicht ernst meinen.«

»Sie wollen nur Josarian?«

Sie seufzte. »Ja. Sie glauben, sein Tod würde den Krieg beenden.«

»Hmpf.«

Sie ließ den Gedanken einen Augenblick lang wirken. Sie würde ihn nie bitten können, es zu tun. Sie mußte ihn langsam an die Idee heranführen, ihn glauben machen, daß er von selbst darauf gekommen war.

Als er wieder sprach, sagte er genau das, was sie zu hören gehofft hatte. »Kiloran wird ihn ohnehin bald töten. Selbst wenn das, was sie vom Darshon erzählen, wirklich stimmt, gibt es niemanden, der mächtiger ist als Kiloran. Niemanden.«

»Nein ... Es ist wirklich eine Schande.«

»Wie kannst du das noch sagen, nach der Gefahr, der Josarian dich in Golnar ausgesetzt hat?«

Mit einer Mischung aus Traurigkeit und Zärtlichkeit lächelte sie ihn an. »Ich dachte nur, wenn er ohnehin sterben wird ...«

Er starrte sie an. »Du glaubst wirklich, die Valdani

würden Shaljir im Austausch gegen Josarian aufgeben?«

Sie wußte, daß es ihm gleichgültig war, was in Shaljir geschah. Sie konzentrierte sich auf das, was ihm wirklich wichtig war. »Ich weiß nicht. Ich weiß nur, daß es den Valdani nichts ausmacht, ob ein Silerier – selbst Kiloran – einen anderen wegen einer persönlichen Blutfehde töten läßt. Es könnte die Späher im Gegenteil sogar ermutigen, die Kämpfe wieder aufzunehmen, weil wir schwächer geworden sind, und den Krieg ewig weiterzuführen. Aber wenn die Valdani Josarian nehmen ...« Sie fuhr mit den Fingern über den Saum des teuren Hemdes, das sie ihm vor kurzem geschenkt hatte. Er liebte solche kostbaren Präsente vor allem dann, wenn er sie als Zeichen ihrer Liebe deuten konnte.

»Ja?« fragte er. Er hörte jetzt sehr aufmerksam zu.

»Sie sagen, dann hätten sie etwas, was sie zurück nach Valda bringen können. Etwas, das sie für den Verlust von Sileria entschädigt.«

Er runzelte nachdenklich die Stirn. »Glaubst du wirklich, daß der Krieg dann ein Ende findet?«

»Wie könnte er danach weitergehen?« fragte sie scheinbar harmlos. »Josarian ist der Krieg.« Das traf zwar längst nicht mehr zu, aber sie wußte, daß Zimran es glaubte.

Sie wußte, daß sie ihn hatte, als er sie losließ und sie beinahe zu vergessen schien, während er zerstreut im Zimmer auf und ab ging und nachdachte. »Ich glaube nicht, daß er sich ergeben würde, Elelar.«

»Da hast du selbstverständlich recht.« Sie wußte, wie

gern er diese Worte hörte. »Es würde anders passieren müssen ...« Sie hielt lange genug inne, damit er sich auf dieses Problem konzentrieren konnte, dann zuckte sie die Achseln und sagte unsicher: »... im Kampf, denke ich.«

»Im Kampf ...« Er überlegte. »Oder in einem Hinterhalt. Einem besseren als dem an der Zuflucht.«

»Späher sind so ungeschickt«, murmelte sie.

»So dumm.«

»Und Searlon hat Josarian unterschätzt.«

»Ja ...«

»Er war nicht klug genug, um gegen ihn anzukommen«, fügte sie hinzu.

»Er hat ihn ... nicht gut genug gekannt.«

»Und jetzt ist Josarian noch viel vorsichtiger«, sagte Elelar. »Ich glaube nicht, daß die Valdani noch eine Chance erhalten werden.« Sie maß ihre Worte sorgfältig. »Ob er am Leben bleibt oder ob Kiloran ihn tötet, der Krieg wird weitergehen, und das noch ...« Sie seufzte betrübt. »Für Jahre, denke ich manchmal.«

»Und wir?« fragte er und warf ihr einen Blick von beinahe herzzerreißender Sehnsucht zu.

»Wir haben unsere Pflichten, und die haben Vorrang, nicht wahr?«

»Bis der Krieg ein Ende findet ...«

»Es läßt einen beinahe wünschen, die Valdani könnten ihn wirklich gefangennehmen, nicht wahr?«

Einen langen, verzweifelten Augenblick starrte er sie an. Schließlich sagte er: »Vielleicht können sie das ja, *kadriah*.«

Es war eine wunderbare Frühlingsnacht in Cavasar. Blütenduft hing in der Luft, sachte Brisen drifteten vom Meer her herein, und Wasser ergoß sich aus jedem Springbrunnen der Stadt. Zwei volle Monde waren über der Stadt aufgegangen und warfen ihren schimmernden Segen auf die Festlichkeiten auf dem Marktplatz der Stadt. Die Rebellen hatten ihre Toten schon Tage zuvor verbrannt, nachdem sie zugesehen hatten, wie das letzte überladene Valdani-Schiff den Hafen verließ. Jetzt gab es in Silerias westlichster Stadt nur noch Freude. Jetzt unterhielten Feuerschlucker, Jongleure, Akrobaten, Musiker, Sänger, Tänzer und Dichter Tag und Nacht die Menschen, die den Sieg, das Ende des Kriegsrechts und der Sperrstunde, das Ende der Valdani-Herrschaft in Cavasar feierten.

Im Augenblick kümmerte es niemanden, daß es am Ende Kiloran gewesen war und nicht Josarian, der sie befreite. Im Augenblick interessierte die Menschen nur, daß nie wieder Späher durch die Straßen ihrer Stadt marschieren oder sie in die Minen schicken würden. An diesem Abend feierte ein gerade erst befreites Volk voller Freude und wandte tausend Jahren von Leid und Demütigung den Rücken zu. Heute nacht interessierte niemanden in Cavasar, was der Morgen bringen würde.

Niemanden außer Najdan, den Attentäter. Als die Stadt gefallen war, hatte er zu Kilorans persönlicher Eskorte gehört. Jetzt war er ebenfalls bei seinem Herrn, der sich fürs erste in der alten Festung über der Stadt niedergelassen hatte.

Während Cavasar die Freiheit feierte, schmiedete Kiloran Pläne. Die Gesellschaft hatte viele Bergdörfer beherrscht und von jeder Stadt in Sileria Tribute erhalten. Kiloran war allerdings der erste Wasserherr in der Geschichte, der jemals eine gesamte Stadt wirklich beherrscht hatte. Die Bewohner von Cavasar wußten es noch nicht, aber sie hatten jetzt einen neuen Herrn, einen, der sie nicht mehr liebte, als der Kaiser sie geliebt hatte.

Zunächst einmal würde Kiloran die Leute von Cavasar feiern und sich wieder und wieder in ihren Gebeten und Siegesliedern preisen lassen. Zunächst einmal würde er den gutwilligen Herrscher und Befreier spielen. Heute nacht würde er ihnen die Freiheit lassen.

Bald allerdings würde es an der Zeit sein, die Menschen zu nötigen, zum alltäglichen Leben und zu den Aufgaben zurückzukehren, die sie erfüllen mußten, damit er den Rest des Krieges gewinnen konnte. Kriege waren teuer, erinnerte Kiloran seine Attentäter, und verlangte daher Tribut von den Menschen, ebenso wie das Wasser. Von den Attentätern erwartete er, den Tribut in Cavasar für ihn einzufordern – und wirkungsvoller, als die Späher dies getan hatten. Macht war eine wertvolle Ware, sagte Kiloran, eine, die er hier in Cavasar nicht mit *toreni,* Kaufleuten, Wächtern oder irgendwem sonst teilen wollte. Einige kurzfristige Zugeständnisse mußten auf dem Weg in ein neues Zeitalter gemacht werden, um den Widerstand der anderen Fraktionen in Cavasar nicht zu entfachen, aber die Attentäter durften nie vergessen, daß sie es waren, die jetzt die Stadt beherrschten.

Selbstverständlich brauchte Kiloran nicht hinzuzufügen, daß er es war, der die Attentäter beherrschte.

Nachdem er vollen Zugang zur Stadt hatte, interessierte Kiloran am meisten, wie er sich die Kontrolle über das Gelände um das weit entfernte Alizar verschaffen konnte. Ja, er beherrschte die dortigen Minen, die immer noch mit Wasser überflutet waren, das kalt genug war, jeden zu verletzen, der es berührte. Die Aufrechterhaltung dieses Zustands nagte allerdings an Kilorans Energie, und die Minen stellten einen wertvollen Besitz dar, der bisher ungenutzt geblieben war. Kiloran wollte sie wieder in Betrieb nehmen, damit sie ihn bereichern konnten, wie sie den Kaiser bereichert hatten. Und das würde ihm nicht gelingen, wenn Josarian das Gelände rund um die Minen kontrollierte.

Aber darum brauchte sich Najdan nicht zu kümmern, wie Kiloran ihm heute mitgeteilt hatte. Und auch nicht um Josarian, denn – so unglaublich das klingen mochte – Kiloran hatte dafür gesorgt, daß die Allianz Josarian an die Valdani verraten würde. Diese Intrige würde den Krieg in Sileria und Kilorans persönliche Fehde mit einem einzigen Schlag beenden, und Josarians Anhänger würden niemals auf den Gedanken kommen, dem Wasserherrn die Schuld dafür zu geben. Ohne Josarian, der sie führte, würden einige von ihnen sogar erkennen, daß Kiloran der wahre Herr des Landes war und zu ihm zurückkehren wie verlorene Kinder zu ihrem Vater.

Najdans Herr hatte an alles gedacht.

Auch an die Schwierigkeiten, die ihm nach Josarians Tod erhalten blieben. Zum einen war da der *shatai*. Tansen war schwer umzubringen, wie vorausgegangene Erfahrungen bewiesen hatten, aber niemand war unbesiegbar, und dieser Attentäter tötende, vatermordende *shallah*-Emporkömmling würde eines Tages für alles bezahlen müssen, was er je getan hatte.

Aber auch das, so meinte Kiloran, sollte nicht Najdans Problem sein. Der Wasserherr hatte eine schwierigere Aufgabe für Najdan, als Tansen zu töten. Najdan war einer seiner fähigsten, vertrauenswürdigsten, erfahrensten Diener. Der Attentäter hatte im Lauf der Jahre viele Male seine Loyalität bewiesen – und war jedesmal großzügig dafür belohnt worden. Jetzt würden Najdans Fähigkeiten bis an ihre Grenzen beansprucht werden, weil Kiloran einen Auftrag für ihn hatte, für den der Attentäter einzigartig geeignet war.

»Du weißt mehr über sie als jeder andere, vielleicht abgesehen von den anderen Wächtern«, sagte Kiloran, der in demselben Zimmer saß, von dem aus Cyrill, der Valdan, einmal Cavasar und Umgebung regiert hatte. »Du kennst ihre Stärken und Schwächen, ihre Gewohnheiten und Ängste. Du weißt, wo ihre Unkenntnis schläft und wo ihr Herz verborgen liegt.«

»Jawohl, *siran.*«

Mirabar töten.

»Wenn du Erfolg hast«, versprach Kiloran, »werde ich dich höher belohnen, als du dir je träumen ließest.«

»Sie ist sehr mächtig, *siran.* Falls ich nicht überleben sollte ...«

»Ja?«

»Darf ich vorher ein letztes Mal nach Kandahar reisen? Ich möchte dafür sorgen, daß meine Mätresse auf alles vorbereitet ist.«

Kiloran lächelte, und seine Augen glitzerten vor Zufriedenheit. »Ja, selbstverständlich.« Väterlich, wohlwollend, ein Herr, der seine Leute und ihre Bedürfnisse verstand. »Laß dir soviel Zeit, wie du brauchst.«

»Danke, *siran*. Ich werde gleich im Morgengrauen abreisen.«

KAPITEL 19

Emelen hat einen Boten aus Dalishar geschickt«, erzählte Josarian Tansen, als sie zusammen in Basimars Zuflucht saßen.

Tansen sah Josarian forschend an und fragte: »Schlechte Nachrichten?«

»Sie könnten besser sein«, gab Josarian zu.

Verlon, der mächtigste Wasserherr im Osten, hatte erfahren, daß Kiloran jetzt Cavasar beherrschte.

»Also ist er der Ansicht, daß er Liron haben müßte«, riet Tansen.

Josarian nickte. »Emelen sagt, Cheylan versucht, mit ihm zu reden, aber ...«

»Verlon und Cheylan«, meinte Tansen nachdenklich. »Irgend etwas ist zwischen diesen beiden.«

»Ich weiß, daß es einen Blutfluch gab«, sagte Josarian, »aber niemand scheint zu wissen, um was es ging.«

»Stell dir vor.«

Die beiden Männer lächelten einander an.

»Du siehst viel besser aus«, stellte Josarian einen Augenblick später fest.

»Gut genug, um dich heute zu begleiten«, verkündete Tansen. Zum wiederholten Mal.

Er wurde überstimmt. Zum wiederholten Mal. »Nein. Wenn du vollkommen geheilt bist. Wenn Basimar sagt, daß du in Ordnung bist.«

Tansen seufzte. Die Reise vom Tiefland zu Basimars

Zuflucht hatte ihn mehr angestrengt, als er zugeben wollte, obwohl Mirabars Behauptung, daß es ihn beinahe umgebracht hätte, eine Übertreibung war. Jetzt trainierte er schon wieder jeden Tag, gewöhnte seine schlaffen Muskeln und seinen ausgezehrten Körper an die Arbeit eines *shatai*. Es ging ihm langsam besser, aber nein, er hatte noch nicht seine frühere Kraft und Geschwindigkeit zurückerlangt. Seine Übungen erschöpften ihn, und die Wunde schmerzte immer noch.

Dennoch, er war selbst mit halber Kraft nützlicher für Josarian als manche Männer bei voller Körperkraft, und das wußte er. Es ärgerte ihn, hier in der Zuflucht versteckt zu werden, gehätschelt von einer Schwester, beschützt von Männern und einer Wächterin und zurückgelassen von seinem Blutsbruder. Josarian wollte heute nach Zilar aufbrechen, das jetzt ebenfalls unter Kontrolle der Rebellen stand. Er hatte gehofft, das Dorf als Basis zu nutzen, von dem aus er den Angriff auf Shaljir planen könnte – die zweifellos längste und teuerste Schlacht, die schließlich zum Ende der Valdani-Herrschaft in Sileria führen würde.

Tansen sagte: »Ich möchte nicht ausgeschlossen werden, weil ...«

»Das wirst du auch nicht, aber du bist viel zu wichtig, als daß wir dein Leben jetzt aufs Spiel setzen könnten.«

»Du auch«, unterbrach Tansen. »Und doch gehst du ohne mich nach Zilar. Kiloran wird wissen, daß du dort bist. Er wird ...«

»Tansen«, mahnte Josarian, »ich bin von Tausenden von Rebellen umgeben.«

»Von denen jeder ein Verräter sein könnte.«

»Noch während wir uns hier unterhalten, versammeln sich draußen fünfzig loyale *zanareen.*« Josarian hielt inne und fügte dann nachdenklich hinzu: »Seit dem Hinterhalt bei der Zuflucht lassen sie mich fast überhaupt nicht mehr allein; ich muß mich schon wegschleichen, wenn ich mich erleichtern will.«

»Selbst zehn *zanareen* zusammen werden dir nicht gegen Searlon helfen können, wenn er dich selbst angreift«, meinte Tansen. »Sie sind keine Kämpfer.«

»Ich nehme auch noch Zimran mit.«

»Zimran.« Tansen machte keinen Hehl aus seiner Verachtung.

»Er ist ein guter Kämpfer.«

»Er ist nicht mit dem Herzen bei uns, selbst jetzt noch nicht.«

»Da hast du unrecht. Er hat sich seit deiner Verwundung verändert.«

Tansen hatte Zimran kurz gesehen, nachdem Josarian hier eingetroffen war, und leider waren ihm keine sonderlichen Veränderungen bei Josarians Vetter aufgefallen. »Nicht, daß ich wüßte.«

»Seit dem letzten Dunkelmond ist er mir kaum von der Seite gewichen. Ich sage dir ...«

Tan schüttelte den Kopf. »Du bist seinen Fehlern gegenüber blind.«

»Ich bin nicht einmal deinen Fehlern gegenüber blind.« Josarian hielt inne, dann fügte er freundlicher hinzu: »Oder gegenüber der Tatsache, daß Zimran etwas hat, was du immer für dich selbst wolltest.«

Tan spürte, wie seine Wangen vor Verlegenheit brannten, aber seiner Stimme war nichts anzumerken. »Sie hat nichts zu tun mit …«

»Ach nein?«

»Ich traue ihm nicht.«

»Ich schon.«

»Josarian …«

»Er ist mein Vetter, Tan.«

»Laß mich mitkommen.«

»Nein.«

»Aber ich …«

»Du bist noch nicht bereit, und das weißt du auch.« Josarian schüttelte den Kopf. »Selbst du kannst dich nicht so schnell von einer *shir*-Wunde erholen.«

»Ich werde mich in Zilar weiter erholen.«

»Die Reise wird dir schaden, wie es die Reise hierher tat.«

»Bitte …«

»Nein.« Mit diesem Tonfall kommandierte Josarian Tausende. »Ich verbiete es dir, wenn du meine Autorität nicht anzweifeln willst …«

Tansen wandte sich ab. Er seufzte – und zuckte dann wegen der Schmerzen zusammen, die das Stechen in seiner Seite verursachte.

Josarian wußte, daß er gewonnen hatte, und war wieder sanfter: »Wenn es dir besser geht, kommst du nach.«

Er nickte. »Also gut … *siran.*« Er warf ihm einen schrägen Blick von unten zu.

Josarian lachte. »Fang bloß nicht damit an!«

»Die *zanareen* sind wohl eine arge Plage?«

»Manchmal denke ich, wenn sich auch nur noch ein einziger vor mir niederwirft oder mich bittet, ihn zu segnen oder ...« Er seufzte. »Nun gut. Habe ich dir nicht schon früher gesagt, daß ich viel lieber ein einfacher Gesetzloser geblieben wäre?«

»Zu spät«, meinte Tansen. »Das hast du nun davon, daß du in den Krater gesprungen bist.«

Josarian grinste. »Du bist wirklich ein begabter Lästerer.«

»Das sagt Mira auch immer.«

Mirabar hatte sie vor einiger Zeit verlassen, weil einer der *zanareen* sie gebeten hat, für ihn jemanden aus der Anderwelt zu rufen. Auch Zimran störte die beiden Männer nicht, da es ihn nicht mehr nach Tansens Gesellschaft gelüstete wie den *shatai* nach seiner. Tansen fragte sich, ob Zimran mit Basimar wohl der Erinnerung an alte Zeiten nachhing oder ob er immer noch, ganz gegen seine sonstige Art, Elelar die Treue hielt.

Er fragte sich auch immer wieder, wie Elelar ausgerechnet auf Zimran verfallen war. Obwohl er es für wahrscheinlich hielt, daß sie dabei irgendwelche Hintergedanken hatte, denn er hatte sie nie anders gekannt, war ihm auch klar, daß er nicht in der Lage war, über diese Situation objektiv nachzudenken, selbst wenn er versuchte herauszufinden, wie sich die Handlungen der *torena* auf Josarian und die Rebellion auswirken mochten. Seine Gedanken wurden immer irgendwie von seinem Wunsch beeinflußt, Elelar möge geheime Gründe gehabt haben, mit Zimran zu schlafen, denn die Alternative – daß sie ihm Zimran einfach vorzog – war unerträglich.

Darfeuer, seine Seite schmerzte, und ihm war schwindlig, weil er den ganzen Tag aufgewesen war, um Josarian hier willkommen zu heißen.

Ja, er war eifersüchtig. Er war außerdem müde und mürrisch. Vielleicht hatte Josarian ja recht. Vielleicht hatte Zimran sich verändert. Elelar hatte Tansen selbst unwiderruflich verändert, als sie ihm vor vielen Jahren begegnet war. Sie hatte die Gedankenwelt eines dummen *shallah*-Jungen aus den Fugen gebracht und ihn schließlich derart beeinflußt – obwohl sie das stets leugnete –, daß er eine unaussprechliche Tat begangen hatte, die sich gegen seinen eigenen Blutsvater richtete, gegen den vermutlich berühmtesten Attentäter, den die Gesellschaft je hervorgebracht hatte, gegen einen Mann, den Tan selbst für den Feuerbringer gehalten hatte.

Wenn sie mich so sehr verändern konnte, wer hätte dann sicher sagen können, ob sie aus diesem boshaften, egoistischen Schürzenjäger nicht auch einen Rebellen und Patrioten machen konnte?

Niemand auf der Welt war besser dafür ausgerüstet als Elelar, um einen Mann wie Zimran von so gut wie allem zu überzeugen, und trotz ihrer vielen Fehler war sie der Rebellion und der Zukunft Silerias vollkommen und bedingungslos ergeben. Es war schon möglich, daß etwas von diesem Geist schließlich doch auf Zimran abgefärbt hatte – besonders, wenn man bedachte, wie diese Frau einem das Leben schwermachen konnte, wenn sie es darauf abgesehen hatte.

Tansen hätte beinahe gelacht, als ihm klar wurde, daß Zimran nach all dieser Zeit vielleicht nur an die Seite seines Vetters zurückgekehrt war, um von Elelars Seite und ihren politischen Vorträgen wegzukommen.

Aber er wünschte sich immer noch, er könne Josarian selbst begleiten. Nachdem jetzt sowohl die Valdani als auch die Gesellschaft hinter ihm herjagten, war Josarians Leben ununterbrochen in Gefahr, und Tansen würde keine Ruhe mehr finden, bis er endlich wieder Tag und Nacht an der Seite seines Bruders wachen konnte. Er wußte, daß auch Mirabar nicht mitgehen würde, denn Josarian hatte seine Position ganz deutlich gemacht. Er hielt Tansen im Augenblick für verwundbarer als sich selbst. Kiloran hatte schon einmal eine Möglichkeit gefunden, das Gewaltverbot im Umkreis einer Zuflucht zu umgehen, indem er Späher einsetzte, die sich um silerische Religionen und ihre Gebote nicht kümmerten; also war nicht anzunehmen, daß Tansen vollkommen sicher war, nur weil er sich jetzt hier befand.

»Wenn du wieder stark genug bist, um acht Männer und zwei Frauen zu beschützen, statt daß sie auf dich aufpassen«, sagte Josarian, als er seine Sachen packte, »dann geht es dir auch gut genug, um zu mir nach Zilar zu kommen.«

Josarians Abschiedsumarmung war zögernd und sanft, weil er auf Tansens Wunde Rücksicht nahm. Als Tan seinem Bruder hinterherschaute, fiel ihm auf, daß er sich offenbar tatsächlich so weit an Josarians bärenhafte Umarmungen gewöhnt hatte, daß sie ihm diesmal direkt fehlten.

Mirabar hatte Tansen nach Josarians Abreise am Vortag alleingelassen, denn sie wußte, daß er mürrisch sein würde, weil der Bruder ihn zurückgelassen hatte. Er gesundete, aber es ging ihm nicht schnell genug, und er war voller Ungeduld. Außerdem hatte es ihn eindeutig gewurmt, Zimran wieder an Josarians Seite zu sehen, obwohl er sich angestrengt hatte, sich das nicht anmerken zu lassen. Zimran, der immerhin auch schon Elelar hatte ...

Was immer der Krieger an jenem Tag im Schrein der Drei im Kopf gehabt haben mochte, als er Mirabar auf diese unerwartete Weise berührt hatte, er hatte es offenbar inzwischen vergessen. Und wenn man bedachte, wie er danach sofort wieder dem Bann der *torena* verfallen war, schien es auch besser, daß Mirabar ihn nicht an diesen Augenblick erinnerte.

Obwohl Mirabar sich vage bewußt gewesen war, daß die beiden sich in den vergangenen Monaten häufig gestritten hatten, hatte Elelar an jenem Tag im Schrein ihren gesamten Liebreiz eingesetzt, als ob sie sich angesichts von Tansens Kampf mit dem Tod ihre Entscheidungen noch einmal überlegen wollte. Die *torena* hatte an diesem Tag mit Tansen gemacht, was sie wollte. Und er – ein Mann, dem keiner gleichkam, ein ungeheuer erfahrener und mutiger Krieger, ein Rebell, der von den Göttern prophezeit war – hatte sich Elelars weiblichem Zauber gegenüber als hilflos erwiesen, genau, wie der schon so lange verschwundene Rufer Mirabar einmal gewarnt hatte.

Als sie jetzt am Berghang nach den Wurzeln und

Kräutern suchte, nach denen Basimar sie ausgeschickt hatte, fragte sich Mirabar, was Elelar wohl vorhatte. Warum war sie nicht wiedergekommen? Die *torena* mußte doch wissen, wo sie sich aufhielten. Wollte sie Tansen für sich, nun, da sie frei war zu wählen? Aber warum hatte sie dann Zimran noch nicht aufgegeben? Oder wollte sie nur, daß Tansen sie begehrte? Und wenn ja, warum? Nährte es ihren Stolz zu wissen, daß ein Mann, den sie einmal an Kiloran verraten hatte, sich nach all diesen Jahren immer noch nach ihr sehnte? Hatte sie gespürt, daß er ihr entglitt, und ihn nur deshalb im Schrein besucht, weil sie ihre Macht über ihn wieder verstärken wollte?

Es wäre beinahe eine Erleichterung gewesen, so denken zu können, aber sosehr Mirabar die *torena* auch ablehnte, sie wußte doch, daß diese Frau nicht dumm war. Elelar tat nichts ohne Grund, und es mochte vielleicht sein, daß sie hin und wieder versuchte, einen Mann zu bezaubern, um ihre Eitelkeit zu befriedigen, aber nie würde sie sich ohne Grund derart anstrengen. Warum war sie den ganzen Weg zu diesem Schrein der Drei gekommen, mit strahlenden Augen und süßen Worten und Geschenken?

Mirabar war immer noch in Gedanken versunken, als eine Stimme, von der sie geglaubt hatte, sie nie wieder zu hören, sie aufschrecken ließ: *»Sirana!«*

Najdan!

Sie drehte sich in die Richtung um, aus der die Stimme gekommen war. Er war noch nicht sehr nahe. Sie würde ihn im Unterholz gehört haben, wenn das der

Fall wäre. Najdan war leichtfüßig, aber Mirabar hatte immer noch die Sinne eines wilden Tieres.

Sie wollte gerade seinen Namen rufen, als ein Gedanke sie zu Eis erstarren ließ. Seit Kiloran in Fehde mit Josarian lag, hatten Attentäter wieder begonnen, Wächter zu töten, und jeder Wächter, der zögerte, vor einem ehemaligen Verbündeten zu fliehen, überlebte das nicht. In den vergangenen Wochen hatte Mirabar viele solcher Geschichten von Rebellen gehört, die an der Zuflucht vorüberzogen.

Und wenn Kiloran sich entschlossen hatte, jemanden zu schicken, der sie umbringen sollte, wäre Najdan, dem sie so lange vertraut hatte, die beste Wahl. Daß er sich zu erkennen gegeben hatte, schien einen Überraschungsangriff auszuschließen, aber Najdan wußte auch, wie schwer es war, sich an sie anzuschleichen. Tansen war das einmal gelungen, genau an dieser Stelle, aber damals hatte sie geweint wie ein Kind und war vollkommen in ihrem Elend versunken gewesen. Normalerweise war es nicht so leicht, sich ihr unbemerkt zu nähern, und das wußte Najdan auch. Es wäre wahrscheinlicher, daß er erst versuchte, ihr Mißtrauen zu beschwichtigen, und sie dann angriff, wenn sie unvorsichtig geworden war.

»Sirana!«

Er mußte wissen, daß sie hier war – er konnte es an seinem *shir* erkennen, der in ihrer Gegenwart oft zuckte und bebte. Sein Rufen würde auch die Wachen, die Tansen schützten, alarmieren. Sollte sie auf die Männer warten? Nein, entschied sie; wenn Najdan gekommen war, um sie zu töten, würde er nicht zögern, auch jeden umzubringen, der sie schützen wollte. Sie hatte nicht vor, den Tod anderer zu verursachen, indem sie versuchte, dem Unvermeidlichen zu entgehen. Sie würde sich Najdan allein stellen.

Najdan war einer von Kilorans besten Attentätern. Mirabar hatte zuviel Zeit mit ihm verbracht und zuviel gesehen, um an seinen Fähigkeiten zu zweifeln. Dennoch, sie hatte ihn schon einmal überwältigt, in Dalishar, und das konnte sie jetzt wieder tun. Er hatte nach Kandahar seine Angst vor ihr verloren, aber die konnte sie wieder aufflackern lassen, wenn sie wollte.

Dennoch hätte sie am liebsten geweint. Najdan. Er war ihr Schatten gewesen, ihr rechter Arm, ihr Freund, dem sie vertraute. Er hatte ihr gefehlt, seit er sie am Niran verlassen hatte, aber sie hatte seit diesem Tag auch gewußt, daß es durchaus einmal soweit kommen konnte, daß Kiloran ihn gegen sie aussandte. Attentäter konnten sich keine gespaltene Loyalität leisten. Als Najdan an Kilorans Seite zurückgekehrt war, war er auch zu dem Leben zurückgekehrt, für das er sich viele Jahre zuvor, viele Jahre vor dem Krieg, entschieden hatte. Er würde tun, was man ihm sagte, er würde jeden töten, den Kiloran tot sehen wollte, ganz gleich, wie er persönlich empfand. Es mochte ihm leid tun, sie töten zu müssen, aber sie wußte, daß er nicht zulassen würde, daß ihn dieses Gefühl von seiner Pflicht abhielt.

Muß es immer so sein?

»Najdan!« rief sie. »Hier drüben!«

Sie setzte sich auf einen umgestürzten Baumstamm und blies einen kleinen Feuerkreis in die Luft, während sie ihren Plan entwickelte. Sie hatte noch nie einen Menschen getötet, und sie wollte nicht mit Najdan anfangen. Aber sosehr es ihrem Herzen auch widerstrebte, sie bereitete sich dennoch darauf vor, ihren ehemaligen Freund umzubringen.

Einen Augenblick später stellte sie überrascht fest, daß sich zwei Menschen näherten – und ein Esel. Sie runzelte die Stirn. Was hatte Najdan vor?

Ihre Zweifel und Ängste wichen einen Augenblick später dem Staunen, als der Attentäter mitten im Wald auftauchte. Sie hatte noch nie einen Mann gesehen, der weniger bereit zu einem tödlichen Zweikampf schien. Er trug eine große Tasche, führte einen schwer beladenen Esel, und ihm folgte eine Frau. Die Frau war attraktiv, teuer gekleidet und etwa so alt wie Basimar.

Die Frau warf Mirabar, deren Anblick oft auch jene erschreckte, die darauf vorbereitet waren, einen Blick zu, dann starrte sie das magische Feuer an, das neben ihr flackerte. Sie stieß einen leisen Schrei aus und trat rasch an Najdans Seite. Er legte den Arm um sie und redete beruhigend auf sie ein. Mirabar hörte, wie er sie mit *»kadriah«* ansprach.

Seine Mätresse.

Najdan hätte niemals seine Mätresse – oder all dieses Gepäck – mitgebracht, wenn er hergekommen wäre, um Mirabar zu töten. Tatsächlich wurde ihr klar, daß es in diesem Fall auch recht unwahrscheinlich wäre, daß er sie ausgerechnet hier aufsuchte. Sie hatten Tansens Aufenthaltsort und dementsprechend auch den ihren streng geheimgehalten, um den *shatai* vor Kiloran zu schützen.

Die Erklärung lag auf der Hand: Er brachte seine Mätresse in Sicherheit. Er kannte und vertraute Basimar, daher hatte er ihre Zuflucht dafür gewählt. Andererseits war Kandahar nicht bedroht, und Mirabar wußte, daß Najdan dort ein schönes Haus hatte. Warum sollte er seine Mätresse hierher bringen, zu einer Zuflucht mitten in Josarians Land, und sie unter den Schutz einer Schwester stellen, die treu zu Josarian stand?

»Najdan ...« Mirabar erhob sich; ihre Angst hatte sie vergessen.

»Sirana.« Er kreuzte die Fäuste über der Brust und verneigte sich. »Ich dachte, du wärst immer noch auf dem Niran.«

»Nein.«

»Darüber bin ich froh. Ich will es dir lieber selbst sagen.«

»Was?«

»Nun, zuerst einmal ...« Er sah ihr in die Augen. »Kiloran hat mich geschickt, um dich zu töten.«

»Und?«

Sie glaubte, er würde jetzt sagen, daß er es nicht tun konnte, daß er sich verändert hatte, daß er Kiloran angelogen hatte, um seine Mätresse vor dem rachsüchtigen Zorn des Herrn in Sicherheit zu bringen, den er verraten würde. Sie konnte mit einem Blick in sein Gesicht sehen, daß das alles der Wahrheit entsprach. Aber er sagte nichts davon.

Statt dessen erklärte er mit angespannter Stimme: »Und Josarian soll verraten werden.«

Tansens Seite fühlte sich an, als würde sie brennen, als er zu dem nächsten Hof, auf dem Pferde gehalten wurden, eilte. Er befürchtete, sich übergeben zu müssen, aber er rannte immer noch schneller. Sein Herz raste vor Angst, seine Wunde fühlte sich an, als werde sie wieder aufbrechen, wie es auf der Reise zur Zuflucht geschehen war. Er kümmerte sich nicht darum. Es war gleich, ob er verblutete oder nicht, solange es ihm gelang, Josarian rechtzeitig zu warnen.

Najdan war mit Mirabar in die Zuflucht gekommen, und nach einem chaotischen Augenblick, als Tansen nach den Schwertern gegriffen hatte und Mirabar zwischen die beiden Männer gesprungen war, hatte der Attentäter seinen Herrn verraten und ihnen erzählt, was er wußte.

Ein geheimer Vertrag zwischen den Valdani und der Allianz. Eine Reihe von Geiseln, die ausgetauscht wurden – Koroll eingeschlossen. Kein Wunder, daß bei dem Hinterhalt alles so einfach gewesen war! Ein Handel, um den Krieg in Sileria zu beenden, damit die Valdani in Ruhe ihren Angelegenheiten auf dem Festland nachgehen konnten.

Die Übergabe von Shaljir im Austausch für Josarians Leben.

Sie hatten Najdans Mätresse bei Basimar gelassen und beide angewiesen, zu einer Zuflucht zu gehen, die näher an Dalishar lag, für alle Fälle. Dann hatte Tansen unter heftigen Protesten von Basimar seine Schwerter umgeschnallt und war mit Mirabar, Najdan und seinen acht *shallah*-Wachen den Berg hinabgestürmt. Sie würden Pferde nehmen, und wenn sie die Hauptstraßen benutzten, würden sie Josarian einholen können.

»Aber woher kennt Searlon alle Einzelheiten des Vertrags?« fragte Mirabar.

»Anfangs war ich nicht sicher«, sagte Najdan, »aber mein ... Kiloran hat mir, nachdem wir Cavasar eingenommen hatten, mehr mitgeteilt. Irgendwie steckt er hinter diesem Vertrag. Er arbeitet durch Searlon, aber der Vertrag ist seine Schöpfung, vermittelt durch jene, die ihn unterschrieben haben und vielleicht nicht einmal wissen, daß er im Hintergrund die Fäden zieht.«

»Wenn er mit diesem Plan Erfolg hat, wird Kiloran ganz Sileria beherrschen«, meinte Mirabar nachdenklich.

»Und er verliert nichts«, fügte Najdan hinzu, »wenn es nicht gelingt.«

»Sie wollen es jetzt tun«, meinte Tansen und kämpfte weiter angestrengt gegen seine Schwäche an, »weil sie wissen, daß Mirabar und ich nicht bei Josarian sind.«

»Die Valdani? Aber sie werden ihn erst einmal finden müssen«, meinte Mirabar. »Er hat seine Bewegungen immer geheimgehalten, seit die Fehde mit Kiloran begann.«

»Er wird von einem verraten werden, der zu seinen Leuten gehört«, sagte Najdan. »Wer in der Allianz weiß, wo er sich jetzt befindet?«

Mirabar stieß einen Schrei aus und blieb plötzlich stehen. Sie starrte Tansen an. Er hatte es sofort gewußt, sobald Najdan ihm gesagt hatte, daß die Allianz etwas mit dem Verrat zu tun hatte. Mirabar hatte ein wenig länger gebraucht, um alles zusammenzufügen, aber sie kannte die *torena* auch nicht so gut wie er. Niemand kannte sie so gut.

»Zimran ist bei Josarian. Er hat Elelar sicher gesagt, wohin sie gehen«, sagte Mirabar leise.

»Genau«, bestätigte er. »Und sie wird ...«

»Glaubst du, Zimran weiß, um was es geht?« fragte Mirabar.

»Ja.« Er drehte sich um und ging weiter, noch schneller als zuvor. »Ich glaube, es ist seine Aufgabe, Josarian in die Falle zu führen.«

Mirabar stolperte hinter ihm her und versuchte, ihn einzuholen. Najdan kam direkt hinter ihr. Die anderen Männer waren weiter zurückgefallen und immer noch außer Hörweite, als Mirabar sagte: »Aber warum sollte er das tun? Wie konnte sie ihn dafür gewinnen ...«

»Sie kann sehr überzeugend sein, wenn sie will«, sagte Tansen bitter.

Jetzt wußte er, wieso sie zum Schrein der Drei gekommen war und versucht hatte, ihn abermals in ihren Bann zu ziehen. Wie dumm von ihm, auch nur für einen einzigen Augenblick zu denken, zu hoffen, seine schwere Verwundung hätte ihr Herz auch nur im geringsten gerührt. Sie war gekommen, um selbst einschätzen zu können, wie schwer er verwundet war und wie lange es dauern würde, bis er wieder an Josarians Seite zurückkehren konnte, um ihn Tag und Nacht zu beschützen. Dann hatte sie ihn durch Zimran ersetzt, der jetzt ihr treu ergeben war und nicht mehr Josarian.

Josarians Leben im Austausch für Shaljir.

Tansen stolperte und fiel zu Boden. Er schüttelte Najdans Hand ab, als der Attentäter ihm helfen wollte, und stand wieder auf. Er folgte Mirabars besorgtem Blick und entdeckte auf seinem Hemd einen frischen Fleck. Die Wunde war wieder aufgegangen.

»Du mußt dich einen Augenblick ausruhen«, erklärte Mirabar.

»Nein, ich …«

»Du wirst Josarian nicht helfen können, wenn du vorher stirbst …«

»Ich brauche keine …«

Eine starke Hand zwang ihn, sich hinzusetzen. »Die *sirana* sagt, du sollst dich ausruhen. Also wirst du dich ausruhen.« Die kalte Stimme eines Attentäters. »Bis sie dir erlaubt, weiterzugehen.«

Trotz allem hätte Tansen beinahe gelacht. »Ich glaube, du hast uns weniger Ärger gemacht, als du noch unser Feind warst.«

»Wir sind hier in Sileria«, erwiderte Najdan. »Die Freunde eines Mannes sind immer gefährlicher für ihn als seine Feinde.«

Tansen begegnete dem Blick des Attentäters. »Er wird jetzt auch dich umbringen wollen.«

Najdan wußte, von wem er sprach. »Ich habe meinen Herrn verraten. Es gibt kein schwereres Verbrechen.«

Tansen kannte Najdan gut genug, um zu wissen, daß er nie versuchen würde, sich herauszureden. Dennoch sagte er: »Du hast die richtige Wahl getroffen, Najdan.«

»Ja«, sagte Najdan trocken, »und ich hoffe, dieses Wissen wird mir ein Trost sein, wenn mich der Weiße Drache holt.«

»Du glaubst doch nicht wirklich daran?« fragte Tansen.

Najdan starrte ins Leere, als erinnerte er sich an etwas aus längst vergangener Zeit. »Ich habe genug von Kilorans Macht erlebt, um an etwas zu zweifeln, nur weil ich es noch nicht mit eigenen Augen gesehen habe.«

»Kennst du jemanden, der den Weißen Drachen schon einmal gesehen hat?«

Der Attentäter zuckte die Schultern. »Nein, aber ...«

»Es ist nur ein Märchen, das die Wasserherren weiterverbreiten lassen, damit die Leute ihnen gehorchen«, sagte Tansen.

»Du hast Prophezeiungen der Anderwelt und die Geburt des Feuerbringers erlebt«, sagte Najdan. »Dein eigenes Schicksal ist in Visionen vorhergesagt worden, die die *sirana* heimsuchten. Gerade du, Tansen, solltest es besser wissen.«

»Ich will Kilorans Macht nicht leugnen«, versicherte Tansen ihm. »Ich werde nie diese Wassertentakel vergessen, die mich beinahe ertränkt haben und mich in den See zogen. Und ich habe gesehen, was Kiloran mit dem Brunnen in Alizar gemacht hat. Aber sicher waren es solche Dinge, die die Leute später für den Weißen Drachen gehalten haben?«

Najdan runzelte die Stirn. Er war nicht überzeugt, aber

dann bemerkte er Mirabars Blick und ließ das Thema fallen. »Du solltest dich jetzt ausruhen und nicht mit mir streiten.«

Seine Seite tat nicht mehr ganz so weh. »Elelar hat Zimran überredet, Josarian an die Valdani zu verraten, und irgendwie steckt Kiloran dahinter. Ich habe mich genug ausgeruht.« Er stand wieder auf und eilte weiter seinem Schicksal entgegen.

Er wird ohnehin bald sterben. Also kann er auch sterben, um den Krieg zu beenden. Um Elelar zu befreien. Um dafür zu zahlen, was er ihr in Golnar angetan hat.

Zimran erwiderte das Lächeln seines Vetters, als sie irgendwo an der Straße nach Zilar ihr Lager aufschlugen.

Wenn er ohnehin sterben muß, dann kann das auch geschehen, damit ich mein altes Leben endlich zurückbekomme.

Zu Josarian stehen war nur eine Gewohnheit, nicht mehr – das war ihm in der letzten Zeit klargeworden. Der Wahnsinn seines Vetters hatte Zimrans Zuneigung zu ihm schon lange verbraucht. Es war nichts mehr geblieben als Bedauern, daß es so hatte enden müssen.

Wer war mit Josarian aufgewachsen und hatte die Abenteuer, Entdeckungen, Streiche, Strafen und Belohnungen seiner Jugend mit ihm geteilt? Wer war bei ihm eingezogen, um ihm in jenen schlimmen Monaten nach Calidars Tod Gesellschaft zu leisten? Wer hatte ihn eingeladen, an diesem lohnenden Schmuggelunternehmen teilzunehmen, damit er seine Stellung im Leben verbessern konnte?

Ganz bestimmt nicht einer dieser *zanareen,* die sich jetzt vor ihm verbeugten und sich so dicht um ihn drängten, daß Josarian und Zimran kaum mehr einen Augenblick unter sich waren.

Als Josarian einen normalen Zusammenstoß zwischen Schmugglern und Valdani zu einer Katastrophe gemacht hatte, wer hatte da treu zu ihm gestanden? Wer war an seiner Seite geblieben, während er sich in der Zuflucht von seiner Wunde erholte?

Tansen jedenfalls nicht.

Der *roshah* war zu dieser Zeit nicht einmal in Sileria gewesen.

Zimran hatte in diesen frühen Tagen der Gesetzlosigkeit immer wieder sein eigenes Leben aufs Spiel gesetzt, um Josarian Informationen und Lebensmittel zu bringen. Nie hatte er gezögert. Und was war der Dank dafür? Sobald dieser Fremde mit seinen zwei Schwertern aufgetaucht war, hatte sich Josarian ihm zugewandt und Zimran von diesem Tag an bewußt ausgeschlossen.

Tatsächlich hatte Josarian seit diesem Tag alle anderen Zimran vorgezogen – Lann, Emelen, Amitan, Falian und viele, viele andere, die erst kürzlich zur Rebellion gestoßen waren. Selbst das Dämonenmädchen hatte mehr Rechte und Respekt innerhalb der Rebellengemeinschaft als Zimran!

Josarian war an allem selbst schuld.

Er hatte Kiloran mit seiner Unbeugsamkeit gegen sich

aufgebracht, hatte Srijan getötet, die Gesellschaft erzürnt, Elelar und die Allianz verärgert ... Und den Vetter, der ihn geliebt hatte, der ihm einmal treuer zur Seite gestanden hatte als jeder andere!

Ich werde trauern und mich an dich erinnern, wie du einmal warst, aber ich werde nicht zulassen, daß du mein Leben kaputtmachst.

Während er beobachtete, wie die *zanareen* seinen Vetter umschwärmten, versuchte Zimran noch einmal zu glauben, daß der ganz gewöhnliche Junge, mit dem er zusammen aufgewachsen war, der Feuerbringer sein sollte. Selbst jetzt konnte er es nicht. Er hatte ohnehin nie an den Feuerbringer geglaubt, und Josarian ...

Zimran war dabeigewesen, als Josarian sich zum erstenmal betrunken hatte, und er hatte dem Vetter den Kopf gehalten, als dieser sich am nächsten Tag übergeben mußte. Zimran hatte erlebt, wie er Stielaugen nach Calidar gemacht und wegen ihr, die sich nicht von allen anderen *shallah*-Mädchen unterschied, fast den Verstand verloren hatte. Um Dars willen, er hatte ja sogar erlebt, wie Josarian von der bösartigen Kuh seiner Frau durchs halbe Dorf gejagt worden war!

Wie konnte ein derart gewöhnlicher Mann der Feuerbringer sein?

Zimran hatte tagelang mit diesen Gedanken gespielt, und er kam immer wieder darauf zurück. Er wußte, was er tun mußte, und er wußte, daß er in Sicherheit sein würde. Niemand würde es je erfahren. Niemand würde jemals ihn – Josarians eigenen Vetter – bezichtigen, ihn verraten zu haben, schon gar nicht, wenn er beschrieb, wie er selbst kaum dem Hinterhalt der Späher entkommen war. Josarian würde das Leben verlieren, das er ohnehin schon seit Monaten leichtsinnig aufs Spiel setzte, und Zimran würde endlich imstande sein, sein eigenes Leben wiederzufinden, mit der Frau, die er sich erwählt hatte, und zu einer friedlichen, lohnenden Existenz zurückzukehren, in der es keinen Krieg, keine Blutfehden und keine Blutflüche gab.

An diesem Abend trug Zimran das gelbe Hemd, das ihn den Spähern, die auf der anderen Seite des seichten Zilar-Flusses warteten, kenntlich machen würde; sie würden also wissen, welcher von den beiden *shallaheen,* die ihnen in die Falle gingen, ihr Feind Josarian war. Sie würden wissen, wen sie töten mußten. Sie würden die Leiche zu jemandem bringen, der bezeugen konnte, daß der Tote tatsächlich Josarian war. Und dann würden sie Shaljir der Allianz übergeben. Dann wäre alles zu Ende.

Der Krieg wird vorbei sein.

Er mußte nur noch die Gefühle eines Mannes ausnutzen, der ihm einmal vertraut hatte.

»Gutes Jagdland«, sagte er beiläufig zu Josarian, als er sich die Umgebung ihres Lagers ansah.

»Ja.« Josarian blickte auf. »Lann behauptet, er habe einmal ...«

»Bitte, ich habe mehr als genug von Lanns lächerlichen Prahlereien gehört; fang du nicht auch noch damit an.« Er grinste, als Josarian lachte. »Es wird immer noch ein paar Stunden hell genug sein. Warum fangen wir uns nicht einen Rehbock? Frisches Fleisch.«

Josarian sah sich zögernd um. »Ich weiß nicht ...«

»Komm schon, komm mit. Wie lange ist es her, daß wir zusammen auf der Jagd waren?«

Josarian seufzte. »Viel zu lange, Zim.«

Er griff nach Josarians Köcher und Bogen und hielt sie ihm hin wie einen Köder. »Und?« Er sah, daß er ihn beinahe soweit hatte, und fügte hinzu: »Nur wir beide. Wie früher.«

Josarian sah ihn an, zögerte noch einen Augenblick und grinste dann. »Also gut. Gehen wir.«

Zim lächelte. »Das Land am anderen Ufer sieht am besten aus, findest du nicht?«

KAPITEL 20

Sie wateten durch das seichte Wasser des Zilar, dann durchkämmten sie das dichte Unterholz auf der Suche nach Wild. Josarian schlug vor, sie sollten sich trennen, aber Zimran wollte bei ihm bleiben. Sie waren noch nicht lange hier draußen, als Josarian der Gedanke kam, daß sein Vetter eigentlich gar nicht hatte jagen wollen. Normalerweise war Zimran ein guter Jäger, aber nun bewegte er sich so geräuschvoll wie ein ganzer Trupp ungeschickter Späher, trampelte schwerfällig herum und sprach oft laut.

Er wußte, daß sie jetzt kein Wild mehr finden würden, und lächelte nachsichtig. Zimran hatte vermutlich nur einige Zeit allein mit ihm verbringen wollen; etwas, das sie seit Monaten nicht mehr getan hatten. Es machte ihn traurig, daß sein Vetter es dieser Tage für notwendig hielt, einen Vorwand zu benutzen, um ihn ein paar Stunden für sich allein haben zu können. So froh er gewesen war, Zimran wieder an seiner Seite zu haben, er war doch zu beschäftigt gewesen, um sonderlich auf ihn zu achten.

Das würde sich jetzt ändern, entschied er, als die Schatten länger wurden und Dunkelheit sich über den Wald senkte. Er tätschelte Zim den Rücken, schlang sich den Köcher über die Schulter und begann, sich mit seinem Vetter zu unterhalten, während sie weitergingen und jetzt beide nicht mehr vorgaben, jagen zu wollen.

Selbst nachdem er begonnen hatte, sich auf Zimran zu konzentrieren, brauchte er einige Zeit, um zu bemerken, daß sein Begleiter ... nervös war. Das wurde allerdings immer offensichtlicher, als der Abend sich näherte. Zimran sah sich um, als wäre er eher als Beute in diesen Wald gekommen denn als Jäger. Bei jedem Geräusch zuckte er zusammen. Er schien unruhig und seltsam ungeduldig. Nun, da er Josarians ungeteilte Aufmerksamkeit hatte, schien er kaum ein Wort von dem zu hören, was sein Vetter ihm sagte, und trug wenig zu ihrem Gespräch bei.

»Zim?«

»Hmmm?«

»Stimmt irgendwas nicht?«

Es wurde jetzt zu dunkel, als daß er hätte ganz sicher sein können, aber Josarian glaubte zu sehen, wie sein Vetter rot wurde. »Nein.«

Er fragte sich, ob Zimran einfach nur nervös war, weil er sich hier ganz allein mit einem Mann aufhielt, den sowohl die Valdani als auch Kiloran unbedingt töten wollten. Immerhin würde es bald Nacht sein. Vielleicht sollten sie ins Lager zurückkehren. Josarian machte einen Vorschlag in dieser Richtung.

»Nein!«

Der Ausbruch überraschte ihn. »Zim, ich glaube nicht ...«

»Wir gehen nicht zurück!«

Da wußte er es. Schon bevor der erste Späher, erbärmlich schlecht als Silerier verkleidet, von einem Felssims heruntersprang; noch bevor er zwei Valdani hinter Zimran auftauchen sah und zwei weitere hinter sich selbst hörte, wußte er es.

»Zim.«

Jetzt war es seinem Vetter deutlich anzusehen. Der Verrat. Der Haß. Die Schuld. Der Triumph.

Es brach ihm das Herz.

Zimran? Nein!

Die Späher achteten nicht auf seinen Vetter, ebenso wie Zimran sie ignorierte. Josarian sprang nach hinten und zog sein Schwert. Sie sollten ihn nicht lebendig bekommen. Zimran wich ebenfalls zurück, und sein Blick zeigte, daß er befürchtete, Josarian werde ihn töten.

»Kommt schon!« zischte Josarian den zögernden Spähern zu. »Greift mich an!«

Er erkannte, daß sie zwar gern einen arglosen *shallah* angegriffen hätten, aber nicht bereit waren, ihr Leben aufs Spiel zu setzen, indem sie sich einem bewaffneten und kämpfenden Rebellen stellten.

Sie änderten sich nie.

Er schlug nach dem Nächststehenden, dann wirbelte er herum und hielt mit seinem Schwert und dem *yahr* ein Dutzend Männer in Schach.

Dar, gib mir Gelegenheit, so viele wie möglich mitzunehmen, wenn ich sterbe!

Er hörte Hufschlag in der Ferne. Pferde. Hufschlag. Mehr Späher?

»Josarian!«

Er erkannte die noch weit entfernte Stimme. Tansen!

Er grinste, als er sah, wie seine Angreifer von Panik ergriffen wurden. Sie befanden sich tief im Rebellengebiet, und sie waren nur hergekommen, um einen einzelnen, isolierten Mann zu töten. Mehr Späher kamen aus ihren Verstecken – es schienen jetzt mehr als ein Dutzend zu sein –, aber es waren nicht annähernd genug von ihnen für einen Kampf.

»Josarian«, schrie Tansen, und er klang schon erheblich näher.

»Hier!«

Zwei Späher stürzten sich auf ihn, hatten vor, ihn schnell genug zu töten, um den anderen noch entkommen zu können. Der Boden bebte, als die Reiter näher kamen.

»Nein!« schrie Zimran. »Nein!«

»Tan!« rief Josarian.

Er stieß einem der angreifenden Späher das Schwert in den Bauch, dann versuchte er, es wieder zurückzureißen, bevor der andere ihn töten konnte. Er zog dem zweiten Angreifer den *yahr* über, dann stützte er sich mit dem Fuß auf der Brust des ersten Mannes ab, um sein Schwert herauszuziehen.

Reiter tauchten auf und trennten Josarian von den meisten seiner Angreifer. Er sah das vertraute Aufblitzen von Tansens Schwertern, sah, wie Lann einen Mann mit seinem absurd langen Moorländerschwert niedermähte, sah, wie seine Freunde sich mit gewaltiger Energie und mörderischer Konzentration auf die Valdani stürzten. Sie sprangen aus dem Sattel und warfen sich mit Kriegsgeschrei auf die Feinde, um ihren Anführer aus der Falle zu retten.

Josarian duckte sich vor dem Schlag eines kundig geführten *yahr,* dann begegnete er dem haßerfüllten Blick seines Vetters.

»Zim, nein!« flehte er.

Er parierte einen Hieb von Zimrans Schwert. Duckte sich wieder unter dem *yahr.* Fiel mehrere Schritte zurück. Tansen hatte ihn gewarnt, niemals defensiv zu kämpfen; er sollte jede Gelegenheit nutzen, den Gegner zu verwunden oder zu töten. Aber das konnte er nicht. Diesmal nicht. Er konnte diesen Mann nicht umbringen.

Ich kann es einfach nicht.

»Zim, bitte ...«

Er trat einen weiteren Schritt zurück und wich abermals dem *yahr* aus. Als Jungen hatten sie zusammen geübt, wie man diese Waffe benutzt. Er kannte jede Abwehr zu jeder Bewegung, die Zim kannte, denn sie hatten denselben Lehrer gehabt und tausendmal zusammen geübt. Mit einem *yahr* waren sie gleichwertige Gegner.

Aber nicht mit dem Schwert ... Zimran hatte mit der neuen Waffe nie genug trainiert.

»Bitte, zwing mich nicht, dich zu töten«, flehte Josarian und parierte einen weiteren Vorstoß.

Schwitzend und zähnefletschend fauchte Zimran vor Wut und griff wieder an.

Ich kann nicht. Bitte, zwinge mich nicht dazu!

Er fiel einen weiteren Schritt zurück, aber er wußte, das mußte ein Ende haben. Er würde gegen Zimran kämpfen müssen. Er würde einen Mann töten müssen, den er sein Leben lang geliebt hatte. Er mußte es tun, oder er würde sterben.

»Wie konntest du mich verraten? Warum?«

Zimran hielt einen Augenblick lang inne. Keuchend vor Angst, Wut und Erschöpfung sagte er mit einer tiefen, unvertrauten Stimme voller Gift und Bitterkeit: »Ich habe deinen Krieg nie gewollt.«

Josarian starrte ihn an; er hatte alles vergessen bis auf das finstere Herz, das sich jetzt so klar vor ihm auftat. Das hatte er nie vorausgesehen. Er konnte es nicht glauben, nicht einmal jetzt. Er wollte immer noch, daß es nur ein Alptraum war, ein Fehler.

»Zim ...«

Es war, als könnte er seinen Arm nicht heben, sich nicht verteidigen, selbst als er Zimrans Schwert auf sich zusausen sah. Alles geschah ganz langsam, und nur noch die Last seines Kummers war Wirklichkeit.

Zimran riß plötzlich in Staunen und Schmerz die Augen auf und ließ sein Schwert fallen, als ein Schlag gegen die Beine ihn auf die Knie fallen ließ. Tansen stand direkt hinter ihm, blutbespritzt, schweißüberströmt und schwer atmend. Sein Blick war unnachgiebig, als er Josarian in die verstörten, tränenfeuchten Augen sah.

»Sag ihm Lebewohl, Josarian.« Tansens Stimme war heiser und atemlos.

»Tan ...« Josarian schüttelte den Kopf. »Nicht. Laß mich mit ihm reden.«

»Mach deinen Frieden mit Dar, *sriliah*«, riet Tan Zimran und hob eines der Schwerter.

»Nein!« schrie Zimran.

»Tan!« Josarian trat vor.

Zu spät.

Tansen war schneller. Er war immer schneller gewesen. Er schnitt Zimran mit einem einzigen, gnadenlosen Schnitt die Kehle durch. Josarian fing seinen Vetter auf, bevor er zu Boden fiel. Er sah Zimran ein letztes Mal in die Augen.

Tansen, der über ihnen stand, nach Luft schnappte und sich die blutende Wunde an seiner Seite hielt, sagte: »So sterben alle, die Josarian verraten.« Seine Stimme klang hohl und erschöpft. »Es darf keine ... Ausnahmen geben.«

Tränen liefen Josarian über die Wangen, als er in die toten Augen eines weiteren Jugendfreundes starrte, der um seinetwillen gestorben war.

»Es hätte alles ganz anders sein können«, flüsterte er Zimran zu. »Ich wünschte ...« Es hätte anders sein sollen.

Muß es immer so sein?

Er hatte nicht geahnt, daß er mit einem derart gebrochenen und niedergeschlagenen Herzen weiterleben konnte. Er wiegte Zimrans schlaffen Körper in seinen Armen und heulte vor Trauer laut auf, als der heiße Strom von Zimrans Blut in lautloser Anklage über ihn floß.

Tansen und Josarian knieten Seite an Seite am Ufer des Zilar, nackt bis zur Taille, und wuschen sich. Im Wald hinter ihnen flackerte ein Feuer, das Mirabar entfacht hatte und nun bewachte. Sie verbrannten die Leichen der Späher zusammen mit der von Zimran. Sie hatten einen Späher leben lassen. Er war gefesselt und wurde von den anderen Rebellen bewacht. Später – am Morgen vielleicht – würden sie ihn mit einer Botschaft zurück zu seinem Herrn schicken. Im Augenblick konnte keiner von ihnen auch nur nachdenken, geschweige denn einen Brief an ihre Feinde entwerfen.

Gebunden durch Blut und Bruderschaft, hatte Josarian Tansen zum Fluß geholfen, als der Kampf vorüber war, aber er hatte noch kein Wort mit ihm gesprochen. Nicht, seit Tansen Zimran getötet hatte, obwohl Josarian ihn angefleht hatte, es nicht zu tun.

Tansen, geschwächt und wirr, ließ das eisige Wasser des Zilar das Blut von seiner Haut waschen, aber er wußte, daß Josarian dieses Blut noch lange Zeit an ihm wahrnehmen würde. Die *zanareen,* die ihn und die anderen über den Fluß geschickt hatten, wo sie gerade noch rechtzeitig gekommen waren, um Josarians Leben zu retten, drängten sich nun schützend um den Feuerbringer, rezitierten, beteten und dankten Dar, daß Josarian wieder in Sicherheit war. Er ignorierte sie. Sie priesen Tansen, weil er gekommen war, ihren Anführer zu retten. Auch Tansen ignorierte sie.

Schwach, erschöpft und voller Schmerzen hatte er kaum die Kraft, das bitterkalte Wasser über sich zu schöpfen.

»Laß mich das machen«, sagte Josarian schließlich leise. »Du wirst noch vornüber in den Fluß fallen.«

»Nein, ich ...«

»Setz dich«, zischte Josarian.

Er setzte sich.

Josarian tauchte einen Lappen ins Wasser und wischte dann vorsichtig den Rand von Tansens nässender *shir*-Wunde. »Es sieht wieder schlimmer aus.«

»Oh.«

»Du solltest dich ausruhen.«

»Wir müssen hier weg.«

»Tan ...«

»Jetzt.« Er zuckte zusammen, als Josarian Druck auf die Wunde ausübte und versuchte, die Blutung aufzuhalten. »Wenn diese Späher heute nacht irgendwo zurückerwartet wurden, kommt vielleicht jemand nachsehen, wenn sie nicht auftauchen.«

»Searlon?«

»Das weiß ich nicht.« Er konnte es kaum ertragen, Josarian die ganze Wahrheit zu sagen. Nicht jetzt. Später. Aber nicht jetzt.

»Woher hast du es erfahren?«

»Ich erkläre es dir später.«

»Wußtest du von ...« Josarians Stimme brach. Er wandte sich einen Augenblick lang ab. »Wußtest du, daß er mich in die Falle führen würde?«

»Ich ...« Er holte vorsichtig Luft in dem Versuch, die Wunde nicht zu dehnen. »Ja, Josarian.«

»Wir ... er wurde nur drei Monde nach mir geboren.« Wieder tauchte Josarian das Tuch in den Fluß. »Wir haben bereits als Jungen alles geteilt. Und als Männer waren wir ...«

»Es tut mir leid.«

Es tut mir leid, daß er dich verraten hat. Es tut mir leid, daß ich ihn töten mußte. Es tut mir leid.

Eine Träne lief über Josarians Wange und glitzerte im Licht der beiden vollen Monde. »Ich weiß.«

Tansen bat ihn nicht um Verzeihung. Er sagte nur: »Es mußte sein.«

»Wenn er nur ...« Josarian neigte den Kopf und holte tief Luft. Er rieb sich das Gesicht, und schließlich sagte er: »Wir werden uns in der Anderwelt wiedersehen. Mirabar sagt, daß unsere irdischen Sorgen und Streitigkeiten dort nichts mehr bedeuten.«

»Mirabar ...« Tansen schob Josarians Hände von seiner Wunde weg und sagte: »Sie war lange genug da draußen.« Er stand auf.

»Ich hole sie. Du ...«

»Nein, geh du zurück zum Lager. Sag allen, daß wir aufbrechen. Und zwar schnell. Ich hole Mira.«

Josarian nickte und zog sich sein fadenscheiniges Hemd über. Tansen hob seines auf und stülpte es sich über, während er in den dunklen Wald eindrang, um Mirabar zu holen, wobei er dem Schimmer ihres Feuers folgte. Er hatte darauf bestanden, daß sie bei den *zanareen* blieb, bis der Kampf zu Ende war. Sie hatte mehr Mut als die meisten Männer, aber in einem Nahkampf mit Spähern hatte sie nichts zu suchen.

Selbstverständlich war Najdan bei ihr. Er war schmutzig vom Kampf, und sein *shir* sprang praktisch aus dem *jashar*, seit Mirabar das Begräbnisfeuer entzündet hatte. Seine Miene war undurchdringlich, als er zusah, wie Zimrans Leiche brannte. Tansen konnte nicht umhin, sich zu fragen, woran er wohl gerade dachte – immerhin hatte er selbst ebenfalls seinen Herrn verraten.

»Mira«, sagte Tan, »wir müssen jetzt ...«

Ein Schrei, der ihnen das Blut gefrieren ließ, zerriß die Nacht. Er kam vom Fußufer. Tansen rannte bereits auf das Geräusch zu, als er mehr Stimmen hörte – Schreien, Rufen. Und darüber war ein schreckliches Röhren zu hören, anders als alles, was er je gehört hatte, ein Geräusch, das so entsetzlich war, daß sich ihm die Haare sträubten und ihm kalter Angstschweiß ausbrach.

Seine Seite brannte, und in seinem Kopf drehte sich alles, als er schließlich das Ufer erreichte. Was er dort sah, ließ ihn seinen Schmerz, die Erschöpfung, die Schwäche vergessen. Er vergaß alles bis auf den Schrekken, dem er sich gegenübersah.

Es hatte sich aus dem Fluß erhoben und ragte über das seichte Wasser des Zilar auf wie ein Ungeheuer aus den schlimmsten Alpträumen eines Wahnsinnigen. Tansen wußte, was es war, noch bevor er Najdans heisere, entsetzte Stimme die Worte aussprechen hörte: der Weiße Drache. Ein unersättliches Geschöpf, das aus der magischen Vereinigung zwischen Wasser und einem Zauberer entstand.

Er war riesig, erheblich größer als ein Witwenungeheuer oder sogar ein Drachenfisch, und sein wildes Brüllen ließ den Boden erbeben. Er glitzerte im hellen Licht der beiden Monde, schimmerte wie die Klinge eines *shir*, blitzte wie die Diamanten von Alizar. Sein langer, schlangenartiger Hals wankte und wand sich, die scharfen Eiszapfen in seinem riesigen Maul schnappten nach seinen Feinden. Tansen konnte keine Augen oder Ohren erkennen, und er wußte nicht, wie das Wesen seine Beute – den Feuerbringer – so eindeutig ausmachen konnte.

Der Weiße Drache hatte Josarian gepackt, seine mächtigen, eisigen Klauen hielten ihn gegen den Leib gedrückt, während er die *zanareen* und *shallaheen* anbrüllte, die schreiend und mit den Waffen fuchtelnd versuchten, den Mut zu einem Angriff zu finden. Josarians Gesicht war vor Entsetzen verzerrt. Das Geschöpf, das ihn in tödlicher Umklammerung hielt, schien überhaupt nicht zu bemerken, wie angestrengt er versuchte, sich zu befreien. Josarian war schwer verwundet, wahrscheinlich von diesen Klauen, und sein Blut mischte sich mit dem Wasser, das von dem Ungeheuer tropfte, und sprühte über die Rebellen und floß in den Zilar.

Tansen rannte durch das niedrige Wasser und spürte seine tödliche Kälte. Er hatte die Kälte des Wassers auf die Jahreszeit und auf die Tatsache zurückgeführt, daß es direkt aus den Bergen kam ... Aber jetzt kannte er die wahre Quelle dieser mörderischen Kälte. Jetzt verstand er. Dieser Fluß gehörte nun Kiloran. Der alte Wasserherr hatte ihn übernommen, ohne daß die anderen davon erfahren hatten, und hatte auf seine Gelegenheit gewartet. Er hatte dieses Ungeheuer hier inmitten von Josarians Land geboren, in der Hoffnung, daß es einmal die Möglichkeit haben würde, seinen Zweck zu erfüllen.

Die Valdani hatten versagt, und nun hatte Kiloran sein Ungeheuer losgelassen, um Josarian zu verschlingen.

»Nein!« schrie Tansen und rannte direkt auf das gewaltige, triefende Monstrum zu, die Schwerter gezogen.

Er schlug auf die Hinterbeine des Ungeheuers ein, aber seine Klingen schnitten durch reines Wasser. Wieder schlug er zu, schnitt, stach, stieß. Er umkreiste das brüllende Tier, stapfte durch taillenhohes Wasser, und seine Haut brannte an tausend Stellen von der bitteren Kälte. Wenn ihn ein Tropfen traf, der von dem Ungeheuer rann, war es wie die Wunde eines *shir*. Tränen liefen ihm über die Wangen, so weh tat es.

»Josarian!« schrie er und griff abermals an.

Eine gewaltige Klaue holte aus und traf ihn. Es war, als würde er von einem galoppierenden Pferd getreten. Er fiel nach hinten. Das Wasser des Zilar schloß sich über seinem Kopf. Er sprang wieder auf, hatte die Schwerter immer noch umklammert. Der gewaltige Drachenkopf senkte sich und folgte ihm, die hungrigen Kiefer schnappten und suchten nach ihm. Er schwang sein Schwert mit einen Arm, der sich schwer und taub anfühlte. Die Klinge kratzte über die *shir*-ähnlichen Reißzähne. Der kalte Atem des Ungeheuers ließ seine nasse Haut erstarren.

»Tan!« schrie Josarian.

Ein Feuerstrahl traf das Ungeheuer am Kopf. Es zuckte zusammen und wandte sich einen Augenblick lang ab. Tansen kam auf die Beine und stapfte vorwärts, um wieder anzugreifen.

»Es ist aus Wasser, du Idiot!« schrie Mirabar. »Zurück!«

Sie stand bis zu den Hüften im Wasser, öffnete den Mund und breitete die Arme aus. Feuer ergoß sich aus ihrem Körper. Flammen schossen auf den Weißen Drachen zu. Lavabänder umkreisten seinen Kopf. Ein Feuerring trieb auf dem Wasser und umgab Kilorans Ungeheuer mit der uralten Macht der Wächter.

Der Weiße Drache brüllte vor Wut. Er schlug mit den Tatzen nach den Flammen, spuckte auf das Feuer und kämpfte gegen die Frau.

Er glitzerte, als er auf der Suche nach ihr herumwirbelte und für einen Augenblick seinen Gefangenen vergaß, während er versuchte, diese bedrohlichere Gegnerin zu vernichten. Josarian spürte, daß er eine Chance hatte, und unternahm einen neuen Versuch zu entkommen. Das Ungeheuer bemerkte die Anstrengung des Feuerbringers und kehrte zu seiner ursprünglichen Absicht zurück. Es klammerte beide Klauen fest um Josarians Brust. Josarian verzog schmerzerfüllt das Gesicht und schrie abermals auf.

Der Weiße Drache wandte Mirabar nun den Rücken zu und beeilte sich, das Werk zu vollenden, für das er geboren war. Er ignorierte den Feuerkreis, der an seinem schimmernden Körper leckte. Er senkte den Kopf, und sein gewaltiges Maul schloß sich über Josarian. Triefende Zähne rissen am Fleisch des Rebellenführers.

»Nein!« Tansen kämpfte sich durch den Feuerring und schlug wild auf Kilorans Geschöpf ein.

Josarians entsetzliche Schreie zerrissen die Nacht und die Seele seines Bruders.

»Neeeiiiin!«

Ein mächtiger Hieb des Ungeheuers ließ Tansen auf Mirabar stürzen und warf beide um. Auch sie schrie und verlor die Kontrolle über das Feuer. Ihre Flammen schwanden, als sie mit Tansen unter die Wasserobefläche sank. Sie versuchten beide, wieder aufzustehen und ihren Angriff auf den Weißen Drachen abermals aufzunehmen.

Josarians gequälte Schreie starben im selben Augenblick wie er, hatten ein Ende, als sein Körper in dem klaffenden Maul von Kilorans entsetzlicher Brut verschwand.

»Nein!« Tansen wehrte sich gegen Mirabar, als sie versuchte, ihn aufzuhalten, ihn zurückzuhalten. »Josarian!«

»Nein, du kannst ihm jetzt nicht mehr helfen! Hör auf!« rief sie. »Er wird dich auch noch verschlingen!«

Er stieß sie aus dem Weg, als sich das gewaltige Ungeheuer zusammenrollte und den letzten Rest des Feuerbringers verschlang. Mirabar klammerte sich an Tansens Beine, hustend und spuckend, und zog ihn wieder ins Wasser.

»Verdammt, laß los!« fauchte er und schlug nach ihr.

Das Ungeheuer war direkt vor ihm, zischend und fauchend, als es begann, sich aufzulösen, nachdem es nun sein Ziel erreicht hatte. Josarian war tot. Verschwunden. Verschlungen.

»Josarian!«

Mirabar hatte Tansens Hemd gepackt, sein Haar, seinen Waffengurt – alles, was sie von ihm erreichen konnte, aber er wehrte sich immer noch.

»Nein«, schrie sie. »Er wird dich auch verschlingen! Komm ihm nicht näher!«

Er hob sein Schwert, wollte sie mit dem Knauf schlagen. Sie bewegte sich schneller und schlug ihn fest auf seine alte Wunde. Vor Schmerz gaben die Knie unter ihm nach, und er fiel wieder ins Wasser. Abermals sank sein Kopf unter die Oberfläche, und er atmete Wasser ein, als er unwillkürlich nach Luft rang.

Ein starker Arm – viel stärker als Miras – packte ihn am Haar und zog seinen Kopf hoch. Spuckend, würgend und nach Luft schnappend suchte er sofort wieder nach dem Weißen Drachen und ignorierte die Hände, die ihn hochrissen und festhielten. Das Geschöpf verschwand nun, löste sich auf, wurde wieder eins mit dem Fluß, der es hervorgebracht hatte. Starb nach einem kurzen, zerstörerischen Leben. Entkam, bevor Tansen den Mann rächen konnte, den dieses Ungeheuer ermordet hatte.

»Josarian!«

Er wollte hinter diesem Ding herjagen, wollte noch einmal versuchen, etwas zu töten, das nie wirklich am Leben gewesen war.

»Es ist weg.« Najdans Stimme war leise und atemlos. »Er ist tot, Tansen.«

Mein Bruder ist tot.

»Nein ...«

Mirabar stand auf, triefend naß, aufgelöst, blutend. »Wir müssen ... weg von diesem Fluß«, sagte sie keuchend.

»Josarian ...«

»Er ist tot, Tansen. Wir müssen hier weg.«

Mein Bruder ist tot.

Er hörte das schreckliche, herzzerreißende Jammern schon, bevor ihm klar wurde, daß es von ihm selbst kam. Hilfloses Schluchzen schüttelte ihn, während Najdan ihn mühsam ans Ufer zerrte. Die Trauer zerriß ihn, während

Mirabar ihm die Schwerter aus den tauben Händen nahm.

Josarian ist tot.

Die Klagen der *zanareen* durchdrangen ihn, ihre Trauergesänge entzündeten ein Feuer, das ihm die Seele versengte. Er hörte Lann schluchzen, hörte überall um sich Laute der Angst, des Entsetzens, der Qual.

Mein Bruder ist tot.

Zum erstenmal seit jenem Tag vor langer Zeit, als er entdeckt hatte, daß alle in seinem Dorf von Spähern getötet worden waren, zum erstenmal, seit sein Blick auf die gefolterten Leichen seiner Freunde und Verwandten gefallen waren, brach Tansen shah Gamalani zusammen und weinte wie ein Kind.

So erschöpft, daß sie kaum aufrecht stehen konnte, rief Mirabar in den leeren Stunden vor Tagesanbruch mehrere Feuer herbei. Um die bedrohliche Dunkelheit dieser endlosen Nacht abzuwehren. Um Männer zu wärmen, die vor Kälte und Entsetzen zitterten.

Najdan hatte ihr Essen und Wasser aus ihren Vorräten gebracht und zwang ihr das nun auf. Sie versuchte einen Bissen und glaubte, sie müßte sich übergeben. Heiße Tränen liefen ihr über die Wangen. Wieder erwachte die Trauer in ihrem Herzen.

Josarian war nun für immer in Kilorans Gewalt. Er würde niemals die Anderwelt erreichen. Er würde niemals auf eine Anrufung antworten. Er würde Calidar nie wiedersehen. So war es mit dem Weißen Drachen – er bescherte seinen Opfern einen Tod, der viel schlimmer war als alles, was die Valdani sich je hätten ausdenken können. Und bis Kiloran endlich starb, würde Josarians Geist in der Qual gefangen sein, die am Abend zuvor in den Klauen dieses grotesken wassergeborenen Geschöpfs begonnen hatte, das der alte Zauberer geschaffen hatte, um seinen Feind zu zerstören.

Ich werde ewig auf dich warten, hatte Calidar gesagt.

Mirabar erkannte nun, daß diese Worte eine Prophezeiung und kein Versprechen gewesen waren. Calidars Schatten hatte gewußt, welchen Preis Josarian am Ende dafür zahlen würde, der Feuerbringer zu sein; welchen Preis sie beide zahlen würden: Trennung für alle Ewigkeit. Ewig, hatte Calidar gesagt, und Josarian würde leiden, bis Kiloran tot war.

»Opfer ...« Mirabars Stimme brach, und mehr Tränen flossen.

Josarian hatte mehr geglaubt als alle anderen – an Sileria, an die Freiheit und daran, daß man dafür Opfer bringen mußte.

»Sirana?« Najdan, der selbst vor Erschöpfung wie betäubt gewesen war, wurde nun wieder wach, als er ihren Kummer bemerkte.

»Er hat alles gegeben«, sagte sie heiser. »Und dies ist seine Belohnung.« Sie sah den Attentäter an. »Wenn seine Qual schließlich ein Ende findet, was erwartet ihn dann? Das Nichts. Er hat sein Leben und sein Herz für Sileria gegeben, ist der Prophezeiung des Feuerbringers gefolgt, hat die Visionen erfüllt ...« Ihre Stimme erklang, und sie spürte schmerzlich die eigene Schuld. »Und ich habe ihn hingeführt.«

»Nein, *sirana,* er hat sein Schicksal gesucht, und du ...«

»Ich habe ihn hingeführt, Najdan! Ich ging zum Kandahar und habe aus seiner Blutfehde eine Revolution gemacht! Ich habe den Schatten gerufen, der ihn davon überzeugt hat, er müsse zum Darshon gehen! Ich ...«

»Schweig, *sirana.* Er würde nicht wollen, daß du dir das antust.«

Najdan gab seine übliche respektvolle Haltung auf und nahm sie in den Arm, zog sie fest an sich, während sie herzzerreißend weinte, sich selbst die Schuld gab und gegen die Götter wütete.

»Ich werde ihnen nicht mehr dienen!« rief sie. »Der Rufer kann bleiben, wo er will! Ich werde solch ...« Sie rang nach Luft, inmitten ihrer Trauer und ihres Zorns. »... grausamen ...« Abermals keuchte sie. »... Göttern nicht mehr dienen.«

»Ach, *sirana.*« Najdan strich ihr über das Haar wie ein Vater, der sein liebstes Kind tröstet. »Das habe ich auch gesagt, als ich Kiloran verließ. Aber die Götter, die Anderwelt, das Schicksal ... sicher sind sie einem Wasserherrn überlegen, und ihr Wille ...«

»Nein«, erwiderte sie wütend. »Ich werde es nicht mehr tun! Wenn der Rufer jemals zurückkommen sollte, werde ich nicht ...«

»Scht, du bist müde«, sagte Najdan. »Gib im Dunkeln keine Versprechen, *sirana.* Warte immer bis zum Morgengrauen.«

Nachdem der tödliche Schrecken von Kilorans Rache wieder in das Wasser zurückgekehrt war, aus dem er gekommen war, hatten sie das Ufer so schnell wie möglich verlassen. Sie waren so lange durch die Nacht gestolpert, bis sie nicht mehr konnten. Tansens Schreie der Trauer waren zu einem hohläugigen Schweigen verklungen, das noch verstörender war als sein ungewohnter Ausbruch. Verwundet und geschlagen, bewegte er sich, als triebe ihn ein geheimer Zauber, den nur er kannte. Er weigerte sich, die nässende Wunde oder die tiefen Schnittwunden und Prellungen behandeln zu lassen, die er in dieser Schlacht um Josarians Leben davongetragen hatte. Er verweigerte auch Essen und Wasser, und er ignorierte jeden Versuch, mit ihm zu sprechen. Jetzt saß er allein, weit entfernt vom Feuer, und starrte zum weit entfernten, mondbeschienenen Gipfel des Darshon, wo Dar wohnte – die Zerstörer-Göttin.

Er wird siegen. Und er wird versagen ...

War das die Bedeutung der Vision? Ohne Tansen hätte es keine Rebellion gegeben. Ohne ihn wäre Josarian vermutlich schon vor langer Zeit in Britar gestorben. Ohne Tansen wäre Josarian Elelar niemals begegnet und hätte keinen Pakt mit Kiloran geschlossen. Ohne den *shatai* hätte Josarian vermutlich nie das Gebirge verlassen, in dem er geboren war, oder sein Schicksal als Feuerbringer gesucht.

Er wird siegen. Und er wird versagen ...

Josarian war tot, aber noch war Sileria nicht frei. Noch waren die Valdani nicht vertrieben. Würden sie jetzt gehen?

»Der Gefangene«, sagte sie plötzlich, abgelenkt von ihrer Trauer und wieder auf ihre Pflicht konzentriert.

Sie hatten ihren Spähergefangenen mitgenommen.

Sie wußten nicht, was sie mit ihm tun sollten, sie hatten ihn auf ihrer wahnwitzigen Flucht vor Kilorans Fluß einfach mitgezerrt.

Mirabar wand sich aus Najdans tröstender Umarmung und wiederholte: »Der Gefangene.«

»Was ist mit ihm, *sirana?*«

Tans leise Stimme ließ sie beide aufschrecken. »Der Gefangene ...«

Sie drehte sich um und sah, wie der *shatai* aufstand. Er kam auf sie zu, als sie neben dem Feuer standen, das sie beschworen hatte, mit langsamen Schritten und vor Schmerz bleichem Gesicht. Seine Augen lagen tief in den Höhlen. Seine Stimme war leise und ruhig. Vertraut. Klug und rasch. Es war wieder die Stimme des Mannes, den sie kannte.

Tansen sah sie im Licht des Feuers an und nickte. »Wir brauchen ihn, damit er den Valdani sagt, daß ... nachdem die Späher versagt hatten, die Silerier den Feuerbringer selbst getötet haben, um ...« Er verzog angewidert das Gesicht. »Um die Bedingungen zu erfüllen.«

»Damit sie Sileria verlassen«, sagte Mirabar.

»Kiloran hat es gewußt«, sagte Tansen. Er warf Najdan einen raschen Blick zu, dann starrte er ins Feuer. »Er hat herausgefunden, daß du deine Frau aus Kandahar weggebracht hast, und er wußte, was das zu bedeuten hatte. Er wußte, daß du uns warnen und versuchen würdest, Josarian zu retten.«

Najdan riß entsetzt die Augen auf. Er bewegte einen Moment lang die Lippen, konnte aber kein Wort herausbringen. Selbst nachdem er von Srijans Tod erfahren hatte, hatte er nicht so entsetzt ausgesehen. Als er schließlich sprechen konnte, sagte er: »Bei meiner Seele, ich schwöre, ich wollte nicht ...«

»Das weiß ich«, sagte Tansen. »Du hättest es nicht wissen können. Niemand hätte es wissen können, Najdan. Ich habe nicht einmal geglaubt, daß ...« Er schauderte. Die Stille wog schwer von Erinnerungen, die sie alle vergessen wollten. »Wir haben alles getan, was wir konnten. Josarian selbst würde das auch sagen ... wenn er jetzt hier wäre.« Er räusperte sich.

»Ich glaube, der Geist des Gefangenen ist im Augenblick ein wenig verstört«, meinte Mirabar. Das war alles andere als überraschend. Sie wußten zumindest, was dieses Ungeheuer aus dem Fluß war; der Valdan hatte vermutlich seit diesem Augenblick, als er den Weißen Drachen aus dem Wasser aufsteigen sah, an seinem Verstand gezweifelt.

»Solange er sich merken kann, was er Kaynall ausrichten soll«, sagte Tansen, »wird das genügen.«

Sie hatten sich nach der Flucht nicht die Mühe gemacht, den Späher noch einmal zu fesseln. Er war zu verängstigt, um im Dunkeln eine Flucht zu wagen, und zu entsetzt, um mehr zu tun, als jämmerlich unter den *zanareen* zu hocken, die sangen und beteten, weinten und klagten. Mirabar war überrascht zu entdecken, daß der Mann ein wenig Volkssilerisch sprach; wahrscheinlich hatte man ihn deshalb für einen Trupp ausgewählt, der tief ins Rebellengebiet eindringen sollte, wo Valdan nicht gerade die nützlichste Sprache war.

Der Späher war bereit, Tansens Befehle zu befolgen,

solange ihn niemand zwang, vor dem Morgen allein irgendwohin zu gehen. Danach hatte er vor, nach Shaljir zurückzukehren und auf das erste Schiff zu springen, das nach Valda fuhr, auch wenn man ihn dort als Deserteur anklagen würde.

Tansen seufzte. »Manchmal sind wir ebenfalls versucht, einfach davonzurennen«, gab er zu, »und wir sind hier geboren. Dennoch, du darfst nicht gehen, ehe du Kaynall Bericht erstattet hast. Wenn er erst mit dir gesprochen hat, wird er dir sicher bei deiner Rückkehr nach Valdania keine Schwierigkeiten machen.«

Nachdem sie sicher waren, daß der Späher tun würde, was man ihm gesagt hatte, fragte Tansen ihn über den Hinterhalt aus. Der Valdan wußte nicht, wer das alles organisiert hatte und warum.

»Ich wußte nur, daß zwei *shallaheen* zum Fluß kommen würden, und wir sollten den im gelben Hemd nicht angreifen.« Er fuhr sich mit der zitternden Hand durch sein kurzes Haar und fügte hinzu: »Danach sollten wir Josarians Leiche nach Shaljir bringen.«

»Zu Berater Kaynall?« fragte Tansen.

Der Späher nickte. »Und zu Kommandant Cyrill. Er ist seit dem Fall Cavasars in Shaljir.«

»Wie wollten sie die Leiche identifizieren?«

»Es gibt einen Silerier, der sich im geheimen mit Kaynall trifft. Er hatte auch zu Kommandant Koroll Kontakt, bevor dieser get...«

»Wie sieht dieser Silerier aus?«

»Groß, schlank, gefährlich. Immer gut angezogen. Er hat eine Narbe auf der Wange und spricht gutes ...«

»Searlon.«

Der Späher zuckte die Achseln. »Ich kenne seinen Namen nicht. Ich hatte immer den Eindruck, daß es das beste war, von diesen geheimen Treffen so wenig wie möglich zu wissen.«

Mirabar warf Tansen einen Blick zu. »Kiloran«, sagte sie. »Er will ganz Sileria beherrschen.«

»Dann müssen wir ihn eben aufhalten«, erwiderte Tansen.

Als die Morgensonne den Himmel rosig färbte, gaben sie dem Späher ein schnelles Pferd für seine Rückreise nach Shaljir. Bevor er losritt, reichte Tansen ihm noch ein Bündel geknoteter und miteinander verwobener Schnüre, in die Perlen eingeflochten waren.

»Das ist ein *jashar*«, sagte Tansen dem Späher. »Wenn dich jemand zwischen hier und Shaljir aufzuhalten versucht, zeig ihnen das.«

»Ist das eine Art Zauber?«

»Es ist eine Botschaft, die beinahe alle Silerier lesen können. Es verschafft dir meinen Schutz, als Botschafter zwischen den Rebellen und den *rosh*... den Valdani nach Shaljir zurückkehren zu können.«

Der Späher betrachtete die Schnüre einen Augenblick lang neugierig, dann nickte er und machte sich auf die lange Reise zurück in die relative Sicherheit von Shaljir.

Sie sahen ihm nach, dann wandte sich Tansen Mirabar zu. »Ich will, daß du nach Dalishar zurückkehrst und ...«

»Nein, ich würde lieber zum Niran gehen«, sagte sie,

weil sie daran denken mußte, wie sich ihr in Dalishar immer alles im Kopf drehte.

»Nein, es muß Dalishar sein«, sagte Tansen. »Dort kann Kiloran dir nichts tun.«

»Wenn nicht zum Niran, dann möchte ich lieber zur Zufl...«

»Kiloran hat es schon zuvor geschafft, den Frieden einer Zuflucht von Spähern stören zu lassen. Solange es Späher in Sileria gibt, könnte er es wieder versuchen.« Er packte sie an den Schultern und schüttelte sie leicht, als er sah, daß sie wieder Einspruch erheben wollte. »Er weiß, daß Najdan ihn verraten hatte. Er wird einen anderen Attentäter schicken, der dich umbringen soll.«

»Ich kann ...«

»Kannst du den Weißen Drachen überleben?« fauchte er. »Du hast gesehen, was er mit Josarian gemacht hat, der den Schutz eines *shatai*, einer Wächterin, eines Attentäters und von mehr als fünfzig Männern hatte.« Er schüttelte den Kopf. »Geh nach Dalishar und warte dort auf mich.«

»Sie wird gehen«, versprach Najdan. »Ich sorge schon dafür.«

»Aber was willst du tun?« fragte Mirabar.

Er sagte nichts, sondern zeigte ihr nur den zweiten *jashar*, den er angefertigt hatte, nachdem er den für den Späher geflochten hatte. Sie erkannte die Botschaft sofort.

So sterben alle, die Josarian verraten.

»Die *torena*«, flüsterte sie.

Er nickte.

»Das wirst du niemals tun«, sagte sie.

»Doch.« In seiner Stimme klang Stahl mit.

»Ich komme mit dir.« Sie traute ihm nicht. Nicht, wenn es um diese Frau ging.

»Ich will, daß du dich in Sicherheit bringst.«

»Ich brauche keine ...«

»Wenn ich sie ge... wenn ich das erledigt habe, müssen wir Kiloran zerstören. Und das kann ich nicht ohne dich, Mira.«

Er hatte recht. Sie mußte ihre Energie auf den Kampf gegen den Wasserherrn konzentrieren. »Also gut«, sagte sie schließlich, »ich werde in Dalishar auf dich warten.«

»Es wird nicht lange dauern.«

»Nur noch eins, Tansen.« Nun war es ihre Stimme, die stählern klang.

»Was?«

»Komm nicht zurück, ehe du es nicht getan hast.« Sie starrte ihm in die Augen und zwang ihn, sich an Josarians Tod zu erinnern. »Komm nicht zurück, wenn du mir nicht Elelars Blut an deinem Schwert zeigen kannst.«

KAPITEL 21

Tansen traf mitten in der Nacht ein, zu jener stillen Stunde, in der selbst Rebellen Trost in ihren Träumen suchen. Der Anblick der beiden schlafenden Wachen bestätigte, daß die *torena* wieder in der halbverfallenen Villa bei Chandar wohnte.

Die Valdani zogen sich bereits aus dem Gebiet um Elelars ererbtem Landsitz zurück. Ein paar Tage später würde sie das Land, das sie von Gaborian geerbt hatte, wieder zurückbekommen. Aber sie würde diesen Augenblick nicht mehr erleben. Sie würde sterben, bevor sich die Sonne ein weiteres Mal über dem Darshon erhob.

Er hatte sein überanstrengtes und lahmendes Pferd weiter unten an der Straße gelassen. Er hatte die Wachen nicht alarmieren wollen – und auch sonst niemanden –, bevor er die *torena* umbrachte. Er war zu müde und verwundet, um gegen all die Männer zu kämpfen, die Elelar beschützten. Er mußte leise vorgehen.

Seine nässende Wunde schmerzte jetzt wie die Brandmarkung, die er ertragen hatte, um ein *shatai* zu werden. Seine Lungen brannten von der Anstrengung, gegen den Blutverlust und den Mangel an Schlaf und Nahrung anzukämpfen. Der Weiße Drache hatte ihm überall Wunden und Prellungen zugefügt. Seine Haut brannte an tausend Stellen von den Tropfen verzauberten Wassers, das von dem gefräßigen Ungeheuer auf ihn gespritzt war. Die Schnitte der Klauen waren so schmerzhaft wie *shir*-Wunden.

Was für ein Narr ich war, es nicht zu glauben.

Er ignorierte den Schmerz, die Erschöpfung und den Schwindel in seinem Kopf, während er durch die Dunkelheit schlich und eine Möglichkeit suchte, die gut bewachte Villa zu betreten. Er blendete den Schmerz in seinem Herzen aus, als er daran dachte, was es bedeutete, die Frau töten zu müssen, die seine Gedanken heimgesucht hatte, seit er ein Junge gewesen war. Er widerstand dem vertrauten Begehren, das ihn überfiel, als er durch die schweigenden Schatten ihres Hauses glitt und sich seinen Weg zu ihrer Schlafkammer suchte.

Auf leisen Sohlen trat er an das Bett, in dem sie nun allein schlief.

Das Bett, das sie mit Zimran geteilt hatte.

Langsam zog er ein Schwert, und die Klinge zischte nur leise.

Das Licht der Zwillingsmondnacht fiel durch die Fenster herein und ergoß sich über das Bett. Wie liebreizend sie aussah, wie sie da in ihrem Spinnwebgewand lag, das schwarze Haar auf dem Kissen. Ihre weichen Brüste hoben und senkten sich und wirkten so einladend für einen, der schwer gekämpft, einen schrecklichen Verlust erlitten und von so weit hergekommen war. Ihre blasse, makellose Haut schien im dunklen Nest des Bettes beinahe zu schimmern. Der Duft, der von ihrer schlafenden Gestalt ausging, umwölkte seinen Geist und erfüllte seine Sinne.

Elelar.

Er flüsterte ihren Namen, wie es schon so viele Männer in der Nacht getan haben mußten. Sie wandte den Kopf. Sie hatte einen leichten Schlaf. Würde er jemals wieder einen Menschen so hassen? Würde er je wieder eine andere Frau so verzweifelt begehren? Was für ein friedliches Herz sie haben mußte, wenn es nicht – wie sie ihm gesagt hatte – diese beiden Gefühle gleichzeitig enthielt.

Er legte ihr die Klinge an die Kehle und sah, wie der kalte Stahl das Mondlicht einfing, die tödliche Schönheit dieses Augenblicks, den er nie vergessen würde.

Er hatte noch nie eine Frau getötet. Er hätte sich nie vorstellen können, daß er es einmal tun würde. Er fragte sich, wie lange er das Leben noch ertragen konnte, nachdem er sie umgebracht hatte.

Er fragte sich, wie er weiterexistiert hatte, nachdem er gesehen hatte, wie Josarian vom Weißen Drachen verschlungen wurde. An die darauffolgenden Stunden konnte er sich kaum erinnern. Er wußte, daß er zusammengebrochen war und wie ein Kind geweint hatte; er wußte auch, daß weder Najdan noch Mirabar ihn je an diese Stunden erinnern würden. Was den Rest anging – die wahnwitzige Flucht weg vom Fluß, die Wanderung im Dunkeln, den Entschluß, endlich innezuhalten und auf die Morgendämmerung zu warten ... Er erinnerte sich an fast nichts davon. Vor allem waren ihm der hohle Schmerz und die Trauer im Gedächtnis geblieben, das quälende Wissen, versagt zu haben, und der unglaubliche Schrecken von Josarians Ende.

Sein Bruder hatte den Tod niemals gefürchtet, denn

er hatte mit einer Inbrunst, die Tansen beneidete, aber nie würde nachvollziehen können, daran geglaubt, daß er sich danach für alle Ewigkeit in der Anderwelt zu seiner geliebten Calidar gesellen würde. Er hatte sogar erwartet, dort mit seinem verräterischen Vetter wieder vereint zu werden und die längst verlorene Harmonie ihrer alten Freundschaft an einem Ort wiederzufinden, der frei von den Sorgen, Streitereien und Lasten dieser Welt war.

Und jetzt würde Josarian Calidar niemals wiedersehen. Nie würde er auf Mirabars Rufen antworten. Ihn erwartete nur das Nichts, und bis Kiloran starb, würde Josarian in der Qual seiner eigenen schrecklichen Vernichtung eingeschlossen sein.

Tansen schloß die Augen und biß die Zähne zusammen, um dem Widerhall von Josarians qualvollen Schreien in seinem Geist zu entgehen.

Konzentriere dich auf die Aufgabe, die vor dir liegt.

»Elelar«, flüsterte er abermals.

Sie hatte zu viele Männer im Dunkeln ihren Namen flüstern hören, um alarmiert zu sein. Sie öffnete einfach langsam die Augen. Sie spannte sich nicht einmal an, als sie einen *shallah* auf ihrer Bettkante sitzen sah.

»Zimran?« murmelte sie schläfrig.

Sie bewegte ihren Kopf leicht – und spürte die Klinge an ihrer Kehle. Sie keuchte und war plötzlich ganz reglos. Dann sah sie ihn an und flüsterte ungläubig: »Tansen?«

»Ja.«

Die Monde beleuchteten auch ihn. Er konnte sich vorstellen, wie er aussehen mochte. Hohläugig, klamm vor fiebrigem Schweiß, schmutzig, verwundet, abgerissen, gejagt, erschöpft ... und seine Kleidung war starr von Blut: seinem eigenen, Josarians, dem der Späher und Zimrans.

Sie ließ den Blick über ihn wandern, dann verharrte er auf der Hand, die das Schwert hielt.

Sie leckte sich die Lippen und sagte: »Zimran ist tot.«

»Du warst immer schon sehr schnell.« Selbst Kilorans Stimme hatte nie so kalt geklungen wie die seine jetzt. »Mach deinen Frieden mit Dar.«

Ihre Brüste hoben und senkten sich in plötzlicher Aufregung. Ihr Atem zitterte, als sie versuchte zu sprechen. »Wie hast du ... es erfahren?«

»Ein geheimer Vertrag mit den Valdani«, zischte er.

»Ja«, gab sie zu. »Um den Krieg zu beenden.«

»Geiseln wurden ausgetauscht.«

»Um den Krieg ...«

»Josarians Leben im Austausch für Shaljir?«

»Um den Krieg zu beenden.«

»Du hast ihn verraten.« Tu es jetzt. Bring sie um.

»Das war der Preis unserer Freiheit.«

»Du hast den Feuerbringer verraten, um uns zu befreien?«

»Von dem Augenblick an, als er Srijan umbrachte, war er ein toter Mann«, sagte sie verzweifelt. »Das weißt du! Deshalb wolltest du nicht von seiner Seite weichen.«

»Hast du dafür gesorgt, daß ich verwundet wurde, damit ihr ihn einfacher umbringen könnt?«

»Nein! Ich habe nur ...«

»Was?« Er drückte die Klinge ein wenig fester an die weiche Haut.

»Ich habe nur die Gelegenheit ausgenutzt, nachdem ... nachdem mir klar war, daß du zu schwer verwundet warst, um ihn zu schützen.«

»Deshalb bist du also den ganzen Weg zum Schrein der Drei gekommen, um mich zu sehen.«

»Ja ... Bitte, Tan ...«

»Um deinen Herren zu sagen, daß du weißt, wie man meinen Bruder umbringen könnte«, zischte er.

»Bevor Kiloran es tun konnte!« In ihrer Aufregung bewegte sie sich zu heftig. Die rasiermesserscharfe Klinge ritzte ihre Haut. Sie keuchte und dachte, er hätte es getan. »Er war ohnehin dem Tod geweiht! Niemand hätte das aufhalten können! Weder du noch Mirabar noch sonst jemand! Ich wollte ihn nicht für nichts sterben lassen!«

»Als nächstes wirst du noch behaupten, du hättest ihm einen Gefallen getan.«

»Torena?« Ein lautes Klopfen an der Schlafzimmertür, die Tansen hinter sich verschlossen hatte. *»Torena!«*

Dienstboten.

»Schick sie weg«, flüsterte er.

»Einen Augenblick«, rief sie. Dann flüsterte sie ihm zu: »Steck dein Schwert weg.« Sie sah, wie er den Kopf schüttelte, und sagte: »Wenn sie wissen, daß ich in Gefahr bin, werden sie angreifen. Du wirst sie alle töten.«

»Und das stört dich? Ein paar Tote mehr ...«

»Tan«, flüsterte sie drängend.

Er zögerte, dann seufzte er und steckte das Schwert

ein. Er blieb am Bett stehen, während Elelar aufstand und zur Tür ging. Draußen stand Faradar mit den beiden Wachen, an denen er vorbeigeschlüpft war. Die Zofe, die ihn kannte, stieß einen leisen Schrei aus, als sie bemerkte, wie er aussah, war aber offenbar nicht mehr in Sorge um ihre Herrin. Elelars hastige, geflüsterte Erklärung ließ Faradar vermuten, Tan sei zu dieser ungewöhnlichen Stunde erschienen, um Pflicht und Vergnügen miteinander zu verbinden. Er bemerkte, wie schnell die Dienstboten der *torena* diese Erklärung akzeptierten. Elelar schloß die Tür, verschloß sie wieder und fragte, ob er etwas dagegen habe, wenn sie die Laterne anzündete.

»Ich kann dich bei diesem Licht problemlos töten«, sagte er.

Sie setzte sich auf die Bettkante und faltete die Hände. Ihr schwarzes lockiges Haar schimmerte im Mondlicht. »Die Valdani haben garantiert, daß sie sich rasch und ohne weitere Bedingungen vollständig aus Shaljir zurückziehen, sobald sie den Beweis für Josarians Tod haben.«

»Und du hast ihnen geglaubt?«

»Sie haben auch den Rest des Vertrags erfüllt.« Als er nichts sagte, fügte sie rasch hinzu: »Am Ende, Tan, war Josarians Tod der Preis für Silerias Freiheit.«

Er starrte sie an, entsetzt von dieser leidenschaftslosen Einschätzung ihres Verrats. »Wie hast du das tun können? Wie konntest du ihn verraten? Wie ...«

»Du sagst so etwas? Ausgerechnet du?« Sie sprang auf und begann, auf und ab zu gehen; ihre Angst war vor lauter Zorn vergessen. »Du, der seinen eigenen Blutsvater ermordet hat?«

Er trat einen Schritt zurück. Er hätte sie einfach umbringen und ihr keine Möglichkeit zum Reden lassen sollen. Jetzt riß sie noch mehr Wunden auf.

»Armian hat dir vertraut!« rief sie. »Er hat dich geliebt. Und du hast ihn getötet, um ...«

»Das ist nicht dasselbe«, rief er. »Was du getan hast ...«

»Es ist genau dasselbe!« schrie sie zurück. »Glaubst du denn, du bist der einzige, der dieses Land liebt? Der einzige, der Opfer gebracht hat, um es zu befreien?«

»Ich habe nicht den Feuerbringer geopfert!«

»Doch, das hast du!« erinnerte sie ihn. »Du hast selbst geglaubt, daß Armian der Feuerbringer war, und du hast ihn trotzdem getötet.«

Seine Seite fühlte sich an, als stünde sie in Flammen. Er atmete so schwer, als wäre er den ganzen Weg hierher gerannt.

»Nein ...«

»Ich war dabei«, zischte sie.

Ihm wurde schwindlig. »Es ist nicht dasselbe ...«

»Doch.«

Er schüttelte den Kopf und schwankte dabei leicht.

Sie erkannte seine Schwäche und nutzte ihren Vorteil aus. »Der Krieg wäre immer weiter gegangen, Tan. Vielleicht noch jahrelang. Du hast die Metzeleien doch gesehen! Korolls Rache. Ganze Dörfer niedergemacht, eines nach dem anderen. Frauen, Kinder, alte Männer.«

»Wie Gamalan ...« Er glaubte, er müßte sich übergeben.

»Wie lange könnten wir das durchhalten? Und wieviel würde es unser Volk kosten? Wie lange könnte die Rebellion noch dauern, nachdem Kiloran und Josarian begonnen hatten, einander zu bekriegen? Wie lange, bis die Valdani unsere Schwäche erkannt hätten? Sie wären in Shaljir geblieben und hätten gewartet, bis sie ihre Kriege auf dem Festland beendet hätten, und Sileria dann wiedererobert.«

Er lehnte sich schwach gegen die Wand, getroffen von dem Gewicht ihrer Worte.

Armian. Eine stürmische Nacht. Ein tödlicher Entschluß. Der Vater, der ihn geliebt und ihm vertraut hatte.

»Josarian war ein toter Mann, seit er Srijan getötet hatte. Ich weiß ...« Sie seufzte. »Ich weiß, warum er es tat. Ich weiß, wie die *shallaheen* sind. Aber er ... er hätte Kilorans Rache niemals überleben können.«

Josarian. Ein dunkler Wald. Ein Hinterhalt. Der Vetter, den er geliebt und dem er vertraut hatte.

»Nein.« Er konnte es nicht ertragen. Niemand würde so etwas ertragen können.

»Doch.« Sie gab nicht auf. »Nichts und niemand hätte ihn retten können, nicht einmal du! Nicht einmal neun Jahre Exil hätten Josarian gerettet. Kiloran hätte diesen Blutfluch niemals zurückgenommen. Ihre Fehde hätte die Rebellion vernichtet und ganz Sileria dazu! Wir mußten schnell handeln, um noch etwas zu retten.«

Daurion. Eine Nacht in Shaljir, tausend Jahre zuvor. Ein tödlicher Angriff. Der Freund, den er geliebt und dem er vertraut hatte.

»Der *yahrdan* ...« Das ganze Zimmer drehte sich, Jahre von Blut und Rache wirbelten um ihn herum.

»Wer weiß, ob er nicht *yahrdan* geworden wäre, wenn er überlebt hätte?« fragte sie. »Und siehst du nicht, Tansen, daß er uns in diesem Fall vernichtet hätte? Der erste *yahrdan* seit tausend Jahren, der Anführer einer neu erstandenen Nation, ermordet von einem Wasserherrn ...« Sie ballte die Fäuste. »Siehst du es denn nicht, Tan? Genau das hat doch Sileria von Anfang an so geschwächt, daß andere uns immer wieder erobern konnten.« Sie ging immer noch auf und ab, an den Fenstern entlang. »Nationen werden geboren wie Menschen, in Blut und Fieber und Legenden. Aber sie müssen mit Kraft und Weisheit und Macht regiert werden.«

»Kiloran ...« Er rang nach Luft, erstickte beinahe unter der Tragödie, die sein eigenes Volk wieder und wieder über sich brachte. Bis jetzt, bis zu diesen Worten, hatte er nie gewußt, wie tief seine eigenen Sünden in dieses Netz verwoben waren. Daurion. Armian, Josarian ...

»Nein, es darf nicht Kiloran sein. Und er wird es auch nicht sein«, sagte sie. »Das wünsche ich nicht mehr als du. Aber es hätte auch niemals der Mann sein können, der Kilorans Sohn getötet hat. Nicht, solange Kiloran lebte.«

Muß es immer so sein?

»Du hast Sileria Kiloran übergeben«, sagte er verbittert. »Du und deine kostbare Allianz, ihr habt uns zu seinen Sklaven gemacht.«

Sie blieb abrupt stehen und starrte ihn an. »Hast du denn ein Wort von dem verstanden, was ich dir gesagt habe? Jetzt werden die Valdani Sileria verlassen, bevor es vollkommen von einem, zwei oder fünf weiteren Jahren Krieg zerstört wurde, bevor die Menschen hungern, bevor ...«

»Indem du Josarian getötet hast, bist du zu einem Geschöpf Kilorans geworden, genau wie Zimran dein Geschöpf war.«

»Kiloran hat nichts damit zu tun.«

»Ach nein?« Er stieß sich von der Wand ab und trat vor. »Du weißt nicht, was mit Josarian passiert ist.«

Sie starrte ihn an. »Ich dachte, du seist hergekommen, weil ich ...«

»Ich kam noch rechtzeitig, um ihn aus dem Hinterhalt zu retten.«

»Du hast was?« Sie sackte aufs Bett. »Aber ich dachte ... Ist er denn nicht tot?«

»Oh, er ist schon tot. Ich habe es mit eigenen Augen gesehen. Er ist ohne jeden Zweifel tot.«

Sie hörte die Veränderung in seinem Tonfall. Den Haß. Das Entsetzen. »Wenn er nicht bei dem Hinterhalt umgekommen ist, wie ...«

»Kiloran. Der Weiße Drache.«

Sie sprang wieder auf. »Du lügst.«

»Ach ja? Frag Mirabar oder Najdan. Frag Lann und die anderen *shallaheen* und fünfzig *zanareen*. Sie waren alle dabei, und keiner von uns hat ihn retten können.«

»Der Weiße Drache? Nein ... Nein, das ist nicht möglich.«

Sie schüttelte den Kopf, wich vor ihm zurück, als könne sie damit seine Geschichte abstreiten. Er packte sie an den Schultern und hielt sie in einem Griff, von dem er hoffte, daß er wie alle Feuer schmerzte, zwang sie zuzuhören, als er erzählte, wie Josarian gestorben war. Er ersparte ihr nichts und zeichnete ihr ein Bild, von dem er wollte, daß sie es für den Rest ihres Lebens nicht vergaß. Er wollte, daß sie für immer Josarians qualvolle Schreie hörte, wie er sie hören würde.

»Nein!« schrie sie, versuchte, ihn wegzustoßen und schüttelte den Kopf, um die Bilder, die Geräusche, die Erinnerungen abzuschütteln, die er ihr aufbürden wollte. »Nein! Woher sollte Kiloran auch nur wissen, wo er sich aufhielt? Wie wollte er ...«

»Er wußte alles über den Vertrag. Er wußte alles, was die Allianz und die Valdani verabredet hatten.«

Sie riß die Augen weit auf. »Nein, das stimmt nicht! Searlon ... Ja, Searlon hat mich zu dem Treffen gebracht, bei dem wir den Vertrag abgeschlossen haben, aber er ist dabei nie in unserer Nähe gewesen! Er hat mich nie auch nur gefragt, was wir besprochen haben!«

Er schüttelte sie noch einmal, erstaunt darüber, daß eine so schlaue, intrigante Frau so dumm sein konnte. »Du wußtest, daß Searlon mit dieser Sache zu tun hatte, und du hast dich nie gefragt ...«

»Die Valdani haben sich einfach auf diese Weise mit der Allianz in Ver...« Sie hielt inne und starrte ihn an, den Mund weit offen. Ihre Beine gaben unter ihr nach, und sie lehnte sich gegen ihn. »Die Valdani«, keuchte sie. »Sie sind zu uns gekommen ...« Sie schluckte. »Durch Kiloran.«

»Und wer hatte Josarian bereits einmal zuvor an die

Valdani verraten?« Er zwang sie stehenzubleiben; er benutzte seine Stimme so, wie er für gewöhnlich seine Schwerter benutzte. »Wer, glaubst du, hat den Valdani gesagt, daß die Allianz überredet werden könnte, Josarian zu verraten? Wer hatte das meiste vom Feuerbringer zu befürchten?« Er schüttelte sie fest. »Wer hatte das meiste durch Josarians Tod zu gewinnen?«

»Neeeeiiiin!« heulte sie. Sie riß sich los und fiel auf die Knie.

Wieder klopften die Diener an die Tür. *»Torena! Torena!«*

»Geht weg!« schrie sie sie an. »Geht! Laßt mich in Ruhe!«

»Er hat dich benutzt.« Tansen zwang sie, ihm zuzuhören, über ihr Wut- und Trauergeheul hinweg. »Er kannte deine Schwächen, er wußte, was du gern glauben wolltest und wie blind für alles andere du sein würdest, wenn du erst glauben konntest, daß dein Ziel in Sicht war.«

Tränen liefen ihr über die Wangen, als sie gegen Kiloran und das Schicksal tobte und wetterte; sie schlug mit den Fäusten auf den Boden, bis sie zu schwach war, sich noch zu bewegen. Am Ende kniete sie nur da und starrte ins Leere, während ihre Schultern bebten und sie leise vor sich hin schluchzte.

Sie hatte Josarian keine Gnade gezeigt. Ebensowenig, wie sie Tansen geschont hatte ... Armian ... Und nun war Tansen ihr gegenüber gnadenlos.

»Du hast Kiloran den Weg zur Herrschaft über Sileria gepflastert, indem du ihm geholfen hast, den einzigen Mann zu vernichten, der stark genug gewesen wäre, ihm nach dem Rückzug der Valdani zu trotzen.« Bei jedem Atemzug schrie seine Wunde protestierend auf. »Uns ist es unter der Valdani-Herrschaft besser ergangen, als es jetzt sein wird.«

»Nein«, schluchzte sie.

»Ich habe neun Jahre meines Lebens gegeben, um das zu verhindern, was du uns gerade angetan hast.«

»Nein!« schrie sie wieder.

»Neun Jahre war ich in fremden Ländern, habe unter *roshaheen* gelebt, um dem Blutfluch zu entgehen, zu dem du Kiloran ermutigt hast ... Neun Jahre habe ich mich nach Sileria gesehnt, mich danach gesehnt, nach Hause zu kommen. Ich habe meinen eigenen Blutsvater umgebracht, damit wir nicht von der Gesellschaft regiert werden, und anders als du, *torena,* habe ich diesen Mann geliebt, den ich für unsere Freiheit tötete. Manchmal fehlt er mir heute noch.« Er setzte sich auf einen Stuhl und kämpfte gegen die Müdigkeit an, gegen die Dunkelheit, die sich um ihn schloß. »Verdammt, Elelar, ist dir nicht einmal der Gedanke gekommen, daß es einen Menschen in Sileria geben könnte, der sogar noch schlauer ist als du?« Er seufzte. »Nein, selbstverständlich nicht. Kiloran hat auf deine Arroganz gezählt. Auf deine und die der anderen, die diesen verdammten Vertrag unterzeichnet haben.«

Endlich blickte sie auf, schaute ihn unter dunklen Wimpern her an, die von den Tränen verklebt waren. Selbst in ihrer Trauer, in ihrer Beschämung war sie immer noch schön. Es hätte ihn nicht rühren dürfen, nicht nach all dem, was sie getan hatte ... aber es war so.

»Mirabar hat doch gesagt …« Sie seufzte. Sehnsucht stand in ihrem tränenfeuchten Blick. »Die Visionen. Mirabar sagte, wir würden frei sein.«

»Vielleicht werden wir das ja auch.« Wie müde das Leben in Sileria einen Mann machen konnte. »Aber jetzt noch nicht.«

»Ich … ich habe nicht das Recht, dich darum zu bitten, Tansen, aber ich habe Angst, also tue ich es.«

»Was?«

»Wenn du mich getötet hast … wirst du dann meine Leiche verbrennen?«

Sie töten. Elelar töten.

Er sollte es tun. Das wußte er. Er hatte es geschworen. Mirabar würde ihm niemals verzeihen, wenn er es nicht tat.

Komm nicht zurück, ehe du es getan hast.

Er stand auf und zog ein Schwert. Elelar begegnete seinem Blick einen Moment lang und nahm schweigend Abschied. Sie zeigte mehr Mut, als ihr Geliebter in seinem letzten Augenblick gezeigt hatte. Mehr Mut als die meisten Männer.

Komm nicht zurück zu mir, wenn du mir nicht Elelars Blut auf deinem Schwert zeigen kannst.

Er sollte es tun. Er mußte es tun. Sie hatte sie alle verraten, indem sie ihren Anführer, den Feuerbringer, seinen Bruder verraten hatte.

So sterben alle, die Josarian verraten.

Er hatte Zimran nicht verschont, nicht einmal, als Josarian selbst ihn darum gebeten hatte.

Es gibt keine Ausnahmen.

Wer konnte sagen, was Elelar das nächstemal tun würde, wenn er sie am Leben ließe? Sie hatte auch ihn einmal verraten.

Daurion. Armian, Josarian ...

Die zarte Haut an ihrem Nacken war unbedeckt. Sie hatte die Hände auf die Knie gelegt und wartete auf den Schwertstreich.

Er hob das Schwert. Ein Silerier, der eine Silerierin aus Rache für Blutvergießen und Verrat tötet.

Muß es immer so sein?

»Sind wir nicht mehr als das?« sagte er schließlich laut, mit vor Kummer heiserer Stimme. »Werden wir niemals mehr sein als das?«

Sie blickte auf, überrascht, verwirrt. »Tansen? Ich bin bereit.«

»Wir sind hier in Sileria.« Er erinnerte sich an die Worte eines anderen Verräters – eines, der versucht hatte, Josarian zu retten. »Die Freunde eines Mannes sind immer gefährlicher als seine Feinde.«

»Was ist denn?« flüsterte sie.

Er konnte es nicht. Er schaute hinab auf die Frau, die in ihm Liebe, Haß, Verachtung, Begierde und eine Myriade anderer Gefühle geweckt hatte, und er konnte sie nicht töten. Er schaute in dieses so eindeutig silerische Gesicht, und er konnte das Leben, das so viel von seinem eigenen bestimmt hatte, nicht nehmen. Er schaute auf die Frau herab, deren Sünden den seinen so nahe waren, und er stellte fest, daß er sie nicht töten konnte, es sei denn, er würde sich selbst sofort danach die Kehle durchschneiden – und dazu war er nicht bereit. Noch nicht.

»Wir haben noch einiges zu tun«, sagte er plötzlich.

Sie hatte Schwierigkeiten aufzustehen, selbst als er sie stützte. »Zu tun?«

»Kaynall wartet auf Josarians Leiche«, sagte er und führte sie zurück zum Bett. Als sie zu zittern begann, legte er ihr eine Decke um die Schultern. »Searlon sollte sie für ihn identifizieren.«

»Aber ... aber es wird keine Leiche geben. Nicht, wenn der Weiße ...«

»Genau. Ich habe einen Späher nach Shaljir geschickt, der Kaynall ausrichten sollte, die Bedingungen des Vertrags seien erfüllt: Josarian ist tot.«

»Das hast du getan?«

»Aber ich glaube, es wäre das Beste, wenn du selbst nach Shaljir gehst und Kaynall unter Druck setzt, damit er seinen Teil des Vertrags erfüllt und Shaljir übergibt.«

»D...du willst, daß ich nach Shaljir gehe?«

»Koroll ist tot, und Kaynall hat einen Vertrag mit dir. Dir wird nichts geschehen. Außerdem«, fügte er hinzu, »können wir es uns nicht leisten, daß die Valdani es sich noch einmal anders überlegen, oder?«

Sie schüttelte den Kopf. Sie klapperte immer noch mit den Zähnen. Er sah eine Flasche Wein auf einem Tisch und goß ihr einen Becher ein.

»Sag Kaynall und Cyrill, daß Kiloran im geheimen Mitglied der Allianz ist.« Er zog die Braue hoch und fügte hinzu: »Es sollte erfrischend für dich sein, einmal die Wahrheit sagen zu können.«

»Sehr k...komisch.«

»Hier.« Er drückte ihr den Becher mit Wein an die Lippen und zwang sie, einen Schluck zu trinken. »Sag ihnen, daß Kiloran zu Ende gebracht hat, was die Späher begonnen hatten. Suche Searlon und bringe ihn dazu – es ist mir gleich, wie du das machst –, dich bei deinem Gespräch mit Kaynall zu unterstützen. Immerhin gibt es noch eine Sache, über die wir uns einig sind«, erinnerte er sie. »Wir wollen alle, daß die Valdani Shaljir und Sileria verlassen.«

»Ich dachte ...«

»Was?«

»Als ... als Kaynall sagte, wir müßten Josarian aufgeben, hat Varian mich überzeugt ... ich habe mich selbst überzeugt«, gab sie ehrlich zu, »daß dies Josarians Schicksal sei. Auf diese Weise würde der Feuerbringer die Valdani aus dem Land treiben. Die Prophezeiung sagt nichts darüber ...«

»Wie er es tun soll«, schloß Tansen für sie.

Elelar nickte. Tansen spürte, wie Trauer ihm den Blick verdunkelte.

Josarian.

»Es wird Bürgerkrieg geben«, sagte er.

»Ja.« Sie trank mehr Wein. »Ich weiß.« Wieder liefen ihr Tränen über die Wangen, aber diesmal brach sie nicht zusammen. »Aber wenigstens ...«

»Was?«

»Zum erstenmal seit tausend Jahren ... werden wir unter uns sein. Nur Silerier in Sileria.«

»Frei, einander ungehindert abzuschlachten«, sagte er verbittert. »Wenn wir unser Land ein für allemal zurückgewinnen wollen, müssen wir das tun, bevor eine der Mächte auf dem Land wieder stark genug ist, uns erneut anzugreifen. Wenn sie das tun, solange Sileria noch in Aufruhr ist ...«

»Ich werde im Morgengrauen nach Shaljir aufbrechen.« Sie suchte seinen Blick. »Es geht dir nicht gut, Tansen. Du solltest dich ausruhen, bis ...«

»Ich muß nach Dalishar.« Und er würde Mirabar sagen müssen, daß er Elelar verschont hatte. Er würde sich fast lieber noch einmal dem Weißen Drachen stellen.

»Deine Wunden«, wandte sie ein, »du mußt dich ...«

»Niemand kann sich jetzt ausruhen, Elelar.«

Als er sich umdrehte, um zu gehen, sagte sie: »In einer Sache hast du dich geirrt.«

Er hielt inne. »Und was soll das sein?«

»Es gibt noch einen Mann, der stark genug ist, sich Kiloran zu widersetzen.« Sie nickte. »Dieser Mann bist du.«

Er sah ihr in die dunklen Augen. »Möge Dar es fügen«, erwiderte er schließlich.

Tansen ließ Elelar mit ihren Dämonen allein, und er wußte, daß die seinen ihm folgen würden. Er kümmerte sich nicht um die Diener der *torena,* die ihn entsetzt anstarrten, als er an ihnen vorüberging, und er verließ ihr Haus, ohne sich noch einmal umzusehen.

Er war unaussprechlich müde und hatte mehr Schmerzen, als selbst ein *shatai* mißachten konnte. Aber er hatte recht: Niemand konnte sich jetzt ausruhen. Ganz Sileria stand auf dem Spiel, und die Gesellschaft war hier schon viel länger mächtig gewesen als die Valdani; es würde viel schwieriger sein, sie zu besiegen. Es würde einen Bürgerkrieg geben, und wenn er ihn nicht gewinnen konnte, würde Sileria eine Sklaverei kennenlernen, die an Grausamkeit alles in den Schatten stellte, was das Land bisher erlebt hatte.

Vor neun Jahren hatte er seinen Blutsvater getötet, um das zu verhindern. Und wenn es sein mußte, würde er jetzt Josarians Platz einnehmen, um es noch einmal zu verhindern.

Die Nachtluft war süß und kühl, sie roch nach wildem Fenchel und Rosmarin. Schatten luden ihn ein, sich hinzulegen und zu schlafen, und die Serenade einer sachten Brise trieb durch die Bäume und streichelte ihn. Sileria, wie es am schönsten war.

Tansen widerstand den Verlockungen, konzentrierte sich auf die Aufgabe, die vor ihm lag, und machte sich auf den Weg nach Dalishar und zur Erfüllung seines Schicksals.

EPILOG

»Unsere Arbeit ist noch nicht getan.«

Der Rufer kam in der Nacht, als die anderen schliefen.

Hier in Dalishar, dem Tor zur Anderwelt, war seine Stimme sehr laut, hallte in Mirabars Sinnen wider, stürmte die Mauern ihres Widerstandes, verspottete ihre Versuche, ihn zu ignorieren. Ihr Kopf pochte so schlimm von seiner Beharrlichkeit, daß sie schließlich zugab, ihn bemerkt zu haben.

»Geh weg. Ich werde dir nicht mehr dienen«, sagte sie ins Dunkel.

Komm, drängte der Rufer lautlos. *Komm mit mir.*

Sie wollte die Schwester, die neben ihr in dieser Höhle schlief, nicht aufwecken, also stand sie auf und ging nach draußen. Seit Josarians Tod war das Rebellenlager in Dalishar schwer bewacht; man hatte die übliche Anzahl der Wachen verdoppelt. Niemand wußte, was Kiloran als nächstes vorhatte, und alle hatten Angst. Aber Tansen hatte recht gehabt: Wenn Mirabar irgendwo in Sicherheit war, dann hier in Dalishar, einem heiligen Ort der Wächter, der von ihrer Macht durchtränkt war.

Mirabar hatte selbst die Nachricht von Josarians Tod nach Dalishar gebracht. Jetzt beweinten die Rebellen ihn, aber es gab keine Leiche, die sie verbrennen konnten und keine Hoffnung, daß er die Anderwelt je erreichen konnte, also konnte niemand so recht entscheiden, welche Zeremonien man vollziehen sollte. Niemand wußte, was man zum Gedenken an ein Opfer des Weißen Drachen tun sollte.

Als sie durch die Dunkelheit schlich, stieß Mirabar auf eine Wache – der Mann erschrak sich beinahe zu Tode, bevor er sie erkannte und sich wieder beruhigte. Sie konnte die Angst auf seiner Haut riechen, als sie an ihm vorüberkam. Was würde Kiloran jetzt tun? Wer würde sein nächstes Opfer sein?

Komm zu mir, komm…

Der Rufer führte sie ins Dunkel, weg von wachsamen Augen und neugierigen Ohren. Mirabar folgte ihm, weil sie ebenfalls Abgeschiedenheit von den anderen in Dalishar suchte, aber sie blieb fest entschlossen: »Laß mich in Ruhe. Du bist hier nicht mehr willkommen.«

Unsere Arbeit ist noch nicht getan.

»Welche Arbeit?« schrie sie. »Was willst du? Wieso hast du ihn sterben lassen?« Eine Träne lief ihr über die Wange. Bitterer Haß stieg ihr in die Kehle. »Ich habe alles getan, was du von mir verlangt hast. Und du hast uns verraten.«

Visionen erfüllten ihren Kopf, strömten in ihr Blut, bewölkten die Nacht mit dem Willen der Anderwelt. Sie kämpfte dagegen an, aber der Rufer war mächtiger, und so sah sie, was er sie sehen lassen wollte.

»Das Zeichen der Drei ...« Es lag zerbrochen am Boden, nur noch Trümmer dessen, was einmal die Macht und den Ruhm der Valdani symbolisiert hatte.

Sie wollte es nicht anerkennen, wollte den Rufer nichts fragen. Aber sie mußte es tun. »Sie gehen wirklich?«

In diesem Augenblick verlassen sie Sileria für immer.

»Dann ... hat er uns wirklich befreit.«

Als er starb.

»Als er starb«, wiederholte sie. Ihre Schultern sackten unter der Last der Trauer zusammen. »Aber es war falsch. Er hätte nicht sterben dürfen. Nicht auf diese Art.«

Unsere Arbeit ist noch nicht getan, wiederholte der Rufer.

»Nein.« Sie schüttete den Kopf. »Ich werde dir nicht mehr gehorchen. Ich werde keine Männer mehr in den Tod führen. Ich werde kein – Nein! Hör auf!« Sie schrie auf, als er sie auf die Knie warf und ihr weh tat, als er versuchte, sie dem Willen der Anderwelt zu beugen.

»Sirana!«

Sie hörte die Rufe der Wachen. Sie liefen im Dunkeln herum, suchten sie, bereit, ihre Feinde zu bekämpfen. Der Himmel verfärbte sich schwarz, verdunkelte das Licht der Monde, überzog ganz Dalishar mit seiner samtigen Dunkelheit. Die entfernten Rufe wurden lauter und hektischer, als Mächte, die die Rebellen nicht verstanden, die Nacht durchstreiften.

Feuer flackerte am Himmel auf, dann bog und verband es sich, bis es eine Form annahm, die sie inzwischen gut kannte: das Zeichen des *shatai*.

»Tansen?« flüsterte sie und starrte zum Himmel hoch.

Du und er, ihr müßt den Weg bereiten.

»Ich weiß nicht ...« Ihr Kopf schmerzte. »Wofür?«

Das feurige Zeichen am schwarzen Himmel löste sich wieder auf, wurde zu zwei Feuerbällen. Sie sah, wie sich um diese beiden glühenden Augen ein Gesicht bildete.

Wie das Zeichen, so hatte sie auch dieses Gesicht schon einmal gesehen.

»Daurion«, murmelte sie.

Die Stimme, die sie jetzt ansprach, war eine andere als die des Rufers. Sie erfüllte den gesamten Himmel.

Er ist auf dem Weg. Bereitet ihm den Weg.

»Wer?«

Der Himmel explodierte in Flammen, Lichtsplitter rasten in die Unendlichkeit, um sich mit den Sternen zu mischen. Mirabar schirmte die Augen gegen die schmerzende Helligkeit und zuckte zusammen, als Donner über den Himmel rollte wie der Triumph eines Siegers. Er hallte wider, dann verklang er langsam und ließ Mirabar zurück, zu schwach, sich auch nur zu regen.

Sie hockte immer noch am Boden, als Najdan sie schließlich fand. »*Sirana!* Warum hast du keine Antwort gegeben? Hast du nicht gehört, wie wir nach dir riefen?«

Sie blickte zu ihm auf. Das sanfte Licht einer Zwillingsmondnacht kroch wieder durch die Schatten, und sie konnte sehen, wie besorgt der Attentäter war. »Nein, ich ... Es tut mir leid, ich ...«

»Deine Schreie haben uns alle geweckt«, sagte er und zog sie auf die Beine. »Und dann ...« Najdan schüttelte den Kopf. »Ich würde es nicht glauben, wenn ich es nicht selbst gesehen hätte.«

»Was?« Ihre Beine zitterten, und ihr Magen krampfte sich zusammen.

»Am Himmel. Es war ...«

»Ein Gesicht?« fragte sie.

»Nein.« Er ergriff ihren Arm und begann sie wieder zum Lager zu führen. »Es sah aus wie eine Faust.«

»Eine Faust?«

»Ja.«

»Eine Faust ...« Ihre Knie gaben nach, und sie wäre gestürzt, wenn Najdan sie nicht gestützt hätte.

»Was ist los? Bist du krank?«

»Du hast ... eine Faust gesehen?«

»Ja.«

»Daurion«, keuchte sie. »Eine eiserne Faust in einem Samthandschuh. Wir müssen den Weg bereiten.«

»Sirana?«

Sie hätte nicht erwartet, jemals wieder Hoffnung zu verspüren. Jetzt durchflutete sie sie, erneuerte ihre Kraft. »Er ist auf dem Weg.«

»Wer?« wollte Najdan wissen.

»Der nächste *yahrdan*.« Sie lächelte zittrig. »Unsere Arbeit ist noch nicht getan.«